曹雪芹別傳

紅樓夢斷系列

新校版

高陽

目次

第一章

「曹四老爺到！」王府的護衛玉格，掀開棉門簾，向曹頫說一聲：「你老請進去吧，王爺等了好一會兒了。」

曹頫將捲著的袖口放了下來，垂著手進了花廳，從屏風縫隙中已可看到平郡王福彭，神采奕奕地站著等待；隨即疾行數步，轉過屏風，便待蹲身請安，不道福彭的動作比他快，雙手一伸，扶住了他的兩臂。

「別客氣，四舅！」他鬆了手，往旁邊指一指，「請坐！」

「是！」曹頫以長親的身分，不便叫「王爺」，一直是用很冠冕的稱呼：「殿下！」

「坐，坐。」

福彭這回不作客氣，自己在上首坐了下來；曹頫便坐下首，隔著花梨木的茶几問道：「殿下召喚，想是有事吩咐？」

福彭不即答言，等聽差倒了茶來，又退了出去，方始開口。

「四舅看了今天的『宮門鈔』了？」

「喔！」曹頫想說：「難得看一回。」轉念又想，這麼說，倒像是對仕途昇騰，毫不關心；有故作清高之嫌，便改了平實的語氣的回答：「還沒有。」

「我放了玉牒館總裁。」

「這，」曹頫起身，垂手說道：「恭喜殿下。」

「這是吃力不討好的差使。」福彭微皺著眉說：「我打聽過了，每十年修一次玉牒，總不免鬧糾紛；也不知打那兒出來的女人，抱著孩子哭哭啼啼，到宗人府來喊冤，說是那個宗室，或者覺羅在外面生的。找了本主兒來，十個倒有九個不認；那一來，好，尋死覓活地鬧吧，聽說，真有身上揣了毒藥來的。」

「像這些事，不會無因而至，事先總有風聲；殿下不妨先派人查一查，不等人來鬧，先要想法子弭患於無形。」

「不錯，我也打算這麼辦。」平郡王突然問道：「四舅學過『國書』沒有？」

所謂「國書」就是滿文；曹頫學過卻不精，深怕是平郡王有關於這方面的差使派給他，力所不勝，辜負委任，因而答說：「不大會。」

「照樣寫幾個字總行吧？」

「那還能湊付。」

「好！」平郡王說：「我有點小事；可也是大事，拜託四舅。明兒一早，請四舅跟我一起上衙門。」

「是。」曹頫又說：「我在華嘉寺胡同伺候好了。」

平郡王福彭管理鑲藍旗滿洲都統事務；都統公署在西城華嘉寺胡同，所以曹頫如此回答。不道福彭指的不是此處；而是他絕少去的宗人府——他是宗人府的右宗正；西城正黃、正紅、鑲藍，以及他本旗鑲紅旗的宗室、覺羅，都在他的管轄之下。

這就非得到王府來會齊了一起去不可；因為曹頫不僅對宗人府不熟，甚至從未去過。

曹頫是革職的內務府員外，所以穿的是便衣；好在郡王儀從甚盛，找頂大帽子一戴，跟在平郡王身邊，誰也不曾注意到有個「廢員」被夾帶入府。

右宗正的簽押房在西跨院，北屋五間，三明兩暗；暗間帶著套房。由於事先都已說明白，曹頫跟平郡王進了西頭那間屋子，管自己鑽入套房，放下門簾，坐在北窗前，凝神靜慮，細聽動靜。

「周老爺來了。」他聽見玉格在回話。

「請！」

曹頫知道，「周老爺」單名廉，是宗人府府丞；宗人府自宗令、左右宗正以下，一直到筆帖式，不是宗室、覺羅，便是滿洲，惟一的例外是，承上啟下，總持庶務的府丞，定制為「漢缺」。這周廉是舉人出身，大舌頭的江寧口音，曹頫聽來特感親切。

「王爺交代的名單，提調、謄錄開好了；纂修官的名單，已經催翰林院開送；大概一兩天之內，也可以送到。」

「費心，費心！」平郡王很客氣地說，「周老爺在這裡幾年了？」

「五年半。」

「那歷俸也該滿了吧？」

「是！」周廉答說，「一時沒有缺可以升轉。」

「外官呢？」

「這，這——，」周廉似乎有不知所答之勢；但突然很快地說：「這得請王爺栽培。」

「好說，好說。這趟十年一舉的大事，等功德圓滿了，我替老哥想法子。」

「多謝王爺！」接著，聽得步趨蹌蹌的聲音，大概是周廉在請安道謝。

「這回開館，用人很多；照老哥看，那件事最要緊？」

「自然是縝密第一。」

「老哥明白這一點，我就很放心了。」平郡王的聲音顯然很欣慰；接著是告誡的語氣：「只要做到縝密二字；老哥外放這件事，包在我身上。」

接著是談與玉牒無關的公事；曹頫不必關心，一面想自己的事，一面將隨身所帶的「卷袋」打了開來，取出筆墨硃硯，在靠窗的桌上擺好，坐下來調墨試筆。

也不知過了多少時候，聽得門簾響動，回身看時，平郡王親自端了一碗茶來，急忙起身；只見平郡王示意禁聲，便不敢招呼，只雙手接過茶碗，擱在桌上。

「周府丞很開竅。」平郡王壓低了聲音說。

「那是殿下開導之功。」

平郡王得意地一笑，正待發話；聽得外面有響動，急忙走了出去。接著又聽得周廉的聲音，是把平郡王要看的玉牒送來了。

其中的兩本，很快地轉到了曹頫手中。他還是第一次瞻仰作為皇室家譜的玉牒，黃綾封面；紅綾包角，一翻開來朱墨燦然——現存用朱；已歿施墨。第一本是康熙五十六年所修；當今皇帝，在那時還是雍親王；爵名之下有兩個小字：「五子」；曹頫只看「第四子」，名為「弘曆」，記載的出生年月及生母是：「康熙五十年八月十三日子時，媵妾李氏，內務府護軍營馬兵李奎之女所出。」

第二本是雍正元年所修，弘曆的身分已變為「皇四子」；他的生母李氏，被稱為「熱河行宮女子」。曹頫的任務，便是來改變弘曆的生母的身分。

這得整頁抽換。他取一張印著朱紅格的空白玉牒，仔細比對了紙色黃白；又仔細調好了墨色濃淡，然後用正楷從頭寫起。寫到「皇四子弘曆」，在出生年月日下，改為「熹妃鈕祜祿氏，四品典儀凌柱之女所出。」

先寫漢文，後寫滿文，寫完校對無誤；然後取出剪子、釘錐、大針與黯舊的黃絲線，小心地拆開原本，將新改的一頁替換進去，依照原樣裝訂。另一本如法炮製；一切妥當，收拾殘局，大功告成，日色已經近午了。

平郡王是早就悄悄在他身後坐等了；此時接過那兩本玉牒，前後左右仔細檢點了一遍，滿意地笑道：「周府丞大概做夢也想不到此！」

「如果！」曹頫低聲問道：「如果他發現了呢？」

平郡王沉吟著不作聲；好久，才點點頭說：「四舅你提醒了我。等他發現了，如果先來問我，自然沒事；就怕他私底下查問，一張揚出去，所關不細。還是我先告訴他吧，不過不必在今天。」

於是平郡王復召周廉，將玉牒交還，道是一時看不完，改日再看。

「王爺，」周廉試探著說：「帶回府裡，慢慢兒看好了。」

「不！」平郡王的聲音很堅定：「在這裡看玉牒，是我分內的權限；帶回去看，豈不是『大不敬』！」

「大不敬」是滅族的罪名，周廉不由得一哆嗦；急忙應聲：「是！是！玉牒是何等尊貴的文獻！理當敬謹處理。」

看他這惶恐的神情，平郡王有把握了；當即微笑說道：「你知道就好。」

說完起身，廊下伺候的護衛——包括王府編制中應有的太監，傳呼「提轎」。一時收衣包的收衣包；理雜物的理雜物，而曹頫就在這亂轟轟的當兒，悄然而出；神不知、鬼不覺地又讓平郡王「夾帶」出去了。

第二天，平郡王又到了宗人府；首先注意的就是周廉的神態。冷靜觀察，一無異狀，便吩咐再拿玉牒來看。

「喔，」平郡王等周廉親自捧了玉牒來，卻又說道：「我還得看看底冊。」

「是！」

等周廉又親自去捧了底冊來時，平郡王已將玉牒翻到抽換的那一頁，攤了開來在坐等了。底冊一到，不取紅面的「覺羅」，只取黃面的「宗室」；黃面底冊之中，又只取康熙五十年的那一本；很快地翻了幾頁，倏然停手，定睛細看。

看的是有關皇四子弘曆的記載；記載是連續的，第一行寫的是：「雍親王第四子，康熙五十年八月十三日子時，生於熱河行宮草房，生母係內務府女子李氏；收生穩婆不詳。」

第二行寫的是：「康熙五十七年八月初十日奉上諭：雍親王第四子著命名為弘曆；准入玉牒。」

第三行寫的是：「同日奉上諭：雍親王第四子弘曆，准由雍親王府格格鈕祜祿氏收養。」

第四行寫的是：「雍正二年三月廿五日，莊親王口傳上諭：皇四子弘曆生母寫為熹妃鈕祜祿氏。」

第五行寫的是：「雍正十一年正月十八上諭：皇四子弘曆封為寶親王。」這一行墨瀋猶新；因為只是一個月以前的事。

平郡王拿右手食指指著看的；一旁侍立的周廉，不由得有些嘀咕，不知道他何以有此認真的神情？回想了一下，在他任內，任何記載都親自審查過，絕不會錯；因而泰然了。

「這跟玉牒不大符。」平郡王是困惑的聲音：「還是玉牒跟底冊不符呢？」

周廉大為詫異，「請問王爺，」他說：「怎麼樣不符。」

「你看這一條，」平郡王指著底冊第四行：「這一條是雍正元年修玉牒以後所記的，說皇四子生母寫為熹妃，可是玉牒上已明明記著四阿哥的生母是熹妃。這是怎麼回事呢？」

「這，這，這是怎麼回事呢？」周廉一面比對底冊與玉牒；一面結結巴巴地自語著。

「你別著急！不見得是你的錯。」平郡王安慰他說：「咱們慢慢兒琢磨。」

聽這一說，周廉略感寬慰，將因細看冊籍而彎下去的腰，挺直了說：「王爺明見萬里，玉牒上有毛病。」

這時是平郡王心裡跳了一下，但仍是很從容地問：「毛病在那裡。」

「照規矩，雍正元年修的玉牒，得把以前底冊上所錄的上諭，併成一條；不會記成四阿哥的生母是熹妃鈕祜祿氏。」

平郡王深深點頭，「照你說，」他是閒談的語氣：「這一條應該怎麼併法？」

「應該——，」周廉想了一下說：「應該是：皇四子某某，生母內務府女子李氏，於某年月日生於熱河行宮：康熙某年月日奉上諭，准由雍親王府格格某某氏收養。」他略停一下又說：「這一來，寶親王的身分變化就很明白了。」

「你說得不錯。可是！」平郡王問道：「修玉牒怎麼未卜先知，知道有雍正二年三月廿五的上諭，四阿哥生母寫為熹妃；預先就寫得明明白白。」

「這就不知道了。」

「哼！」平郡王冷笑：「你不知道，我該問誰？」他將翻開的玉牒與底冊都閤攏，正色說道：「當著你的面，我把它封起來請旨。」

周廉嚇得面無人色！玉牒與底冊不符，總有一樣是偽造的；偽造的當然是玉牒。在甚麼時候；出於甚麼人之手，一概不知，可是典守者不得辭其咎；看來腦袋非搬家不可了。

想到這裡，頓覺冤沉海裡，不由得用帶哭的聲音申訴：「王爺，說來你老不會相信；從我到任以來，無事絕不會請玉牒出來，看著消遣。鎖玉牒的箱子，倒是每半個月查看一回，毫無異樣。倘說玉牒有毛病，也不是我手裡的事。」

「那麼是誰手裡的事呢？」

「這，我就不敢說了。」

「你不敢說，我問誰去？」

「王爺，」周廉雙膝跪倒，「你老不替我伸冤；我這冤可就沒處去訴了。王爺知道的——。」

「起來，起來！」平郡王伸手相扶：「我也明白，你當差很謹慎。不過事情出來了，你逃不了責任，我也脫不了干係。咱們從長計議。」

聽得這一說，周廉心頭一寬，因為平郡王作了休戚相關的表示，事情就好辦了。

不過，他亦不敢執著於這一點，只說：「王爺明見。」

平郡王不答他的話，站起身來，蹀了一回方步；走近周廉時，自語似地說：「其實既有雍正二年三月廿五的上諭，玉牒上這麼寫，倒正是遵旨辦理。不過底冊上的痕跡太明顯。」

周廉把他的每一個字都抓住了在口中咀嚼；嚼出滋味，失聲說道：「改底冊遷就玉牒，不就完了嗎？」

說完才發覺，光是自己的這一句話，便定死罪有餘；但話已出口，徒悔無益，只緊張地注視著平郡王。

「這亦不失為一策。」平郡王慢條斯理地說了這一句；昂首上望，不知在考慮些甚麼？

周廉也沉著了，心裡在想，平郡王一定有花樣，且等著他；反正他說過了，他也「脫不了關係」，天塌下來有長人頂，要著急，也還輪不到自己。

「這件事，要做也可以。」平郡王畢竟開口了：「不過，不是你我兩個人的事。」

周廉不明白他的意思，「請王爺明示。」他問：「何以謂之不是兩個人的事？」

「改底冊總要找人，不就是第三者知道了。」

「這容易，我親自動手就是。」

「有康熙年間的筆跡——。」

「這不要緊。」周廉搶著說：「除了王爺，誰能來查底冊上的筆跡？」終於開口了，「事到如今，別無他策。」平郡王說：「只好照你的法子辦。不過，法不傳六耳；我看，你老哥辛苦一下，就在這裡，把事情辦了吧！」

周廉倒是想躲個懶，另有極親信的人，可以代勞；但「堂官」如此吩咐，不敢不聽。當下找了筆硯紙張來，如玉牒所載，在底冊上寫明弘曆的生母為「雍親王府格格鈕祜祿氏」。刪了好幾條紀錄，地位空出來好幾行；好在是整頁抽換，底冊又是行草，扣準行格，字寫大些，填滿一頁，剛好與下文接榫。

「玉格，」平郡王逕自處置，「取針線來，把冊子重新釘一釘。」

「衣包」中帶得有針線；線有棉線、絲線；絲線中還有明黃的，這本是御用之色，但平郡王曾蒙「賞穿黃馬褂」，如果有個紐瓣脫綻，得用明黃絲線縫綴。原是備而不用，以防萬一之物；不想此刻倒用上了。

及至玉格抽換了底冊，細心縫好；平郡王檢視滿意，微笑著問周廉：「怎麼樣？」

「天衣無縫，一點都看不出來。」

「不錯，一點都看不出來；就怕有人知道內幕，私下傳說。」平郡王正一正臉色，翻到新換的那一頁，「如今是我遷就事實，幫著你作弊；你得記住，這是你的親筆！」

此言一出，周廉色變；將前後經過細想了一遍，恍然大悟，是中了平郡王的圈套了，如今「真贓」俱在，一出了事，平郡王可以抵賴；自己是賴不掉的。

這樣轉著念頭，臉上青一陣，白一陣，顏色非常難看；平郡王體會得到他的心境，從容說道：「禍福相倚；〈太上感應篇〉說得好，『禍福無門，唯人自召』。只要平平安安交了這趟差，你轉『大九卿』也不難。」

聽得這一說，周廉心裡那股吃了啞巴虧的悶氣，頓時消散；心想，既然他有此表示，索性就敲釘轉腳，弄實在了它。

「『大九卿』是『三品京堂』，求之不得。不過，回王爺的話，母老家貧；倘蒙王爺栽培，能把我放出去，讓家慈過幾天舒服日子，全家大小，都感王爺的恩德。」

看他是很認真的神情，平郡王知道此人可以收服了；想一想問道：「你現在是正三品，外放有甚麼缺，是你能補的？」

這一問，周廉楞住了。實缺道是正四品，不能降官；此外只有當監司、布政使從二品，按察使正三品，但掌管一省的錢糧、刑名，非特簡不可，只怕不是平郡王所能幫得上忙的。

他還在考慮，平郡王倒已經替他盤算好了，「你得先轉『京堂』，才有外放監司的資格，藩司既掌財權，又管用人，如果跟督撫沒有淵源，不容易處得好；臬司管刑名，摟錢倒容易，但會出事，你家老太太的日子不會過得舒服。只有從三品的鹽運使，品級上雖委屈一點兒，總也還說得過去。」

「鹽運使」三字入耳，周廉心頭「崩咚」一跳。不說兩淮，只一任長蘆鹽運使當下來，宦囊所入，下輩子都吃不完。命中有這麼一步運嗎？他懷疑地自問。

「我明白你的意思，我會替你想法子。」平郡王沉吟了一下又說：「如果我在軍機處，一切都好辦了。看你的造化吧！」

絃外有音，略辨一辨是平郡王自道可能入軍機。然則憑何因緣入軍機呢？當然是將這趟「玉牒館總裁」的差使，幹得十分圓滿，能讓皇帝滿意。

轉念到此，周廉又驚又喜。他在宗人府好幾年，對親貴宗室的情形，相當清楚，平郡王年少多才，脾氣也不似他父親老平郡王訥爾蘇那麼僵硬；皇帝因為老平郡王不識抬舉，特意革了他的爵，命福彭承襲，便有存心培植的意思在內。而況這位小平郡王與寶親王弘曆從小在上書房一起讀書時，便親如手足；而寶親王將來必繼皇位。有這樣好的一條路子擺在面前，而竟不知道去走，真正愚不可及。

「王爺，你老入軍機是指顧問事。」周廉一臉的誠懇與感激，「王爺有甚麼事，儘管吩咐；我絕不假手於人，親自去辦。」

這就是對那句「法不傳六耳」的答覆；平郡王心裡自然也很寬慰，想不到只用了小小的手段，便將周廉收服了。

於是他點點頭說：「將來託你辦的事很多。你的勞績一定不會埋沒。」

公事很順利，家務卻很煩心。老平郡王當初跟皇十四子撫遠大將軍、恂郡王胤禎不和；皇帝原以為他會秉承意旨，檢舉恂郡王在軍前種種「不法」情事，就讓他接撫遠大將軍的金印。

那知訥爾蘇不賣帳；皇帝一怒將他調回京，派了「管理上駟院」的差使。訥爾蘇自道成了《西遊記》上的「弼馬溫」；這句自嘲之語傳入皇帝耳中，索性削了他的爵。但這個爵位是「世襲罔替」的「鐵帽子王」；皇帝能削他的爵，卻不能將此爵位取消，因而福彭順理成章地登上王位。

由於平郡王是鑲紅旗的旗主，訥爾蘇雖無爵位，在旗下舊部看，仍舊是「老主人」。皇帝要割斷他的這重關係，就只有再加一重懲罰：「圈禁在家，不許出門。」

不出門幹甚麼呢？玩骨董、養鳥、養狗、養蛐蛐；找了些人來唱「子弟書」。這都是花錢的玩意；一份郡王的俸祿，兩位「王爺」花，自然是捉襟見肘。這就是福彭煩惱的由來。

訥爾蘇當然也知道長子的苦衷，有時候只有自己想法子；常找一個在廊房頭條開骨董鋪的沈四替他借錢。借了幾次，不能如期歸還，沈四就有戒心了。

是元宵的第二天，訥爾蘇又將沈四找了去了，「這幾天窮得要死。」他開門見山地說：「你替我借幾兩銀子使。」

「回王爺的話，大正月裡，實在為難。」沈四愁眉苦臉地說：「倒是有兩三個熟人，新年手氣都不好。」

「我不管。」訥爾蘇跟沈四熟得可以耍賴，「你得替我想法子。」

其實，沈四這時已想到了一個金蟬脫殼的法子，故意攢眉苦思了一會，方始說道：「喔，我倒想起一個人來了。接曹家的隋織造，交差回京了；他家有好些骨董，何不到他家要幾件，我替王爺去變錢。」

「你是說隋赫德？」訥爾蘇說：「他受過我的好處；聽說在任上很撈了幾文，跟他要幾件骨董不要緊。好，我叫六阿哥跟你去。」

訥爾蘇有七個兒子。說也奇怪，庶出的老二、老三、老五，卻都不育；唯有嫡福晉曹佳氏——曹寅的長女；曹雪芹的姑母，所出的四子，除了老七福端直到十四歲才夭折外，其餘都長得很好。「六阿哥」名叫福靖，與曹雪芹同年出生，今年十九歲，是訥爾蘇唯一可指揮的兒子；長子福彭不必說，第四子福秀，今年二十四，前三年已被授為三等侍衛，有官箴約束，亦不會聽他的話，作出為人恥笑的事來。

在隋赫德家取了三件古玩，一支玉如意、一個據說是「粉定窯」的白瓷瓶；還有一座西漢鑄的鼎。沈四替他當了二百兩銀子，由福靖親自送入上房。

「你見著老隋了？」訥爾蘇問：「怎麼樣？」

「挺客氣的。問老爺子的好。」

「還有甚麼話？」

「問起大哥，說是不是皇上常常召見。」

訥爾蘇深深看了幼子一眼，若有所思地沉默著；福靖便慢慢往後退，預備悄悄溜走，免得攪亂了他的思路。

「你別走！」訥爾蘇已經發覺了，「我還有話。」

福靖只得站住；而他父親卻又無話，從懷中取出一個燒料的鼻煙壺，拿小牙匙掏了一撮鼻煙，抹在鼻孔上。連聞了五、六口鼻煙，方始招招手，福靖到面前。

「你是想買一隻會說話的八哥不是？」

聽這一說，福靖的眼睛頓時發亮，一面答應著；一面視線便朝那堆銀子溜了去。

「你別打這二百兩銀子的主意。」訥爾蘇在他背上拍了一巴掌，接著問道：「那隻八哥會說幾句話？」

「好多！還會唱『什不閒』。」

「會唱曲子的八哥，倒沒有聽說過。」訥爾蘇童心猶在，興味盎然地問：「得多少錢吶？」

「五十兩銀子。」福靖答說：「少一個子兒都不行。」

「好！讓老隋給你買。」訥爾蘇向窗外看了一下，低聲說道：「你明天帶著趙森給老隋送幾盒餑餑去，聽他說些甚麼？倘再問到你大哥，你說皇上常常召見。」

「嗯。」福靖點點頭；忍不住問道：「我怎麼讓老隋給我買八哥呢？」

「傻孩子，你急甚麼！」

福靖不知道他葫蘆裡賣的甚麼藥，只是照他的吩咐，轉告太監趙森；第二天備好八盒新樣的餑餑，一起到了隋家。

到晚回家，福靖告訴父親，隋赫德十分高興，不住道謝；又說明天派他的第四個兒子富璋來請安。也談到他「大哥」，道是「聽說小王爺很得皇上寵愛；最近要派一個緊要差使」，問福靖有這回事沒有？

「你怎麼答他的呢？」

「我含含糊糊地說：這件事大概還早。」

「還說了些甚麼？」

「問起寶親王是不是常跟大哥在一起？我說一個月總要見幾次面。此外，就都是些閒白兒了。」

「嗯、嗯，你玩兒你的去！叫趙森來。」

趙森一進去，就有得談了。他是訥爾蘇的心腹，忠心耿耿；但卻頗為福彭所厭惡，因為他常替訥爾蘇出些有欠光明主意，有損平郡王府的清譽。

「隋家管事的是老四，聽他的口氣，老隋還不服老；問奴才：『小王爺是不是聽老王爺的話？』奴才回他一句：『老爺子嘛！一家之主，不聽成嗎？』他聽了不響；好一會才說：『你看，如果求老王爺跟小王爺交代一句話，嫌不嫌冒昧？』奴才說：『只要交情夠了，就不嫌冒昧。』他說：『當然，當然，如果沒有孝心到老王爺那裡，也不能隨便就開口。』看樣子，明兒個隋家老四來給王爺請安，一定會有個意思。」

「你可曾探過他的口氣，想我交代你大爺一句甚麼話？」

「自然是大爺不愛聽的話。」

「大爺」是指福彭；在府裡，下人對老少兩主人的稱呼未改。福彭最不愛聽的話，無非是讓他為難的事，諸如謀差缺、免刑罰之類。

「其實，託不託由他；說不說由我。如果隋家老四開口，王爺只管敷衍著就是；等他來催，奴才自有話應付。」

第二天一大早，隋赫德第四子富璋，帶著四件古玩，都是小擺設；和一包銀子來到平郡王府；由趙森帶領到書房，給訥爾蘇請了安，隨即呈上古玩，是答謝送餑餑的回禮。訥爾蘇淡淡地道了謝，由趙森接過來，放在書桌上。

再送上那包銀子，訥爾蘇就不能不作態了，「這，這是怎麼說？」他說：「沒有這個規矩。」

「家父讓我上稟王爺，只為福晉娘家財產，蒙皇上恩典，賞了家父，到底也得感謝福晉家的情。特為備了五百兩銀子，預備王爺、福晉賞人之用。」

訥爾蘇不料他會搬出這個理由來，心想這倒省事了；便對福靖說道：「你替你娘道謝吧！」這可是個難題，福靖不知該怎麼措詞？富璋卻很見機，急忙說道：「不敢當，不敢當！請六阿哥收了銀子，稟報福晉；代為在福晉面前請安。」

「喔，喔，好！」福靖接了銀子放在一邊。

「你請坐！別客氣。」訥爾蘇等富璋在客座斜著身子坐下，便又問道：「你父親挺硬朗的吧？」

「是！託王爺的福，一早一趟太極拳；臨睡一套八段錦，閒下來騎著馬就逛西山去了！」

「你父親多大年紀了。」

「今年七十二。」

「好傢伙！七十二了，還是這麼好的精神，非活一百歲不可。」

富璋急忙站了起來，「多謝王爺的金口。」他垂著手說：「就因為筋骨還挺好，自覺閒費了可惜；很想再替皇上效幾年犬馬之勞。」

「很好哇！」訥爾蘇漫然應道：「受恩應該報恩。」

「王爺明鑑，報恩有心，效力無門；全仗王爺跟小王爺栽培。」

這說到節骨眼上了，訥爾蘇不能再裝糊塗，便即問道：「你父親有甚麼打算？」

「第一步總得起復。」富璋請了個安：「總要求王爺成全。」

「我可是無能為力。」訥爾蘇突然發起牢騷，「你說你父親『效力無門』；我可是有門也是枉然！

像你父親一閒下來，騎著馬就往西山去了；這多逍遙自在啊！」

富璋大感狼狽，沒有想到訥爾蘇會打出這麼一記太極拳！一時楞在那裡成了僵局。

於是在廊上照料的趙森，及時進來解圍；「點心好了。」他說；同時向主人使了個眼色。

訥爾蘇自能會意，「把點心開到這兒來好了。」他揮一揮手，向富璋說道：「你父親的事，我一定放在心上；不過，我老實跟你說，這得等機會。」

他所說的「等機會」是等他能跟長子開口的機會；富璋卻誤會了，以為是平郡王福彭要等機會為他父親進言，當即恭恭敬敬地答說：「是！請王爺交代了小王爺，一定會有機會。」

「這也難說——。」一語未畢，訥爾蘇瞥見趙森又在使眼色，便將下面的話嚥了回去。

「娘！你看看我這玩意。」

興高采烈的福靖，提著一架鳥籠；籠子裡是原名鴝鵒，而為李後主改名的八哥，通身又黑又亮，像用一塊緞子包著；背上微顯綠色；蠟眼赤喙，一雙大而有神的眼睛，凝視著太福晉，突然張嘴叫道：「請安，請安！」

一屋子的人都笑了；太福晉便問：「是那兒來的？」

「買的。」福靖答說：「五十兩銀子。娘不貴吧？」

「嗯，不貴。」

太福晉的聲音是冷的；臉色也是冷的。福靖覺得好沒意思；他的兩個嫂子，福彭的妻子費莫氏、福秀的妻子納拉氏，也都不敢作聲，一時場面顯得很僵。

於是大姨娘開口了——她生過兩個兒子，行二的福聰、行五的福崇，先後夭折。福崇因驚風不治時，福靖生下來才四個月；為了移情自慰，將福靖視如己出，提攜抱保，無微不至。因為如此，她對福靖可以用呵責的語氣。

「你也是，五十兩銀子買這麼個黑古隆咚的玩意；醜死了！」

「樣子醜，可聰明得很呢！」

「對了！比你聰明。」太福晉接口罵道：「不上進的東西。」

百兒八十銀子買一樣玩物，也是常事，又何至於就看成不上進？福靖心中不服，悻然之色就顯在臉上了。

「別跟太太頂嘴！」大姨娘趕緊提出警告；然後一面看著太福晉，一面向福靖又說：「把鳥籠子掛起來，洗洗手，快開飯了。」

「洗了手回來！」太福晉吩咐：「我有話問你。」

福靖答應著，回頭向外；轉身時看到大姨娘拋給他一個警戒的眼色，心中不免嘀咕。走到廊上，看見太福晉親信的丫頭小雲；便招招手跟她要有話說。

「太太幹麼生我的氣？」他問：「你知道不知道？」

一語未畢，屋裡在喊：「小雲！」是四奶奶納拉氏的聲音，「太太叫你。」

「來了，」小雲高聲答應；接著，放低了聲音，匆匆說一句：「是隋家的事。」舉步便走。

一聽這話，福靖出了中門，將鳥籠交給小廝；直奔西院，迎面遇見三姨娘朴氏，便即問道：「老爺子呢？」

「在射圃練功呢。」三姨娘問道：「看你慌慌張張的，倒是為甚麼？」

「不為甚麼。」福靖掉頭就走，急匆匆轉往射圃。

射圃是個長方形的大敞棚；只見訥爾蘇穿一身藍軟緞夾襖袴，袴腿掖入快靴；辮子盤在頭上，腰中繫一根板帶，正跟怡親王府戲班中的一名武生，在打快槍。

「六爺，」也是怡府戲班中的一個武旦，名叫小金福的，迎上來笑道：「聽說新得了一個八哥，好得很；多早晚讓我們瞧瞧。」

「那容易。」福靖眼望著他父親練功，口中答道：「我叫人取來。」

這時訥爾蘇的一套快槍已經打完；他早就看到福靖神色匆遽，所以等他走近來，不等他開口，先就問道：「有事嗎？」

「是！」福靖略等一下，待那武生走開，他父親擦了臉，才低聲說道：「隋家的事，娘知道了。彷彿很不高興，要叫我去問話呢！」

訥爾蘇對妻子有些忌憚，皺著眉說：「誰到你娘面前去搬了嘴？」

「不知道。」福靖只問：「娘問起來，我怎麼說？」

訥爾蘇沉吟了一回說：「不能不瞞，不能全瞞。數目小的一筆可以說；大的一筆不能說。而且大的那一筆，也還沒有成功。」

「是了。我得趕回去；去晚了，娘會疑心。」說完，福靖復又匆匆而去。

果然，太福晉問的是隋家的事，屏人密詢：「有人說隋赫德送了你爹幾百兩銀子；你爹又開口跟人家要借五千兩，有這話沒有？」

福靖成竹在胸，從容答說：「這話一半有，一半沒有。」

「這叫甚麼話？」

「隋赫德送了爹五百兩銀子是有的；爹跟人家借五千兩銀子，那是不知道誰在娘面前造謠。老隋一個革職的人，那來五千兩銀子借人？」

「我不問人家有沒有，只問你爹開過口沒有？」

「沒有。」

「真的沒有？」

「這是甚麼事，我敢騙娘？」

「只要你不騙我，自有你的好處。」太福晉說，「你別像你爹那麼糊塗，成天不幹正事——。」

「娘，」福靖打斷了她的話，「爹不能出門，有甚麼正事可以幹。」

聽這語氣，仍是向著他父親，太福晉的怒氣又湧了上來，「為的他不幹正事，才不能出門。」她沉著臉說：「不能出門就不能幹正事？就不能讀讀書、寫寫字？」

「這話我也說過。嘿，娘，你猜爹怎麼說？他說：『八十歲學吹鼓手，我可沒那麼大的興致。』」

「哼！」太福晉是不屑的神情；然後又說：「就算他過了讀書的年紀，你可不是四十出頭；『少壯不努力，老大徒傷悲』，像你成天只想玩兒，你大哥想拉你一把也不行。」

「我那裡只是成天想玩兒？」福靖自辯，「我用功的時候，娘沒有瞧見。」

「好！我以後常常瞧你去。」太福晉的臉色緩和了，接下來便是規勸、勉勵和告誡。

她說福彭很得皇帝寵信，一則由於怡賢親王胤祥病重時，曾經向皇帝面奏，平郡王年紀雖輕，幹練穩重，才堪大用；再則有寶親王常替他在皇帝面前進言，將來一定會掌權。如今福靖做的事，是讀書上進，學著辦事，只要是塊材料，不愁不成大器。

「說到你不該做的事，最要緊的是，別壞了你大哥的名聲。」太福晉又說：「像跟隋家借銀子的事，一傳到皇上耳朵裡，心想：好！還沒有掌權呢，他父親就胡作非為了；等一掌了權，仗他兒子的勢，不定幹出甚麼事來。你倒想，那是多大的害處？」

「娘這話，最好跟爹也說一說。」

「當然，我要跟他說，不過跟你說更管用。你爹不能出門，如果不是你替他跑腿，他能幹甚麼？」

福靖想說：爹可以找趙森。但馬上覺得不必說這話，只答一句：「我盡力照娘的話做就是。」

「那才好！」太福晉高興了，「吃飯去吧！」

福靖倒是有意聽母親的話，不再想為他父親「跑腿」；無奈做父親的在權威之外，總還有感情，福靖便很為難了。

「你大哥如今是『王爺』，我支使他不動，這樣的事，也不能讓他知道；你四哥呢，當差巴結，找不著他的影兒。如果你也不可憐、可憐爹，我生了兒子有甚麼用？」

聽到「可憐」二字，福靖不由得心裡難過，「不是我不願意給爹辦事。說實在的，這件事不大好。」他說：「有別樣事，爹要我到那兒，我就到那兒。」

「我那裡還有別的事？不就這檔子事嗎？我就不懂，人家自己願意的，有甚麼不好？」

「只怕，只怕會壞了大哥的名聲。」

「哼！壞了他的名聲。」訥爾蘇突然逼視著幼子，「這話誰說的？你大哥？」

「不是。」

「那麼是誰呢？」訥爾蘇緊釘著問：「是你娘？」

福靖不作聲；這當然就是默認了。

「你娘說的，還不就是你大哥的話？真混帳！」訥爾蘇氣呼呼地，「兒子當了郡王，還不准老子借錢；真霸道啊！」

「爹，」福靖終於忍不住，「有借有還，才叫借。爹拿甚麼還人家？」

「拿甚麼還？八月裡幾處莊子來繳租，不就能還人家了嗎？」

平郡王府當初圈的地，在京東寶坻一帶；一共四處莊子，每年收租，總有一萬多銀子。說起來舉五千銀子的債，也能還得起。

於是福靖帶著趙森，又到隋赫德家去了一趟，但並無結果。訥爾蘇開口要借五千銀子。隋家也願意借，而且不要利息；無奈話雖說得好聽，銀子並沒有捧出來，說是要等幾處地方送到湊齊了，再來通知。這一趟去，仍是這話；等於白跑了一趟。

訥爾蘇很焦急。這幾年「一份俸祿兩位王爺花」，自然入不敷出，所以他很拉了些虧空；債主在年底下就逼著要，一再拖延，已有拖不下去之勢。他手頭又是散漫慣了的；半個月前答應為全聚班的一個小旦周蓮生脫籍，要四百兩銀子，亦尚無著落。周蓮生間天來一回，名為請安，其實要錢；這是個躲不掉、也不能讓趙森去支吾敷衍的債主，所以訥爾蘇一見他來，便如芒刺在背！說甚麼綺年玉貌，視而不見；說甚麼歌喉宛轉，徒然心煩。

看起來非躲不可了！這一天聽見周蓮生的聲音；他想起有個地方好躲：上房後院。

上房兩進，平郡王夫婦住前院；太福晉帶著大姨娘住後院。訥爾蘇帶著三姨娘，另住一處添蓋在射圃以北的新廈，難得跟妻子在一起；因而太福晉道是：「稀客！」

訥爾蘇隨隨便便坐了下來，大姨娘、小雲還有幾個丫頭都忙著來招呼；倒使得他真有作客之感了。

這份感覺並不好受，為了想換得一份親切的待遇，他交代大姨娘：「我在這兒吃飯。」

「知道了。」大姨娘看著太福晉說：「我到小廚房看看去。」

這是徵詢太福晉的意思，應該添兩個菜；看她點了頭，大姨娘走了。小雲向丫頭們使個眼色，亦都悄悄讓了出去。

「你來了也好，有件事正要告訴你，小六的親事，難！」

福靖乳名小六。前兩年就有人來做媒，也相過幾家親，但父母有父母的意見，福靖有福靖的看法，到得兩老夫婦看中，福靖亦頗滿意，誰知「大哥」那一關通不過，因為新娘的父兄，可能牽涉在皇帝所關心的一件案子中——這只有平郡王福彭才知道，他說一句：「等一陣子看看情形再說。」犯不上無緣無故受累！」這頭親事便化為泡影了。

年前有個鑲紅旗佟副都統的妻子來做媒。女家名氣極大，姑娘的曾祖父是平三藩的大功臣圖海；

他本是漢人，但在明朝中葉就住在寧古塔附近的綏芬地方，所以也算作滿洲人。他姓馬，照滿洲的氏名，稱做馬佳氏。

圖海是筆帖式出身，但氣宇非凡，受知於當今皇帝的祖父世祖，在順治十二年即已入閣拜相。康熙二年特命為「定西將軍」，領兵掃蕩流寇李自成的餘孽。回京以後，仍歸原職。到得平南王尚可喜上奏自請歸遼，吳三桂接著作同樣的表示，借此窺測朝廷的意旨；於是朝中起了極大的爭執。

爭執之處在倘或撤藩，「三藩」——廣東的平南王尚可喜、廣西的平西王吳三桂、福建的靖南王耿精忠之中，吳三桂必反；耿精忠會響應吳三桂；尚可喜本人雖不會反，但他的子女眾多，長子尚之信凶暴無比，很可能亦會舉兵聲援。滿洲的兵力，不及三藩；而況勞師遠征？到此地步，且不說三藩盡反；僅僅吳三桂就應付不來。因此大多數的人贊成安撫三藩，維持現狀。圖海即是堅決主張不撤藩的重臣之一。

贊成撤藩的只得四個人。但先帝從小立志，三藩必撤。所以少數勝了多數。圖海本來主張不撤；但皇帝既然作了決定，只有服從；於是態度一變，對討伐吳三桂的戰事，全力支持；康熙十五年掛了撫遠大將軍的金印，領兵直趨陝西平涼。

平涼提督叫王輔臣，流寇出身，目不識丁而智勇絕倫。順治六年，大同守將姜瓖降而復叛；王輔臣是他帳下小校，往往單騎突襲，出入飄忽，但必有所獲而去，猶如「飽則遠颺」的蒼鷹，清兵便替他起個外號叫「馬鷂子」；他的標誌是一匹黃驃馬；清兵一看他馳騁而來，立即就會傳呼警戒：「馬鷂子來了！」無不遠遠躲開。

「馬鷂子」的名聲，連攝政王多爾袞都知道；因此在親自領兵征大同，降服姜瓖後，特選王輔臣為護衛。不久，多爾袞一病而亡，屍骨未寒，便因為部下所出賣竟致廢為庶人，子女玉帛，盡入掖庭。在身隸「辛者庫」罪籍中，有兩個人卻別有奇遇，一個是為多爾袞部下擄入王府的董小宛，由孝莊太后拔入慈寧宮去當女侍，照料世祖的幼弟博果爾。世祖一見，驚為天人，那光景恰如漢元帝在王昭君陛辭時，心旌搖搖，神思恍忽；於是在順治十三年七夕，冊為貴妃，晉封皇貴妃，不僅由「長信宮中，三千第一」變為「昭陽殿裡，八百無雙」；甚至歿後晉后，與聖祖的生母佟佳，一起祔葬世祖的昭陵。

再一個就是王輔臣，為世祖所賞識，拔充御前侍衛。洪承疇經略河南，世祖特命王輔臣相從，奉職唯謹；以後轉到平西王吳三桂帳下，亦復極受器重。不道跟吳三桂的姪子吳應期，酒後相爭，以致吳三桂對他起了誤會；王輔臣走了門路，調為平涼提督。那時聖祖已決心撤藩，心知王輔臣是大將之才，籠絡備至；王輔臣亦傾心輸誠，矢志不二。

及至吳三桂起事，聲勢極盛，密書約王輔臣響應；他的部下多主叛清投吳，王輔臣身不由己，姑且虛與委蛇。到得圖海領兵來到平涼，視察形勢，認為只可智取，不可力敵；用幕中名士周昌的獻議，約王輔臣祕密相晤，勸他投降，「鑽刀」設誓，力保無他。於是王輔臣成了圖海部下的大將，轉戰有功。到了康熙二十年，圖海班師還朝；詔命王輔臣入覲。鑒於平南王尚可喜長子尚之信，叛而復降，畢竟亦難逃誅戮；王輔臣心想，朝廷蓄怒已深，此去必不可免，倘或綁到菜市口正法，不但辱及父母，亦無面目見妻妾於地下——多爾袞破大同時，他的結髮妻子，懸梁自盡；後來圖海圍平涼城，他偶爾說了一句：「倘或城破，只怕沒有人會尋死！」他的繼配跟六個姨太太，竟約好了一起上吊。

這一妻六妾，同時畢命後，王輔臣又娶了一個填房；有一天忽然反目，怒不可遏，非要把他這個妻子休掉不可。其實是為了保全妻孥；就用這個辦法將家人僕從，盡皆遣散，然後用「開加官」的法子——臉覆棉紙，噀以冷水，閉氣而亡，與病死無異。

圖海回朝，聖祖問起王輔臣；圖海為王輔臣辯白，造反並非本意。不道聖祖盛怒之下，口不擇言：「你跟王輔臣是一路的人！」圖海想起最初曾反對撤藩；這時以為聖祖要跟他算老帳，既驚且懼，當夜便吞金自殺了。

聖祖大為痛悔，更多疚歉，便追封圖海為三等公，由他的兒子諾敏承襲。馬爾賽是諾敏的長子；少年襲爵，由於聖祖追念他祖父的功勛，格外優遇，康熙末年，官至領侍衛內大臣，掌鑾儀衛事；正黃旗下的侍衛，以及全副鑾駕，都歸他管，不是極親信的人，不能當這個差使。

但馬爾賽是庸材，為聖祖的另一親信、也是至親的隆科多，玩弄於股掌之上。當康熙六十一年初冬，聖祖自知或將不起，命他差人密召皇十四子撫遠大將恂郡王，自前方來京，馬爾賽聽從了隆科多的指使，竟違背了聖祖的密命，以致皇位落在當時的雍親王頭上。為了酬庸起見，在雍正二年正月初，特頒上諭，說先帝在日，每向諸皇子盛稱圖海的功勛，應該加贈一等公，賜號「忠達」，並配享太廟；不久又命建立專祠，這一來馬爾賽亦就由三等公升為一等忠達公了。

到得雍正八年五月，皇帝最寵信的怡親王薨逝；皇帝想起他曾數次諫勸，不妨給幽禁在壽皇殿旁的恂郡王，一個「改過自新」的機會；因而命馬爾賽去傳達上諭，預備給他一個重要的職務。

誰知恂郡王的答覆是：「他願意出來辦事；但必須先殺掉馬爾賽。」皇帝當然不會再理這件事；但心裡有數，馬爾賽的加官晉爵，出於酬私的痕跡太顯，很想讓他立一番軍功，也好誇耀自己的知人之明，遮掩恩出格外的痕跡。

於是雍正九年夏天，派馬爾賽為撫遠大將軍，擔當討伐準噶爾的北路軍事；一出師便知他不是將材，改授為綏遠將軍，只負防守之責。

到得雍正十年初秋，準噶爾大舉內犯，侵入喀爾喀左右翼：喀爾喀親王、也是皇帝的妹夫，額駙策零打了一個極漂亮的勝仗；準噶爾酋長大小兩策零敦多卜，卸甲丟盔，沿鄂爾坤河敗走，經過馬爾賽的防區；靖邊大將軍順承郡王錫保，下令攔截，那知馬爾賽懦怯不敢出兵。

部下跪求，無動於中，以致本可徹底殲滅的敵人，竟獲得了一條意想不到的生路。皇帝得報震怒，將馬爾賽斬於軍前。但他的一等忠達公爵位，是圖海立功所得，所以並未削奪；特旨命馬爾賽之弟馬禮善承襲。

佟太太來做的媒，就是馬禮善的幼女三格格，品貌都是上選；訥爾蘇夫婦與福靖都很中意。馬家也來相過親；據佟太太傳言，忠達公夫人對福靖的批評很不壞；這頭親事，一定可以成功。

「那知變卦了。」太福晉說：「你知道是為甚麼？」

「你別問我，你就乾脆說吧！」

「說了怕會惹你生氣。」

「不要緊！」訥爾蘇顯得氣量很寬似地。

「馬家說，新郎官的人品不錯；可惜新郎官的父親沒出息。」

聽得這句話，訥爾蘇把臉都氣白了。「我沒出息，可也不像馬爾賽那麼窩囊！」他破口大罵：「馬家的秀氣，都叫他家文襄公拔盡了。他哥哥甚麼東西；他老子又是甚麼東西，給他一個尚書做都不會；窩囊廢！」

他罵的是圖海的次子諾敏。當年聖祖垂念圖海的功績；更憐憫他功高而不永年，空有富貴，因而在康熙二十三年，特簡諾敏為刑部尚書；那知他雖讀過書，是個書獃子，何能掌管刑名？於是二十五年九月，改授禮部尚書；結果還是幹不下去，不到半年就被免職；只吃一份公爵的俸祿。

「你何必生那麼大的氣？只要小六有出息，不怕沒有比馬家更好的姑娘。」

提到三格格，訥爾蘇的心情很矛盾；他實在很喜愛這個曾經可能成為他的兒媳婦的少女——原是通家之好，早就見過的；一口一個「王爺」，嘴跟她的臉一樣甜；果然能娶了過來，一定是能孝順他的。

於是，他問：「剛才那句話是誰說的？自然是馬禮善！」

「不！」

「不？」訥爾蘇大出意外，「那麼是誰說的呢？」

「是他家的一個姑太太。」

「親戚的閒言閒語理它幹甚麼？」訥爾蘇彷彿有種為妻子戲侮了的感覺，所以不滿地又說：「你也是，話不說清楚。不相干的事告訴我幹甚麼？」

「也不能說是不相干的話。」太福晉說：「佟太太來說，三格格是過繼給她的伯父的；想等他伯父週年過了，再提這樁親事。這自然是聽了他家姑太太的話之故。」

「不見得。」訥爾蘇說：「馬禮善為人還老實。」

「那，你就等著吧！」太福晉說：「等過了十月再說。」馬爾賽正法於去年十月，要到今年十月才滿週年。

正談到這裡，只聽腳步匆遽，人聲嘈雜，訥爾蘇往外一看；只見小雲與幾個丫頭，已上了台階；東首垂花門外影綽綽有幾個太監與護衛的影子。

門簾一掀，小雲笑容滿面地高聲說道：「恭喜王爺、太福晉，大爺派在內廷辦事了。」

「喔，」訥爾蘇問道：「那裡來的消息？」

「是大爺打發玉格回來通知的。」

「玉格呢？」訥爾蘇說：「你把他叫進來，等我問他。」

於是玉格奉召而至，先請了安，站起來垂手等待問話。

「怎麼說？大爺派在內廷辦事，是甚麼差使？」

「軍機處。」玉格昂著頭，微偏著臉回答；真是「神氣活現」的樣子。

太福晉倒還沉著，「王爺」卻有些失態了，「甚麼，軍機處！」他問：「你沒有弄錯吧？」

「錯不了。」玉格答說：「大爺親口跟我說的。大爺還讓我通知方師爺預備謝恩的摺子。弄錯了還成？」

「不會錯的。」太福晉說：「軍機處正缺人呢？」

她對朝局比訥爾蘇還清楚——自然是聽福彭所說：軍機處本稱軍機房，設於雍正七年六月；去年三月改稱「辦理軍機處」，軍機大臣只得三個人，最初是怡親王胤祥、保和殿大學士張廷玉、文華殿大學士蔣廷錫；怡親王下世，補了馬爾賽；馬爾賽出征，未曾補人。上年蔣廷錫病故，方始將雲貴總督鄂爾泰、貴州提督哈元生調進京來，在軍機處行走。不久，貴州苗子復叛，哈元生回任；今年正月，鄂爾泰奉命經略北路軍務，又只剩下張廷玉一個人了。

「這可是皇上的左右手啊！」訥爾蘇說：「來，取我的袍褂來！這得到祠堂裡去磕個頭。」

第二章

「二哥，我可要溜了。」曹雪芹對曹震說：「回頭四叔問起來，就說我回咸安宮去了。」

所謂「咸安宮」是指「咸安宮官學」。內務府子弟本在「景山官學」念書；就在曹雪芹奉母隨叔歸旗的那一年，詔命別設「咸安宮官學」，在上三旗包衣及景山官學中，選拔聰俊子弟入學，十四歲的曹雪芹輕易入選。咸安宮官學是所有為旗人而設的學校中，辦得最好的；也只有咸安宮官學，才有當翰林的教習。五年下來，曹雪芹的詩文大有進境：「雜學」如兵農醫卜之類，無書不讀，惟一不好的是八股文。

因為學得太雜，所以懂得很多，而懂得越多，越覺得不懂的更多。賦性好奇，復又健談；而年齡跟他相彷彿的同學少年，談不出甚麼名堂；所以在咸安宮官學中，他常常溜出去找侍衛、太監聊天。宮中的遺聞逸事倒是聽了不少，但如談到學問見解，就彼此都談不下去了。

終於有一天，曹雪芹遇到了一個可談而且一談就使他不勝傾倒的人，此人就是平郡王府的「方師爺」方觀承；字遐穀，安徽桐城人。

方觀承是個奇人，奇在他的身世與經歷。他今年三十六歲；從南到北——自江寧至黑龍江，已去過七個來回，而且是徒步。身世之奇，奇在他家四代充軍；高祖方拱乾、曾祖方孝標，因為牽涉在順治十四年丁酉的科場案中，充軍已論大辟，由於董小宛的斡旋，免死發遣寧古塔。康熙改元，遇赦而歸。

當方孝標鋃鐺就道之時，正是方觀承的祖父方登嶧出生之日，五十生辰時，賦詩自賀，有「五十年前罹禍日，征車行後我生時」，大有慶幸生於憂患，將死於安樂之意，那知五年之後，也就是他五十五歲那年，忽然爆出一樁「南山集案」的文字獄；這是左都御史常州人趙申喬造的孽。趙申喬是個沽名釣譽的假清官；有個真貪官的兒子趙鳳詔，當太原知府時，是山西巡撫噶禮的心腹，專用酷刑敲詐，得贓朋分。但聖祖不知道；康熙四十八年巡幸塞外，趙鳳詔在龍泉關接駕，聖祖因為他是趙申喬的兒子，便問他噶禮官聲如何？趙鳳詔回奏：「噶禮清廉第一。」聽信了他的話，聖祖將噶禮調升為兩江總督。

這一來噶禮就越發肆無忌憚了，兩江屬官凡是清正的，皆不為所容，江蘇巡撫于準、藩司宜思恭、臬司焦映漢、蘇州知府陳鵬年，都是好官，卻都忍氣吞聲地為他攻走。最後遇到一個對頭，碰了個大釘子。

此人就是江蘇巡撫張伯行，他是湯斌的同鄉後輩，理學不及，清廉相似，而性情極其剛強。

康熙五十年江南鄉試，正主考左必蕃；副主考趙晉與噶禮勾結舞弊，出賣舉人，傳說噶禮得贓五十萬。張伯行一本嚴參；噶禮亦參張伯行，督撫互訐，事情鬧得很大。聖祖一面派戶部尚書張鵬翮、漕運總督赫壽嚴審；一面命蘇州織造李煦密查。李煦先想迴護噶禮，到後來看看瞞不住，論調漸漸改變；噶禮終於由先占上風一變為落了下風。

趙申喬造孽，即在噶張交惡之時。噶禮參張伯行之先，趙申喬奏劾編修戴名世所著《南山集》有大逆不道之語；及至交九卿議奏、刑部治罪、噶禮便作桴鼓之應，奏劾張伯行七大罪名，其中主要的一款，便是指控《南山集》在蘇州刻板印行，張伯行豈能不知？「進士方苞以作序連坐」，只為張伯行與他交好，不肯捕治。打算著將張伯行牽入這件欽命大案，自身難保，豈復尚能有所作為？

這本是趙鳳詔主謀，為救噶禮，設下一條「圍魏救趙」的毒計；那知案中有案，無端殃及屍骨已寒的方孝標，不獨死無葬身之地，而且禍延子孫。

牽累之故，只以《南山集》引用了方孝標的《滇黔記聞》；而趙申喬說方孝標「喪心病狂」，亦只以用了前明桂王「永曆」的年號。但非張大其詞，難將張伯行株連在內；結果聖祖明白宣諭：「張伯行操守天下第一，斷不可參。噶禮的操守，我不能相信；江南如果沒有張伯行，百姓不知要受他多少剝削。」並皆解任聽勘的噶禮、張伯行，一個革職，一個留任。

督撫互參，落下風的竟是總督，是從來所沒有的事。在朝的滿洲大員及趙申喬，一則遷怒；再則還沒有死了那條將張伯行誣扳在內，好為噶禮報仇的那條心。因此刻意羅織、鍛鍊成獄，到得結案時，刑部所定罪名，已近乎滅族。聖祖宣諭：「方登嶧之父曾為吳逆偽學士，吳三桂之叛，係伊從中慫恿；偽朱三太子一案，亦有其名，今又犯法妄行，若留在本處，則為亂階矣。將伊等或入八旗，或即正法，始為允當。此事所關甚大，本交內閣收貯，另行啟奏。」

聖祖所說，曾任吳三桂的「偽學士」及慫恿叛亂的是方學詩；而刑部錄供用滿文，又照《南山集》原文，稱方孝標為「方學士」，滿文譯音，聖祖才會誤方學詩為方學士。在此以前——康熙十年，又曾誤方學詩為明末四公子之一的方以智；幸虧廣東臬司佟國楨，辨明真相，才能大事化小。這回沒有人敢替方孝標出頭；於是方登嶧、方式濟父子充軍黑龍江；戴名世只是處斬，並未凌遲。此外方氏族人，方苞、方貞觀皆隸旗籍，不得南歸，至雍正改元，方始特旨出旗。

當方式濟遣戍時，方觀承與他的胞兄觀永，都未成年。方家寄居江寧，既遭家難，境況奇窘，幸虧清涼山的和尚周濟，才能免於凍餒。兩兄弟孝思過人，康熙五十四年決定出關省親；盤纏無著，只靠自己的兩條腿。從此隔一年去一回；先是兄弟同行，後來就只有方觀承一個人上路。十四年間父祖先後病歿；方觀承流落京華，賣卜為生，有一天平郡王福彭上朝，從轎子裡看到他賣卜的布招，字寫得極好；停轎一談，才知道他是世家子，亦是孝子，隨即便邀入王府，是幕友亦是清客。

曹雪芹是這年隨曹頫到王府拜年，才得結識方觀承；他的經歷本就使好奇的曹雪芹深感興趣，筵前接坐，聽他談起山川名勝及江湖上的奇聞異事，更是嚮往傾倒，念念不忘。但無事不能到王府去找他；這天難得有這麼一個機會，當然不肯錯過。「吃肉」是不必向主人道謝及辭別的；向曹震關照過了，隨即悄悄溜了出去，由夾弄來到西跨院，老遠就看到了方觀承瘦小的身影。

想找個聽差通報一聲，卻一時無人；曹雪芹只好在窗外咳嗽一聲，等方觀承抬頭看時，他才恭恭敬敬地招呼：「方先生！」

「喔，曹世兄！」身不滿五尺的方觀承，音吐卻很響亮；親自打門簾將曹雪芹迎了進去。

「方先生沒有在前面『吃肉』？」

「『吃肉』越多越恭敬。我的胃納不佳；恐怕失禮，倒不如迴避為妙。曹世兄請坐，想來有事見教？」

「『聽君一席話，勝讀十年書。』」曹雪芹開門見山地說：「方先生的見聞如此之廣，我能來看方先生而不來，豈不是如入寶山，空手而回？」

方觀承笑笑說道：「你請坐一下。」

說完，方觀承又伏案作書。字寫得很快，寫完拿給曹雪芹，是替平郡王代筆的一幅詩箋，極漂亮的一筆行楷；題目是「奉和樂善堂主人見賜之作」。

「這是和寶親王的詩？」

「是的。」方觀承說：「詩是王爺親自做的。今天的公事，就此一件；交了差，可以奉陪世兄到那裡去走走了。」

曹雪芹又驚又喜，急忙答道：「方先生想到那裡去走走？我追隨。」

「能不能陪我去喝兩杯？」

「是！是！方先生看那家館子好？」

「不必上館子。石虎胡同西口的大酒缸，酒很不壞；你能委屈嗎？」

「方先生言重了。」曹雪芹說：「只要方先生不嫌委屈，我自然奉陪。」

「好！那就走吧！」方觀承喊道：「小彭！」

小彭是方觀承的書僮，稚氣滿臉，卻長得又高又大；進來給曹雪芹行了禮，靜等主人發話。

「你看家！回頭王爺會派人來取詩稿，你別走遠了。我跟曹少爺在石虎胡同大酒缸喝酒。除非王爺找我；別人要問，你不必說我在那裡。」

交代完了，方觀承帶著曹雪芹穿角門、抄小路，到得靠近大廚房，供下人進出的便門，曹雪芹憋不住要開口了。

「方先生，咱們怎麼走法？」

「走了去。一出門往東，沒有幾步路就到了。」

「喔，那，我得和我來的人交代一聲。」

「啊，啊！」方觀承歉疚地：「我忘記了，你是公子哥兒，出門必有人跟著，家裡才放心。我是一個人走慣了的，從來想不到這些。」

一面說，一面環顧四周，恰好有個僕婦經過，方觀承將她叫住了。

「我是方師爺。」方觀承指著曹雪芹問：「這位你認識嗎？」

「這不是太福晉娘家的姪少爺嗎？」

「對了！麻煩你到門房裡去走一趟；看誰是跟曹二爺來的人，把他帶了來。」說完，方觀承一掀棉袍下襬，抓了一把制錢，遞了給那僕婦。

等那僕婦行禮道謝時，曹雪芹便說：「不必來！只煩你告訴跟我來的人，我陪方師爺去走走；回頭我自己回咸安宮，不必管我。」

「這也好！」方觀承說：「回頭我送你到官學。」

曹雪芹是頭一回上「大酒缸」，但見門內黑魆魆，無數人頭；門外鬧哄哄，不少小販，心裡不由得無端生出怯意，腳下就停住了。

方觀承便問：「你沒有來過吧？」

「是的。」曹雪芹說：「我跟方先生來見見世面。」

就這彼此說了一句話的功夫，已有兩三處地方在招呼「曹二爺」了。人太多，一時看不真切，但聽聲音是熟的；循聲望影，一個是咸安宮的藍翎侍衛；一個是咸安宮官學的「蘇拉」，正跟常來賣筆硯書籍的老劉，坐在一起喝酒。

這一來，少不得有一番小小的周旋；方觀承也有些酒友要招呼。忙過一陣，才找到一副座頭，大酒缸的蓋子便是桌面。下酒的只是些豆莢之類不中吃的粗食；但門外有各式各樣的小吃，方觀承很內行，指明要誰的炒肝、誰的湯爆肚、誰的炸三角。曹雪芹大多沒有吃過，新鮮滋味，加上好奇；非常滿意地說：「倘或不是方先生帶我來，真不知道有這麼樣的好地方！」

「天下到處有好地方。不過，只有心無成見，才能發現。」方觀承也很滿意；滿意於曹雪芹之不似一般的紈袴，「你不嫌這裡是販夫走卒取樂之處，說它好；實在難得。」說完，陶然引杯，浮一大白。

曹雪芹便又替他斟滿，口中說道：「方先生走遍天下，飽嘗珍味；我倒想知道，方先生覺得天下最好吃的東西是甚麼？」

「我是走遍天下，飽嘗世味。」方觀承持杯在手，徐徐說道：「飢者易為食；天下最好吃的東西，每每是極普通，而偏偏就是你不容易到口之物。」

曹雪芹覺得這幾句話頗耐咀嚼，而話中當然包含著他飽嘗過的世味；便點點頭不作聲，等他說下去。

「府裡今天『吃肉』，我就說個吃肉的故事你聽。是今上改元那年——。」

雍正元年十二月裡，方觀承沿著運河到了揚州府屬的寶應縣，身上一文不名；心裡在想，有個堂房姐姐嫁在寶應，夫家姓喬，幾次帶信來，經過寶應務必去看看她。這一回似乎非去看她不可了。

寶應喬家是鉅族，很容易地問到了地址，只見高大門楣，門廊裡兩條黑漆長凳，坐著六七個僕人打扮的中年漢子，一色藍布罩袍；袖口捲起來，不是紫羔，就是俗稱「蘿蔔絲」的羊皮袍子。

「你要幹甚麼？」有人問方觀承。

「我來看親戚。」

「看親戚？」那人是詫異的聲音；同時抬眼拿他從頭看到底。

這一看，方觀承方始發覺；不由得自慚形穢，一件舊棉袍，敗絮已露；束腰的布帶不夠長，接上一條貫穿制錢的「串頭繩」；腳上一雙泥濘滿染的布鞋，俗語所謂「前面賣生薑，後面賣鴨蛋」，前露趾、後露踵，中間須用草繩連腳背縛住，才能舉步。

「這裡，」那人似笑非笑地：「那會有你這麼一位親戚；你弄錯地方了！」

「府上，」方觀承囁嚅著問：「是姓喬嗎？」

「是啊，寶應喬家，那個不知道？」

是「寶應喬家」就不會弄錯。但方觀承已無再多說一句話的勇氣，默默轉身，茫然地只往前走。也不知走過幾條大街小巷，又來到鬧市；方觀承識得此處叫盧家巷。年近歲逼，打年貨的人很多，有家肉店，生意好得出奇，顧客擁擠不堪，方觀承走不過去了，索性倚柱稍息，看看熱鬧。

看了一看，他才明白這家肉店顧客格外擁擠的道理；原來店裡只得掌櫃一個人，而年下來買肉的，一買都是十幾二十斤；到得切割成交，大都會這麼關照：「替我送回去。」甚至交代：「貨到收錢。」顧客太多，怕貨色弄錯，那掌櫃不得不停下來，請對面油鹽店的帳房先生，分別姓氏，寫好一張張紙條，作為識別。這樣往來頻數，耽誤了功夫，客人就顯得擁擠了。

看到肉店掌櫃疲於奔命復遭顧客抱怨，滿臉無可奈何的神情，方觀承不由得好笑；掌櫃一眼瞥見，苦笑說道：「客人，你別笑！你換了我試試看。」

方觀承突然心中一動，隨即答說：「我不會切肉；我會寫字。我來幫你。」

掌櫃的高興極了，「我姓胡。」胡掌櫃放下屠刀說：「你這個忙幫大了。」

於是借來筆硯，安設桌子；胡掌櫃切好肉上秤，口中報數，方觀承運筆如飛，跟胡掌櫃切肉切得一樣快。

到得下午收市，胡掌櫃找了個人去送貨，自己將剩下的一方肉搭在肩上，帶著方觀承回家。他的家在河邊，茅屋三間，外圍籬笆；來應門的是一個十八九歲的女郎，亂頭粗服，丰神楚楚，見有生客，很快地把頭低了下去。

「阿蓮，快叫你娘燒飯，我請了位客人來。」

接著，請方觀承在堂屋中坐定，細問來歷。方觀承亦不隱瞞，將父祖遇禍，遠戍關外，以及間歲省親的經過，約略相告。胡掌櫃聞之欷歔不絕。

「你請坐一坐，我去打酒。」

等胡掌櫃走後不久，阿蓮捧了一盤年糕出來，靦腆地說道：「方少爺想必餓了，請先點點飢。」說完，不等方觀承答話，已翩然而逝。

方觀承確是餓了，但裝點讀書人的身分，淺嘗即止。等到胡掌櫃打了酒來，才將他的妻子、女兒喚出來正式見禮。

「方少爺——。」

胡掌櫃的妻子剛一開口，方觀承便打斷了她的話，「千萬別用這樣的稱呼！」他說：「世界上那有像我這種叫化子的少爺？」

「不要這樣說，做官人家出身，少爺總是少爺。」

為了稱呼，起了小小的爭執，最後是胡掌櫃調停，稱之為「方二爺」。方觀承因為胡家鄰居管她叫「胡大娘」，便也照此稱呼；叫阿蓮自然是「蓮姑娘」。

「你們也坐下來一起吃。小戶人家，講不得那麼多規矩。」胡掌櫃又對方觀承說：「我沒有兒子，也沒有用夥計。年底下很忙，方二爺如果不見外，能不能在這裡過年？到時候，我一定有一分心意。」

方觀承欣然答應：「窮途落魄，有胡掌櫃收容，是我的運氣。」

於是飲酒食肉。門外北風虎虎，門內溫煦如春；酒醉飯飽，拆一扇門板當床鋪，下鋪草荐，上覆布被，都是阿蓮料理。

「你問我天下甚麼東西最好吃；我告訴你，就是那天晚上的鹽菜燉肉。」方觀承又說，「不過這倒也不盡是飢者易為食；還有絕處逢生、知遇之感、極濃的人情味在內。」

「這是可以想像得之的。」曹雪芹興致盎然地問：「以後呢？」

「以後，」方觀承突然有種落寞的神氣：「他們一留再留，到二月初才走。」

曹雪芹直覺地認為他還有些話沒有說出來，因而追回：「方先生所說的『他們』是誰？」

「自然是胡掌櫃夫婦。」

「還有那位蓮姑娘呢？」

聽得這一問，方觀承抬眼看了一下；臉上的神色，更由落寞而轉為悵惘了。

「方先生，」曹雪芹突然問道：「那時貴庚多少？」

「我今年三十六歲；十年前的事——。」

「這樣說是二十六歲。」曹雪芹有句話沒有說；也不用說，他知道方觀承至今還是單身。

這言外之意，似乎有些唐突；但方觀承卻不以為忤；嘆口氣唸了兩句詩：「『此情可待成追憶，只是當時已惘然。』」

「只怕現在也是惘然。」曹雪芹替他斟滿了酒，鼓勵他說：「說出來心裡就舒服了。」

方觀承喝了口酒說：「你愛聽，我就跟你談談。當時——。」

當時的方觀承，死心塌地地幫著胡掌櫃做生意；一早出門，回來天還未黑，吃晚飯之前，他總是看看書。阿蓮照例替他倒一杯茶，有時胡掌櫃有事，還要出門，晚飯開得遲；阿蓮就會弄些炒米糕之類的點心，讓他點飢；經常也還有葵瓜子消閒。方觀承也不在意；不道有一天無意之間抬頭一望，阿蓮正掀開門簾，悄悄在探望；四目相接，她像受了驚似地，很快地放下門簾，躲在自己屋子裡不出來；到開飯時說是頭疼不想吃，始終不曾露面。

於是總有三、五天的功夫，她對方觀承一直保持著矜持的神態，淡淡地不大說話，但照料卻一如平常。方觀承體會到她的心情，亦就裝作沒事人似地，免得她內心不安。

又一天，方觀承一面看書；一面伸手去拈葵瓜子，不覺入手溫軟急忙縮手一看，只見阿蓮漲紅了臉，正轉身要走。

「對不起！」方觀承覺得需要道歉，更需要解釋：「我不是故意的。」

「沒有人說你故意，你又何必先表白。我看，你眼睛裡除了書，再沒有別的。」說完，阿蓮斜睨了他一眼，然後轉身去了。

這臨去秋波一轉，加上她那兩句話，大有幽怨之意，方觀承不免歉然，而且大生警惕，一過了年就走吧！

於是到了除夕吃「年夜飯」時，方觀承舉杯相敬：「承兩老照應，感激不盡。一過了年初五，我想告辭了；今天借花獻佛，也不知道怎麼說才好。總而言之，這二十天的日子，是我一輩子都忘不了的。」

「看了燈再走。」胡掌櫃很快地回答，同時看了妻女一眼：「寶應的花燈是有名的。」

方觀承自是一諾無辭；但也少不得說兩句客氣話：「打攪得太久了，心裡老大過意不去，尤其是五更天聽見胡大娘起來煮粥；這麼冷的天，我心裡實在不安。」

這確是方觀承耿耿於懷的一件事。煮了粥雖不是他一個人吃，但如果沒有他，胡大娘就會自由得多；如果懶得起身，只在床上說一句：「你上茶館吧！」茶館開得早，到那裡洗臉吃點心，都很方便。但自方觀承一來，胡大娘覺得請人家來幫忙，數九寒天一大早就得出門，連碗暖腹的熱粥都不得到口，未免說不過去；所以常是雞鳴即起，一面咳嗽連連，一面生火煮粥。方觀承亦曾勸過幾次，而胡大娘總覺得待客之道，應當如此；所以堅持如故。

但從除夕說過這話以後，第二天也就是雍正二年的大年初一起，情形就改變了；方觀承起身到廚房舀水洗臉時，所遇見的第一個人不是胡大娘而是阿蓮。

「恭喜，恭喜！」方觀承作了個揖賀年。

「恭喜你。」阿蓮問說：「怎麼不多睡一會？」

「起早起慣了。而且，爆竹也吵得人睡不安穩。」

這時阿蓮已替他舀來一盆臉水，簇紅的一條手巾，搭在朱紅木盆上；另外是一盅鹽湯，供他漱口。接著，又端來一碗桂圓紅棗蓮子湯；還說一句：「回頭再吃年糕湯。」

第一天如此，還當是過年例外；第二天復仍其舊，方觀承才知道是女代母職；當然是因為他除夕說了那幾句表示不安的話之故。

然而，方觀承卻是更不安了，覺得欠了她極大的情，而不知何以為報。同時孤男寡女，清晨相對，找不出甚麼話題可談，亦是件很尷尬的事。

「方二爺，」有一天胡掌櫃問他了：「你是不是有甚麼心事？」

方觀承詫異，「沒有啊！」他反問一句：「胡掌櫃，你是從那裡看出來的？」

「我看你這兩天，常是一個人望著天想心事。到底有甚麼為難事，儘管說。」

胡掌櫃用極親切的聲音說：「方二爺，你千萬不必見外，跟自己一家人一樣了，有甚麼話不可以說？說，說，儘管說。」

方觀承越發困惑，竟像是認定了他必有心事似地。他心裡在想，若說有心事，便是為阿蓮而不安。然而這又是不能說、也不必說的話；所以兀自搖著頭說：「沒有，沒有！沒有心事。」

「真的沒有？」

「真的沒有。」方觀承又說：「承胡掌櫃的好意，答應送我一點盤纏；我還有甚麼心事？」

本含著笑意的胡掌櫃，臉上頓時有爽然若失的神色；但旋即恢復了很勉強的笑容，「沒有心事最好。」他說：「我只當方二爺年紀輕、臉皮薄，不好意思說。」

甚麼事「臉皮薄，不好意思談？」方觀承心裡在想，回南走北，經歷過各種困境；也看過各種難看的臉色，自己都能付之泰然，臉皮不能算厚，卻沒有甚麼不好意思談的話。他實在不明白胡掌櫃的意思。

因為心裡有事，也因為這多天飽食終日，毫不勞累，晚上睡得不甚酣適。家家小戶，薄薄一層竹子為骨的泥壁，稍有響動，泥壁的另一面，清晰可聞；方觀承頻年作客，學會了如何不使主人家討厭，所以每當午夜夢迴，輾轉反側之際，極其小心地不讓它出聲，免得驚擾了人家。因為如此，常能聽到胡掌櫃夫婦半夜裡的動作；但這天聽到的，卻是他們夫婦倆在枕邊低語。

「他是不是家裡有太太？」

「沒有。」胡掌櫃說：「還沒有娶親；如果有太太，怎麼會住在和尚廟裡？」

聽得這話，方觀承殘餘的睡意，一掃而空；越發屏住呼吸，而且將腦袋抬了起來，讓耳朵離開枕頭，以便細聽。

「只怕真是你說對了，他臉皮薄，不好意思說——。」

「不對，不對！」胡掌櫃打斷了妻子的話：「我說這話，差不多就是叫明了。他一個讀書人，不應該不懂；懂了裝不懂，甚麼意思，你莫非還不明白。」

「我真的不明白。照我看，他用不著裝不懂。一定是你話沒有說清楚！」

「還要怎麼樣清楚？難道一定要當面鑼，說一句：方二爺，我把我女兒嫁給你；一切都不用你費心。」

一開始，方觀承就已想到是這件事，但還不敢相信；直到聽見胡掌櫃說得這麼清楚，不信也不可能了。他們兩老怎麼會有這種想法？方觀承不由得在心裡揪了個結。

「算了，算了！」他忽又聽見胡掌櫃在說：「你叫阿蓮死了這條心吧！」

原來這還不是胡掌櫃夫婦想要他做女婿，而是阿蓮情有所鍾。因此，他越發要凝神靜聽。

「人家雖然落魄，到底是官宦人家出身；你倒想，像我們的身分，怎麼配得上人家？」胡掌櫃又說：「照我的意思，原是不肯開口的；你一定要我去說。到底還是碰了個釘子；還好是個軟釘子。再不死心，就要碰硬釘子了。」

「我不怕碰硬釘子。」

「你當然不怕，臉皮像城牆那麼厚；不過你要替阿蓮想想，這個釘子碰回來，她怎麼還能見人？」

胡大娘不作聲了。顯然的，她同意了丈夫的見解；不過，她終於還是說了句：「慢慢來想法子。」看起來，她還沒有死心。方觀承暗生警惕，眼前遭遇了一個絕大難題，倘或處置不善，惹出甚麼風波來，變成恩將仇報了。

這一夜通前徹後地想下來，覺得比較妥當的辦法，還是靜以觀變為妙，最要緊的一點是，絕不能傷了阿蓮的自尊心。

到得天明起身，一如平時，到廚房裡舀水洗臉，但對阿蓮卻忍不住在照常招呼以外，偷偷覷她一眼；不道視線碰個正著，彼此都很快地避了開去。

方觀承深為失悔，何必看這一眼？倘如阿蓮誤認他有愛慕之意，這根無端飄纏到身上，似無而實有的情絲，豈非更難擺脫？

正這樣一個人在心裡嘀咕，發現一雙手伸到面前，是阿蓮替他捧了茶來；這使他意識到應該跟她說說話，才能解消彼此的窘迫之感，於是隨口問道：「今天是十一吧？」

「十二。」阿蓮答說：「明天就上燈了。」

「對了！」方觀承找到話題了：「明天找個地方看燈去。老人家說：寶應的花燈很講究；倒要見識見識。」

「也沒有甚麼好看。不過擠熱鬧而已。」

「是啊！本來看燈——。」他本想說：「看燈兼看看燈人。」話到口邊，覺得出言似乎輕佻便即噤住了。

阿蓮看了他一眼，見他不作聲，不免奇怪；停了一下說道：「年菜已經吃完了。今天做新鮮菜，想吃些甚麼？」

「甚麼都好。不必太費事。」

「你這樣說才費事。要想好半天，不知道甚麼東西配你的胃口？」

幽幽而言，略帶著埋怨的意味；口吻好像做妻子的。方觀承心裡不覺一蕩。

「那，我想想。」方觀承說：「吃長魚吧！」

「還有呢？」

「長魚就行了。」

阿蓮也沉默了一下，然後點點頭：「好！」接著又說：「回頭你跟爹去吃早茶，可別叫長魚麵。」

這幾天方觀承總是陪著胡掌櫃上茶館；淮揚一帶通行喝早酒，一碗乾絲一碗麵，四兩洋河高粱，在方觀承是極大的享受。這天不但不敢叫長魚麵，而且連麵都不吃，要留著量享用有長魚的午餐。

近午回家，只見胡大娘正搭起案板，在縫製一件新棉袍，看那尺寸，方觀承便知是為他所製，不由得在感激之外，又添了幾分不安。

「今天買了長魚？」胡掌櫃望空中使勁嗅了兩下，「香得很。」說著便奔向廚房。

「方二爺！」胡大娘提著做了一半的棉袍，起身說道：「倒來比一比看。阿蓮說她仔細量過了，一定合適；倒看看長短，是不是真的剛好。」

「原來是替我做的！磕頭，磕頭。」

「一件布衣服，甚麼了不起的事。」

說著，胡大娘將棉袍披在他身上，然後前後左右觀察；自己看了不作數，又叫出胡掌櫃父女來看，三個人圍著他道長論短；方觀承大感窘迫，而又忽發異想：大概新女婿頭一回到岳家會親，便是這種感覺。

「短是短了一點。」胡掌櫃說：「不過走路方便。」

「那就這樣？」方觀承立即接口：「短的好。」

胡大娘不作聲；阿蓮掉身回廚房，接著收拾桌子開飯；四樣葷菜，除了一碗蘿蔔燉羊肉，其餘都是長魚——鱔魚，紅燒、清燉之外，還拿鱔魚絲拌了一碗乾絲。

這頓飯自然吃得很熱鬧，但談笑歸談笑，心裡卻各有想法，最高興的是胡大娘，聽丈夫說喝早茶時，方觀承連麵都不要，只吃了兩個「蟹殼黃」，當的是吃得太飽，怕午飯吃不下，見得他的誠心，是一喜。

可是，這又何以見得不是通達人情，有意的做作？及至看到方觀承果然吃得很多，是真的喜歡吃阿蓮做的菜，而阿蓮的這「長魚三吃」，確是出色，亦是一喜。

她一直有個想法，也是多少年來見聞的經驗，男人沒有一個不嘴饞的；就拿自己的「老伴兒」來說好了，總說：一見了肉就膩了。但如夏天久旱不雨禁屠，到得甘霖沛降，又好賣肉了；那時做個「獅子頭」出來，保管他連湯都吃得不剩。阿蓮那把杓子上的功夫，看來能讓「方二爺」牽腸掛肚了。更是一喜。

想到這裡，胡大娘脫口說道：「明天我來做獅子頭。」

胡掌櫃一楞，隨即說道：「明天我還不做生意。」

「你不做生意，別人做生意。你不會到同行那裡，替我提個幾斤五花肉回來。」

胡掌櫃想想道理不錯，無話可說，低頭喝酒。阿蓮怕兩老因此生了意見；便故意把話引了開去。

「我娘做的獅子頭是有名的。」她對方觀承說：「你吃了才知道。」

「揚州府的獅子頭，天下聞名。明天我又有口福可享了。」

胡大娘心想，做獅子頭有名，卻一直不曾做過，豈不是有意輕慢客人？因而急忙解釋，「方二爺，我好幾次想做獅子頭請你了，不湊巧，帶回來的肉都用不上。」她說：「做獅子頭要五花肉；還得要挑一挑——。」

接下來便為方觀承細談「揚州獅子頭」的做法，如何選料、如何切割、如何烹煮？方觀承一面細聽；一面仍是不停著地吃鱔魚。量太豐富了，非努力不可。

阿蓮看在眼裡，自然得意。她倒真的是一片愛心，方觀承吃得越多，她越安慰；看著、想著，不免自問：是不是有緣分，天天能讓他吃得這麼舒服？這一想，立即冷了心；而且自己責備自己：癡心妄想！人家是「落難公子」，自己可不是「相府千金」，別做那種「後花園私訂終身」的夢吧！方觀承不知她是這樣在想；看她不時偷偷覷上一眼，心裡越來越嘀咕了。

她的手藝確是不錯，這一頓飯可說大快朵頤，但一時口腹的享受，不必事後，便知得不償失，窗下枕上，又不知因為辜負了她而生多少愁悶不安？轉念到此，不由得暗地裡自怨自悔，實在不該特為點了「長魚」，空費她的這一番功夫與情意。

「啊！」胡掌櫃突然發聲，而且聲音很大，大家都微微受驚了。

「你這是做甚麼？」胡大娘埋怨著說：「大驚小怪地！」

「我想起來了，明天不是上燈嗎？」

「上燈又怎麼樣？」

「上燈，咱們要上街看燈啊！」胡掌櫃說：「我年底下還在想，到那一天在會仙樓定個座；要臨窗的桌子。怎麼就忘記了呢？」

「那也太講究了。」方觀承笑道：「走著看不也很好？」

「我倒有個主意。」阿蓮說道：「燈，盧家巷是一定要經過的；就在咱們自己店裡看好了。」

「這話對！」胡掌櫃一拍大腿，對他妻子說：「你的獅子頭就在店裡燉。明天晚上，咱們看燈吃獅子頭。」

胡掌櫃對於妻子的打算，真是洞若觀火；起初，他抱著聽其自然的想法，此刻受了氣氛的感染，心又熱了。於是興致勃勃地策畫，如何將店裡打掃乾淨；如何邀一些至親好友一起來看燈。

正講得熱鬧時，卻為阿蓮打斷了，「爹，」她問：「請人家來看燈；請不請人家吃晚飯？」

「你別打岔。」胡掌櫃說：「當然要請。不請人家吃晚飯；人家那裡都可以看燈，何必要你請？」

「怎麼個請法呢？」

「請人來做一桌菜。」胡掌櫃突然向妻子說道：「二伯伯、二伯娘兩位老人家，一定要請的吧？」

胡大娘定睛看著丈夫；然後眨了幾下眼才回答：「那當然。把大姑老太也請來。」夫婦倆開始重新斟酌名單，原定要請的一些朋友取消了；替代的人，從稱呼中聽得出來，不是長親，就是至戚。方觀承心裡在想：這是甚麼意思？偶爾抬頭，發覺阿蓮已不知甚麼時候離去了。

這一下，恍然大悟；他們夫婦是邀長親至戚，來看看他們未來的「女婿」。至少，也是一種相親。意識到此，幾乎頭上冒汗；心裡在說：快到了推車撞壁的地步，必得設法另找出路不可。

不過，他表面上卻還沉著；至少還有半天的功夫，一定可以想出辦法來。

到得飯罷，胡掌櫃說要出門；方觀承立即想到，如果他去看「二伯伯、二伯娘、大姑老太」等等，說明請他們明天晚上來吃飯的原因，那一來事成不解的僵局，可就糟不可言了！

這一急非同小可。但情急智生，立即定了兩個步驟：第一個是留住他，不讓他出門；如果留不住他，就用第二個步驟絆住他，找個甚麼理由，跟他一起出去，不容他脫身。

於是他說：「胡掌櫃，今天風大，你的酒又喝多了，不宜吹風。明天不是要請客嗎？不如去歇個午覺，養養精神。」

胡掌櫃想了一下，點點頭說：「這話倒也不錯。」

緩兵之計總算見效了；脫困之計卻還得思索。因此，等胡掌櫃去睡午覺；胡大娘母女在為他趕工製新棉袍時，他取了本書坐在門口去看，——只要是他看書時，胡家三口人就會相戒：「別去打擾！」此刻，他是藉此圖個清靜，好想心事。

想一會心事；看一會書；書是《史記》，看到《陳丞相世家》，高祖在平城「為匈奴所圍，七日不得食；高帝用陳平奇計，使單于閼氏，圍得以開」這一段，置書而起；心中默語：「我何不及陳平？」

「我出去走走！」他對胡大娘說。

「今天風大。」胡大娘說：「你的棉袍快好了。」

話不完整，意思卻明白，穿上新棉袍，才能擋得住風寒；方觀承答說：「我不走遠；冷了就回來。」

胡大娘還待再說，阿蓮便攔住了她，「人家再冷的天都撐過來了，」她說：「何在乎這一刻？紐襟釘得不結實，會掉！」

「這話也是。」胡大娘望著他，如慈母般叮嚀：「別走遠了！早點回來。阿蓮還留著半碗『馬鞍橋』，回頭替你煮麵。」

鱔魚中段，最肥厚的部分叫「馬鞍橋」；阿蓮嫌她母親把她待方觀承特厚的意思揭明了，所以提高了嗓子喊一聲：「娘！」表示抗議。

方觀承心中一動，彷彿抓住一個甚麼主意，一面出門一面想，沿著門前的那條小河，也不知走了多少遍；等他想停當，暮靄已起，是回去的時候了。

轉身走不幾步，抬眼望去，看到胡家門口有個人剛轉了過去，只能見到背影；但甩了起來的辮梢與紫花布的棉襖，已告訴他那是甚麼人了。

揚州府的蓬門碧玉，原有「站門子」的習慣；不過這麼冷的天，站到門口來喝西北風，卻是絕無僅見之事。顯然的，她只是在盼望他。

意會到此，方觀承覺得他打定的主意在動搖了。然而一想到萬里以外，冰天雪地中，鬚眉皆白的祖父，羸弱多病的父親，心頭一陣酸楚，激出眼中兩泡熱淚，很快地淹沒了長辮梢與紫花布襖。

他定定神，擦乾了眼淚，自己告訴自己要沉住氣；同時又想了一下他剛才已細心研究過、必然會遇到的情況，以及如何展開的步驟，自覺仍舊一切都有把握，才慢慢走回胡家。

屋子裡已點了燈，油燈之外，還有過年才有的紅燭；霞彩般的光燄，照在胡掌櫃夫婦臉上，似乎平添了一層喜氣。廚房裡鍋杓在響，油煙味誘人食欲；使得方觀承幾乎要坐下來不想動了。

「方二爺，」胡大娘把摺好的一件新棉袍，抖了開來：「你穿上試試，看合適不合適？」

這正是方觀承預料中的情況；他從從容容地答應著，卸去舊衣，著上新袍；好久沒有享受這種軟和溫暖的滋味了，但這種滋味為他帶來的感受，卻與以前不同。以前是心裡有種異樣的充實；而此刻卻有惶恐的感覺。

「怎麼樣？」胡大娘含笑著道：「這就再大的風都不怕了。」

「我——，」方觀承搓著手，作出那種喉頭壅塞著太多的話，不知從何說起的表情：「我從小沒娘，你老人家就是我的娘。我拜在你們兩老膝下吧！」

說著，撩起新棉袍下襬，膝蓋彎得一彎卻又停住；然後左右張望，作出想找甚麼東西的模樣。

胡掌櫃看出他是要下跪，但怕泥地會弄髒了剛上身的新棉袍，正在找拜墊；因而趕上來拉住了他的手臂，口中一迭連聲地：「使不得，使不得，當不起。」

這下胡大娘也弄清楚了，他倒是說得很清楚：「方二爺，我們倆可不能拿你當乾兒子；你千萬別這麼想！」

「不管你老人家怎麼想，我可是認定了你老人家就跟我的親娘一樣，把蓮姑娘當作我的親妹妹。」

此言一出，胡掌櫃與胡大娘的臉上都變色了。胡大娘是由驚愕而失望；胡掌櫃卻由凝重而轉為平靜。

「方二爺，你這番意思很厚，可惜我們當不起。你放心好了。」胡掌櫃說：「過了元宵，十六送你動身。」

方觀承如釋重負；但內心卻有濃重的歉意，甚至自責卑鄙，弄這種虛假的手段騙老實人。因此，他只低著頭說：「我真不知道怎麼樣才能報答你們兩位老人家？但願將來能夠自立，有奉養兩位老人家的一天。」

「好說，好說！有你這一句話，我們就感激不盡了。」胡掌櫃看著他妻子說：「看看飯好了沒有？」說著，抛了個眼色過去。

胡大娘沒有作聲；行走遲滯，有些艱於舉步的模樣，方觀承越覺歉然，上前扶掖著說：「走好！我來攙你老人家。」

「不要，不要！那裡就一下子路都走不動了？」

戛然而止，餘韻悠然。但曹雪芹不問個水落石出，是不甘心的；尤其是阿蓮作何話說？

「我不知道她跟她父母說了些甚麼？不過第二天沒有去看燈。」

「這是，」曹雪芹笑道：「『為郎憔悴卻羞郎』了。」

「也許是，不過有個原因，讓我耿耿不安。」方觀承說：「她不去看燈，是因為替我備辦行裝；連夜趕出來一套夾襖袴、一雙千層底的鞋子。」

「真了不起！聽聽都叫人感動。」曹雪芹又問：「以後呢？重逢過沒有？」

「沒有。以後我南北還來回過兩次，不巧的是，不是不經過寶應，就是搭人家的便船，過寶應不停，沒有機會去看他們。」

「也沒有通過信？」

「倒託便人捎過一封信，沒有回信。」方觀承想了一下說：「那便人是泛泛之交；多半為洪喬所誤了。」

曹雪芹本想說：何不派個專人去探望一下？轉念一想，這話何用他人來說？他沒有這麼做，自然是力有未逮；這也是可想而知的事。

「唉！」方觀承嘆口氣：

十年生死兩茫茫，不思量、自難忘！

這是蘇東坡悼亡婦的詞；看起來他心目中已將阿蓮當作妻子了。看到他那一片悵惘之色，曹雪芹便也唸了幾句蘇東坡的詞來安慰他。

人有悲歡離合，月有陰晴圓缺，此事古難全；但願人長久，千里共嬋娟。

「難！」方觀承喝了一大口酒，突然說道：「人間的大學問，無非一個『情』字。做事容易做人難，難就難在這個『情』字，不容易料理；情而不情，不情而情；情中有情，情外無情，且不說料理妥貼，光能分辨得清，就很了不起了。」

這番議論聽來很玄，卻耐於咀嚼；曹雪芹細細體味了一會，很起勁地說：「我倒試著辨一辨，胡大娘只為她女兒，沒有顧到方先生的處境，是情而不情；胡掌櫃毅然決然，送方先生上路，實在是不情之情；蓮姑娘自然是情中有情；而方先生呢，天倫之情至重；兒女之情只好忍痛割捨，豈非情外無情？」

方觀承啣杯傾聽；聽完又低著頭想了一會，方始開口，「我不過隨便謅了兩句，不想到了世兄你口中，居然詮釋得恰如其分，真是始料之所不及。」說著，舉杯又說：「今天，實在是快晤。」

曹雪芹心裡非常得意；對方觀承當然也有知己之感。不過大家有教養的子弟，慣於矜持，所以只是謙虛地說：「方先生謬獎！但願能夠常親教益。」

「那是我求之不得的一件事。不過學裡功課也要緊；今上很看重咸安宮官學，世兄千萬不能為外務分心！」

這話在曹雪芹便有些聽不入耳了。說勿為外務分心，用功讀書，是不錯的；若說皇帝著重咸安宮官學，便須格外在意，不免存著勢利之見，而曹雪芹最恨的便是勢利二字。

當然，方觀承是他敬愛的人，即或一兩句話不中聽，他仍舊恭恭敬敬地答一聲：「是！」

他還想聽方觀承談談關外的風土人情，卻未能如願。王府裡派了人來找方觀承，說平郡王等著要見。於是方觀承關照來人將曹雪芹送回咸安宮，他自己仍循原路步行，進了後門，不回自己住處，逕自來到平郡王的書房。

第三章

「問亭，」平郡王叫著他的別號說：「有兩件事要跟你談，一件是我得帶個人進去，想請你幫忙。」

「王爺言重了。」方觀承說：「我得先請示，是幹甚麼？看我能不能頂得下來？」

「是寫上諭。」

一聽是這個任務，方觀承既興奮、又惶恐。內廷辦事規矩，皇帝召見辦理軍機的王公大臣，面諭某事應如何處理，稱為「承旨」；將上諭寫下來，寄交封疆大臣或膺專閫之寄，擔當方面軍事的大將軍，稱為「述旨」。既稱述旨，自然不能違背皇帝的意思，但語氣輕重之間，卻可參以己意，譬如與民有利之事，不妨加重語氣；換句話說，這道上諭，便有一部分自己的意思在內。下筆能關乎蒼生禍福，在一個窮書生亦足以自豪了。

惶恐的是，皇帝精明尖刻，城府極深；而且生性好辯，方觀承久已聽說，皇帝的面諭，往往滔滔不絕，累千百言不止，承旨的大臣必須記性極好，才能勝任。述旨是聽承旨的人複述，倘或其中遺漏了一部分，寫下來即不符原意；有時一改再改，始終「不當上意」，吃力不討好的差使，不能不慎重考慮。

「問亭，」平郡王說：「如果你不願意，我就沒有人可找了。」

「王爺這麼說，我非硬著頭皮來頂不可了。不過，」方觀承的聲音很重：「我不是為我自己；我是怕力不能任，誤了王爺的事。」

「我明白你的意思。」平郡王的神情極其懇切，「這個差使當然不輕鬆；但落到咱們頭上了，要說一句『我拿不下來』這話，你不肯，我也不肯。問亭，差使越難越有勁！你能從江寧到黑龍江，萬把里路拿兩條腿走著就走到了；我想，天上大概也沒有甚麼事再能難得倒你了。」

為平郡王的這番話所鼓舞，方觀承頓覺心胸一寬，豪氣升騰，很快地答說：「聽王爺這麼開示，我還能說甚麼？」

「你放心，咱們湊合著，一定能對付得下來。」

「是！」方觀承躊躇著又說：「不過，沒有功名的人，能在內廷行走嗎？」

「喔，」平郡王不等他話完，便搶著說：「我已經跟皇上面奏過，賞你一個內閣中書；這是『特旨』。」

內閣中書七品官，居然還蒙「特旨」，這也算一個異數；方觀承得意之餘，想到了一件事。

「特旨還得謝恩。我是請王爺代奏，還是請張中堂代奏？」

「張中堂」是指大學士張廷玉；平郡王想了一下說：「張中堂是你『堂官』；請張中堂代奏吧！還有件事，寶親王不知在那兒見過你的字，又聽說過你萬里省親的事，很想找你談談，也許還想要你的詩稿看，你稍為預備、預備；就這幾天，他會找你。」

方觀承心想，以平郡王與寶親王的關係，加上這一次修玉牒的祕密，情分更自不同。一旦寶親王得登大寶，平郡王的地位與權勢，將會跟三年前去世的怡親王胤祥一樣。自己得有這樣一個能為平郡王幕府的機緣，將來不愁沒有官做；不過做官是一回事，做事又是一回事。

想發抒抱負想做事，要靠自己，此刻在眼前也有兩個機會，一個是隨著平郡王到內廷辦事，是個學習政事的機會；再一個便是寶親王的召見，如果能得他的賞識，更要緊的是讓他知道，有這麼一個既矮且瘦，看來手無縛雞之力，而其勁在骨、會做事、肯做事的人可用。

這樣想著，下了決心，要在第一次見面時，便讓寶親王在心中欽服。這是件不容易的事，因為寶親王有三高：天分高、志氣高、自視高，倘無過人之處，為他自問所不及，何能讓他心服？

如此轉念，自覺下的決心，有些不切實際；能讓寶親王覺得他不錯，也就很好了，何必非要他心服不可？

多少年來，他學會了一個免於咎戾及失悔的「安心方」：凡事盡其在我，順其自然。於是烹茶焚香，把心靜了下來，才從抽屜中取出他的「述本堂詩稿」細看，有那些詩是可以抄給寶親王看的。

那知第一首五古便費躊躕，詩題是「大梁道中所見」；作於雍正二年冬天，也就是他由於胡掌櫃的資助，出關省親回來，奉父之命，迂道至開封去探訪一位父執，在路上見到「催租吏」逼得人賣兒賣女去完官課的慘狀。那是當今皇帝藩邸舊人，與鄂爾泰、李衛並為三大寵臣之一的田文鏡，由河南藩司升任巡撫時的事。

然而田文鏡的「猛於虎」的苛政，卻為皇帝所盛讚，說他真能「實心辦事」、「吏畏民懷」，如今詩中據實描寫，就不知他能令庶民懷念的是甚麼了？這首詩大犯忌諱，似乎拿不出手；但像這樣的詩，不相干的人看了，不過咨嗟一番，毫無作用；只有寶親王看了，惻然心動，很可能會找機會向皇帝進言，那一來河南的老百姓受益就不淺了。如果自己怕觸犯忌諱，不敢上達，於心何安？

正在這樣心問心，始終委決不下時，小彭進來說道：「老王爺派了人來，有話要說。」

「喔！」方觀承詫異，他跟老王訥爾蘇從未打過交道，有何話說？當下抬頭望出去，認得是訥爾蘇的親信趙森。

於是，他掀簾走了出去；趙森一見，搶上前來，請個安說：「老王爺讓我來請方老爺；不知道能不能過去一趟？」

「當然。我就去。」方觀承問說：「不知道老王爺是甚麼事？」

趙森略一躊躇，透露了實情：「老王爺要請方老爺，跟王爺轉達幾句話。」

這就更令人詫異了！他們父子之親，何話不可談，要託旁人轉達？進一步想，父子之間有話不能說，要由旁人來轉，自然是留一個緩衝的餘地；足見老王要說的話，是小王所不能接受的。

來了為難的事了！方觀承在心裡想；然而無可推託，只能套上一件馬褂，硬起頭皮跟著趙森走。

訥爾蘇對方觀承的稱呼，比他兒子來得客氣，「問亭兄，」他說：「我是受人之託，自己不便開口，想請你幫忙，代為跟小兒說一說。」

「是！」方觀承只能動問：「不知道老王爺甚麼話，不便向王爺開口？」

「我跟他一說，他就先把皇上抬出來；又是整飭吏治甚麼的。兒子跟老子打官腔，我還能開得了口嗎？」

方觀承久知訥爾蘇滿腹牢騷，不道說的話是如此尖刻，只好陪著笑說：「老王爺在說笑話了。」

「傳出去才真是笑話。我就是不想鬧笑話，才要麻煩問亭兄。」訥爾蘇抹了一指鼻煙，才又說道：「老實說吧，隋赫德託人來跟我說，他雖七十二歲了，精力還很過得去，常時騎馬上西山；能不能再派他一個差使？問亭兄，你跟小兒老實說，我欠了人家情，不能不還；好歹替我把這件事辦成了。」

方觀承亦有風聞，訥爾蘇用隋赫德的銀子；所謂欠情，即指此而言。這件事在平郡王是辦不到的；不過他們父子之情也不能不顧，且等跟平郡王說了再商量，此刻且敷衍著。

於是他說：「是！老王爺的話，我一定說到。」

「不但說到，還得請你美言。」

「老王爺言重了。」

「我是實話，一定得請你敲敲邊鼓。」訥爾蘇又說：「甚麼時候聽你的回音？」

「明天。」方觀承已有了主意，所以很爽快地回答。

「好！一切拜託。」

受了託的方觀承不敢怠慢，問知平郡王未曾出門，隨即求見；悄悄將訥爾蘇的話，據實轉告。

「唉！」平郡王嘆口氣：「你看，怎麼辦？我能做這種事嗎？」

「自然不能。不過，老王爺像是欠了人家很大一個情；若說有難處，老王爺一定不高興。」

「是啊！這就是兩難之處。問亭，你有甚麼主意？」

「我看只有釜底抽薪之一法。」

「何謂釜底抽薪？」

「老王爺那裡，不妨先哄一哄他，就說一定記在心上，不過得稍為緩一緩，看有甚麼機會；一面再找人跟隋赫德去說，不准再來嚕囌老王爺。他那裡不來追，老王爺也就不會來追王爺了。」

平郡王想了一下，點點頭說：「只好用你這個法子。問亭，這件事就託你辦吧。」

方觀承接受了這個任務，首先就去安撫訥爾蘇；但如何警告隋赫德，卻尚無主意。而就在這延緩的一段功夫中，隋赫德派他的兒子富璋送來三千三百兩銀子，名為相借，卻連借據都不曾要。

這消息很快地傳到了方觀承耳中，不由得大生警惕；如果是幾百兩銀子，隋赫德還吃得起虧，三千多兩，不是小數，既然花了這筆錢，當然抱著極大的希望，直接催老王，便是間接催小王。自己設計的那套辦法，只為晚了一步，看來用不上了。

於是，他為平郡王煩惱，也為自己煩惱；深怕訥爾蘇再會派趙森把他請去談這件事。誰知三天下來，毫無動靜；叫小彭到門上去打聽，隋赫德家有人來過沒有？

「隋家不敢再派人來了！」小彭這樣來回覆。

「為甚麼？」方觀承大感意外，而且也大為困惑。

「咱們府裡派了兩個護衛到隋家，跟他家說：你們給老王爺送東西，還借銀子給老王爺，都教小王爺知道了。以後你這裡再使人來往，或借銀子給老王爺；倘教小王爺聽見了，馬上參奏，斷不輕饒。隋家那還敢派人來？」

這正就是方觀承的所謂「釜底抽薪」的辦法，但要警告在先；已經收了人家一筆鉅款，卻用這樣的言語威脅，不就是詐欺嗎？

於是，他急急問說：「護衛是誰派的？大爺嗎？」他的想法是，平郡王已經將這件事交辦了，就不該親自下令；倘或親自下令這麼辦，他就得進一步打聽，平郡王是否知道，他父親已收了隋家三千三百兩？

那知小彭的回答，是他萬萬想不到的，「我聽說是趙森傳的話，說是大爺交代的。」小彭又說：「也有人說，是趙森玩的花樣，那兩個護衛，每人得了個大元寶，是老王爺賞下來的。」

不言可知，是「也有人說」對了。平郡王何能派趙森傳達命令？當然是趙森一手安排，「假傳聖旨」；而這件事不折不扣地是仗勢欺人。長此以往，平郡王總有一天會受累。

但這件事一時還不便揭破，否則父子之間，必起風波。走南到北，閱歷過千奇百怪的方觀承嘆口無聲的氣，在心中自語：禍福相倚的道理，真是顛撲不破的。

在方觀承隨平郡王行走軍機處以後的半個月，寶親王終於通知平郡王，有功夫約見方觀承了。

「約見的日子是明天散值以後，我會派人送你去。不過，有件事，我得先告訴你，寶親王因為你南來北往，對山川形勢很熟悉，大概要問問你這方面的情形。」

方觀承在內廷行走雖不過十幾天的功夫，但已經發現，朝廷有許多忌諱，甚麼事能說、甚麼人能談，都得先打聽清楚；因而一面答應著，一面在思量，有些甚麼話是不能說的？

「問亭，」平郡王又說：「你對天山南北路的情形熟不熟？」

「不能算熟，不過倒是常聽人談起。」方觀承說：「這兩年西路用兵；我認識的將弁很多，來來去去，常有把杯縱談的機會，所以那裡的形勢險要，風土人情，也還略知一二。」

「嗯，嗯。」平郡王沉吟了一會，徐露微笑，帶著點詭祕的神情：「如果你對西邊情形很熟悉，說不定能得一個軍功。」

方觀承對他這話自然關心，「請王爺明示，」他說：「是不是有派我到西路軍營效力的意思？」

「我沒有這意思。」

那麼是誰有這意思呢？方觀承口雖不言，只用殷切的眼光望著平郡王，那就不能不讓他作個明白的解答了。

「西路軍事很不利，可是皇上，」平郡王放低了聲音說：「皇上的威信所關，想撤兵又不甘心；一心盼望打個大勝仗，可以開始收束。鄂中堂經略軍務，有密奏到京，額駙策凌只能衝鋒陷陣，不能料理軍務；兩位大將軍，順承郡王虛有其表；查郎阿亦不如預期。如今岳鍾琪下在獄裡，前方少一個宿將，更覺得為難。皇上的意思，得有一個精明強幹的親貴，把順承郡王去換回來──。」

說到此處，戛然而止：方觀承略想一想就懂了，何以寶親王要找人問西陲的形勢？自然是有被派出去代替順承郡王的可能，因而預為綢繆。

這樣想著，接下來便要考慮自己了。如果寶親王約見，談得很投機；那麼一旦他奉派為大將軍，必定會把他帶到前方。平郡王說這話的用意，或許是在提醒他，倘或不願從軍，明日見寶親王時，談到天山南北路，以裝作茫然不知為妙。

這一點又須先了解平郡王的意思，自己才能作決定；於是他問：「請示王爺，倘或我有機會到西路效力，王爺肯不肯放我？」

「這要問你自己，你願意不願意到西路效力？」

方觀承沉吟了好一會，方始回答：「我委決不下，請王爺作主。」

不言可知，方觀承有萬里立功的壯志；平郡王暗中佩服，便即答說：「你有此志氣，我何能不放？」

方觀承看他神態懇切，不由得起身一揖：「多謝王爺。」

「這還是沒影兒閒話，」平郡王笑道：「你居然就認真了。」

方觀承笑笑不答，接著又問：「寶親王如果問起民生疾苦，我能不能實說？」

平郡王想了一下說道：「對事不對人。」

方觀承將這五個字咀嚼了一會，深有領悟，接著又問：「問起前方的軍情，能不能說實話？」

平郡王微吃一驚，「莫非是誰誑報軍情？」他問。

「統兵最講究賞罰嚴明，如果出了冤獄，士氣還有個不受打擊的？」

「是甚麼冤獄？」平郡王正聲說道：「我現在入參機要；軍前有了冤獄，我在理不能不問。問亭，你是說紀成斌之獄？」

「原來王爺也知道了——」

「不，不！」平郡王否認：「我並不知道，不過猜想大概是他跟岳鍾琪的案子。你既知其詳，請你原原本本告訴我，看看能不能平反？」

「怎麼說是能不能？」方觀承問：「是不是皇上對——？」

他雖含蓄，平郡王倒老實說了：「不錯！皇上對紀成斌很痛恨；果真是冤獄，也得好好設法，才能挽回天心。請你快說！」

「紀成斌種禍之因在雍正八年——。」

雍正八年秋天，寧遠大將軍岳鍾琪奉召入覲；印務由副將紀成斌護理，是岳鍾琪自己所指定的。

當時集結在天山南北路的滿漢軍隊，不下六、七萬之多。但所謂「八旗勁旅」，早已有名無實，紀成斌深知內情，因而常將比較輕鬆的差使，派給旗人。有個副參領名叫查廩，奉派領兵一萬，在一個名叫卡倫的地方，放牧駝馬。這是個不需要打仗的任務；也很舒服，但查廩也太不把公事放在心上，只派了百把人去管理駝馬，自己屯軍背風的山谷之間。每日置酒高會，還弄了好些流娼來侑酒，樂不可支。這一來等於開門揖盜；敵人自然生了覬覦之心，大舉來犯。

接到諜報，查廩豪氣凌雲，「鼠盜之輩，不久自散。」他還向部下掉了一句文：「毋敗乃公之興！」結果當然是大敗；查廩棄兵先逃。有個總兵曹勷倒是個血性漢子，但勇而無謀，性子又急，聽查廩過營求救，亦不細問一問，開了營門，往前直衝；為敵人迎頭痛擊，單騎落荒而逃。

虧得屯卡倫的總兵樊廷、副將冶大雄，會合另一個總兵張元佐，緊急赴援，轉戰七晝夜，奪回駝馬，也救出了不少俘虜。

那查廩一逃回大營，把過失都推在曹勷頭上；紀成斌早就接到詳細報告，笑笑說道：「原來旗人之勇是這樣子！我算領教過了。」

當下傳令將查廩嚴密看管；第二天要請「王爺旗牌」將查廩在軍前正法。那知就這一天晚上，岳鍾琪回來了；得知此事，大驚失色。

「你要闖滅門的大禍了！」岳鍾琪說：「旗人的勢力還了得！你別看他是副參領，不知道有多少闊親戚在那裡；你敢動他！」

於是將查廩放了出來，好言相慰，置酒壓驚；在奏報大捷，鋪敘戰功時，將查廩棄兵而逃的情節，一概隱沒。總以為這樣安撫，應該不至於出事了；誰知不然。

原來皇帝對於準噶爾的軍事，本來寄望與輔佐年羹堯平青海的寧遠大將軍岳鍾琪；後來嫌他師老無功，內召到京，垂詢一切，派副將軍張廣泗護理大將軍印務。這張廣泗是鑲紅旗漢軍，由監生捐班，選為貴州思州知府；雍正四年調到雲南，為鄂爾泰所賞識。對平定貴州的苗亂，頗為出力，因而官運亨通，當到貴州按察使；此時特授為副將軍，召至京師，面授機宜。到了前方不久，岳鍾琪內召；張廣泗一接了印，隨即上奏嚴參岳鍾琪。本意有此時經略軍務的鄂爾泰支持，攻倒岳鍾琪，便可扶正；不道事與願違，只得了一個正紅旗漢軍都統；寧遠大將軍改派了查郎阿。

查郎阿祖上一直是武官；他本來是世襲的參領，為皇帝所賞識，雍正元年改授為吏部郎中，下一年超擢侍郎，在議年羹堯、隆科多的多少款大罪中，擔當了主要角色，於是帝眷益隆，先陞左都御史，接著外放，接替岳鍾琪為川陝總督，此時第二次接替岳鍾琪，署理寧遠大將軍。這一下，查廩報復的機會到了；因為他是查郎阿的至親。

查郎阿本性嚴刻，加以自恃皇帝寵信，所以為查廩報仇時，對紀成斌不留餘地，參劾的奏摺中，肆意攻擊，以致紀成斌下獄論死；接著又參曹勷縱賊，妄報勝仗，亦下獄論死。

聽完方觀承所談的內幕，平郡王大為動容，但心知事情很難挽回；不由得嘆口氣說：「他怎麼會犯在心狠手辣的查郎阿手裡？」

一聽是這樣的語氣，方觀承便知想救紀成斌已不大可能。不過，總算是為紀成斌說了話，自問已經盡力，可以心安；同時也想到平郡王剛入軍機，根基未穩，也不便出頭多事，因而不再作聲。

平郡王卻還有話說，意思是解釋他的苦衷，「張廣泗想扳倒岳鍾琪；而張某倚鄂中堂為靠山，此事有相互連帶的關係，我想設法保全岳鍾琪，在紀成斌的這件冤獄上，似乎不便多說話。問亭，」他歉疚地說：「你要體諒我！」

「王爺太言重了。」方觀承說：「岳鍾琪處事，過於持重；人是國家的棟梁，王爺能設法保全他，再好不過。」

寶親王是在皇子讀書的上書房，約見方觀承。問了年歲籍貫，談到家世；寶親王顯然知道他的父親與祖父的名字。

「你父親對西域的地理很熟悉？」

方觀承不知他此語何由而來？據實答道：「觀承先父，足跡未到河西。」

「那麼，何以有《龍沙記略》這部書。」寶親王問：「《龍沙記略》是你父親做的嗎？」

「是。」

「龍沙不就是西域嗎？《後漢．書班超傳》贊：『定遠慷慨，專功西遐，坦步蔥、雪，咫尺龍沙。』蔥嶺、雪山附近有白龍堆沙漠；《龍沙記略》，自然是記這一帶地方的大略。不是嗎？」

方觀承心想，寶親王的書還沒有讀通，只知其一，不知其二。如果他留意到李白的〈塞下曲〉：「將軍分虎竹，戰士臥龍沙」，就會明白，凡是塞外都可以稱做龍沙。

但他聽平郡王說道，寶親王自視很高，尤其是自負於書無所不讀，腹笥極寬，倘或引用李太白的詩句，在他或者以為是在駁他；那就一上來便話不投機，豈非太殺風景。

因而他想了一下答說：「觀承先父因為關外是本朝龍興之地；戍地又是黑龍江，地多風沙，所以借用了『龍沙』二字。」

「原來是借用成語！」寶親王又問：「我聽說你父親做了這麼一部書，尚未寓目。」

意思是要一部《龍沙記略》；方觀承便即答說：「先父此書，還不曾付梓。」

「還不曾印出來！」寶親王接著又問：「手稿是你保存著？」

「是。」

「我很想借來看看。」

「回王爺的話，先人手澤，雖然一時還沒有力量付梓，但不敢不什襲珍藏。這部稿子，現存原籍；觀承馬上寫信回去，大概兩個月才能送來。一送到京，立即進呈王爺。」

「好！你把你父親的稿子送來我看看，如果值得印；刻資我來幫你。」

「多謝王爺！」方觀承跪下來磕頭，「王爺不沒先人心血，存歿俱感。」

「伊立！」這是宮中習用的一句滿洲話，意思是「起來」；寶親王又說：「這也是我輩分所當為之事。」

等方觀承起身，寶親王已走到窗前，他的身軀高大，兩條腿更長，坐在匟上，既不能倚著匟几，又不能伸直雙腿；窗前有張紅木大椅子，他坐下來，身子斜靠椅背，雙手搭扶靠手，右足蜷曲，左足伸直，顯得很舒服似地。但對方觀承來說，似乎顯得倨傲輕慢。

正這樣想著，寶親王開口了，「那面有磁鼓，」他手指著說：「你自己搬一個來坐。」

聽得這話，方觀承那一絲不快，立即消失。他長得矮小，跟坐著的寶親王對答，不必彎腰；這樣談話也很輕鬆自然，便即垂手答說：「不敢越禮。」

寶親王點點頭問道：「聽說你南北來回好幾趟，多半是步行？」

「是。」

「長途漫漫，苦樂如何？」

方觀承覺得他這話問得不俗；略想一想答道：「苦樂皆由心造。櫛風沐雨，縮衣節食，雖說很苦；但一路的見聞甚廣，或者遇見奇人；或者逢到異景；或者發現怪事，亦足以抵消跋涉之苦。」

「你既說見聞甚廣，我問你兩個人，你一定知道。」寶親王神態悠閒地說：「甘鳳池你見過沒有？」

方觀承嚇一跳；心中自語：不好了！今天對答得不妥當，會闖大禍。於是定定神答說：「沒有見過；但聽說過。他是江寧人；江寧人人都知道，有好些奇怪的傳說。觀承久居江寧，當然也聽說過。」

「喔，是怎麼樣的奇怪傳說？」

「很多。我只跟王爺說一件，說他內功很深，一塊錫捏在他手裡，能鎔化為錫汁。」方觀承說：「『怪力亂神，子所不語。』不敢再胡說了。」

他推託得很巧妙，寶親王卻暗許他誠實。原來雍正七年冬天，浙江總督李衛奉旨兼管江南七府五州緝捕，因為江寧迭次發生盜案，便派一名叫韓景琦的千總，到江寧偵查，掀起一件妖言惑眾、謀為不軌的大案，牽連到兩江總督范時繹、江寧臬司馬世烆。其中「主犯」兩人，一個叫張雲如，一個叫甘鳳池，李衛的密摺中，便曾提到甘鳳池「握錫鎔汁」的能耐。寶親王前年受命整理「硃批諭旨」，曾經細參此案，疑問甚多，所以此刻提出來相問；所得到的答覆，與李衛所奏相符，自然覺得方觀承不欺了。

「還有一個人，你想來也聽說過。此人叫周崑來，你知道不知道他的底細？」

方觀承自然知道；談此人更要小心，他便故意微皺著眉，想了好一會方始回答。

「這個名字像是聽說過。不知道他的底細。」

「那麼，周璕呢？」

聽得這一問，方觀承越發大起警惕——周崑來就是周璕，但民間只知道周璕，不知道周崑來；而周崑來所以改用周璕之名，是因為璕字拆開，便成「尋王」二字；同時又有一個劉天球，亦寓有「求王」之意。此周劉二人，確有訪求「朱三太子」之意。但這些話何可對寶親王直陳？方觀承決定照民間的道聽塗說回答，事近虛妄，無可追究，最為妥當。

於是他說：「這周璕聽說過。據說大江南北有八大俠，為首的是個和尚；周璕跟甘鳳池亦都在其中。周璕善於畫龍，是本朝第一高手；他的畫我見過，是水墨龍，煙雲滿紙，夭矯不群，真的是見首不見尾的一條神龍。相傳家有周璕的墨龍，祝融不致為災。至於傳說他精於技擊，觀承就不大清楚了。」

對於這個傳說，寶親王深感興趣，他只在李衛的密摺中得知，周璕自稱為明太祖第五子周王之後，他有個女婿，是曾任福建學政的戴瀚；不知道他居然名列八俠，而且是畫龍的高手。

「周璕會畫龍，我怎麼沒有聽說過？」寶親王怏怏然地，頗有不足之意；且有些懷疑的神色。

方觀承體會得到他的心情；他曾聽平郡王說過，寶親王自負多才多藝，風雅過人，無事常到設有「西六宮」啟祥宮南面的如意館，看曾從王原祁學畫、為聖祖譽為「畫狀元」的唐岱作畫彈琴；自然也常談藝事，當代丹青名家，無一不知，而居然未聽說過周璕會畫龍，且是第一手，未免孤陋寡聞了。

他在想，要說個緣故，寶親王便可釋然。周璕之畫龍，跟他單名中寓有「尋王」之意，是有連帶關係的；這是個極大的忌諱，在皇子面前不談其人其畫，是非常合情理的事，寶親王大可不必覺得遺憾。可是，他不能不讓他留著這分遺憾；周璕跟為李衛騙到浙江的甘鳳池一樣，下落不明；毫無疑問地是在雍正八年夏天，特派工部尚書李永陞會同李衛審問後，一起祕密處決了。朝廷對這件大案，處置極其隱祕，唯恐張揚開去，動搖民心；自己當然亦以裝做不知為妙。

寶親王看他不作聲，只好另擇話題，「那八大俠還有些甚麼人？」他問。

「觀承只知道有個姓路的山西人，亦會畫畫；最喜歡畫鷹，每畫必題四個字：叫做『英雄得路』。」

「這是姓路的自負英雄。」寶親王笑著說了這一句，忽然轉為沉吟，過了一會又問：「你還見過甚麼奇人異士？我是說精於技擊的。」

「謂是奇人異士，一定深藏不露，不然就是器小易盈的浮囂之士——。」

「你說得不錯。」寶親王搶著說道：「不過常人難得一遇；你在江湖上涉歷得多了，總有機會見到。」

聽這一說，方觀承就無可推辭了。他遇見過的奇人異士很多，但怕涉於怪誕，不能為人所信，所以只提一個有名有姓，可以查考的人。

「觀承認識馮班的兒子——。」

「是那個馮班？」寶親王打斷他的話問：「是馮定遠嗎？」

正是馮定遠；他是江蘇常熟人，以布衣而名動公卿，詩學中唐，功夫極深；又精於書法，四體皆擅，但不輕為富貴人家落筆，是康熙年間真正的名士。

「是！」方觀承答說：「馮定遠有兩個兒子，觀承認識的是老二馮行貞，好射箭，連發兩矢，能以後矢追前矢；他有樣獨創的暗器，拿雞子敲一個洞，挖去黃白灌上石灰。獨行遇盜，到危急時，用這項暗器取對方的眼睛，百發百中；山東響馬一聽是馮二爺來了，無不退避三舍。或者說是馮二爺的朋友，只要信而有徵，亦可倖免。」

「怎麼叫信而有徵？是不是以他的那樣暗器為信物。」

「王爺一猜就著。」方觀承笑道：「正是這樣東西。」

「看起來你就有這一道護身符。」

「是！」方觀承笑著承認。

「此人住那兒？」

「僑居蘇州婁門外。已經下世了。」

寶親王頓時便有悵惘之色，「可惜！」他問：「可有傳人？」

「有個門生叫陶元淳；學馮行貞的槍法很精。」方觀承又說：「觀承也只是聽說，沒有見過此人。」

寶親王點點頭，很嚴肅地說：「以後請你多留意，四方多故。有這些好身手的人，應該出來為國立功、為民除害。如果你發現了，請你告訴我。」

「是！觀承如果確有所知，自當舉薦。」

寶親王或許會奉派為大將軍的推測，已成過去。皇帝對討準噶爾這場大征伐，師久無功，憤無所洩，倒楣了紀成斌，詔斬於軍前；岳鍾琪拘禁於兵部，尚未定罪，生死未卜。不過，眼前辦軍機的平郡王與保和殿大學士張廷玉，私下已商量好了，暫時拖延在那裡，等前方局勢好轉；皇帝對岳鍾琪的成見稍為消滅時，再擬罪上奏，才能使他免於一死。

至於整個戰局，是增兵添將，非讓噶爾丹策零屈服不可呢，還是設法收束，皇帝一直委決不下。張廷玉跟平郡王，為此也商量過好幾次，認為以收束為宜；但如何收束，卻拿不出辦法來，只有等鄂爾泰回京再說。

但是，鄂爾泰的態度又如何呢？雖然平郡王與張廷玉之被信任，毫不遜於鄂爾泰，甚至張廷玉在皇帝心目中的分量，還比他重些；但對於用兵，鄂爾泰的主張一定占上風。他如主戰，皇帝一定聽從，那時再提出收束的建議，便一無用處了。

平郡王雖然年輕，但已有老成謀國之風，經常找協辦大學士戶部尚書彭維新來問，聽到軍費支出浩繁的數目，不自覺地憂形於色。因此，當鄂爾泰抵京日近一日，不過還有兩天的途程時，他終於忍不住將他的反應，率直地訴之於張廷玉。

「衡翁，」張廷玉字衡臣；以王公的身分，本來可以直呼滿漢大臣的名號，但平郡王一向謙和，所以用此客氣的稱呼，他開門見山地說：「鄂毅庵一到家就面聖，倘或主張與咱們不同，以後的事情就難辦了。我想，咱們得先跟他通個信，把咱們的意思告訴他。」

「王爺此言差矣，鄂毅庵自軍前回京，深思熟慮，必有卓見，咱們應該先聽聽他的意思才是。」

平郡王立即省悟，張廷玉與鄂爾泰暗中較勁，都想在皇帝面前占上風；因此，都想先知彼，而已則不為彼所知，張廷玉的話，聽起來很冠冕；也像是很尊重鄂爾泰，其實不過深藏不露而已。

但話卻不能說他沒有道理，和戰之計，自然以鄂爾泰為主；那就先要了解他的想法，看看彼此是否相合，然後再定贊助或者反對的辦法。把自己的意思先告訴了鄂爾泰，未見得能改變他的原意——如果鄂爾泰主戰；相反地倒使得他先有了準備，越發不易進言。

「衡翁看事比我透澈。」平郡王問道：「是用甚麼法子去探他的口氣呢？」

「探亦無用！軍國大計，若非先面奏皇上，就告訴了不相干的人，倘或因此洩漏機密，誰也擔當不起。鄂毅庵豈能如此不識輕重？」

一聽這話，郡王不免自慚，居官極淺近的道理，竟會想不到，是太說不過去了。

張廷玉從他微顯懊喪的臉色中，發覺自己的話說得過分率直，怕平郡王因此見怪，所以心裡亦覺不安，急忙想話來轉圜。

「不過，」他說：「王爺下這『探』之一字，倒是意味深長。不能探出他的口氣；可以探出他的態度。」

「是的。」平郡王想了一下說：「這倒要一個善能察言觀色的人，隨機應變，應該能夠探出他的態度，無奈，要找這樣一個人不容易。」

張廷玉點點頭，不作聲，但看得出來他是認真在考慮此事。平郡王心裡也在想，想到的是，鄂爾泰的長子，新科進士點了庶吉士，而又奉旨在軍機章京上行走，與方觀承共事的鄂容安。

「我想找鄂容安來談談，也許鄂毅庵在家信中有所透露。」

「這倒也是一法。不過，不必王爺找他；託方問亭去探他的口氣，豈不更易得真相。」

於是命蘇拉將方觀承請了來，當面交代；方觀承唯唯稱是。到晚來覆命，竟說是根本未與鄂容安談這件事；而且也不必談。

平郡王頗為詫異，也有些不悅，脫口問道：「這是怎麼說？」

「張中堂的居心是很明白的；鄂中堂的想法也是可想而知的。既已了了，何必再談？」方觀承答說：「這一陣子我天天看用兵準噶爾的檔案，前因後果，大致都很清楚了。」

這可是平郡王很愛聽的一句話。四年前征討準噶爾時，他還不曾受皇帝的賞識，很少奉派差使，更未與聞朝廷大政；當時的風氣是，謹言慎行，少發議論，事不關己，不必打聽，因此對這一次大征伐的命將出師，一直不甚了了。如今身任軍機，有時因為不明始末，無從表示意見，自覺有愧職守；所以聽說方觀承已了解前因後果，當然樂於細聽。

「雍正七年正月裡，皇上在圓明園召集御前會議，商量討伐準噶爾酋長噶爾丹策零；第一個陳奏的是朱中堂——。」

「朱中堂」是指文華殿大學士朱軾，他認為時機未至，以暫緩為宜。但張廷玉主戰，而且舉薦開國勳臣直義公費英東的曾孫，襲爵的傅爾丹為統帥。皇帝原來就有耀武揚威之意，聽得張廷玉力贊，就此定議，反對的人亦就不便發言了。

那知事後有個人大不以為然，犯顏直諫；此人名叫達福，是康熙初年四顧命大臣之一，鰲拜的孫子。鰲拜因為專擅跋扈，為聖祖所誅；晚年追念鰲拜的戰功，賞封一等「阿思哈尼哈番」——等於一等男爵；由達福承襲。雍正五年，皇帝因為鰲拜在入關時建功特多，恢復他原來的爵位，達福亦就由一等男變為一等公。

一方面是感恩圖報；一方面是想雪祖父之恥，所以達福明知忠言逆耳，卻仍舊要說，他說：準噶爾酋長噶爾丹策零，雖然新立，但他的父親策妄阿喇布坦的一班「老臣」還在；而且策零頗為狡黠，不是好相與的人。朝廷勞師遠征，幾千里外運糧草到大漠以北、阿爾泰山下的準噶爾盆地，去攻強敵，不知勝算何在？

而且，「人馬未動，糧草先行」，就算立刻開始準備，至快也要到夏天才能出兵；暑天行軍，用兵大忌，更未見其可。

其時張廷玉亦在御前，這時插了句嘴：「六月興師，載諸小雅；達公大概不知道吧？」這是藐視達福，說他沒有讀過《詩經》。達福更加不服，反唇相稽，說張廷玉是書生在紙上談兵。由此發生激辯，達福聲色俱厲；皇帝大為反感，說了一句話，竟使得達福無法再說下去了。

「我派你當傅爾丹的副手，你去不去呢？」

達福能說不去嗎？任何差使皆可辭謝；誰獨此差不能辭。一辭便是貪生怕死，不但立罹重典，而且一生的名譽都毀掉了。

於是傅爾丹被派為靖邊大將軍，由北路出師；川陝總督岳鍾琪為寧遠大將軍，由西路出師。傅爾丹的副手是輔國公巴賽；另派順承郡王錫保掌握武將軍印信，負有「監軍」的任務。達福則被派為傅爾丹的參贊。

這時各路人馬皆已調遣妥當，有奉天兵、索倫兵、寧古塔兵、寧夏兵、察哈爾兵、蒙古土默特兵，步騎皆有；另外還有兩個車騎營，由漢軍魏麟、閔文繡率領。

到得南苑閱兵那天，五色旌旗，刀光閃耀，皇帝祭告太廟以後，親臨南苑；只見傅爾丹面如紅棗，長髯飄拂，騎在一片棗騮馬上，望過去宛如關雲長再世；再見到那壯盛的軍容，喜不可言，當時大犒三軍；解下御用的朝珠親手賜予傅爾丹，並特准使用黃巾紫轡，滿以為傅爾丹將來亦必是配享太廟的人物。

不料出師那天，大雨傾盆，旌旗盡溼，狼狽不堪，有人便覺得不祥。果然，傅爾丹到了唐努烏梁海以南，阿爾泰山以東的科布多，屯兵到雍正九年六月裡，策零派人詐降，說準噶爾內部意見不合；策零與「羅剎」——俄羅斯的哥薩克騎兵，常有衝突，駝馬疲弱，大有可乘之機。傅爾丹信了他的話，下令出兵。

他與部下都是一時之選，個個皆通兵法；前鋒統領名叫定壽，當時發言，說據他們所獲得的諜報，策零按兵不動，靜以觀變，慎謀不測；不如陳兵邊境，作威脅的態勢，策零不降即遁，那時再進兵追擊，方是萬全之策。眼前豈可聽俘虜的片面之詞，輕入敵壘？

傅爾丹引用「不入虎穴，焉得虎子」的成語，笑定壽膽怯。主將如此表示，部下有何話說；定壽出帳，將身上的袍子脫了下來，交給他攜入軍中的老僕，說他死定了，而且可能死無葬身之地；只有拿這件袍子去歸葬。

帳中還在爭執，都以為未可輕進。傅爾丹理上辯不過，只好拿武臣不怕死的話來激將。看看無可挽回，好些武官都交代了後事。

結果六月初八出兵，十七在博克托嶺中伏，七月初一回科布多；去了一萬人，回來兩千。副將軍巴賽、查弼納，前鋒定壽，參贊達福，另外還有七、八員大將，陣亡的陣亡，自殺的自殺，不過傅爾丹還是安然回到了科布多。

敗報到京，皇帝掉了眼淚，自悔不聽達福的話，所以撫恤特厚。傅爾丹由於張廷玉極力為他辯解，處分不大；只是跟著順承郡王錫保互換職司，錫保接了靖邊大將軍的印信；傅爾丹以振武將軍襄辦事務。

「王爺倒想，」方觀承把話又拉回到張廷玉身上：「張中堂當時是主戰的，如今何能言和？說一句『小人之心』的話，張中堂最希望的是，鄂中堂這趟回來，能說一句：戰局有希望，應該打下去。將來打勝了，他是首贊聖武之人，功賞必先；打敗了，也有鄂中堂替他分擔罪過。」

「對極了，對極了！」平郡王恍然大悟，但也不由得感慨：「張衡臣的用心，深刻如此；以後倒要好好兒防著他。」

「這是我想說，而不敢說的話。」

平郡王將他的話從頭又想了一遍，不免還有些疑問，「鄂毅庵呢？」他說：「這趟回來，一定會勸皇帝收束？」

「是！他一定主和，而非主戰。」

看他說得如此有決斷，平郡王便又要問緣故了。方觀承的看法是，且不論戰局是否能打得下去，僅以鄂、張個人來說，互不相下，就必然處於兩個極端上，一個主戰，一個自是主和，倘或鄂爾泰亦主戰，功則不顯，因為有張廷玉言之在先；過則必重，因為時非昔比，若無必勝的把握，何可主戰！而必勝的把握，不知在何處？

「照這樣說，果然不必跟容安去談這件事了。」平郡王停了一下又說：「軍需支出，一天要八萬銀子；雍正七年至今，整整四年你算算已花了多少？」

一年三百六十五日，四年一千四百多天；一天八萬，一千四百多天，一萬萬兩銀子出頭了。賓主二人在心裡默算了一下，相顧驚愕，目瞪口呆。

一件意想不到的事，鄂容安來求見平郡王，遞上一封鄂爾泰「巡邊」到了太原所發的信；據鄂容安說，他父親特為指示，要他到王府當面呈遞，勿為人知。

這就意味著信中所談之事，必不能為外人道。拆開一看，更令人意外，鄂爾泰希望平郡王能派一名親信，由京南下；在他由太原到保定途中相晤，有事相談。

談些甚麼呢？平郡王簡直無法揣測；他只把方觀承找來，將信拿給他看，問他該如何辦？

「王爺預備派誰去？」

「那還用說嗎？自然是請你辛苦一趟。」

這是義不容辭的事。為了保守祕密，方觀承告了病假，然後人不知、鬼不覺地連隨從都不帶，出京步行到良鄉，才雇了一頭騾子，循官道南下。

方觀承行路的經驗太豐富了，打定主意「放夜站」——夜行曉宿。一則時逢盛暑，「放夜站」比較涼快；再則亦是避人耳目，經過保定時，更加當心，因為有直隸總督李衛手下的眼線，密布城廂內外。

當然到了地頭，第一件事是打聽鄂爾泰的行蹤；其實亦不須打聽，當朝宰相，視師回京，地方官辦差視作一件大事，方觀承只消到驛站去看一眼，心裡就有數了。

這天到了正定府，方觀承就不必再往前走了，因為自山西到直隸，如果穿過「太行八陘」之一的井陘，正定府是必經之地；在這裡一定可以等到鄂爾泰。

找了家客棧，洗臉抹身，草草果腹，方觀承倒頭就睡。一覺睡到午後起身，吃了飯上街閒逛，到得西門，只見有個佐雜官兒帶著一批工匠差役，正在打掃房屋，掛燈結綵。方觀承心想，這大概就是替鄂爾泰在預留公館了。上前一問，果不其然。

於是方觀承就在附近找了家茶館，揀臨街的位子坐下，閒坐喝茶，觀望動靜；不久，只聽鳴鑼喝道之聲，自東而來，到得近前看清「高腳牌」上的官銜，方知是正定知府。這麼熱的天，知府出城幹甚麼？自然是去迎接鄂爾泰。

意會到此，方觀承坐不住了；回到客棧，換了官服，取出預先備好的手版，還有最要緊的是，一封平郡王的親筆信。然後請店家雇來一乘小轎，復回西門；鄂爾泰行館門前，已是轎馬紛紛，其門如市了。

方觀承在遠處下了轎，自己持著拜匣到門上問訊；來接待的是一名典史，看方觀承戴著金頂子，是與知縣品級相同的七品官，便打了一躬，開口問道：「大老爺尊姓？」

「我姓方，從京裡來；要見鄂中堂。」

「鄂中堂剛到不久。不知道見不見客？等我來問一問。」

那典史去了不久，找來一名穿藍布大褂而戴著紅纓帽的中年漢子，開出口來是京片子；方觀承便知是鄂爾泰的貼身跟班，當下便將拜匣遞了過去說道：「我姓方。這拜匣裡有我的手版，還有一封信，關係重要，請你面呈中堂；我在這裡聽回音。」

聽差答應著去了；隔不多久，便有回音：「中堂交代，知道這回事了；請方老爺晚上再來。」

方觀承便先回客棧休息，到得天黑再去；等到二更時分，知府知縣相繼辭去，才見著了鄂爾泰。

鄂爾泰穿的是便衣，一襲藍綢大褂，一見方觀承，先就攔阻他行大禮；「老弟千萬不必客氣。」他說：「我久仰老弟是孝子，苦行可敬。」接著又問：「平郡王身子好？」

「前一陣有點兒感冒，最近好了。平郡王也很惦念中堂，溽暑長行，為國宣勞，特為囑觀承致意，請中堂保重。」

「多謝平郡王。」鄂爾泰說：「咱們院子裡坐吧，涼快些。」

院子很大，青石鋪成的地面上灑過清水，暑氣全收；在一株高大的梧桐樹下，設下竹几涼床，另外擺一張方桌，桌上擺滿了瓜果茶湯。鄂爾泰似乎跟方觀承格外投緣，喚聽差取來一件熟羅長衫，堅持著要客人換下官服，舒舒服服地納涼聊天。

「恭敬不如從命。觀承只好放肆了。」他大大方方地在下首坐了下來，靜等鄂爾泰發話。

「令曾祖的《滇黔紀聞》我拜讀過，頗得其益。才豐命嗇，如之奈何！不過，古今盈虛是一樣的；府上四世奇冤，剝極必復，老弟好自為之！」

看他如此懇切，方觀承聽到「四世奇冤」這幾個字，眼淚幾乎奪眶而出，急忙站起身來，垂著手說：「中堂的訓誨，絕不敢忘。」

「請坐，請坐。」鄂爾泰擺擺手說：「老弟平時常看那些書？」

「常看的是兩部書，一部是《讀史方輿紀要》；一部是《天下郡國利病書》。」

鄂爾泰肅然起敬地說：「愛讀『二顧』之書，足見老弟留心經濟實用之學。我倒有幾點要請教——。」

二顧是指做這兩部書的顧祖禹與顧亭林；尤其是顧祖禹的《讀史方輿紀要》被稱為千百年來所未有的「奇書」，鄂爾泰也很重視這部書，但他足跡雖廣，考察卻不如方觀承來得細微切實；所以一談之下，許多疑問都得到了滿意的解答，胸懷一暢，有個想法也改變了。

這個想法是關於平郡王的。這一次視師回京，順便巡邊，處處讓他覺得這個仗打不下去了；但既要收束，又不能傷朝廷的面子，不是件容易的事。主持其事的人，第一要平正通達，實心任事；第二要年輕力壯，吃得起苦，這倒還是容易找；難的是必須親貴中去物色，否則地位威望都不夠，何足以將將？尤其不易的事，這樣一個親貴，還一定是要皇帝所信任，能寄以專閫的，不然萬里之外，何能事事請旨。

一路思量了來，只有平郡王是最適當的人選；他請平郡王派個心腹來，意思是要轉達一個口信，問平郡王願意不願意出任艱鉅？而此刻，他的想法改變了；實在也不是改變，只是進一步打定了主意。

「討伐準噶爾，現在看來，確是一大失策。這個仗不能再打了！四年以來，軍需浩繁，勞民傷財不說；只怕錢打完了，人也要打完。」鄂爾泰不勝感慨地說：「我算了一下，陣亡跟被俘的三品以上大員，不下二十五人之多；大都是一時之選的將材。唉！『一將功成萬骨枯』！何況不成；又何況成者不止一將！」

言外之意非常明顯，傷亡的士兵必是一個驚人的數字。方觀承很沉著地點點頭說：「想來中堂對如何收拾這個局面，必已成竹在胸了。」

「是的。我通前徹後想過，眼前只有一個人能收拾這個局面：平郡王。」

方觀承頓覺血脈僨張，有種無可言喻的興奮；但茲事體大，他覺得應該極端慎重，因而不作任何表示，只是緊閉嘴、亂眨眼，全神貫注地傾聽。

鄂爾泰便細談何以平郡王是唯一堪任此艱鉅的人選；然後又說：「我一到京，宮門請安，皇上就會召見；一定要問到如何收束，我想舉薦平郡王代順承郡王去主持全局。這件事我不便先跟平郡王商量；恩出自上，用人的權柄非臣下可得而操。這一層，務必請老弟代為委婉解釋。我想，平郡王有老弟在大營替他掌書記，必能建此殊勳。」

最後一句不是客套，是他心裡的話；也就是使他改變想法的唯一原因。

「中堂謬獎了。」方觀承恭恭敬敬地問道：「中堂還有甚麼話，要觀承帶給平郡王？」

「請轉陳平郡王，這件事除郡王跟你我以外，沒有第四個人知道。」

意思是要嚴守祕密，方觀承當然明白，很鄭重地說：「中堂請放心。觀承可以替平郡王擔保，未見上諭以前，不會告訴任何人；連張中堂在內。」

不過，這一下倒提醒了方觀承，有一層來時所沒有的顧慮。南下時夜行曉宿，既無行李，又無隨從，絕不會有人想到這麼個短小瘦弱，貌不驚人、像個落魄遊士的中年漢子，會是諸侯的上客。但七品衣冠，已在宰相行館門前亮了相；李衛的邏卒少不得會打聽，一得實情，飛報李衛，這一路回去，行蹤必受監視，豈非麻煩？

想到這裡，便即說道：「有件事得回稟王爺，觀承這一次來，請的是病假——。」

等他把話說完，鄂爾泰完全明白他的意思，所顧慮的就是李衛。他沉吟了一下問道：「你自己有甚麼主意？」

「有兩個主意，一個是我今天晚上就動身回京，等李制軍接到報告，我已經過保定了；再一個是索性表明了辦，觀承既是內閣中書，又在軍機處行走，兩處都是中堂的屬下，只作為有公事來跟中堂回稟，那就不管李制軍說甚麼也不生關係了。」

鄂爾泰一面聽，一面不斷點頭，「這兩個主意都可以行，不過，」他說：「今晚就走，似乎太辛苦了。」

「這一點請中堂不必顧慮。觀承是習慣了的。」

「話雖如此，我心裡到底不安。」鄂爾泰心裡在想，特召方觀承來問公事，本來算不了甚麼，但如有人問一句：是甚麼要緊公事，等不到回京，要遠召軍機章京趕來當面交代？這話就很難回答了。沉吟了一會，鄂爾泰定了個主意，「這樣吧，還是表明了辦。我派人送你回京。」他又問說：「最近苗疆的情形如何？」

苗子是在大兵監臨之下，一時屈服；方觀承便將最近一陣，雲南督撫的奏報，約略說了些。鄂爾泰靜靜聽完，開口說道：「我有封信請你帶回去，面致平郡王。」接著又問：「你住在那裡？」

「住在招賢客棧。」

於是鄂爾泰將聽差喚了來交代：「告訴他們派人到招賢客棧，把方老爺的行李取來；付了方老爺的帳。」

這夜，方觀承便留在鄂爾泰行館，閒談到深夜，方始歸寢。第二天一早起身，聽說鄂爾泰寫了一夜的信，到天亮方睡；忖度非近午不能起身，只好耐心等待。約莫午牌時分，鄂爾泰將方觀承請了去，面交一封致平郡王的信；另外送了一百兩銀子的程儀；派一名姓陳的把總，帶四個兵送他回京。出行館一看，已備好一輛騾車，方觀承急於趕路，願意騎馬，黃塵漠漠中，按著站頭「馳驛」，第二天下午就到了保定，直投驛站，解衣磅礴，正在井台邊擦身洗臉時，只見陳把總帶了一名戴著紅纓帽的差人，匆匆而來，看到方觀承便站住了。

「是找我嗎？」

「是！」

「好！等我穿上衣服。」

方觀承回屋子換了便衣；陳把總已將那人領了進來，先遞上名帖，然後請了安在一旁站著等。展開名帖一看，上面寫的是「教愚弟李衛拜」，方觀承不由得詫異，「我姓方。」他說：「從未見過你們大帥，你弄錯人了吧？」

「沒錯！大帥讓我帶著名帖來見方老爺，給方老爺問好。」

「不敢當。」方觀承問道：「大帥還有甚麼話？你一起都說了吧！」

「是。」那人答說：「大帥讓我請問方老爺，在保定是不是有一兩天耽擱？倘或明天一早就走，大帥說，是不是能勞方老爺的駕，請到衙門裡見一見面；轎子就在門口。」

轎子都已經派來了，不容方觀承再作任何考慮，「我明天一早就走。大帥要見我，我也該給他去請安；你請在外面等一等。」他說：「馬上就走。」

於是方觀承換了官服，坐上轎子，一直抬到總督衙門，在二廳下轎，只見西面一條甬道上，人來人往不絕，便知李衛的簽押房在何處了。

李衛的簽押房很大，是一座大花廳。因為他這個封疆大吏，有兩點與眾不同，一是尋常督撫，官廳接見僚屬；花廳延接賓客；簽押房只看公事，各不相涉，而李衛喜歡事必躬親，抓來江洋大盜或者形跡可疑，而涉嫌案情又比較重大的人，每每在交首府首縣之前，先親自審問一番，那就得有個問案的地方。

其次是位至封疆，細務都交有司，經常所見的僚屬，不過藩臬兩司，以及送往迎來，負有專責的首縣等人而已，李衛卻因特重捕盜及查察奸宄，常為了機密之故，須對實際下手之人，面授機宜，因而每天所召見的人很雜很多，非花廳不能容納。

這天李衛也是先審問了一個據說有「妖言惑眾」之嫌的走方郎中以後，方始將方觀承請了進去。

「在京的和尚，出京的官」，方觀承又在機要之地，所以彼此品級雖差了一大截，李衛仍是穿了亮紗袍褂接見，而且一再請客人「升匹」；方觀承謙辭不得，在下首坐了。

稱呼顯得很親密，叫「方二哥」；但話中帶刺，「方二哥是那天到正定的？」他說：「既不來看看我；亦沒有要驛馬，未免見外了。」

「大帥言重了！」方觀承答說：「炎夏不敢驚擾，而且官職卑微——。」

「啊，方二哥，你錯了，你錯了！」他搶著話說：「內閣中書稱為『中翰』，清要之職，不論官的大小。至於在軍機上行走，與重臣同參密勿，更不能說是『卑微』。方二哥你失言了。」

看他有意拉攏，方觀承又何須爭辯，當下連連應道：「是，是！」

「方二哥是特為去見鄂中堂的？」

「是！」方觀承守著言多必失之戒，一個字都不肯多說。

「跟鄂中堂談了些甚麼？」

單刀直入相問；加上他那彷彿咄咄逼人的眼神，方觀承大起警惕，實話不能說；不實的話也不能說，否則他密摺奏上，皇帝查問，他跟鄂爾泰之間，兩不接頭，麻煩就大了。

於是，他先接一句：「很多。」然後裝作話很多不知從何說起的模樣；想停當了才開口：「都是談苗疆的事。」

「喔，」李衛又問：「總還談了些別的吧？」

「是的，鄂中堂談了些西陲的見聞。」

「他的意思怎麼樣，是打算往下打呢，還是設法收拾殘局？」

「這，觀承就不知道了。軍國大計，鄂中堂怎麼會透露？」方觀承接著又說：「照我看，鄂中堂恐怕亦沒有成見；如此大事，自然要靠廟算。」

接著，方觀承便將鄂爾泰所談，無關緊要，或者事成過去，說亦不妨的前方見聞，轉述與李衛，作為敷衍。

這時聽差來擺桌子，開點心，一共八樣，甜鹹各半，冷熱皆有，而且製作相當講究，可見是早備下的，不是有客來了，臨時張羅之物。方觀承心想，李衛有清廉樸實之名；清廉或許是真的，總督的「養廉銀」甚豐，不必貪汙才能享用這樣的點心；但每天常備這樣的點心，怎能說是樸實？

「方二哥，你看地方上的情形如何？」李衛一面夾了個松仁棗泥卷子給客人，一面說道：「請直言無隱。」

「大帥的治績，觀承見得多了，入境即知，觀承敢於『放夜站』，就因為地方平靜，不必怕強盜之故。」

「原來方二哥你到正定是放的夜站。莫非，這也是——」李衛開玩笑地說：「微服過宋？」

孔子「微服過宋」是因為宋國的賊臣桓魋要殺他，悄然走避。李衛大概也發覺他自己的這個玩笑，開得不但過分，而且荒唐，因而話一說完，立即哈哈大笑，當作一種自己都覺得莫名其妙的表示。

既然如此，方觀承自不必再理會他的這句話；不過心中恰有些驚疑，不知是不是李衛動了殺機？果真有此無意流露的真心；那又是為了甚麼？

當然，一時無法去細作思量；吃罷點心，從容告辭。剛回客棧不久，李衛派差官送來一個食盒，一個一品鍋；四樣點心，另外還帶了話：李衛請方觀承明天上午再去一趟，有話要談。

方觀承開發了賞封；也帶回一句話去，明天上午一定到。然後取出來二兩銀子，向陳把總說道：「明天不必趕路；又難得有總督衙門送的菜，我跟弟兄們一起吃頓犒勞，讓你叫人去買幾瓶好酒來。」

陳把總躊躇了一會，陪笑說道：「你老犒賞弟兄，不能不識抬舉；不過，粗人上不了台盤，你老要跟他們一起吃，反害得他們渾身不自在，飯都吃不下。這是何苦！我看算了吧！」

「你這倒也是實話。」方觀承說：「這樣吧，一分為二，一半給他們，一半請你陪我吃。你看好不好？」

「這那裡還有不好。我替弟兄們道謝。」說著，陳把總垂手請了個安，笑嘻嘻地自去安排。

這夜月明如水，方觀承與陳把總便在露天下喝酒。陳把總很健談，自道原在步軍統領轄下的「巡捕五營」當差——步軍統領如今是鄂爾泰的胞弟鄂爾奇；他是翰林，出身比鄂爾泰好，但能做到戶部尚書步軍統領，卻完全是皇帝愛屋及烏，推鄂爾泰之恩而來。

「去年中堂出京，跟三爺要幾個人使喚；三爺把我也派在裡頭，這一趟苦是吃了；見識可也長了。」陳把總接下來便眉飛色舞地，大談此行所經歷的種種奇遇。

方觀承卻無心聽他；他聽陳把總管鄂爾奇叫「三爺」，又特為派給鄂爾泰差遣，可想而知是他家的廝養卒。因此，想起京中傳說，李衛與鄂爾泰不和，不知其故何在？如今倒不妨問一問陳把總。

於是，等他談得告一段落，大塊吃肉，大口喝酒時，方觀承低聲說道：「聽說你們三爺跟李制台不和，有這麼回事沒有？」

「怎麼沒有——？」

陳把總的聲音很大，方觀承趕緊攔阻，「輕點，輕點！」他向後面看了一下，幸喜在納涼的人都不曾注意；當下埋怨似地說：「你莫非不知道李制台的密探很多。」

陳把總怎麼不知道？他吐一吐舌頭，壓低了聲音：「早就不和了。」

「為甚麼？」

「也不止一樁兩樁。方老爺知道的，步軍統領衙門管的事多；當然也抓強盜小偷。有時抓了來一問，供出來是在直隸那一處做了案，逃到京裡來的；我們這裡去公事查案，李制台覺得掃了他的面子，只派人來要提人犯不提問他的案情，我們這裡自然不給；像這樣的事多了，怎麼能不結梁子？」

「還有呢？」

「多得很呢！」陳把總一面飲嚼；一面含糊不清地說：「京裡抓住了強盜、小偷；窩家在別處，天津、涿州，我們這裡派了人去搜底，李制台不許，說要搜要查，該他派人。方老爺，前兩年李制台在浙江，派人到南京、揚州去辦案，你老總該知道吧？」

「知道。」

「那麼，方老爺你倒想，他可以到別人的地方去辦案，我們為甚麼又不能？」

「這——，」方觀承心想，如果答他一句：「人家越境捕盜是奉了旨的」；這一來話就說不下去了，因而不作表示地說：「嗯，嗯，你再說下去。」

「他也派人到京裡來辦過案；人生地不熟，沒有抓住人，誣賴我們把他要抓的人放走了。方老爺，你想有這個道理沒有？」

「怎麼誣賴得上？」方觀承覺得李衛理虧了：「你們並不知道他們到京裡要抓甚麼人，那裡談得到放不放？」

「知是知道的。他派來的人，到京裡當然要知會步軍統領衙門。」

這就不免有買放的嫌疑了，方觀承忍不住問：「你們呢？你們到他轄境去辦案，也是先知會他。」

「這不必！」陳把總緊接著說：「京城是皇上住的地方；步軍統領衙門對來歷不明的人，不能不查。各省都知道，揣著『海捕文書』到京裡來查訪的，必得先到我們那裡，或者大興、宛平兩縣投文。這一步不走到，來人就非倒大楣不可！」

這話似乎也有理，方觀承一時無法判斷誰是誰非；及至聽陳把總談到李衛的親信韓景琦敲詐的情形，方始恍然大悟，彼此越境辦案，還不止於為了爭功；主要的是奪利，一方想追窩家起贓，一方卻是受了窩家的好處，必須包庇。如此而已！

「方老爺，」陳把總問道：「姓韓的那小子，你老聽說過沒有？」

「你是指韓景琦？」

「對！就是他。」

「知道。以前我住在江寧；他到江寧來辦案，招搖得很，聽說他有個結義的妹子，是李制台的姨太太，很得寵的。」方觀承問道：「他是浙江綠營的千總，如今調來了？」

「跟著李制台一起來的，也不是千總，是守備了。李制台的姨太太是他嫡親的妹子；不是甚麼結義的。枕頭上有人替他講話，膽子就大了！兩下不和，都是他在挑撥。我看——，」陳把總說：「這小子要闖大禍。」

方觀承聽了這話，心中一動。到得酒闌人去；一個人喝著茶靜靜思索，心想李衛與鄂爾泰結的怨，看來很深；對鄂爾泰亦必仇視。自己這一回奉命南來，頗有鄂黨的嫌疑；李衛特意邀晤，不見得出於善意。既然如此，不得不防。

要防的是甚麼？方觀承細細想了一會，覺得有件事不能不防；那就是上個密摺，說在軍機上行走的方觀承，曾悄然南下，與鄂爾泰相晤，據稱係為苗疆事務，有所陳告云云。皇帝最注意的，就是官員的行蹤詭祕；如果李衛真有這麼一個摺子，必向鄂爾泰查問，應該讓他有個準備。

於是，挑燈作書，破曉寫完；隨即親自到陳把總那裡，將他從睡夢中喚醒，告訴他說：「我有一封要緊話，馬上要送給中堂。請你派個得力的弟兄，辛苦一趟。」

「弟兄們怎麼能辦這件事？」陳把總說：「只有我回去一趟。」

「你去不好。」方觀承說：「人家一看咱們這裡少了個人；又是像你這麼樣一個要緊人，問起來，我怎麼說？」

「不會問的！我這麼個小把總，算得了甚麼！」

方觀承心想，不問更不好！這話當然無須跟他細說；只問：「能不能找個妥當的人送？」

想來想去找不到適當的人，方觀承靈機一動，另闢蹊徑；將原信撕毀，另作一函。然後打個盹，等精神略為恢復，便即換了官服，去踐李衛之約。

門上已知有此之約，問都不問，就將他領入花廳；只見七、八個差役神情緊張，一見方觀承，立即拋過來一個警戒的眼色。門上也是一楞，拉了方觀承一把，兩人先站住了腳。

「怎麼回事？」門上找他的同伴，低聲相問。

「還不是田書辦又跟制台發牛脾氣。」

倔強不屈，謂之「牛脾氣」。小小的一個胥吏，居然敢跟起居八座的總督發「牛脾氣」，這可是一件新聞！不能不看個仔細。

於是他搖搖手，躲向隱僻的角落，向裡望去，所見的是高坐堂皇的李衛，跟田書辦，大起交涉。

「你照我的意思，請封五代。」

「沒有這個規矩。」田書辦答說：「會典上寫得明明白白，只封三代；請封五代，一定不准；何苦自討沒趣。」

「你別管，只照我的意思去辦就是。」

「辦不通的——。」

「你簡直是畜生！這麼說都不行；官是我做，就算會典上寫得明明白白，例是我開，禍是我當，你憑甚麼不肯寫題本？真是狗娘養的！」

田書辦勃然起身，厲聲說道：「大帥憑仗皇上寵信，調任直隸；一切規章制度，都不甚了了；田芳特為替中堂指出來，中堂應該謝謝我，何以反連人家的父母都受辱？」

李衛楞住了。這田芳是以前在戶部頂撞了另一名大有來頭的司官，以致被革；李衛看他律例透熟，人又可靠，所以外放雲南當鹽驛道時，將他帶了出來，追隨至今。平時發發「牛脾氣」，李衛只不理他，過一會自然無事；不道這天居然敢於如此頂撞，大出意外，以致一時不知所措。

誰知田芳因為李衛恃寵而驕，大改常度，早就看他不入眼；此時勾起牢騷，胸膈難平，復又大聲說道：「大帥為人子孫，封三代還不夠；田芳亦是為人子孫，一代封不到，還承大帥賞個『狗娘養的』。田芳不服，很不服！」

李衛看窗外人影幢幢，面子上下不來，不由得怒聲相問：「就算我錯了，你不服又怎樣？」

「田芳能怎麼樣？別說罵，就是立斃杖下，也還不是白死？所可惜者大人之威，能申於小吏；而小吏之理，不容於大人而已。」說完，掉頭就走，逕自出了花廳。

方觀承看廳內廳外，無不失色；李衛臉上青一陣、白一陣，心裡著實替田芳擔心，情不自禁地轉臉目送田芳的背影，覺得所見所聞，有些不可思議。

「方老爺！」身後發聲，轉臉看時，是李衛的聽差；他說：「大帥請方老爺。」

「好！」方觀承答應著，心裡不免有些嘀咕，來得不巧，遇見這麼一件尷尬之事，見了面彼此難以為情；其實應該早就溜走的。

想不到的是，李衛居然面色如常，彷彿根本不曾有過那回事似地；方觀承心中一塊石頭落地，但仍有警惕，需要小心應付。

「留方二哥一天，實在也不是甚麼大事，有一封向平郡王致候的信，還有幾樣土儀，想請方二哥帶去。」

「是，是！」方觀承問道：「信不知寫好了沒有？」

李衛點點頭，向左右做了個手勢；隨即便有人端來一個朱漆托盤，上面托一封信；一個用紅紙包著的「官寶」，上寫「程儀」二字。

「信在這裡，土儀送到客棧去了。」李衛又說：「些須不腆之物，聊表心意。」說著，一手取信、一手持寶，都遞了過來。

京官過境，只要夠得上見面或通信的資格，督撫照例必有餽贈，無須客氣；當下先作了個揖，道聲：「大帥厚賜不敢辭。謝謝。」然後將信與那個五十兩重的大元寶，都接到手中。

「我已經交代驛站，另外給方二哥撥兩匹馬、兩個伕子，不知道夠不夠？」

「儘夠了。」方觀承接著又說：「倒是有件事得求大帥，鄂中堂頗為風濕所苦，觀承家傳一個單方，答應寫出來送鄂中堂，走得匆忙，一時忘了。昨天晚上想起這件事，怕又忘記，趕緊寫了出來，想請大帥派個專差送去。」說著，將一封未封口的信，取了出來。

信中確有藥方；也有幾句簡單的話，說過保定時，承李衛特意邀留，情意殷殷；他告訴李衛，此來是為有關苗疆的公事來請示。李衛對苗疆用兵，有些意見，很值得重視。在不著痕跡之中，將要告訴鄂爾泰的話都說了。

李衛倒也很漂亮，當即命人取了個蓋了大印的「馬封」來，親筆批了個「飛遞。探呈鄂中堂。」交代聽差，送給督標中軍，立刻派人專送。

於是方觀承拜謝而別，回到客棧，只見廊上堆了好些篾簍木桶。陳把總正與一名跟他身分相似的小武官在閒談，見了方觀承，搶上前來說道：「方老爺，我來引見，這是督撫的楊把總；李制台特為派來的。」

這時楊把總已行了禮，很恭敬地垂手肅立，口中還說著客氣話：「小的是粗人，請方老爺多包涵。」

「好說，好說！」方觀承指篾簍問道：「這是甚麼？」

「是制台送王爺跟方老爺的禮；派小的順便押運到京裡。有單子在這裡，請方老爺過目。」

說著，從隨身所帶的「護書」中取出兩份梅紅箋的禮單，雙手捧上。方觀承接到手中一看，只見送平郡王的禮單上寫的是：「謹具土儀、奉申敬意。」土儀一共八色，有鹿膠、虎皮、各種乾濕果子，數量成雙作對，都是偶數，唯獨瓷器是「一桶」；因為「桶」的諧音為「統」，江山只能一統，不能有二。

方觀承心想，直隸與河南交界的磁州，名為出磁，不過是些綠釉缸盆之類的「粗活」，何能作為致送王府的禮物？這樣想著，一時動了好奇心，便向陳把總說道：「你把碗桶打開，我看看瓷器。」

撬開圓形碗桶的蓋子，裡面是大小共計一百零八件的整桌餐具；比起景德鎮的細瓷，自不可同日而語，但在磁州已是特製的上品。方觀承拿起一隻海碗來看，朱紅釉上八個描金的圓壽字；想起禮單上還有「蟠桃兩箱」，恍然大悟，這是送平郡王的壽禮——他的生日是六月二十七；外官與王公不通慶弔，不便特為送禮致賀，有方觀承過境的機會，附寄土儀，而暗示不曾忘記平郡王的生日，用心是相當深刻的。

轉念到此，心想怪不得有人說，李衛工於心計，看來這話信而有徵。但這「八色土儀」，尤其是有一桶祝壽的瓷器在內，不能打碎一樣，那就成了路上需要時刻小心的一大累贅，行程大受拖累，越走越慢了。

好不容易過了盧溝橋，到得崇文門外，天色未晚；方觀承本可進城，但以崇文門的稅卡，最不講理，若無王府侍衛持著名帖來交涉，必受勒索，因而決定在城外住一夜再說。

在客棧中安頓略定，方觀承匆匆寫了一封信，給平郡王府的長史，說明經過，請他派人來接應照料。然後，換了衣服，打算到違別匝月的大柵欄去逛一逛；找個小館子舒舒服服喝頓酒，犒勞自己這幾天的風塵奔波之勞。

其時夕陽啣山，暑氣未消，方觀承懶得多走，找了家熟識的南酒店坐下來，要了一壺花雕、一碟兔脯、一個「冰碗」——新鮮的蓮子、粉藕、杏仁、核桃，加上幾塊冰，是夏天佐酒的妙物。

剛剛端杯在手，來了一個客人，四處張望，是在挑選座位的模樣；方觀承覺得此人好生面熟，但急切間想不起來，是在何處見過？

「田大爺！」有個夥計趕來招呼：「多時不見，那一天回京的？」

一聽「田大爺」三字，方觀承驀然省悟，這不是田芳嗎？於是，他脫口說道：「請這裡坐，請這裡坐！」同時，站起身來。

田芳與夥計都回頭來看，「方老爺，」那夥計說：「原來你跟田大爺也是熟人！那行了，兩位一塊兒坐吧！」

「請，請！」方觀承伸一伸手，肅客入座。

田芳滿臉困惑地坐了下來，趁夥計去取杯筷的那片刻，抱著拳低聲問道：「恕我眼拙；我不記得在那兒見過尊駕？」

「是的。我見過老兄；老兄未必會注意我。敝姓方，在保定總督衙門見過老兄。」方觀承情不自禁地，翹起大拇指說：「老兄風骨稜稜，不勝傾倒之至。」

這一說，田芳更有莫名其妙的表情；歉疚地問道：「方先生台甫是那兩個字？」

「我叫方觀承——。」

「啊！」田芳搶著說道：「原來是方老爺！大概那天看見我頂撞李制台這一件荒唐行徑了。」

「『老爺』二字不敢當，請田兄務必收回。至於跟李制台那一場辯駁，我倒是看得清清楚楚。」方觀承說：「如果這是荒唐行徑，我倒很想多看看這樣的行徑。」

「方老——，」田芳改口說道：「恭敬不如從命，我就稱方先生；你實在過獎了。」

看夥計已自走近，方觀承便住口不語，呼酒添菜，他滿斟一杯，舉以相敬，「田兄，」他說：

「當時很想結識老兄，苦無機會；不想今天在這裡相遇，實在是一大快事！來，來，乾一杯！」

田芳乾了酒回敬；方觀承不由分說，自己又乾了一杯，這一來田芳不得不陪。連乾三杯，方得拈一塊兔脯入口；方觀承這時已有了一個主意。

「田兄，你我一見如故，我有句很冒昧的話，說錯了，你別見怪。」

「方先生太抬舉我了，既說一見如故，亦就不必客套，有話請說吧！」

「聽你的話，就知道你必是痛快人；那就痛快說吧，我想替田兄謀一處館地。」

「喔！」田芳頗感意外似地：「方先生，真是古道熱腸，感激之至。」

「說甚麼感激不感激，我也是為田兄不平，這樣鬧得不歡而散——。」

「不！」田芳突然打斷他的話：「方先生是說我跟李制台？並未鬧得不歡而散。」

這一下，是方觀承大感意外了，定定神問道：「喔，請田兄倒說給我聽聽，是怎麼回事？」

「是這樣的，那天晚上——。」

那天晚上，李衛派人傳呼田芳，頗有人為他捏了一把汗；田芳自己也不免在心裡嘀咕，平時得罪「大憲」的地方很多，這天怕是要算總帳了。

還是在花廳中見的面，李衛神色平靜，只不住上下打量，看得田芳倒有些侷促不安，正感到低頭不甘，不低頭怕不能免禍，不知何以自處時，只聽李衛說了兩個字：「可惜！」

可惜甚麼呢？可惜大好頭顱，恐不免身首異處，還是追隨不終，要捲鋪蓋了？

「可惜你這樣的膽識，屈而為吏。你應該做官！」

田芳不知道他這是意存諷刺的反話，還是出於善意，不由得抬頭仰望，卻無從窺知端倪。

「你聽見我的話沒有，」李衛問道：「你的意思怎麼樣？」

這一下逼得田芳非開口不可了，「大帥是問田芳願意不願意做官？」他說：「田芳不知道這個官怎麼做得上？」

「當然不是我來保舉，你沒有出身，我想提拔你也辦不到。現在我問你，你將來做了官，對上司是不是也會像今天對我這樣子，對是對，錯是錯，絕不含糊。」

「當然。」田芳毫不遲疑地回答。

「好！我相信你也會心口如一。」李衛從茶几上拿起一個信封說：「我借你一千二百銀子，你去捐個縣丞。這裡有我的一張條子，你進京以後，到大柵欄源和當找周朝奉，他會兌銀子給你。」

「原來李制台也有教人佩服的地方。真不容易！」方觀承又問：「有沒有可以為老兄效勞之處？吏部我倒有一兩個熟人。」

「多謝，多謝！」田芳答說：「我是前天到京的，昨天已經到部裡兌了銀子，等部文下來，看是分發那一省，或者有拜託的地方。」

「如果——」方觀承沉吟了一會，終於問了出來：「倘或有機會到邊疆，老兄的意思如何？」

「那裡都一樣。說實在的，我倒是想做點事，並不想做官。」

「可敬之至！」方觀承很興奮地說：「咱們或許有共事的機會。」

「喔！」田芳很注意地：「這是怎麼說？」

方觀承不能再多說了；故意舉杯相敬，把話扯了開去，「我住在平郡王府，老兄一定要來看我。」他說：「我會關照門上；倘或我不在，請你留話，我會來看你。」

第四章

「二爺爺！」

曹雪芹的「二爺爺」，是他祖父曹寅的胞弟曹荃。也就是曹頫的生父。曹荃字子猷，號筠石；鬚眉皆白，今年七十四歲了。

「你回來了！」曹荃慈愛地拉住他的手：「那是甚麼？畫稿？」

「是的。挑了幾張來給爺爺看。」曹雪芹微顯得意地說：「咸安宮有個侍衛，跟我要了幾張；居然還賣了幾兩銀子。」

「喔，」曹荃笑逐顏開：「你的畫都能賣錢了；真了不起！快打開來我看看。」

於是曹雪芹將一捲畫稿，共是四張，都拿針佩在板壁上；然後攙扶著曹荃逐一細看。

曹荃的畫，在旗人中亦頗有名氣；加以在「內廷行走」多年，見過無數名家的真跡，鑒賞尤其不虛。所以曹雪芹很重視「二爺爺」的評論；此時不住看他的臉色，急切盼望著能有些許的表示。

兩張山水、一張瓜果的寫生，曹荃看了都沒有甚麼表情，而且皤然白首還在微微擺動，彷彿不以為然似地。

曹雪芹正在失望，忽然聽得曹荃高興地說：「這一張好！」

這是最後的一張，數竿新篁，搖曳生姿；襯著一塊寥寥數筆，而已得古樸拙重之趣的石頭，是曹雪芹那天為方觀承在大酒缸「洗塵」，薄醉而來，一時興到之作。

「居然滿紙清氣；可以問世了。」曹荃又說：「我的號，真該送給你才對。」

這是讚他「筠石」畫得夠功夫了。曹雪芹心裡癢癢地，又覺得如中酒般，腳下飄飄然有些站不穩，除了咧嘴而笑以外，說不出一句話。

「我很高興。」曹荃坐了下來：「我的詩不及你爺爺；畫，可就當仁不讓了。想不到你無師自通，亦能成個氣候；我的一點心得，看來不至於帶到棺材裡去了。」

這才真的讓曹雪芹驚喜交集！原來曹荃對他自己的畫筆，是很矜重的，求他的畫還容易些，如果請他指點，往往顧而言他。曹雪芹知道他的脾氣，怕碰釘子，不敢輕易開口；而且自顧功夫還淺，還夠不上資格請他指點，更覺得開口亦是多餘。

如今想不到是「二爺爺」自願傳授獨得之祕；這也就證明了他的畫已經入門，進而可窺堂奧了。曹雪芹這一喜非同小可，當即趴在地上，給他叔祖磕了一個頭，站起來笑嘻嘻地說道：「二爺爺，你收我這個小徒弟了？」

「實在也是大徒弟。」曹荃答說：「以前你齡表叔想跟我學畫，我倒也願意收他，都說停當了；那知他中了舉人，第二年聯捷，點了翰林，忙著做官，就沒有再提學畫的事。」

曹雪芹的「齡表叔」，名叫昌齡，姓富察氏；他的父親傅鼐，娶的是曹荃的堂妹，彼此是姑表之親。

「我可是不會做官的，只跟著二爺爺學畫——。」

「孩子話！」曹荃打斷他的話說：「做不做官，當不當差，也由不得你自己。」

曹家的家規嚴，聽曹荃是教訓的語氣，曹雪芹立即恭恭敬敬地答一聲：「是！」心裡卻在想，想做官難，不想做官還不容易？

「你看，」曹荃開始指點了，指著他的畫稿說：「這裡煙雲模糊之處，用墨不對。」

「太板滯了？」曹雪芹問說。

「也可以這麼說。不過毛病還是在用墨太多、太濃。」

說著，曹荃走向書桌，坐了下來，拈毫鋪紙；曹雪芹便即打開紫檀的硯盒蓋，注一小杓清水在硯台上；曹荃就著餘瀋濡染化淡，隨意揮灑了幾筆，頓時煙雲滿紙，細細看去，彷彿隱藏著無數山峰樹木。

這要胸中先有邱壑才辦得到。曹雪芹正這樣想著，忽聽得窗外一聲咳嗽；抬眼一看，隨即說道：「四叔來了！」

曹頫一來，就沒有曹雪芹的話了；只靜靜地站在門口，看曹頫行了禮，聽曹荃問道：「你到王府去過了？」

「是。」曹頫答說：「見了姑太太——。」說著，向曹雪芹看了一眼。

這是示意迴避，曹雪芹隨即退後兩步，悄悄溜了出去。見此光景，曹荃自然關切，急急問說：「姑太太怎麼說？」

「姑太太」指的是平郡王的太福晉。曹頫輕聲說道：「姑太太愁得睡不著，跟我打聽西邊的情形。」

曹荃大吃一驚：「這是為甚麼？」他問：「西邊出了甚麼事？」

「是打聽西邊的軍事，問準噶爾到底怎麼樣？」曹頫走近他父親，低聲說道：「老爺子可別跟人說，郡王大概要放大將軍。姑太太就是為此犯愁。」

「是去接順承郡王？」

「是的。」

「這有甚麼好犯愁的？」曹荃說道：「大將軍又不必親臨前線督陣；中軍大營外圍，多少兵馬保護著，怕甚麼？」

「愁的不是怕平郡王身臨危地，只怕戰事不利，『上頭』怪罪下來，不知道會擔多大的關係！」

「這也未免過慮了！他家是『鐵帽子王』，爵是削不掉的。」曹荃又說：「凡事兩面看；如果打了勝仗，班師回朝，那一來，大家都好了。」

「是！」曹頫答說：「我也這麼勸姑太太，皇上如果真的派咱們郡王去接順承郡王，當然看出來咱們郡王一定能頂得下來。皇上能放心把這麼大的責任託付郡王，姑太太不放心，可不是多餘的？」

「這話很透澈。姑太太怎麼說呢？」

「姑太太，她也懂這層道理，可就是想得到，丟不開。」

曹荃點點頭；接著又嘆口氣：「天下父母心！」

接下來，便是父子閒談；看看曹荃有神思困倦的模樣，曹頫便辭了出來，只見曹雪芹還站在走廊上，少不得就要查問功課。

「三伏天是半功課；本來三、八會文，這個月改了逢五做策論，限一千兩百字以內。」曹雪芹說：「這比八股文可有用得太多了。」

一聽這話，曹頫又起反感。他對曹雪芹的管教，雖已不似以前那麼嚴厲，但在八股文上卻仍舊不肯放鬆，因為他一直期望曹雪芹能由「正途」出身，中舉人，成進士，最好還能點翰林，那就非在八股文上痛下功夫不可。偏偏曹雪芹就最討厭八股文；此刻的語氣，便很明顯。

「你來！」他說：「我有話跟你說。」

曹頫帶著兩個姨娘，一個兒子，在外賃房另住；但「老宅」中仍舊替他留著兩間屋子，一間作臥室，一間作書房。曹頫卻難得用它，這天心有感觸，特意叫人開了書房門，要跟曹雪芹好好談一談。

「你坐下來！」

這是少有的情形，曹雪芹答應一聲：「是！」在靠門的椅子上，端端正正坐下。

「你今年十九歲；明年官學念滿了，就得當差。」曹頫問道：「你想過沒有，你能當甚麼？」

這一問將曹雪芹問住了；囁嚅著說：「我不知道會派一個甚麼差使？」

「那還不是想像得到的，反正不離筆帖式，學業好八品，不好就是九品。」曹頫又說：「內務府的差使，多半聽人使喚，要熬到能放出去，不知要受多少氣？你行嗎？」

一聽這話，曹雪芹心上便似擰了個結。他是到了京裡，才知道當「包衣」是甚麼滋味？說穿了便是「奴才」。有一回「五阿哥」弘晝要挑幾名「哈哈珠子」——滿洲話的小廝，差點就挑上了他；他真是不敢想像，捧著衣包，或者牽著狗跟在五阿哥身後，那會是個甚麼樣兒。

這樣想著，不由得脫口應道：「我不能當那種差使！」

「我想你也不能。你去紈袴二字，也不過一間之隔，看不得人的臉嘴，受不得人的氣。既然如此，我倒問你，你何以自處？」

「我，」曹雪芹在這一層上沒有細想過，這時只有一個願望：「我還是想念書。」

「想念書就得用功；能到翰林院去念書，你才是你爺爺的好孫子，也不枉了老太太把你當心肝寶貝。」

所謂「到翰林院去念書」，便是硃筆點為「庶吉士」，那是兩榜中式、殿試以後的事；曹雪芹覺得他「四叔」未免想得太遠了。

「你不想在內務府當差，只有兩條路好走，一條是正途；一條是軍功。」曹頫略停一下又說：「後一條也許有機會，可是你吃得了營盤裡的苦嗎？」

「那……。」

「你別說了。」曹頫搶著說道：「就算你能咬一咬牙，肯吃苦；你娘也一定不願意讓你從軍。所以，說來說去，你只有在正途上討個出身，你說我這話是不是？」

那還能說不是？曹雪芹毫不考慮地答一聲：「是。」

「那麼，你怎麼才能在正途上討出身呢？」

「這自然是，是想法子中個舉人。」

「法子要你自己想。監生可以拿錢捐；舉人要靠你自己的一枝筆，少壯不努力，老大徒傷悲；你別忘了，你十九歲了！你娘替你託人在提親了。」

「芹二哥！」咸安宮官學年紀最小的學生保住說：「我娘交代我，明兒包素餃子；務必把你請了去，你去不去？」

曹雪芹心裡有數了；略為想了一下答說：「既然交代你務必請了我去，我不去不就讓你挨罵了嗎？」

「我娘倒不會罵我；不過，我姐姐會說我。」

「喔！」曹雪芹隨口問道：「她會怎麼說你？」

「說我不會說話，顯得請人家的心不誠。芹二哥，我是這麼想，人各有志，不可相強。我娘雖這麼交代，去不去還是得看你自己的意思。一個人自己作自己的主張最要緊！你說是不？」

聽得這話，曹雪芹大為驚異；十四歲的保住，居然有這樣的見解，可真得刮目相看了。

「你說得對！我自己作自己的主張。」

「不去？」

「去！」

保住稚氣地笑了，欲語不語地顯得很詭祕；曹雪芹心中一動，少不得要追根了。

「你有話想說，沒有說出來。」他撫著保住的腦袋說：「小傢伙，別跟我耍甚麼花巧。不然，你就別想我帶你到詩社裡去。」

「老實告訴你吧！剛才我的話是我姐姐教我的。」

保住道破了底蘊，他母親交代他，務必要將曹雪芹請了去。保住知道曹雪芹這幾天心情不好，怕碰釘子，向他姐姐求教，學得了這麼一個以退為進的法子，果然奏效了。

一面聽他談，曹雪芹一面在腦中浮起一個影子，只是個瘦窄腰肢的背影，也聽到過極清脆的聲音，估量約莫十六、七歲；卻不知長得如何？

這樣想著，不由得問道：「你姐姐念過書沒有？」

「念過。」保住答說：「念了有三四年，是我爹教的；我爹一死，她就不念了。不過，她自己有兩本書，老在翻著的。」

「是甚麼書？」

「一本是《千家詩》，一本《戰國策》。」

「好傢伙！你姐姐還念《戰國策》啊！」曹雪芹越發好奇了；復又問道：「你姐姐多大？十六，還是十七？」

「跟你同歲。」保住問道：「芹二哥，你生在那個月？」

「四月裡。」

「她比你小四個月。」

「那就是八月裡生的？」

「對了！所以她叫桂枝。」

「桂枝，桂枝，這個名字不錯。」曹雪芹忽然發覺，這樣盡談人家的姐姐，未免失態，因而趕緊囑咐：「我是隨便問問，你別告訴你媽，也別告訴你姐姐。」

「不要緊！我姐姐不在乎。」

曹雪芹一楞；然後問說：「甚麼不在乎？」

「我姐姐不在乎人家談她；她說：越是怕人談，越有人談，不理他們不就完了？再說，如果一個人都沒有人愛提了，那也挺、挺甚麼來的？」保住偏著頭想了好一會，突然轉臉說道：「記起來了！她說，一個人沒有人提，也挺寂寞的。」

就這幾句話，桂枝的樣子便生動地閃現在曹雪芹眼前了，大方、豁達，一定也能幹而得人緣。於是他又忍不住問：「談論你姐姐的，一定很多；是些甚麼人呢？」

「還有甚麼人，自然是街坊。」

「談些甚麼呢？」

「那可多了。」

「倒說點兒我聽聽。」

「譬如，常有人替桂枝可惜，說她那年應該選到宮裡去的；如果自己願意選上了，這會兒說不定封了妃子了。」

曹雪芹心想，照此看來，容貌一定出色，越發想一識廬山真面。轉念想到「如果自己願意選上」這句話，口中就更不能自休了。

「照你說，你姐姐如果自己願意選上，就能選上；是嗎？」

「是啊！本來已經選上了。」

「那又為甚麼不進宮呢？」

「是她自己不願意；不知說了句甚麼話，總管太監就把她刷下來了。」

「喔，」曹雪芹有些不大相信：「憑她一句話，想不進宮就不進宮；那有這麼方便的事？」

「真的。」

「那麼是句甚麼話呢？」

「我不知道。只聽人誇她那句話說得很絕。」

最好奇的曹雪芹，沒有能知道桂枝說的是句甚麼話，竟有忽忽若有所失之感。一定下來就暗中琢磨，卻始終無從索解。到得第二天下午，由保住陪著到他家去吃餃子時，特意關照保住，務必把桂枝的那句話打聽出來；而且懸下重賞，辦到了送他一個景泰藍的銀表。

保住又驚又喜，「說話算話不？」他問。

「我還能哄你！你要不信，我先把表給你。」

曹雪芹原有個表，一個打簧金表擱在荷包中，隨身攜帶；另外一個銀表，懸在床頭，權當鐘用，當下從床頭解了下來，送給保住。

保住姓劉，隸屬正黃旗包衣；他的父親是上駟院的副牧長，四年前到大凌河馬場去選馬時，不慎墮河而亡；遺下一兒一女。保住的母親，人稱「劉大嬸」，姓崔，是朝鮮人——正黃旗包衣中有個朝鮮佐領，是當年太宗征朝鮮時，俘獲的降人所編組；但時隔多年，除了飲食習慣略有差異之外，與其他包衣毫無分別。

孤兒寡婦又不曾承受遺產，日子過得當然不會舒服；但也並不算苦，因為劉大嬸很能幹，會鑽各種門路，找小錢來貼補家用。曹雪芹就是她的門路之一。

原來曹雪芹有個舅舅叫馬泰和，是廣儲司的總辦郎中——內務府自成體制，一共六司，以廣儲司為最大；亦只有廣儲司設有總辦郎中四人，一半由各部保送兼攝，一半由內務府人員專任。在專任的兩人中，又以馬泰和資深掌權。廣儲司管的事很多；隨便派一兩件給人辦，就能讓人過幾個月的舒服日子。劉大嬸曾託曹雪芹說過兩次人情；曹雪芹央求他母親；馬夫人又轉託馬泰和，兩次都能如願以償。因此，一聽劉大嬸交代保住，務必將曹雪芹請到，他就猜到必是又有事要託他了。

到得劉家，讓曹雪芹感到意外的是，已先有兩個客人在，一個四十來歲，一個二十出頭，都穿的綢子長衫，卻都是一臉濁氣；看見了曹雪芹，雙雙起立，滿臉堆下笑來，不約而同地喊一聲：「曹二爺！」

這時劉大嬸已迎了出來，一面用圍裙擦手；一面為曹雪芹引見，那兩人是父子，姓牛，老牛叫牛春山，小牛便叫牛少山。

劉大嬸跟牛春山似乎很熟，管他叫牛大哥，叫牛少山是大姪子。曹雪芹跟牛家父子不大對勁，也不知道該怎麼稱呼？所以含含糊糊地招呼過了，隨即問說：「劉大嬸讓保住叫我來，一定有事；請說吧！」

「不忙，不忙！先喝著酒，回頭再談。你把大褂兒卸下來，涼快、涼快！」

她一面說，一面看著牛春山；牛家父子卻以殷切的眼光，來回看他們說話。見此光景，曹雪芹心裡雪亮，也有些不高興；正想託詞告辭，眼前一亮，是桂枝出現了。

她沒有跟曹雪芹招呼，但一雙極大的眼睛，毫不畏縮看了看他，然後喊道：「保住，你把這端了給芹二哥。」

保位便從她手裡接過一個黑漆托盤，上面一塊井水中浸過的手巾、一盞冰鎮的酸梅湯。這一來平矜去躁；曹雪芹覺得一來就走，未免說不過去；正在躊躇之際，門外有人吆喝：「送菜來了！」回頭看時，有個茁壯的小徒弟，雙手提著「盒子菜」進門。這一下，曹雪芹更說不出告辭的話。

「怎麼？」曹雪芹問保住：「不說吃餃子嗎？」

「有，有餃子！」劉大嬸在窗外接口；接著又大聲說道：「牛大哥，你跟大姪子可好好陪一陪芹二哥。」

「是了！」牛春山也大聲答應：「你把曹二爺交給我好了。」

於是牛家父子倆七手八腳地鋪排桌椅；劉大嬸來擺好了碗筷，請曹雪芹上坐。他突然省悟，這盒子菜還不定是誰給錢？吃不得！

「劉大嬸，你別客氣。我剛好鬧肚子，不敢吃油膩；有餃子可以來幾個，別的可不行！」

聽這一說，能言善道的劉大嬸也楞住了，與牛春山面面相覷，場面十分尷尬。

「娘！」桂枝在裡面喊：「不有吳四爺送的楊梅燒嗎？鬧肚子喝那種酒最好。」

這提醒了劉大嬸，立即如釋重負地說：「對了！楊梅燒專治鬧肚子。不能吃油膩，我另外弄清淡的下酒菜。」

曹雪芹自幼生長江南，亦知用楊梅泡的燒酒，治腹瀉確有效驗。而況，他本是託詞；只要不吃來路不明的盒子菜，跟牛家父子疏遠開來，亦就無所謂了。

留是留住了，但一張桌子上，吃的喝的都不一樣，各不相擾，誰都覺得很彆扭；曹雪芹勉強熬到餃子端上桌，吃了幾個應景；看這天所期待的，必將落空，越發覺得坐不住，站起身來跟保住說：「我得走了，有甚麼話明兒再說吧！」

保住不知如何回答，只喊了一嗓子：「娘！芹二哥要走了！」

「怎麼就走了呢？餃子還有三鮮餡兒的，正在煮呢。」劉大嬸一面說，一面趕出來留客；同時向牛春山使了個眼色。

牛春山倒有自知之明，看出曹雪芹覺得他們父子語言無味，早就想走了；不如識趣告辭，反倒可以將曹雪芹留下來，容劉大嬸跟他談他們所託之事。

於是他說：「我們爹兒倆還得趕出城；曹二爺請寬坐吧！」

這一來，保住也知道能把曹雪芹留住了，便暗中一把拉住他；等牛春山父子走了，方始笑道：「請坐下來，舒舒服服吃吧！」

這時，曹雪芹的興致轉好了；但亦不免有歉疚之感，「劉大嬸！」他老實說道：「實在對不起！我跟牛家父子談不到一塊兒。」

「我知道，我知道！」劉大嬸欲語不語停了一下，又說：「回頭再說吧！」接著提高了聲音問：「桂枝，餃子好了沒有？」

「好了！讓保住來端。」

「你自己端了來就是了！芹二哥又不是外人。」

「還有原湯，」桂枝在裡面抗聲答道：「我一個人只有一雙手，可怎麼端啊？」

這時保住突地蹶然而起，「我去！」說著便奔了。

這一去好一會才出來，姐弟二人，一個端一大盤餃子；一個用托盤盛了一大碗原湯，等擺好了，保住掏出那隻銀表擺在曹雪芹面前。

「你收回去吧！」

這個突如其來的動作，看得劉大嬸發楞，「怎麼回事？」她問。

「芹二哥要我打聽一件事；打聽到了，送我一個表。」保住大發怨言：「一句話的事，偏偏有人賣關子不肯說，存心不讓我使這個表嘛！」

「誰賣關子啦！」桂枝瞪著一雙杏兒眼，舉起纖纖一指，戳在保住額上：「我跟你怎麼說的？我說：你別忙，回頭我告訴你！這就叫賣關子啦？好，你說我賣關子，我就賣關子，再也不告訴你了！」

聽他們姐弟口角，曹雪芹大感不安，而且覺得這也算打聽他人的私事，於理不合，因而趕緊說道：「我也是一時好奇，並不是真的想打聽。」接著將銀表塞在保住手裡，又埋怨他兩句：「我不過隨便說說，你怎麼竟認了真呢？」

劉大嬸聽了半天，沒有聽懂；直截了當地問曹雪芹：「要打聽甚麼事？」

這一問當然會使曹雪芹發窘；於是桂枝開口了，她是回答曹雪芹想問的事：「當時我跟總管太監說：我有病。這種病，在宮裡是犯忌的，他們就不要我了。」

劉大嬸這才聽出來，「原來是談這件事？」她還想說下去，只聽桂枝重重咳嗽了一聲，便笑笑住口了。

「吃吧！涼了不好吃。」桂枝夾了兩個餃子給曹雪芹；落落大方地，就像姐姐照料弟弟那麼自然。

曹雪芹道聲：「多謝！」還想說一句：「你也請坐下來。」不道桂枝已一扭腰肢，翩然而逝；心裡不免浮起一陣悵惘。

看他停了筷子，劉大嬸便說：「餃子怕不中吃？」

「很好，很好！」曹雪芹沒話找話：「這餃子餡是誰拌的？」

「三鮮餡是我拌的，羊肉西葫蘆是桂枝拌的。」

聽這一說，曹雪芹便只吃先前端上來的那一盤了。保住不知就裡，冒冒失失地說：「你也怪！這羊肉餃子剛才不吃；這會兒涼了你倒又吃了。」

無意中說破了，曹雪芹自然有些窘；但如停住，更著痕跡，所以一面仍舊夾羊肉餃子，一面笑道：「你覺得奇怪不是？我說個道理你就明白了。」

「喔，這也有道理！」保住不服氣似地：「我倒聽聽你的。」

「要聽不難。」曹雪芹不知道理在何處，虛晃一槍：「你先吃兩個，我再說給你聽。」

保住果真一口一個，連吞了兩個，等嚥下喉去，立即說道：「你說吧！」

「好，我先問你，這羊肉餃子好吃不好吃？」

「好吃。不過——。」

「別下轉語！」曹雪芹趕緊攔住：「好吃就是道理。」

「這叫甚麼道理？」

保住有受騙的感覺；同時亦有了領悟：「大概是桂枝拌的餡兒，你就覺得好吃。」

一句話剛完，只見桂枝出現在門口，大聲說道：「娘！你聽聽，保住說的甚麼？」

劉大嬸又好氣又好笑，卻又有些得意，「理他呢？」她說：「你又不是不知道，保住胡說八道慣了的。」

這算是撫慰，桂枝便不作聲了；正待轉回走時，不道她母親還有句話。

「再說，芹二哥愛吃你包餃子，那也不是一件壞事。」

這一下不但桂枝，連曹雪芹都頗感困窘；保住卻大為高興，「你聽見沒有？」他揚著臉跟桂枝說：「不是一件壞事，這是一件好事！」

桂枝把臉都氣白了，苦於有客人在，不便發作；只狠狠瞪了保住一眼，冷笑一聲：「哼！」接著使勁扭過身子去；辮梢飛揚，一閃而沒。

「你看，」曹雪芹看桂枝生這麼大的氣，頗感不安，便埋怨保住：「無緣無故惹人家生氣，多沒意思？」

「不要緊！一會兒就好了。」

「哼！」桂枝在裡面接口：「一會兒就好了？你等著吧，看我饒得了你！」

一聽這話，劉大嬸亦不安了，一面責備保住，一面為曹雪芹解說：「桂枝平時氣量很大，總讓著保住；可有一件，不能把她惹毛了！」接著轉臉跟保住呶呶嘴：「還不快去跟你姐姐陪個不是！」

保住不肯，但也不敢違抗，只坐著不動。事成僵局，使得曹雪芹大感無趣；想一想不能不管，隨即用警告的語氣向保住說：「你應該給你姐姐陪禮。不然，我可不會再來了。」

這個威脅很有效，保住很快地起身入內；只聽他委委屈屈地在說：「何必呢？生我這麼大的氣，害我挨罵。」

「活該！」

「好！活該。這一下，你該消氣了吧？」

「好了，好了！」劉大嬸趁勢說道：「再鬧就沒意思了！難得請芹二哥吃兩頓餃子，鬧得人家不痛快；不把你的好處都折了？」

這一來，桂枝不是生氣，是著急了；覺得她母親的話越來越露骨，卻又不便公然辯駁，唯有亂以他語，趕緊結束了這個局面。

接著，便聽得姐弟倆小聲交談，似乎仍有爭執；過了一會是保住一個人走了出來，臉上沒有甚麼表情。

「你姐姐呢？」劉大嬸問。

「回她自己屋子裡去了。」保住回答；同時用手作了個抹臉的姿勢。

劉大嬸白了兒子一眼，輕輕說道：「必是你又惹她哭了？」

保住笑笑不答。曹雪芹心頭不免惴惴然，但不便表現得過分關切；心裡只在想，是該走的時候了。可是想歸想，腳上卻似綁著一塊鉛，重得提不起來。

「保住，你陪芹二哥到後院去走走，我收拾了桌子馬上來。」劉大嬸說：「我還有話跟芹二哥說呢！」

這一來，曹雪芹死心塌地不走了。剛站起身來，只見桂枝翩然出現，剛洗過臉，唇上染了胭脂；

頭髮上還抹了桂花油，又亮又黑，格外顯眼。

「保住，把籐椅子搬出去。水快開了，我來沏茶。回頭拿錢到胡同口老王那裡買一個西瓜回來。記住，不要紅瓤兒的；要『三白瓜』。」桂枝從容交代，語氣表情，都彷彿剛才甚麼事也沒有發生過。

「芹二哥，有件事我實在不好意思跟你說；你幫了我家好些忙，我不該再不知足。可是來託我的人，跟別的人不一樣；我又不能不說。明知道這件事辦不到——。」

「娘，」坐在一旁的桂枝打斷她母親的話說，「你都不嫌貧哪，那麼多廢話！」

劉大嬸倒正要她女兒這句話，好轉入正題，於是接口說道：「好，我就實說吧。內務府銀庫要補一個庫丁；這件事就歸你家舅舅馬老爺管。老牛想給他兒子謀這個差使，下面都說好了；只等馬老爺點個頭，這件事就算成了。芹二哥，能不能求你給說一說？」

曹雪芹沒有想到是這麼一件事。為人謀差求官的事，他從沒有幹過；根本就不知道怎麼跟他舅舅開口？正在沉吟之際，桂枝又開口了。

「娘，你該把話跟芹二哥說清楚。」

「這話也是。」劉大嬸略停一停又說：「芹二哥，這件事說成了，老牛答應送兩百銀子——。」

「我不要！」曹雪芹不等她說完，就脫口說了這一句。

「我知道。你也沒有把這點錢看在眼睛裡；那是人家為馬老爺預備了賞人的。另外有個『門包』四十兩銀子；芹二哥你留著賞小廝馬伕。」劉大嬸緊接著又說：「我不瞞你；這件事辦成了，我也有幾十兩銀子的好處。芹二哥，有這幾十兩銀子，給保住娶親，帶我的棺材本都有了。」

那麼，桂枝的嫁妝呢？曹雪芹心想，大概也包括在內，不過劉大嬸不便明說而已。轉念又想，幾十兩銀子能辦那麼多事嗎？

「芹二哥，」劉大嬸見他仍在沉吟，便以退為進地催促：「如果你覺得為難，咱們這段話說過就算了。你幫我家的忙，不止一回；以後當然也仍舊有求你的時候。」

「劉大嬸，你這話我不敢當。」曹雪芹答說：「像這樣的事，我沒有幹過；我也不知道怎麼跟我舅舅去說。如果說成了，他也不見得要牛家這二百兩銀子。我在想，也不過幾十兩銀子，劉大嬸你能有那麼多用處嗎？」

劉大嬸還未答話，桂枝「噗哧」一聲笑了出來；卻又急忙掩口，靈活的眸子很快地在曹雪芹臉上繞了一下，彷彿要看清楚，是不是惹得人家不高興了。

曹雪芹知道是笑他，但不知道自己做了甚麼可笑的事，不免愕然相向。這一來桂枝覺得不能不解釋，「你是大少爺出身。」她說：「大概從不知道一口人一個月關多少錢糧、多少米。」

這有點笑他不辨黍麥的味道；曹雪芹赧然承認：「我倒真是不知道。」

「也難怪。」劉大嬸接口說道：「府上的闊，誰不知道？聽說老太太燒一回香，寫緣簿起碼是一百兩銀子；那就我們一家兩三年的澆裡了。」

原來幾十兩銀子在小戶人家還真管用；曹雪芹心中一動，凝神細想一會答說：「劉大嬸，我可跟你說老實話，牛家的事，我不一定能辦成。不過我另外有辦法；回頭我跟保住談。」

劉大嬸大失所望，跟一個十四歲的孩子，能談得出甚麼辦法來？忍不住想說她的感想，卻讓桂枝拉了她一把衣服，暗中攔住了。

於是等保住回來，吃了西瓜；母女倆收拾殘核，雙雙入內，劉大嬸便說：「不知道他是甚麼辦法？跟保住怎麼能談得出辦法來？」

「娘說得夠明白了；人家又不是不懂事。且聽他跟保住說點兒甚麼，再作道理。」桂枝又說：「牛家這件事，不該跟他談的！」

「為甚麼呢？」

「人家一個公子哥兒，那會管這種事？不是害他為難嗎？」

劉大孀嘆口氣，「我也叫沒辦法！」她忽然問道：「你看他人怎麼樣？」

「甚麼怎麼樣？」

劉大孀不知道女兒是裝糊塗，還是真的不明白？看了她一眼，心裡在想，暫且不提吧；看看再說。

桂枝卻覺得她母親問得奇怪；見她不作聲，越發疑惑，便追問著說：「娘，你說啊？是問他的甚麼？」

「問他——，」劉大孀突然改了個問法：「你覺得他怎麼樣？」

「很好啊！」桂枝答說：「他不是幫了咱們家好多忙；平時又常照應保住。像他這樣，沒有一點兒富貴人家子弟的架子，還真少見。」

看起來桂枝對曹雪芹似乎也有意思；劉大孀心想，事情慢慢來，也許能結得上這門親。

「娘，」桂枝疑雲大起：「你在笑甚麼？」

劉大孀微微一驚，原來自己的心事擺在臉上了！便定定神答說：「我是想起一件他們曹家的笑話。你再續一回水去，聽聽他跟保住說些甚麼？」

桂枝便提著水壺往外走，恰逢保住進來，看到他手中，便即問說：「你手裡拿的甚麼？」

「你來，我告訴你。」

到得裡屋，保住將紫色絲線絡著的一塊漢玉放在桌上；劉大孀便問：「芹二哥給你的？」

「不是給我的。」保住答說，「芹二哥說，這塊玉是個寶，他跟我說了半天，我也鬧不清楚，反正是上譜的；值一兩百銀子。他說，娘短幾十兩銀子花；把這個賣了，也就差不多了。至於給牛家去謀甚麼庫丁，他從來沒有幹過這種事；跟他舅舅說不出口。」

母女倆相視目語，都是這句話：原來是這麼一個辦法！接下來便是相互用眼色徵詢了：該怎麼辦？意見也是一樣的。

「這可不能要！」劉大嬸在這些地方倒能掌握分寸：「這一傳出去，沸沸揚揚，不知道有多少難聽的話。」

「那我就拿回去還給他。」保住抓住那塊玉就走。

「慢點！」桂枝一把拉住他：「你急甚麼？還給人家也得有番話，別讓人家覺得咱們不識好歹。」

「那，」保住將玉塞到他姐姐手中：「你去還！你會說話。」

這一下又觸動了劉大嬸的心事，覺得借此讓桂枝跟曹雪芹面對面，你來我往正式打個交道，也是好事，便慫恿著說：「對！你說得比我宛轉，你送回去給他。」

見此光景，桂枝無可推辭；心裡在想，如果此辭彼讓，推來推去，會把人家一片好意，磨得無聲無臭，那就太沒有意思了。最好一句話就能讓他收回；而且是人家心安理得地收回，這件事才算圓滿。

於是，她將那塊玉握在手裡；從從容容地走了出去，坐停當了方始問道：「芹二哥，你是不是把我們當作小人？」

曹雪芹大吃一驚，脫口說道：「何出此言！桂枝，我說錯了甚麼話？」

「不是你說錯了話，你是沒有想到一句話：君子不奪人之所好。我們把你喜愛的這個佩件奪了過來，不就成了小人嗎？」

原來是如此解釋，曹雪芹笑道：「你倒會繞著彎子說話，其實，這又另當別論——。」

「沒有甚麼別論！」桂枝打斷他的話說：「我們又不是等米下鍋，何苦拿你隨身的東西，三文不值兩文地去變錢。你替我們著想，我們也該替你著想：第一、是帶了多少年的東西，總有割捨不下的情分；第二、老太太問起來，只怕你得費一番唇舌。」

「那倒不會。我母親最大方的。」

「大方也得看地方。」桂枝接著又說：「話說回來，老太太一問你，你照實說了；老太太口頭上沒有責備你，心裡可就在想了，那家姓劉的是怎麼回事？大概窮瘋了，不問甚麼東西，全要！」

這一說，曹雪芹大感不安；「桂枝，你要這麼想，我可不敢勉強了。」他接著又說：「也罷，我再想別的辦法。」

「對了！慢慢兒想。」桂枝伸開手，托著那塊玉送到曹雪芹面前：「你仍舊繫上吧！」等曹雪芹將玉接了過去，桂枝隨即起身，卻只將臉背了過去；曹雪芹便撈起小褂子下襬，將玉繫好，說一聲：「請坐！」

桂枝坐是坐下來了，卻有些躊躇，因為看她母親與弟弟，都在裡面不出來；這麼熱的天不到院子裡來納涼，這件事透著有點稀罕，她得想一想，是何道理？

正這麼想著，發現保住的影子；但隨即便是她母親的聲音：「保住，回來！」

這一下，她恍然大悟；臉上亦頓時發燒，原來是故意讓她跟他接近！她摸著自己的臉，想站起來離去，卻又不敢，因為怕臉上的紅暈，為母親與弟弟所發覺。

她心裡自然有些氣憤，有種被戲弄了的感覺；因此，到得恢復平靜後，悄然起身，到後面見了她母親，故意繃著臉，作出生氣的樣子。

「怎麼啦？」劉大嬸問。

桂枝不作聲，一直往她自己屋子裡走；劉大嬸緊跟了進來，再一次相問時，她氣鼓鼓地說：「把我一個人丟在外面，算是怎麼回事？」

劉大嬸心裡有數，擺出笑臉，輕聲說道：「這有甚麼好生氣的？都熟得像一家人了。」

桂枝還想反駁，但怕曹雪芹聽見，不好意思；只說：「保住怎麼還不回學裡去？」

「你看，」劉大嬸手一指，「不在穿大褂兒了？」

果然，保住已穿上夏布大褂；正將曹雪芹的熟羅長衫拿了出去。咸安宮官學的規矩很嚴，除非請假外宿，每天都得回西華門外的「下處」。等他們一走，母女倆仍舊在院子裡納涼；這時可以談心裡的話了。

「你今年十九，不能再等了。」劉大嬸說：「你如果覺得芹二哥不錯，我想法子去探探口氣。」

「探甚麼口氣？咱們還能高攀織造曹家。」桂枝仗著在黑頭裡，她母親看不見她的臉，所以說話比較放得開。

「也沒有甚麼高攀不上，一般都是內務府的包衣，說起來身分是一樣的。」

「你歸你說，人家歸人家看；兩面差著一大截呢！」

「這，我也知道──。」劉大嬸遲疑了好一會才說：「有句話，我說了你可別嫌不中聽，旗下人家嫡庶是一樣的；王府裡面，側福晉娘家比嫡福晉娘家身分來得高的，不知多少？當二房，也不必嫌委屈。」

桂枝不響，劉大嬸也不催她；她能不作聲，劉大嬸便已滿意了。

第五章

從鄂爾泰一回京，皇帝花了三天的功夫，才徹底了解西北兩路的軍情。不能再打了！及早收束，還能保住面子，再打下去就能成功，亦必大傷元氣。

談到去主持收束的人，鄂爾泰建議由平郡王福彭去接替順承郡王錫保；張廷玉亦認為福彭英敏持重，兼而有之，必能不辱使命。但皇帝總覺得福彭太年輕了；一直躊躇不決。

不想事情急轉直下，皇帝的心意大變，不但同意鄂爾泰的保舉，而且認為是最理想的人選。因為皇帝已細心推算過福彭的八字；正在走運，三年之內，必成大功。

「你看看我給平郡王批的流年。」皇帝將厚厚的一本白摺子遞了過來；鄂爾泰彎著腰急趨兩步，雙手接了過來。

鄂爾泰先不懂「子平之學」，但皇帝最好此道，而且深信不疑；所以鄂爾泰亦不能不請教專門名家，下過功夫。但此道深奧，倉卒之間，無法理會；站在那裡，不免為難。

皇帝最注意體恤臣僚的細節；當即說道：「你找間屋子細細看去。看完了，咱們再談。」

「是！皇上的子平，析論入微；臣得好好用心細讀詳參，才能略窺高明一二。」

召見之處是圓明園的一座水閣，四面通風涼爽無比；鄂爾泰由太監引著，在一間空屋中坐下來，細細看完硃筆所批，又凝神想了一會，才關照太監「請起」。

「你看明白了沒有？」

「是！皇上批得精當無比。」鄂爾泰說：「平郡王的日子是辛未，金命；大運是壬戌，現在正走食傷運，正是才華發露的時候。」

「你看出來了！我就是取他正行『食傷運』，今年癸丑，癸是『食神』；丑是『偏印』，其中也有一個『食神』，是開始有作為的時候。明年甲寅，甲是『正財』；寅更不得了，『正財、正官、正印』，那裡去找這種流年？」

「誠如聖諭，平郡王明年上賴皇上的鴻福，必收大功。」

「收功還不能那麼快，明年甲寅，後年乙卯，都走木運，也是走財運，『食傷生財』，流年跟大運相配，所向有功，那是一定的。」皇帝又說：「以我看，大後年可以班師。」

「那是凱旋還朝。」鄂爾泰問道：「臣愚昧，不知平郡王的流年中，亦有跡象否？」

「怎麼沒有？大後年丙辰；福彭的八字，就缺火，金無火煉，不成大器。丙火在他辛金是『正官』，官星透干，飛黃騰達，那就是收功班師的跡象。」

鄂爾泰恍然大悟。他曾聽人說過，平郡王的八字，逢丙年必利，他襲爵的那年——雍正四年，就是丙午。大後年——雍正十四年又來一個作為「正官」的丙，當然又要加官晉爵了。皇帝必是已經打算好了，到那年平郡王凱旋，論功行賞，進位親王，不就應著那個丙字了。

心中領悟，卻不便說破；因為恩出自上，不能說命中注定當親王就是親王。天威至重，能夠改變一個人的命運；皇帝常在有意無意間作此表示。說破了是猜中皇帝的心事，最犯忌諱。

「一個人命好，也要運好。年輕有為的時候，就得要走一步食傷運，有所發揮，才有成就。」皇帝又說：「年紀大了，精力衰頹，那時走食傷運，不免力不從心；就能有所收穫，亦是勞碌命。」

「是！皇上至公至正，功必賞；過必罰。平郡王命好運好，倘或不努力，就太可惜了。」

「你見得很是！」皇帝深深點頭：「如果他像錫保那樣，我亦沒有法子加恩。你把這番意思，說給福彭聽。」

「是！」鄂爾泰請示：「是今天就傳諭，還是部署好了，請皇上親自宣詔？」

「你先悄悄兒說給他，讓他私底下有個預備。至於宣詔，過了他的生日；等立秋過後再挑日子。」

秋在五行中屬金；皇帝挑在立秋以後宣詔，在時令上跟平郡王的八字是配合的。鄂爾泰理會得這層用意，以後行事，真得先看看八字，算算流年，可以少碰許多釘子。

「問亭，」鄂爾泰將方觀承找了來，平靜地說道：「事情定局了。」

「是平郡王的！」鄂爾泰問道：「你懂子平不懂？」不等方觀承回答，他忽又說道：「啊，啊！你當然懂！你賣過卜。」

「測字是觸機；不比子平之學，我也只懂皮毛。中堂何以忽然垂詢及此。」

「你要懂八字，才說得清楚。我聽說平郡王的太福晉，頗以此為憂；請你跟太福晉說，絕不要緊，平郡王的流年好得很，雍正十四年就會成功班師。那時，」鄂爾泰停了一下又說：「有句話你只跟平郡王說好了，等他立功回來，還要晉爵。」

「那是進位親王？」

「對了！不過這話他只能放在心裡。」

「是，是！」方觀承又問：「中堂還有甚麼話要我轉達。」

「就是這些。倒是有句話，我要問你，你是願意從軍，還是留京？」

方觀承毫不考慮地答說：「我早跟中堂回過了。」

方觀承在正定就跟鄂爾泰說過，有機會願到軍前效力；平郡王出鎮邊疆，事實上也少不了他這麼一個親信。但鄂爾泰卻另有想法，很希望能將他留下來，這得費一番說服的功夫，而且此刻便須開口；否則先跟平郡王有了約，面奏請調，事情就難挽回了。於是他想了一下說：「男兒志在四方：平郡王也不能沒有你，不過，內外相維，事同一體，從大處著眼，你仍舊在軍機處行走，亦無異在前方襄助平郡王。問亭，你能不能再考慮？」

只要於平郡王有益，方觀承覺得在那裡都一樣；不過，他還不明白鄂爾泰的用意，因而問道：「中堂是怎麼一個意思，請明示。」

看他意向有些活動了，鄂爾泰覺得不妨開誠布公地談：「我說老實話，我在這裡也差不多把你看成左右手了。這一點，我想你總也體會得到。」

「是！蒙中堂不棄，多方栽培，觀承豈能不知？倘能兼籌並顧，觀承個人的出處無所謂。」

「你有此開闊的襟懷，事情就好辦了。我的打算，正是兼籌並顧。」鄂爾泰放低了聲音說：「張中堂一直是翰林院掌院，他要調人到軍機處來，很方便；我就只有仰仗你了。」

方觀承聽出鄂爾泰是含蓄的說法；意中軍機處大都是張廷玉的私人，如果少了他，更覺孤立無援。意會到此，方觀承雖有同情，亦生警惕，怕將來鄂張在權勢上有所爭奪時，捲入漩渦。

「問亭，」鄂爾泰緊接著又說：「你跟張中堂是小同鄉。我想有你在這裡，我跟張中堂的意見，比較容易調和，這是一；張中堂已經准假，十月裡回桐城，大概半年才能回來，我的仔肩又加重了，格外要有得力的幫手，真正少不得你，這是二。至於平郡王那方面，有你在軍機處，他也方便得多。你想呢？」

這也是含蓄的話。鄂爾泰是在暗示，平郡王在前方，對朝廷不免隔膜；有些事既不能公然形之於上諭，亦不便私下通函，有方觀承在，鄂爾泰便可透過他跟平郡王取得聯絡。這無異替平郡王在機要之地安下耳目，是很要緊的一件事。

「中堂真個是兼籌並顧，面面俱到。觀承遵從中堂的意思就是了。」

「好！咱們就這麼說定了。你把我的意思跟平郡王好好談一談。」

「是。」

「還有件事。定邊大將軍派出以後，要頒一道勅諭；這跟平郡王的權責頗有關係，我想不如你去擬好了交給我，得便面奏皇上，一准就發，豈不省事？」

這就是鄂爾泰在照應平郡王。這道勅諭規定授權的範圍，就像宋朝宰相「大拜」的「宣麻」那樣，一語出入，關係甚大。鄂爾泰讓他來擬，便盡可照平郡王的希望來寫，真所謂「固所願也，不敢請耳！」

於是方觀承很鄭重地答說：「中堂的美意，平郡王一定也是心感的。」接著他又試探著問：「中堂看，便宜行事之處，可以提到怎麼樣一個等級？」

鄂爾泰想了一下答說：「文官四品以下；武官三品以下。」

這一問一答，大致已確定了在定邊大將軍管轄範圍之內，文官知府以下；旗營參領以下；綠營參將以下，若有過失，大至死罪亦不必先行奏准，可以軍法從事。這威權不能說不重了。

平郡王孝母，感於鄂爾泰的盛意，特為帶了方觀承到上房去見太福晉，當面陳述皇帝為平郡王所批的流年。

王公府第都經常有星相之士出入，平郡王的流年如何，太福晉已聽過不止一遍了。但出於睿鑒硃批，自然格外重視；也格外覺得安慰。

不過疑義也不是沒有，「方先生，」太福晉問，「聽說你對星命也很精通，是不是？」

「不敢說精通，大致都懂而已。」

「郡王的流年，皇上提到驛馬沒有？」

「這可不知道了。鄂中堂沒有跟我說。」方觀承想了一下說：「似乎應該提到的，也許是鄂中堂忘了告訴我了。」

於是太福晉轉臉對平郡王說：「趕明兒個，你倒問問鄂中堂看。」

「不必問他。」福靖在一旁接口：「等皇上召見大哥的時候，自己就會說。」

太福晉沒有理他，只關照平郡王：「你把這件事記在心裡。」接著又問方觀承：「方先生，白雲觀的林道士，說郡王明年走驛馬運；又說甚麼『馬頭帶劍、出鎮邊疆』；又有的說不是，不過明年是一步極好的運，卻不假。方先生，你看呢？」

方觀承想了一下答說：「都不錯。小王爺生在戊子年，明年是甲寅，子逢寅是驛馬。行的又是財運，驛馬喜財，所謂『馬奔財鄉，發如猛虎』，小王爺行財運而適逢驛馬必是上好的運。」

太福晉連連點頭，「方先生講得比林道士明白，我這才算懂了。」她又問說：「那麼『馬頭帶劍』呢？那是怎麼回事？」

「是這樣。」方觀承一面想，一面答說：「天干配合十二地支，也就是一年的十二個月，成旺弱之局，盛極必衰、剝極必復，循環相生；最旺的一個支稱為『陽刃』；這個刃就是『馬頭帶劍』的劍。甲年遇寅為『祿』，在刃前一位，方興未艾，在小王爺的行運來說，應該算作『馬頭帶劍』，因為五行同生同死，甲乙皆木，『木官在寅』，官是『臨官』的簡稱，也就是『陽刃』的刃。」

「講得好，講得好！」太福晉大為稱道，但還有最後的一個疑問索解，「方先生，既然明年甲寅才走驛馬運，怎麼今年就應了『馬頭帶劍』這句話呢？」

這不難回答，方觀承脫口答道：「凡是福命，好運都走在前頭，所謂『迎運即發』。小王爺過了生日，就會走明年的運了。皇上都是仔細算過的。」

這個解釋亦能言之成理，太福晉欣然接受，對皇帝所作的預言，更是深信不疑，自語似地說：

「看起來到雍正十四年，一定能夠得勝回朝。」

「不但得勝回朝，」方觀承忍不住說：「還有加官晉爵之喜。」

六月廿六日平郡王福彭生日那天，皇帝召見，當面下達了「定邊大將軍」的任命。正式宣詔，定在七月初九。這個日子是皇帝親自選定的，不但是宜於命將出師的黃道吉日，而且那天的干支是戊子，與福彭生年的干支相同；子年遇子，命理上謂之「將星」。這也是皇帝特意選定七月初九宣詔的原因之一。

出征向來命下即行，七月初九宣詔之時，還有一番隆重的儀禮；禮成在御前上馬出京。算起來只有十三天的功夫，部署一切；其中還要扣除四天——平郡王府早就定了七月初四、初五祭神，先期兩天就得預備；前後一共有四天不能出門。

這一次是闔族大祭，凡是克勤郡王岳託的子孫，都要來行禮；事先還有職司，外面是主祭的平郡王福彭率領族人，預備祭器；裡面是平郡王福晉費莫氏，會同闔族婦女磨米製糕，名為「打灑糕」，是很費功夫的一件事；得分兩天來做。

第一天是揀米豆，米有三種：江米、白米、小米；豆分兩色：黃豆、赤豆。揀到中午，歇手開飯，坐了七桌。

最上面的一桌，只得三個人，首座是福彭的一個叔祖母；其次是四房的「額大太太」，再一個是做主人的太福晉。

太福晉跟額大太太是堂房妯娌。原來克勤郡王兩傳為羅科鐸，改號平郡王；羅科鐸有六個兒子，襲爵的老四訥爾圖；康熙廿六年因為無故殺人革爵，改由老六訥爾福承襲，他就是訥爾蘇的父親、福彭的祖父。

訥爾圖只有一個兒子，名叫訥清額，比訥爾蘇小兩歲；訥清額兩娶，繼配是諾敏之女，也是馬爾賽的胞妹，正就是在座的額大太太。

四房跟六房平時不和，因為訥爾圖如果不是因罪革爵，如今的平郡王應該是訥清額。雖然當年訥爾福襲爵，出於聖祖親裁，並非本人圖謀；但訥爾圖父子總覺得六房揀了便宜，不免常懷怨望，因此，訥清額與訥爾蘇兩家嫡堂兄弟，平時不常往來；否則，福靖的婚事，早就成功了。

但從傳出平郡王福彭將任北路統帥的信息，情勢陡變；瑪禮善很希望福靖能成為他的女婿。原來前年馬爾賽受命為撫遠大將軍時，曾帶了好些人去，有些是本旗屬下，理當隨行；有些是多年舊部，休戚相關；還有些是想從軍功上巴結上進，自願效勞。那知馬爾賽到得前方，不及一年，竟以失律喪師，被斬於軍前；部屬成了敗軍之將，亦如失恃的孤兒，在北路一帶飽受歧視。瑪禮善既然承襲了馬爾賽留下來的「忠達公」爵位，當然不能不管這件事；如今幸喜有福彭這條路子可走，倘能聯姻而成至親，不必重託，平郡王就會推念戚誼，處處照應那班人。

於是，額大太太的態度也不同了，這天來得極早，極其殷勤。太福晉心中雪亮，明擺著額大太太娘家將有求於福彭；這是公事，不宜過問，更不宜談福靖的婚姻，免得牽涉到公事。

因此，額大太太雖較往日來得親熱，她卻一如平時，只盡她做主人的禮數，談的亦只是祭神的事。這一來額大太太便躊躇了，這頭親事，一面是夫家姪子；一面是娘家姪子，按理說親上加親，她是現成的「大冰太太」，而竟一直不聞不問，這時又如何開得了口？

滿洲的風俗，「祭必於寢」，所以宮中祭神是在分屬皇后的坤寧宮；王府就在王與福晉所住的上房。正中堂屋，西牆上設一塊朱漆擱板；板上懸一塊鑲紅雲緞黃幪，下黏紙錢三掛；稱為幪架，而一般多用「祖宗板子」這個俗名。「祖宗板子」前面設一張朱紅長方矮桌，上供香燭。陳設雖簡，禮節卻異常隆重——第一天揀米選豆；第二天磨粉蒸麵，到得這天午夜過後，祭禮便開始了；平郡王府從大門到上房，燈火通明，人影幢幢，但聲息不聞，不但沒有人說話，連置放器物都不准出聲，以肅靜為至誠。

丑正一刻，主祭的平郡王福彭上香，率領闔族男丁三叩首，廚子隨即和麵做餑餑；就在院子裡臨時架設的大灶上蒸熟，裝成十一盤每盤十一枚，獻上供桌，免冠行禮；接下來便是「請牲」了。

犧牲是老早選定的三口大豬，此時只用一口，縛在屠床上抬了進來；這口黑毛豬稱為「黑爺」，原是早就洗乾淨了的，但仍須主祭用一把新棕帚，遍掃牲體；縛豬的繩子，亦換了新的，這才抬入室內，擺在供桌前面，意思是請祖宗審視，享用這麼一口肥豬，是否合意？當然又須行禮；禮畢就要請「黑爺」歸西了。

這不能用「殺」或「宰」之類不吉利的字眼，宰豬稱為「省牲」；屠夫下手之前，先提起豬耳朵，灌一大碗燒酒下去，將「黑爺」灌醉了，省得「省」時亂叫。至於下刀時，亦有規矩，晨祭用公豬，以左手執刀。及至剖腹開膛，第一件事是將附著於大小腸之間的脂肪剝下來，連同生豬血一起先上供。這腸間之脂，就是《詩經》中「取其血膋」的膋；滿洲話叫做「阿穆孫」。

這時整頭豬已置入大鍋去煮；煮熟撤餑餑獻牲，豬頭朝上，頭上插一把柄上有個鈴鐺的鸞刀，另外盛湯一碗，碗上架一雙筷子，隨同供獻。主祭再一次率族人三叩首；這時天已經快亮了，息香撤幪，晨祭告成，闔族吃肉吃餑餑散福，不准喝酒。

到得過午不久，夕祭開始，只是「省牲」須用右手；「黑爺」是一頭母豬。黃昏時分，撤餑餑獻牲，這後半段的祭禮，由主婦主持，這件事累人不說；有些知書識字，深明事理，而又喜歡尋根究柢的才媛，倘為家婦，必須主持夕祭時，每每會有一種恐懼委屈之感，因為這後半段的夕祭，有個專門名稱，叫做「背燈」，先是息香撤火；再用布幔密遮窗戶，屋子裡漆黑一片，只有主婦在內。這還不夠隱祕，中門亦須緊閉；闔族男丁都在門外屏息等候。

似此遠摒男子，獨留主婦一個人在密室祭神，當然是表示甚麼都可以供獻給神的。當初何以制訂了這樣的儀式，已無從稽考起源；現在的禮節是，主婦在室內行九跪九叩的大禮；頓首八十一次之多。「秋老虎」的炎威猶在，穿上禮服在密不通風的屋子裡行此大禮，那可真是苛刑；「大奶奶」——平郡王福晉，好不容易行完了禮，已站不起身，雙手扒地，膝行摸索著到了矮桌前面，將「黑爺」頭上的鸞刀拔了下來，放在桌上；忍不住狂喊一聲：「快點燈！」

中門外是早就預備好了的，啟門秉燭而入；福彭推門進去一看，大奶奶坐在地上，汗出如漿，面無人色，趕緊將她攙了起來，低聲撫慰著說：「辛苦你了。好歹撐著一點兒。」

真得要咬緊牙關，才能撐持得下去；散福之後，便得預備祭天，俗稱「祭竿子」；這根神所憑依的竿子，以杉木製成，高出屋簷，這個露天的祭禮，儀節與晨祭及背燈都不同，牲用公豬，不光是去毛，還要剝皮，稱為「脫衣」。肉煮熟後，選取精肉，跪切成絲；供神後，將肉絲與小米飯拌合在一起，另加血腸，移置竿頂的「斗」內。這個禮節卻是有來歷可考的；據說太祖高皇帝努爾哈赤起兵征明時，打了一次敗仗，匹馬落荒，而追兵甚急，只得下馬躲在一株大樹之下；忽然飛來一大片烏鴉，掩護太祖，擋住了明兵的視線，因而得以脫險。為了崇功報德，設竿子祭烏鴉；託名祭天。

祭天既畢，曙色已露；趕緊鋪設「地平」，布置坐具，來吃肉的賓客已經到門了；第一個是曹雪芹，還帶了他的一班同學。

原來他們有個詩社，夏天夜集，在德勝門內積水潭看荷花做詩，貪涼坐到四更天，飢腸轆轆，商量著到那裡喝一頓「卯酒」。曹雪芹想起平郡王府有肉可吃，反正只要懂得禮節，識與不識，皆可作不速之客，因而帶了他的那班同學，做了第一批賓客。

雖說吃肉的規矩，客至不迎亦不送；客去不辭亦不謝，但曹雪芹畢竟是晚輩，不能不向太福晉致意。

原以為太福晉這天有好些王公的福晉和格格要接待，中門傳進話去，所得到的答覆，必是：「知道了。今天事忙，不必見面了。」那知竟是：「芹二爺請進去吧！太福晉正在問呢。」

於是，頗感意外的曹雪芹，一面跟著領路的僕婦走，一面在心裡琢磨，將太福晉可能會問到的事，都想了一下。走近第五進院落，已聽得嬌聲笑語；大概堂客趕早涼到的已不少了。果然一進垂花門，目迷五色，不少身著彩色綢衫的纖影。曹雪芹趕緊低下頭，目不斜視地被帶到了太福晉面前；他很快地抬頭看了一眼，便即垂手屈膝，打著扦說：「給姑太太請安！」

「起來！你娘好吧？」

「託姑太太的福。」曹雪芹答說：「哮喘好得多了。」

「你都見見！」太福晉便一一指引：「這位是禮王福晉；這位是超武公的老姑太；這位是昭武侯的太福晉——。」

曹雪芹一時也記不了那麼多名字，反正都是長輩，只執晚輩之禮便不錯。等請安完了，只聽太福晉向在座命婦告個罪，將曹雪芹帶到另一間屋子裡問話。

「你在官學，多早晚才算滿期？」

「到今年年底。」

「你今年十九，早就過了當差的年紀。」太福晉說：「官學裡念滿了，也不過當個筆帖式，或者庫使，要多少年才熬得出頭？你身子一向壯實，我看你不如棄文就武吧！」

曹雪芹沒有想到太福晉是關懷他的功名事業；這方面他自己都沒有仔細想過，所以一時楞在那裡，不知如何回答。

「現在是極好的機會，你到前方營盤裡吃兩年苦；大概至多三年，就能混出個名堂來了。」

太福晉又說：「只不知道你母親肯不肯放你？」

曹雪芹這才明白，太福晉的意思是，要讓他跟著平郡王到北路軍營去效力，在軍功上博個前程。

功名富貴倒不大在意；只想到張騫、班超立功絕域的故事，不由得起了見賢思齊的念頭，心裡頗有躍躍欲試之意。

「你回去問問你娘的意思看。」太福晉說：「你跟你娘說，不會讓你去打仗；勸你娘放心好了。」

「是！」曹雪芹躊躇著說：「王爺初九就得出京了；只怕日子上來不及。」

「這倒不忙在一時，那怕等你在官學裡散了學再去也不晚。反正你四叔也在『糧台』上，隨時都可以派人送你去。」

曹雪芹是在官學的宿舍中住，家中情形，不甚清楚；不知道曹頫也在糧台，當即問到：「原來四叔也要跟王爺去辦糧台！」

「不是跟了去；在京裡管事。」太福晉又說：「眼前沒有名義，只是派在糧台上做個耳目。」沒有名義是因為曹頫眼前還是「廢員」，不能奏請派差；不過這當然也是軍功，只要打個勝仗，平郡王辦「保案」時，補敘勞績，復官無非遲早間事。

於是曹雪芹想了一下答說：「跟姑太太老實回話，我倒很想到前方見識見識；不過我非得跟我娘說明白不可。」

「原是。你娘就你一個；又是老太太最放不下心，如果我沒有把握，不會讓你走這條路。你把我的這番意思，務必跟你娘說清楚。」

「是！」曹雪芹停了一下問：「姑太太沒有別的話？」

「就是這些話。你吃肉去吧！」

為了避免再一次無謂的應酬，太福晉叫人將他從屋後角門帶了出去；穿過甬道，回到原處，賓客已經大集，曹頫與曹震亦都到了。曹頫神態如常；曹震卻有種掩抑不住的興奮之情。

這時曹雪芹帶來的那班同學，每人都有一兩斤肉下肚，吃飽了在等他；曹雪芹有事在心，便說一聲：「走吧！」帶他們出了王府，方始告訴保住：「我有事，你代我告一天假。」然後就在門房中閒坐，等候曹震。

曹震幾乎客散盡了才走；一見曹雪芹，詫異地問說：「咦！你怎麼不上學？」

「就為的等你。震二哥，我到你那裡去；有件事得告訴你。」

「我這會兒不回去。走！」曹震一拍他的肩：「到我衙門裡談去。」

說到最後一句，得意之情，溢於言表；曹雪芹既詫異、又好笑，便帶點揶揄的語氣說：「震二哥，你也有衙門了！你的衙門在那兒啊？」

「喏！」曹震用手一指：「那不是？」

他指的是鑲紅旗三都統衙門，就在平郡王府斜對面；曹雪芹大為不解，內務府正白旗的人，怎麼會派到鑲紅旗去辦旗務？

到了門前一看，曹雪芹一切都明白了，新黏一條尺許寬、六尺多長的梅紅箋，濃墨大書「定遠大將軍駐京糧台」；又一張尺寸較小，寫的是「定遠大將軍大營塘報處」。曹震自然是在糧台辦事，怪不得一臉春風得意的神情。

進了大門，往右一轉，另有一個大院子；南北各有五楹敞廳，亂糟糟地擠滿了人，只聽有人說道：「好了！曹二爺來了；你們等著吧！」

此言一出，嘈雜之聲頓息；大家都轉頭來望，有個蘇拉上前向曹震請個安，起身引路。曹震昂然直入，在北面敞廳朝南的一個隔間中坐定，向那蘇拉說道：「你請張老爺來。」

「張老爺」便是剛才叫大家「等著」的那個人；一進來先指著曹雪芹問：「這位是——？」

「這就是舍弟雪芹。」曹震又對曹雪芹說：「這位是張五哥。別看他成天在銅錢眼裡翻跟頭，人可風雅得很，琴棋書畫，件件皆能。」

聽這一說，曹雪芹便知他的官銜是「司庫」；還沒有來得及開口招呼，張司庫已放下手裡的卷宗，滿臉堆笑地拉著曹雪芹的手說：「原來是芹二爺！我叫張子穀；咸安宮官學離這裡也不算遠，下了學找我來。」

曹雪芹覺得此人熱情可親，頗有好感；當下滿口承諾：「是！是！我定會來找張五哥。」

張子穀退後一步，頸往後仰，伸一指指著曹雪芹，「一定！」他是很認真的神氣：「芹二爺這可是你自己說的。」

「叫他雪芹好了。」曹震說了這一句，便談公事：「怎麼樣？都是來借錢糧的？」

「可不是！」張子穀將卷宗打開，裡面是一大疊借條，「情形各家不一樣，請二爺定個章程下來，我好去打發。」

「王爺交代，寧可先緊後寬；開頭一寬，做成例規，以後就難辦了。」

「那麼是怎麼個緊法兒呢？」

「有一個月的恩餉了；另外再准借一個月。」

「一個月怕不行。」張子穀是很為難的模樣：「有人還打算借半年呢！」

「借半年的錢糧？那不開玩笑！此刻花得痛快，往後吃甚麼？」曹震接著又說：「最多借兩個月；分四個月扣。」

張子穀想了一下說：「能不能分六個月扣？」

「好吧！就分六個月。」曹震又問：「祝家怎麼說？」

「最近米價又漲了——。」

一聽這話，曹雪芹便注意了。原來曹震所說的「祝家」，是京城裡有名的「老根兒人家」之一，世代業米，在明朝便是鉅富；稱為「米祝」。他家住在崇文門外板井胡同，園林極盛，傳說十天都逛不完；曹雪芹久已慕名，所以此時不由得留神細聽。

「祝老四說，歷年的軍糧，都是他家辦；回扣有一定的例規。不過在期限上可以想法子，如果能放寬兩個月，他願意每一石送一錢半銀子。」

「這也不過三千兩。」曹震有些失望：「能辦得了甚麼事？」

「本來軍糧就是運價貴。」張子穀又說：「祝老四很願意幫忙，說可以替你出個主意。」

「甚麼主意？」

「是──，」張子穀將椅子拉了一下，湊近曹震，低聲說道：「他說軍糧完全是運價貴；運到烏里雅蘇台、科布多，運價每石二十五兩，北路最近的也要十一兩，通扯是十六兩銀子一石。兩萬石米光是運價就是三十二萬兩；倘或在這上頭要點花樣，弄個兩三萬是很方便的事。」

「這話有道理。」曹震轉為興奮了；「咱們倒找范芝巖談一談。」

「不必咱們去找，託祝老四就是了。」

「託他？」曹震問說：「那不又多經一道手？」

「雖然多經一道手，回扣可不會少一分。」張子穀自問自答地說：「人家為甚麼替你白當差？只為他跟范芝巖是聯手慣了的；就算咱們自己去接頭，范芝巖還得去找他。」

「照這麼說，他出的主意，范芝巖一定會照辦？」

「差不多。」

「那麼，祝老四打算出個甚麼花樣？你問他沒有？」

「談了一下，大致是以近報遠；譬如運烏里雅蘇台，本來規定三千石，報它五千石，運價自然就高了。這多出來兩千石的浮價，就可以扣下來。」

「那，范芝巖肯不肯出領據呢？」

「大概肯出。」

「肯出就好辦。不過，這件事一定得先扎扎實實說妥當：『大概』可不行。」

「二爺，」張子穀微笑說道：「你要扎實；人家也要扎實，領據是出了，將來報領五千、實運三千，另外兩千石運到近處，戶部要追差價，怎麼辦？」

曹震手摸著青毿毿的下巴，沉吟了好一會說：「咱們想法子不叫戶部追就是了。」

「能如此，人家就沒話說了。不過也得有個憑據才好。」

「甚麼憑據？」

「這，二爺還不明白，無非拿筆據換筆據——。」張子穀沒有再說下去。

曹震眨了一會眼，遲疑地問說：「你的意思是，要給他出個借據？」

「對了。如果要追差價，他就拿這張借據來抵付。」

「那麼，不追呢？戶部不追，我有借據在他手裡，不就欠了他一筆債了嗎？」

「這是信得過、信不過的事。如果不用追差價，他也不敢拿這張借據來要債。」

「話不是這麼說。」曹震大為搖頭：「除非他也寫張東西給我。」

「要怎麼寫呢？」

一時沒有善策，也就不談了。張子穀只說祝老四想請曹震吃飯；主隨客便，要個日子。曹震欣然相許，定了定邊大將軍出京的第二天赴席。等張子穀告辭；曹雪芹才有機會開口，將太福晉的意思，照實說了一遍。曹震一樣地大感意外。

「這是辦不到的事。太太怎麼能放得下心？」

「其實，也沒有甚麼！讀萬卷書，不如行萬里路；而況有方先生在一起，我可以跟他學好些東西。」

「那位方先生；你是說方問亭？」

「是啊！」

「他暫時不去。」

曹雪芹大為詫異，「方先生怎麼不去？」他問：「郡王少得了他嗎？」

「這你就不懂了。咱們也不去談他，只談你。」曹震勸道：「你別想得太美，自以為一番豪情壯志；等吃了苦頭想回來，那時你才會懊悔。反正這件事一定辦不通，你趁早死了心吧。」

「可是太福晉那裡呢？怎麼交代？」

「那好辦。反正太福晉也說了，等你年底在官學的期限滿了再去亦不要緊；眼前先支吾著，到時候再說。」曹震又說：「不過，你回去還是得回去一趟；不然撒謊就露馬腳了。」

「當然。無論如何，太福晉的意思，我得跟娘說。」

「對了！你回頭就走，我叫人派車送你去。」曹震躊躇滿志地說：「現在可方便了！要車有車，要馬有馬，要船有船，要伕子有伕子。」

見此光景，曹雪芹立即想到他跟張子穀所談的事；心裡不由得替他擔憂，很想勸他幾句，當今皇帝，最重操守，出了事只怕平郡王都無法庇護。但還在思索如何措詞時，卻又有人來回公事了。

「你來得正好！派一輛車，派兩個人，送舍弟到張家灣。」曹震回頭問道：「你那天回來！」

「我想多住兩天。」曹雪芹答說：「給我借兩匹馬，我帶了瑞德回去，不必費事。」

「這麼熱的天，你替我安分一點兒吧！中了暑還得了！」

「這樣好了，我另外通知通州驛站；令弟要回京，隨時可以去要車。」

「這樣最好。」

接著，曹震便替曹雪芹引見，那人叫魯興，是鑲紅旗的八品筆帖式，派在糧台上管車馬；所以說他「來得正好」。

「震二哥，」曹雪芹想起這件事：「你到祝家去赴席，能不能帶我一個？」

「幹麼？我們有事談，不是去應酬。」

「我知道。我是想去逛逛祝家的園子。」

「那還不好辦？等你從通州回來，到他園子裡去歇夏避暑，都是一句話的事。」

「這就更好了。」曹雪芹非常高興：「聽說祝家的園子，十天都逛不過來；原該住幾天才能暢遊。」

「好吧，這件事我答應你。」

第六章

雍正五年春天，舉家回京歸旗，馬夫人只在家裡住了半年，便即遷居籍沒入官，而又蒙恩發還的通州張家灣住宅，一住六年了。

移居張家灣的原因很多，有一個上下皆具的同感是，生活習慣，格格不入；尤其是在飲食上頭，連馬夫人都得米飯麵食雜著吃，而又不光是稻麥各嗜之異，還有繁簡的不同，大家最不能忍受的一件事是：吃餃子就是餃子；吃打滷麵就是打滷麵；棠官——如今叫棠村了；常說：「這是吃點心嘛！那裡是吃飯？」

最初，曹家自然是照自家的慣例；不過由奢入儉，少不得委屈些，那時三房仍如在南京一樣，住在一起，錦兒當家、秋月管帳、夏雲掌廚，商量定規，每天開三桌飯，裡頭一桌、外頭兩桌，五菜一湯，三葷兩素；有米飯、有饅頭。曹震口中不言，心裡覺得不足；所以一有客來必留飯；留客就得添菜，倉卒之間，無處備辦，常是館子裡叫幾樣冷葷熱炒，或者買個最好的「盒子菜」。日子一久，親友之間有了閒話：「他家還以為是在當織造、當巡鹽御史呢！排場照舊；看樣子私底下窩藏的家財真還不少。」

這話傳到曹頫耳朵裡，大為不安；他跟馬夫人說：入境隨俗，既然歸了旗，不便再照江南的習慣；讓人覺得標新立異似地，大非所宜。

馬夫人當然尊重他「一家之主」的地位；於是重新商量，改從北方的飲食習慣；頭一天吃炸醬麵，弄了八個「麵碼兒」，擺得倒也還熱鬧；第二天吃餃子，除了兩碟子醬菜，就是一碗下餃子的湯，名為「原湯」，可助消化。

到得晚上，曹震向錦兒抗議：「兩碟子下酒菜，一簸籮『半定兒』；再就只有餃子了！這種日子，我可受不了。」

「受不了也得受！」錦兒答說：「太太一上桌子，眼圈兒就紅了；嘆口氣說：『家真是敗下來了！』雖沒有怪你，怪四老爺，你也該想想，不是你在公事上老捅漏子，大家又何至於過今天這種日子？」

「這能怪我嗎——？」

「不怪你怪誰？」錦兒搶著說道：「你別鬧了！你的見識跟季姨娘一樣。」

將他跟季姨娘相提並論，曹震認為是奇恥大辱；怒氣剛要發作，錦兒卻又發話了。

「你等我說完；如果我比錯了，你再鬧也還不遲——。」

錦兒告訴曹震說，這天下午有人來看季姨娘，她跟人大訴委屈；又誇耀在南京時如何闊氣，三頓飯兩頓點心，肥雞大鴨子連丫頭都吃膩了，夏雲直跟她使眼色，而季姨娘卻是越說越起勁，到底讓人家說了句不中聽的話，才堵住了她的嘴。

「人家怎麼說？人家說，妻財子祿，原有定數：如今苦一點兒，是留著福慢慢兒享！反倒是好事。」錦兒詰責：「你倒自己想想，你是不是跟季姨娘一樣不懂事？」

曹震啞口無言，亦只有像馬夫人那樣的嘆口氣而已。

到得下一天，馬夫人找了錦兒、秋月、夏雲來說：「我昨兒晚上想了一夜，京裡我住不慣；我也不必住在京裡。張家灣的房子，是平郡王託怡親王在皇上面前說話，馬上快發還了；到那時候，我想搬到張家灣去住。」

大家面面相覷，不知從何說起；好一會，是夏雲先開口：「這一來，不就都散了嗎？」

「本來千年無不散的筵席！老太爺在日常說：『樹倒猢猻散。』如今樹也倒了，本就該散了。」馬夫人又說：「四老爺跟震二爺自然要在京裡；我可不用。搬到張家灣清清靜靜；日子愛怎麼過就怎麼過，也省得聽人的閒言閒語。」

「太太的主意不錯。」秋月點點頭說：「可只有一件：芹官要上學了，怎麼辦？」

「這也是我想搬到張家灣的緣故之一。」馬夫人答說：「上學住堂，是芹官該吃的苦，誰也替不了他。再說，不吃這番苦，也不能成材。既然如此，倒不如讓他死心塌地；如果仍舊住在京裡，他天天想家，我天天想他，彼此都苦。索性離了京，隔著百把里地，來去不便，他死了心，我也死了心，倒不好？」

「這一說，太太的打算更不錯了。」秋月看著夏雲說：「我自然是跟著太太到張家灣。四老爺跟震二爺呢，是不是還住在一起？」

「我那知道。」夏雲指著錦兒說：「你問她！」

「別問我！」錦兒緊皺著眉說：「倘或問我，我只有一句話：最好像繡春那樣，住庵！」

「喔，」馬夫人被提醒了，「談起繡春，我更應該搬出京；那一來，繡春不就該回來了嗎？」

原來繡春雖說為了震二奶奶一死所感動，答應仍回曹家，但一路上思量，錦兒已有了姨娘的名分；她在曹家是「有功之人」，倘能生子，便有扶正的希望。但如自己仍歸於曹震的偏房，錦兒便得落後一步，豈不是妨害了她爬上高枝的機會；再說錦兒如果真的扶了正，自己又何能甘於側室？因此定了主意，向馬夫人堅決聲明：願回曹家，但必不能與曹震住在一起。

馬夫人拗不過她，只得承諾。於是到京未幾，她就悄悄地自己接頭了一個尼庵；聽說曹震將到，便陳明馬夫人，搬到庵中去住，不過仍舊是帶髮修行。如今馬夫人遷往通州，曹震留京，繡春自然就不必住庵，該跟著馬夫人走了。

對於馬夫人的主張，曹震贊成，曹頫反對。其實也不是反對，只是他自覺有奉養寡嫂、撫育胞姪的天職；極力勸馬夫人一動不如一靜。這是出於至誠的情分，馬夫人只有多方勸說，緩緩以圖；最後到得小兄弟倆進了景山官學，馬夫人細說了遷出京去，絕了曹雪芹時常想家的念頭，反於他學業有益的道理，曹頫方始同意。

正好發還房屋的恩旨也下來了，除了張家灣的大宅以外，還有前門外鮮魚口的一所市房，那裡是整個京城最熱鬧的地方，北鄰肉市，東面就是京中第一座大戲園「查樓」，寸金寸土，所以這所市房很值錢。

馬夫人頗持大體，自己有曹老太太留下來的東西；另外還有託付秋月掌管，專門留給曹雪芹的一份，日子應該是寬裕的；曹震有震二奶奶留下來的私房，只要錦兒管得緊，也不愁溫飽；只有曹頫比較拮据，便作主將鮮魚口這所市房，歸屬曹頫。每個月收租息貼補，將就著也可以維持一個小小的排場了。

當然，曹震不必再跟曹頫住了，帶著錦兒另立門戶；夏雲仍舊幫扶季姨娘，照料棠官。跟著馬夫人到張家灣的是秋月與繡春；日子過得很平靜，也很舒服。六年以來，一年只進一次京去會親，唯一的例外是前年去了兩次；多出來的一次是去喝夏雲的喜酒；她成了繡春的嫂子——王達臣喪妻，繡春策動馬夫人做媒，讓王達臣娶了夏雲為填房。為此，季姨娘很不高興，見了繡春從無好臉色。

繡春倒也心平氣和，「原是我對不起季姨娘。」她說：「不過季姨娘也想得太一廂情願了；她打算著夏雲能照料棠官一輩子，那是辦不到的事。且不說年紀差著好幾歲，夏雲又豈是肯服低做小的人？」但季姨娘對她的成見，始終固結不解；繡春亦始終耿耿於懷，希望釋嫌修好。這件事在馬夫人提起來，亦是小小的煩惱；此外，便是曹雪芹的親事了，是個極大的煩惱。

從到京的第二年起，就不斷有人來提親，但真應了一句俗語，叫做「高不成，低不就」。第一是門第，雖說一般都是包衣，但曹家出過王妃，尋常做個小官的人家，首先「姑太太」——平郡王太福晉——就不願意。但也有些滿洲世家，尤其是隸屬上三旗的，因為皇帝動輒有「包衣下賤」的話，一樣地不願跟曹家聯姻。

其次是人品。曹雪芹心目中好女子，既要嫻雅秀麗，又要溫柔體貼，還要讀書明理，這在旗人家就很難找了；長得俊的倒是不少，但有的滿身驕氣，有的一字不識，有的不明事理。偶爾有一兩個可算夠格的，卻又未曾選過秀女，不敢私下婚配。像這樣的人才，可想而知，選秀女時一定不會「撂牌子」；就算不選入宮去，也一定分配到王公府第，那裡輪得到曹家聘來做媳婦？

這是馬夫人的一樁心事。撫孤守節，必得抱了孫子，心裡才會踏實，自覺不枉多年辛苦；而在馬夫人，更有要抱了孫子，才能告慰曹老太太於泉下的感覺，這是一種責任；隨著曹雪芹的年齡漸長，這份責任也就越來越重了。

不過，最近她的心境開朗了些；端午前後，有人來說了一頭媒，女家是正藍旗包衣姓楊，而且一直保留著漢姓；楊小姐的父親叫楊思烈，舉人出身，現在安徽當縣官。這年三月裡，在京的楊老太太得了中風，楊思烈遣妻女回京侍疾，偶然的機緣，為錦兒所見，相貌端正，談吐文雅，一打聽今年十八歲，已過了選秀女的年齡，不正好配給曹雪芹？為此，錦兒特地從京裡趕到通州來作媒。

聽過一番形容，馬夫人喜不可言；但又不免疑惑，「你的眼界高，經你看中，必是好的。不過，有一層我不明白，」馬夫人問道：「這樣的人才，何以十八歲還沒有婆家？」

「這就跟咱們家的小爺一樣，不肯遷就。楊小姐是楊大老爺親自教的書，開出口來，滿口是文；咱們旗下做外官的子弟，吃喝玩兒樂，不成材的居多，楊小姐怎麼看得上眼？再說安徽，也沒有多少旗人；滿漢又不能通婚，就這麼著耽誤下來了。」

「原來是這麼一個道理！」馬夫人釋然了；轉臉向秋月商量：「總得先相相親才好。」

「相親的話還早。」秋月問錦兒：「你打聽清楚了，確是沒有人家？」

「打聽了確是沒有。不過有三家人家在提親，晚了說不定會錯過機會。」

「姻緣前定，這也是急不得的事。咱們看中人家，人家可不知看得中咱們不？」秋月又說：「事情要做得穩當，先別提相親不相親；最好找個機會，能讓芹二爺看看人家小姐，也讓人家看看咱們。你說我這個主意行不行？」

「行！」錦兒想了一下說，「楊老太太的病好多了，我幾時把楊太太接了來打牌；讓芹二爺闖了來，不就彼此都見著了嗎？」

「這個主意好，我們就聽你的信兒好了。」馬夫人又說：「到時候秋月跟繡春去走一趟。」

「太太不去？」錦兒問說：「去玩幾天，又有何妨？」

「我是怕痕跡太顯了；萬一好事不成，彼此都不好意思。」

從錦兒回京，馬夫人的心境，一日比一日開朗，因為一切都可說是稱心如意；錦兒很快地有了回音，說楊太太很願意結這門親，欣然接受邀約，作為變通的「相親」；挑的日子是五月廿五，那天不但是黃道吉日，而且如俗曲〈鴛鴦扣〉中所唱的，「日子是個『成』。」

曹雪芹這一回也與以前不同，在沒有相親以前，先就一處媒人說溜了嘴的地方，大加批駁；將女家貶得不堪作配。這一次也許因為媒人是錦兒的緣故，曹雪芹頗為興奮；而且向輪番游說的秋月與繡春，作了堅決的承諾，只要楊小姐如錦兒所形容的那樣，他一定仰體親心，怎麼說怎麼好。

「我看過皇曆了，月底也是『成』日。秋月，你跟錦兒商量，到那天我親自去看，不知道來得及、來不及？」

這是照旗下的規矩，馬夫人到女家親自去相親；猶如六禮中的「問名」，看中了送一柄如意，或是贈一枚戒指、一支簪子，名為「小定」。女家到了那天，少不得要費一番張羅，所以馬夫人須問「來得及、來不及？」

「有五、六天的功夫，應該來得及；太太就預備『過禮』吧。」

「過禮」便是下聘禮，檢點珍飾、買辦羊酒，馬夫人不愁無事可做；那知正忙得起勁，秋月預備動身進京時，錦兒忽然派人來說：楊太太母女不能赴約，親事緩一緩再說。

平地起了波折，馬夫人大失所望；不明緣故，更覺煩悶。繡春也是急性子，對錦兒語焉不詳，深致不滿；主張秋月仍舊進京，去問一問明白，到底是怎麼回事？

「楊老爺出事了！」錦兒說道：「大前天得的消息，不知是一件甚麼案子，撫台指名題參，楊老爺一急，跟他老太太一樣，得了中風，來不及請大夫，就不中用了。如今還瞞著他家老太太。」錦兒又說：「楊太太也真可憐，老爺死了，還不能發喪、不能哭。你想想，那過的是甚麼日子？」

「真想不到！」秋月問說：「如今怎麼辦呢？」

「你說是誰怎麼辦？是問楊家，還是咱們家？」

「問楊家，也問咱們家。」

「楊家已經請了一位叔伯弟兄，趕到安徽料理去了。至於咱們家，我看，這頭親事是吹了。」

「怎麼呢？」秋月問說：「楊家有話，不願意結這門親？」

「你恰好說反了，楊家是巴不得結這門親。不過，我不能做這個媒。」

「為甚麼？」

「我不能替太太弄個累。」錦兒放低了聲音說：「你倒想，芹二爺一成了人家的女婿，養兩代寡婦；聽說楊老爺還有虧空，要是一追，不更是無窮之累？」

正在談著，曹震回來了；一見秋月便說：「楊家的事，很麻煩；萬不能結這頭親。你現在成了咱們家的姑奶奶了；回去好好勸一勸太太，雪芹的親事不必急。將來包在我身上，給太太找個才貌雙全，又賢惠、又能讓雪芹得岳家照應的兒媳婦。」

聽到最後一句，錦兒先就皺了眉；「你啊，」她說：「一向就是用不著說的話，偏偏要說。」

「怎麼？秋月在這裡，倒評評理，我這不都是好話？」

「好話倒是好話。」秋月笑道：「震二爺，我不是幫咱們錦姨娘，她的話不錯；最後那句話實在用不著說，一說就不中聽了。」

「我是老實話！這幾年你們莫非還沒有經驗過？內務府出身的，有人照應跟沒有人照應，差了遠了去了！有人照應，升官發財，比誰都容易；沒有人照應，嘿，嘿，」曹震似乎難以形容似地：「那種差使簡直不是人當的。」

「要談到照應，咱們不有一位當太福晉的姑太太在那裡？」錦兒冷笑：「不過，太福晉對你不敢恭維而已。」

「你別聽人造謠！姑太太對我也沒有甚麼。」曹震緊接著又說：「不怕官，只怕管；多早晚，平郡王跟莊親王那樣，派了總管內務府的差使，那時你看看，我曹某人是怎麼個樣子？」

「怎麼個樣子？無非又是——。」

看曹震微微變色；而錦兒未說出來的，必非好話，秋月趕緊重重咳嗽一聲；連連使著眼色，硬把錦兒已在喉的「狂嫖濫賭」四字，截了回去。

「咱們談正事吧，」秋月說道：「楊家，應該送禮吧？」

「這個禮怎樣送呢？人家現在又不發喪。」錦兒又說：「等將來盤靈回來，弔總要開的；只有到那時再說。」

「對了！」曹震立即接口，是想結束這個話題的語氣：「這一段兒就算過去了；請你跟太太說，不用再操心了。」

對於曹震的勢利，秋月頗持反感；而且明知錦兒是為馬夫人著想，但不知怎麼，總覺得她做人不該如此。因此，對於楊家的事，她不再管他們的感覺如何，將自己的想法說了出來。

「咱們跟楊家本來毫不相干，既然有提過親這回事，緣分就不同了；不能按一般應酬的規矩來辦。楊家母女也真可憐；如果咱們不幫幫她的忙，似乎說不過去。我想，送點錢也沒有甚麼不妥。」

「說得是！」錦兒也希望如此，作為她對楊家的一個交代：「你看送多少呢？」

「這得請示太太。」這是一句守著她身分的話，其實她是作了主了：「我想跟太太說，送一百兩銀子的奠儀。」

「是不是多了一點兒——。」

錦兒的話還沒有完，曹震搶著開口了，「多少是一回事；送錢又是一回事。」他說：「人家沒有報喪，也談不到『接三』，送這一百兩銀子算甚麼？」

「那也無非表示關切。」秋月淡淡地答說。

「不錯，關切！他楊家要咱們曹家來關切，這又是為了甚麼？」曹震問道：「讓人家誤會咱們曹家還是願意結這門親，麻煩可就大了。」

聽得這話，秋月不光是反感，甚至有些冒火了。但她一直有個警惕，言語行為上一定要有分寸，別讓人背地裡批評她驕狂自大，儼然以主子自居。因此，緊閉著嘴，不發一聲。

話又談不下去了。錦兒也覺得局面有些格格不入，令人難受；當即說道：「暫時不談吧！好久都沒有痛痛快快聊一聊了；今兒聊他個通宵。」

聽得這話，曹震正好自便，「你們姐妹們難得在一起，愛幹甚麼幹甚麼。我不打擾。」曹震說完，抬腿就走。

「怎麼樣？」秋月望著曹震的背影說：「看你們二爺這一陣子氣色還不錯。幹點甚麼正經？」

「能幹得出甚麼正經來？還不是陪那些貝子、貝勒、將軍、國公爺甚麼的，變著花樣找樂子。我勸他，回京五、六年，也沒有看他幹出甚麼正經；成天陪那些大爺玩兒，會有出息嗎？你道他怎麼說？」

「你別問我，你說你的好了。」

「他說，陪那些大爺玩兒，就是正經。別看那些『寶石頂子』，看上去個個是『繡花枕頭』；就要『繡花枕頭』才好。這話怎麼說呢？他說：只要那班人一派上了甚麼好差使，就少不了他。那時候發財也容易得很。」

秋月笑道：「震二爺真是財迷心竅！」接著又問：「可有過這麼樣的機會呢？」

「有過。」錦兒答說：「那年有位福貝子派了陵差；我們那位二爺替一家木廠說合，承攬工程，分了三千銀子。倘或沒有這一筆進項，這幾年的日子，就不知道怎麼過了？」

秋月大為詫異；遲疑了好一會，終於忍不住問說：「莫非震二奶奶手裡那點東西，還不夠你們吃個十年、八年的？」

「唉！」錦兒嘆口氣，然後低聲說道：「我跟你說了，你可別跟太太提。馬家的人，心狠的居多；震二奶奶的東西，一大半下落不明了。」

「是──，難道是讓馬家吞沒了不成？」

「可不是！」錦兒又說：「這筆帳只有我清楚，震二爺不知道。不然，親戚都做不成了。」

秋月沒有不信的理由，稍為多想一想，恍然大悟，脫口說道：「怪不得太太要住通州，大概就是不願跟娘家人來往。」

「是有那麼點意思。」錦兒突然說道：「不談了！談起來勾起我的心事；咱們談些有趣的事。」

有趣的莫如曹雪芹的心事；秋月問道：「楊家的那位姑娘，人才到底怎麼樣？」

「論人才可真是沒話說。而且，」錦兒臉上是又驚又喜的神色：「我還告訴你一件事，那位楊小姐長得好像咱們家的一個人，你倒猜，像誰？」

這是指曹家的丫頭而言；秋月便說：「咱們家那麼多人，大海撈針，那裡猜去，你也得給個範圍才好猜。」

「就是你們春夏秋冬四個。」

秋月仔細看了看錦兒的臉色，不像是在跟她開玩笑；再體味她那詭祕的笑容，心裡已經猜到了，卻不願實說。

「是夏雲？」

「不是。」

「那麼是冬雪？」

「更不是了！」錦兒有些困惑地：「你為甚麼不猜春雨呢？」

「啊！」秋月假作驚訝：「這可真是巧了。就不知道性情像不像？」

「性情如果也像，我根本就不作這個媒了，人挺穩重的，出言吐露，極有分寸。」

「那時，」秋月緊接著錦兒的話說：「春雨不也是這個樣子？」

「本心可是不同的。」

「本心又怎麼看得出來？」秋月突然省悟，自責似地在額上打了一下：「我是怎麼啦？今兒老跟人抬槓！」

聽得這話，錦兒縱有不快，也一掃而空了，「你想吃點兒甚麼？」她問：「趁早說，我好預備。」

「我想吃燒牛肉。」

「那好辦，還有呢，奶捲？」

「奶捲倒也想，就怕天熱，甜的太膩。」

「不要緊！我有上好的普洱茶；還留著四兩杭州的龍井，一直捨不得喝，今兒可要開封了。」

「唉！」秋月忽生感慨：「四兩龍井還一直當寶貝似地！想想從前的日子，真連覺都睡不著。」

錦兒沒有接腔，叫人到「羊肉床子」去買了一塊燒羊肉，外帶一碗滷汁拌麵；晚上在院子裡納涼，一面喝龍井茶，吃棗泥松子奶捲，一面聊天，提到了繡春。

在錦兒面前，大家都不願談繡春，因為是個很尷尬的話題，這一天卻是錦兒先提起來，而且話很坦率；她說：「你是姑娘家，大概體會不到繡春的心境；有句話，我一直想說，又怕人疑心我存著私意，唯恐她有一天還會跟震二爺好，所以每一次都是話到嘴邊又嚥了回去。今天可真是忍不住了。」

「倒是一句甚麼話呀？」秋月心想，她是這樣的態度，卻不妨把她心裡的那句話逼出來，當下催問：「既然忍不住，還不快說？」

「女大不中留！我勸太太早拿主張出來；不然，有一天鬧了笑話，反倒害了繡春。」

這話在秋月心頭重重撞擊了一下，當即問道：「你說，會鬧甚麼笑話？」

錦兒遲疑了一會，方始回答：「聽說她在爺兒們面前，有說有笑，毫不在乎；話說得難聽一點兒，就是輕狂。」

「這，」秋月不解：「通州一個月難得有男客上門——。」

「我不是說在家，是在外頭。」錦兒急忙補充：「在鏢局子裡。」

秋月心中一動；繡春一個月總有一兩回到鏢局——通州是水陸大碼頭，鏢局很多；常有小夥計來通知，說王達臣託帶了東西來，或者捎有口信。繡春一去總是半天；照此看來，話出有因了。

「你是聽誰說的？」

「這你就不必問了，我說了你也不知道。反正我聽說了還不止一回。」錦兒又說：「我總不至於造她的謠吧？」

「沒有人疑心你。」秋月想了一下說：「這件事倒得好好琢磨。你的意思呢？」

「自然是替她找個主兒。」

談來談去，結論是一樣的，早早促成繡春的終身大事。但為繡春物色怎麼樣的一個夫婿，看法卻不一樣，錦兒希望繡春成為「官太太」；秋月卻認為不如就嫁了鏢客，門當戶對，順理成章。

「這要看她自己的意思。」錦兒叮囑：「反正你務必把這件事放在心上，回去跟太太商量個妥當辦法，也了掉一件心事。」

「我知道。」秋月笑道：「一樁親事不成，要提另一樁，合該喜氣臨門。」

「你呢？」錦兒脫口問說：「你就不為自己打算，太太總也替你操過心吧？」

聽這一說，秋月的臉就紅了，「不提這個行不行。」她說：「聊些別的。」

「沒有比這件事更能教我心煩的！這兒又沒有人，你倒把你心裡的想法跟我說一說。」

「事到如今，還有甚麼好說的？你想想——。」秋月覺得很難形容自己的心境，索性頓住了。

錦兒不肯放鬆，連連催促：「說啊，說啊！你說出來，我替你拿主意。」

「我沒有甚麼為難的事，何用你來拿主意？」

「那麼，你要我想甚麼呢？」

「你也想想，有誰是我看得上眼的？」

錦兒心想，原來她是沒有人看得上眼，不是矢志不嫁；然則若有人看得上眼呢？這樣一想，心就熱了。

「不錯！能讓你看得上眼的不多。」她故意宕開一筆：「咱們只算閒聊，照你說，要怎麼樣的人，你才看得上眼呢？」

「我說不上來！」秋月搖搖頭。

這當然是遁詞。錦兒心想，照秋月的性情，當然不喜浮而不實的人；她會做詩，也必得個才子來配她，大概一個翰林也差不多了。

「我想起來了。」秋月突然問道：「芹二爺還不知道這回事吧？」

「是啊！我要等你來商量，怎麼告訴他。」

「反正——，」秋月停了一下，終於說了出來：「不能告訴他，楊家的姑娘像春雨。」

「對了！這一點還得留心，別在言語中帶出來。」錦兒又說：「看他明天甚麼時候來，就知道他對這件事是不是很關心。」

原來約了相看的日子，就在明天；倘或曹雪芹一早就來了，當然表示他對楊小姐極感興趣。秋月的判斷是，他絕不會早來；說不定根本就把這個約會忘掉了。

錦兒與秋月忙了一上午，本來請楊家母女，是打算在館子裡叫一桌席，顯得鄭重些；如今原約取消，只為曹雪芹預備一頓飯，反倒費事了，因為曹雪芹愛吃的，大都是費功夫的、講火候的菜。到得午初時分，還不見曹雪芹來，錦兒心裡便有些嘀咕了，「可別讓你說中了！」她說：「這位小爺忘了今天的約，讓咱們白忙一陣，那就太冤了。」

「不要緊，中午不來，下午派人去接他。紅煨的鹿筋，本來就差點兒火功；晚上吃更好。」

一語未畢，聽得已有人聲，一個是曹震，一個是曹雪芹，錦兒迎上去問道：「你們倆怎麼會走在一處？」

「我到『造辦處』去辦事，順便就把他接了回來。」曹震向錦兒使了個眼色：「你告訴他吧！」

「震二哥說你有話要告訴我。」曹雪芹接口：「我已經猜到了。沒有關係，你說好了。」

「你猜到了？」錦兒便問：「你猜到是甚麼事？」

「楊家的事吹了？」

錦兒不即作聲，仔細看了看他的臉色才說：「既然你猜到了，那就不必忙。先吃飯，回頭讓秋月跟你說。」

「秋月來了？」曹雪芹又驚又喜地：「在那裡？」

「在廚房裡。」看曹雪芹四下張望，在找秋月的蹤影，錦兒便又說道：「廚房裡很熱，你別進去；先把大褂兒卸下來，涼快、涼快。」

一面說，一面指揮小丫頭張羅茶水，替曹雪芹打扇，等坐定不久，曹雪芹看錦兒進了臥室跟曹震在說話，立即便溜到了廚房。

「你怎麼來了？甚麼時候到的？」

「昨天。」秋月轉身看著曹雪芹：「看你又瘦又黑，必是大熱天到處亂逛，曬成這個樣子。」

曹雪芹笑笑不答，只問：「娘呢？氣喘好一點兒沒有？」

「好得多了。有人送了一個偏方——。」

秋月一面炒菜，一面跟曹雪芹談家常。錦兒走來笑道：「你到底還是溜了來了！快請出去吧，震二爺跟你有話說呢！」

飯開在兩面通風的穿堂中，家規猶在，只設兩個座位；曹震兄弟剛扶起筷子，曹震新用的跟班高陞來報，到了兩個不速之客，都是內務府的官兒。

「這時候來，」錦兒在一旁咕噥：「也不知道吃了飯沒有。」

「虧得今天有菜。」秋月幫著張羅：「震二爺會客去吧！留客人便飯好了。」

「好，好！我出去看看再說。」曹震披上一件細夏布的大褂，匆匆而去。

曹雪芹也就必得暫時擱著，而且也穿上外衣；錦兒與秋月便重新料理杯盤，預備移席到廳上款客。正在忙著，只見高陞進來說道：「二爺要陪客人一起坐，讓我來取扇子、墨鏡、荷包。另外說跟姨奶奶要一個盒子，裡面要裝荳蔻、藿香正氣丸。」

「好了！」錦兒向秋月一揚臉說：「咱們可以舒舒服服地吃飯了。」

「真是皇恩大赦！」曹雪芹一面解鈕子脫長衫，一面說道：「震二哥不在，咱們一塊兒吃吧。」

於是打發了高陞，曹雪芹坐回原處。曹家家規重，有曹震在，總不免拘束；此時就可以出主意了。

「有甚麼好酒？」他問錦兒：「昨兒晚上沒有睡好；我得喝點酒，好好睡個午覺。」

「好酒有！不過，我得問你，你甚麼時候回學裡去。」

「我今天不回去。」曹雪芹又問：「錦兒姐，你問這個幹甚麼？」

「回頭有話要告訴。如果喝了酒睡午覺；一醒要趕回學裡，不就沒法兒跟你談了？既然你不回去，儘管放量喝；有南酒、有玫瑰露、有蓮花白。」

「蓮花白太辣、玫瑰露的甜味兒受不了；我喝南酒，最好是花雕；天氣熱，不必燙了。」

丫頭取來了酒，錦兒與秋月也都斟了一盅陪他喝。兩個人暫時都不說話，只勸曹雪芹加餐；看他吃得差不多，方由秋月開口。

「楊小姐的老太爺去世了——。」

「啊！」剛說得一句，曹雪芹便打斷了她的話，顯得很注意地問：「怎麼回事？是在安徽去世的？」

「是啊！如今這消息還瞞著她家老太太。楊老爺人是故去了；身後還有麻煩。」秋月接著將楊思烈出事的緣由，約略說了一遍。

「這太慘了！家裡還有風中之燭的老太太，看來遲早不保；一旦倒了下來，讓她們母女怎麼辦呢？」

聽得這話，秋月與錦兒不約而同地看了一眼；錦兒便即說道：「原來是我作的媒，如今我要打退堂鼓了。這頭親結不得，不然就是我害了太太。」

「怎麼談不上？你倒想，一成了兒女親家，楊家的事，太太能不管嗎？」

曹雪芹不作聲，低下頭去夾了一塊粉蒸雞，剛要送入口中，突然抬頭說道：「就不是親戚，也不能不管。」

「那怎麼談得上？」

「這是甚麼道理？」

「這算萍水相逢，遇到這種事，也應該盡力幫助，而況有此一重因緣。」

「怎麼？」錦兒急急問說：「你是決定要娶楊小姐了？」

「沒有。我沒有這個打算。」

「你不是說姻緣？」

「喔，」曹雪芹答說：「無女的因緣。」

「他是講佛經上的因緣。」秋月幫著解釋。

錦兒笑笑說道：「看起來你倒跟楊小姐有緣；也許天生你就喜歡那種樣子的人。」

這話中就帶到春雨了。秋月便假咳一聲，作為警告；錦兒卻吐一吐舌頭，是自覺失言的神氣。曹雪芹從小便愛體會女孩子的心境，當即笑道：「你們裝神弄鬼，一定瞞著我甚麼，趁早從實招來！」

「現在還不能『招』。咱們先談正經。」秋月說道：「凡事你也不能由著你的性子，因為親事不是你一個人的事，你要為全家著想。」

「為全家著想，名聲最要緊。原來說得好好地，只為人家遭了難，咱們就不提這回事了，不顯著太勢利嗎？」

秋月和錦兒都沒有想到，他會提出來這麼一個理由；而且一時也辨不清這是正理還是歪理，只覺得正面不容易駁倒。

當然，要辯道理還得秋月，她想了一會說：「事情是兩樁。譬如說，已經有了婚約，如今要悔約，彷彿嫌貧愛富似地，自然不是咱們家會做的事；可是八字不見一撇，還沒有著手事情就變過了，這又有甚麼褒貶好落的呢？」

「話不是這麼說，只要心一動，就是種了因，必有個收緣結果；何況，已經約了人家來相看，怎麼說還沒有動手？」

「好！我再請教，假如相看不中呢？」

「那是另外一回事，不過就算那樣，彼此總還是有情分在的。」

說到這裡，錦兒有了主意，很快地接口：「對！『買賣不成仁義在』，咱們就照這個宗旨辦事；當作相看不中。如今算跟楊家是久已相與的熟人；既然他家遭了不幸，照你的話說，應該量力幫助，送一百兩銀子的奠儀，也很像樣子了。」

這番話說得情理周至，辦法也是乾淨俐落，秋月佩服之餘，笑著說道：「現在我才知道，強將手下無弱兵；把震二奶奶教你的本事，拿出來了。」緊接著又向曹雪芹說：「我看就這樣子辦吧！你看怎麼樣？」

「你們都這麼說，我還能說甚麼。」

「我們的話又不是聖旨！」錦兒很大方地說：「你如果有更好的主意，就聽你的。」

「沒有！」

話雖這麼說，臉上卻有怏怏不足之意；秋月不願意他受委屈，便又說道：「你心裡有話，儘管說出來；怕甚麼！別悶在心裡，悶出病來。」

「沒有甚麼！」曹雪芹自怨自艾地：「早知如此，也用不著害我昨晚上大半夜不睡。」

「為甚麼大半夜不睡？」

「今天是『會文』的日子，我得把一篇『策論』寫好了才能來，那知道撲個空。」

一聽這話，錦兒「噗哧」一聲笑了出來，「原來你是為了沒有看到楊小姐那個大美人兒生悶氣！」

她故意收起笑容，一本正經地說：「楊小姐可真是絕色，這兩天哭得淚人兒似地，真正叫、叫甚麼『一枝春帶雨』？」

「梨花一枝春帶雨。」秋月回答。

「『梨花一枝春帶雨』。」錦花極力搜索枯腸，掉了一句文：「真是『我見猶憐』。」

話沒有完，秋月將一口酒嗆了出來，又咳又笑，臉脹得通紅，「你真缺！」她說了這一句又笑。

曹雪芹自然發覺了，錦兒故意在逗他；便索性老一老臉皮說：「不管怎麼樣，讓我見一見，行不行？」

「行！」錦兒答得非常爽脆，但有轉語：「這一陣子人家落了白事，不能出門；等她服滿了，我一定想法子讓你看一看她。」

曹雪芹心涼了半截。父母之喪，照旗下的規矩，百日服滿；倘以漢人的服制，三年之喪至少得一年以後才能出門。

「不過，不看也罷。」錦兒又說：「一看讓你失魂落魄，害相思病，那可太缺德了。」

聽了這話，曹雪芹又有些躁急難耐的模樣；秋月便即說道：「她又在逗你了！別理她。我雖沒有見過這位姑娘，料想不過庸脂俗粉；果然是十分人材，不能到現在還沒有婆家。」

曹雪芹對這話頗有反感，卻無法駁她；楞了好一會，忽然舉箸大嚼，「我也想通了！只當沒有這回事。」他說：「放著對胃口的菜不吃，不太傻了嗎？」

那是一個月以前的話，曹雪芹倒是真的丟開了，馬夫人卻還耿耿在心。她的想法跟錦兒不同，覺得楊家的事，也並不是問都問不得；楊思烈如果生前有虧空，人都死了，自然一切從寬，若說追產賠補，十成中能還個三成，便可了結。至於楊老太太，既如風中之燭，也不過拖個一年半載的事；到時候料理身後，無非幾百兩銀子的事。

為此，她曾特為託人去打聽，楊思烈的虧空，有三千兩銀子便可結案。

盤算了一下，跟秋月商量，仍舊願結這頭親事。

「了她一家的事，有五千兩銀子就行了。既然成了至親，這個忙應該幫。」馬夫人說：「這也不算買人家的好；不過人心都是肉做的，楊家姑娘感激在心裡，自然格外盡她做兒媳婦的道理，這不是一件好事？」

「太太這個盤算倒是打得真不錯。」秋月覺得有句話不能不說了：「不過，有件事我得跟太太回，楊家的姑娘，跟春雨長得很像。」

「喔！」馬夫人詫異地問：「你上回怎麼不說？」

「我是想，反正親事不成了，這話又何必去說它。」

「相貌長得像，無所謂；就怕脾氣也長得像，那就壞了。」

秋月不敢答話，因為她知道這時候的一句話，可以決定親事的成敗。倘或楊小姐四德皆備，只為她一句話不能成為曹家的媳婦，不但誤了曹雪芹，而且良心也不安；如果贊成呢，萬一楊小姐也像春雨那樣，城府極深，甚至也不是重視貞節的人，那更是一大罪過。

「你怎麼不說話？」馬夫人說：「有甚麼話都告訴我吧，別再瞞著了。」

話中隱然有責備之意，秋月深感惶恐，「除了像春雨這句話以外，我再沒有瞞著太太的話。」

她說：「我也只是聽錦姨娘說，沒有見過人，更不知道她的性情，這是芹二爺的終身大事，我不敢隨便說話。」

「是的。」馬夫人深深點頭：「原該慎重！咱們想法子打聽打聽。」

「那就仍舊只有託錦姨娘。」

「一面託她，一面自己要去看一看。」馬夫人說，「你再到京裡去一趟，看找個甚麼緣由，乾脆就找上楊家去。」

於是，秋月又悄悄地進了一次京，將馬夫人的意思告訴錦兒。她體會得到馬夫人急於想抱孫子的心情，當即說道：「既然太太有這個想法，自然照辦。不過，回頭你見了我們那位二爺，別提這件事，因為他說過好幾回了，楊家這頭親千萬結不得，一結就是無窮之累。」

「好！我明白了。」秋月問道：「總不能空手上門，而且也得有個說詞。」

「說詞無所謂，就說太太要親自來看她家老太太的，只為身子不爽，所以派了你去。另外帶幾樣水禮就行了；那天送了一百兩銀子的奠儀，據震二爺說，楊太太很感激。所以這回不用再送甚麼貴重禮。」

「喔，」秋月有些詫異：「怎麼，奠儀不是你送去的？」

「我說我送去；震二爺說不用費事了，他派人送去好了。那兩天正熱，我也懶得動，就隨他去辦吧。」

於是第二天一早，四色儀禮一輛車，錦兒陪著秋月去看楊太太，道明來意，楊太太不斷稱謝，非常客氣。但始終未見楊小姐的蹤影；秋月此行的本意在此，所以最後忍不住問了：「姑娘呢？我也該見一見。」

「喔，」楊太太遲疑了一下說：「她睡在那裡，等我去看看，醒了沒有？」

說完，楊太太轉身入內。她家是三間房，東屋透出藥香，想來是楊老太太臥疾之處；西屋懸著竹簾，傳出喁喁細語，必是她們母女在交談。秋月屏著氣側耳細聽，卻一句聽不出來。

好一會，楊太太掀簾而出，臉上是不安的神氣，「我女兒給兩位道乏。」她說：「實在是身上不舒服，還在發燒，沒法子見客。」

「那，」錦兒接口說道：「我們瞧瞧姑娘去！」

一語未完，秋月重重拉了她一把，「不必打攪吧！」她說：「讓姑娘好好息著。」

錦兒會意，便不再說；略略又坐一會，告辭出門，上了車才向秋月動問。

「你幹麼攔我？」

「我看其中有緣故。那位姑娘是故意躲著咱們。」

「為甚麼呢？」

「不知道。」沉默了一會，秋月突然說道：「你回去好好問一問震二爺，那奠儀是怎麼送的？其中一定有了甚麼誤會了。」

「有誤會？甚麼誤會？不過，也難說，回去非好好問他不可。」錦兒自言自語地；從她臉上看得出來，狐疑滿腹。

到家恰好曹震也剛回來，笑著問道：「你們倆到那裡去了？我問老媽子，說沒有交代；也不知道你們甚麼時候回來。你們再不來，我可又要走了。」

「你到那裡去？」錦兒問說。

「我出去吃飯啊！問周媽，說沒有預備甚麼菜——。」

「原來打算去溜一趟，馬上就回來，還來得及預備。」秋月搶著替錦兒解釋：「這會兒稍為耽誤了一下，不過弄起來也快。」

「好吧！我就不必出去了。」曹震又問：「你們到底到那裡去了？」

「到楊家去了。」錦兒向秋月使個眼色；招手將曹震喚到臥房，低聲問道：「楊家的一百兩銀子送了？」

「當然送了。送人家的喪禮，我還能開花帳？」

「不是說你開花帳；是因為我們今天到了楊家，看那神氣，彷彿有了甚麼誤會。」接著，錦兒便將楊小姐託病不出的情形，說了一遍。

「我是派人送去的，沒有說甚麼呀！」

「不對！一定是說了甚麼，把人家姑娘給得罪了！」錦兒又問：「你是派誰送去的？也許——。」

「啊！」曹震突然想起：「我在抽斗裡找到一個楊家姑娘的八字，心想沒有用了，不如送還人家。莫非是這上頭出了毛病？」

他的話還沒說完，錦兒已是橫眉相向；「你看你！真是個冒失鬼！」她恨恨地說：「專幹這種二百五的事。」

曹震也自覺這件事做得輕率荒唐，訕訕地說：「這樣也好，一了百了！」

「你還嘴強！把好好一件事弄壞了；看你跟太太怎麼交代？」

兩人一吵，秋月少不得要解勸，在外面高聲笑道：「怎麼啦？大熱的天，嗓門兒使那麼大的勁，不累出一身汗？」

「你看，」錦兒衝出去說道：「我託人抄了個楊家姑娘的八字來，原打算送給太太，拿它跟芹二爺的八字合一合；後來她家出了事暫且不談了，我把八字擱在抽斗裡，那知道他見了也不問一問是怎麼回事，冒冒失失就給人家送了去。這不就等於退婚嗎？難怪楊家姑娘生氣。你看看，天下有這種沒腦子的人！」

秋月看她罵得太凶，怕曹震臉上掛不住，連連向錦兒使眼色；但曹震倒不大在乎，「好了，好了！」他說：「包在我身上，替太太找個比楊家姑娘更強的兒媳婦。」

「哼！」

錦兒剛一出聲，秋月便攔著她說：「得！你也別多說了，咱們該商量吃飯了吧？」

「是啊！我早就餓了。」曹震接口：「胡同口新開了一家淮揚館子，還不錯，叫幾個菜來吃吧！我請客。」

「當然你請客！」

錦兒剛說了一句，突然一陣乾嘔，秋月驚喜地問：「怎麼？有喜信兒了？」

聽得這一句，剛轉身要走的曹震倏地回頭，雙眼睜得好大，已有掩不住的笑容，「怪不得！」他亂眨著眼，是在極力思索甚麼似地：「這一陣子老愛喝醋——。」

「去你的！」錦兒嗔道：「誰愛喝醋啦？」

秋月也想起來了，只要聽見胡同裡有銅盞相擊，泠泠作聲，是賣酸梅湯的挑子經過，錦兒一定會喚小丫頭去買一大罐，這是信而有徵了。

於是她凝視錦兒的腹部，含笑問道：「有三個月了沒有？」

「還不知道是不是呢？」

「一定是！」秋月向曹震道賀：「恭喜，恭喜！震二爺，多年的心願，到底盼到了。不過，你可不能再惹錦姨娘不痛快；動了胎氣，可不是玩的。」

「不會、不會！」曹震樂得只是搔著頭傻笑。

錦兒略微有些窘，排揎似地說：「別老發楞了，開單子叫菜啊！」

「啊、啊！」曹震答應著轉身就走了；不一會去而復回，手裡已多了一張紙，大聲喚他的小廝。

「慢著！」錦兒問道：「我看看你叫的甚麼菜？」

曹震未及答話，秋月已自笑道：「一定有醋溜魚。」

「對了！頭一樣就是醋溜魚。」曹震一本正經地說。

他自己不覺得好笑，就更好笑了；「你啊！」錦兒忍俊不禁地：「怎麼回事？傻裡呱嘰的。你不想想，醋魚送了來都涼了，還好吃不好吃？算了，你別管了。」

於是錦兒跟秋月商量著，換了幾樣清淡的菜。館子很近，午市亦過，菜來得很快。秋月提議，應該喝點「喜酒」；曹震自然樂從。

「總算沒有白來一趟。」秋月舉杯說道：「到底帶了個喜信兒回去。」

「雪芹的事包在我身上。」曹震喝口酒說道：「我再告訴你們一個喜信兒，郡王要放大將軍了。那可是有權有勢，第一等的大差使。四老爺跟我都有辦法了！苦了這幾年，快熬出頭了！」說罷，又陶然引杯，一喝就喝了半杯。

「是啊！」秋月很關心地問：「我也隱隱約約聽說過，郡王要到西邊去帶兵打仗；這，這不會有危險吧？」

「有甚麼危險。他是去帶兵，不是去打仗。打仗另外有人。」

「誰？」

「是位額駙，也是蒙古王爺。咱們郡王只管帶兵、管調度、管糧餉人馬。」曹震有著壓抑不住的興奮：「我已經走了路子了，將來是糧台上的差使。」

「恭喜、恭喜！」秋月再一次道賀：「恭喜震二爺升官得子，雙喜臨門。」

「也許是個女孩兒。」錦兒接口：「別高興早了。」

「女孩兒也很好，將來說不定又是一位王妃。」秋月又說：「再說，先開花後結子；能生女孩兒，一定還會生胖小子。」

「這話極通！」曹震自斟自飲，又乾了一杯。

「你少喝一點兒！」錦兒勸誡地說：「如今有正經事幹了，成天醉醺醺地，讓王爺瞧著也不好。」

「王爺那時候領兵在前方，那裡瞧得見；再說，我只要有正經事幹，朋友要拉我去喝酒，我也有話可以推掉。」

有了些酒意，加以心境開朗；此時的曹震，興致極高，滔滔不絕地發抒他的抱負。錦兒聽得入神，自不待言；連秋月都覺得對他應該刮目相看，如今的「震二爺」倒不是以前只懂吃喝嫖賭的「震二爺」了。

「再有個毛病，你也必得改掉！」錦兒勸道：「就是那個賭字。」

「賭也是無事可做，又想不出有生發的花樣，才走上那條路的。你看，我這一陣子有正經事幹，不就少賭了嗎？」

「這一陣？」錦兒疑疑惑惑地：「我不知道你幹的甚麼正經？不就是常找內務府的人去玩兒嗎？」

「不！不！少找他們了。」

「那麼是找誰呢？」

「找老王爺，不，是陪老王爺，常替老王爺辦事。」曹震又說：「外面是小王爺的天下，到底是鐵帽子王，而且正紅的時候；內裡可仍是老王爺作主，到底是一家之主，小王爺也不能不聽老爺子的。」

秋月恍然大悟，曹震是走了「內線」。不過，這條「內線」是不是有效，她亦不免懷疑，「震二爺，」她問：「我聽說王爺只聽太福晉的話；老王爺有甚麼事交代，也不過是能敷衍才敷衍的面子帳。你怎麼說內裡仍舊是老王爺作主呢？」

「我是說府裡的事。」

「府裡的事不就是家務，跟公事有甚麼相干？」

「秋月，你沒有聽明白我的話，我說內裡的事，不是柴米油鹽那種家常細故，凡是跟府裡有關係的公事，可以關起門來先商量的事，老王爺說話，還是很管用。」曹震接著又說：「譬如說吧，有了放大將軍的消息，自然要商量商量，那些地方應該派自己人？小王爺就說：『四舅人很靠得住，我想請他在京裡管糧台。』老王爺就說：『老四不過當差謹慎，才具可不怎麼樣；辦事還是通聲能幹。』就這麼著，將來糧台上少不了是我管事。」

這話聽來牽強，仔細想想也不無道理；方欲有言，曹震卻又有話了。

「再說，太福晉對我也很不錯；至少不會反對小王爺用我。不過，還是得先敷衍老王爺。」

說到這裡，曹震的臉色，突然變為嚴肅：「秋月，我有一句要緊話跟你說；也可以說請你幫忙，不知道你的意思怎麼樣？」

這話來得突兀，秋月便看錦兒，而錦兒卻是茫然不解的神色。這一下，秋月便不能不出以慎重了。

「震二爺，你言重了。」她說：「只要我幫得上忙，沒有不效勞的。」

「你道效勞二字也言重了。其實是一家都有關係的事。雪芹還沒有當差；四老爺人太老實，有好差使他也不知道怎麼樣玩兒，就眼前來說，還要靠我，把我弄上去了，然後我來拉雪芹、拉棠村。秋月，你說我的打算錯不錯。」

「是！不錯。」

「你明白就好！總而言之一句話，等咱們的這位王爺，一放了大將軍，甚麼事都不同了。不過，在咱們這方面來說，姑太太固然要緊；姑老爺更要緊，非把老王爺敷衍好了不可。」

話說到這裡，已很明白了；曹震此刻要商量的是，如何敷衍「姑老爺」？秋月心中一動，卻不便明說，只沉著地說：「震二爺，你是怎麼敷衍他呢？咱們這位姑老爺，閒著沒事幹，成天就是在琢磨消遣的法子，要敷衍得他高興，可不是件容易的事。」

曹震又大談京城的勢利，遠過於他處；結交王公權貴，亦自有門路，最要緊的是將排場擺開來。但內務府多暴發戶，雖有趨炎之人，而聲價畢竟不高，所以擺排場亦要等機會，將發未發之際擺出來最適宜；而此刻正是時候。

「我們家的場面擺開來，跟他家不同。俗語說的是，『不是三世做官，不知道穿衣吃飯』，舊家的講究，暴發人家做夢都想不到的。還有一層，近來流行兩句話：『樹小房新畫不古，此人必是內務府。』樹小房新還有辦法，不起新屋，買舊家園林好了。『畫不古』就不是錢上的事了！幾十家名家的書畫，題的款都不是他家的人；只有咱們家，將老底兒的書畫、骨董擺出來，每一樣都有來歷，只看上款題的老太爺的號，客人馬上就添了三分敬意。那時候讓雪芹多學學應酬，開口『先祖』，閉口『家表兄』，那有多神氣！」

「甚麼『家表兄』？」錦兒問說。

「不就是大將軍平郡王嗎？」曹震又說：「那時候你們瞧著吧，來替雪芹說媒的，不知道多少！」最後這句話把秋月說動了，不過她到底不是淺薄的人，皺著眉但卻是笑著說：「這不太招搖了嗎？再說芹二爺跟震二爺你不同，他也不肯那樣子說話的。」

「他不肯，我肯啊！」曹震本性盡露，毫不掩飾他的傖俗，「只要我來放兩句風聲，女家的八字，一個接一個送來；那時候，你們就有得忙了！」

「怎麼呢？」

「忙著相親啊。」

聽他說得熱鬧有趣，秋月越發動心；將曹震前後的話想了一遍，完全懂了他的意思，是要馬夫人拿錢，拿收藏出來，替他擺排場。這件事，她覺得可以商量，但一時卻不便鬆口，只向錦兒說道：

「你聽震二爺說得多美！」

這是試探；錦兒當然向著曹震，但不肯當著他公然表示，只輕輕答了句：「回頭再談。」

「對了！回頭你們好好談談。」曹震說道：「酒不能再喝了，吃飯吧；有粥沒有？」

「有。」

錦兒叫人煮了一鍋綠豆粥涼在那裡，曹震唏哩呼嚕喝了一大碗，站起身來，摩著肚子說：「今天這頓飯，吃得很舒服。」

接著，便在穿堂中的籐椅上躺了下來，揮扇喝茶，不一會鼾聲大起。秋月看在眼裡，頗有感觸。

「還是你有辦法，居然能把震二爺擺布得服服貼貼，挨了你的罵，還不敢回嘴。」

錦兒報以一笑，不辨澀苦還是欣慰，然後嘆口氣說：「也不知熬到那天，才能出頭？其實倒還是過苦日子好。」

話中有話，秋月不免好奇；尤其是曹震剛才所透露的想法，不無道理，曹家要興旺起來，還少不得他在中間接應，所以她又平添了幾分關心，更想跟錦兒細細談一談曹震的一切。

「你說，要怎麼樣才算熬出頭？」

「還不是想過幾天不用發愁的日子。」錦兒憂形於色地，「坐吃山空；連當當的日子都快過不下去了。」

秋月驚訝萬分，脫口說道：「又何至於如此！」

「家家有本難念的經！你來，我給你看樣東西。」

跟著錦兒到了她臥房；只見她開了櫃子，拉開抽屜，一伸手取出一疊當票，總有二、三十張。

「這是今年的。滿當的比這還多。」錦兒遲疑了一下又說：「不瞞你說，上個月我還學了一個新法子，賣當票。」

這在秋月真是聞所未聞，「當票也能賣錢嗎？」她臉上是那種怕自己聽錯了的神氣。

「挺新鮮的吧？」錦兒答道：「說穿了不希奇，當的錢太少，加上利息，仍舊比買現貨便宜得多，這張當票自然就值錢了。」

「那何不贖出來再賣呢？」

「這話人人會說，可就是抹不下臉來！風聲一傳出去，賣婆三天兩頭上門；那時候你看吧，謠言滿天，簡直就不能出門了。再說，贖當頭也先得有筆錢，那裡去張羅？」

秋月不作聲，拿起當票來看，那筆龍飛鳳舞的草書，一個字也識不得，便又放下問道：「這，一共該多少錢？我是說全都贖出來。」

錦兒是在當票背後做了記號的，大致算了一下答說：「連本帶利，總得兩千銀子。」

「我借兩千銀子給你。」秋月慨然說道：「我正好有兩千銀子，存在一家糧行裡，都借給你。」

「你——。」錦兒握著她的手，好半天說不出話來。

「震二爺說要擺排場，這話也有道理。說老實話，只要真的是於芹二爺有好處，我可以跟太太去說，想法子替震二爺擺個看得過去的場面。」秋月又加一句：「你看呢？」

「這件事，總要等小王爺放大將軍的事定局了才能談。」

「那當然。我是說定局以後。」

「只要定了局，事情就好辦了；這兩年他常在老王爺那裡燒冷灶。小王爺也是肯照應自己人的。」

「那不就是熬出頭了嗎？」秋月緊接著又說：「可是你怎麼又說，還是過苦日子好呢？」

「等熬出頭了，少不得有人會勸他續絃。我呢，」錦兒抑鬱地說：「可不是又打下去了？」

一聽這話，秋月起了俠義之心；實在也因為同是青衣出身，多少有一種類似兔死狐悲之感。沉吟了好一會，冒出一句話來：「只要你肚子爭氣，我請太太替你作主。」

「這，」錦兒已懂了她的意思；但對她來說，利害重大，所以必須求證：「你請太太怎麼作主？」

「自然是拿你扶正。」

錦兒心頭狂喜，可是仍有疑慮，「太太肯嗎？」她說：「咱們曹家，好像還沒有這個例子。」

原來曹家雖也是大族，但親誼未篤；曹寅在日，倒是贍恤宗親，量力而為，只是他得主眷之隆，差使之闊，交遊之廣的名聲太廣了，把他當作「四海玉帛歸東海，萬國金珠貢澹人」的徐乾學、高士奇看待，所求未免過奢，倘有不足，反生怨懟。所以兄弟之間，亦有參商；加以曹寅一支在江南太久，詩禮傳家，深染漢人士大夫家的習俗；與久在內務府，當慣了包衣的族人之間，有一道不易跨越的鴻溝。這一來，曹頫、曹震與馬夫人母子，自然而然地合成一個小圈子。曹震果真友愛，為曹雪芹的前程打算，那麼如今助人亦就等於自助，馬夫人無有不允之理。

秋月因為有此透澈的想法，所以胸中頗有把握，但其中的因果關係，此刻還言之過早，只向錦兒要言不繁地提了一句：「只要震二爺心目中，時時刻刻有個兄弟在，太太那裡會不肯幫震二爺的？」

這話說得很明白，錦兒當即表示：「人心都是肉做的。震二爺吃喝嫖賭、糊塗的時候多；不過也有一樣好處，好歹是知道的。你只看他對我的情形，就知道了！」

秋月深深點頭：「你這話說得再透澈不過。」她將手撫在錦兒的小腹上，「你的肚子一定要爭氣。」

第七章

果然，另外的一個「喜信」，沖淡了馬夫人對楊家親事不成的失望。對於曹震要擺排場有一番作為，好把曹雪芹也「帶」出來的計畫，亦頗感興趣，問秋月應該怎麼做？

「他們有兩千兩銀子的當頭，我已經許了錦兒，把我的私房錢借給她——。」

「沒有花你的錢的道理；我來給她。」馬夫人又說：「不過用你的名義也好。此外呢，還要怎麼幫他的忙。」

「我跟錦兒商量好了，請太太借五千兩銀子給他，賃一所好房，置一輛好車，動用家具，一共不能超過兩千；餘下三千銀子，存在當鋪裡，吃息不動本。此外，看有古玩字畫，借個十來二十件，替他裝場面。這就很像樣子了。」

馬夫人點點頭，雖未拒絕，卻不是很熱心的樣子。秋月心思最細，這幾年跟馬夫人朝夕相處，把她的性情摸透了，當即說道：「太太大概是不大信得過震二爺？」

「不錯！」馬夫人坦率承認：「銀子花光了，還在其次；好些東西是老太爺留下來，老太太特為給芹官的，如果拿出去變賣了，傳個名聲出去：曹家出了敗家子，叫我將來怎麼有臉見老太爺、老太太。」

「我已經想到了，不要緊，有個辦法，不過要靠錦兒肚子爭氣。」

「這話，我就不懂了。」

「如果錦兒替震二爺生個白胖兒子，太太作主，拿她扶了正。有她看住震二爺，太太不就可以放心了？」

「啊，啊，你這個算計好！」馬夫人欣然樂從，但隨即又有疑問：「如果生了女的呢？」

「先開花，後結果，能生女兒就能生兒子；不妨跟震二爺先說明白。反正錦姨娘是候補的震二奶奶；至於那天補實，就看她們自己的造化了。」

一切都照秋月的安排。曹震與錦兒對她的感激不必說；馬夫人也覺得她深謀遠慮，真是能替全家打算。而在秋月，心裡也很得意；同時平添了好幾分的自信，覺得不必像過去那樣謹畏持重，很可以替馬夫人出些新鮮主意。

有個主意是勸馬夫人搬到京裡去住，理由是：第一、曹雪芹在官學讀書，年底期滿；開春不論當差或者應試，這在錦兒自然義不容辭，但住在她家，怕曹震應酬太多，來來往往的酒肉朋友，帶壞了曹雪芹。

其次，王府太福晉曾有表示，希望馬夫人移家進京，老年姑嫂，得以常相親近。平郡王領兵在外，料想太福晉定會常常想念，要有自己人勸解安慰；這也是馬夫人應盡的道理。而況，為了曹雪芹的前程，這樣做總是有好處的。

此外，她還有第三個不便出口的理由，馬夫人進京，繡春當然也要跟了去；這一來，錦兒所聽聞及顧慮的那些事，便都可以丟開了。

「你的話是不錯。不過，我這幾年在這裡清靜慣了，真是捨不得搬走。再說，搬家也是一件麻煩的事。」

「就因為麻煩，才要早日著手；別看現在是夏天，日子快得很，一晃眼就到了年底下，那時候又過年、又搬家，手忙腳亂，嘆一聲『悔不當初』可就晚了。」秋月又說：「太太如今只拿主意好了。定了主意，餘下的事我跟繡春來辦。」

「對了！」馬夫人忽然想起：「繡春呢？上那兒去了？」

「到鏢局子打聽漕船的消息去了。」

聽這一說，馬夫人的興致立刻就好了。原來王達臣已有信來，這回要帶著妻子來看馬夫人跟季姨娘；炎炎長夏，起早自是極苦之事，決定附搭漕船北上。繡春想念夏雲，格外起勁，經常悄然溜到鏢局，託人去打聽王達臣夫婦所搭的那一幫漕船到了沒有。

「今年真是熱鬧了。」馬夫人說：「有他們夫婦倆在，倒正好搬家；內外都得力。」

「可不是！」秋月緊接著說：「這兩月就捎信去，請震二爺在西城找房。」

「他那裡我沒有去過，不知道大小怎麼樣？」馬夫人說：「其實住在一起，不也挺好的嗎？」

沒有分家，如像在南京那樣，自然住在一起；既已分炊，不宜再合。秋月心裡是這樣想，但不願明說，含含糊糊答道：「且等太太自己去看了再說。」

「要等我去看，就不知道那一天了。不過，我又怕吵；震二爺如果客多，人來人往，也煩人。」馬夫人主意已經定了，便凝神想了一下說：「還是自己找房，有合適的買下來亦不妨；不然就先賃一處。不過無論如何要離震二爺那裡近，才有照應。」

正在談著，曹雪芹回來了，略說緣由，拿酒食接待了護送的人，又開發賞號；馬夫人才問起，何以忽然回家？

「非得回趟家，事情才算有交代。話很長，一時說不完。」曹雪芹問道：「繡春呢？」

曹雪芹歸有定期，往往亦先會有信來；繡春知道他跟她談得來，每每聞聲先迎，只有這一次不見人影，曹雪芹就忍不住要問了。

但也很巧，繡春亦恰於此時歸來，進門先問了曹雪芹好，才喜孜孜地告訴馬夫人，王達臣帶著夏雲，已過了天津北倉，旦夕可到。

曹雪芹心中一動，立即說道：「王二哥到來得巧！」他又問繡春：「我記得你好像跟我說過，你以前的嫂子，不怎麼願意你二哥走鏢。是嗎？」

「是啊！」繡春答說：「那年保鏢路過曹州，有一夥不懂規矩的毛賊，硬下手劫鏢；我二哥跟他們幹了一場，差點把性命送掉。我嫂子就說：別幹這刀尖上舐血的行當了。我二哥回她一句：不幹這一行幹甚麼？就沒有再說下去了。」

「呃，那麼，」曹雪芹又問：「你現在的嫂子呢？倒不覺得他幹這一行有甚麼不妥？」

繡春的心思比誰都快，料知其中必有緣故，便即笑著問道：「芹二爺，你怎麼忽然打聽這個？」

「你別管。你只回我問的話好了。」

「夏雲倒沒有覺得他這個行當有甚麼不好。不過，我總覺得委屈了夏雲。她也是有志氣的人，能像碧文那樣就好了。」

「喔，」曹雪芹搶著說道：「有個消息，朱老師已補了實缺。」

原來朱實在京曾應過兩次鄉試，卻都名落孫山；平郡王見他功名心熱，便助他捐了個知縣，分發到山西候補；最近補了朔平府平魯縣的實缺。

「這可是名副其實的官太太了。」馬夫人也為碧文高興：「而且是掌印夫人。」

「這下，」繡春越感歉疚：「更把夏雲比下去了。」

「也不見得！七品官兒也沒有甚麼了不起。」曹雪芹緊接著說：「現在倒是有個機會，將來說不定王二嫂還勝過我的朱師母呢！」

聽得這話，大家都感興味；繡春更為興奮，催促著說：「甚麼機會？請快說，請快說。」

曹雪芹故意賣個關子，「不忙，這跟我今天回來有連帶關係，回頭我一塊兒談。」他又說道：「將相本無種，男兒當自強。」

繡春楞了一下，微微笑道：「我明白了。」

「你明白甚麼？」

「我也賣個關子，先不告訴你，回頭等你談了我再說。」

馬夫人笑了，「真是！」她說：「在一起就是鉤心鬥角，再不然就是——。」

「參禪！」秋月接口。

「好了，我說吧！」

曹雪芹將「姑太太」希望他從戎，曹震料定馬夫人不會同意，教他如何搪塞的話，照實說了一遍。

「姑太太怎麼想到這條路子？」馬夫人有些困惑，「這得好好琢磨，現在把話說了出去，到年底下官學念滿了，可又怎麼說呢！」

「震二哥說到那時候一定有辦法。娘你別擔心。」

「也許，」秋月亦作勸慰：「姑太太也是一時想到，過一陣子改了主意。反正時候還早，慢慢兒探探口氣；她不提就算了，如果仍舊有這個意思，再想法子化解。」

「其實，就真的去了，反正跟在王爺身邊，也不會有甚麼危險。」繡春又說：「大不了吃個一兩年苦。」

「正就是這話！」曹雪芹趁勢接口：「我心裡在想，如果王二哥肯去，當然也是在中軍大營，替郡王當個貼身護衛；將來凱旋還朝，論功行賞，『王二嫂』的風光絕不輸於『朱師母』。」

生性好強的繡春，眼睛頓時浮起一個戎裝帶刀，紅繡帽後拖一支藍翎，有好幾名士兵跟隨著的綠營武官的影子，只覺得滿懷舒暢，笑得一嘴銀牙、燦然盡露。

「別的不敢說，我二哥有一樣好處，我可以寫包票；實心眼兒，答應了的事，上刀山、下油鍋也要辦到。」她緊接著又說：「芹二爺不能跟小王爺去；保薦我二哥在小王爺身邊，盡心伺候，對太福晉也算有交代了。」

有了由王達臣去代替曹雪芹的意思在內，顯得這件事更妙了；秋月很起勁地說：「小王爺一定會賞識他！憑良心說，像王二鏢頭這樣的人才——。」

接下來，秋月舉了王達臣許多好處，曹雪芹又加以補充；繡春則作了些糾正，說她二哥沒有那麼好。大家越說越有勁，只有馬夫人默不作聲；讓秋月發覺了。

於是她悄悄拉了繡春一把，微呶一呶嘴，提醒她注意馬夫人的神態。

「你們別一廂情願了！還不知道王二哥自己的意思怎麼樣呢！」馬夫人又說：「夏雲雖說想當官太太，只怕也未必捨得她女婿一去幾千里。」

「夏雲不是那種人——。」

「繡春，」馬夫人打斷她的話說：「這件事可以談，我也贊成。不過絕不能勉強！你的心別太熱；先讓秋月探探夏雲的口氣再說。」

話雖如此，語氣中卻聽得出來，馬夫人似乎並不以此事為然；尤其是秋月，還覺得馬夫人彷彿預見到這件事不會成功。既然受命等夏雲來了，去探探她的口氣，自然先要明了馬夫人的意向。當然，這不是一件很急的事。

晚上納涼，馬夫人細談如何移家京城。曹雪芹和繡春都是初聞其事，但態度不同，繡春若有所思，一直不曾作聲；曹雪芹卻大為興奮。他說要有一個很好的花廳，以便作文酒之會；還要幾間客房，好讓氣味相投的朋友，長夜徹談，不必老惦念著夜深歸去不便而掃了興致。

馬夫人不忍拂愛子之意，不置可否。秋月卻忍不住說：「有兩三個朋友來，留飯留宿，都辦得到。不過，你要像四老爺以前那樣，弄一班清客在家裡，那可還早一點兒。」

「我又何嘗想學四老爺？再說，四老爺那班清客，也沒有一個是我看得上眼的。」

「這話，」繡春第一次開口：「未免過分了吧？」

曹雪芹就服繡春，自己也覺得話說得太狂了些，因而笑笑不答。

「繡春，」馬夫人發覺她一直對移家的事，不表意見，便即問說：「你平常主意很多，今天怎麼倒不說話？」

「為了芹二爺，應該搬到京裡；挺好的事嘛。」

「你贊成不贊成呢？」

「我不說了，挺好的事。」

「那麼，」馬夫人忍不住問：「你當然也跟著我了。」

繡春不免遲疑。因為原議是跟曹震住得越近越好。而她的心意正好相反，可是她萬不能為了一己的私衷，要全家放棄讓曹震就近照應的方便；這便成了一個難題。

「怎麼樣啊！你有話儘管說。」

馬夫人聲音很和緩，但仍使繡春感到咄咄逼人的窘迫；一向心思很快的人，一下子變得木訥了。

「回太太的話，」她說得很慢：「我當然應該跟太太進京；不過，我想住庵。」

「又來了！」本來耐著性子的馬夫人，厭聞此語，所以突然冒火；不過，秋月體會到繡春的心情，已有防備，及時攔住了馬夫人。

「繡春不是存心要住庵，她有她的苦衷。」

聽這一說，馬夫人算是忍住了。彼此交換了一個眼色，秋月先起身，帶走一把裝金銀露的銀壺，似乎要去增添；隨後馬夫人也走了。

「你怎麼又要住庵？」曹雪芹說：「到現在還是看不開，放不下。我教你一個法子。」

「我不是甚麼看不開、放不下。不過，」繡春跟他說話是隨便慣了的：「姑妄言之。」

「你忘了你自己是繡春，不就看得開，放得下了。」

繡春「噗哧」一聲笑了出來，「我當是甚麼不傳之祕！」她說：「莫非『無我相』我都不懂？」

「是啊！你是靈心慧質，不應該不懂。」

「多謝、多謝！別給我戴炭簍子了。」繡春答說：「我也不是看不開、放不下；我怕惹麻煩。」

「怎麼呢？」曹雪芹問道：「你怕震二爺招惹你？」

繡春不答，顯然是默認了。曹雪芹也不作聲，細細體味繡春的心境；好一會才說：「你還是『無我相』。」

「我只知道『人無我』、『法無我』；沒有聽說過甚麼『無無我』。好了，好了，誰跟你參野狐禪！」繡春忽然問道：「我有一小罎二十年陳的花雕，你想不想喝？」

「好啊！那裡來的？」

「漕船上帶來的。」

「對了！」曹雪芹將起身要走的繡春喚住：「我剛才沒有聽清楚，你二哥到底那天到？」

「他搭的是江西來的漕船；照鏢局子的人說，江西的漕船，到通州的限期已經過了，正在趕，說已過了北倉，那就快了。」

說完，她就走了，穿的是一雙軟底鞋，行走無聲；繞過馬夫人臥室，卻好聽到「繡春」二字，不由得便站住了腳。

「繡春不願意回京，」是馬夫人的聲音：「只怕不是像你所說的，怕跟震二爺見面；大概還是那個緣故。」

「這也不必去提它了。」秋月說道：「反正要跟震二爺住遠了，太不方便，是辦不到的事；以後只有想法子，能讓她盡量少跟震二爺見面。」

「光是這樣，也不是個了局。」馬夫人忽然嘆口氣：「唉！」而且語氣很重。

繡春不由得驚疑，自己也不知道馬夫人所說的「那個緣故」是何緣故；也不明白馬夫人為何為她嘆氣？

「秋月，你知道不知道，我為甚麼急著想辦喜事？」

「芹二爺十九了，自然該辦喜事了！倘或老太太在，一定比太太還急上十倍，巴不得早抱個曾孫。」

「想抱孫子，自然也是心事；還有一層，只怕你跟繡春都體會不到。」

「喔，太太請說。」

馬夫人遲疑著不作聲；繡春趕發屏聲息氣，等到喉頭發癢，忍不住快要咳出聲來，方聽到馬夫人開口。

「眼看你跟繡春，白白把大好光陰蹧蹋掉，我心裡像揪著一個結，實在不是滋味。早早有個新娘子進門，家裡也熱鬧些。」

「這，」秋月歉意地陪著笑說：「這可真是沒有想到。」

「如今話既然說出口了，我就索性說明白一點兒；秋月，我很感激你，不過，如今芹官是你照應大了，你許給老太太的願心已了；再說，以後只怕你也照應不到。所以，這趟進京，我也要發個願，替你好好找個女婿。」

一聽這話，繡春忍不住想笑，掩住了嘴，側耳細聽，看秋月如何回答？

誰知聽到的回答，是她再也想像不到的；「太太先別為我操心。」秋月說道：「倒是繡春，難得她嫂子也來了；太太別錯過這個機會。」

「不錯，當初繡春為夏雲費了好大一番氣力；如今夏雲也該報答報答這個小姑子了。」

繡春恍然大悟，秋月與馬夫人先前所談的是甚麼？心中無限氣惱，自覺臉上發熱，自知心境已現於詞色，便盡力壓抑，想起曹雪芹剛才所說的「無無我」，果然不錯，賭口氣偏要把那個「無」字拿掉；這樣轉變念頭，居然能把所聽到的話，暫時丟開；去開了酒罈，挑個最大的酒壺，將酒灌滿，再打開食櫥一看，有一塊蒸好了的，與那罈花雕來自同一地點的茶油魚乾；此外還有一碗煮栗子，都可以將就下酒。

剛檢點停當，只見秋月走了來說：「怎麼想起來喝酒？井裡不還有浸在那裡的水果？」

「那更好了。」繡春隨即答說：「把它撈起來吧！」

於是秋月喚小丫頭將裝入布囊浮沉在井水中的水果撈了起來，有瓜、有藕，還有蓮子與菱角，裝了一盤送出去，卻只有曹雪芹一個人在。

「繡春呢？」

「她看太太去了；時候還不太晚，要不要再出來坐坐？」

曹雪芹的話剛完，已見繡春來，卻只得她一個人，「太太已經上床了。」她小聲又說：「你喝歸喝，可別高談闊論，驚吵了太太；那就喝不久了。」

「你們要喝到甚麼時候？」秋月接口說道：「已過了二更——。」

「不會太久，」曹雪芹據實說道：「至多三更天。」

「就四更天也不要緊！」繡春脫口便說：「怎麼叫長夜之飲？」

秋月一聽她的語氣不大對勁，不知道她又甚麼事不痛快了？摸透了她的脾氣，不去理她，笑一笑轉身要走。

曹雪芹急忙問道：「你到那裡去？」

「我去拿酒杯；我也想喝一點兒。」

「那才好！」曹雪芹大為高興，「你替繡春也帶一副杯筷來。」

取來兩副杯筷；兩人一左一右，名為陪著曹雪芹喝酒，其實只是替他剝菱、剝蓮子。繡春一面動手，一面問道：「最近做詩了沒有？」

「這個月做了三回了。」曹雪芹答說：「都是臨時有人邀的。」

「是你們詩社裡的人？」

「也有外頭人。」

「題目呢？」繡春又問，「是隨便做，還是先擬好了的？」

「是些甚麼題目？」繡春自問自答似地：「無非風花雪月。」

言下大有藐視之意；曹雪芹不覺抗聲：「那可不一定——。」

「輕一點兒，輕一點兒！」繡春趕緊攔住，而且埋怨：「你就是這樣子！只要一喝酒，嗓門兒就大了。」

「這可跟酒不相干！」秋月插進來說：「他酒才上口，那裡就到了『逸興遄飛』的時候？是你的話惹起來的。」

「真是，月光之下，也有『青天』。」曹雪芹笑著舉杯：「來，來，秋月，咱們喝一杯！」

「別鬧酒，喝一口好了。」

「好，喝一口。」曹雪芹微一仰頭，喝了一大口。

秋月卻還剛端起酒杯，向繡春說道：「你也來啊！」

繡春默默地舉杯，躊躇了一會，喝口酒將杯子放下，又低下頭去剝蓮子。見此光景，曹雪芹便轉眼去看秋月；她亦正在看他，兩人都是無奈的眼色。不過曹雪芹自目語中受到了鼓勵——秋月自覺掃了繡春的興，示意曹雪芹補救。

於是曹雪芹平靜地說：「繡春，你別以為我們詩社裡，都是吟風弄月，無病呻吟；題目很多，不過要看體裁而定。譬如古風，要有鋪敘，不能找個枯燥的小題目；如果是近體，題目又不宜太大，可是一社又不能做一首近體，那就得另外在擬題目上想法子了。」

是甚麼法子呢？這要繡春來問，話才接得下去；但繡春只望了他一眼，並無話說。

這一下局面就很僵了。秋月不能不開口，「是啊，」她附和著：「一社不能只做一首近體；那怕是律詩，遇到像溫飛卿那種捷才，手一扠一句；扠八下，詩就有了，餘下來的辰光，幹甚麼？」

「就是這話。」曹雪芹的掃興之感，總算消失了：「如果做近體，總是四首或者八首。」

秋月看繡春仍無接口的意思，只好又問：「怎麼是四首，或者八首？要看功夫夠不夠？」

「不！律詩做四首；絕詩就是八首。」

「那得找八個題目；是一個題目上想八個花樣。譬如說，有一回我們做七絕，總題目是酒，分題第一個是『思飲』；末一個是『宿醒』。」

「那就怪不得了。」秋月笑道：「從頭一天做到第二天，題目別說八個，十八個也不難。」

「你也別這麼說，有時候還真不大好擬。」曹雪芹說：「不是凡事都可以入詩的。」

秋月點點頭說：「你說這話，見得你詩有功夫了。」

繡春覺得好笑，忍不住撇一撇嘴說：「聽聽，倒像是咸安宮官學的教席。」

秋月自己也失笑了，但笑聲短促，而且帶著鼻音，聽來像是冷笑，有著不屑與言的意味；這下將繡春剛剛平服下去的氣惱，倏地又提升了。

曹雪芹卻沒有留心她的臉色；實在也是看不到，因為繡春背著月光。他只想到繡春既然開口了，正好逗她把話說下去。「做詩的事，是你提起來的，結果我跟秋月大談特談，你反倒沒有話了！」

「既然你們大談特談，那裡容得我插嘴？」

這話又使得秋月不悅；她心裡在想：原是怕你們鬧成僵局，在苦心調護；怎麼倒因為果，說成有意要搶你的話似地，這不是太不識好歹了嗎？

於是，她立刻就回敬了一句：「誰又捂住你的嘴，不讓你說了？你儘管發你的高論好了。」

這無異火上加油，繡春隨即應聲，「好！」她面向著曹雪芹說：「我說段故事你聽，你看是不是可以當做詩的材料？有家人家，女兒很多，死的死，嫁的嫁，後來剩下兩個；其中一個是讓夫家休了回來的。未嫁的那個，跟她娘說：她雖是人家不要的，人才也還過得去；不如把她嫁了吧！你道她娘怎麼說？她娘說：她已經嫁過一回了。倒是你，黃花閨女，還容易嫁得出去。你說，這不是老天有眼？」

一語未畢，突然發現秋月已站起身來，隨即掩面疾走；曹雪芹一楞，「是怎麼回事？」說著，便要趕進去探個究竟。

繡春知道闖了禍了；但曹雪芹進去一看，這場禍便不易收拾，所以一把將他拉住，「沒有甚麼！」她將他按在椅子上：「你替我安安靜靜坐著，包你沒事。」

曹雪芹坐下來，細想一想問道：「你剛才說的是你自己跟秋月？這話是怎麼來的呢？」

「是我瞎編的，那裡有這回事？」

「瞎編的？」曹雪芹狐疑莫釋：「怎麼跟你們倆的情形很像？」

「那裡很像？第一、太太是我們的主子，又不是娘；第二、我也不是給人休掉的，是我自己不願意。你說那一點相像。」

這使得曹雪芹將信將疑，大為困惑，「你怎麼好端端編造這麼一段兒呢？」他說：「總有個緣故吧？」

「有甚麼緣故？聊閒天嘛！」繡春已能料到秋月這時候作何情狀；反正眼前絕不會有風波，所以用快刀斬亂麻的語氣說道：「好了，別提了！本來沒有是非，讓你這麼一形容，倒真像我編了故事故意笑她似地。你不要多事，變成庸人自擾。」

曹雪芹先不作聲，靜靜地眼朝裡望；未見任何異狀，心也就能放得下了。

繡春看自己的話有了效驗，便又想了些閒話來談；將曹雪芹的情緒穩定下來，才問：「你明天不回去吧！」

「我不回去，我等王二哥來。」

「那就盡有聊天的功夫。這會兒不早了，睡去吧！」

曹雪芹猶有戀戀之意，禁不住繡春軟哄硬逼，只好歸寢。繡春看他上了床，為他掖好帳門，油燈中只留一點微燄，然後輕輕關上房門；還怕曹雪芹會悄悄起來窺探，索性去取了根擀麵杖，套入扉門環，從外面閂住了。

這時小丫頭都已睡了，繡春收拾了殘肴剩酒；一個人在月亮下坐了好一會，決定去向秋月陪個不是。

秋月就住在馬夫人後房，但另有門可出入；繡春到她窗下，側耳聽了半天，並無聲息，便柔聲喊道：「秋月、秋月！」

「睡了，別吵醒了太太！有話明兒個再說。」

秋月的聲音很輕；但除了稍覺冷漠以外，別無異樣；繡春躊躇著好一會，覺得去留兩難。

「你怎麼還不走？太太剛睡著。」

第二次催促，繡春可真不能不走了。回到自己的屋子裡，小丫頭早替她倒好了一盆水在那裡，便脫卻竹布衫，卸了肚兜抹身。此時月色已經偏西，斜照入窗，正好讓她自己看到豐滿白皙的前胸，捏一捏左臂，肌肉還是緊鼓鼓地；不由得想到她二哥的把兄弟、專走口外鏢的馮大瑞，有一次不知有意還是無意地，借扶她過青苔時，在她膀子上捏了一把；再想到秋月跟馬夫人所說的話，心中驀地一震，震開了她的思路。

她當然常想到馮大瑞，但每一想到，總是自己千方百計地迴避；盡力把馮大瑞這個人和名字忘掉，越快越好。但這時候思路一震開，再也無法收束；順理成章地想了下去，不由得就自問：就嫁馮大瑞，有何不可？

此念一生，自己都大吃一驚！隨即便浮起了作孽的感覺；趕緊抹乾身子，穿上布衫，將蒲團移了過來，當窗跪下，雙手合十，口中急急默念《般若波羅密多心經》；但抬頭正見一輪明月，自然而然地在心裡冒出來兩句詩：「嫦娥應悔偷靈藥，碧海青天夜夜心！」

這下將她急出了一身汗！在心猿意馬、不知如何是好的煩躁中，又想到了李商隱的那兩句詩，抓住了一個「悔」字，自家思量：「她悔，我該不該悔呢？」

終於有了計較，索性好好想它一想！這一轉念間，平矜去躁，心就靜了。於是又磕了個頭起身，重新抹了一遍身，換上一件舊羅衫，坐在窗下，搖著蒲扇、喝著白菊花泡的涼茶，自己問自己：從那裡想起？

首先想到的仍是馮大瑞。平時不敢多想，此時一敞開了思路，馮大瑞的一切，風起雲湧般奔赴心頭；就像人在野馬上一樣，駕馭不住，就只好緊緊抓住馬鬃，隨著牠走了。

這一場「野馬」跑下來，曉鐘已動；繡春倒不是人倦了，而是對馮大瑞的所見所聞，想得太多，自然思倦了。但由馮大瑞想到她「聽壁腳」的那番話，不免慚感交併；同時也由曹雪芹杜撰的那句

「無無我」，了然於人家為甚麼會說這樣的話？旁觀者清，必是自己對馮大瑞的感想，不知不覺中落入馬夫人與秋月的眼中，大家才會有此議論。說起來全是好意，尤其是秋月；也許馬夫人閒言閒語聽得多了，已經很不高興，只為秋月從中排解，才沒有發作。那麼，剛才自以為編得很絕的那個故事，豈不是比「狗咬呂洞賓」還不如？

念頭轉到這裡，又出了一身汗；毫不遲疑地站了起來，但出了房門，卻又站住了細想了一會；原意是要去向秋月輸誠，沉吟後改變了原意，只要看一看秋月無恙，回來再作道理。

到得那裡一看，只見窗戶已開；繡春急忙縮步。心想，此刻約莫四更天了，比先前涼爽得多，如果那時關窗不嫌熱，這時候又何用再開？可見先前的關窗，必是料到她會來，有意摒拒。

這樣一想，越發將身子後退，躲在暗處，悄悄凝望，但見月色如霜，將秋月屋子裡照出一大片白色；而就在這一大片白中，出現了一條側影，自然是秋月；等她轉過身來，但見臉上蒙著一塊手巾，而且用雙手撳住，好久都不曾放下來。

「這是幹甚麼？」繡春在心中自問，怎麼樣也想不出其中的道理。雙眼睜得好大地，終於盼到秋月露了真面；一望之下，大吃一驚，她看到秋月那雙眼腫得像熟透了的杏兒那麼大。

繡春怔怔地望著；癡癡地想著，發覺自己的心情一變再變，當秋月掩面疾走時，知道一時逞口舌之快，闖了禍了；後來去喊秋月時，自是懷著滿懷歉疚；而此一刻是慚感交併，痛悔不安。她跟馮大瑞的情形，秋月自是旁觀者清；想撮合他們成就姻緣，原是一片菩薩心腸，不道好人不得好報，會挨她這一頓窩心罵，怎不傷心欲絕。

於是，繡春也熱淚交流了，毫不遲疑地到門外輕聲喊道：「秋月，你開門，讓我進去。」

一面說，一面去推門；門是繡春剛才出去過了，回來尚未閂上，所以應手而開。而就在秋月愕然不知所措時，只能「咕咚」一響，繡春已跪在她面前了。

「幹甚麼？幹甚麼？」秋月驚問。

「我該死！我糊塗！這會兒才明白過來。」

聽這一說，秋月的一顆心才放下；自然也覺得快慰，「起來、起來！」她將繡春拉了起來，順手拿自己的毛巾給了她：「擦擦眼淚，咱們到外面去談。」

繡春一接手巾，立刻就解開了剛才所見的疑團，秋月是因為淚腫了眼睛，用熱手巾敷著消腫。意會到此，頓時著急。

「你這雙眼睛怎麼辦？天亮太太看到了，怎麼說呢？」

「太太倒還不要緊，就怕芹二爺問。」秋月泰然笑道：「說不得只好裝病了。」

「裝甚麼病？」

「自然是害眼。」秋月問道：「還能裝甚麼病？」

「真是，」繡春自己都覺得好笑，「我也是急糊塗了。」

說著，她將手巾重新泡在熱水中，後乾了交秋月手中；然後將豎在後廊上的竹榻放了下來，與秋月對月並坐，悄訴心曲。

「我自己都不知道，我說的話會那麼重。」繡春說道：「虧得還是你涵養好；換了我，早就鬧翻天了。」她看著秋月那雙腫得不能完全睜開的眼睛，復又憂心忡忡地說：「腫得這麼厲害，怎麼辦呢？得找點甚麼藥敷一敷才好。」

「不要緊！隨它去，自然慢慢會消腫。胡亂一治，反倒治壞了。」

「唉！」繡春嘆口氣，「我是怎麼鬼摸了頭？害你哭出幾缸眼淚。」

這下又勾起了秋月的委屈，「也不盡是為你。」她低聲訴說：「你總也聽見了太太跟我說的話，說芹二爺以後不用我再照應了，這倒無所謂；說甚麼以後怕有我照應不到的地方，你想想這話是甚麼意思？」

繡春細想一想，也懂了，但不肯說實話，「你別胡猜！」她說，「太太不是那種會多心的人！」

「也不止這一回了。有時候，芹二爺回來，我在他那裡多談一會兒，就會讓小丫頭來找；到去了又沒事。」秋月痛苦地又說：「太太也不知怎麼想來的，彷彿芹二爺對他自己的親事不熱心，只為有我梗在中間。這是那裡說起？」

「太太不會有這種念頭。」繡春仍只是委婉地替馬夫人解釋；秋月當然聽不入耳，但也不再辯駁。

「喔，」突然間她打斷了繡春的話，「我想起一件事，要趁早交代。明天我裝眼病，芹二爺一定會來看；往常我只要病得躺下了，他一定會端張凳子，坐在床前，陪我聊天，聊個沒完。明天如果仍是這樣子，我的眼就好得慢了；你得想個法子，別讓他到我屋子裡來。」

「行！」繡春答說，「一趟不來，是辦不到的；我想法子絆住他的身子就是了。」

「這我就放心了。」秋月說道：「這會談你的事。你是怎麼想了想才明白？」

繡春臉一紅，閃避著說：「這去說它幹甚麼？」

「好，過去的不談，只談將來。你到底是怎麼個打算呢？」

「我也不知道。」

顯然的，口氣是鬆動了；秋月便起勁地問：「那個鏢頭姓馮，是不是？」

繡春點點頭，低著頭輕聲吐了四個字：「叫馮大瑞。」

秋月也點頭：「人挺不錯！長得挺帥的；說話很爽朗，可又不是心粗氣浮樣子。將來一定有出息。」

「那麼，你嫁他好了！」繡春說了這一句，自己掩口葫蘆。

秋月也一笑置之，停了一下問說：「這件事是等你二哥二嫂來了再談呢；還是明天我跟太太回了，讓芹二爺去相相親？」

繡春的臉更紅了，故作不解地：「甚麼事？」

秋月沉吟了一回，起身拉著她的手，「你來！」她只是要換個方向坐，背對月光，臉上漆黑，「這樣子，你就不必怕害臊了；跟我說實話，我替你辦，包管妥貼。」

繡春感激在心裡，但實在為難；思前想後好一會，方始答說：「我真不知道該怎麼說了？這話一傳出去，不叫人當作海外奇談嗎？」

原來她是肯了，只是怕人笑話，秋月想了一下說：「那也好辦！眼不見，心不煩；落個耳根清淨，也很容易。」

「你倒說給我聽聽。」

這是千肯萬肯的了！秋月回想當年馬夫人在徐州度歲時，大家苦口婆心，輪番勸她還俗，只是不允；如今一夕之間，情勢大變，不但不出家了，且還要出嫁，想想有趣而好笑，想故意賣個關子，逍遣遣她。但秋月畢竟厚道，還是跟她說了。

「我那個『妹夫』是那裡人？」

這自是指馮大瑞；「妹夫」二字入耳，繡春心頭一震，而臉上發燒，不由得嗔道：「你說的甚麼？不跟你說心裡話，你當我不把你看成姐妹；說了心裡的話，你又拿我取笑。」

「又沒有別人。」秋月笑道：「就取取你的笑怕甚麼？」

「怎麼知道沒有別人，也許隔牆有耳。」

繡春一向耳聰目明，秋月當她真的聽見了人聲；便屏息著細聽，只聽牆外犬吠，便又笑著說：

「不錯！隔牆有耳，是『黃耳』！」

繡春「噗哧」一聲笑了出來；然後又說：「馮大瑞是山西蒲州人。」

「他家有甚麼人？」

「老娘、一個哥哥、嫂子，還有一兒一女。」

「他的家世你倒很清楚。」秋月接著又說：「等你二哥來了，說妥了親事，讓你二哥帶著夏雲先到蒲州住下來，回來再把你接了去，就在那裡辦喜事。曹家的人一個不沾。」

繡春覺得這個法子，確可免於羞窘；但心中卻有怏怏不足之意，所以一直不曾開口。

「怎麼樣呢？」秋月催問。

「我——。」突然間，繡春張皇地說：「不好了！真的隔牆有耳；芹二爺來了。」

一聽這話，秋月起身就走，直奔臥房，輕輕將房門關上，往床上一倒、面向裡臥，卻將頭在枕上懸了起來，好用兩個耳朵聽外面的動靜。

這時曹雪芹已從廊上繞過了來，開口就問：「秋月呢？」

繡春已面月而坐，先不答他的話，只問：「你是怎麼出來的？」

曹雪芹笑了，「你把門在外面閂上，打量我就出不來了，是不是？我告訴你吧，皇上在西苑養著好些道士，都是有法術的，我跟他們學會了五鬼搬運法，還會畫符。」他問：「你信不信？」

「鬼畫符，我才不信。你好好告訴我怎麼出來的？」

「你也真是！」曹雪芹嘆口氣：「聰明一世，懵懂一時；我不會打窗子裡跳出來。」

「啊！」繡春失笑，「真是。」

「秋月呢？」曹雪芹問：「秋月怎麼樣？」

「睡了，睡到好好兒的，我不忍心吵醒她，看這裡月色不錯，捨不得睡。」

「對了！月色倒真不錯。」說著，曹雪芹在她身旁坐了下來，雙手反背著在竹榻上一撐，剛把頭仰了起來，突然跳起來說：「你騙我！秋月剛跟你坐在這裡說話，而且是背著月亮的。」

繡春大吃一驚，心想情事如見，不會是使詐，便即問道：「你早就來了；是躲在那裡聽壁腳？」

「你幾時見我偷聽過人家說話。」

想想不錯，他行事一向光明磊落，從無鬼鬼祟祟的行為；心裡不由得懊悔，自己無意中透露了真相，同時非常好奇，便又問道：「你是怎麼知道的呢？」

「我不告訴你了，我學了好些法術。這是隱身法，等你看見我，我早就看見你們了。」曹雪芹又問：「秋月怎麼樣？」

「你不告訴我，我也不告訴你。」

「何用我告訴你？你摸一摸就明白了。」

牽著她的手往竹榻上一按，繡春果然明白了；原來他剛才手撐之處，正就是秋月的坐處，餘溫猶在，瞞不住他了。

「不過，我倒有件事不明白。」曹雪芹問道：「大好月色，何以你們背光而坐？望出去一團漆黑，有甚麼好看的。」

繡春靈機一動，很快地答說：「秋月害眼，怕光。」

「怎麼？」曹雪芹詫異：「好好兒地，怎麼忽然害眼呢？」

「不舒服了一兩天了。」繡春從容答說：「今晚上眼睛又進了一根飛絲，拿手一揉，壞了，馬上又紅又腫。」

「要緊不要緊？」

「已經上了眼藥，不要緊，就怕見光。」繡春又把謊話圓了起來：「我們聊了好一會，她剛進去睡，你就來了。」

曹雪芹深信不疑，只是問說：「你們聊些甚麼？」

「商量搬家的細節。」

曹雪芹對這些家務瑣屑，向無興趣，便不再問；繡春覺得該散了，便打一個呵欠，作為暗示。

「你倦了不是？」

「當然啦。又不像你，是睡了一覺的。」

「我也沒有睡好。」曹雪芹望著天空躊躇說：「這麼好的月色，我真捨不得去睡。」

「那，我就再陪你一會兒。」

能得這一說，曹雪芹興致便來了；正打點精神，想找一個有趣的話題，繡春卻又開口了。

「不過，明兒個我也想請你陪一陪我；陪我到鏢局子去打聽我二哥甚麼時候到。」

「行！」曹雪芹答得很爽脆。

這就是繡春受秋月之託，把他調了開去的一法；繡春看事已妥貼，順理成章地說：「那就早點睡吧！明兒個趁早風涼去走一趟。」

曹雪芹無奈，只得怏怏然地答一聲：「好吧！」

「還有句話，明兒在太太面前，只說是你要去打聽，要我陪著；別說是我的主意。」

「我知道。」

於是繡春將曹雪芹送了出去，回到後院，只見秋月倒又坐在竹榻上了。

「你怎麼睡了又起來了呢？」

「心裡有事，睡不著。」秋月笑道：「你們說的話，我都聽見了。他說鬼話，你也說鬼話；真有你們的。」

「沒法子！」繡春又無奈何，又得意地：「不說鬼話降不住他。」

「可有一層，你想到了沒有？一早去了，打聽好了，他不又馬上回來了嗎？」

「不會！鏢局子的人會留他。還有，明天祭倉神；他有一回不是沒有趕上嗎？明天正碰上了，他自然不肯錯過。聽說祭神的吉時是在午後，那就得太陽下山才能回來。」

「你呢？」秋月問說：「你也在那裡待一天？你可以到仲四奶奶那裡去玩。」

秋月聽說過仲四奶奶，是鏢局子的內掌櫃；這讓她想起一件事，鏢局都有客房，但如有女眷，倘是交情比較深的，都由仲四奶奶延請到家去住；那麼夏雲這趟來，想必也會住在她家？問到這一層，繡春答說：「我想不會。夏雲不是『回娘家』嗎？」

「對了！回娘家。」秋月笑道：「你將來可也別忘了回娘家。」

「又來了！」繡春復又叮囑：「你明天可千萬別在芹二爺面前露一句口風；不然，我就沒法子陪他去了。」

「這何勞你交代？就是他回來了，也不會告訴他。」秋月又說：「明天等你們走了，我跟太太正好慢慢兒商量你的事。」

「何用這麼急？」繡春意中踟躕：「過幾天再說好了。」

秋月想夜長夢多，非早早把生米煮成熟飯不可；當即答道：「不急也不行！把你的事談妥了，才能商量搬家的事。」

「那麼，」繡春不放心地問：「你預備跟太太怎麼說？」

秋月懂她的意思，如果據實而言，了無含蓄，馬夫人必然也會覺得詫異；看她平時嘴這麼硬，原來她心裡所想的，全不是這回事！因而答說：「這得好好琢磨。你的意思呢？」

「我想，最好等我二哥來了再說。」

「那怕等不及。反正我總顧住你的面子就是了。」

「那，你就不能把我心裡的話，告訴太太。」繡春接著又說：「就作為你的意思，打算這麼辦。」

「這當然也可以。可是到了那時候，你出爾反爾，我可怎麼交代？」

「這，你倒想想，我那一次說話不算話？」

秋月點點頭，「這話倒是。反正，月光菩薩是見證。」她忽然想起兩句詩：「『嫦娥應悔偷靈藥，碧海青天夜夜心。』」

繡春不明白她何以會念這兩句詩，體味了一會說道：「就算我『悔』了好了。你呢？你也後悔了吧？」

秋月有些發窘，也有些懊悔，信口一念，變成自找麻煩。不過，這倒也提醒了她；明天跟馬夫人談了繡春的事，她可能也會問這話，得先想好應付的法子。

繡春見她不作聲，以為她意中也動了，便又說道：「我看，等夏雲來了，連你的事一塊兒談吧！」

「你可別多事！」秋月很認真地：「如果你胡來，可又是恩將仇報了。」

想到秋月這晚哭腫了的雙眼，繡春不覺心頭一懍，急忙答說：「好，好，我依你就是。」

等曹雪芹與繡春一出門，秋月便即起身，先照一照鏡子，眼腫已消了大半；更覺放心，喚小丫頭舀了臉水，剛剛洗完，只聽腳步聲響，是馬夫人來了。

「你怎麼不睡著，好好兒息一息？」

「不礙了！」秋月將撂在窗前藤椅上的一件衣服挪走，關照小丫頭說：「把太太的菜端過來。」

這是她有話要說，馬夫人亦有此意，坐下來問道：「昨兒晚上，我彷彿聽見你跟繡春在聊天；那時鐘已打過兩下了。」

「是的。」秋月沒有再說下去，直到小丫頭端了茶來，把她打發走了又說道：「我跟太太回一件事，太太一定高興。不過回了這件事，太太可別再提我的事！」

馬夫人略想一想，隨即浮現了笑意，「你是說繡春？」她說：「你跟她談過了。」

「不是談，是探她的口氣。我想，她也明白太太的意思。」

「喔，她怎麼說呢？」

「也沒有怎麼明白表示，不過看樣子只要太太替她作主，她也沒有話說。」

馬夫人精神一振，又緊自追問：「她到底怎麼說的呢？」

「她沒有說，是我看出來的。」

馬夫人有些失望，「你看得準嗎？」她顧慮著：「到那時候我碰個釘子，可怎麼下台。」

「不會！我看準了的。」秋月又說：「這種事，也不必非要逼著她親口說一句，才算實在。」

「這話倒也是實在情形。」說著，馬夫人深深看了秋月一眼。

這一眼在她覺得異樣，多想一想，暗叫一聲：「壞了！」馬夫人必定會想，繡春如此，別人當然也一樣，口中儘管說得硬，心裡卻巴不得早早出嫁。如果馬夫人這麼來想她，將來也會不問她的意思，自作主張為她擇人而事，豈不是大糟特糟？

這樣轉著念頭，便感到極不自在。馬夫人只當她眼疾怕光刺目；體恤地親自起身將窗上的湘竹簾放了下來。北窗本來陰涼，湘簾深垂，更覺幽暗，連臉色都不大看得清楚。

這使秋月感到是一個機會，有話盡不妨直說，不必怕臉上忸怩。於是略想一想，為自己表白。

「我也知道，太太為我跟繡春心煩！如今繡春總算有了著落了，太太心裡應該好過一些。」

「我煩是為你們著想，並不是嫌你們——。」

「當然。」秋月急忙搶過話來說：「如果連這一層都不明白，還成個人嗎？不過，太太，我倒也有個想法，將來芹二奶奶進了門，太太體諒他們小倆口年輕，如膠似漆，一定催著他們早早回房；小夫妻孝順，想到老人家寂寞，一定也要多陪陪太太。其實，這一來，太太反倒不願意。倘或有我陪著，芹二爺就不必有那一層顧慮，太太也落得逍遙自在。豈不是兩全其美的事？」

馬夫人自然明白她這番話，是為了明志；而設詞婉轉周到，頗為感動，便即說道：「秋月，你能這麼為我們母子設想，我自然求之不得。不過，你這話也不必輕於出口，該像繡春那樣好好想一想。」

話中雖仍似不信她會以丫角終老，但總是好意，秋月亦不必再辯；只說：「太太慢慢兒看我好了；覺得有甚麼不對，儘管問我。」

「是啊！這樣的大事，我怎麼能不先問你。就說繡春吧，我也要先問一問她；你看，這話該怎麼說？」

秋月沉吟一會答道：「這件事要等夏雲來了才能辦，讓夏雲跟她女婿說了，王達臣一定樂意；自會跟姓馮的去談，正式託人來說媒。眼前，太太不說也不要緊；讓我來告訴她，太太已經知道了這回事，很高興。」

「是的。我倒真是很高興。」馬夫人默然半晌，忽然浮現微笑，「我自有主意。」接著又問：「他們甚麼時候回來？」

「大概要到上燈時分。芹二爺在那裡要看祭倉神呢。」

第八章

倉神有大祭、小祭。一年一度，由戶部倉場侍郎主祭的是大祭；若有新米倉落成，照例致祭的是小祭，只由倉場侍郎衙門的筆帖式主祭。這一回是小祭。

不論大祭、小祭，都有一個「活」的倉神受禮——也不知是那一年興出來的花樣，說定了祭倉神的吉日吉時，到時候必定有個人會由倉神附體；這個人也許是倉場上的花戶；也許是漕船上的水手；也許是唱酬神戲的伶人。曹雪芹最好奇，他不但要看祭倉神，還要看倉神附體是怎麼個樣子。因此鏢局子派了好幾個小夥計出去打聽，看倉神附體何人，即速來報。

到得未牌時分，有個小夥計奔來大喊：「倉神來了、倉神來了！就在沈倉書那裡。」

倉場侍郎衙門的書辦，簡稱「倉書」。六部書辦都廣有財路；吏、戶兩部的書辦，家道更為殷實，而戶部書辦中，又以「倉書」為最闊。因為漕米到了通州，上倉交兌，有種種勒索的法子；最難過的一關，就是檢驗漕米成色的好壞。本來漕船只管運糧，成色好壞可以不管；但漕幫本身亦在勒索州縣，往往過分挑剔，說米的成色不好，潮濕攙雜，不肯「受兌」——由州縣倉庫，運上漕船。這樣爭執不下，一拖幾天，倉庫不能騰空；百姓納糧，就無處可容，等一天多一天盤纏，等得久了，必定滋事；處置不善，就會變成「鬧漕」的嚴重糾紛，州縣官非掉紗帽不可。因而得跟漕幫「講斤頭」，每石米另加多少，作為運費津貼。如果斤頭講不攏，漕幫逕自開船，州縣官就得自己設法趕運漕米，中途交納，名為「隨幫交兌」；那一來雖不致丟官，往往亦會破家。

由於漕幫兌米，既有浮收，精粗燥濕，就無法選擇；因此倉書便有了留難的憑藉，漕幫悖入悖出，將從州縣勒索來的好處，大部分轉送了倉書。所以通州的倉書，起居豪奢，每每輪流作東邀了戲班子來，開筵宴客，亙續十天半個月不足為奇；這沈倉書便正邀了一個戲班在家，其中有個小生藝名叫「日日紅」，這天被倉神附了體。

曹雪芹趕到一看，那日日紅口角流涎，眼神呆滯，真像中了邪的模樣；他的手足彷彿不能自主，只是隨人擺布，六七個漢子，替他在更衣，紅袍玉帶、頭戴烏紗，完全是明朝貴官的打扮。然後將他納入一座神轎，抬到新落成的倉庫去受祭。

到了那裡，扶出「倉神」，不可思議的事出現了；門口原來擺著兩麻袋米，每袋五斗，常人背負亦須折腰，那知有人抬起米，拉開「倉神」雙臂，往他脅下一送，再將雙臂放下，居然挾住了那兩袋米，身子依然挺直；不但身子挺直，而且大踏步上階升堂，在供桌後面坐下受禮。曹雪芹辛苦半天，看的就是這麼一個場面。

於是曹雪芹將陪他來的馮大瑞，悄悄拉了一把，兩人從祭神的人叢中擠了出來，各是一身大汗。幸好倉外就是運河，河堤上種的楊柳，長條飄拂，入目清涼，濃密的柳蔭中，設著茶座，曹雪芹欣然說道：「這裡好！咱們喝喝茶再回去。」

「正是！我也這麼想。」

馮大瑞一面說，一面急行幾步，占了一張緊靠河堤、視界寬廣的桌子。這裡雖是個「雨來散」的茶棚，但因漕船上帶來的南貨，種類極多；居然有六安茶可與蘇州的松子糖之類的上等茶食。曹雪芹卸脫長衫，宿汗一收，喝茶納涼，覺得非常舒服。

「想不到這裡倒是個消閒的好去處。」

「芹二爺得閒儘管來；我不在，總有人陪你老。」

「馮鏢頭。」曹雪芹笑道：「你的稱呼不敢當！我還是第一次聽人叫我『你老』。」

「我不會說話。你老——。」馮大瑞在自己額上拍了一下，笑著自責，「這個腦袋瓜子，就是轉不過來。」

「馮鏢頭，我聽你口音是山西，那一府？」

「蒲州府。」馮大瑞答說：「是府城裡。」

「喔，」曹雪芹問說：「有個普救寺沒有？」

「怎麼沒有？那是有名的一景，在東城外，大概五六里路。」

「普救寺有沒有『西廂』？」

「那倒不知道。」馮大瑞說，「我小時候跟大人去過一次；後來出來闖江湖，走口外鏢，就從沒有回去過。」

聽這語氣，馮大瑞不知有張生跟崔鶯鶯的故事，那就不必再往下談，得另換一個話題了。

這樣想著，放眼眺望，只見寬闊的運河中，糧船前後啣接，竟望不到底；便即問道：「你們鏢行，跟漕幫有往來沒有？」

極隨便的一句閒談，馮大瑞竟遲疑不答；曹雪芹倒詫異了，心想：莫非這麼一句話也問不得？是何道理？

他一向是不願強人所難的性格，因而又說：「馮鏢頭，如果有甚麼關礙，你不必答我的話，也不要緊。」

「芹二爺，」馮大瑞歉疚而誠懇地說：「本來這句話沒有甚麼了不起，我說一句，大家都是走江湖，自然有照應。你──，你芹二爺一定也不會疑心甚麼。不過，那是跟普通人談；芹二爺此刻問到我，我不能拿這話來敷衍，可是要告訴你實在話呢，實在有點兒為難。我只能這麼說，我們這一行不但跟漕幫有往來；而且非往來不可。」說著，提起茶壺為曹雪芹斟茶，一手提著壺把，一手扶住壺嘴，手勢有些異樣。

曹雪芹懵然不覺，只是很見機地答說：「各行有各行的規矩。大概這件事是不能談的，咱們談別的吧。」

正說到這裡，突然有所發現，有隻糧船後面，水中浮起一片紅色。他先當是陽光強烈，映得水面發紅，定睛細看，卻又不似，而且紅色似乎越來越濃了。

「馮鏢頭，」曹雪芹指著水面說道：「你看，那水！」

馮大瑞掉轉臉去，只凝望了一眼，陡然變色，但很快地恢復了常態，「芹二爺，」他低聲說道：「我有句不中聽的話，最好少管閒事。」

別樣都可忍受，一樣好奇，一樣好管閒事，是曹雪芹與生俱來的本性，所以一聽馮大瑞的話，更覺心癢癢地，恨不得有條橡皮艇能把他送到那隻糧船上仔細去看個明白。

因此，他雖不再向馮大瑞發問，但兩眼東張西望；好管閒事的神情，完全現於形色。馮大瑞真怕他管閒事會出麻煩，只好又低聲說道：「芹二爺，你只管看，別說話，別去問人。是怎麼回事，回頭我告訴你。」

這下，曹雪芹愈感興趣；不過倒是聽馮大瑞之勸，不曾開口，定睛細看，只見那條船在動了，慢慢脫出行列，向南而去，馮大瑞總算透了一口氣。

「馮鏢頭，咱們走吧！」

曹雪芹是急於想知道河水變紅的緣故；馮大瑞亦覺得早離是非之地為妙，所以答應著付了茶帳，相偕離座。他們是坐了鏢局的騾車來的；馮大瑞親自執鞭，曹雪芹便跟他坐在一起，側身相望，已有迫不及待的模樣了。

馮大瑞不免躊躇，最好是就此不提，無奈曹雪芹雙眸炯炯，逼視不休，只好先提出條件。

「芹二爺，我可以告訴你一點兒江湖上奇奇怪怪的事；不過，這些話你只能擺在心裡。你不小心漏了出去，倒也沒有甚麼，我可要倒楣了！」

「怎麼呢？」曹雪芹急急問道：「是怎麼倒楣？」

「這會兒我不必跟你說，說了你會嚇一跳。」馮大瑞接著又說：「芹二爺，你得許我絕不洩漏，我才能跟你談。」

曹雪芹沉吟了，他已意會到，馮大瑞心裡藏著極祕密的事；知道一個人的祕密不是件好玩的事，語言不慎，會招來殺身之禍。他自顧不是個守口如瓶的人；這時要想想後果，倘或不能自我約束，倒不如此刻忍一忍心頭之癢。

然而實在忍不住；想了又想，下了決心，「好！」他說：「我絕不跟人洩漏。」

看他是經過一番深長考慮以後的答覆，可知不是輕諾，馮大瑞點點頭，想了一會問道：「芹二爺，五六年前，有一種教叫『羅教』，你總聽說過吧？」

曹雪芹回憶了一下，想起來了，「是的，聽說過。」他說：「他們聚會的地方叫『庵』；那時我家有個打雜的，常常找不見他的影子，問他到那裡去了？說到庵裡去聽道，又說他是羅教。後來這個打雜的，無緣無故失蹤了；也沒有再聽人提過羅教。據說是邪教。」

「那是讓現在的直隸總督李制台奉旨查禁，庵也封了。可是——。」馮大瑞嚥了口唾沫，指著運河上的糧船，很吃力地說：「那裡就有好幾個庵。」

曹雪芹駭然，「你說糧船上有邪教？」他問。

「不是邪教。」馮大瑞聲音不大，但臉有峻色。

曹雪芹恍然大悟，原來馮大瑞就是教中人；因而急忙認錯地說：「不是邪教、不是邪教！是羅教。」

「現在也不叫羅教了。本來也沒有羅教這個名目，是一位姓羅的祖師傳的道；所以叫它羅教。這些羅祖傳了三位弟子；其中最小的一位，如今率領漕幫。芹二爺，你知道糧船有多少？」

「我不知道。」曹雪芹測度著：「上千條船總有吧？」

「十倍也不止！」馮大瑞說：「每條船上，算他十個人，漕幫起碼有十萬人；芹二爺，你說一個人要帶十萬人，用甚麼法子？」

「那非以兵法部勒不可了。」曹雪芹發覺不宜掉文，便又說道：「要像帶兵一樣，講軍法。」

「一點不錯。所以漕幫定下十大幫規，犯了幫規，不管甚麼人也要罰。」

「怎麼罰法呢？想必是跟用家法一樣打一頓。」

「打一頓是最輕的。不過犯了十大幫規，很少說有打一頓了事的。」

「那麼怎麼才能了呢？」

馮大瑞不答；直到曹雪芹再一次催問，他才說道：「芹二爺，你剛才看河水發紅，知不知道是甚麼緣故？」

曹雪芹猜想是血，但絕不可能的；這話不能胡說，便搖搖頭示意。

「是血——。」

「果然是血！」曹雪芹失聲驚呼，急急又問：「怎麼會有血呢？」

「鐵錨上勾著一個死人，自然就有血了。」

曹雪芹毛骨悚然，覺得難以置信，但明明看清了是血水；復又望一望馮大瑞的臉色，嚴肅之中還顯得有些抑鬱，絕不像是故意編出來、以嚇人為樂的惡作劇。但如相信，卻又有好些疑問；他將思緒整理了一下，方又開口。

「這十大幫規，是些甚麼規矩，這麼厲害？」

「不厲害怎麼帶那麼多人！」

答得不著邊際，曹雪芹的話有些接不下去了。馮大瑞心想，既已說了，不說明白，讓他心裡留著一個疑團，就會多方去打聽，反為不妙；因此改了主意，重作回答。

「這十大幫規，其實也跟軍法差不多，芹二爺，你只要想一想穿『號褂子』吃糧的人，最犯忌的是甚麼。就懂了！」

這一指點，曹雪芹明白了，「第一是通敵；第二是洩漏軍機；第三是犯上抗命；第四是奸淫擄掠——。」

「對了！」馮大瑞截斷了他的話：「就是這些。」

「那就怪不得了！」曹雪芹說：「剛才那個人不知道犯了那一條。不過，這樣私下處死，不犯皇法嗎？」

「如果要講皇法，就不必入幫。」

「這麼說，入了幫就可以不守皇法？」

這順理成章的一句反問，竟使得馮大瑞臉色陡變，似乎認為他的這句話說得太嚴重、太過分，因而有些慍色。這在曹雪芹自不免奇怪；再從頭想一想他剛才守口如瓶的那種詭祕神態，憬然有悟。考慮又考慮，決定先打招呼，再觸犯忌諱。

「馮鏢頭，我想請教你一句話，倘或不識輕重，請你別見怪。你在糧船上待過沒有？」

「沒有。」

所答如此，並未出曹雪芹的意料，所以緊接著問：「那麼，馮鏢頭，我看你對他們幫裡不但很熟，而且彷彿休戚相關似地。」

「芹二爺是說糧幫的事，我很關心不是？是的，我跟芹二爺說實話，我就在幫。不然，我在江湖上就寸步難行了。」馮大瑞又說：「我可是把連我父母都不知道的事，告訴芹二爺了！你只擱在心裡，沒事；倘或芹二爺你說了出去，說不定就會有人找上我，那時候，麻煩可就大了。」

「絕不會，馮鏢頭，你要不要我罰誓給你聽。」

「那不必，那不必！芹二爺是讀書的君子人，而且也知道輕重。」

「是的！輕重我總識得，我絕不能害你。馮鏢頭，這話你想來信得過我。」

「是！芹二爺不會害我。」馮大瑞略停一下反說：「我倒不是嚇唬芹二爺，倘或禍從芹二爺身上起，我是不得了，你芹二爺也難保沒有麻煩。」

「喔，」曹雪芹覺得不能不往下追問：「是怎麼樣的麻煩？倒請你跟我說一說。」

馮大瑞看馬車將入鬧市，談話不便；鏢局中更非談論此事之地，便將韁繩往左一偏；接著慢慢收韁，讓馬車停在一片柳蔭之下。下車卸了馬，招招手找來一個戲水剛上岸的半大孩子，給了他一把銅錢，叫他去遛馬，然後取馬褥子鋪在草地上，請曹雪芹坐了下來。

「芹二爺，你總知道李制台是皇上最得力的人，從南到北，專替皇上抓那些跟皇上作對的人；他很忌漕幫，如果打你芹二爺嘴裡知道我在幫，說不定會找上我來，跟我打聽甚麼人。那時候，我說呢，還是不說？不說，過不了門；說了沒事，可是，芹二爺，那時候，你剛才看見的一片血水，說不定就是打我身上流出來的。」馮大瑞又說：「其實，就我不肯說，也犯了幫規。因為一打聽，是怎麼會找上我的？說是聽你芹二爺說的；可是你又怎麼知道我在幫呢？當然是我告訴你的，這叫『扒灰倒籠』，是十大幫規裡頭的一條。」

這些話在曹雪芹心頭，是極重的衝擊；雖然柳蔭下清風徐來，已無暑氣，他仍是不斷在額上沁汗，一塊極大的杭紡白手絹已擠得出水了。

「芹二爺，不是我嚇你。」馮大瑞歉意地說：「實在是這年頭兒，奇奇怪怪的事太多！咱們生在這個時候，正巧趕上了；真不知道是千載難逢的好事，還是命中注定要倒楣？」

這話說得意味深長，將曹雪芹一向好事的性情又激了起來；把聽了馮大瑞的話所深切感受到的一個印象說了出來。

「馮鏢頭，漕幫是不是打算做一番大事？」

馮大瑞此時很沉著了，因為他已經相信曹雪芹會識得輕重；當下反問一句：「芹二爺，你所謂的『大事』是指甚麼？」

「指，指——，」曹雪芹好不容易才找出一句自覺比較含蓄適當的話：「指『以武犯禁』？」

馮大瑞雖不知道這句話的出典，但亦可意會，點點頭說：「當然是『犯禁』的事，所以李制台奉了密旨，要格外嚴辦。」

「那你們是，是打算，」曹雪芹終於非常吃力地吐出來兩個字：「造反？」

一聽這話，馮大瑞左右看了一下，才低聲說道：「不錯，造反！不過，不是反大清；反大清是我們爺爺那輩人手裡的事。」

「不反大清反誰呢？反皇上？」

「這也不是我們反。芹二爺你們想想，有多少人反他？連他自己親弟兄；不止，據說連他親生的兒子都在反，那就不用說外人了。」

這觸動了曹雪芹塵封已久的記憶；在他剛隨母歸旗的那年，有一次聽人談宮闈祕聞，說在上年——雍正五年八月初的一天傍晚，宮門已經下鑰；內務府值班的司員，突然奉到敬事房首領太監的通知，傳一副「吉祥板」到皇子所居，在東六宮之後的「乾東五所」；才知道皇三子弘時暴死。弘時二十四歲，死因不明；後來有人傳說：弘時是反對父皇屠殘手足，率直進言；為當今皇帝在盛怒之下處死。以後只有一道上諭：「皇三子弘時，年少放縱，行事不謹，著削宗籍。」如今看來，確是大有可疑。

「羅教興起來才五、六年的功夫。」馮大瑞又說：「何以本來沒有，一下子興了起來？當然有人暗中在幫忙。幫忙的人而且很多，其中的道理，芹二爺你是讀書的人，博古通今，應該想得出來！」

曹雪芹回想從歸旗以來的所見所聞，以及御製《大義覺迷錄》中所引敘、透露種種令人驚詫莫名的內幕，恍然大悟，羅教乘運而興，是各派反皇帝的勢力，恂郡王、八貝子、九貝子、年羹堯、隆科多，都有一批關係深厚的羽翼，有些為皇帝所籠絡；有些情切故主，不受籠絡的，便都集中在羅祖門下，亦就是如今集中在漕幫門下了。

曹雪芹心想，這三山五嶽的人馬，都有大來頭，王公親貴、一二品文武大員，少不得也還有高人隱士；憑一個漕幫的首腦，絕無法籠罩全局，應該有個德高望重、能使各路人馬俯首聽命的人，作為盟主。那麼這個人是誰呢？

遍想不得其人，曹雪芹將他的想法說了出來。馮大瑞深深點頭，是覺得他這話問在要害上的神情。

「有的，可惜，這位已經不在了。」

「是誰？」

馮大瑞伸三指說道：「這位，去年閏五月去世的。」

曹雪芹想了一下，恍然大悟，驚異地說：「是誠親王？」

這無可徵信的一個說法，倒是解消了曹雪芹的一個疑團——他住在咸安宮官學，晚來無事，常時作東請那些數十年不走運、連枝藍翎都沒有混上的「外班」老侍衛喝酒閒談，很聽了些真偽莫辨的宮闈祕辛；不過關於誠親王胤祉獲罪的經過，卻是見於「宮門鈔」的，在他心裡是個真正的疑團。

事在雍正八年五月，怡親王薨逝，皇帝悲痛莫名，賜恤優隆，遠出常格之外；王公大臣仰體聖意，亦無不隆重赴弔、致禮殷勤，甚至有掩面痛哭失聲的；唯一的例外是誠親王胤祉，初次致祭時，在皇帝親臨回宮以後才到，及至宣讀特賜「忠敬誠直，勤慎廉明」八字美號，加於諡號之上的上諭，大家俯首跪聽時，胤祉已經抽身回府。至於舉哀之毫無悲戚之容，更不在話下，因而為莊親王胤祿、內大臣佛倫等等，這班「奉命辦理怡親王喪事」的人所糾參。

當時曹雪芹心裡就想，皇帝三位胞兄，直郡王胤禔、廢太子胤礽都已下世；誠親王胤祉便成居長。就算他對胞弟怡親王有欠友愛，但骨肉之間，「長兄如父」，何可公然參劾；且交親貴、八旗、九卿諸大臣及東宮官屬的詹事府與職司風憲的六科給事中，各道監察御史，當作一件非常嚴重的大案，來公議罪名？

過不幾天，看到「宮門鈔」上「建議」的結果，疑團更深了；議奏的罪名，竟有「不孝、妄亂、狂悖、黨逆、欺罔不敬、奸邪、惡逆、怨懟不敬、貪黷負恩、背理滅倫」十大款，奏請將胤祉及其子弦晟正法，其餘親屬，削去宗籍，「更名披甲當差」，家產籍沒。奉旨胤祉父子俱免死，分別監禁景山永安亭及宗人府。只為弟兄感情淡漠，做長兄的會獲得這樣的嚴譴，豈非一件怪事？

他跟咸安宮的侍衛談到這件怪事，大家的意見是相同的，皇帝早與誠親王不和；莊親王的參奏，是出於皇帝的授意，借題發揮，清算老帳。但曹雪芹仍不能無疑，誠親王在皇帝居藩時，彼此即已不和，固然是件大家都知道的事；但誠親王先被降為郡王，而就在怡親王病歿以前的三個月，復晉為親王，這不明明表示，皇帝已釋前嫌；何以三個月之後，復又如此痛惡？

此刻，他從馮大瑞的話中，悟出其中的道理，必是在這三個月中，皇帝已發覺各派反對他的勢力，集結在一起，遙奉誠親王為盟主；或者早已發覺，為了籠絡誠親王，特為晉爵，而誠親王無動於衷，反對如故，皇帝才不能不下毒手。

而事發在怡親王剛歿以後，說不定舉發誠親王有密謀的，就是怡親王。這樣，何以誠親王臨喪毫無哀戚之容，以及皇帝賜恤怡親王出於常格的緣故，亦就可以推想得知了。

這一個念頭大彎大曲地轉下來，曹雪芹自覺長了不少世故見識，也懂了好多人情微妙，但總有種不可思議之感，不斷為他帶來新的刺激，想往深處去搜索。

「照你的說法，那麼，你們如今是『群龍無首』了！你們還打算不打算幹一番大事呢？」

「這，我就不知道了。」馮大瑞說，「不瞞你說，我在幫裡也是『小角色』；幫裡有甚麼大事，我連邊兒都沾不上。」

「可是，你比誰都知道得多。」曹雪芹很起勁地說：「你所談的好些事，在我都是初開茅塞。」

「芹二爺你太恭維我了。我也是胡說，聽過就算了。掉句文叫做『姑——』？」馮大瑞搖搖頭苦笑：「粗人掉書袋，那兒成！」

「不，不，你不算『妄言』，我也不是『妄聽』。」曹雪芹緊接著說：「當然，你告訴我的話，我一句也不能說；說了不但害你，也害我自己，而且是害我自己一家子。」

聽他這麼說，馮大瑞越覺放心；看看日色偏西，應該回去了。正待找遛馬的孩子回來，捨不得結束談話的曹雪芹，又開口發問了。「馮鏢頭，你既然自謙在幫裡不能與聞大事；可是你剛才所談的種種，不都是大事嗎？」

「是的。芹二爺你這話問得有理，說實話，有些事，我並不是聽幫裡的人說的。我專走口外鏢；尤其是走山海關一路，有些話，就不是我的同行能聽到的。」

這話曹雪芹倒懂。漢人等閒不得出山海關；往盛京、吉林走的，絕大部分是赴任的滿員，亦有不少是宗室王公。但出關大多不是好事，調往盛京任職的官員，無非投閒置散，每人都有一肚子的牢騷；此外，充軍發配的也很多，一路訴苦，也就一路傳散了許多宮闈祕辛、宦海奇聞。那就怪不得馮大瑞知道這麼多了。

曹雪芹這時心裡有一股強烈的衝動，親族的不幸遭遇，加上天生好奇的性格，使得他生出一個讓任何人都會感到意外的欲望，「馮鏢頭」他說：「你能不能引薦我入幫？」

「甚麼？」馮大瑞大吃一驚：「芹二爺，你要幹甚麼？」

看到他的臉色，曹雪芹才發覺自己確有些匪夷所思；急忙加以解釋：「馮鏢頭，我是很佩服你們幫裡的宗旨，沒有別的意思。」

「這，」馮大瑞兀自搖頭，「這不是好玩的事！」

「我知道。」曹雪芹不便說是為了好奇，想一窺漕幫的究竟，此時想到一個理由：「我們族人雖不能隨便出京，不過將來我總有到各地去當差的機會；在江湖上也方便些。」

「芹二爺，你沒有說真話。」馮大瑞老實不客氣地說：「你的想法很怪。總而言之，這件事，我不能不駁你回。別說我不能把你引薦入幫；就能，我也不願意。」

「這，是為甚麼？」

「是為芹二爺你好。好好一位公子哥兒，放著福不享，倒想這玩意！芹二爺，你趁早別起這個念頭；就像你自己所說的，那樣不但會害了你自己，只怕還會連累府上一家。」

聽得這番出於善意的責備，曹雪芹不免慚愧，強自笑道：「馮鏢頭，我一時沒有想通。『姑妄言之，姑妄聽之』，不必認真。」

「這才是！」馮大瑞安慰他說：「江湖上的規矩，照芹二爺這麼聰明，也不難懂。譬如——。」

馮大瑞拿曹雪芹剛才所見的血水這件事來作譬解；江湖上最忌撞破人家的祕密，所以見怪不怪，莫管閒事，最是明哲保身之道。剛才曹雪芹倘或大聲一張揚，驚官動府，即時便有麻煩。

「眼尖的不止你芹二爺一個。看到的不作聲，心裡都知道是怎麼回事；只等血水沖淡了，自然沒事。倘或一張揚開來，人命關天，少不得公事公辦，萬一鬧大了，一定遷怒到多事的人頭上。尤其是看見我跟芹二爺在一起，倘或落在我身上，要對不起你芹二爺，請問我怎麼辦？」

曹雪芹到此方始明白，何以那時的馮大瑞神色不定，非常不安？原來有此緣故在內！

「對不起，對不起，對不起！我差點害了你，也害了自己。『見怪不怪，其怪自敗』這句成語，我到現在才真正懂了。」

這一番簇新的回憶，使得曹雪芹有不寒而慄之感；同時也將他的好奇心，大大地減殺了。世途莫測，真得小心，如果誤蹈危機，不明不白地惹來殺身之禍，不但死得輕於鴻毛，而且死得難以瞑目。於是他的心情不同了，「馮鏢頭，咱們走吧！」但一說走，想到此來的另一目的，打聽王達臣何時可到？因而覺得為了謹慎起見，有句話不妨問一問：「馮鏢頭，我再請教一件事，王二哥是不是在幫？」

「他不在幫。不過雖在『門檻外頭』，幫裡的規矩他都懂。」

「喔！」曹雪芹本來還想再問，甚麼叫「門檻外頭」？轉念又想，這應該是可以想像得到的，便不再多說了。

等馮大瑞套好了牲口，仍舊是並坐徐行；曹雪芹心想，人在「門檻外頭」而得窺堂奧，那是件再妙不過的事。王達臣既不在幫，就沒有幫規的約束，有甚麼，說甚麼，無所顧忌，以後關於漕幫的內幕，很可以跟他去討教。

這樣想著，不由得浮起得意的微笑；一直在注意他的馮大瑞，便率直問說：「芹二爺，你想到了甚麼高興的事？」

曹雪芹一楞，嘴唇兩邊的肌肉旋即收縮，這使他意會到自己是在露齒而笑，才會使他作此一問。

本想隨意撒個謊，但想到交友以誠，便老老實實將他心裡的想法，說了出來。

馮大瑞心想，王達臣既然懂幫裡的規矩，自然知道幫裡的忌諱；等曹雪芹問他時，一定裝聾作啞，故作不知，那一定會鬧出誤會來。不過這話不必告訴曹雪芹，只關照王達臣好了。

回到鏢局，王達臣的消息有了，江西大幫的糧船已到，王達臣夫婦坐的是「半幫船」。這些船上裝的不是「天庾正供」的漕米，而是以海鮮為主的南貨，跟「京庄」紹興花雕；空回時便帶北貨，往返貿遷，加上逢關過卡有許多便宜，所以利潤可觀，但有規矩，提幾成充作公用，貼補幫中開銷。此外，沿途經過碼頭，或者打點應酬；或者「地頭蛇」硬壓「強龍」，要打招呼、「講斤頭」；或者遭到「巾披彩掛」四行人物，糾纏不清，都要半幫船上的人來應付。

因為如此，半幫船上都很「四海」，附帶幹一行一半講交情的買賣，就是搭載乘客，收費甚低，而且包管平安；江南的京官，要從家鄉帶一個聽差或者老媽子到京，倘無便人可託，多託半幫船，如果託戶部的司官書辦關照一下，甚至可以不費分文。至於像王達臣這種鏢客，彼此有照應之處，更是奉為上客。但半幫船一向殿後，所以又稱「隨運尾幫船」；既在大幫之尾，等到停靠碼頭，自然要費好些功夫，預計上岸已在深夜。

「那就只好先回家。」曹雪芹對繡春說：「明天再作道理。」

繡春有些舉棋不定，很想留下來與夏雲先見一面，卻又惦著馬夫人不知有何表示？終於還是跟曹雪芹回去了。

飯罷納涼，曹雪芹一反常態，獨自仰望星空，很少開口；繡春不免惴惴然，問起來時，他不便透露他所想的是，馮大瑞告訴他的許多奇聞祕事，只說想做幾首「紀遊」的詩。

「別打攪他。」秋月趁機說道：「咱們躲遠一點兒。」

繡春也很想找機會跟她密談，當下問道：「太太呢？睡了？」

「睡是沒有睡。」秋月含含糊糊地說：「你坐到這兒來。」

院子很大，兩人坐在西頭梧桐樹下低聲交談，不怕在東面的曹雪芹聽見。繡春關心的是馬夫人，「既然太太沒有睡，怎麼不出來涼快、涼快！」她說：「我看看去。」

秋月不答，卻一把拉住她，使個眼色；繡春會意，便坐了下來望著秋月，等她說下去。

「太太在開箱子。」秋月問道：「你知道幹甚麼？」

馬夫人開箱子找甚麼，一向不避秋月與繡春，有時還要找她們去幫忙；如今秋月不讓她進去，復又這樣發問，不言可知，開箱子一事跟她有關，這就更急於想知道底細了。

「我不知道。你說吧。」

「在替你預備嫁妝呢！」

一聽這話，繡春頓時雙頰發燒，但卻忘不了回頭先看一看曹雪芹，怕他已經聽見了。

「怕甚麼！」秋月說道：「遲早要知道的，而且這又不是甚麼見不得人的事。」

「不，不！」繡春急忙說道：「我今天一天都不自在，只要想起這件事，心裡就怕。」

「怕他笑話你？」秋月答說：「沒有的事，他替你高興還高興不過來呢，那裡會拿你取笑？」

「你是這麼想——。」繡春覺得很難措詞，最後嘆口氣說：「事非經過不知難。」

這句常用的成語，卻為秋月心頭染上一抹疑雲，心想莫非其中有甚麼說法不成？

不會的！她自許為光風霽月的襟懷，不願意去胡猜，只說：「太太已經知道這回事了，她很高興，說要好好陪嫁你。」

「你跟太太怎麼說的？」

「我說，」秋月是早就想好了的，從容答道：「繡春也覺得長此以往，不是個了局，替太太添個累贅，心裡更不安。如今非要搬到京裡去不可，繡春又不願跟震二爺見面，那就只有兩條路好走。」

「那兩條？」

「一條是真的鉸了頭髮去當姑子，一條是嫁人。前面一條，太太是絕不能答應的，那就只好走後面的一條了。」

這是將繡春出嫁，完全說成情勢所迫，為了體諒主母，不得不負初心。不但為她留身分，而且也掩住了她常在鏢局中與人說笑、形跡近乎放蕩的流言，繡春自然非常滿意；想起水滸中西門慶拜託何九，「一床棉被遮蓋則個」的話，感激之念，油然而生。

「我倒沒有想到，你這麼會說話。不過，」繡春不好意思地笑道：「你把我說得太好了。」

「既然你說好，咱們就這麼說了；連你二哥面前都是這麼說。」

那也是繡春「固所願也，不敢請耳」的事；更覺秋月忠厚善良，想起多年相處，如今分手在即，不由得一陣感傷，眼眶潤濕，映著月光，閃閃發光，倒讓秋月微吃一驚。

「咦！」她問：「又是甚麼事傷心？」

「不相干！」繡春不肯透露感觸，抽出腋下手絹，擦一擦眼睛說：「以後太太就靠你一個人了。」

秋月深怕她提到她的終身，急忙阻喝：「你別管我的事！」

不道情急之下，聲音大了些，恰好讓曹雪芹聽見了，在那面接口問道：「甚麼事教人別管？」一面說，一面走了過來，兩人眼望著他，卻各自用手去扯對方的衣服；同時的動作，幾乎一絲不差，兩人楞了一下，不約而同地笑了。

「甚麼事好笑？」曹雪芹說：「看你們神情詭祕，不知在打甚麼鬼主意，從實招來！」

「我們在商量，」繡春搶著說：「該挑位怎麼樣的芹二奶奶？」

曹雪芹知道是假話，付之一笑；然後坐下來問繡春：「你在鏢局子裡商量定了沒有，你二嫂來了住那裡？」

「要看她自己的意思。」繡春答說：「我想她會回家來住。」

「那是一定的。」秋月接口：「想不回家來住也不行，有好多事等著她來料理呢！」

一語未畢，繡春連連咳嗽示意，想攔住她的話，這下曹雪芹不免困惑；她們倆的神情言語，在在隱藏著祕密。但他知道，越是急著打聽，越不容易得知真相，只好暫且忍耐；察言觀色，抓住了破綻再問，就不愁她們不說真話。

「你的詩做成了沒有？」繡春問說。

曹雪芹何嘗在做詩？只好搖搖頭說：「沒有。」

「有一半了吧？」

「一句也沒有。」

他沒有抓住繡春的破綻，繡春卻抓住他話中的破綻了，「那麼你在想甚麼呢？」她又噗哧一笑：「我知道了，一定是在想芹二奶奶。」

秋月也笑了；在繡春膝蓋上拍了一巴掌說：「你真厲害！還會金鐘罩的功夫。」

曹雪芹有種被戲侮了的感覺，不免憤然，想說兩句負氣的話；但靈機一動，有了計較，故意打個呵欠說：「我不跟你們胡扯了；睡去吧！」

說著，緩緩地站了起來，轉身而去。回到自己屋子裡，自然有小丫頭跟進來伺候；他只是吩咐沏一壺好茶，便在靠窗的書桌後面坐了下來，思量著將這天的所見所聞記了下來，作為自己著述的一個開始。

這自然是筆記雜俎之類；照歷來通行的體例，是先取個書齋名字，然後加上兩個字標示內容；這不難，他很快地想到了一個名稱：「雙芝仙館叢稿」。

寫下來一看，自覺很夠氣派；便從書架上找出來半張灑金絲的高麗紙，裁下寸許寬的一長條，寫下這六個字，作為稿本的題簽。字寫得筆酣墨飽，頗為得意，正在自我欣賞時，不道身後出現了聲音。

「真是大言不慚！稿子多得都數不清，只好一叢一叢來計數了。」

曹雪芹初聞聲音嚇一跳，不過馬上聽出是秋月的聲音，便從從容容地轉回頭來答說：「悶了一晚上，聊且快意而已。」

「悶了一晚上？」秋月坐了下來，閒閒問道：「為甚麼？」

這一問，將曹雪芹的委屈勾了起來，「你跟繡春倆不知道有甚麼有趣的事在談，故意不告訴我，拿我開胃。」他說：「我躲開你們，不就算了嗎！」

「果然，你讓繡春猜到了，她說你生氣，我還不信。」秋月笑著嘆口氣：「你啊！真是，心裡擱不住一點事，就因為你這個脾氣，我有話不敢告訴你。」

話中有話，曹雪芹當然聽得出來；不假思索地答說：「你放心好了！再有機密的事，我也能把握得住，不傳六耳。」

話一出口，不免失悔，因為無意中已將得知漕幫一事，露了口風；幸好秋月不曾理會到此，只說：「如果你真能心口如一，聽見甚麼就當沒有聽見一樣，我就告訴你一件你一定高興的事。」

「那還用說，自然是心口如一；你趕緊說吧！」

「好吧！我說。」秋月又叮囑一句：「你可得靜下心來聽。」

「是的，我靜靜等著你開金口呢！」

「你知道不知道，繡春快出嫁了——。」

「甚麼！」曹雪芹的聲音很大，但立即發覺自己心口不一，便歉意地笑道：「這好比乍聞春雷，難免吃驚。你說下去吧！」

「繡春快出嫁了。是為了體諒太太的苦心。」秋月將編好的說詞講了一遍，然後問說：「你知道不知道嫁給誰？」

「嫁給誰？」有著不可思議之感的曹雪芹，茫然問說。

「就是今天送你們回來的那個鏢客。」

「馮大瑞！」曹雪芹尖聲驚呼：「怎麼會是他呢？」

態度與言語都覺有異，秋月便問：「為甚麼不會是他？照你說，應該是誰呢？」

這一問，讓曹雪芹警覺到又失態了，因而定一定心答說：「我不知道應該是誰？只覺得一點都看不出來，所以詫異。」

「等你看出來，只怕已經通國皆知了。」秋月又說：「你別忘了，你答應過我，知道了這件事只當不知道，明兒個別在繡春面前露出甚麼痕跡來。不然，只怕好事難諧！」

「那又何至於如此？」

「何以不至於如此？」秋月的詞鋒，咄咄逼人：「她本來千萬個不情願，只為要進京了，跟震二爺住得遠，照應不便；住得近，她又怕震二爺來囉嗦。兩難之下，只好她自己委屈，讓太太的心境也寬舒些。你倒想，在這種情形之下，你還拿她取笑；換了你會不會老羞成怒，一賭氣不幹了？」

「嗯，嗯！」曹雪芹充分接受了她的解釋，想一想又問：「這樣說，咱們進京以前就得辦這樁喜事？」

「喜事不在這裡辦。」

「那麼在那裡呢？」

「在馮大瑞的家鄉——。」

「喔，」曹雪芹迫不及待：「是在蒲州辦喜事？」

「是啊！你怎麼知道？」

「我問過馮大瑞。」曹雪芹又問：「送親的人呢？當然是王老二。」

「當然是王老二」六字，語氣便有異，秋月便笑著問道：「怎麼，你還想當送親的『舅老爺』？」

曹雪芹也笑了，「老實告訴你吧。」他說：「我很想到蒲州去逛一逛，第一是到普救寺去看看『西廂』豔跡；第二，李義山在蒲州住過好幾年，想去訪訪他的遺蹟。」

「如果你有興致，也未嘗不可。不過，你能去嗎？」秋月提醒他說：「私自出京，別惹出麻煩來。」照定制，年滿十八歲的旗下子弟，即使隨父兄在外任，亦須回京當差；已經在京的，不得私自出京，不過這「出京」二字，是從寬解釋，在順天府的範圍之內，都還算在京。如果私下到了山西，不追究便罷，追究起來，也是麻煩。

「不要緊！」曹雪芹答說，「現在內務府很賣震二爺的帳，我請他關照一聲就是。」

「那好！反正你是跟王老二一起去，一起回來，太太沒有甚麼不放心的。你就等著當送親的『舅老爺』吧！」

曹雪芹微笑不答，心裡在琢磨，說訪蒲東豔跡，固有此心；看一看繡春的夫家是何境況、翁姑是否相處得來？似乎亦是必要之舉。

這樣一想，打定了主意，「走這一趟，很值得。」他將他的想法告訴了秋月，又問：「大概在甚麼時候？」

「總得到秋深了。」秋月又叮囑：「時候還早，你先別瞎起勁，誤了自己的正事。」

所謂「正事」是說別耽誤了學業；而曹雪芹卻未想自己，只想他人，「提起正事，我倒想起來了。」他說：「薦王老二到郡王帳下去效力這件事，該怎麼辦？」

「那總要等他嫁了妹子再說。」秋月起身說道；「一時也辦不了那麼多大事；一切都等明天把夏雲薦了來再說。」

不過還未派人去問訊，夏雲一大早就來了；當然還有王達臣。門上一傳見話去，連馬夫人都出房門來探望；只見秋月在前，夏雲後隨，繡春又在後面，手中抱一個嬰兒，是夏雲的兒子。

「太太！」

夏雲搶步上階，馬夫人不待她跪下便執住她的手，含笑凝視著說：「你倒發福了。」

「託太太的福。」夏雲一面說，一面扶著馬夫人進堂屋，向一個小丫頭說：「小妹妹，請你拿拜墊來。」

「不必行禮了。」

話雖如此，到底還是受了禮；夏雲自己磕了頭，又從繡春手中接過嬰兒，撮著他的小手一面拜，一面祝頌：「叫太太，說給太太請安。太太萬事如意，精神健旺；今年娶位賢德媳婦，明年抱個白胖孫子。」

這都是馬夫人愛聽的話，笑容滿面地捏住嬰兒的手問：「你這個兒子長得好俊！叫甚麼名字？周歲了吧？」

「剛過周歲。小名鐵柱。學名還沒有取。」夏雲答說：「他爹說，要請芹二爺來取呢！」

「對了！」馬夫人問說：「達臣呢？」

「芹二爺陪著在外頭坐呢！」秋月答說。

「本說先要進來替太太請安。」繡春接口；「是我說的，不必忙在這一刻。」

「不錯。咱們娘兒幾個先親熱、親熱。」馬夫人對秋月說：「床頭櫃抽斗裡，有個皮紙包，你替我拿來。」

拿來一看，沉甸甸的一個金鎖片；原來是給鐵柱的見面禮，秋月識得原主，「這還是芹二爺小時候戴的。」她向繡春笑道；「咱們做姑姑的，也得給點兒甚麼才說得過去。」

「回頭再找吧！」馬夫人說：「先談談一路上的情形。大家都坐吧！」這下少不得又有一番辭讓。夏雲到底已成了客人，而且有孩子在手，在下手一張紫檀椅子上坐了下來；秋月端張小凳子坐在門口；繡春來去張羅，間或倚門立談數語，有些心神不定的模樣。

聽夏雲談了近況與旅途的情形；秋月找個空隙問道：「你是回家來住，還是住在鏢局子裡？」

「自然回家來住。」

「只怕不回家住也不行。」秋月笑道：「太太有好些事要跟你談呢！」

此話一完，只見繡春倏然而逝；馬夫人與秋月都望著她的背影微笑。夏雲旁觀者清，便知要談的事，必與繡春有關；看她們都是面有喜色，要談的必是好事，便想先聞為快了。

看到她的臉色，馬夫人與秋月交換了一個眼色，彼此取得了默契；夜長夢多，以乾坤早定為宜。秋月看鐵柱已在他母親懷中熟睡，也正是交談的機會，當下起身說道：「來！把鐵柱子給我；等我交給她姑姑去看著。」

馬夫人點點頭，站起身來，說一聲：「夏雲你到我屋裡來坐！」又關照秋月：「你隨後就來吧！」

「京裡的情形，你聽說了沒有？」

「是——，」夏雲想了一下：「是王爺的事？我也聽說，可不大清楚；只聽人說：如今皇上面前最得寵的一位王爺，年紀很輕；住在西城。我想這不就是咱們鑲王旗的王爺嗎？」

「你說得不錯。皇上很賞識咱們王爺，如今派了大將軍。四老爺跟震二爺是糧台上的差使；大家都說，我應該進京，陪陪咱們姑太太——太福晉。大概年底就要搬進京去住去。」

「那是好事啊！」夏雲很高興地問：「房子找定了沒有？在那兒？」

「房子雖還沒有找定，不過總是找在震二爺附近，也好有個照應。」

「是，是！應該這麼辦。」

「可有一樁難處。繡春不願意。這緣故我不說你也知道。」馬夫人突然換了個話題：「達臣有個把兄弟姓馮的，你知道不知道這個人？」

「知道這一個人。」夏雲答說：「不過，我還是這一回來才見了他的面。」

「那麼，你聽達臣說過沒有，這個人怎麼樣？」

「說過，說過！」夏雲急忙答應：「達臣常提起他的，說他是血性漢子，最重情義。」

「重情義就好——，」馬夫人話說半句，戛然而止；原來是曹雪芹跟秋月一前一後走了進來，將她的話打斷了。

夏雲便笑嘻嘻地站了起來，蹲身請個安說：「芹二爺越長越高了，也越長越秀氣。」

「秀氣只怕未必。」曹雪芹摸著自己的臉笑道：「我自己覺得越長越黑，秀於何有？」接著又向馬夫人說：「王二哥想進來給太太請個安，好先回鏢局子；有好些事等著他交代呢。」

「那就不必客氣了。請他先回去吧。」馬夫人望著秋月又說：「晚上請王二哥來吃飯吧？」

「是！」秋月轉身向曹雪芹說：「送了客回來，你就在書房裡寫信給震二爺，託他找房子。」

這是暗示，曹雪芹只在外面，不必進來；好容馬夫人談繡春的事。曹雪芹自能意會，答應就走了。

「夏雲也知道達臣的那個把兄弟，說他有血性、重情義，不是很好嗎？」

秋月不知道她跟夏雲談到何處，不敢造次發言、只附和著答應一句：「本來最要緊的是情義。」

這時夏雲已聽出因頭來了，便即問道：「太太的意思，是不是繡春許給馮大瑞。」

「是啊！把弟兄變成郎舅，你跟繡春又做了姑嫂，不是很好嗎？」

「太好了！」夏雲笑容滿面：「倘能如此，真正是美事。不過——。」她遲疑著，笑容漸漸收斂。

「你是說繡春自己的意思？」秋月問了一句。

「是啊！」夏雲答說：「誰都知道，誰亦不能拿她的主意。除非太太吩咐，不過表面不敢違背，心裡可不定是怎麼個想法。」

「這種人家的終身大事，我也不能硬拿鴨子上架；再說，也犯不著這麼做。是秋月探過她口氣的。」

「喔，」夏雲問秋月：「你怎麼說？」

「我只說，聽說馮鏢頭人不錯，你看他如何？她不作聲。」

「不作聲是甚麼意思呢？」

「問你啊！」秋月笑道：「當初繡春拚命想你做她的嫂子，讓我去問你，你不也是心裡有千肯萬肯，嘴上不吐一個字嗎？」

這一說，夏雲頓時紅霞滿面，啐了一口笑道：「那裡有甚麼千肯萬肯？狗嘴裡吐不出象牙。」

「錯不了！」馬夫人也說：「你跟她去說，包你不會碰釘子。」

夏雲釋懷了，「太太這麼說，自然是有把握的。」她非常高興地：「這可真是主子成全的一件大好事。」

「你先別高興。」秋月提醒她說：「跟她有個說法；別提我探過她的口氣。只說既然實逼處此，凡事亦還要她自己作主。你就作為你跟達臣的主意，認為她嫁給馮大瑞最好。你懂我的意思嗎？」

夏雲何能不懂？不過她只想到馬夫人和秋月，對繡春一定不反對嫁馮大瑞，顯得極有把握；卻不知這分把握，何由而起？不過這也是暫時可以不必打聽的事；放著馮大瑞本人，與鏢局子的那些人在那裡，讓王達臣稍為問一問，就都明白了。

「是的！我都懂。」她從容不迫地答說：「換了我也是一樣，巴不得人家替她開道兒，臉上好摸得下來。總而言之，這是一件極好的好事，也只有太太的恩德，秋月的苦心，上上下下都照應她，才會有這麼一件好事。說老實話，達臣為他妹妹，心裡有一個解不開的疙瘩，一提起來就唉聲嘆氣！如今好了！我要一告訴他，不知道他會高興成甚麼樣子。這都是太太的成全，我先替達臣謝太太的恩典。」說著，很快地伏身下地，磕了兩個頭。

「別這樣，別這樣！」馬夫人起身親手攙扶，心裡當然也很高興；不過稍有些受之有愧的感覺，指著秋月說道；「你說得不錯，全虧得她一片苦心。」

夏雲點點頭，卻不作聲，只深深地看了秋月一眼；眼色中敬愛以外，還有種莫可言喻的愁憐鬱塞的意味。

為了好讓王達臣夫婦，從從容容地細談繡春的終身大事，這天晚上在曹家飯罷，夏雲仍舊帶著孩子跟丈夫回到鏢局，住在仲家。

仲四奶奶好客健談，夏雲出身大家，又是有意要替王達臣做面子，落落大方地應酬得很周到；因此一直到三更天，吃了消夜，方始歸寢。

仲家房子很大，單有一座小院落，供攜眷賓客雙棲；夏雲倒是沉得住氣，心想把這個好消息一告訴丈夫，一定害他興奮得一夜都睡不著，因而決定暫且不說。但她有事在心，一樣也是不能入夢；輾轉反側之際，怕驚醒了王達臣，索性悄悄起床，先替孩子把了尿，放入搖籃，然後端一把竹椅子在院子裡對月沉思。

所想的自然是有關繡春的一切，從仲四奶奶口中得知，繡春一個月總有兩三回到鏢局子來玩，一來總是大半天；有時在仲四奶奶家幫著照料，有時便在前面大客廳中，跟鏢客們說笑。

「這位王三姑娘真叫有人緣。」仲四奶奶管繡春叫「王三姑娘」；夏雲記得最清楚的是這兩句話：「那些爺們提起她來，沒有一個不翹大拇指的；說她若是個男的，包管比她哥哥還強。尤其是馮老大，當她親妹妹一樣；本來嘛，他跟王二哥是把子，應該拿三姑娘當妹子看。」

這就怪不得馬夫人與秋月那麼有把握了。想來馮大瑞喜歡繡春，繡春也一定對他有意思。但馬夫人不喜與聞外事，秋月難得出門，而繡春在這裡的情形，居然會傳入她們耳中，可知繡春跟馮大瑞之間，必是風風雨雨，流言不一而足。

正在這樣想著，發現了王達臣的影子；隨即迎了上去問道：「你怎麼不睡？」

「一覺睡醒，看你不在；心裡想起一件事就怎麼樣也睡不著了。」

「甚麼事？」

「你看出來沒有，妹妹好像有心事；而且總是偷著眼看人，倒像做了甚麼虧心事似地。這不奇怪嗎？」

夏雲心想，繡春的事，告訴了他，害他睡不著；不告訴他，仍舊是害他睡不著，既然如此，不如就這會兒談吧！

「你去端張椅子來，我告訴你；她不是有心事，是有喜事。」

「甚麼？」王達臣大聲問說。

「輕點、輕點。你去端了椅子來，我告訴你。」

「好，好！」王達臣掉身就走；不一會一手提一張椅子，一手捏一把茶壺，坐定了先嘴對嘴灌了好些茶，舒口氣說：「這會兒才舒服些。甚麼喜事，快說吧！」

「你沒有聽見仲四奶奶的話？」

「說馮大瑞把繡春當做親妹子看。」

「甚麼話？」

接著夏雲便將馬夫人與秋月跟她所談的一切，細細說了給丈夫聽；其中包括先送繡春到蒲州賃屋暫住，以便馮家親迎的種種打算在內。

這真是天外飛來的喜事。王達臣一面聽，一面想，只覺得有件事為難。及至聽完，在心裡盤旋的那個念頭，仍未轉定。

「好事倒真是好事，可惜來得太快了一點兒——。」

「你也是！」夏雲不等他話完便搶著說：「你不想想，她今年多大了；你還嫌太快，要她等到甚麼時候？」

「你弄錯了，我那裡是這個意思？」王達臣說：「我在想，她受苦受了這麼多年，如今當然要好好陪嫁她。可是，一時力量還夠不上。」

夏雲當然也想到過這一點，當即答說：「首飾你不必愁，太太已經預備好了，包管體面。至於床帳被褥，四季衣裳，花費到底有限；一時沒有現款，說不得只好拿新置的二十畝田，或典或賣，先處分了再說。這件事，你如果覺得不方便去說，我跟仲四奶奶去商量。」

王達臣原就是打的處分那二十畝田的主意，只是怕妻子捨不得，不肯開口。不想夏雲自己先說了，自是喜不勝言，當即笑道：「難得你賢惠。拿田變錢沒有甚麼不好意思的，你說、我說都不一樣。」

「哼！」夏雲撇一撇嘴：「你真是門縫裡看人，把人都瞧扁了。二十畝田算得了甚麼；你以為我是沒有開過眼的人？」

「是，是！我小看你了，是我不對。明天還是你跟仲四奶奶去說，順便還要請她做媒。」

「她是男家的媒人。女家的呢？喔，」夏雲突然想起，喜孜孜地說：「芹二爺還打算送親送到蒲州呢！」

「這可很夠面子了。」王達臣也很高興，衷心稱頌：「曹家真是厚道，一定還是要發達的。」

「提到這一層，我倒又有件事告訴你了。是繡春跟我說的，我們姑太太家的那位王爺，放了大將軍，真正威風八面，如果你有意思，可以薦你跟在王爺身邊；將來派個武官，而且官不會小。可有一件，是荒涼地方，苦得很。」

「吃苦我不怕；堂堂王爺能去，我還不能去？」王達臣脫口答了這兩句，卻又遲疑不語；瞅著夏雲似笑非笑地，無限依戀的情意。

「又做這副死相了！」夏雲似慍而喜地罵著：「去不去是你自己的事。如果你不去，可別跟人說，為了怕我沒有人照應。這種沒出息的話，千萬別出口。」

這話說到了王達臣心裡，他只是憨笑著；想了一會問說：「要去多少時候？」

「是去打仗，又不是去探親望友，可以扣著日子來回。仗打贏了，自然班師還朝，還能在那裡待一輩子嗎？」

聽出妻子是鼓勵他的話，王達臣的英雄氣概便將兒女柔情壓下去了，「我去！掙副誥封來給你。」

「算了，算了。我可沒有做官太太的夢。」夏雲忽又覺得此事猶須從長計議，當即把話宕了開去：「好在不急，慢慢兒再說。眼前先辦繡春的這件大事。如今我們盤算得蠻好，人家還不知道這回事呢！萬一馮大瑞沒有這個意思，豈不是一場空歡喜？」

「怎麼會！」王達臣極有把握：「不會，不會！大瑞求之不得在那裡。」

「你這麼有把握？」

「對！十足的把握。為甚麼呢？」王達臣自問自答地：「我已經聽人說了，只要妹妹一來，最殷勤的就是大瑞；兩人常在一起說笑，形跡都不大避人。所以在曹家看見妹妹那樣子，我會上心事。」

原來王達臣是疑心繡春跟馮大瑞，已有肌膚之親；江湖中人，最講究面子，如果醜聞流播，無顏見人，以致發愁失眠。夏雲對這一點，卻比她丈夫更了解繡春；「你是自己跟自己過不去！」她說：「繡春最要強的人，絕不會鬧這種笑話。再說，你不說大瑞有血性、重情義；他又怎麼能做對不起朋友的事？」

「啊，啊，說得不錯！到底是你的見識高。」王達臣的心情越發舒坦：「這實在也是我太關心妹妹的緣故，她一直是我心裡的一塊病。」

「如今你的心病可以消了。」夏雲又說：「既然，你對你把兄弟這麼有把握，應該透句話給他，讓他自己去求仲四奶奶出面來說媒；這樣，咱們女家不是更有面子。」

「對！就是怎麼辦。走，睡去吧；這會兒正涼快！」說著，便伸手去摸夏雲的臉。

「叭噠」一聲，夏雲打開了他的手，「去你的！別跟我嚕囌。」她說：「我可累了，明兒還得起早。」

第九章

一大早起身，王達臣第一件事便是找馮大瑞；不道事不湊巧，馮大瑞已早一步出門——到三河縣去接頭一筆生意，來回一百四十里，也許這天回不來了。

王達臣是急性子，夏雲亦望此事早成定局；夫婦倆商量下來，決定先跟仲四奶奶去商量。話該怎麼說呢？夏雲的意思，要替繡春留身分，最好旁敲側擊，讓仲四奶奶自告奮勇來做媒，但卻苦於不易措詞。王達臣卻主張有甚麼說甚麼，既然都是好朋友，不必加上一些飾詞，反倒顯得生分了。

夏雲想想也不錯；但還是推在馬夫人身上，說她見過馮大瑞，覺得他為人不錯，又是王達臣的結義弟兄，不如兩好併作一好。問仲四奶奶的看法如何？

仲四奶奶大為訝異，心想此事為何昨夜不談？隔了一晚，忽然有這麼一說，豈不顯得突兀了些？

王達臣與仲四奶奶很熟，由她的沉吟不答，看出她的心意，當即補充著說：「這是曹家馬夫人跟我『家裡』說的；昨晚上從四奶奶這裡走了以後，她才跟我說，難得人家有這番意思，真是再好不過。」聽得一番解釋，仲四奶奶方始釋然，「說老實話，我也早有這番意思。不過，」她停了一下說：「你們三姑娘的情形，我也有個耳聞；怕碰釘子，一直不敢開口，如今當然我來做這個媒；不過，大瑞是不用說，會笑得闔不攏嘴，你們家三姑娘怎麼樣呢？」

「我已經探過她的口氣。」夏雲答說：「我想，絕不會讓媒人沒面子。」

仲四奶奶生長在張家灣這個水陸要衝龍蛇混雜的大碼頭；丈夫幹的又是這一行上達侯門、下通草莽的鏢行生意，因而漸漸養成了謀定後動，動必期成的想法。

為馮大瑞與繡春撮合這件事，她不但早有此心，而且盤算多時，想來想去總覺得一是繡春之心莫測；二是不知曹家的態度如何？繡春肯了，曹家不允，無可如何，但這也還有法子可想；歸根結柢，最要緊的是，繡春自己的意向，她跟夏雲的交往不多，不過已可以看出來，也是極能幹的人，既然她說探過繡春的口氣，不會讓媒人失面子，且是出於曹家馬夫人的策動；然則千穩萬妥的一件好事，正是「固結人心」的一個機會，豈可掉以輕心？

於是順理成章地談起如何辦喜事？仲四奶奶正想拉攏王達臣，更要固結馮大瑞，因而大包大攬地，不斷表示：「全在我身上，你們甚麼都不必操心。」

就這樣，未到中午，喜訊傳遍了整個鏢局；夏雲怕馬夫人惦念，也急著要去報喜。這天當然住在曹家，關照丈夫明天去接她回來。

等太陽下山，鏢局的小徒弟在兼作練武用的後院磚地上，潑了十來桶井水，暑氣一收，搭開圓桌；廚房裡開飯，吃的是麻醬涼麵，另外有吃不夠、儘管添的兩樣酒菜：燒羊肉與涼拌粉皮。

「開飯囉！」小徒弟一聲吆喝，鏢客、趟子手絡繹而至；正要入座，仲四掌櫃——仲季武趕到了，開口說道：「今兒個可得讓王二哥坐首座了！」

「那裡，那裡！四掌櫃還拿我當客人，莫非見外了？」王達臣說：「還是你老上坐。」

「不！不是見外；今兒你有喜事，該賀一賀。」說著，向桌子上望了一眼，回身交代小徒弟：「你進去跟四奶奶說，看有甚麼菜，多添幾樣來；先拿現成的乾果子，再開一罈南酒，大夥兒喝著等。」

掌櫃請客，大家越發高興；王達臣在一片喧嚷之下，只好占了首座。等用飯碗倒上酒來，他先起身說道：「四掌櫃跟各位弟兄抬愛，實在不敢當。我先謝謝！」說著，捧碗就口，「咕咚、咕咚」將一碗酒喝得點滴不留。

「別喝得太猛！」仲四掌櫃知道他的酒量，提醒他說：「醉了可不是件舒服的事。」

「今天的王二哥，」鏢局的帳房趙先生說：「大概不醉也辦不到。」

「不會，不會！」有個口才很好的趟子手楊五接口：「人逢喜事精神爽；心裡一痛快，喝酒不容易醉。」

正說得熱鬧，只見閃進一個人來；頓時兩三個人，同聲喧嚷：「新郎官來了，新郎官來了！」

原來是馮大瑞回來了；仲季武隨即招呼：「你倒趕回來了！原以為你得明天才能回來。快洗個臉，來喝酒吧！」

「是啊！喝喜酒。」

馮大瑞一楞，「喝誰的喜酒？」他問。

沒有人答他的話，卻都笑了起來；仲季武便起身說道：「是你的一樁大喜事；先去洗了臉來再說。」

這時小徒弟已在木架子上，替他將臉盆手巾都取了來；馮大瑞到井台邊，汲了一桶水，大洗大抹地一洗滿身汗水。回屋子去換了一身乾淨小褂袴，容光煥發地來到了後院。

「喜氣洋洋！」楊五笑道：「真像個新郎官。」

「甚麼？」馮大瑞問。

「來，來！你坐下來。」仲季武拍一拍他身旁的凳子：「等我告訴你。」

仲季武這時已想好了一個說法，故意問道：「你有沒有到後面去過？」

後面是指仲家；馮大瑞答說：「四爺看見的，我下了馬一身臭汗，到後面去幹甚麼？是不是四奶奶找我有事？」

「她要替你做媒，把王三姑娘說給你。達臣跟你比親兄弟還親，自然一口答應。這不是大大的一樁喜事！」

一直含著笑在等機會開口的王達臣，便即接口：「大瑞，我妹妹脾氣不大好，你多讓她一點兒！」說著，端起酒碗舉一舉，正要「先乾為敬」時，不道馮大瑞作個攔阻的手勢，叫一聲：「二哥！」等王達臣住手相視時，他面無表情地說：「我高攀不起！」

此言一出，頓如紅日西沉，陰霾四合，一片「山雨欲來風滿樓」的景象，連一旁的小徒弟、廚子，十來雙眼睛，都盯著他看。

馮大瑞自然感到威脅，但態度卻是很執著的，「二哥，我實在有苦衷！」他說，「三姑娘這樣的人品，我前世修都修不到。不過，我真的答應不下。」

最後一句話使臉漲得通紅的王達臣，越發不悅，微微冷笑著，環視滿座，「各位聽聽！『答應不下』，」他說：「倒像我妹子嫁不掉，求他收容似地。」

「二哥，二哥！你千萬別誤會。我不是這個意思。」

「那麼是甚麼意思呢？」

「我是說，我沒有福氣；像三姑娘這麼的人才，我竟沒法兒娶。」

「甚麼叫沒法？莫非你家裡已經有了一房媳婦？咱們關聖帝君面前磕過頭的，你可也沒跟我說過呀！」

「原是沒有——」

「那麼，」王達臣搶著問道：「怎麼叫沒法兒？」

話越盯越緊，仲季武不能不排解了，當即說道：「達臣，你先別急，讓大瑞慢慢兒說。他很仰慕三姑娘是大家都知道的，不是有萬不得已的苦衷，那裡會捨得這一頭姻緣。你就等他慢慢兒說吧！」

「好！」王達臣斂手答了這一個字。

馮大瑞是雙眉皺成了一個結，欲言又止地，最後終於吐了一句話：「二哥，我回頭跟你說。」

王達臣勃然變色，但還是忍了下去，強制用平靜的聲調說：「沒有關係，就這會兒說好了。」

馮大瑞卻未看出王達臣的怒火，已到一觸即發的當口，只想趕快結束這個場面，支吾著說：「回頭說，回頭說！咱們喝酒。」

一面回答，一面舉碗送到唇邊，那知「噹」的一聲，酒碗落地，打得粉碎，流了馮大瑞一身的酒。「馮大瑞！」剛用一枚山核桃打掉了酒碗的王達臣，霍地起身，戟指喝道：「我妹子做了甚麼見不得人的事，你不能當著大夥兒說，要私底下跟我談？不要緊，你說；我王達臣不是護短的人。不過，你要說不上來，打算含血噴人，嘿，嘿！」

平平淡淡的一句話，未料到惹得王達臣結義弟兄要翻臉成仇！仔細想想，馮大瑞的話中確有毛病，倒像是「王三姑娘」不守婦道，他無法娶她，而又不便在席面上公開似地。這就難怪王達臣的臉上掛不住了。

鏢客們講究的是沉得住氣，因此，在這劍拔弩張的一刻，沒有一個人敢輕於開口；怕話說得不當，成火上加油之勢，一發不可收拾。但臉上卻個個神情凝重，同時在暗中戒備；如果王達臣要跟馮大瑞動手，便搶先一步攔住。

可是仲季武不能不開口。他本覺得馮大瑞有些不識抬舉，再出以這種曖昧的態度，越使他不滿。但他到底是中年人，掌櫃的身分也使他不能不持重；心想倘或王三姑娘真有醜事，落入馮大瑞眼中，倘或硬逼他說了出來，那就更不妥當了。

為此，他開口之前，必得先作考慮；心想，馮大瑞真正喜歡王三姑娘，而且透著一分尊敬，是有目皆睹之事；如果知道她不守婦道，豈能如此？這樣轉著念頭，便也像王達臣一樣，非讓他說明白了不可。

話雖如此，仍是帶著體諒開脫的語氣，「大瑞，」他說：「你敬重王三姑娘，看得她像觀世音一樣，大家都不是沒有眼睛的。若非如此，也不能冒冒昧昧看成這是件必成的好事。如今你晴天一個霹靂，到底是甚麼為難？儘管說啊！果然是沒法子化解的苦衷，達臣是你把兄，還有個不體諒的。總而言之，鑼不打不響，話不說不明。既然達臣生了誤會，你趁早明說；不然誤會越積越深，你不是自作孽？」

「自作孽，不可活」！江湖上為了面子，到下不得台時，親弟兄白刃相向的情形也多得是；何況是結義弟兄，又牽涉到婦女名節？但他雖知事態嚴重，卻實在有不能明說的苦衷；臉色如死灰般地楞了好一會，突然舉起右手，在自己臉上抽了個嘴巴，同時狠狠自責：「我該死；我該死！」

越是如此，越顯得王三姑娘有不可告人之祕，才使得他有十分難言之隱。王達臣的臉色便也更難看了。

見此光景，仲季武知道非替王達臣出氣，不能緩和這個局面，於是伸出手來，搗了馮大瑞一拳。他原本心裡有氣，出拳很重，竟將馮大瑞打倒在地上。

「你小子是怎麼回事？」仲季武罵道：「我從來沒有見過你這樣不痛快的人！」

一拳沒有打出他的火氣；這一罵卻惹得馮大瑞冒火，因為他自許是整個鏢局中最痛快的人，為朋友兩肋插刀都心甘情願，而仲季武竟說他最不痛快，這是多大的委屈！

有血性的人就是受不得委屈；馮大瑞當即跳起身來，「好！」他大聲說道：「如果王三姑娘不怕做寡婦，我就娶她。」

此言一出，大家都是一驚，尤以仲季武為甚！但王達臣的臉色反倒緩和了；「大瑞，」他問：「你這話甚麼意思？」

「二哥，你別問我！我是為三姑娘好。」他眼圈紅紅地說：「我時常做夢都會夢見三姑娘，我那有不願意娶她的道理？實在是不能娶，娶她是害了她。」

說著，黃豆大的眼淚，滾滾而出；這麼個大男人，傷心得這樣子，大家看在眼裡，真不知道心裡是何滋味？

「好了！」一個姓馬的總鏢頭對王達臣說：「大瑞也是怪委屈的！他絕不是嫌三姑娘；你總也看得出來。既然他說回頭跟你說，你就問問他；倘若是跟人結了甚麼『梁子』，或者闖了甚麼不得了的禍，咱們想法子來替他化解。」

「好！」仲季武立刻接口：「老馬這話說得真好！就這麼辦。來、來，大家仍舊喝酒；凡事慢慢兒來。」

「對、對！」大家附和著舉起酒碗，紛紛向馮、王二人相敬。

「大瑞，」王達臣歉疚而友愛地說，「倒是我錯怪你了。你別著急！天塌下來，咱們倆一起頂。有事回頭說；這會兒別掃了大家興。來、來！」說著，乾了一碗酒，臉色更紅了。

有了這一段兄弟幾乎鬩牆的衝突，雖說誤會已消，言歸於好，但滿座的興致都大受打擊，仲季武更是憂心忡忡，不知馮大瑞惹了甚麼滔天大禍，或許在連累到他的鏢局生意之外，還有其他難以料理的麻煩，因而有些食不下嚥的模樣。

當然，心事更重的是馮大瑞與王達臣。兩人直到大家紛紛離座而起，才發覺飯局已經結束，便也站起身來；只見仲季武說道：「你們哥倆到後面來喝茶吧！」

「好！」王達臣說：「就來。」

但馮大瑞卻有異議：「四爺，」他說：「我跟王二哥在外面談談好了。回頭再去看四奶奶。」

「也好！」仲季武深深看了王達臣一眼，意思是務必將馮大瑞有何為難之處，徹底弄清楚。

其實這用不著示意，王達臣跟他的心思一樣；當下點一點頭，與馮大瑞一前一後出了鏢局子。

這時天還未黑，晚霞燒紅了西邊半片天；兩人不約而同地站住了腳，望一望對方的臉色，都如喝了酒一般，看不出真正的感覺。

「二哥，」馮大瑞說：「我不明白，這件事你昨天晚上怎麼不跟我談？今兒個猛孤丁地冒了出來，你讓我怎麼辦？」

王達臣聽他先前的話，接受他的責備，想有所解釋，但最後一句，卻使他大起反感，答語就不好聽了。

「誰知道你只是拿我妹妹開開心，根本就不想要她。」

這話在馮大瑞既委屈、又惶恐，不由得站住腳，拉住王達臣的胳膊，著急地說：「二哥，你怎麼說這話？如果說我對三姑娘有一絲一毫不尊重，教我一走鏢就回不來！」

在鏢客，這是賭得最重的咒；王達臣倒不免歉然，但他身為兄長，自不必在口頭上道歉，當下看一看周圍說道：「咱們到那裡去談？」

「跟我來。」

馮大瑞領著王達臣到了一處地方，是個花木扶疏，有身分的人的住宅；敲開了門，來應接的是個梳著兩條辮子的女孩，約莫十二、三歲，一見馮大瑞便讓開一步，讓他們進了門，仍舊將大門閂上。

「你叔叔呢？」

「陪山東來的朋友出去了。」

「甚麼時候回來？」

「沒有說。」那女孩看著王達臣問：「馮大叔，這位是誰？」

「這位是王二叔。」馮大瑞說：「自己人。」

「喔！」那女孩又問：「馮大叔，你要在那裡坐？」

「就在外面好了。」

說著，走向天井東面，那裡有一張石桌，兩個石鼓，他跟王達臣面對面坐了下來；隨即便見那小女孩端來了一大壺茶。

「我跟王二叔有話要說。你別管我們。」

小女孩點點頭，一言不發地走了。王達臣忍不住了，「這是個甚麼地方？」他問：「她叔叔又是誰？」

「是我好朋友。」馮大瑞說：「回頭我替你引見；是漕幫的一位當家姓李。」

「喔！」王達臣心中一動，隨即問說：「大瑞，你有為難之事，是不是跟這位漕幫當家有關係？你們『家門』裡的事，我外人可插不上手。咱們是不是另外換一處地方去談？」

就這時，那小女孩二次復來，告訴馮大瑞一句話：「香燭點好了。」

點香燭何用？香燭點在何處？王達臣還在疑惑不解，馮大瑞已開口叫了一聲：「二哥！」

看他神情凝重、沉吟不語的神情，很容易料想到，他有極重要的話要說。馮大瑞在幫，是王達臣知道的；此刻又特地將他帶到這裡，莫非是打算引薦他入幫？

念頭轉到這裡，自然要作深切的考慮；一時還委決不下之際，馮大瑞的低沉的聲音又起來了。

「如果問我為甚麼不能娶三姑娘，我有件事要告訴二哥。不過，這件事一個字都不能洩漏出去。二哥，你能不能起個誓？」

「怎麼起法？」

「二哥，先別問這一點，只說願意不願意？」

「你關照我不能洩漏，我當然不會漏出去半個字；起誓當然也可以。」

「那麼，跟我來。」

馮大瑞領著王達臣，從一個角門穿出去，只見一片圍牆，圈出極大的一個院子，兩面雨廊上亂堆著麻袋、籮筐，兩三具可容五斗米的方斛；牆上掛著秤和繩子；北面有一座三開間的平房，望過去燭火熒熒，王達臣恍然大悟，點香燭就是為了他起誓；如此鄭重，足見要告訴他的事，非同小可。

果然，馮大瑞領著他到了供桌前面，但見正中供一張呂純陽的畫像；兩面懸著一副對聯：「因火成烟，若不撇開終是苦；三酉為酒，入能回首便成人。」王達臣也略通文墨，看到「三酉為酒」，立刻也懂了「因火成烟」；再一細看，才知道下面的那七個字，也是拆字格，勸人戒煙戒酒。他聽說過新興一種「理教」，禁忌煙酒；不道與漕幫亦有關係。

「二哥，」馮大瑞將點燃了的三炷香遞了過來：「請你在純陽真人面前表一表心。」

這時已容不得王達臣猶豫，接過香來，高舉過頂，向香爐中插好，接著便在蒲團上跪下來磕了頭，用雖低而可以聽得清楚的聲音，起了極重的誓，絕不洩密。

於是馮大瑞移了兩個蒲團到門口，雙雙箕踞而坐；馮大瑞徐徐說道：「我在漕幫，二哥是知道的。我們是弟兄，我為甚麼不把你引進幫來？二哥，你知道不知道其中的緣故？」

王達臣率直答說：「我不知道；我也不便問。」

「這樣說，二哥便是有入幫的意思？」

「動過這個念頭，不過，一直沒有認真去想過。」

「二哥也不必再想了。漕幫有我一個也就夠了。忠孝不能兩全，我盡忠；二哥盡孝。事到如今，我正好拜託二哥；將來我兩位老人家，要請二哥照應。」說著，馮大瑞翻身而起，向王達臣磕了一個頭。

王達臣大驚失色，「這是怎麼回事？」他也就勢跪倒在地，扶馮大瑞的手說：「你剛才的話，含含糊糊地，我弄不明白；甚麼叫你盡忠？盡那個的忠？」

「自然是大明天子，」馮大瑞緊接著說：「二哥不必多問了，總在這一年半載，我會無緣無故，人影不見；大概十之八九不會回來了。這就是我不敢娶三姑娘的道理。」

王達臣自幼闖蕩江湖，千奇百怪，驚心動魄的見聞，也很經過些，但都不抵此刻的不信不能；欲信不甘，那種不可思議的感覺，說不出心頭是何滋味？

由於愛之深，不覺恨之切，不知不覺中口不擇言，「你！」他伸右手食指指了過去，幾乎戳到馮大瑞的眼睛：「怎麼糊裡糊塗會入了這種幫？」

馮大瑞勃然變色，兩道濃眉一掀，顯得怒不可遏；而王達臣話一出口，才發覺自己的話，在語氣中侮辱了漕幫；就跟平常人聽人辱及祖先，非翻臉不可。但他雖悔失言，卻不願認錯，更不肯道歉。

這樣僵持了一會，終於還是馮大瑞忍住了；但仍舊臉色鐵青地吐出一句話來，「二哥，」他說：「你不是『洋盤』！」

這是北方聽不到的一句「切口」；馮大瑞當然因為他懂這句話的意思才這麼說，而說到這句話，便是極嚴重的警告，倘或王達臣再說甚麼不知輕重的言詞，他就認為是明知故犯，不能以不知者不罪之例而論了。

「大瑞，」王達臣軟弱地承認：「我的話說得過分了一點兒。不過，你應該想得到我的心境，說實在的，我自己都不知道我自己心裡的滋味；這也都不必去說它了。這會兒咱們好好商量，看有甚麼挽回的法子沒有？」

馮大瑞不作聲。神氣中看得出來，他不以「挽回」二字為然。事情做錯了，才要設法挽回；既然不錯，何挽回之有？

「大瑞，」王達臣問：「你說的那件事是怎麼回事？」

「那回事。」

「就是你盡忠不能盡孝——。」

「二哥，」馮大瑞搶著說道，「你的話我不懂。」

語氣始終僵硬；王達臣無奈，只有軟磨軟哄，「大瑞，」他盡量將聲音放柔和了：「你不是有血性的人，我也不能拿你當親兄弟看待；不過，世界上也不都是一條道兒走到底的路，凡事都有個商量。忠孝不能兩全，當然盡忠為先，把孝字往後擱一擱；但如果忠孝能夠兩全，豈不更好。或者先盡了孝，隨後再盡忠，似乎也是個辦法。你倒說呢？」

是這樣委婉徵詢的語氣，馮大瑞心不能不軟，便也放緩了神色答說：「二哥這話，我不能不聽；不過，我不知道怎麼才能忠孝兩全？」

這是個能談得下去的關鍵，王達臣要緊緊抓住，因而很謹慎地說：「我不知道你們幫裡有甚麼舉動，我也不敢打聽；不過，凡是辦大事，總得有布置、有聯絡，各人有各人的職司，有的吃力不討好，有的討好不吃力。我完全是私心；你能不能在這裡個弄個討好不吃力的事幹？」

這話在馮大瑞似乎很中聽；但神色之間，很快地就變過了，「我根本不知道是怎麼件事，叫我怎麼去挑個不吃力而能討好的事做？」他接著又說：「我只是答應，到時候賣命有我一份。」

「這我怎麼能說。」他緊接著又補了一句：「而且，我也不知道。」

「既然你不知道，又何以說得那麼實在，倒像一切都定局了，再不能改似地。」

「這，」馮大瑞想了一下反問：「二哥，你答應給人賣命，莫非還得先問問人家是怎麼個賣法，值不值得？那樣賣命，賣的命就不值錢了。」

王達臣覺得他的話牽強，但不願跟他說理，免得變成抬槓，於事無補；當下換了句話問：「你是不是能不捲在裡頭？」

「也許不必賣命呢？」

這是探索的口氣，而馮大瑞無以為答；他實在是不知道將有何大舉動，但確知明年，至遲後年，確有一場掀開來就會驚天動地的義舉。

雖然未有隻字的答覆，可是王達臣自己卻有了一個僥倖的想法，死生有命，在他自己就有過兩次大難不死的經驗。馮大瑞自己是答應替漕幫賣命了，但又何嘗不能死裡逃生？

這樣想著，心又熱了；前前後後想起來，定了一個主意，要先弄清楚馮大瑞的態度。

「大瑞，」他問：「如果我妹妹仍舊願意嫁給你，你怎麼樣？」

馮大瑞沒有料到有此一問，楞在那裡不能出聲，心裡的思潮，卻在可與否之間大起大落。

「我說話算話。」王達臣催問著：「不過要問問明白，我才能跟我妹妹去談。」

「二哥，」馮大瑞急忙問道：「你預備跟三姑娘怎麼說？」

「我當然不會洩你們幫裡的底。」王達臣想了一下，用極誠懇的語氣，商量著說：「大瑞，我想這麼說：說算命的算出來，你這兩年大凶，不容易逃得出來；你怕連累了她，所以辭了婚事。接下來我就問她的意思，也許她倒不信這個，那不就是她認命了嗎？」

果然如此，馮大瑞覺得未嘗不可以考慮；就怕王達臣是軟哄硬逼，非要繡春答應不可，那就大錯特錯了。

為此復又沉吟，王達臣了解他的心境，也不催他，說一句：「你好好想一想！」隨即便到院子裡去散步。

此時暮靄漸合，新月初生。王達臣回想這個把時辰中發生的事，恍有隔世之感。一個人低徊感嘆，不知不覺地又走回原處，燭光影中，只見馮大瑞仍在沉思。

「二哥，」他說：「我想來想去，拿不定主意；此刻只有一個辦法，問一問純陽真人。我要等你來，請你當面看明白。」

「喔，怎麼問法？」

「喏，」馮大瑞手一指：「那不是籤筒？」

王達臣暫不作答，心裡在想，馮大瑞的意思是，如果求的籤不好，他就要拒絕這頭親事，那時不必再作強求；但如求的籤不錯，他當然也無話說。這倒是一件公平的事，不妨就將繡春的終身，取決於純陽真人。

於是，他說：「好！你磕了頭，我也磕頭。是咱們哥倆合求一支籤。」

馮大瑞點點頭，站起身來，重新上香，卻讓王達臣先行禮；然後他也磕了頭，起身捧起供桌上的籤筒，搖了三下，順手將筒往上一聳，跳出一支籤來，王達臣不肯讓它落地，一伸手便撈住了。

「六六大順。」他高興地說：「必是一支好籤。」

馮大瑞接籤看了一下，放回籤筒，走到右首，找到依序掛在壁上的第六十六籤，就著燭光細看。

王達臣也湊在一起，只見上面是一首詩，寫的是：「絕路他鄉遇故知，搜遺猶及題名時；塞翁失馬安非福，要緊寸心有秉持。」

「好極了！」王達臣大為欣慰：「第二句我不懂，第四句也不大明白，不過『塞翁失馬，安知非福』，這句話是很容易明白的；尤其是第一句，不就明明說你命中有救嗎？這支籤不但好，而且靈。大瑞，這回你沒話說了吧？」

馮大瑞心想，這正是命該如此了！但是，「也要看三姑娘的意思。」他說：「這不是一廂情願的事。」

「當然，當然！」王達臣說：「你把這張籤給我，我明天請芹二爺解給她聽。」

「喔，提起芹二爺，我倒想起一件事，趁早交代。」

接著，便將那天由倉神廟出來，發現運河中有血水，以及曹雪芹苦苦追問，他迫不得已將身在漕幫的祕密告訴了他的經過，細細說了一遍。

「二哥，他又問我，你在不在幫。我說，他大概不在幫，不過幫中的規矩，他懂得很多。我想芹二爺一定會問你，如果你說一概不知，他或許會以為你見外；所以我得格外交代，你儘管拿能告訴他的事告訴他。有關你的事，你就說不知道好了。」

「對！虧得你預先告訴我，不然一定會惹得他心裡不痛快。」說著，手一伸：「把籤紙給我。」

「其實，」馮大瑞說：「也不必請芹二爺去詳，就三姑娘自己的文墨，也盡夠了。」

第二天一早，王達臣趕到曹家，先請見馬夫人，行了大禮，又說了些閒話；他偷空給妻子使了個眼色，夏雲尚未有所表示，秋月便向馬夫人說：「太太請先息息吧，讓他們夫婦倆說幾句私話。」

一聽這麼說，繡春先就避了出去；馬夫人笑著目送她的背影遠去，方始起身說道：「你們先談談吧！我等著聽好消息。」

「是！」王達臣答應著；卻又問道：「芹二爺呢？我有件事求他。」

「幹麼？」夏雲答說：「芹二爺有應酬出去了；得有一會才能回來。」

「我是有張籤，想請他詳一詳。」

「甚麼籤？」夏雲又說：「也不必求芹二爺，現成的女詩人在這裡。」

手剛往秋月一指，她就急忙笑著分辯，「你別亂給人戴高帽子。」她說：「傳出去讓人笑話。」

夏雲不理這話，只向丈夫要了那張籤紙，看了一下問：「是怎麼回事？你先說清楚。」

「是這樣，昨兒仲四掌櫃跟大瑞提了那件事；大瑞說他不敢娶妹妹——。」

話才說到這裡，夏雲與秋月不約而同地神色一變，王達臣不由得就住了口。

「怎麼回事？」夏雲埋怨似地催促：「你倒是快說啊！」

「他說，他常夢見妹妹，可是他不敢娶，怕害了妹妹，因為算命的說他往後兩年，流年不好，說不定性命不保。」

「原來是這麼個道理。」夏雲的臉色緩和了：「後來呢？」

「後來我說，算命的不是鐵口，死裡逃生的事也有的是。他就說，他求張籤看看；就是這張籤。」

「這張籤並不壞。」夏雲將籤紙遞了給秋月：「第二句是怎麼回事？」

「對了！」王達臣接口：「我也是第二句不懂。」

秋月不作聲，將「純陽真人靈籤」第六十六接到手裡，看了一遍，先為他們夫婦解釋第二句。

「舉子下場，卷子已經被刷下來了；到填榜的時候，發現有一卷出了毛病，譬如應該避諱沒有避，或者做詩脫了韻甚麼的，根本不能取中；名次是早已編排定了的，如果其中取消一名，以下名次，接續往上推，整個兒得重新排過；麻煩事小，不能及時發榜，舉子們一定大吵大鬧，可是件不得了的事。那怎麼辦呢？」

唯一的辦法，就是從落卷中抽取一本，補上原來的名次；即令是解元或會元，亦無例外。

「再有。」秋月又說：「主考不忍埋沒人材，等十八房考官都發了卷；在落卷中再搜索一遍，看看委屈了好卷子沒有，這也叫搜遺。」

「這就很明白了。」夏雲問她丈夫說：「這跟第一句是一樣的意思。」

「對了！」秋月說道：「這首詩的前兩句是從『久旱逢甘雨』那首詩裡套過來的，說的都是絕處逢生。不過，要主意拿得定；第四句說得很明白。」

「著！」王達臣驀地裡一拍大腿：「這句話可真是說在要害上了！」

「你那把兄弟呢?」秋月問道:「他怎麼說?」

「我跟他約定的,求了籤再說。籤好,他當然願意;籤不好,我亦不能勉強他。」王達臣又說,「他倒是真心只為妹妹著想。」

「是啊!大家都是為了繡春;本來是很好的一件事,如今既然有了這麼一層波折,也還得要看她自己的意思。」夏雲接著又說:「當然,咱們先得回了太太,看是怎麼跟繡春談。」

「夏雲的主意很好,就這麼辦吧!」

「那麼,」夏雲對他丈夫說,「你先到外面坐一會;聽我們的信。」

等王達臣一走,夏雲、秋月相偕去看馬夫人,將前後經過情形,細細說了一遍。馬夫人很相信看相、算命;認為純陽真人的籤語雖說得很有道理,但男女兩邊的八字,仍應請人推算,倘犯沖剋,這門親事就不必談了。

「我心裡在想,馮大瑞也許今後兩年真的是大凶;但照籤上看,絕處逢生,當然是命中有『貴人』,也許繡春就是他的『貴人』。五行相配得宜,繡春的命,恰好補他的缺陷;那就是天造地設,命中注定的好姻緣。」

於是夏雲去問她丈夫,是不是知道馮大瑞的八字?答語是:「當然知道,我們換過帖,怎麼不知道?」

「『蘭譜』上記得有兩人的生辰日期,馮大瑞的生日是連夏雲亦知道的;年分與時辰,王達臣也還能想得起來,當即寫了下來,連同繡春的八字,派人送到相命館中去批查。

「何大叔,」秋月跟何謹說:「太太交代,酬金多送,立等結果。」

「要立等結果,讓我先來看一看,大致也就差不多了。」

何謹找來一本《萬年曆》來,查出馮大瑞與繡春的生日干支,略看一看,便有了說詞。

「合得來！」他說：「馮鏢頭是土命，繡春是火命，火生土，再好沒有。」

「流年呢？」

「那得細看。不過——，」何謹驚喜交集地說，「太好了！馮鏢頭娶了繡春，馬上就會轉運。」話雖如此，到底是人家的終身大事，何謹還是照馬夫人的吩咐，找相命館去正式推算。不過，夏雲與秋月都認為已經可以跟繡春談了。

「也好！」馬夫人也同意：「你們倆一塊兒跟她去談吧。」

如何個談法，兩人先商量好了；剛把繡春邀了來，只聽見曹雪芹的聲音，繡春便有些忸怩的模樣。秋月體會得到她的心情，笑著起身，先迎了出去。

「說王二哥來了。」曹雪芹先開口問說：「乾坤已定了吧？」

「是的，是的。」秋月含含糊糊地說：「你先別進來，我們這裡有事。」然後向裡呶一呶嘴。

曹雪芹會意，笑著答說：「好！我換了衣服找王二哥去。」

等他一走，秋月才將商量好的一番話說了出來；為的是深知繡春心傲，不敢照實說是馮大瑞起先堅辭，等王達臣一再勸說，才求籤請神仙決斷。只說王達臣聽仲四奶奶做媒，喜不自勝；但因算過命，這兩年流年不好，怕妨了繡春，不免躊躇，所以特為去求了一支籤，接著便將籤條拿了給她看。

「你看結尾那一句，『要緊寸心有秉持』，要你自己拿主意。」秋月又說：「太太對你的終身大事，一點不肯馬虎，現在讓何大叔拿你的八字跟馮鏢頭的八字，請人去合了——。」

聽到這裡，繡春不由得就插了一句嘴：「何大叔不也懂子平嗎？」

「是啊！」夏雲接口：「他說好得很，正好相配。」

剛談到這裡，一個小丫頭闖了進來；道是曹雪芹傳話進來，要那張籤去看——可想而知的，他是聽了王達臣所說；秋月便將那張籤交了出去，很快地到了曹雪芹手裡。

「籤是一支好籤。不過，」曹雪芹對馮大瑞別有了解，聽了王達臣的那套話，覺得頗有問題，此時忍不住問說：「王二哥，你那位把兄弟，平時相信不相信看相算命那一套？」

王達臣不由得心中一跳，覺得他的話問得奇怪，先要問個清楚才能回答，「芹二爺，」他說：「你的意思是，看相算命的話，不必相信？」

「不是這個意思。我是問，馮大瑞平時相信不相信這一套，如果他素來相信，那沒有話說；倘或從不相信，那麼他的話就得好好琢磨了。」

「喔，」王達臣裝得很詫異似地：「這，我倒要跟芹二爺請教了。是不是從這支籤上看出來甚麼？芹二爺是讀書人，文墨上見得透。」

「不是籤上的事。」曹雪芹固執地：「你先告訴我，馮大瑞平時喜歡看相算命不？」

如果答說「喜歡」，話就結束了。但王達臣一則不肯欺騙，再則也急於想知道曹雪芹說這話的原因，所以答語便含蓄了。

「我跟大瑞雖是把兄弟，倒不大清楚他是不是喜歡看相算命。」

「異姓手足，休戚相關，他的八字好不好，走不走運，跟你不也挺有關係？倘或平時常常看相算命，一定會跟你說。照此說來，」曹雪芹略一沉吟，終於心直口快地說了出口：「甚麼算命的說他『這兩年大凶，不容易逃得出來』，是搪塞你的話。」

這就不但使得王達臣驚異，而且有種無可言喻的敬仰；當然，他也必須要求解釋。這種要求不必開口，光從眼色中表示，曹雪芹便能充分領會。

但曹雪芹卻反有悔意，怕一言喪邦，毀了大好的一頭姻緣。只是事已如此，話不能不說清楚；而說得太清楚，卻又礙著馮大瑞的叮囑，不可洩漏漕幫的祕密，因而覺得很難措詞。

想了好一會，他試探著問：「王二哥，你知道不知道，馮鏢頭在幫？」

虧得馮大瑞預先關照過，王達臣毫不遲疑地答說：「知道。」

「那麼，你呢？」曹雪芹問：「你在門裡，還是門外？」

「門外。」

「那就怪不得馮鏢頭不肯跟你多談了。他在幫裡，要受幫規的約束，有時身不由主；也許不能娶你妹妹有不得已的苦衷。」曹雪芹緊接著說：「這是我的猜測。」

王達臣不知道有關漕幫的一切，馮大瑞跟他談了多少，何以會使他有這樣的猜測？

儘管他猜得與事實很接近，但並不會影響王達臣的本意，因為他早就考慮過了。使他覺得不安的是，曹雪芹對於漕幫不必知道得那麼多，更不必想得那麼多。

於是，他用低沉的聲音說：「芹二爺，我有句不中聽的話，你別見怪。你是大少爺，身分尊貴；江湖上的事，最好不必多問。那裡面希奇古怪的花樣，甚麼都有。人都是到了沒法子才在江湖上混，像芹二爺你，天生讀書做官，是雲堆裡的人，犯不著跟江湖上接近，弄得蹚了渾水，害了自己，說不定還替府上惹來一場禍。這是我心裡的話，我要不說，就是對不起府上；太太那麼寬厚，我能忍心不說嗎？」

一番話說得曹雪芹心裡有些發毛，楞在那裡，好半天說不出話來；臉上自然也漲紅了，說不出一種窘澀忸怩的感覺。「曹二爺，」王達臣又說：「其實，你對江湖上已經懂得很多了。我也見過好些旗下的爺們，談到『車船座腳牙』，江湖上的事，一竅不通。不過江湖上的門道，『學到老，學不了』，索性不懂，倒也無事；懂而不精，有時一個不到，反而壞事。反正芹二爺對甚麼叫江湖上的義氣，完全明白，那就夠了！將來做官當差，有甚麼事有我跟大瑞在，儘管放心好了。」

這番半恭維、半撫慰的話，才將曹雪芹那種自討沒趣、大為掃興的感覺，驅除了大半。當下點點頭說：「我也不會有機會走江湖；不過，我倒是從沒有看不起江湖上的人的想法。既然你是這麼說，可見得雖不在漕幫，馮鏢頭也不會拿你當外人看。再說，繡春是你胞妹，她的終身大事，你當然也不會馬虎。看起來倒是我過慮。」

話題已可作一結束，即令還有不盡之意，曹雪芹亦不想再談了。就在此時，繡春翩然出現；原來這天輪到她掌廚，特為帶著小丫頭來開飯。臉上自然有掩不住的羞窘之容；但也隱隱透著喜色，王達臣與曹雪芹都能體會得到，夏雲與秋月已將她的終身大事談妥了。

「太太交代，」繡春一面布席，一面向曹雪芹說：「酒別喝多了！天太熱。」

曹雪芹笑一笑，看著王達臣說：「王二哥聽見了吧，你可別讓我勸，你自己開懷暢飲吧！」

這「開懷暢飲」四字，自有言外之意；可是王達臣並不能開懷，反而有了心事。他一直在琢磨曹雪芹的話，何以他能猜得到馮大瑞已經身許漕幫；是不是馮大瑞對他已有所透露？果然如此，將來馮大瑞不出事便罷；倘或出事了，曹雪芹心裡或許會這麼想：明知不是好姻緣，偏偏拿繡春往絕地送，這也算是兄妹之情嗎？

這個念頭自繡春一來，便格外強烈，因而喝酒時有些心神不屬的模樣；平時談鋒很健，此刻卻往往答非所問，這自然使得曹雪芹困惑了。

於是話就漸漸少了，最後弄成各自低頭喝悶酒、想心事的局面，直到繡春親自送了一大碗火腿冬瓜湯來，問起他們談了些甚麼，王達臣方始省悟，沉默已久。

「喔，」他不免抱愧，便向曹雪芹道歉：「芹二爺，我心裡有事，沒有能陪你聊天。」

曹雪芹尚未答話，繡春卻一扭身就走了。這當然是怕一向爽直的王達臣，口沒遮攔，說他的心事是在思量如何嫁妹，所以趕緊避開。

「你倒不妨跟我談談。」曹雪芹的想法也跟繡春一樣；「倘有甚麼不湊手的地方，我或許可以替你想點辦法。」

王達臣收束心神，好好地想了一會，有了一個很大膽的念頭；但此事關係很大，還得再思三思，方能開口。

「你慢慢想。」曹雪芹很體諒地：「有事在心，喝酒不大受用；王二哥，咱們吃飯吧。」

王達臣點點頭。於是喚小丫頭盛了飯來，曹雪芹就著火腿冬瓜湯，只吃了一碗，便即擱箸；王達臣卻是狼吞虎嚥，飽餐了一頓。

這一頓飯下來，他的主意打定了，洗完臉說：「芹二爺，想找個清靜地方，有件大事跟你請教。」

「好！好！你說那裡？」曹雪芹說：「其實舍間有個荒廢的院子，倒也還涼爽。」

說是廢園，倒不是客氣話，草長沒脛，連甬道都不甚分明；不過高槐鳴蟬，濃蔭匝地，確是既涼爽、又清靜，一個談肺腑之言的好去處。

在涼亭的石棋桌上設了茶具，等曹雪芹遣走了下人，王達臣開口問道：「芹二爺，漕幫的事，大瑞跟你談得很多吧？」

「嗯、嗯。」曹雪芹想起馮大瑞的告誡，含含糊糊地答應著。

「漕幫是怎麼回事，芹二爺你知道不知道？」

「稍微知道一點兒。」

「芹二爺，說老實話，我看你知道的，不止一點點。如今我得跟你說心裡的話；芹二爺是讀書人，又一向待我們兄妹像自己人一樣，所以我想請芹二爺做個見證。」

「做個見證？」曹雪芹大為詫異：「是甚麼事？」

「實在也不是甚麼見證，我只不過要讓芹二爺知道我的本心，我沒有在害繡春——。」

「王二哥，」曹雪芹截斷他的話說：「你不用表白，以你們兄妹的感情，怎麼說得上這種話，你只告訴我是怎麼回事好了。」

「是這麼回事——。」

王達臣將他從前一天在鏢局的飯桌上，與馮大瑞發生衝突說起，一直談到在理教公堂上開談判，以及求籤經過，話中毫無保留。曹雪芹頗有驚心動魄之感；自覺這才看到了江湖上的真正面目。

「我是這麼想，人生在世，那裡不是冒險？閉門家裡坐，尚且禍從天上來。別說，我們這種小民百姓，那怕是龍子龍孫——。」說到這裡，王達臣突然住口；而且神色顯得有些張皇地，環視四周。

「不要緊！」曹雪芹說：「沒有人聽見，就算隔牆有耳，也沒有甚麼。我們旗下，那家沒有談過恂郡王、八阿哥、九阿哥他們的事？」

聽這一說，王達臣方始心安，接著抒說他的見解：「俗語說：是福不是禍，是禍躲不過。既然坐在家裡也會有飛來橫禍，為甚麼不出去闖一闖？路是人闖出來的；就算大瑞真的到了要賣命的時候，也未見得就不能闖過這一關。芹二爺，你說是不是呢？」

曹雪芹的性情，最欣賞這種明知其不可為而為之的態度，所以連連點頭，「是的，是的！」他說，「死生有命，富貴在天。而且不入虎穴，焉得虎子？應該去闖。」

「不過闖禍也不行！」王達臣遲疑了一下又說：「芹二爺，若說我有私心；這份私心就是想讓我妹子去幫馮大瑞。繡春的心思，你是知道的；又會說話。大瑞如果喜歡她，就會聽她的話；將來也許能勸得他不必賣無謂的命。倘或真的非賣命不可了，或許也會替他想個甚麼法子，躲過那道難關。芹二爺，你說，我的打算是不是有點兒一廂情願？」

「不是一廂情願，是越俎代謀。那到底是繡春自己的事。」說到這裡，突然心中一動；曹雪芹脫口說道：「既然如此，你何不跟繡春把話說清楚，看她自己的意思如何？」

王達臣緊閉著嘴不作聲；緊皺雙眉考慮下來，神態頓見舒徐了。

「到底芹二爺讀書人！」他翹起拇指說：「見事見得透，出的主意真高。我照芹二爺你的話辦；

把話說清楚了，將來萬一出了甚麼差錯，她也不會怨我。」

聽這一說，曹雪芹頗為欣慰；便格外用心思為他琢磨其事，覺得有一點必得先提醒他。

「王二哥，關於馮鏢頭的心事，出入關係極大；如今只有你知、我知。」他問：「你還打算讓幾個人知道？」

這話驟不可解；細想了一會，方始領悟，「我不打算讓夏雲知道。」他說：「就是對繡春，我也不想讓她完全明白。」

「這就是了。繡春也是極聰明的人，話說半句，她自能心照。」

「說半句話，可得有些學問。」王達臣躊躇了一會，突然雙眉一揚：「這樣，請芹二爺保我的駕，行不行？」

「怎麼保法？」曹雪芹笑著問說。

「請芹二爺一塊兒跟繡春談。或者，乾脆我只提個頭，其餘的話芹二爺說。」

這個辦法初聽似乎不錯，細想卻頗不妥；因為兄妹之間，可以不必害臊，有甚麼說甚麼，若有第三者在場，繡春必生顧忌，不能暢所欲言。在這種場合中，意思必須表達清清楚楚，如果有一句話含混不清，錯會了意，所關不細。

因此，曹雪芹只肯教王達臣一套話，讓他們兄妹屏人密商。王達臣卻要求曹雪芹，縱不在場，至少要躲在暗處，聽他們談論的結果；如果他有失言之處，事後也好設法補救。曹雪芹答應了。

在為夏雲設榻的廂房中，繡春與秋月、夏雲正在逗孩子玩時，只見王達臣在垂花門外探頭探腦地張望——原是預先瞞著繡春安排好的，所以夏雲隔著窗戶大聲問道：「幹麼？」

一面說，一面迎了出去；繡春與秋月都遙望著，看夏雲跟她丈夫談了不多幾句話，隨即走了回來，而王達臣卻仍站在原處。

「你二哥要跟你說幾句話，還不許旁人聽。」夏雲向繡春說了這兩句，還故意躊躇了一下，方又說道：「我看就在這裡談吧！」

她的話一完，秋月便抱著孩子起身，向夏雲說道：「走！咱們上太太屋裡去。」

這就根本不容繡春有何表示了。心裡不免狐疑，不知王達臣有甚麼竟連夏雲都不能與聞的話要說？因此，眼中一直有戒備的神色。

「這裡沒有別人吧？」王達臣一進屋，便看著後窗問。

繡春那裡會想到後窗有曹雪芹埋伏在那裡，頭也不回地說：「你沒有看見，連你的兒子都抱走了。」

王達臣點點頭說：「你坐下來！」說完，自己先在對門的位子落坐。

繡春將夏雲的一碗茶移到他面前，看著牆頭的夕陽問道：「你跟芹二爺談了些甚麼？」

「還不是閒談，芹二爺愛打聽江湖上的事。」王達臣喝了口茶，神態越發鄭重，「妹妹，」他壓低了聲音說：「有件事，我不能不告訴你，要你自己拿主意。」

「甚麼事？」

「你知道這張籤怎麼來的？」

「我怎麼知道？」繡春詫異地：「有甚麼花樣在裡頭？」

這樣咄咄逼人的問法，使得王達臣有些緊張；定一定神，把曹雪芹教他的話理順了，方始開口。

「大瑞很喜歡你，可是他不敢娶你。他的話，換了別人，我根本就不說了；只為是你，不是那種婆婆媽媽的人，所以我不妨跟你說實話。」

「喔，」繡春很沉著地：「那就說來我聽聽。」

「算命的說他這兩年有凶險，大瑞相信了，為甚麼呢？他欠下人家一個絕大的情，許了人家，到時候要替人家出死力，說不定性命都會送掉，怕害了你一生。」

一聽這話，繡春不知不覺地把頭仰了起來，「是怎麼回事？」她問：「他是要替人去報殺父之仇？」

「那就不知道了。他不肯多說，我也問不出來。不過，他是血性漢子，你是知道的。」

馮大瑞有血性，是繡春早就知道的，她之對他有好感，這也是原因之一。因此，王達臣的話，對她沒有甚麼影響，她只是在琢磨馮大瑞欠了人家怎麼樣的一個情，要以死相報。同時懷著一個疑團，這件事為甚麼又不能先跟夏雲商量，或者已經商量好了，故意說是只能跟她一個人談？

在沉吟未答之際，突然想到，他跟曹雪芹在荒廢的後園中，盤桓了這麼多時候，未見得只談江湖上事。於是，毫不遲疑地問道：「二哥，你跟芹二爺談過馮大瑞的事沒有？」

這一問，是王達臣跟曹雪芹都沒有料到的。不過，也不難回答：「沒有！」王達臣說：「我只想跟你一個人談。」

「我可得跟他談一談。」

這就讓王達臣難以表示態度了。可也不容他多想，急切間不辨利害，近乎茫然地說：「你為甚麼要跟他談。不必！」

「為甚麼？」繡春很快地反問。

王達臣大感窘迫，只能這樣回答：「是我們自己的事。」

「芹二爺也不是外人。他還打算——。」繡春突地頓住；一張臉羞得通紅。

果然，不消片刻，王達臣兄妹，相偕而至。等曹雪芹起身讓坐時，繡春說道：「芹二爺，我二哥有件事要跟你討主意；咱們也還是到後面涼亭裡去談吧。」

曹雪芹胸有成竹，連連答應：「好，好！」首先就走。

到得涼亭，三人圍著棋桌坐定，繡春便說：「二哥，你把馮大瑞的事跟芹二爺說一說。」

「嗯，嗯！」

王達臣談那件事，有個錯覺，只想到曹雪芹已經完全了解，不必多說；但曹雪芹卻很細心，尤其是看到坐在中間的繡春，不斷左右環視，那模樣就像審問官司聽兩造對質似地，格外提高了警覺，只當自己是初聞其事，不但細節上問得很詳細，而且不斷有驚異的表情。這番做作，任令繡春是如何機警，也被蒙在鼓裡了。

到得王達臣把話完全說清楚，曹雪芹便向繡春說道：「王二哥不錯。這件事關乎你的終身，要你自己拿主意。」

「我有好些想不通的地方，主意又從何拿起。」

「好吧！」王達臣接口：「你有想不通的地方，儘管問芹二爺。」

「二哥，你跟馮大瑞是一起在關帝廟磕過頭的；桃園結義，不是說：『不願同年同月同日生，但願同年同月同日死。』他許了人家以死相報，是怎麼回事，能不告訴你嗎？」

這一問簡直是誅心之論，王達臣張口結舌，不知怎麼辦才好。曹雪芹雖心驚於繡春的詞鋒犀利，但到底旁觀比較冷靜，當下接口說道：「話不是這麼說。朋友講究義氣，爭著冒險是常有的事；馮大瑞不肯拿細節告訴王二哥，正就是怕他要陪他一起去冒險。」

「這樣說，我二哥是要我陪他一起去冒險？」

此言入耳，曹雪芹急出滿頭大汗，但一急倒急出一個計較，索性沉下臉來責備：「你怎麼能這麼說！你們同胞手足，莫非你二哥還會拿你往火坑裡推不成？你二哥一定也是看了那張籤，認為馮大瑞絕處逢生，命中有救，才有商量的餘地。再說你二哥不說得明明白白，要你自己拿主意；你願意不願意，只說一個字就可以了；何以橫生猜忌？這那裡是骨肉相處之道！」

十幾年來，繡春幾時見過曹雪芹這樣沉下臉來，大開教訓？不過想想他的責備也有理；一時既感委屈，又覺羞慚，不由得就掉了眼淚。

曹雪芹大驚失色，情不自禁地握著她的手，使勁搖撼：「繡春，繡春！」他求饒似地說：「我一時老羞成怒，話說得不知輕重，你別生氣。」

聽這一說，繡春的心當然軟了，抽出腋下的手絹，擦一擦淚笑道：「是我自己不好，挨你這一頓訓。」

「豈敢、豈敢！」曹雪芹也笑著說：「馮大瑞是血性男兒，重然諾、輕生死；不過死有重於泰山、輕於鴻毛。也許他許人以死相報，只不過一時意氣、是愚夫之行。俗語說：『家有賢妻，夫不生橫禍』，或許正要你這樣的人，才能慢慢探出口氣，勸得他醒。我也看過幾本命書，略明五行生剋之理，他是土命，你是木命；木能剋土，亦能疏土。俗語說是『一物降一物』，也許這正就是你跟他相配的奧妙所在。」

就這一啼一笑之間，繡春越發將曹雪芹當作骨肉看待了。同時，這樁婚事由於已敞開來談過，她亦自然而然消除了羞澀的感覺，能夠大大方方地商量了。

「芹二爺，你看，」她說：「換了你是我，應該怎麼辦？」

「這不是設身處地可以擬想的。到底男女有別；譬如，做新娘子的滋味，我是永遠無從去想像的。」

「又來了！」繡春給了他一個白眼：「跟你談正經，你偏說不正經的話。」

「這也不算不正經。」王達臣接口說道：「與其問芹二爺，倒還不如問你嫂子。」

「我倒想跟她談，偏偏你又不許。」繡春沉吟了一下又問：「他到底是怎麼回事呢？」

這個他自然是指馮大瑞；對此一問，王達臣實在難以應答，便只好用眼色向曹雪芹乞援了。

「你二哥知道了，那有不告訴你的道理？」曹雪芹說：「反正既有承諾，在馮鏢頭就算以死相許了。至於做得到、做不到，是另外一回事。」

最後兩句話，在繡春覺得大有啟發；沉吟了好一會，終於找到了一個自認為很好的辦法。

「二哥，」她說：「這件事除非他能照我的話去做，否則就不必談了。」

一聽繡春開了條件，王達臣忙不迭地答道：「你說，你說。總好商量。」

「沒有商量的餘地。」繡春斬釘截鐵地說：「成就成，不成拉倒。」

「是，是！一定成。你快說！」

「不勸你跟了平郡王去當差嗎？」繡春說道：「不如他也去。你們能一起去最好；不然，他一個人去。」

是這樣的一個條件，王達臣和曹雪芹都有意外之感；兩人相互望了一眼，各自在心裡琢磨她的用意。

很快地兩個人都想通了，如果馮大瑞從了軍，兩三年之內不能回來；對他人所作的承諾，無法實踐，就不算負約。這確是很高的一著，王達臣不由得笑道：「你真行！還有這調虎離山之計。」

「不是調虎離山。」繡春答說：「是驅虎入柙，省得牠出來闖禍。」

王達臣聽不懂「驅虎入柙」這四個字；曹雪芹卻大為稱許，「確是很高明的主意，也是很恰當的形容。」他為王達臣解釋：「馮鏢頭如果從了軍，在營盤裡有軍令結束，身不由己，人家自然就不會找他；就算找他，不能離營，人家不也會體諒他嗎？」

「啊，啊！說得不錯。」王達臣很有把握地說：「大瑞一定願意這麼辦。」

「你別說得那麼有把握。」繡春潑了他一瓢冷水：「我看，他未見得願意。」

「何以見得？」

「你別問！不信就去試試看。」

「不用試，一說就成。」王達臣又說：「可有一件，他倒是願意了，這面不成，怎麼說？」

「這，」曹雪芹拍著胸接口：「包在我身上。以馮鏢頭身手、性情，要一去了，職位還低不了。」

「這麼說，」王達臣笑道：「妹妹，你嫁過去就是位官太太。」

「我可不稀罕。」繡春撇一撇嘴，做個不屑的表情，但聽來是「棋詞若有憾焉」的語氣。

第十章

就這兩天功夫，王達臣學到了不少東西，世事千變萬化，尤其是一涉感情，各人有各人的想法，不是粗心大意、自以為是所能應付得了的。因此，繡春雖已開出條件，王達臣細細想過，還不能直接跟馮大瑞去談，為的是他是仲四那裡得力的鏢頭，如今要他棄商從戎，等於拆仲四的台；而況本就託了仲四奶奶做媒，有話當然亦應該由媒人轉達。

他還想到，最好避開仲四跟仲四奶奶去談；可是跟仲四奶奶打交道，應該夏雲出面，方合情理。這便又有了難題；去請教曹雪芹，一言而解：「這還不容易？照孔子拜陽貨的辦法好了。」

及至懂得了孔子不願見陽貨，而又於禮不得不拜，所以趁陽貨不在家時去拜會的故事以後，王達臣如法炮製，打聽得仲四有滄州之行，便一個人闖了去，先到鏢局證實了仲四已經動身，才到後院。

「唷！三天沒有照面了——。」

仲四奶奶的娘家，在通州以東一百二十里地，那裡旗漢雜處，糾紛特多；所以婦女們伶牙俐舌，善於爭論。這天一見了王達臣，先就埋怨了一大頓，怪他一去三天，毫無音信。王達臣少不得軟語陪笑，等她埋怨完了，才有開口的機會。

「四奶奶，」他說：「為我妹妹的事——。」

「對了！」仲四奶奶截斷他的話說：「你跟大瑞是怎麼回事？你們跟親兄弟一樣，幹麼翻臉？我為你們弟兄不和，愁得都睡不著覺。」

「沒甚麼！他仍舊願意娶我妹妹；不過，我妹妹有句話，我是不好意思說。」

「對誰不好意思？」

「對四掌櫃。」王達臣故意問說：「四掌櫃呢？」

「到滄州平安鏢局看強老大去了。你有話不好意思說，非找他不可？」

「不，不！這倒巧了！我正不好意思跟四掌櫃說，如今跟四奶奶談吧。」王達臣作個躊躇難以啟齒的表情說：「我妹妹是在曹家待得久了中了毒，非大瑞做了官不嫁。四奶奶，你想，我怎麼好意思跟四掌櫃說，我妹妹不願意大瑞再幹鏢行？」

仲四奶奶聽了他的話，只是發楞；「怎麼？」她說：「我還不大明白三姑娘的意思，她不願大瑞幹鏢行，又說要做官太太；那不是要大瑞去做官？這個官，可怎麼個做法？做的又是甚麼官？」

「如今有個機會，能讓大瑞做武官。四奶奶，你知道的，曹家有一門闊親戚，是位『鐵帽子王』，如今放了大將軍，權大得很。如果大瑞願意做武官，可以跟了這位『鐵帽子王』去；那是一句話的事。」

「喔！」仲四奶奶點點頭問：「那麼，你跟大瑞談過沒有呢？」

正在談著，仲四突然回家，王達臣大感意外，問起來才知道他要會的人，中途邂逅，把話說明白了，自不必再有滄州之行。

「你怎麼三天都不照面？那天你們倆到那裡去了？喜事談得怎麼樣？」

「正在託四奶奶情呢！我妹子的想法，實在不大敢恭維。四掌櫃聽了一定好笑。」王達臣帶些歉意地說：「她非要大瑞肯到平郡王那兒去當差，才願意嫁他。」

「喔，」仲四問說：「大瑞怎麼說呢？」

這一問給了王臣達一個表白的機會，「是四掌櫃得力的人，我可不便直接先跟他談；本打算先跟你商量了，再定主意。」他又補了一句：「而況四奶奶是媒人。」

「照我說，是件好事。」仲四奶奶接口說道：「咱們鏢局出了位做官的鏢頭，也是件有光彩的事。再說，大瑞要做了官，一定不會擺官架子；說不定有甚麼事求他，也有個照應。」

仲四卻不似他妻子那樣贊成，因為他也知道馮大瑞在漕幫，走鏢有許多方便，不過這話不便明說；做朋友的當然希望朋友上進，所以只有推在王達臣身上。

「這得問大瑞自己，」他說：「只要他自己願意，我捨不得放他也不行。」

這是很明顯的，不願放馮大瑞的態度。王達臣心想，這下似乎弄巧成拙了，把馮大瑞找了出來問，當著仲四的面，故主情重，說不定咬一咬牙拒絕。那倒還不如先跟他商量好了，再跟仲四夫婦來談為妙。

「去！」仲四抓住他的小兒子，在他腦後輕拍一掌，「把馮叔叔去請來。」

在這等待的片刻，仲四問起平郡王奉派為大將軍的事，顯得頗為關切；而王達臣所知卻不多，十問九未答，只說他可以把曹雪芹請來，當面相問好了。

「你請了那位小爺來，沒有多大用處。他有個堂兄，也是行二；震二爺，如果有機會，我倒很想會他一會。」

提到曹震，不免讓王達臣覺得刺心；不過繡春跟他的那段糾紛，王達臣兄妹從沒在他們面前提過。只知道繡春在南京時，一時負氣，鉸了頭髮，遁入空門；後來是馬夫人母子苦勸才留了頭髮，隨同北上的。所以王達臣亦不願意在形色上有何表示，只問：「四掌櫃是有事要跟他談？」

「還不是想兜點買賣。聽說這位震二爺在平郡王的糧台上管事，很掌權的。將來大批餉銀運到北路，看能不能分一批讓咱們保一保？」

「照這麼說，」仲四奶奶很快地接口，「更應該勸大瑞到平郡王那裡去當差。你想，有個熟人在王爺身邊，有多少方便。」

「啊！這一層我倒沒有想到！」仲四是驚喜交集的表情；顯然的，他的態度也改變了。

這使得王達臣也大感欣慰，覺得事情可說有了九分把握。因而等把馮大瑞找了來，他根本就不開口，仲四夫婦自然會談成了繡春的希望。

那知馮大瑞一來，招呼過後，先就開口說道：「四掌櫃，我得跟你告三天假；有事要到昌平州去一趟，馬上就得走。」

「怎麼忽然有事？」仲四疑心他有意避而不談，微感不悅。

「剛才有人送信來，有個朋友在昌平州等我。」

「看朋友，晚一天也不要緊囉。」仲四奶奶插進來說。

「喔，」馮大瑞問道：「有事嗎？」

「還不是你自己的喜事！」

聽仲四奶奶這一說，王達臣與仲四都很注意他的表情；期待中的驚喜交集之色，那知完全不是！

「等我回來再談。」馮大瑞竟是微微皺著眉：「我三天就回來。」

「昌平州幾十里地，何用三天？」仲四問說：「你的朋友住在昌平，還是從那裡來的？」

馮大瑞突然將頭一抬，略有些張皇失措的神色，答非所問地說：「也許明天就回來，最遲後天。」

見此光景，就不必再問了。仲四便向王達臣看了一眼，意思是問他如何發落。

王達臣有些沉不住氣了，「大瑞，」他問：「你那個朋友那麼要緊，甚麼事都丟得開，非得馬上到昌平州去不可？」

誰都聽得出來，話中有責備之意，馮大瑞陪笑道：「二哥，我不知道有事談，已經告訴送信的人，馬上就去。咱們的這件大事，又不是三言兩語談得了的；不如等我回來，長話慢說，好好商量。」

「這話倒也是。」仲四向王達臣說：「就等他回來再談吧。」

「也好。」王達臣只能這樣回答。

「我最遲後天下午，一定回來。」馮大瑞又說：「四掌櫃，我想在櫃上支二十兩銀子。」

「行！你自己告訴櫃上好了。」

由通州先到北京。

策馬出了德勝門，馮大瑞放開轡頭，沿大路往北疾馳；穿沙河城而過，平原中湧起一座大山，名為天壽山——京師西北的山峰，都屬於太行山，山勢連綿不斷；唯獨天壽山突兀不群，而峰環水複，氣勢不凡，因而為明成祖看中了，定為陵寢所在。

明朝自太祖至熹宗，共十五帝，除了太祖孝陵在南京；惠帝出亡，不知所終以外，其餘十三帝都葬在天壽山，只是景泰帝在英宗南宮復辟後，改以親王禮葬，所以只有十二陵。崇禎十五年田貴妃薨，葬於天壽山西麓；甲申三月十九，思宗殉國；周后殉帝，李自成將帝后梓宮運到昌平州，當地百姓掘開田貴妃的墳墓，合葬思宗周后。到得清兵入關，以禮改葬，稱為思陵，於是總稱為「十三陵」了。

馮大瑞專走口外鏢，沙河為出居庸關必經之路，極其熟悉，但昌平卻只到過一兩次；約會的地點在龍王山，更是只聞其名，未經其地，所以到了明朝萬曆年間敕建，橫跨沙河的朝宗橋邊，勒馬下鞍，在一家野茶館暫且歇足，打算問明了途徑，再定行止。

還在柳蔭下繫馬時，便有個矮小的中年漢子走來問訊：「客官從那裡來？天不早了，是宿在這裡，還是要趕到昌平州？」他緊接著又說：「不如就宿在這裡。霸昌道王大人的老太太做生日，客店都住滿了。再說，明天一早去逛龍泉寺，也方便。」

馮大瑞心頭一震。約會的地點就是龍王山龍泉寺，只是這個約會只寫在信上，並非送信的人所口述；而馮大瑞不知來人的身分，不便洩漏密約之地，所以不曾打聽到龍泉寺的走法；如今聽此人特為提到這個地點，當然不肯輕輕放過。「你怎麼會想到我要去逛龍泉寺？你看我的樣子，像遊山玩水的人嗎？」

那人笑笑，且不作答，先問一聲：「貴姓？」

馮大瑞不願露真相，隨口答道：「我姓王。」

「我姓劉。」那人說道：「王爺管我叫老劉好了。你老不像遊山玩水的人，不過也不像到昌平州去拜生日的人，所以我勸你老在這裡住一晚。天氣這麼熱，何必到昌平州去擠熱鬧？」

馮大瑞笑一笑不作聲。那老劉卻很殷勤，替他在蔭涼之處找了前座頭，喚店家沏了茶，還打來一木盆的井水。見此光景，馮大瑞自然覺得此人可親了。

「多謝、多謝！」他拱拱手說：「你請坐！等我洗了臉再談。」

冰涼的井水一激，頓覺神清氣爽；他心裡在想，說不定這姓劉的便是來接應的人；但也很可能是直隸總督衙門的人——李衛向來不擾茶坊酒肆，也最會利用茶坊酒肆，必得多加小心。

因此，等坐定下來，他已定一個宗旨，多聽少說；要說也應該是多問少答。

「老兄！」他說：「你勸我住在這裡，想來你是專做這行留客住宿的生意？」

「也不是專做這行生意。」老劉答說：「一來是生性好朋友；二來是找幾個零錢買酒喝。」

「喝酒容易。我請你就是。」說著，馮大瑞從褡褳袋中掏出一塊約莫二、三兩重的碎銀子，擺在老劉面前。

老劉微笑著拈起碎銀子，說道：「連酒飯帶宿錢都有了。王爺酒是在那裡喝？」

「既是王爺，當然是在王府裡喝酒。」馮大瑞開著玩笑回答。

「這裡倒是有個侯府，沒有王府。要到王府，只有到龍泉寺。」

「這是怎麼說？」

「王爺是問王府，還是侯府？」

看他神情似正經、似詼諧，馮大瑞不敢怠慢，打疊起全副精神來對付，當下答道：「要問侯府，也要問王府。」

「先說侯府。」老劉問說：「明太祖的子孫，吃了清朝俸祿，王爺知道不知道？」

馮大瑞知道話要入港了，斂一斂神色，顯出虛心求教的態度了，然後重重地答了兩個字：「請教！」

「有位侯爺，本來是正定府的知府，名叫朱之璉；平地一聲雷，封了延恩侯。王爺，你說是怪事不是？」

「這位大概就是明太祖的子孫，吃了清朝俸祿的？」馮大瑞問道：「他這個正定府知府，是那一朝的？」

「當然是清朝。」

「既然是清朝的官，那就——。」馮大瑞突然縮住口，笑一笑不再多說。

「怎麼樣？」老劉顯得極有興味似地：「王爺，你怎麼話說半句？」

「不必說了。」馮大瑞搖搖頭。

「那我替王爺說了吧，既然是清朝的官，就不是明太祖的子孫。是不是？」

這才真到了一言可以決生死的地步，如果他答一聲「不錯」；而老劉是李衛派出來偵緝的人，那麼他馬上就會有被捕的危險。馮大瑞心想，看樣子難逃劫數，只好硬著頭皮往前闖了過去再說。

「老劉，我不大懂你的話。」馮大瑞突生急智：「我是說，他如果是明朝的官，怎麼能活到今天？

順治十八年、康熙六十一年、加上雍正十一年，你算算該多少年？還能有明朝的官兒活到今天？」

這樣不知所云地一胡扯，老劉微微一笑，問一句：「王爺，你想不想知道這位朱侯爺的來歷？」如何不想？不過馮大瑞不願顯得太關切，便看一看夕陽，「時候還早。」他說：「閒著也是閒著，不妨聊聊。」

於是老劉舉壺替他斟茶，從那手勢中看得出來，此人身在「洪門」。馮大瑞懂他們的規矩，但清洪有時異途，有時一家，不宜輕露行藏，所以只點點頭，別無表示。

「老皇在日，常說清朝不但沒有奪明朝的天下，而且替明朝報了仇。」老劉用手向昌平州一指：「當初李自成拿崇禎皇帝、皇后的棺材，往昌平州衙門一送；地方官總算很有良心，拿兩口棺材跟田貴妃葬在一處。清朝照十三陵一樣看待。到了康熙三十八年，南巡祭明孝陵，老皇打算找出明太祖的子孫來頂香煙；那知道真正找到了，倒又說是假的。這段掌故，也有二十多年了；王爺知道不知道？」

「不就是朱三太子那一案嗎？」

「不錯，就是那一案。」老劉又說：「明明真的，偏偏說成假的。王爺，你說這是甚麼意思？」

「我不懂。」馮大瑞搖搖頭。

「很容易明白。不說是假的，怎麼殺他？殺他的罪名是冒充朱三太子。由此可見，康熙三十八年說要找明太祖的子孫來頂香煙，原意就是要騙朱三太子出頭。王爺，我的話說得夠明白了。」

從他的神色中去看，最後那句話不是解釋那段掌故，而是表明了他的身分跟態度；示人以誠，不必疑忌。馮大瑞久行江湖，先就猜到老劉若非李衛的鷹犬，便是約會之人派來先作試探的前哨。如今可以大致確定，屬於後者。

既然如此，就不必再一味閃避，不然越繞越遠，難以湊合。

因而想一想說道：「照此說來，那正定府知府只怕不是明太祖的子孫；他才是冒充姓朱。」

老劉欣悅地笑了，「王爺總算明白了。」他說：「如果有機會遇到這位朱侯爺，你老會另眼相看吧？」

這是提醒他要防備延恩侯府的人；馮大瑞深深點頭，然後又問：「王府呢？怎麼說『要到王府，只有到龍泉寺』？」

「求雨都到龍泉寺，因為龍王在那裡。有龍王的地方，不就是王府嗎？」

「原來如此！」馮大瑞問：「今晚的酒到王府裡去喝，來得及嗎？」

「一共十五里路，怎麼來不及？」老劉起身說道：「請略坐一坐，我去找牲口。」

說罷起身，須臾消失在野茶館後面。馮大瑞便喝著茶回想與老劉談話的經過，心裡不斷在琢磨，是將來意據實而言呢？還是到了龍泉寺再說？

躊躇未定之際，老劉已經回來了，左手牽著一匹毛片烏黑閃亮、精壯非凡的白鼻驢；右手提著一個極大的酒葫蘆。見了馮大瑞將酒葫蘆一揚，大聲說道：「五斤蓮花白，夠王爺你喝的了。」

馮大瑞心中一動，隨即接口：「別叫我王爺！」

「那麼叫你甚麼？」

「你倒猜上一猜！」

老劉微笑著不作聲，將韁繩往黑驢身上一搭，驢子隨即站住；只見他拿酒葫蘆掛在皮鞍的「判官頭」，轉身而去，將馮大瑞的馬牽了過來。

「不敢當，不敢當！」馮大瑞急忙迎了上去：「我自己來。」

「別客氣。馮大爺是貴客，請上馬吧！」

人家連姓都知道了，還有甚麼好隱瞞的，馮大瑞拱拱手說道：「這麼說，是黃二爺請你來接的？」

「對了，黃二爺在等著你老呢。請吧！」

「是，是！請問還約了些甚麼人？」

「滄州的強鏢頭。」老劉問道：「馮大爺認識他不？」

「是強永年不是？我跟他是同行，很熟的。」馮大瑞又問：「還有呢？」

「就你們兩位。」

於是馮大瑞扳鞍上馬；老劉也上了驢子，在前引路。沿著一條清溪，往東而行；地勢漸高，炎暑漸消。到得龍王山龍泉寺；老劉勒住轠繩，卻不下騎。

「馮大爺，」他問：「是在這裡歇歇腳，喝碗茶呢？還是一直就上龍王廟？」

聽得這一說，馮大瑞抬頭仰望，才看到山頂上有座孤零零的廟，當即問道：「黃二爺在龍王廟？」

老劉說：「是的。」

「那就一直上去吧！」

山道很仄，不容並騎；老劉的那匹黑驢，似乎是去慣了的，蹄聲得得，一會兒就聽不見了。

馮大瑞緊緊追隨，到得龍王廟前，見老劉已跟約他來會的東道主在等著了。

等老劉上前拉住嚼環，馮大瑞一躍下馬，口中喊一聲：「黃師叔！」隨即屈膝請安。

此人就是所謂「黃二爺」。單名一個象字，別號潤生；生得長大白晳，一貌堂堂，外號跟水滸上的盧俊義相同，叫做玉麒麟。在他家鄉江蘇鎮江，設一個練武的場子，表面教拳為業；其實是漕幫的一處招賢結友的會館。他在漕幫屬於「二房」，比馮大瑞長一輩，所以叫他「師叔」。

「大瑞，」黃象指著老劉問：「你們敘過沒有？」

「敘」是敘同道之誼；馮大瑞一直到臨上馬時才知道是「自己人」，便即答說：「還來不及敘吶。」

「你們輩分相同，他行三。」

馮大瑞隨即改口「劉三哥」。這時強永年也出現了；平常只知是同行，此刻才知道是同道，更想不到的是，強永年比他還小一輩。

「馮師叔，」強永年說：「當著師祖在這裡，我有一句話要請示，大家都知道我們是同行；如果一改稱呼，別人問起來，馮某人怎麼比你長了一輩，這話該怎麼說？」

很顯然的，一說就洩漏了漕幫的身分；馮大瑞毫不遲疑地答說：「我們的稱呼不改，我仍舊叫你強二哥，你仍舊叫我大瑞好了。」

「是。」強永年轉臉問黃象：「師祖看呢？」

「事有從權，這不算『欺師滅祖』。」

「黃師叔，」老劉插嘴說道：「請到下面去談吧！」

廟後有個深潭，據說是龍王蟄居之地。潭不很深，但像濟南的珍珠泉那樣，不斷冒泡；潭外築起一道半圓形的圍牆，牆東有三間小屋，陽光不到，清幽無比；這一黃象下榻之處，確是商議機密的好地方。

老劉將他們引入左首一間屋子，隨即退了出去。室中一榻、一桌；桌上現成有壺茶，等黃象居中坐下，強永年輩分最小，本乎「有事弟子服其勞」之義，首先斟了一杯給黃象，然後又斟給馮大瑞。

「你們都坐下來。」黃象問馮大瑞：「你常走口外鏢？」

「是！」馮大瑞很恭敬地回答。

「常到那些地方？」

「出山海關到奉天的那條大路上，幾個大碼頭都常去的。」

於是黃象便問關外的情形，山川形勝問得極細。馮大瑞不知他的目的何在？只是知無不言、言無不盡，盡他晚輩應該有的道理。

「黃師叔，」老劉進來招呼：「飯在堂屋裡開出來了。」

「好，我們一面吃，一面談。」

桌上只有兩樣菜：一樣牛肉、一樣羊肉；另外一大堆風乾栗子。馮大瑞與老劉陪著黃象喝酒；強永年點滴不飲，只吃饅頭。

「京城裡怎麼樣？」黃象問說：「南邊傳說，雍正不大問事了；只躲在圓明園，找班妖道成天煉春藥，有這話沒有？」

馮大瑞和老劉都無以為答，這就該強永年開口了，「有這話。」他說：「大概是想通了！辛辛苦苦弄了個皇帝做，也該享享豔福。」

「豔福！」黃象微微冷笑：「有人算他的八字快交『墓庫』運了。」

「『墓庫』帶『桃花』。」老劉笑道：「大事不妙。」

「張廷玉跟鄂爾泰，」黃象又問：「那個比較得寵？」

「不一定。」強永年答說：「如果戰事順利，鄂爾泰就上去了；不然就不及張廷玉。」

「嗯！」黃象若有所思地好半天不開口。

突然窗外有條影子一閃，彷彿有人在竊聽似地。這一下除了背對門坐的老劉以外，無不神色緊張；馮大瑞抓了把栗子在手裡，等影子再次閃現時，將一把栗子拋了出去，只聽「噭」然一聲，急急追出去一看，不由得好笑，一隻果子狸正沿著圍牆奔竄。

「黃師叔請放心好了。」老劉說道：「我已經安了樁了，絕不會有人闖進來。」

本是一場虛驚，再有老劉這句話的保證，黃象與強永年自是神色如常、毫不介意；但馮大瑞心裡卻有些不安，看見黃象警惕心如此之高，想到前些日子，將幫中的祕密，洩漏給未涉江湖、富家子弟的曹雪芹，實在是犯了大錯。

這時天已經黑了下來，飯也吃完了；點上燈來喝了一會茶，老劉為馮大瑞指點了宿處，與強永年相偕告辭，到龍王廟去住宿。顯然的，這是預先的安排；黃象有不能為第三者所聞的話，要跟馮大瑞談。

臨走之前，老劉指著一個服役的瘦小中年漢子說：「他是啞巴，不會說話；不過耳朵不聾，你有話交代，他都明白，你就叫他啞巴好了。」

不聾的啞巴，馮大瑞還是第一回聽說。幫中千奇百怪的事很多；他謹守著「多聽少開口」之戒，只點點頭答一聲：「是。」

等他們一走，啞巴在潭邊設了几椅，供黃象與馮大瑞喝茶納涼；這時黃象才開門見山地說：「大瑞，如今有件事用得著你；不知道你肯不肯到口外去？」

「黃師叔怎麼說這話？口外我常去的，算不了甚麼！」

「這跟平常你到口外走鏢不同。有三點我要先跟你說清楚：第一、不是走一趟鏢，得常住在口外；第二、這口外，不是山海關外，一直在西邊；第三、這件事不成功就成仁。」黃象緊接著說：「你先不必忙著開口，好好想一想。雖說我們四個人想了又想，挑了又挑，覺得你最合適；不過各人有各人的難處，你如果有苦衷，不能去，我們也絕不會勉強。這件事，尤其有第三點的關係，非要自願，才會有成功的希望；否則害了自己，還誤了大事，一點好處都沒有。」

馮大瑞聽完前半段話，心想自己許了人家賣命的時刻到了，接著便浮起了繡春的影子，方寸之間，不免搖蕩。及至聽到「尤其有第三點的關係」這句話，覺得很刺耳，「第三點」便是「不成功就成仁」，如果因為這一點而不願去，無異表示不希罕成功，只怕成仁。馮大瑞是這種貪生怕死、沒出息的人嗎？

這樣轉著念頭，不由得義形於色地回答：「黃師叔既然覺得我最合適，我去就是了。成功、成仁不在我心上。」

「你是心裡的話？」

「是。」

「好！」黃象停了一下說：「我先把這是件甚麼事告訴你，如果這件事非你所長，幹不下來，咱們再琢磨。」

「是！請黃師叔開示。」

「你知道，當初翁、錢二祖是怎麼『過方』的？」

漕幫中有各種隱語與忌諱，馮大瑞只知道身死謂之「過方」；翁、錢二祖前幾年突然失蹤，說是雲遊四海去了。後來聽說「過方」在蒙古地方；何以會雲遊到蒙古，又何以致死，馮大瑞卻都茫然。

等他據實回答以後，黃象說道：「不錯！翁、錢二祖『過方』在蒙古的一座喇嘛廟。那時天山南北路、準噶爾的酋長噶爾丹策零起兵反清；這是恢復大明朝天下的一個機會，翁、錢二祖奉羅祖遺命，到蒙古跟喇嘛聯絡，想幫噶爾丹策零策畫進取的方略。那知道做事稍欠機密，讓人家出賣了。」

「這，這個人是誰？」馮大瑞的聲音，不自覺地激動了。

「這個人，還是一位大英雄的後代，也不必去說他了。」

黃象緊接著說：「我想你一直在北方，又在京城附近，總看得很清楚，旗下的那些武將，享福享慣了，平時只靠一張嘴做官，會吹牛，會拍馬，恭維得皇帝高興，就不怕不升官發財。要說打仗，一看見對方的影子，先就發抖了。所以機會還是有。」

「黃師叔是說，噶爾丹策零打敗清兵的機會還是有。」

「不錯。」

「他有機會，咱們不也就有機會了嗎？」

「著！正就是這話。」黃象急轉直下地說：「在噶爾丹那裡，已經有弟兄在那裡了。現在要個膽子大，沉得住氣、做人熱心，有人緣喜歡交朋友的人，埋伏在清軍裡面，暗中通消息、有聯絡。到時候裡應外合，殺得他片甲不留。這是一場極大的功勞！」

馮大瑞越發心動。暗中思忖，黃象所要的那個人，自問倒也適合。暗中通消息、有聯絡，也不是甚麼太難的事；當即答說：「黃師叔，這件事我有把握能幹得下來。」

「我也知道你幹得下來。不過，你樣樣都好，細心上差一點，切切要改。」

「是！我一定改。」馮大瑞問道：「不過，請示黃師叔，我怎麼能夠混到裡面去呢？」

「這當然另有布置。你只要帶一封信到天津去見一個人，自然會用你。不過，最好的辦法是弄個『出身』。」黃象問道：「你是武秀才？」

「是的。」

「可惜今年癸丑。如果是去年這時候就好了，子午卯酉年份鄉試，照你識得字來說，一定能中武舉人；今年會試能中武進士最好，不然以武舉人的身分，自請效力疆場，是件很冠冕堂皇的事，那個也不會疑心你。」

「是啊！」這倒提醒馮大瑞了：「鏢局同行一定會奇怪，說馮某人怎麼忽然犯了官癮？這可得有個說法才好；讓人一犯疑心，總不是件好事。」

「慢慢想。」

於是就隨便聊開了。馮大瑞久涉江湖，閱歷不淺，但比起黃象來，可就差遠了；因此，對他所談的人情世故，覺得獲益甚多，很用心地傾聽著。

突然，黃象問道：「強永年這個人怎麼樣？」

「很能幹的。」馮大瑞答說：「他官面上的人頭很熟。」

「你所說的官面上，是那些衙門？」

馮大瑞想了一下說：「直隸總督衙門、倉場總督衙門都熟。」

「京裡呢？」

「京裡就不清楚了。」

這時月到中天，一輪清暉，直射潭心；水面上淡雲青冥，天光上下，頗為明亮。黃象若有所思地凝視了一會，指著潭心的月亮說：「大瑞，水面上很亮不是？那是浮光掠影，水底下很深，有了這層浮光，越發看不清了。」

馮大瑞不明白他的意思，也不便問，只答得一聲：「是！」在心裡慢慢體會。

「我想這件事應該這麼辦，」黃象重拾話題，復談正事：「你花兩三百銀子去捐一個武職官。聽說捐武職官，只能到千總為止；千總也是六品官了。兩三百銀子能湊得出來不？」

馮大瑞還不知道捐官能捐武職，當下答道：「兩三百銀子有。不過，我不知道怎麼捐法？」

「找認識的書辦問一問就知道了。」黃象自問自答地說：「為甚麼要捐官呢？只說你家上人的意思，捐個六品官，好請誥封，也是榮宗耀祖的事。過一陣子，我託人到兵部去走路子；拿你『揀發』西路，或者北路軍營。這是弄假成真，身不由己，就沒有人會疑心你怎麼忽然犯了官癮。你看這麼辦，妥當不妥當？」

「妥當極了。」馮大瑞很高興地說：「這麼辦，完全在情理上，沒有人會疑心。」

「好了，都說妥了。」黃象神色中亦頗欣慰：「你奔波了一天，大概也累了。去歇著吧！」

人是很倦，但心中有事，一直不能入夢。縈繞心頭，最犯愁的是，不知回到通州，見了王達臣該如何說法？

說得好好的事，突然變卦，如果沒有個說得過去的理由交代，結義弟兄多半要絕義了。而且，這一來必然惹人疑心他捐官的動機，亦於大事有礙。

轉念到此，決心請教足智多謀的「黃師叔」，但馬上又想到，倘或發此一問，一定會讓人懷疑，他是心存畏怯，有意出這麼一個難題，好打退堂鼓。於是，毫不遲疑地拋棄了這個念頭。

直到天將亮時，才想到了一個辦法，好歹先答應下來；能敷衍著不下聘最好，到一捐了官，兵部公事一下來，那時就以身在疆場，生死莫卜，也不知何時才能凱旋迎娶；為了不願耽誤「三姑娘」的終身，堅決要求退婚。這樣做法，雖仍有些對不起人，但無論如何比此時公然拒絕來得高明。

主意打定，酣然入夢。一覺醒來，只看到老劉；據說黃象與強永年，另外有事，轉到他處去了。

「那麼，」馮大瑞略有悵惘之意：「黃師叔有甚麼話留下來沒有？」

「不但有話，還有東西。」老劉答說：「黃師叔交代，就照昨晚上談妥的話辦。三天以內，有你的家信。」

馮大瑞默喻在心，必是黃象偽造他的一封家信，送到通州；而信中是老父交代捐官的話。

「是了！」他說：「不知道黃師叔還留了甚麼東西給我？」

「是一個木盒子。黃師叔交代，回家才許打開。」

說著，老劉去取了個小小的白木盒子，遞了給馮大瑞；皮紙封口，還畫了花押，不知是個甚麼字，翻來覆去看了半天，方始發現不是寫的字，而是畫的圖，其形如豬，卻有條長長的鼻子，正是黃象之「象」。

裡面是甚麼呢？他心裡在想，掂一掂，分量極輕；搖一搖，毫無聲息。老劉便即笑道：「回家看吧！你的心真急。」

心急是他的一項短處；馮大瑞虛心受教地說：「是！我心急，我要改。」

話雖如此，到底還是不能改——與老劉同到朝宗橋，握別以後，策馬南下，行到僻處，將木盒子拆封一看，裡面是一張紙；上面另有三句話，一句是：「細參水面浮光之語」；再一句是：「行藏謹慎」；又一句是「閱畢銷燬」。

於是馮大瑞隨手將木盒子捽掉；拿那張紙搓成一團，送入口中，嚼爛吐掉。一路上細想信中的話，意思是說表面不足信；也許越是明亮之處，越需要防備。這也是很平常的道理，又何以特為在此時提示？是指甚麼事呢；還是甚麼人？那可就大費猜疑了。

回到鏢房，沒有見到王達臣；據說他陪曹雪芹進京去了。不過，王家的希望，有媒人轉達；仲四奶奶對這件事很熱心，不等馮大瑞發問，便將平郡王是曹家怎麼樣的一門至親，細細告訴了他，說這是一條極好的路子，只要能得平郡王賞識，飛黃騰達，只是指顧間事。

她當然不會了解馮大瑞心裡那種不可思議之感。真是太巧了！本就想往這條路上去走；誰知就有這麼一條康莊大道鋪展在眼前。但是，要走這條路，就得從王達臣兄妹、曹家，甚至仲四頭上踩過去——不知道那一天會連累他們涉及謀反大逆的案子，帶來一場家破人亡的滅門之禍。他知道自己的心情過於激動，無法在這時候跟仲四奶奶從容談論；所以拿奔馳勞累作為託詞，要求到第二天精神恢復以後再談。

經過徹夜的考慮，認為這是一個可以不必等候「家信」，提早發動捐官的機會。他向仲四夫婦說：「既然王三姑娘要這樣才肯嫁我，我可以照她的意思辦。不過，這一來，我可不能替四掌櫃出力了。」

「當然你自己的大事要緊！」仲四答說：「將來你得意了，拖了大花翎子，穿了黃馬褂回來，讓大家知道我仲老四還有你這麼一個朋友，那個面子，可是給一萬銀子都買不來的。」說著，不斷翹左手的拇指。

「四掌櫃這麼說，我還不能不巴結上進。」馮大瑞從從容容地說：「我在想，官兒不論大小，要自己掙來的才值錢；拴在袴帶上的印把子，我可不稀罕。」

這一說，讓仲四夫婦楞住了，「大瑞，」仲四奶奶說：「你向來有志氣，這話也只有你才說得出來。不過，你是怎麼去掙呢？」

「是啊！」仲四接口：「莫非吃一份糧，從小兵幹起，真的一刀一槍去掙個官來做？」

「不！四掌櫃，我想捐個千總——。」

接著，馮大瑞把他夜來心口相問，琢磨得頗為精緻的一套話說了出來。他說他要王家看得起，絕不能靠裙帶的力量弄個官做；捐來的官雖也不見得光彩，但到底是自己花的錢。而且這也是權宜之計，到後年乙卯是大比之年，他可以請假回山西去應武鄉試；再下一年丙辰會試聯捷，就變成正途出身了。

「真是有志氣！」仲四奶奶笑著對她丈夫說：「大瑞說不定還中個武狀元，報喜報到咱們鏢局子裡來呢！」

仲四聽他說得有趣，哈哈大笑；笑停了說：「大瑞，這杯喜酒，可是吃定了——。」

「四掌櫃，」馮大瑞打斷他的話說：「有一點我可得表白在先，男子漢有成家立業，有立業成家，可不大一樣，你老知道的。」

「甚麼？」仲四有些困惑，「這有甚麼兩樣？我可不知道。」

「譬如說，四掌櫃你十幾年前，還不是走南闖北，到那兒；那兒就是家。後來娶了四奶奶，有了家，才能把心定下來，好好兒創一番事業。如果沒有四奶奶幫著你，不會有今天這個局面。這不就是成家立業嗎？」

「喔，我懂了，你是說，先成家後立業？」

「就是這意思。」馮大瑞說：「我的情形跟四掌櫃你正好相反。我這一從軍，自然是甚麼都得豁出去；常言道得好：膽大做將軍。打仗膽小，還有出息嗎？」

「那跟成家似乎不相干——。」

「怎麼不相干？」馮大瑞搶著說：「如果我老惦著家，還捨得拚命？所以，我在想，既然王三姑娘看得起我，我當然也要替她爭一口氣。不過，得讓我心裡沒有牽掛才行。」

「怎麼叫沒有牽掛？」仲四奶奶插進來說：「你去從你的軍，立你的功；你媳婦娘家也可以住，我這裡也可以住，怕甚麼？」

「話不是這麼說——。」馮大瑞讓仲四奶奶搶先說破了他心裡的打算，有些詞窮了。

「不是這麼說，該怎麼說？」仲四的話更簡截：「你說要先立業、後成家，話也不錯；不過總得先把親事定下來。談了半天，只是讓人家空等著你，怎麼說得過去？」

「四掌櫃，我不是說話不算話的人。」

「我知道。不過這是終身大事，不能光憑一句話，起碼也得換個庚帖。」

馮大瑞心想，倘再推辭，仲四夫婦定會起疑；此刻只能答應下來，再作道理。於是點點頭說：「就換個庚帖。」

「也不能光是一份空帖子。」仲四奶奶說：「少不得有點兒甚麼押帖，多少貴重不拘，是個意思。」

「這——，」馮大瑞無奈，只好這樣回答：「這得請四奶奶費心了。」

「好吧！」仲四奶奶一諾無辭：「交給我就是；反正你有幾百兩銀子存在櫃上。」

「不過，四奶奶，你別忘了，我捐官得花錢。」

「這你放心，不夠我借給你。」仲四問他妻子：「我表叔不知道這兩天回來了沒有？」

仲四奶奶的表叔姓何，專門給人說合官司，吏刑兩部的書辦很熟；仲四打算把馮大瑞捐官的事，託他去辦。

「回來了。」仲四奶奶答說：「明天我去一趟，當面重託一託。」

「不忙，不忙！」馮大瑞有意要把話扯開去：「我不放心的是，四掌櫃這裡本來就得添人；我一走了，不更張羅不過來了嗎？」

這在仲四是件大事，皺著眉說：「人倒是有，靠得住的太少，又是走口外鏢，路上不熟也不行。」

「這倒不要緊。跟我的趟子手老秦，足能照應得過來。」

「光有老秦也不行。」仲四搖搖頭：「江湖上不知道他的『萬兒』，壓不住鏢。」

馮大瑞自覺薦賢有責，便舉了幾個同業的名字，仲四大多有挑剔；沒有挑剔的，又可以斷定，原來的鏢局必然堅留不放。人沒有挖過來，反倒傷了同行的義氣。

這成了很大的一個難題；仲四奶奶到廚房裡去了好一陣功夫，回來聽他們還在談這件事，不由得脫口就說：「你們倆真是聰明一世，懵懂一時；現成有尊菩薩在那裡，倒不去求？」

「誰？」馮大瑞問說。

「不就是你的舅爺嗎！」

「啊！」仲四高興得跳了起來：「近在眼前的人，怎麼就會想不起來？太好了！他跟人訂的約我知道，到今年年底為止，明年他無論如何得幫我的忙。」

馮大瑞也覺得由王達臣來接替他，是件再好不過的事。只是他另有想法——繡春的將來，只有他知道，到頭來好事還是不諧！丟她一個人在仲家或者舊主那裡空等，越覺於心不忍；如果王達臣在通州，繡春依兄嫂而居，便是住在娘家。在他來說，比較可以放心。

於是他問：「四掌櫃，這件事是你自己跟他提，還是我來說？」

「你說，我也說。」仲四向他妻子說：「看王老二那天回來，好好請一請他。」

仲四夫婦請了王達臣夫婦，也請了繡春與秋月；料知繡春絕不會來，但仲四奶奶託夏雲帶了話去，請秋月一定「賞光」。

這天中午備了兩桌飯，裡面一桌是仲四奶奶專請秋月、夏雲，別無陪客，是談繡春的親事。外面一桌奉王達臣為首座，馮大瑞與他的同事作陪，仲四要宣布兩件事。

「今天喝的是喜酒，咱們得賀賀王二哥跟大瑞。」

事先已有消息，王馮兩家，終於結成至親；但有上回不歡而散的局面，大家不敢造次道賀。此時聽仲四一說，自是譁然起鬨，紛紛敬酒。

「第二杯單賀大瑞。」仲四高舉酒杯，大聲說道：「大瑞要做官了！馬到成功，指日高升。」

這個「喜訊」來得太突兀了些。但也因為如此，大家越感興趣，都想問個明白。

「各位先把賀酒喝了，自然就會明白。」

於是乾了杯；馮大瑞卻只是連聲謙稱：「不敢，不敢！」而且也不肯乾酒。

「大瑞，這杯酒你怎麼不喝？」仲四催促著。

想想沒有不喝之理，馮大瑞終於還是乾了酒。心中一動，正好趁機公開作個脫離鏢行的表示。

「前兩天我接到家信，我爸爸不知怎麼想了想，要我捐個官，請個誥封。老人家的意思很堅決，沒有商量的餘地；我只好跟四掌櫃請假。平時承各位包涵關照，感激不盡；這會兒借花獻佛，謝謝大家這幾年的照應。」

說完遍酌同事，一一相敬。接下來又是仲四舉杯了。

「這杯酒，我專誠敬王二哥。我這裡本來就缺一位鏢頭；大瑞另有高就，我就更為難了。王二哥，無論如何，你得幫我一個忙；從明年——雍正十二年甲寅正月十六日起，你就是我這裡的總鏢頭。」

「不，不！」王達臣雙手亂搖：「仲四掌櫃這杯酒我不敢領，我挑不動這副擔子。」

這是仲四有意高抬王達臣，虛設一個總鏢頭的名義，也料到王達臣一定會謙辭，當下不慌不忙地給馮大瑞遞了一個眼色，示意他接話圓場。

「王二哥，」馮大瑞便說：「這件事，也算是幫我的忙。你就不必推辭了吧！」

「不是我推辭。擔子要挑得下來才行。」

「怎麼挑不下？」

「我怎麼能當總鏢頭？」

「那麼，」馮大瑞緊接著問：「暫且留著那個『總』字呢？」

「那還差不多。」

「好了！」馮大瑞說：「我陪一杯。王二哥答應了。」

說完，馮大瑞乾了酒；當然也不能不喝。仲四笑容滿面地，只道「委屈」；隨即便由帳房捧出一個朱紅托盤，上面是一隻貼著紅壽字的簇新官寶，請王達臣收下，便算是收了五十兩銀子的定錢。

親事的細節在裡面談。這天一早，馮大瑞私下跟仲四奶奶說，不必下庚帖、送信物；因為「瓦罐不離井上破，將軍難免陣前亡」，萬一從軍不歸，如果有了約束，繡春的處境不免尷尬。那時仲四奶奶也許會懊悔，早知如此，倒不如只有口頭上的一句話；受不受拘束是人家自己的事，反正她心裡不會不安。

最後一句話說動了仲四奶奶；她相信夏雲和秋月同樣地會替繡春作最後的打算，所以將馮大瑞的意思，婉轉表明。至於馮大瑞絕非推託，確有娶繡春的誠意，她認為只從一件事上，便可證明。

「走鏢看起來很辛苦，也只不過多操心，大意不得罷了。若說路上，一切有夥計動手；而且路上的客店都是熟的，住的屋子，吃的東西，都揀最好的先儘他用。那比在營盤裡，不知道舒服多少倍。如今大瑞心甘情願去吃這趟苦，不為了王三姑娘，兩位想，倒是為誰？」

夏雲與秋月彼此以眼色示意，想法是相同的；話雖動聽，總覺得有些不足。夏雲自覺責任較重，更不能不有所爭。

「仲四奶奶的話，說得再透澈不過。可是，這話在我們就不便跟她說得這麼清楚；世界上也沒有那種談親事的辰光，就預先想到將來可以改嫁的事。所以——。」她說到這裡，看了秋月一眼，希望她把話接了下去。

「總要有樣實實在在的東西在手裡。」秋月接口說道：「這樣東西不一定值錢，只要能真正表達馮鏢頭的誠意就好。」

「這可把我難住了！」仲四奶奶笑著問道：「你們兩位倒不妨說說，應該是樣甚麼東西？」

秋月自己也不知道應是何物？倒是夏雲想到了，「好比鼓兒詞上講的『落難公子中狀元，後花園私訂終身』，那位小姐的私情表記，每每是一塊用舊了的手絹兒，最不值錢的東西。可是，在落難公子就不同了。」她又加了一句：「物輕情意重！」

這一說，碰開了秋月的思緒，立即補充：「馮鏢頭這一去，說不定三年五載才能回來。若是只憑一句話，究竟也不知道靠得住靠不住，心裡空空宕宕的，這日子怎麼打發？如我剛才所說的，有樣實實在在的東西在手裡，拿出來一看，就有許多念頭好轉；有這麼一樣能夠解悶的東西在，守個三年五載就容易了。」

「我算是懂了！」仲四奶奶深深點頭：「想當年王三姐苦守寒窯十八載，必是薛平貴給她留下了一樣不知道甚麼說不完、想不盡的東西。這，這只有把大瑞請了來，當面問他了。」

「也不必這會兒就辦。」秋月說道：「回頭請仲四奶奶跟他說，也一樣。」

「不！就這會兒辦，我怕我說不清楚；再者，如果大瑞自己倒想到，隨身有甚麼東西，能如你們兩位所說的，有那麼大的用處，隨手帶了回去，不也了掉一件大事？」

「那，」夏雲問秋月：「你願意不願意見馮大瑞？」

「我就不必了。等他進來，我暫且迴避好了。」

於是等聽得馮大瑞的聲音，秋月便閃入別室，細聽仲四奶奶開開口，只要言不繁地幾句話。

「先不下庚帖，不行聘禮，都行，可是不能沒有一樣物輕意重的東西，能讓王三姑娘相信你的心誠。大瑞，你看你有甚麼旁人看來不值錢，你自己覺得很貴重的東西，捎給王三姑娘？」

馮大瑞好久沒有作聲；秋月不免困惑，掀開門簾一角，往外窺看，只見他仰頭上望，雙眼亂眨，是在深長思考的模樣。

終於，他有了回答，是極爽朗的聲音：「好！有。不過得明天才能送進來。」

「行。明天你交給我好了。」

馮大瑞一覺睡到半夜才醒，悄悄起床，先洗臉，後喝茶；重新考慮了一會，覺得做這件事，不會後悔，方始動手。

剔亮了燈，從抽斗裡找出來兩包藥，抹淨桌子，將藥倒在桌上；有現成的酒，取來將藥調開了。然後找出來一把雪亮的小刀，用酒擦過；再撕了一條乾淨布條，都擱在一邊。

諸事齊備，方始伸手去捏左手小指的關節，捏準了地方，抹上麻藥；等感覺到藥性已經發作，才取小刀從從容容輪轉著割肉見骨，最後使勁一切，隨手扔開小刀，撮起金創藥敷在傷口，用布條裹緊。前後花不到一盞茶的功夫。

第二天午後，仲四奶奶派車將夏雲跟秋月接了來；邀到僻處，滿臉惶恐地說：「有件事，我真不知道該怎麼辦了！兩位看。」

仲四奶奶打開一個盛朝珠的錫盒，簇新的棉花上，臥著一小截斷指；已用石灰蠟乾了，而血痕猶在。秋月和夏雲，不約而同地打寒噤，臉上當然變色了。

「這是怎麼回事？」秋月問說。

「馮大瑞說，旁人看來不值錢，他自己覺得很貴重的東西，就只有父母給他的骨肉。拿這個表他的誠心，應該信得過了吧？」

「咳！」秋月不勝歉疚：「都是我一句話闖的禍。」

「也不能怪你，大家都有分。不過，大瑞的主意也太拙。」仲四奶奶問道：「你們兩位看，這東西要不要送給王三姑娘？」

這一問，確是令人委決不下；秋月與夏雲相顧無言，在心裡考量得失，一時輕一時重，始終無法開口。

「咱們只好這麼琢磨，」仲四奶奶問道：「送了給她會怎麼樣？」

「那不用說，我那小姑子，就算生是馮家人，死是馮家鬼了。」

「是啊！我也是這麼想。」仲四奶奶接著夏雲的話說：「雖說不下庚帖，這比下了庚帖又不知道重多少倍。所以我說他的主意拙。」

而就在這時候，秋月突然有了一個超越一切，甚麼都不能比的想法，「不能不送。」她說：「不然就是馮鏢頭白白斷了一節指頭。『身體髮膚，受之父母，不可毀傷』，他這麼做，就是不孝。冒不孝之名，而咱們還埋沒了他；倒想想，他能甘心嗎？」

「可是——。」

夏雲和秋月，一路上都沒有開口，不僅是因為不願當著車伕談這件事；更因為這件事有些教人想不通。

馮大瑞何必要這麼做呢？秋月不斷在心裡問自己。他的本意是，萬一陣亡，繡春成了「望門寡」；不願加所愛之人以任何約束，所以不訂婚約，這個道理說得通。但既然如此為繡春設想，又何以斷指示誠？豈止海誓山盟，真是三生之約。本意是個絕大的矛盾，莫非馮大瑞自己就想不到？

夏雲卻是感得多，想得少。她老是縈繞在心頭的一種感覺是，本是一樁喜事，弄得這樣血肉淋漓，大是不祥之兆。因此，她不時轉到這樣一個念頭：算了吧？想法子讓繡春對馮大瑞的那一片情，冷下來、淡下來。

到家打發了車伕，夏雲才低聲說道：「咱們暫且瞞著。好好兒琢磨定了再說。」

「好！不過太太面前怎麼說呢？」

「咱們另外編一套說法。」夏雲想了一下說：「就說仲四奶奶請咱們去，是為了商量請太太吃飯。她原就提過這話的。」

「提過這話就可以說。」秋月又問：「你那位爺，一定也知道這件事了？」

「不見得。仲四奶奶跟我說，這件事她連仲四掌櫃面前都沒有提過。」夏雲又說：「我也不跟他提，一切都等咱們商量過了再說。」

「好吧，你去奶孩子吧。回頭我來找你。」

於是，夏雲到馬夫人屋子裡打了個轉，匆匆去看由繡春在帶領的孩子。秋月依照約定，假編了一套說詞；又說如今天氣還熱，知道馬夫人懶得應酬，已代為辭謝，到移家進京時再作計議。

「我倒也想見見她。」馬夫人又說：「如今打繡春身上結的緣，彼此情分不同了。或者幾時咱們倒先請她吃飯。」

「那也好！」秋月靈機一動，「太太倒不妨請繡春來核計核計。」

「這也不忙——。」

「不！」秋月插進去說：「太太就這會兒找她好了。好容我跟夏雲談她的事。」

「她的事怎麼了？」

「一時說不完，回頭來跟太太回。」秋月又叮囑：「請太太找些事把她絆住。」

馬夫人點點頭，「我正要她打根絲子，絲線都找出來了。」她笑著說：「夠她磨的。」

於是，等秋月一走，馬夫人隨即派人把繡春找了來。她臉上發紅有些心浮氣粗的模樣；馬夫人當然明白，她急於要知道夏雲與秋月跟仲四奶奶見了面以後的結果，卻不便說破她的心事，只是命小丫頭將一大堆五色絲線取了出來，方始開口。

「你給我打根絲子。我還有事跟你商量，你坐下來。」

「是！」繡春問道：「打根甚麼絲子？」

「我有用處。」馬夫人含含糊糊地說：「要五尺長，用富貴不斷頭的花樣。」

這是個很麻煩的花樣，而且長有五尺，只怕一天都打不完。繡春咬一咬牙在心裡說：好吧！就借這樣活兒來磨心火！

於是她問：「太太想用甚麼顏色？」

「老一點的好。」

「那就用玫瑰紫。」

「再配上金線呢？」

「那還不如配銀線來得顯。」繡春又說：「如果一定要用金線，就得配黑的。」

「好吧！每樣打一條。」馬夫人急忙又說：「今天只打一條好了；還有一條，不拘那一天，你閒了再動手。」

繡春反正已下了破功夫的決心，一條兩條倒也無所謂；當下檢齊了材料，又叫小丫頭替她沏了一杯釅茶，便坐在通風而又明亮之處，開始編結。

她的手下很快，不過一頓飯的辰光，已結成一尺有餘；心也定下來了，想起馬夫人的話，便即問道：「太太不說有事跟我商量？」

「對了！」馬夫人作出一個剛想起來的神態：「秋月跟我說，鏢局內掌櫃，想請我吃飯；她知道我懶得應酬，替我回掉了。我想，人家這份情意也不便辜負；你們都說她很能幹，我倒也想見見。所以，我想跟你商量，不如咱們挑日子請她來吃頓飯。你看呢？」

「很好哇！」繡春問說：「太太預備挑在那一天？」

「總得稍為涼快些。」馬夫人又問：「你看請誰作陪？」

這便說到難題上來了！彼此身分不同；馬夫人能請到的陪客，無非幾家官宦人家的內眷，而那一來作為主客的仲四奶奶，必受拘束，而陪客又會覺得委屈，不如不請。

「只有一個辦法。」繡春說道：「反正太太吃齋，不能跟她同桌；讓秋月替太太作主人，夏雲跟我是現成的陪客。」

「只有這麼辦。」馬夫人點點頭：「到那天把錦兒也找了來。」

秋月跟夏雲反覆商議，總覺得馮大瑞斷指示誠這件事，其中必有猜不透的作用在內。但也都覺得此事不能不告訴繡春；當然，先要陳明馬夫人。

這一回是由夏雲利用孩子來絆住了繡春，好容秋月跟馬夫人細談始末——看到那半截斷指，馬夫人也動容了。

「不知道你們話中怎麼傷了他，才逼得人家這麼的發狠。」

「也沒有逼他，只說要一件別人看來不值錢，在他自己覺得很珍貴的東西，那知道他就剁了半截指頭。」秋月又說：「我跟夏雲、仲四奶奶都在懊悔。」

「悔亦無用！」馬夫人沉思了好一會，黯然低語：「繡春真是苦命！」

這話使得秋月一驚。她雖也覺得此非吉兆，但也曾想到好的一方面，馮大瑞立下汗馬功勞，如鼓兒詞上所說的「高官得做，駿馬得騎」，風風光光地來明媒正娶。可是聽馬夫人的語氣，竟似必無善果；這一層卻不能不問個明白。

那知還未容她開口，馬夫人已經有所表示，「我不能管這件事。」她的語氣很堅決：「他哥哥、嫂子都在這裡，應該讓他們拿主意。再說，王達臣跟姓馮的是拜了把子的，甚麼事也只有他們自己清楚，外人絕不能胡出主意。」

秋月從未聽馬夫人說話有這種無可商量的口吻，這就更值得體味了。

細細想了一會，秋月試探著問說：「太太，我是打個譬仿；譬仿這件事，太太非管不可，該怎麼辦？」

「我，」馬夫人想一想才出口：「我就把這玩意收起來，根本就不告訴本人。」

所謂「本人」當然是指繡春。秋月不明白馬夫人這個主張從何而起？但又不敢再追問，只是心裡探索。

「大家不都為繡春好嗎？這件事告訴繡春，你們倒想想，對她有甚麼好處？」

難得馬夫人願意再談下去，秋月當然不肯放過機會，陪笑說道：「還不是一段情嗎？有了這樣東西，她心裡踏實了，日子也就容易打發了。」

「到得落定了呢？」

這一問，問得秋月無以為答，而心裡卻不免微有反感；安知一定會落定？想了一下，只好這樣說：「如果落定了，有沒有這樣東西，反正總是免不了哭一場的。」

馬夫人冷冷地答說：「只怕不光是哭一場。」

還有甚麼呢？莫非還會殉情？轉念到此，秋月驚出一身汗——一直未往深處去想；直到此刻她才能估量這半截斷指，將為繡春帶來甚麼後果。

「太太說得是。」秋月歉疚地說：「只好辜負姓馮的那一片心了。」

「原來你們都是為姓馮的在想，怕屈了他的心？」

秋月臉一紅，「不是這麼說。受人之託，忠人之事。」她說：「只覺得姓馮的這個舉動，實在讓人感動。」

「可不是！旁觀者都感動了，繡春會怎麼想？」

「是！我們照太太的意思辦。」

「不！」馬夫人斷然糾正：「秋月，你這話錯了。這件事得由她哥哥、嫂子作主。我說過不管，還是不管；你別說我有這個意思。」

秋月實在不能了解，馬夫人何以有這種一反常態的認真語氣？她只是深深警惕，這件事再不宜亂出主意，應該切切實實照馬夫人的話去做。

避開繡春都商量好了，編好的一套說法是，馮大瑞決心要爭一口氣，替繡春掙個「官太太」的頭銜，為了表示他的決心，不但已脫離鏢局，而且非等做了官回來，不願下聘禮；問繡春是不是願意守著他？

用這種挑戰的語氣，輕易地遮掩了馮大瑞不願在此時行聘的本意。繡春再機警也想不到其中有這樣一個機關；但她心中不能無疑，因為夏雲與秋月連日到仲四奶奶那裡作了兩天客，回來卻對她的事隻字不提，在情理上是不通的。

「你的意思呢？」王達臣說：「我可是替你答應了下來，那怕三年五載，一定守著他。」

「既然你已經替我作了主了，還問我幹甚麼？」

王達臣所要的就是這句話；笑嘻嘻地站起身說：「是你的終身大事，總要聽你親口說一句，才能算數。好了，你們談談吧！」說完，向秋月拱拱手，揚長而去。

這一來，繡春就不似在她哥哥面前那樣拘謹了；「我不知道他那句話是怎麼來的？」她問：「莫非二哥把我形容成一個官迷了？」

「不必你二哥形容，人家自然而然會往這上頭去想。」秋月反問一句：「不然，你要他去從軍幹甚麼？」

這是她的私衷，只有王達臣和曹雪芹才能體會得到，連秋月和夏雲都無法猜測的心事，只為了能讓馮大瑞免禍。此時當然也不能有所透露，只笑笑不作聲。

「好在你也不是像王寶釧那樣守寒窯；他們把兄弟走馬換將，你在通州跟夏雲一起過日子，高興了到京裡來玩一陣子，兩三年的功夫，一晃眼就過去了。」

聽這一說，繡春不由得就高興了。當初自願委身馮大瑞，一半是因為馬夫人決定移家入京；不願相隨，便成飄泊，因而促成她下了那麼一個決心。如今能依兄嫂生活，嫂子又是自幼相處的姐妹，這樣的歸宿，在她真有喜出望外之感。

然而縈繞心頭，不能釋懷的，還是馮大瑞；便旁敲側擊地問：「你們一連兩天在仲四奶奶那裡，談了些甚麼呢？」

「還不是談你的事。仲四奶奶是媒人，當然要兩面說好話。」秋月指著夏雲說：「她覺得男家連個庚帖都沒有，對你不好交代；這也就是兩天回來都不跟你談的緣故。」

然則，何以又說出這麼一個結果；是誰讓的步呢？她雖不曾開口，從她眼中卻看得出來。於是夏雲作了補充。

「昨天晚上你二哥跟我說，大瑞越是這樣，越顯得他是想爭氣。江湖上講究的是丈夫一言，駟馬難追。我已經許了他了。不管怎麼樣，他總照妹妹的意思去辦了；從軍這件事是假不了的吧？」

「他這個軍怎麼從法？是不是求太太跟大姑太太——。」

「不！不！」夏雲搶著說：「他不肯求人，自己花錢去捐個千總。」

「哼！」繡春微微冷笑：「求人不肯求孔方兄！花錢買的官，也不值甚麼錢。」

「你別這麼說！這不過是個進身之階。」秋月接口說道：「到大比之年，他還請假回來應武鄉試呢！」

「鄉試？」

繡春詫異說：「他憑甚麼？」

「他是武秀才。」秋月笑道：「你就是位現成的秀才娘子。」

「去你的！」繡春笑著啐了一口：「我們沒有想到他還是個武秀才。你們聽誰說的？」

「聽仲四奶奶說的。」夏雲答說：「他有幾百銀子存在仲四奶奶那裡，如今是託仲四奶奶的表叔，替他辦這件事。」

到此為止，繡春心頭，只有一小塊疑雲尚未消散——曾見夏雲作客歸來時，手中有個手帕包著的盒子，一回臥室，即便珍重收藏；起初疑心是作為聘禮的一盒首飾，如今方知根本沒有聘禮，那麼盒中所盛何物？

當然，這很可能是夏雲個人，跟仲四奶奶之間有甚麼交道，犯不著去瞎疑心。這樣一想，那一小塊疑雲消散，對她的心境便毫無影響了。

第十一章

轉眼進入八月，曹家上下連帶作客的夏雲，都大忙特忙；忙的是搬家。曹震替馬夫人找了很好的一處房子，是花了一千二百兩銀子典下來的，正在重新裝修粉刷，預定在九月初遷入新居。

夏雲一面幫著馬夫人料理搬家，一面也要為自己立一個家。馮大瑞已經正式辭出鏢局，搬在理教會中暫住；仲四便跟王達臣說，希望他提早應聘。好在原來的鏢局是聯號，凡事可以商量；王達臣已啟程南歸，去搬取箱籠行李。夏雲在通州看了幾處房子，都不中意，心裡非常著急；因為她與繡春，必須在曹家遷居以前，先安頓好自己的家，否則便有好些不便。

「你得趕緊找房子！」馬夫人已催過不止一遍了：「你找好了房子，把我這裡帶不走、用不了的木器跟動用家具先搬了去，豈不乾淨？等我一走，糧台上馬上就來接受，那時再搬東西，可就費事了。」

原來曹震替馬夫人籌畫，通州的房子閒放著不但可惜，而且還得派人看守；如今西北兩路，軍運繁忙，而通州是水陸要衝的大碼頭，差官往來頻繁，得要有個落腳安置的地方，正好租用這所大宅，作個公所。議定的租金是一年三百六十兩；而曹震在糧台出帳是一年六百銀子，從中落了二百四十兩的好處。「找房子真比替繡春找婆家還難。」夏雲悄悄跟秋月商議：「高不成，低不就。照我的意思，不如住在京裡；反正達臣走鏢就不在通州，不走鏢就沒事，也不必住在通州。住在京裡，又熱鬧、又有照應，多好！」

「好是好，無奈繡春不願意。」

「這話得分開來說。她不願意住在京裡，是因為不願意跟震二爺見面；我們住遠一點兒，躲開震二爺，不就行了嗎？」

「此言有理。」秋月頻頻點頭；「不跟太太住，那裡會遇得到震二爺？」

「就是這話囉！」夏雲央告著說：「這話我不便開口，你能不能替我疏通、疏通？」

秋月想了一下說：「也不用我疏通。請太太出面最好。」

由馬夫人出面，有個很冠冕堂皇的理由，捨不得繡春遠離。在繡春，既然能避開曹震，住在京裡常跟故主舊伴有盤桓的機會，何樂不為。因此，三言兩語就談妥了。

「這樣，咱們也得在京裡找房子了。」夏雲對繡春說：「鏢行都住外城騾馬市，咱們也在那裡找吧！可是，託誰呢？」

「這個，」繡春問說：「是不是等二哥回來了再說？」

「不必！我就可以跟仲四奶奶說。」夏雲又說：「太太的吩咐，住京裡又不礙他鏢局的公事，仲四夫婦不會有話說。」

「既然如此，託鏢局替咱們找好了。」

於是夏雲特地去了一趟鏢局，說明來意；仲四奶奶尚未開口，仲四已欣然表示同意。原來他另有企圖；王達臣夫婦住在京裡，消息靈通，可以找些好買賣，而且聯絡京裡的同行也方便。所以不但樂許，還很熱心地當天就派人進京，到騾馬市的鏢局中去打聽，可有合適的住房？

第三天就有了消息，在騾馬市找到兩處合適的房屋，都是小四合院，一處較新，一處較舊，但後院很大。請夏雲挑定了，或賃或典，再作計議。

約定了日子，鏢局派來了一名姓劉的趟子手，帶一輛騾車來接夏雲去看房子；繡春當然同行。車出鎮甸時，後面來了一騎馬，擦車而過時，跨轅的趟子手老劉眼尖，失聲喊了句：「那不是馮鏢頭嗎？」

果然是馮大瑞，圈馬回身，發現是夏雲與繡春，驚喜交集地勒住了馬。這時車也停了；馮大瑞招呼著問：「二嫂跟三姑娘上那兒？」

「進京去看房子。我家太太捨不得她，讓我們把家安在京裡。」夏雲一面說，一面手指繡春。

這時繡春正在解包頭防灰的絲巾，臉一揚，視線恰好與馮大瑞相接，她自然將眼光移開，但為了表示灑脫，找了句話問馮大瑞。

「你呢?也是進京?」

「是的。」馮大瑞答說：「我跟仲四奶奶的表叔有個約會。」

「是為捐官的事?」夏雲問說。

「是的。」

「辦妥了?」

「還沒有。沒有那麼快。」馮大瑞問說：「房子找在那兒?」

「騾馬市。」老劉接口：「鎮東鏢局方掌櫃代找的。」

「大瑞，」夏雲問道：「你是不是跟我們一塊兒去看看，也好認認地方。」

「當然，當然。」

老劉是知道他們的關係的，當即很知趣地說：「馮鏢頭，咱們換一換吧！你來跨轅，我騎你的馬打前站。」

「好！」

等馮大瑞下了馬；老劉接過韁繩，上馬說一聲：「馮鏢頭，鎮東見！」隨即先馳而去。

於是馮大瑞上了車，從車把式那裡接過手來，精神抖擻地有意要露一手給她們姑嫂看，但見長鞭一揚，韁繩一抖，口中不斷喊著駕御的口令，那匹騾子很聽話，掀開四蹄，筆直地跑了下去，又快又穩，一連超了三輛車，夏雲有些膽怯了。

「大瑞，你慢一點兒！」

「是！是！」馮大瑞連連答應，漸漸將車放慢。

夏雲倒想跟馮大瑞說說話，無奈風沙太大，開不得口；不過一路上已打算妥當，等進了京師廣渠門，關照馮大瑞將騾車停下，有一番話要說。

「大瑞，咱們不必打攪鎮東鏢局吧。」夏雲解釋理由：「第一，天氣太熱，我們灰頭土臉的，不成樣子；第二，鏢局子人多，也不方便。不如咱們自己找地方打尖；又省事，又舒服。」

「說得是，天氣太熱，主客兩不便。」馮大瑞緊接著說：「騾馬市大街客店很多，隨便找一家乾淨的打尖歇腿好了。」

「也還得要找你熟識的才好，說不定今天不回通州。」

「怎麼？」繡春急忙問說：「你今天打算住店，不回去了？」

「我是為你。」夏雲答說：「我想去看看季姨娘。如果是我一個人，就在她那裡住下了；怕你不願意，打算陪你住店。」

「不！還是趕回去吧。梳頭匣子替換衣服都沒有帶，多不方便。」

「那倒不要緊，跟季姨娘借來用就是了。不過，再看吧！」

原來夏雲是有意為繡春跟馮大瑞，安排一個相聚的機會；料想他們有談不完的衷曲，或許要秉燭相繼，特為預留餘地。

馮大瑞與繡春，當然不會想到夏雲會有這番苦心。不過，心情卻都輕鬆了，繡春從跟馮大瑞不期而遇，便擔心著到了鎮東鏢局，會有人拿他們開玩笑；而馮大瑞則根本不願讓人知道他跟繡春的關係，而此刻是可以躲得過去了。

於是，騾車復行，沿著這條總名南大街，又叫三里河大街的通衢西行，過了珠市口、虎坊橋，便是騾馬市大街；馮大瑞將車駛入最熟悉的聚魁店，上來迎接的夥計，見有堂客，不必交代，便在僻靜嚴密的後進東跨院，替他們找了連在一起的兩間屋子；接著便有個幹粗活的老婆子，提了茶水來伺候。

馮大瑞只略為撣了撣土，連茶都顧不得喝一口，先趕到鎮東鏢局與老劉會齊；也見了鎮東的掌櫃，不提繡春，只說夏雲；陪他的「把嫂」來看房子，只請他派人引路，其餘一概不敢麻煩。

於是鎮東派了個小夥計，與老劉跟著馮大瑞一起到了聚魁店。時已近午，安排午餐；飯後該出發去看房子了，繡春提議，不妨先把引路的人找來問一問再說。

那小夥計十四、五歲，名叫二順，能言善道，極其機伶，「照我看，兩位姑娘只看鐵門一處好了。」他說：「另一處不必看了。」

「另一處在甚麼地方？」馮大瑞問說。

「不遠；四川營棉花頭條東口、路北第一家。」

「為甚麼不必看呢？」

「那是一處凶宅。」

「照這麼說，」繡春問道：「那房子一定很大？」

「不大。」

「不大怎麼會是凶宅呢？」

這一問，可讓伶牙俐齒的二順直瞪眼了。馮大瑞也在納悶，房子不大，就不會成為凶宅嗎？這是個甚麼理？

夏雲卻懂她的意思。平時聽人談京師的掌故，說有「四大凶宅」；其中一半與吳三桂有關。繡春必是誤會了，以為二順所說的凶宅，為「四大」之一，所以才問出這句話來。

等她說明緣故；二順笑道：「原來是問棉花頭條的凶宅，是怎麼個來歷？這可有段故記兒在裡頭；先說四川營——。」

原來前明崇禎年間，南大街一帶，還是荒地。當時內憂外患，交相迭起，四川石砫土司馬千乘的寡婦秦良玉，帶兵勤王；在這片荒地紮營，所以後來有四川營這個地名。

四川營以西，由南往北、東西向的胡同，稱做棉花頭條、棉花二條，一直至棉花八條；當時都是秦良玉部下的營房。拱衛京師，亦同屯戍；秦良玉的軍紀甚好，操練之暇，以紡織代替屯墾，胡同而稱棉花，來歷如此。棉花頭條東口路北第一家，正對大營，是秦良玉執行軍法的所在，被戮的孤魂甚多，早年據說常常鬧鬼。這幾十年市面繁興，已沒有人記得這件事；偏偏二順知道這段掌故，繪聲繪影地一形容，夏雲自然不作考慮了。

「還有一處呢？」

「還有一處在鐵門。再往西去，靠近宣武門大街了。」二順又說：「那裡恐怕兩位姑娘也住不慣。」

「這又是甚麼道理呢？」

「鐵門靠近菜市口了，亂糟糟地。」二順又說：「那條胡同雖寬，地下經年都是潮的，進入很討厭。」

「據說鐵門有七十二口井。」馮大瑞作了解釋：「擔水的人一多，潑得滿地是水，所以經年是潮濕。」

「這也奇怪，」繡春覺得他們的話一定沒有說清楚，「一條胡同要鑿那麼多井幹甚麼？」

「非多鑿井不可。」二順答說：「鐵門醬坊最多，用的水也多。」

「算了！」夏雲當機立斷，「我最聞不得曬醬的味兒。」

「又臨近菜市口。」繡春不自覺地雙手合十，「阿彌陀佛！三天兩頭聽說殺人，可怎麼受得了。」

「也不會是三天兩頭。不過，」二順呲一呲牙說：「每年一過霜降，『紅差』不斷，倒真有點叫人心驚肉跳。」

「閒話不提吧！」馮大瑞問道：「二嫂，這一下，你跟三姑娘不是白來一趟了嗎？」

「不，不，房子有！」二順立即接口，同時將手往南一指，「好房子得過了菜市口，在半截胡同那一帶找。」

馮大瑞久涉江湖，已有領悟：當即關照老劉，先將二順帶到櫃房外面敞棚下去喝茶待命。然後才道破了二順說那些話的用意。

「這小子人小鬼大，大概他自己想賺中人錢，所以把鎮東方掌櫃介紹的房子，說得一文不值，也不能不聽他的。」

「這個地段本來就不好。」夏雲答說：「如果他真知道有甚麼好房子，就讓他賺中人錢，也是應該的。」

這意思是，二順如有路子，也不妨看看。馮大瑞便又叫二順喚了進來，一問果然，他說託他覓主兒的房子很多，內城外城都有，問夏雲愛住那個地段？

「還是外城。」夏雲問道：「你不說往南北截胡同有好房子嗎？」

「對！有兩處；不過不知道賃出去沒有。」

「你先說說，是怎麼兩處房子？」

據說一處在繩匠胡同，一處在南橫街，都是有泉石花木之勝的大宅門，可以分租。夏雲與繡春一聽都中意了；尤其是繡春，一直住的是軒敞的華屋，不慣於侷促的小戶人家。而且既是分租，便有朝夕相見的鄰居；馮大瑞不在家時，也有個照應。當下便都躍躍欲試地急著去那兩處房子。

那知二順真是馮大瑞所說的「人小鬼大」，說的全是沒影兒的話；不過有泉石花木之勝而能分租的房子，現找也有。於是便又扯個謊說：「兩位姑娘跟馮鏢頭得等一等。房子太好，看的人很多；如果已經賃出去了，大熱的天撲個空多沒意思？我得先去問一問，好在不遠，一會兒就來回話。」說著轉身就走。

馮大瑞手快，一把攥住他的肩，「慢著！」他問：「你這『一會兒』是多少時候？別一去到天黑才回來，把我們乾擱在這兒。」

「不會，不會。至多半個時辰。」

「二嫂怎麼樣？」馮大瑞掏出個大銀表看著說：「這會兒未正一刻；等他回來，差不多就申初了，看房子還可以，不過要趕回通州只怕不行。」

夏雲無所謂，她原就打算著要去看季姨娘的；所以只向繡春取進止：「你看呢？」

「先讓這小兄弟去看了再說。如果都賃出去了，也就看不成了，咱們馬上回通州；倘或要去看房子只好不走。至於住在這裡，還是住季姨娘那裡，回頭再商量。」

這樣安排，恰如夏雲的心意，因為正好借這段等待的時間，讓馮大瑞跟繡春有個私下交談的機會。所以等二順一走，她也想找個藉口開溜了。

「大瑞，勞你駕，到櫃房替我借一副筆硯，要一份信紙信封。」

「好！」馮大瑞掉頭就走。

「你幹麼？」繡春問道：「修書一封是給誰啊？」

「我寫封信告訴季姨娘，說不定會住在她那裡，讓她好替咱們預備。」

「得了吧！季姨娘又不認識字。」

「有棠官，還有四老爺。如果他們爺兒倆都不在，門上總識字吧！」

繡春不作聲，過了一會才說：「我想還是趕回通州為妙。『放夜站』也不要緊；這兩年有李制台，路上安靖得很。」

等馮大瑞將筆硯箋紙取了來，夏雲即笑道：「我那幾個鬼畫符的字，見不得人；你們在這兒聊聊，我到間壁去寫。」

就這樣順理成章地躲開了他們。繡春自不免有些發窘；但她知道，避免發窘最好的辦法，就是瞪直了眼看對方。但這一下卻害得馮大瑞發窘了。

「三姑娘有甚麼事沒有？沒有事我跟你告假。」

這竟是要開溜了。夏雲一片苦心，付之東流，何能心甘？急忙出來喊道：「大瑞，你別走；我的信馬上就好了，還得勞你駕，找人送一送。」

聽這一說，馮大瑞只好又坐了下去。繡春已知道夏雲的用意，倒不忍埋沒她的成全，而且本來也有兩句要緊話要跟他談，所以原來想等馮大瑞先開口的，也就不必拘泥了。

「你捐官的事怎麼樣了？」

「都談妥了。只等兌了銀子，領了部照，等兵部分發。」

「準能分發到平郡王那裡？」繡春問說：「要不要託一託人？」

「我已經託好人了。」

「是誰啊？」

「一位老世交。」馮大瑞隨口敷衍著。

馮大瑞的回答很簡短，而且一直低著頭，顯得十分侷促不安地，跟從前有說有笑的情形大不相同，以致繡春也有些談不下去的感覺。

沉默了一會，她終於把她最要緊的一句話說了出來，「你知道不知道，」她問：「我為甚麼希望你走得遠遠兒的去從軍？」

馮大瑞想了一下，很委婉地答說：「這也是人之常情，總希望我能夠做官上進。」

「不是！我不是那種勢利的人。」繡春緩慢而清楚地說：「我是希望你遠離是非之地。」

聽得這一說，馮大瑞倏然抬頭，「三姑娘，」他說：「你說通州是是非之地？」

「恐怕不一定是通州。」繡春搖搖頭：「你自己的事，自己知道；我也許是瞎猜。反正，我有這麼一個想法，你走得越遠，越是沒有熟人的地方越好。」

這下讓馮大瑞在心裡激起無數漣漪，困惑而又憂慮；同時又因為猜不透她的意思而在心裡著急。遇到這種傷腦筋的時候，他有個習慣，便是用左手不斷捏下巴。

手剛一抬，繡春就發現了，「你的手怎麼了？」她說：「小手指怎麼斷了一截！」

聽得這話，受驚的不是馮大瑞，而是夏雲，急忙將筆放下，從板壁縫隙中去張望，恰好跟馮大瑞對面，只見他是用驚疑的目光，怔怔地望著繡春。

完了，夏雲在心裡喊，西洋鏡要拆穿了。

幸而沒有。馮大瑞當然已經知道，他那半截斷指不曾到得繡春手裡；否則，她不會有此一問。起初只覺得這件事太出人意外，只在想是仲四奶奶，還是夏雲截住了，因而忘了回答；及至想起應有所答時，轉覺欣然；原來做錯了一件事，幸虧有人彌補。

這一轉念間，臉上不自覺地有了笑容，「那天跟人過招，不小心讓人削了半截指頭。」他說：「這是練武的人，常有的事。」

不道繡春已經疑雲大起，第一，起初的表情，明明是詫異；其次跟人過招，落了下風，何來這副高興的笑容？當然，這是心裡的話，不便出口；她只問：「為甚麼當時不接起來呢？」

「連皮搭肉才能接得上；掉在地上，沾了灰塵就接不上了。」

「虧得左手小指上的一截，還不礙事。」繡春說道：「如果是削掉大拇指，可就糟糕了。」

馮大瑞笑笑不響，繡春也沒有再提此事。隔壁的夏雲才略為放心，回去將信寫好，走過來遞給繡春看，問她寫得可合適？

這便是個漏洞。雖說她故意避開，是為了安排他們私下談心，出於好意，但因有馮大瑞斷指這個疑團在，她覺得有暗示她不是能隨人擺布、懵懂無知的人的必要，所以不肯接信。

「你不是說你那幾個鬼畫符的字，見不得人嗎？那，我就不必看了。」

雖是含笑而言，但在夏雲，這個釘子碰得也夠厲害的，以至於連馮大瑞都惴惴不安。

夏雲婚後，涵養深得多了，臉上倒還能撐得住，不過心裡卻有警惕，知道繡春動疑了。

「二嫂，」馮大瑞急忙插進去說：「老劉在京裡很熟，我讓他騎我的馬，把信送去。」

「那就勞駕了。」夏雲問說：「他識字嗎？」

「認識，認識。」

「這就更好。地址寫在信封上。」

「要不要等回信？」

「不必！送到就行了。」

於是馮大瑞持著信去交代老劉。屋子裡只剩下姑嫂二人，各懷心事，都沒有開口。

不過，這也只是極短的片刻，因為彼此都發覺這是非常不自然的情形，所以夏雲故作不知地問道：「你跟大瑞談了些甚麼？」

「談他捐官的事，說快成功了。我問他要不要託託人，他說不必。看樣子彷彿有點兒在賭氣。」

「跟誰賭氣？」夏雲笑道：「跟你嗎？絕不會，你在他心裡是一尊觀世音菩薩。」

「哼！」繡春帶些冷笑的意味：「我有觀世音的神通就好了。」

「怎麼呢？」

「如果我有觀世音的神通，我就能知道他左手小指頭，為甚麼斷了一截？」

「甚麼！」夏雲故作吃驚狀：「他小手指斷了一截？」

「莫非你沒有瞧見？」

「沒有瞧見。」夏雲又問：「是怎麼斷的？甚麼時候？」

「從你跟二哥回來以後。那天我陪芹二爺來看祭倉神，順便打聽你們的消息，看見他還是好好的。」

「那麼是怎麼斷的呢？」

「他說跟人過招，不小心讓人削掉了一截。」

「這也是常有的事。」夏雲趁機說道：「你別提這件事了。過招失手，說出去丟人。」

「不見得。」繡春搖搖頭，「他還笑容滿面，彷彿挺得意似地。」

「嗳！」夏雲故意嘆口氣：「你也真是，都說你精通人情世故，難道連這一點都想不通？遇到這種事，不表示不在乎，難不成還向你哭喪著臉訴苦？」

繡春想想這話不錯，自己倒失笑了。

因為如此，繡春心頭的疑雲沖淡了些，又想到此行的正題，「今天我看要住下來了。」她的態度一變：「你住在季姨娘那裡；我去打攪鄒姨娘好了。」

「是啊，難得來一趟，總要把事情辦妥了才好。北京這麼大，房子多的是，住個兩三天必能找到合適的。」

正談到這裡，發現馮大瑞的影子，後面跟著頗為得意的二順，說繩匠胡同有一處極好的房子可以分租，趕緊去看，遲則不及。

於是二順領路，馮大瑞跨轅，駕著自己的騾車，穿過菜市口，進了北半截胡同，轉東便是繩匠胡同；看了屋子回到聚魁店，夕陽已經上東牆了。

「信送到了？」馮大瑞問說。

「是的。」老劉答說：「還是位曹家的二爺，跟我一起來的。」

聽得這話，繡春頓時變色，夏雲亦頗為緊張——她們都當是曹震。有馮大瑞在此，是太不巧了。當然，她比較沉著，先悄悄拉了繡春一把，示意不必擔心，她會料理；然後問說：「那位曹二爺在那裡？」

「剛才還在這裡看書，這會兒不知那兒去了，」老劉拉住一個夥計問：「剛剛跟我在一起那位少爺，上那兒去了。」

「在裡面，在裡面。」

夏雲聽出話中有異，第一，曹震不會坐在這裡看書；第二，以曹震的年齡該稱老爺而非少爺。因而又問：「那位曹二爺多大年紀？」

「十六、七歲吧！」

「原來是棠官。」夏雲如釋重負：「進去吧！」

她還是猜錯了！而且大出意外，這曹二爺雖非曹震，亦非棠官，而是曹雪芹；相見之下，無不歡然。當然，他首先要招呼馮大瑞。

「想不到在這裡跟你聚會，太巧了。」曹雪芹執著他的手問：「這一向興致如何？」

馮大瑞不慣於這樣的應酬，也不知興致二字作何解釋，只抱著拳說：「託福託福！」

「你在京裡有幾天耽擱吧？咱們好好敘一敘，我還想替你引見幾位朋友。」

馮大瑞不想多事，更不想結識新知，急忙答說：「謝謝，謝謝！芹二爺，不瞞你說，今天是遇見王二嫂跟三姑娘，我義不容辭要陪她們兩位找房子；否則我辦我自己的事去了。大概明天中午就得回通州，還有事等我料理。等下一回再好好敘吧。」

「喔，」曹雪芹這時才問夏雲：「怎麼在京裡找房子？」

「是太太的意思，住在京裡，大家熱鬧些。」

「太好了，太好了！」曹雪芹興奮之情，溢於言表：「房子找定了沒有？」

「看了二處，在繩匠胡同；房子很老，可是很講究，一個小花園，三間平房；另外還有廚房、下房。」夏雲又說：「我跟繡春都挺中意的。」

「噢！」曹雪芹問：「你是打算買呢，還是暫且賃著住？」

「先賃著住，等達臣來了再說。」

「丟了定沒有？」

「丟了五兩銀子的定。」夏雲看他問得如此詳細，料知別有緣故，當即問道：「芹二爺，你看怎麼樣？」

追問之下，曹雪芹只說那房子或許亦不吉利，反正只五兩銀子的定錢，只當丟在水裡，亦不是一件大不了的事。又勸夏雲，找房不必性急；他在咸安宮官學，結識了好些老侍衛，熱心可靠，大可託他們物色。這件事包在他身上，保證辦得圓滿。

聽得這一說，馮大瑞便將二順打發走了。繡春便問：「何以這麼巧，送信的人去了，你正好在那裡？」

「如今每逢三、八的日子，我都到四老爺那裡去領題目、交策論。四老爺管得我更緊了。」

「那麼，今天倒放了你一馬？」

「也是碰得巧，四老爺今天帶著堂官有應酬去了。」曹雪芹問道：「你們倆今天住那兒？」

夏雲深怕繡春又改主意要回通州，搶先說道：「住四老爺那裡。我們倆已經說好了。」

「那麼——，」曹雪芹沉吟了一會說：「回頭你們倆先走。我陪馮大哥喝喝酒、聊聊天；回頭再到四老爺那裡來看你們。」

「能趕得上嗎？」

「趕不上就倒趕城。」曹雪芹說：「如果是倒趕城，我明天上午來看你們。」

原來前門一到天黑，便即閉城；但只關閉兩個時辰，到子時復又開啟；出城不能及時趕回，只有到午夜開城再回家，名之為「倒趕城」。

「那麼，」夏雲說道：「我們就先走。芹二爺，能不能勞你駕，先送我們去了，原車再回來？」

「行。」

於是將馮大瑞請了進來，把商定的計畫告訴了他。不道夏雲與繡春正預備上車時，錦兒派了個老婆子來，指名要見繡春。

這個老婆子姓楊，繡春不認識她；她卻認識繡春，原來這楊媽曾到通州馬夫人去送過錦兒所孝敬的食物，聽旁人悄悄指點過，那就是曾為「震二爺寵過」的繡春。此時一見，一面請安，一面說道：「姨奶奶打發我來見繡姑娘，說是無論如何，請繡姑娘去住一宿，有好些話要說。如果繡姑娘不肯去，姨奶奶就自己過來；不過姨奶奶有四個月的喜了，身子很重。繡姑娘肯體恤我們姨奶奶，就請勞駕吧！轎子在門口；說還有位王二奶奶，也一塊兒請了去。想來這位就是王二奶奶了！」說著，便抬眼去看夏雲。

「喔，我姓王。」夏雲很客氣地說：「楊嬤嬤你請坐。」

楊媽卻很懂禮，重新請了個安問好。夏雲有些受寵若驚之感，卻顧不得說兩句客氣話；只望著緊皺雙眉、困惑萬分的繡春發楞。

倒是曹雪芹有主意，向楊媽問道：「你們姨奶奶說還有甚麼話，是你沒有說出來的吧？」

「我們姨奶奶說，請繡姑娘儘管來，一定住得安心舒服。」

「喔，還有呢？」

「沒有了。」

曹雪芹沉吟了一會又問：「你們姨奶奶怎麼會知道，繡姑娘跟王二奶奶在這裡？」

「是季姨娘派人去通知的。」

「你看，」繡春接口：「喜歡多事的人，專會找莫名其妙的麻煩。」

「也不能說是麻煩，我們也很想看看錦姨奶奶。」夏雲轉臉又向曹雪芹說：「芹二爺，你請過來，我有點事跟你商量。」

兩人走到廊上，躲得遠遠地悄悄低語；彼此的疑問相同，錦兒那句「一定住得安心舒服」的話，是甚麼意思？

「我猜震二哥不在家。」曹雪芹說：「前一陣子我聽說，他要出差到保定去，得有五六天才能回來。」

「這就不礙了。芹二爺，請你問一問楊媽。」

一問果然，「是昨兒動身的。」楊媽答說：「要去十天。」

聽得這話，曹雪芹與夏雲不約而同地轉眼去看繡春，而繡春仍在遲疑。

「這樣好了，」曹雪芹說：「你們先到了四老爺那裡，再定行止。」

「也只好這樣了。」繡春無可奈何地答說。

到了曹頫家，跟季姨娘、鄒姨娘還在敘寒溫之際，錦兒已經親自來接繡春了。

但夏雲畢竟多時不見，少不得有一番周旋；直到天色將黑，才同車而歸。繡春撫著錦兒的腹部笑道：「兩個月不見，這麼大了。看來是個男孩。」

「如果是男孩，寄名給你，好不好！」

「我可沒那麼大的福氣。再說，你們曹家也沒有這樣的規矩。」

「甚麼你們曹家！莫非你就不是？」錦兒又說：「震二爺——。」

「嚼！」繡春很快地截斷他的話，「你別提他，不然我還回四老爺那裡去。」

「好！不提他。」夏雲接著笑道：「談談你那位馮大爺總可以吧！」

「也沒有甚麼好談的。」

這時車已進了胡同東口，停住一看，是很體面的一所住宅，簇新的黑油大門，門外照牆、門內影壁。大門旁邊油紅紙大書「定邊大將軍糧台曹寓」。門房與聽差都到車前來迎接，哈腰招呼：「姨奶奶回來了！」

隨車的丫頭先下了車，伸手來扶錦兒，卻讓繡春將她一把拉住了，「你先別下！閃一跤不得了。」她說：「等我先下。」

及至繡春一下，楊媽也已趕了出來，連繡春一共三個人，小心翼翼地將錦兒攙扶著，踩著踏腳凳下了車。一進門洞，有好幾個下人模樣的漢子，都肅然悄立；繡春不由得納悶，曹震怎麼一下子這麼闊了，用這麼多聽差。

及至進二門，到上房，剛剛站定，便見門房接踵而至，手裡持著一疊柬帖；錦兒便隔著窗戶問：「甚麼事？」

「有幾家來送禮。」門房答說：「二爺臨走交代，有人來送禮，那家可以收，那家謝謝，都得請姨奶奶的示。」

「喔，拿我看。」

等將一疊柬帖接到手中，數一數共是七份；繡春側眼望去，見有「申賀華誕」的字樣，方始想起，曹震的生日近了。而剛才門洞裡所見到的那些人，都是來送禮的。

「一家都不能收。」錦兒吩咐：「你告訴他們，說二爺小生日，概不驚動，也不敢收禮。拿回帖打賞他們走吧！」

「這黃家——。」

「你別說了。」錦兒很威嚴地打斷門房的話：「說不能收就不能收。」

門房碰了個釘子，還是恭恭敬敬地應了一聲：「是！」取了柬帖，退了出去。

「都是有求而來的。」錦兒對繡春說：「糧台上採辦的東西，花樣倒是真不少，不過上頭管得緊；貪小便宜出漏子，王爺就此不相信了，那就是『自作孽，不可活』了。」

聽得這話，繡春不由得生了幾分敬意。當初在一起時，繡春只覺得她老實，若說辦事，不覺得她有甚麼長處，如今卻有自愧不如之感。

這下勾起了往事，不由得嘆口氣說：「當初二奶奶有你這份見識，又何至於落到今天這般光景。」

「今天的光景也不壞。只是四老爺跟二爺都怕吃苦。太福晉說，如果四老爺肯到前方去一趟，馬上可以起復。如今總要等王爺大大打一個勝仗，辦保案的時候，才能把名字添上去，總還有一年半載好等。」

錦兒又說：「二爺也是天天盼望打勝仗。」

「那時候可是雙喜臨門了。」

「怎麼是雙喜？」

「這不是！」繡春指著錦兒的腹部說。

復官生子自是「兩喜」，而對錦兒的關係，尤其重要，因為生子便可扶正，由姨奶奶正名為「震二奶奶」，這便是修成正果了。

心裡這樣想著，隨口說了句：「這要託你的福。」

繡春覺得她這句話，語意曖昧，心中大起警惕，當即正色答說：「這與我甚麼相干？你們倆的事別扯上我。」

錦兒原是無心的一句客氣話；見此光景，不免一楞，但等想通了，是繡春起了誤會，便趁機說道：「我的意思是借借你的喜氣。我天天在盼望喝『傳紅』的喜酒；怎麼，日子定了沒有？」

這是指文定，也就是所謂「傳紅」的日子。繡春在這一點不要委屈之感；而且也有些懷疑兄嫂不盡不實，便即答一句：「你去問夏雲！」

「你自己的事，又何用問夏雲；夏雲也作不了你的主。到底是怎麼回事？」

看她神態懇切，何況又是私下密談，繡春不能推託。但她希望馮大瑞從軍的原意，又不便透露，那就只好這樣說了，「他不願意幹鏢行。」她說：「倒對當武官有興趣，打算捐個千總到王爺那裡去當差。其餘的事，將來再說。」

所謂「其餘的事」是指他們的婚事。錦兒覺得到了該說知心話的時候了，便想了想措詞，從容說道：「恭喜你！姐夫是有志氣的。我們姐妹的命，以碧文最好；你也是先苦後甜。不過，姐夫大可不必這樣做。」

繡春不由得問：「那麼，該怎麼做呢？」

「王爺那裡用的人多，官不太大的，自己可以先下了委，再動公事到兵部。現成有路子在這裡，不出兩個月，包你是位官太太。」

繡春笑道：「我可沒有那樣的福氣。看你連公事都懂了，甚麼『先下了委，再動公事到兵部』；倒是十十足足掌印夫人的口氣。」

「我可是跟你說心裡話。」錦兒略停一會，將身子靠近繡春，壓低了聲音說：「終身大事犯不著鬧甚麼閒氣，而況也這麼多年了；我勸你聽我的話。」

以繡春的機警，一聽便知又牽涉著曹震；但只要他不是心猶未死，在她身上打主意，亦就不便拒人太甚，而況錦兒確是以知心姐妹相待，就更不忍拂她的好意了。

於是她說：「好吧！姑妄言之，姑妄聽之。」

「二爺常跟我說，他欠你的很多；聽說你的喜事，也很高興，總想盡點兒心。他讓我跟你說：如今有個絕好的機會，要解兩百萬銀子的餉銀到巴里坤，當然要派大批人馬護送；姐夫是鏢客，很宜於當這個差使，想派他做嚮導官。等這趟差使回來，敘了勞績，馬上就可以補實缺。這不是很好的事！」她又緊接著說：「除非你負氣，不肯領這份情。」

「你倒會使『金鐘罩』的功夫。」繡春笑著回答；臉色漸漸地轉為嚴肅了。

「你別盡自閃閃躲躲的！今天問不出你心裡的話來，我不睡覺，算是跟你泡定了。」

這是下了破釜沉舟的決心，不僅因為感情深厚；也是為她自己求個心安。誠如繡春所說的，她不久便會「雙喜」臨門，而且遲早會成為曹家的正主兒。到了那時候，如果看到繡春依舊飄泊無依——她不以為馮大瑞從了軍，一定會凱旋回京，風風光光地迎娶繡春；那時又何能安心享福？而且她深知曹震對繡春的舊情未減；倘或不將她安置在善地，可能古井重波。而目前唯一將她安置在善地的辦法是，讓她早早嫁了馮大瑞；再想法子能使馮大瑞不親鋒鏑，安安穩穩地做他的武官，與繡春廝守不離。

錦兒的這種心情，繡春多少體會得到；可是她確信馮大瑞走得越遠越安全；如果領了曹震的情，當了一趟解餉嚮導官的差使，派在糧台辦事，依舊不能免禍。而且，那一來她的過去，也遲早會讓馮大瑞知道；任何一個有志氣的男子漢，都會覺得不是味道，夫婦的感情那裡還能好得起來？

這樣仔仔細細地想過來，她覺得對錦兒倒不難應付了。你是太熱心了，只顧自己一門心思在想，怎麼樣能幫我的忙？我當然感激。不過，繡春平心靜氣地說：「我自己的事，總只有我自己最清楚。這話是不是呢？」

「當然，當然。」錦兒欣慰地答說：「只要你這樣子肯跟我老老實實談，有甚麼難處，好好商量著辦！那才像自己人。」

「我幾時拿你當過外人？這也不必去說它了。我只問你，你可想到過，我跟你不同？」

「咱們倆不同的地方很多，你是指那一件？」

「咱們說的那一件事，就是指的那一件。你，如今二爺對你言聽計從，有甚麼話，簡直可以毫無顧忌；我可怎麼跟人家去說？」

「那還不容易？你告訴你二哥，請他去說好了。」

「這就壞事了！我二哥先就不願意管這件事。」

錦兒默然。王達臣因為繡春的關係，根本就不願意理曹震；他之不願意管這件事，應在意料之中。

「那麼，託夏雲也一樣。」

「不一樣。」繡春答說：「夏雲做事，最有邱壑，不問過我二哥，她不會冒冒失失去跟人家談的。」

錦兒大為懊喪，「這就難了！」她不由得長長地嘆了口氣。

「原是難嘛！事非經過不知難。你別瞎費心思了！」

「我倒不服氣。」錦兒不肯死心：「總有法子好想。」

此時繡春的心情卻很猶豫了，「你慢慢兒去想吧！」說著，站起身來去看錦兒的繡花繃子；繡成的部分怕弄髒了，用半透明的皮紙蒙住；看得出是「劉海戲金蟾」的花樣。

這自然是男嬰的繡褓；由此可以想見，錦兒是如何盼望生子。但旗下人家，生女又何嘗不好？繡春心想，這應該勸她幾句，免得萬一生個女兒，失望過甚。

「你也太認真了！」她說：「結果最好，開花也不壞。你看，太福晉不就是榜樣？」

錦兒正在想心事，一時無法領會她的話，細細想了想，方始明白，「包衣人家有幾個像太福晉那樣的？」錦兒答說：「挑了進去當宮女，一年見不了一兩回，那種日子我可受不了。」

「你怎麼能老往壞處去想。照你的話，包衣人家就不能生女兒了。天下那有這個道理？」

「我不跟你爭，我也沒有功夫跟你談這些道理。」

正說到這裡，丫頭來報開飯了。六個菜一個湯，還有好些小碟子，是宜於飲酒佐粥的醬菜醃臘之類；繡春怕喝了酒，言多必失，點滴不飲，喝了兩碗小米粥，吃了兩張餅，便即停箸。

飯罷喝茶聊家常，正談得起勁，忽然聽到外面有人聲；繡春眼尖，笑盈盈地說：「芹二爺來了。」

錦兒心中一動，將正要迎出去的繡春拉住；接著便高聲吩咐：「請芹二爺在二爺書房坐，看芹二爺吃了飯沒有？」

此時曹雪芹已上了上房台階，聽得這話，高聲答道：「我跟馮鏢頭在廣和樓吃的飯。」

「那就先請在二爺的書房坐。我們就來。」接著滿臉興奮地說：「我不是說，總有法子好想；可不是！如今有法子了，我讓芹二爺跟姐夫去說。」

這是錦兒這天第二次稱馮大瑞為「姐夫」，繡春聽入耳中，別有一股滋味在心頭，一時便忘了答話，而錦兒卻以為她是同意了。

「你在這裡靜聽好音吧！」她說：「我先跟他把這件事說妥了；咱們再一塊兒聊天。」

「不，不！」繡春拉住她說：「再琢磨、琢磨，急甚麼？」

「不用琢磨了。我的主意沒有錯。」

自以為得計的錦兒，怎麼也想不到曹雪芹會兜頭澆了她一盆冷水。

「姐姐！」這是從她有孕以後，曹雪芹所改的稱呼，「你管不了這件事，最好不要管。」

「你怎麼知道我管不了？」錦兒大不服氣，「而且繡春的事，我又怎麼不管？你倒說個道理我聽聽。」

曹雪芹當然有他的道理。在廣和店小酌之時，他也曾提到類似的提議，可以在平郡王那裡替他走走門路。那知道馮大瑞的回答，就跟他此時回答錦兒的話差不多，而語氣要嚴重得多。

「請你千萬別管我的事！芹二爺，你不但管不了，而且管了會出絕大的麻煩。」

曹雪芹自然大吃一驚；「怎麼回事？」他問：「會出甚麼大麻煩。」

「芹二爺，請你別再問。我很懊悔，當時跟你談了那麼多。我此刻不但不能告訴你；而且一定要請你把這件事，把我這個人忘記掉。芹二爺承你不棄，看得起我；我可是把你看得比我把兄弟還親。我說的話，字字打心坎裡出來的；你是有學問的人，閒下來細細去想想我的話。」

這便是矛盾了，既要他忘了這件事，甚至忘掉他這個人，卻又叫他去細想他的話。那麼，到底要不要把其人其事都丟開呢？

「芹二爺，我再說一句，如果有人跟你談我，你不必搭腔，就像根本不知道我這個人那樣。」

「那怎麼行。你是繡春姐——。」

「芹二爺，」馮大瑞立即打斷他的話，「這是冤孽！我也不知道該怎麼說？」說完，一仰脖子，把一碗「二鍋頭」都吞了在嘴裡，慢慢嚥著，愁眉苦臉地，簡直是欲哭無淚的神態。

曹雪芹驀地裡意會，「你是不打算娶繡春姐了？」他問。

「不是不打算，是不能。」

「為甚麼？」

「芹二爺你又要問了！」馮大瑞怔怔地瞪著曹雪芹，那神情令人害怕。

「你一定有句非說不可而又很難措詞的話？」曹雪芹體諒地，「你慢慢想，不急。」

說完，他好整以暇地去剝剛自江南運到，一兩銀子一個的螃蟹，全神貫注地，根本無視於馮大瑞在他的對面。

吃完一個螃蟹，去剝第二個時，他的手讓馮大瑞撳住了，「芹二爺，」他說：「我拜託你一件事。等我一走，你想法子讓三姑娘把我忘掉。」

曹雪芹不作聲，也是怔怔地瞪著馮大瑞。

「芹二爺，」他提錫壺替曹雪芹斟酒，「如果你許了我，請你乾這杯酒。」

「我怕辦不到。」

「我也知道很難。不過『只要功夫深，鐵杵磨成針』，你慢慢兒來。她跟我說過，她只佩服你，跟你談得來。」

「好吧！」曹雪芹慨然相許，「我盡力而為。」說罷，乾了馮大瑞替他斟的那杯酒。

但曹雪芹沒有想到，這個難題在馮大瑞還未走時，便已遇到。當時沉吟好一會說：「姐姐，我老實跟你說吧！馮大瑞這個人的脾氣很僵，還有個越扶越醉的毛病；你越是替他著想，他越不領情。明知不行，我又何必去碰這個釘子？」

「你管我叫姐姐，你就不能為姐姐去碰一個釘子？不然，我也不要這個虛好聽的名兒。」錦兒又說：「何況又是為了繡春。」

這可真讓曹雪芹再也想不出推託的話了。思路到了推車撞壁的地步，有時自己會轉彎；曹雪芹心中一動，隨即答說：「好吧，碰個釘子也算不了甚麼。」說著，笑了一下。

錦兒從小看著他長大的，曹雪芹的毛病都知道；每遇他要調皮了，便會有這種笑容，當下提出警告：「你可別哄我！你跟馮大瑞說了沒有，我自會知道。如果你騙人，看我以後還理不理你。」

曹雪芹原就是打的這個主意，如今讓錦兒說破在先，便又變了主意，斬釘截鐵地說：「我一定說，不過我可以告訴你，一定碰釘子。」

「那，你不用管，只說了就行。」

「好吧！準定這麼辦。」曹雪芹又說：「不過我還得趕出城去，不然他明天一大早就走了。」

「是不是！」錦兒得意地說：「我就知道你的鬼主意，明天出城去晃一趟，說人家已經走了，是不是？」

曹雪芹笑笑說道：「你可是越來越精明了！怪不得震二哥這麼怕你。」

「你別胡說，傳出去不知道我多凶似地。」錦兒把話題很快地又拉了回來，「你知道馮大瑞要到那兒去？」

「聽說是昌平州。」

「幹麼？」

「我沒有問他，各人有各人的事，何必去打聽？」曹雪芹緊接著說：「走，咱們找繡春聊天去。」

「你不是要趕出城去嗎？不如就在這兒睡一晚；回頭我叫你。繡春明天不走，明兒再聊好了。」

曹雪芹原有些酒睏，想想也不錯，便卸了綿春夾袍，在藤椅上躺了下來；錦兒取條羅剎國的毯子替他蓋上，掩上房門，回到自己屋子裡，只見繡春支頤獨坐，對著燈台在發愣。

「跟他說過了；他今晚趕出城去跟馮大瑞談。他明兒一大早到昌平州去，你有甚麼話？讓芹二爺替你帶去。」

「我有甚麼話？」

「譬如，問他昌平州那天回來；仍舊可以送你回通州。」

「你也真是，熱心過度了。」繡春又說：「我還真沒有想到，為我的事，連太太在內，都起勁得不得了。莫非真的當我無處容身了，不管有沒有人要，趕緊要拿我送出去？」

這話在錦兒聽來，心裡當然很不是味道，不過她的涵養比繡春深得多，當下笑笑答道：「你別發牢騷！只怕你將來還會忘掉娘家呢！」

繡春也覺得話說得過分了些，便不再答她的話；只問：「芹二爺在幹甚麼？」

「他本來要來找你聊閒天，我勸他睡一瞭，回頭好有精神辦事。」錦兒又說：「你明兒別走；我陪你逛逛去。」

對此提議，繡春倒是大感興趣。這因為心境不同了，以前心頭有一層蔽境，總以為自己雖未削髮，至少也是半個出家人，大千世界，擾攘紅塵中的一切，都已絕緣。她平時最大的興趣是，跟曹雪芹娓娓清談，參參似通非通的禪；鬥鬥無傷大雅的機鋒。曹雪芹最大的好處是，從不掃她的興；機鋒鬥不過了，付之一笑，從不氣惱。這跟她的性情是不大相符的；她知道他完全是同情她、安慰她，似乎只要她高興，他甚麼事都不在乎。

但這層蔽境，從那天月明之夜，與秋月肝膽相照時，便已在無形中漸漸消失；塵世萬象，往往午夜夢迴時，在她心頭不期而至。所以此時一聽得錦兒的話，便笑嘻嘻地答說：「好呀！到那裡去逛逛？」

「你想到那兒去逛？」

繡春想了一下說：「琉璃廠。」

錦兒大為詫異，「你怎麼想到這個地方？」她說：「那兒盡是舊書鋪、裱畫鋪、南紙店，從沒有聽說婦道人家去逛琉璃廠的。」

「我是常聽芹二爺說，逛琉璃廠一逛就是半天——。」

「他是書獃子，理他呢！」

「那麼，你說呢！逛那兒？」

錦兒想了想，又扳手指數了一下說：「明兒隆福寺廟會；咱們逛廟會去。你難得來一趟，要替太太捎甚麼東西回去，明兒廟會上全有了。」

「人多不多？」

「你這話簡直老趕！廟會人不多，那兒人才多？」

繡春也笑了，「我是怕人多，擠了你的肚子。」她覺得就逛廟會不能讓錦兒陪著去，所以又加了一句：「怪熱的！算了吧。」

「不要緊！我也好久沒有逛廟會了。」

「不，不！動了胎氣，我這個罪可當不起。省點事吧！」

「那怎麼辦呢？你又難得到京裡來一趟。」

一語未畢，繡春搶著笑道：「你別管我了。我有地方逛。」

錦兒見她笑容詭祕，不由得多看了她一眼，同時也想明白了；卻故意問道：「你有了甚麼主意。」

「你且猜上一猜。你一定猜不到。」

「不見得，咱們賭個東道好不好。」

「好！你說，怎麼賭？」

「我輸了替你繡個肚兜，外帶送一條鍊子。你輸了呢？」

「唷！這個東道可不小。等我想想。」

「你別想了，我說吧！你輸了替我買幅畫。要老虎。」

聽得這一說，繡春大笑：「我輸了！」她說：「我一定替你買幅老虎回來；不過，那頭老虎若是母的，可別怨我。」

原來繡春是打算請曹雪芹陪她去逛琉璃廠；所以聽錦兒一說買畫，就知道她猜到了。指明畫中是虎，自然因為錦兒算日子在明年正二月坐月子；明年甲寅，寅為虎，倘生女孩便成了母老虎，因而作此戲謔之詞。

「閒話少說，看看是甚麼時候了？」錦兒看小金鐘上，長短針並指在「十一」上，便又說道：「快交子時了。我去叫醒他！」

「不必！索性讓他多睡一會。唷！」繡春突然想了起來，「他可怎麼去法？總不能走了去。」

「怎麼會走了去，有車有馬，看他喜歡那一樣？」

這時繡春才想起來，曹震辦糧台，有的是車馬；當即說道：「別讓他騎馬吧！摔著了可不得了。」

「我也這麼說。」

於是錦兒派丫頭到門房中去關照，半夜裡還得出城，讓車伕伺候著。然後又預備了點心，快近子正時，才去叫醒了曹雪芹。

「這一覺睡得很舒服。可以跟馮大瑞作長夜之談了。」旋又說道：「不，長夜之談，不如作長夜之飲。姐姐，有甚麼吃的，讓我帶走。」

「有個醬肘子；那蒸了一塊青魚乾在那裡。」

「行了！得帶一瓶好酒。」

帶的酒不是一瓶，是一罎——紹興專銷京莊的花雕，一罎五斤；連食盒一起帶上車去。曹雪芹將走時，錦兒將他拉到一邊有話說。

「你問馮大瑞那天回來？最好還是讓他送繡春回通州。」

「好！這一點大概不會碰釘子。」

「還有，明天你得陪繡春去逛琉璃廠。」

「這可是異想天開了！只怕不行。等我回來再談吧！」

「對了！」錦兒又說：「你今晚上就睡在這兒好了。」

「不是今晚，是明兒一清早了。」

曹雪芹的意思是，真的要跟馮大瑞作長夜之飲，等送他上馬後，再坐車回來。那知去了不到一個時辰，便已回來；錦兒剛剛睡下，得知信息，復又起身到客房中來照料曹雪芹，順便打聽馮大瑞。

「不巧之至，我一去，他正要跟朋友一起出門。你看，我把酒都原封不動帶回來了。」

「夜這麼深了，他還要到那裡去？」

「我沒有問，也不便問。」曹雪芹說：「不過我跟他約好了，他十一上午回來，本打算馬上去涞水；不過送一趟通州，他也很樂意，不過耽誤一天的功夫。」

「明天初九，後天初十，十一回通州，也還是太侷促了一點兒；只好到時候再說。喔，還有，」錦兒問說：「你說繡春想逛琉璃廠異想天開，這話倒也是；不過何以又說不行呢？莫非琉璃廠還不准堂客過路？」

「過路當然無所謂；你說，繡春到那裡去逛甚麼？」

「有甚麼逛甚麼。」

「琉璃廠多的是舊書鋪，再就是骨董店、裱畫店；此外有賣眼鏡、賣煙筒的，還有補牙、補兔唇的。你去逛甚麼？」

「原來還有這麼多店，我只以為盡是舊書鋪、骨董店呢！」

「我也知道繡春想逛舊書鋪；可就是從沒有一位堂客到那裡去過。要買甚麼書，叫人去就是了；買得多了，或者珍貴版本，還可以送來挑。」曹雪芹又說：「堂客逛舊書鋪的事，偶爾也有；不過犯不上去落那麼一個難聽的名聲。」

「難聽的名聲！」錦兒詫異：「逛舊書鋪是雅事，有甚麼難聽？」

曹雪芹笑笑不響，只說：「我還想喝碗武彝茶。」

「有！」錦兒帶些要挾地，「你先說了，我馬上沏給你喝。」

「你要我說，我就說。大概是前年吧，來薰閣去了個衣著入時的堂客，要買一部《疑雨集》，招來了好些人看熱鬧。有人知道她，是蘇州來的一個詩妓——。」

「啊，」錦兒掉身就走：「你別說了。」

不一會錦兒親自沏了武彝茶來；影綽綽地，看過去還有一條影子，到得窗外光暉之中，才看清楚是繡春。

「怎麼？」她一進門就說：「北京城這麼霸道，女人連逛琉璃廠都不許？」

曹雪芹笑而不答；錦兒有些發窘，原來她沒有把話說明白，繡春有些生氣，她又不便再多做解釋，因而表情尷尬。

曹雪芹看繡春左手扠在腰間，腳下站的是丁字步；不覺心中一動，笑著答說：「等我來想個法子，讓你去逛一逛。」

「逛逛街還得想法子，不是欺侮人嗎？」

「不是北京城欺侮你。」他說：「你跟著我去逛琉璃廠，會落個不好聽的名聲。」

繡春亦不問那是甚麼不好聽的名聲，負氣地說：「反正我的名聲，也夠不好聽的了！我不在乎。」

「你真不在乎？」

「是的。我說的話，一定算數。」

「你不在乎就好辦了。」曹雪芹問道：「你不在乎女扮男裝吧？」

這話就不但繡春，連錦兒亦大感興趣，「芹二爺，」她問：「你的意思是讓繡春用爺們的打扮？行嗎？」

「這又有甚麼不行的。只看繡春能豁得出去不？」

「我有甚麼豁不出去的。不過，我是怕你露馬腳。」

「就是這話囉！」曹雪芹說：「這要服飾、言語、舉止上，都混得過去才行。」

他的提議，繡春同意，不在話下；連錦兒也覺得是件很好玩的事，便拉了繡春一把，悄悄慫恿著：「你倒扮出來看一看！」

繡春亦有躍躍欲試之意，不過要扮就只有穿曹震的衣服；繡春不願，便搖搖頭表示拒絕。

曹雪芹懂她的意思，當下說道：「你試試我的袍子！高矮倒還將就得過去，就怕腰身太肥。」

「那不要緊！」錦兒也明白了是怎麼回事，所以附和著說：「拿腰帶紮緊了，看不出來。」

這時曹雪芹已解開衣紐，將一件線春夾袍卸了下來；錦兒接在手裡，提住兩肩，往上一舉，等繡春兩臂往後，套入袖管。

見此光景，繡春再無話說，等把曹雪芹的夾袍穿上身，暖氣襲人，直到心頭；沒來由地一陣魂飛魄蕩，趕緊收束雜念，低頭去看袍子多長？

她的身材比曹雪芹低得有限，長短可以將就，就是腰身太肥；而且大袖郎當，看著很不合適。

「不行！」連錦兒都持異議，「我跟季姨娘去借一套棠官的衣服你穿。」

「不！我不要。」繡春斷然拒絕。

「真是，何必外求？」曹雪芹說：「現成有王二哥的衣服；就是長一點。」

長了有補救的辦法，將下襬往上提一提，有腰帶紮住；外罩馬褂或臥龍袋就看不出來了。

只是王達臣的衣服在通州；讓老劉回通州去取，亦未嘗不可，不過起碼也要一天的功夫，最快也得後天才能出遊。

「後天初十。乾脆就是十一吧，明天我到四老爺那裡去領了題目，後天才能交卷——。」

「這是要緊事！」錦兒搶著說：「等把正事辦妥當了，玩起來才有興致。」

「而且，」曹雪芹接著說，「穿甚麼要像甚麼。如果繡春放不開腳步，不像個男人，仍舊會露馬腳。」

「這話也是。你明天上午就到四老爺那裡去領題目，順便交代夏雲，派車伕回去取王二哥的衣服。」錦兒又問：「你的文章在那兒做？是回學宮、還是到這裡來？」

「自然到這裡來。盡明兒一下午敷衍成篇，晚上就可以喝酒聊天了。」

第二天一早到了曹頫家，領了題目；曹頫坐車到糧台去辦事，正好給了曹雪芹一個跟夏雲從容談這件事的機會。

「季姨娘說，糧台上多的是車，所以我把老劉連人帶車打發走了。」夏雲躊躇了一會說：「不要緊。四老爺的身材跟繡春差不多；穿過一兩回，還簇新的衣服也很多。我跟季姨娘要一套好了。」

「不！別跟季姨娘要！不然，不出三天全都知道了這件新聞。」

「那，那就跟鄒姨娘去商量。」夏雲又說：「這件事交給我了；下午我去看錦兒，會把衣包帶去。」

果然，等曹雪芹回到錦兒那裡，吃過午飯，開手做策論，等草稿已成，到了錦兒那裡，從窗外便望見一條男人的影子——當然是繡春；進去一看，只見她穿一件二藍直羅的夾袍，裡面是玄色寧綢的套袴，打著極挺括的裹腿；簇新的雙梁緞鞋白布襪；頭上戴一頂青緞小帽、帽簷上縫著一個碧玉壽字；手裡還捏一把刻竹骨子的摺扇。

「怎麼樣？」繡春站了起來，得意洋洋地問。

繡春是鵝蛋臉，懸膽鼻，一改了男妝，宛然是個「像姑」；曹雪芹在心裡說：跟她一起去逛琉璃廠，我不成了「老斗」了嗎？

但這番意思卻透露不得半點；否則，繡春怎麼樣也不會肯跟他去，豈不大殺風景？因而點點頭笑了：「真正是潘安再世的翩翩濁世佳公子。」

繡春自然聽得懂他的恭維，越發神采飛揚，將一張俏臉半偏著往上看，作出一種睥睨群倫的神態。

「別擺出那臭美的模樣兒了！」錦兒笑道：「你側走幾步看看，像不像個爺們？」

繡春便一搖三擺地走了幾步，做作過甚，反惹人注目。曹雪芹便說：「這樣不行，你也別老想是假裝的；反正是天足，只要拿腳步放大來，再放慢一點兒；別走你們走慣了的碎步就行了。」

繡春倒是虛心受教，來回走了兩趟，未免勞累，額上沁出汗珠；用左手往右襟下衣紐上去摘手絹，手還未伸到，曹雪芹便發話了。

「錯了，錯了！大錯特錯。」

「手絹兒在左手袖筒裡。你得先把扇子交到左手，再用右手伸到袖筒裡去掏手捐，才合道理。」

其實他不必說這番道理，繡春也懂；定定神想了一會說：「我也不必學著走路了。只把男女有別的習慣想通了，就夠了。」

「對！就是這話。」說著，曹雪芹悠閒地坐了下來。

「你的文章做好了？」錦兒問說。

「草稿有了，明兒謄一謄就行了。」

「何必等到明天？」錦兒勸道：「趁這會兒吃飯還早，把文章謄清了，晚上託夏雲帶了去，也讓四老爺誇你一聲好。」

「四老爺不會誇獎的。」曹雪芹說，「墨漿不好，寫出來的字，黯然無光，怎麼好得了。」

原來用的是曹震的「文房四寶」，他向來不講究這些；其實也用不著講究，因為肚子裡墨水有限。不過墨漿太淡，不成其為不能謄真的理由，曹雪芹無非託詞而已。

「別躲懶！」繡春知道他的毛病，「我替你磨墨。」又問夏雲，「有好墨沒有？」

「怎麼沒有？」夏雲答說：「進貢的墨還存著一大盒，用一輩子都用不完。就擱在書櫃頂上。」

於是繡春一語不發，領頭就走；曹雪芹無奈，跟著到了曹震的書房。她拿起一錠剛用了不久的墨看，正面是填藍的「天祿琳琅」四字；背面一行小字：「康熙五十九年臣曹頫監造」。

「這是好墨！」繡春說道：「咱們家不知道奉旨進過多少回墨，就數這一回造得最好；跟『上用』的墨差不多。」

宮中物品，「上用」的品質最高；「咦！」曹雪芹詫異地問：「你怎麼知道？」

「我怎麼不知道！」繡春臉上一點笑容都沒有，只坐下來在大硯池中注了清水，然後捲一捲衣袖，緩慢而勻稱地磨起墨來。

見此光景，曹雪芹不敢多問：從「佩文韻府」的專櫃上，一具福建漆的盒子中取出一錠「天祿琳琅」墨，反覆把玩，終於從「康熙五十九年」字樣上，想起一件事，算一算年份相符。

那年，繡春從隨著曹老太太及震二奶奶到蘇州李家去弔喪回來之後，就再沒有進過曹家的大門。他還約略記得，那年夏天，曹震到徽州去過一趟；想來就是去造墨。這就難怪她記得這麼清楚了。

「你的文章有多長？」

「五、六百字。」

「那也差不多了。」繡春將原來嫌淡的墨漿，注入新磨的墨中，找枝舊筆攪拌調勻，隨意在紙上寫了兩個字，不漫不滯，筆鋒流利；噓了幾口氣，將墨汁吹乾，看一看說：「行了！」

曹雪芹一看，墨漿烏黑光亮，調得十分出色，便即笑道：「有人說，殿試沒有別的訣竅，只要墨漿調得好，寫出來的字黑大圓光，就有鼎甲的希望。真可惜你這一手經濟。」

「何以見得可惜?」繡春笑說,「巴望到你中了進士,金殿射策的時候,我來替你調墨漿。」

曹雪芹鼻子裡「哼」出聲音,笑笑不答。

「你也別妄自菲薄——。」

「不是甚麼妄自菲薄。『天生我材必有用』,不過我不是做官的材料。」

繡春欲言又止,終於只說了一句:「你就快謄稿子吧!」說著起身就走。

說婦女逛琉璃廠是新聞,指平時而言;正月裡「逛廠甸」又當別論,那跟赴廟會沒有兩樣。但在這秋風將厲的八月裡,實在看不見有婦女出入那些從明朝就有的舊書鋪。

琉璃廠本來以燒琉璃瓦的窯出名,自東而西,長可二里,中間有一道橋,橋北正對琉璃窯。市面橋西比橋東來得整齊。不過曹雪芹帶著繡春還是從東面進廠,往西徜徉而去。

一路上自然頗受人矚目,一個身材高大、稚氣猶存的少年,與一個貌如女子、帶些「娘娘腔」而年歲已近三十的美男子,結伴同行,時而低語,實在讓人猜不透他們是何路數。

最觸目的是繡春手中的那把扇子。本來端午節開始持扇,直到重九,秋扇方捐;但一入新秋,摺扇持在手中,指指點點,都不打開;而繡春卻是放開收攏、收攏放開,時而輕搖幾下,加上她那「方步」,真像做戲。尤其是有人注視時,她心中發慌,不由得就會將摺扇舉起來障面;最要緊的是遮住耳朵——耳垂上有一個戴耳環的眼,怕人看破。

「這家二西堂,」曹雪芹說:「是地地道道的百年老店,在明朝就叫老二酉。要不要進去看看。」

「好!」

剛一踏進,五六個坐在那裡看書的「老先生」,一個個都不看書來看人了,一個個低著頭,眼珠往上翻。繡春便有些沉不住氣了;將曹雪芹拉了一把,呶一呶嘴,退了出去。

「何苦!」走到街上,曹雪芹笑道:「又要來逛,又怕人看。」

「總算逛過了，心也可以死了。替錦兒買幅畫，回去吧！」

「買幅甚麼畫？」

「我輸了她的東道。」繡春將賭東道的經過說了一遍，隨又說道：「最好能找這麼一幅畫，一隻母老虎帶兩隻小老虎，祝她生個雙胞胎。」

「一大兩小三隻老虎的畫好找；不過不見得大的是就是母老虎。」

「管牠呢！咱們就說大的是母老虎好了。」

曹雪芹笑笑不答，走過一家南紙店，有個中年人趕出來喊道：「曹二爺、曹二爺！你要上好石綠，我覓來了。」

原來曹雪芹學畫須用的顏料宣紙，都在這家招牌叫墨花齋的南紙店買；掌櫃姓謝，做生意很巴結。看到繡春，趕緊又請教姓氏。

「這位是王三爺。」曹雪芹代為回答，繡春便抱著扇子拱一拱手。

「不敢，不敢！請裡面坐。」

引入客座，幸喜無人。客座開了天窗，四壁掛著書畫，倒也軒爽雅致。謝掌櫃叫小徒弟沏茶買點心，頗為殷勤。

「你別張羅了！我們坐一下就走。你把石綠給我。」曹雪芹又說：「八月節馬上到了，你把帳開給我。」

「不忙、不忙。我先去把石綠拿來，你老看了，就知道我老謝不是吹牛。」

等謝掌櫃一走，繡春便問：「書畫家是不是都在紙店貼潤格？」

「是啊！都由紙店收件。」

「那麼——。」

「啊！」曹雪芹搶著說：「我懂了！等我來問老謝。」

「你老看！」老謝要打開石綠紙包，卻讓曹雪芹揿住了，「這不忙。我先問你一件事，有沒有現成的條幅，上面要一隻大老虎，兩隻小老虎。」

「現成的可沒有。」謝掌櫃說：「現在畫虎的名家是周楚；這位老先生玩藝是真好，脾氣可不敢恭維，收了潤格，三五個月不交貨；盡讓我挨罵，我不替他收件了。不過曹二爺的事，另當別論。」

「不是我要，是這位王三爺要。」

「喔，」謝掌櫃抬眼看了繡春一眼，「是送人還是幹甚麼用？」

「是這樣的，」曹雪芹開繡香的玩笑：「王三爺的太太有喜了，大概明年正、二月臨盆；王三爺兼祧兩房，很想生個雙胞胎，所以想買這麼一幅畫，討個口采。」

「這是等著要的東西，找周楚不行；我另外替王三爺找個小名家。雖說小名家，畫得還真不壞！」謝掌櫃突然又說：「喔，我還有一件有趣的東西，不知道王三爺要不要看一看？」

於是謝掌櫃取來塵封已久的一個卷軸，打開來一看，黃紅色草書一個大「虎」字，俗稱「一筆虎」，下面具款是「弘治戊午時五日子畏書於夢墨亭」。

「是唐伯虎的字。」曹雪芹說：「這也平常得緊，不知道有趣在甚麼地方？」

「曹二爺，隨便甚麼東西，一眼能看出味道來，就有趣味也不高。」

繡春覺得這話很中聽，剛想開口，怕聲音露出馬腳，便只拉一拉曹雪芹的衣袖，點一點頭，表示讚許。

「好吧！我倒聽你說說這個『一筆虎』的趣味。」

「好！」謝掌櫃說：「先說這張紙，是澄心堂紙。」

「李後主造的紙，名為澄心堂紙。」曹雪芹為繡春解釋；接著又向謝掌櫃說：「老謝，你不必使江湖訣，老老實實說吧！」

「老老實實說，這張『一筆虎』獨一無二，為甚麼呢？唐伯虎生於寅年、寅月、寅日、寅時；這個八字就難找了。」

「這不對吧！」曹雪芹說：「我看過《唐伯虎全集》，其中有他墓志銘，記的是生在桃花開的時候。」

「曹二爺，你記錯了，他是生在桃花塢，不是桃花開的時候，生日是二月初四——。」

「可不是！二月是卯月，不是寅月。」

「不然，那年立春立得晚；二月初四未過驚蟄，仍舊算正月。」謝掌櫃緊接著說：「寅年、寅月、寅時都還不算奇，日子是寅最難得。」謝掌櫃又說：「四寅還不奇；最難得寫這個虎字的四午。」

「何謂四午。」曹雪芹問：「你是說午年、午月、午日、午時？」

「一點不錯。」

聽這一說，曹雪芹與繡春都大感興趣；但未問之前，先作參詳，曹雪芹將前不久讀過的唐伯虎志傳回憶了一下說：「戊午是弘治十一年；他就是那年中的解元！」

「著！」謝掌櫃拊掌而笑，「今天貨遇識家了！」

這是極妙的恭維，繡春也替曹雪芹得意，用殷切的眼光望著他，希望他能說出更多的道理來。

「五月是午月，端午不管干支是甚麼，可以稱為午日。可是，又怎見得是午時呢？」

「曹二爺，你再細看看，是拿甚麼東西寫的？」

「不像銀硃；銀硃不應該發黃——。」

這一下繡春忍不住脫口吐了兩個字：「雄黃！」

「雄黃」二字說得極短促，不易聽出是女聲；謝掌櫃這時可得意了，因為最後也是最重要的一個證據，由顧主自己去發現，比從他的口中說出來，更有力量。

曹雪芹很懂得造假書畫、假骨董的花樣，不但何謹是行家；更受益於咸安宮的那些白髮皤然的三等侍衛。曹雪芹念官學，大部分是花家裡的錢；每月關「月規銀子」，照例要做東請這些一肚子不合時和一肚子掌故的老侍衛們。「月規」雖只得紋銀四兩，明月良宵十來個人喝頓「燒刀子」卻綽綽有餘。「月盛齋」的醬羊肉與「半空兒」堆滿一桌子，看起來十分熱鬧。

就在酒酣耳熱之際，曹雪芹搞了一肚子的「雜學」；所獲得的偽造書畫骨董的知識，比何謹那裡聽來的多得多。其中有個年輕時曾是山東官場的紅員；當過好幾年首縣的正紅旗蒙古人德克尼說得好：「凡是稍為有點名氣的書畫骨董，無一沒有假的；只看假得好不好？假得好，明知是假亦不妨當作真的來收藏。」曹雪芹此刻就覺得這幅唐子畏的「一筆虎」雖假卻假得好；用雄黃來寫，更是極用了心思的；因為端午不比中秋，賀節飲宴，必在中午，要喝雄黃酒；用現成的雄黃來寫字，當然亦是在午時。

「但是，」曹雪芹問：「寅年寅月寅日寅時生的人，在午年午月午日午時，寫這個『虎』字，倒是一樁巧事兒。只不知其中還有別的講究沒有？」

「講究大著呢！第一，辟邪，諸惡不侵；第二，特別對肖虎的人有好處。譬如說吧，王三爺明年得一位少爺；那就儘管放心好了，百神呵護，磕磕碰碰不必擔心。保管長得又壯又聰明。」

「若是女孩兒呢？不就成了母老虎了嗎？」

「不然！若是小姐，一定也是聰明智慧，不過性氣剛一點兒；姑爺的八字合對了，走一生的幫夫運。」

謝掌櫃口講指畫，很起勁地在談；曹雪芹不時注意繡春的臉色，看她全神貫注，深感興趣的樣子，知道她已經決定要買這幅字送給錦兒了。

於是等謝掌櫃講完，他一本正經地說道：「王三哥！你不是想生一對雙胞胎嗎？將來生子是貴子，生女得貴婿，說不定還拴婚給那位王子呢！我勸你無論如何買了下來。」

繡春知道他有意開玩笑，但一臉的鄭重懇切，竟似真事一般，實在忍不住要笑，趕緊端起茶來喝一大口，原意有茶噎了下去，可以止住笑聲，不道反而噴了一地。

「嗆著了不是？」曹雪芹從容不迫地說：「王三哥，你坐一會；我替你跟老謝去磨價錢。」說完，將謝掌櫃拉了就往外走；這自然是照應繡春，好容她有功夫恢復常態。

「曹二爺，」謝掌櫃悄聲問道：「這位王三爺也在旗？」

「對了。」

「他府上在那裡？」

「你先別問。」曹雪芹說道：「這張字，你只老老實實說個價兒，讓他覺得不貴，一高興了，以後自然有做不完的買賣。」

謝掌櫃聽到最後這句話，越發覺得自己的推斷不錯——他聽說「王三爺」生女或者會拴婚給「王子」，可知必是王公大臣家的子弟；姓王是假託的姓。看王三爺那帶些靦腆的模樣，又不帶隨從，深畏人見的樣子，說不定就是位王爺，閒得慌，也悶得慌，私下溜出來散散心，亦未可知。

這樣轉著念頭，為貪圖後來的生意，慨然說道：「既然曹二爺這麼說，就給一兩銀子好了。」

曹雪芹大出意外，「這是怎麼回事？」他問：「你耍的甚麼花樣？」

「我那敢耍花樣！」謝掌櫃說：「我不敢說白送。王公府第家的闊少爺，我甚麼東西，敢說白送。」

「給一兩銀子，總是筆買賣；只要王三爺高興，就都有了。」

「人家王三爺不是愛貪小便宜的人。你這麼做買賣，反而會讓人家疑心；不是聰明的辦法。咱們老老實實講交易，誰也別占誰的便宜。」

聽曹雪芹這一說，謝掌櫃就不好意思再使甚麼花巧了，開價八兩銀子；繡春很高興地買了下來。

「東西是兩位帶著走？」謝掌櫃問：「還是送到王三爺府上。」

「不必送。」曹雪芹答說：「我們還逛逛，回頭來取。」

於是兩人起身出門，謝掌櫃送到門外，不斷地叮囑：「過兩天再請過來，過兩天再請過來！」曹雪芹漫然答應著，想起剛才的情形，不由得笑出聲來。

「你看你！」繡春拉一拉他的衣袖，小聲埋怨：「一個人無緣無故發笑，像個瘋子！都在望著你呢！」

果然，曹雪芹發覺路人都在注目——其實倒不是因為曹雪芹發笑的緣故，而是這兩個人走在一起，讓人猜不透是怎麼回事？繡春的容貌、神態，真像戲班子裡的小旦；但曹雪芹卻是個不羈的書生，怎麼看也不像那「小旦」的同行或是徒弟。若說是「老斗」，年紀又太輕了；相形之下，更顯得惹眼。

這是曹雪芹的感覺，繡春卻根本想不到此。但一路行走，總有人盯著看，也是件討厭的事。當下說道：「咱們找個地方歇歇腿，該回去了。」

「怎麼？還沒有逛完，就意興闌珊了。」曹雪芹一面說，一面四處張望。

「幹麼？」繡春問說：「你在找人？」

曹雪芹支支吾吾地；他確是在找人。上午去看剛從昌平州回來的馮大瑞，特為跟他說明，下午要陪男裝的繡春去逛琉璃廠，希望他也來，裝作不期而遇地，便自然而然地可以跟繡春盤桓半個下午，豈非一椿好事？

這樣做，是曹雪芹經過考慮的；因為他總覺得馮大瑞似乎有些深藏心底的話，要跟繡春傾訴，而苦無機緣，所以特意作此安排。

馮大瑞是滿口答應了的，但至今不見人影；看繡春歸意甚濃，倘或他來晚了，失去這個大好機會，實在可惜；也辜負了他的苦心。這樣轉著念頭，神態就不免顯得有些焦躁了。

幸好，馮大瑞終於出現了，是繡春首先發現的；一時驚喜交併，但卻往曹雪芹身後退縮。就這時，曹雪芹也看到了。

「大瑞！」

馮大瑞是騎了馬來的，一勒韁繩，翻身下鞍：叫一聲：「芹二爺！」接著又招呼：「王三——。」

「姑娘」兩字剛要出口，方始想，急忙用左手將嘴一掩，卻忘了手上帶著韁繩；使的勁很大，將馬都拉了過來，趕緊又用右手去擋馬頭。這樣張皇失措地一折騰，少不得又引來些閒人。

「這位王三爺。」曹雪芹一個字、一個字地說得很清楚，用意是提醒馮大瑞要格外留意。

「是，是！王三爺。」馮大瑞說：「我請兩位到那裡坐坐，喝一盅！」

曹雪芹尚未答話，發覺繡春又在拉他的衣服，自是示意辭謝。這原在他意料之中，當然也是裝作不覺，只這樣答說：「喝一盅就不必了。能找個清靜地方，喝喝茶，聊聊天，倒也不錯。」

馮大瑞是有預備的，「打這裡往南有座廟，」他說：「那裡的老道，我很熟。」

「甚麼廟？」曹雪芹答說：「我記得只有一座五道廟。」

「對了！就是五道廟。」馮大瑞問道：「車停在那兒？」

「在廠東門。」

「那——，」馮大瑞躊躇了一下說：「兩位先慢慢逛著，我把車去找來。」

「不必了！你不認識車把式，找起來費事。不如你騎馬先走，請你的老道朋友，沏好了茶，我們一到就能喝了。」

「是，是！準定這麼辦。」馮大瑞又特為跟繡春招呼：「三——，三爺，我先去預備。」

繡春不能不答，卻又不願開口，只點點頭，擺一擺手作個「請上馬」的表示。

等馮大瑞跨馬一走，繡春輕聲問道：「怎麼這樣巧啊！偏就遇見他；是你預先約好的吧！」

「沒有這回事。」曹雪芹不容她再問下去，立即把話扯了開去，「這五道廟有一段掌故很有趣，我講給你聽。前面是寒葭潭，往東有四條路，兩條是斜街：櫻桃斜街、楊梅竹斜街。加上咱們現在往南走的這條路，一共五路交會。據說是正陽門跟寅武門龍豚會合之處，所以建一座五道廟鎮著。」

「這是甚麼掌故！」繡春有些怨氣，借此發了出來：「一點都不有趣。」

「有趣的在後頭。據說——」

據說，五道廟是前明天啟年間，宮中太監為獻媚於大璫魏忠賢，特意湊了一筆錢，建這座五道廟為他祈福。落成之後，有人出主意，要請一位大名士為五道廟立一塊碑，備了好紙去求。這位大名士，心裡實在不願，可又不敢得罪魏忠賢；靈機一動，欣然落筆。

說到這裡，曹雪芹問道：「你倒說，這位大名士寫這麼一座廟的碑文，應該如何措詞。是你想都想不到的。」

這就有趣了；繡春急急答說：「你別問我！趕緊說吧！」

「有篇挖苦八股文，盡說廢話的〈二郎神廟記〉，你知道不知道？」

「不知道。」

「我念給你聽：『夫二郎者，大郎之弟，三郎之兄也。今為建廟，廟前植樹，人謂廟在樹後，我曰樹在廟前。』這位大名士仿照這個體例；援筆大書：『夫五道廟者，五道之神也。人以為樹在廟前，我以為廟在樹後。何則？請列芳名。』」

說到這裡，曹雪芹停住了；繡春不免奇怪，文章尚未完，何以戛然而止？於是問說：「下面呢？」

這原是個打趣太監的老笑話；聽講笑話的太監，到此一定會上當，脫口問一句：「下面呢？」答語便有兩種，一種是「下面沒有了。」對繡春，自然不便說這個帶「葷」的笑話；便用另一種回答。

「『請列芳名』自然是把捐錢的名字寫上；上百太監的銜名寫下來，一張紙寫得滿滿地；那裡還用得著他寫文章？」

「我不信，那裡有這樣荒唐的事！」

「天下荒唐的事多著哪！尤其是太監。」曹雪芹又說：「傳聞那塊碑還在五道廟；咱們到那兒看一看就知道了。」

這時五道廟已經在望；而且馮大瑞已經迎了上來；進了廟門，並不入殿，一直引到後進，但見中間一座敞廳，左右廂房，有個中年道士上來問訊，他就是五道廟的當家，馮大瑞的朋友。身上雖著的道袍，言談舉止，卻與在家人無異，請教他法名，他回答姓韓。曹雪芹心裡明白，這韓道士必也是漕幫中人。

延入敞廳，只見中間懸一幅達摩一葦渡江的畫；道觀出現禪宗東土初祖的像，繡春頗為詫異。但她還是合十頂禮，默禱了一番。

「請用茶。」

茶設在右首的一張方桌上，茶具不甚講究；但斟出來的茶，香味濃郁，繡春略聞一聞，就辨出是洞庭碧螺春。此外還用粗瓷盤盛了四樣茶食；都是江南風味，甚至一樣麻酥糖包封上，還印著「蘇州孫春陽」的字樣上。

「你們請談談，我告退。」韓道士哈哈腰說；顯然的，他不善於應酬。

繡春從進廟來便不曾開過口；此時見韓道士走遠了，窗外亦無人影，不必顧忌，便即問道：「這麼個小廟，居然有碧螺春待客，還有蘇州的茶食，倒真沒有想到。」

曹雪芹向馮大瑞看了一眼；馮大瑞卻未作聲，只將一包麻酥糖的包封拆開，連紙移到繡春面前，說一聲：「請嘗嘗！」

「謝謝！」繡春作勢伸手，但卻又縮了回去。

這個動作令人注目。曹雪芹一看明白了，原來麻酥糖有葷素兩種，葷的內夾一塊熟豬油；繡春雖已開齋好幾年，卻一直只吃所謂「葷邊素」，不進「大葷」。於是，他說：「你這包給我。」另外找了一包素的，拆開包封，跟她交換。

「啊！真是。」馮大瑞也知道繡春飲食有些習慣，搥著自己的頭說：「看我這腦筋，會忘了王三爺不動大葷。」

繡春微微一笑，心裡在考慮一種態度；這樣扮女為男，跟著曹雪芹來逛這一趟，一直有種彆彆扭扭的感覺。此刻當著馮大瑞，如果仍舊冒充「王三爺」，這種感覺一定會愈來愈甚。

於是她想，本來在鏢局中，常是大大方方地跟馮大瑞有說有笑，何以此刻就不能如此？若說有婚約在，便應羞怯，顯得自己跟尋常小家碧玉一樣了！這一轉念間，自然而然地決定了要出以怎樣的態度；反正曹雪芹是絕不會笑她的，而且看樣子已預先有了布置，絕無閒人打攪，便露本色，又有何妨？

「你甚麼時候回來的？」她問，正眼看著馮大瑞。

馮大瑞反倒覺得她的炯炯雙眸，有股震懾的力量；避開她的視線答說：「今兒一早。」

「說你還要上保定？」

「那得等把你跟王二嫂送回通州以後再說。」

「你不是有要緊事嗎？」

馮大瑞略一遲疑，方始回答：「晚兩三天不要緊。」

「如果有要緊事，就不必送我們了。」

「不、不！」

馮大瑞沒有再說下去；繡春也不便固辭，夾半塊麻酥糖放入口中，慢慢咀嚼。這樣沉默著，局面顯得有些僵，曹雪芹便沒話找話地問繡春：「你知道謝掌櫃把你當作甚麼人了？」

「我不知道。」繡春關切地問：「我沒有露相吧！」

「沒有、沒有！謝掌櫃把你當成王公大臣家的闊大少爺了。」

接著便談剛才買「一筆虎」的趣事，因為順帶要說給馮大瑞聽，所以講得格外詳細。馮大瑞哈哈大笑，繡春也樂不可支；但提到說「王三爺想生一對雙胞胎時」，不免發窘；心想，這要絕無表示才好，否則笑話就變得別有含意了。

那知偏偏就去瞄了馮大瑞一眼；而馮大瑞正好也在看她。視線一接，心頭一震，自己恨自己明知故犯，偏生如此不檢點！

不過正在說笑話，場面熱鬧；一陣尷尬的感覺，很快地也就過去了。等曹雪芹講完，馮大瑞問道：「芹二爺，這個『虎』字，真能辟邪？」

「誰知道呢！反正像這種事，有三個字的說法，叫做『誠則靈』。」

「那不是土地廟常見的一塊匾嗎？」

「對了！當方土地有管得著的事，也有管不著的事；管不了自然不靈，廟祝不說他的土地法力有限，只說你心不誠——。」

「著！」不等曹雪芹話完，馮大瑞便忍不住搶著說：「芹二爺這話，可把我點透了。我也是遇到這麼一回，自己知道心誠得不能再誠了，可就是不靈。廟祝偏就編派我心不誠，心裡真是不服。現在聽了芹二爺你的話，我才懂；小小土地，有多大能耐？原來是我沒有找對人。」

「你當時求的是件甚麼事？」

「唁！也不必去提它了。反正土地菩薩也不過跟地保那樣，當地是誰偷雞摸狗，他或許知道；遠走高飛的江洋大盜，他從那裡找影兒？」

默默聽著的繡春，對鏢行的一切，耳濡目染，可以猜想得到，馮大瑞大概是有一次丟了鏢，不知劫鏢的走向；上土地廟燒香祝禱，結果指點不確。照此看來，似乎他很相信求籤問卦這一套。

這樣轉著念頭，忽然想起馮大瑞生肖屬虎，不覺心中一動；但未及細想，曹雪芹已站起身來說道：「我前前後後去走一走，看有那塊『廟在樹後』的碑沒有？」

馮大瑞莫名其妙，只目送著他的背影，到了院子裡，方始自語似地問說：「不知道芹二爺說的甚麼？」

這倒是無意中為繡春拈得了一個話題，她便將曹雪芹在路上告訴她的笑話，為馮大瑞講了一遍；自然而然地又幾乎恢復到以前那種隨意談笑，無甚拘束的情境了。

可是繡春卻有警惕，她知道曹雪芹是有意避開，好容他們說幾句知心話；這樣難得的一個機會，只閒聊天，未免可惜。倘或曹雪芹一回來，大好機會便算輕易錯過了。

於是，她突然問說：「你知道，我為甚麼想讓你去投軍？」

「那還不是一番望我上進的好意。」

「不是！我也不是那種勢利眼，只看著做官好。我是希望你走得遠遠兒的，省得在這裡闖禍。」

「在這裡會闖禍？」馮大瑞詫異地問。

「我不知道。我是這麼疑心！如果你自己覺得不會闖禍，在甚麼地方都行。」

「三姑娘，你的意思是，讓我仍舊——。」

「不！」繡春搶著說：「我並沒有讓你仍舊幹鏢行的意思；我是說，不管你幹甚麼，總要照你自己仔細想過，覺得不錯的路上去走。」

神態。

馮大瑞很注意她這幾句話，聽完垂下頭去，左手撐著前額，毫不掩飾他在細細體味她這些話的

就這時曹雪芹的影子已經出現，他是有些不放心，想窺探一下，他們是否談得投機？遙遙望去，但見馮大瑞支頤垂首，顯見得氣氛不甚融洽，急著要趕來解救僵局，腳步不由得就加快了。

這一來，繡春還有幾句話，就非快說不可了：「你要不要那張『一筆虎』？」她問。

馮大瑞愕然反問：「不是說要送給二嫂的嗎？」

「你別管！你只說要不要？」

馮大瑞心想，她要送他這張畫，完全是為了他祈福保平安；正是夫婦休戚相關、安危與共之義，若說不要，不獨傷了她的心，而且會引起她更多的疑慮。因此，毫不遲疑地答說：「要！」

「你要，你跟芹二爺說。」繡春怕他不明白，又補了一句：「作為你自己的意思。」

為甚麼要作為他自己的意思呢？馮大瑞不甚了解，但已無法細問，因為曹雪芹已經回座了。

一坐下來，先細看兩人的臉色，繡春有些反感，故意問說：「你當我們吵嘴了，是不是？」

一說破了，曹雪芹倒覺得有些不好意思，但不能不分辯，「我可沒有這麼想。」他說：「你們一向談得來，如今更加不同了。」

繡春笑笑不再作聲，於是馮大瑞開口了，「芹二爺，」他問：「像那樣的『一筆虎』，能不能替我也弄一張？」

曹雪芹一楞，想了一下答說：「這是可遇而不可求的事。你如果真的想要一張，我也可以替你辦到。不過，」他皮裡陽秋地笑道：「真假可就不保險了。」

這明明是說，他可以替他弄幅贗鼎貨；馮大瑞雖懂其意，卻有些傷腦筋，不知道怎麼樣才能把話引到繡春所買的那一張上去？

「這樣不知道行不行，」他終於想到一個辦法：「我去弄張一大兩小三隻老虎的畫，跟那張字換一換行不行？」

「這要問你！」曹雪芹看著繡春說：「我看，這幅字對大瑞也許有用處——。」

「是，是！」馮大瑞搶著說道：「我是屬虎的。」

「原來你是寅年生人？」曹雪芹問：「那一年？」

「康熙三十七年；今年三十六。」

「不錯。明年甲寅三十七。」曹雪芹說：「照這樣看，這幅字給大瑞正合適；算我送你。」

「不，不！不敢當。」

「你別跟我客氣。」曹雪芹說：「送你二嫂的畫，我另外找謝掌櫃替你辦。你看怎麼樣？」

「你說了這麼辦，自然依你。」

「天不早了！」曹雪芹看一看日影說道：「咱們走吧！」

於是相偕起身，仍由原路回到謝掌櫃那裡交代了定畫之事，將那幅字取來，當面交了給馮大瑞；然後就分手了。

「我送兩位上車。」

「不必！」曹雪芹說：「你請回吧！」

「不！理當要送。」

曹雪芹心中一動說道：「既然你一定要送，就送進城，怎麼樣？」

這時繡春又拉了曹雪芹一把，這當然是不贊成的表示；而恰恰為馮大瑞瞧見，很識趣地說：「送進城怕城門一關，得半夜裡才能出城，也很麻煩。」

「這話也是。」曹雪芹不再堅持了。

到得廠東門，臨上車時才問起繡春與夏雲何時動身？曹雪芹與繡春小聲商量了一會，怕耽誤馮大瑞的功夫，決定就在第二天上午回通州。

第十二章

就在這時候，有大興縣的兩名差人，到了馮大瑞所住的客棧；找掌櫃不在，帳房姓何，出面接待，請入櫃房，很客氣地張羅著待客。

這兩名差役都在「皂班」，不算捕快，但卻是地面上很吃得開的人物，一個姓雷，嗓門特大，外號「一聲雷」；一個姓魏，五短身材，卻長得一個特大的腦袋，外號「魏疙瘩」，花樣特多。帳房老何不敢怠慢，等小徒弟倒了茶來，隨即交代：「看廚房裡有甚麼現成的材料，趕緊先揀好的，做兩個菜來下酒；再到張小腳家，將掌櫃請回來。」

「不，不！」魏疙瘩攔阻著說：「我們還沒功夫喝酒，先打聽一件事。」

「是，是！請吩咐。」

「你先走吧！」魏疙瘩向小徒弟揮一揮手。

見此光景，便知是機密公事，老何交代：「你出去，在外面看著，不相干的人不能進來。」

「你們店裡，這兩天住了個通州來的鏢客不是？」

「這——，」老何問道：「通州來的鏢客有好幾位，不知道你老問的那個姓甚麼？」

「不知道姓甚麼？」魏疙瘩說：「只知道來了又到昌平州去過。」

老何想到了，「有，有！」他說：「姓馮。」
「這馮鏢頭呢？回來了沒有？」
「回來過，可又出去了。」
「是到那裡去了？」
「不知道。一個人騎馬出去的。」
「也許回來了吧？」一聲雷插嘴說道。
「沒有回來。」老何很有把握地說：「回來我一定知道。」
「他住那間屋？」魏疙瘩問。
「西跨院。」
「我們去看看。」
老何親自領路，到了西跨院一看，馮大瑞的那間屋子鎖著。窗戶是新糊過的，無法窺看。
「能不能把門開一開？」
老何為難了。因為這犯了客店的大忌；尤其是像馮大瑞這種久走江湖的鏢客，倘或知道了這件事，一定會照江湖上的規矩，提出質問，那時很難應付。
「怎麼著？」一聲雷一開口便讓人嚇一跳。
「你老別急！」老何只好率直問道：「這個馮鏢頭到底犯了甚麼案子，兩位想要找甚麼？儘管跟我實說，我沒有不照吩咐辦的。」
他的意思是，如果案子不大，弄幾兩銀子把他們打發走了就算了。馮大瑞一向慷慨，給他墊了花費，不愁他不歸還。這樣既幫了客人的忙，也替店裡省掉一場是非。魏疙瘩當然懂他的意思，想一想說道：「好吧！咱們上前面談去。」

到得櫃房，酒菜已經齊備；老何陪著落座，一面斟酒，一面替馮大瑞說好話，「這馮鏢頭，是場面上的朋友，很漂亮的。」他說，「兩位如果肯高抬貴手，他一定會有一番敬意。」

「這件案子不小。」魏疙瘩說，「你是為朋友面上熱心；不過，恐怕你做不了他的主。」

弦外有音，「天大的官司，地大的銀子」，是在講盤口了；老何便分辨著說：「我高攀一句：兩位頭兒也是我的朋友。為馮鏢頭熱心，為兩位頭兒又何嘗不熱心？來，來！請。」

魏疙瘩一面乾酒，一面與一聲雷目語。兩人覺得有私下商量的必要，卻不便開口請老何迴避。可是老何卻已看出來了。

「對不起！」他起身說道：「有兩筆帳等著開銷；我把人家打發走了，再來奉陪。」

說著，走向帳桌，打了幾下算盤；立即又起身離去，悄悄關照一個很機靈的小徒弟，在店前守著，如果見了馮大瑞，關照他不必回店，趕緊先到那裡躲一躲，晚上再回來。

等他重新回櫃房，魏疙瘩跟一聲雷已經商量好了——他們是得到一個消息，直隸總督衙門在找馮大瑞；抓人的差使不一定派到他們頭上，但有此消息，卻是一個弄錢的機會。先想從馮大瑞口中套出話來，看是何案情，再作道理；馮大瑞不在，又想私下搜查，能搜到甚麼證據，以便訛詐勒索。不過老何機警老練，他們又沒有火籤牌票，硬不起來。難得老何知趣，自是機不可失，決定撈一個是一個。

「老何，既然你當我們朋友，我們也不拿你當外人。」魏疙瘩問道：「這馮鏢頭跟你的交情怎麼樣？」

「交情談不上，不過老客人而已。」

「既然交情談不上，那就不必談了。」

「不，不！」老何急忙解釋：「你老別誤會我的意思。既然是老客人，我們自然要照應；兩位有甚麼話，我可以替他作一半主。」

「如果你作不了主呢？」

「那——，」老何想了一會說：「倘或真的作不了主，就只好當作今天沒有遇見過兩位；我甚麼也不知道，甚麼也不說。我不能壞兩位的事。」

聽這話，知道老何已經明白他們的來意。這是個厲害角色，不能掉以輕心；魏疙瘩還在考慮時，老何倒又開口了。

「如果我壞了兩位的事，想來兩位也饒不了我。」

這話說得再透澈不過了，魏疙瘩點點頭；將凳子挪一挪，靠近老何，低聲說道：「有句話值五十兩銀子。」

「喔！」老何想問：是句甚麼話。轉念心想，這不是白問？於是嚥了口唾沫說：「這當然是句要緊的話。」

「當然，不然能值五十兩銀子嗎？」

老何沉吟了好一會說：「如何是十兩八兩的事，我就替他作主了。五十兩可不是個小數目；能不能這麼辦，我先替他墊二十兩銀子，只要這句話真值五十兩銀子，我敢說馮鏢頭出手一定很漂亮。」

魏疙瘩是估計到的，也不承望說一就是一；說二就是二。當即答說：「行！這裡頭有你兩成的好處；明兒再找補二十兩就成了。不過，你不必跟他提我們兩個人的名字。」

「那當然。我不能連這一點都不懂。」

魏疙瘩點點頭，不再多說；甚至也不看他，只跟一聲雷默然喝酒。

這舉動有些奇怪；老何細想一想，方始明白，立即起身，從鐵櫃子取出十兩頭的兩個銀錁子，找了個裝「大八件」的乾點心盒子，將銀錁子放好，拿回來掀開盒蓋照一照，一言不發。

「是這樣，不定甚麼時候，會有人來抓姓馮的；你讓他趕緊走，越快越好。」魏疙瘩問：「這句話，值不值五十兩銀子？」

老何大吃一驚，「值，值！」他問：「不知道甚麼案情？你老說一句，我再替他添二十兩。」

「我只能掙這麼多。」魏疙瘩說：「不是知道而不告訴你；實在是不知道。等抓他的人來過了，我再來找補。謝謝、謝謝、謝謝！我們走了。」

老何為人很熱心，也很機警，多年吃這行飯，閱歷極深，判斷消息一定不假，但魏疙瘩花樣百出是有名的，明的一面賣交情之外，還要防他暗中計算，說不定已派人在前後左右安了樁，只等馮大瑞一到，立刻就會動手，白白丟了二十兩銀子，也埋沒了救朋友的一片苦心。

轉念到此，實在不能心甘。幸好他出門之前，曾寒暄地問過一聲：「馮鏢頭上那兒啊？」據說是應約逛琉璃廠去了。兩地相去不遠，何妨一路迎了上去，仔細找一找。

主意一定，更不怠慢，找得力的夥計代為招呼櫃房，匆匆出店；先四面仔細查看了一會，見無異狀，才交代在守候的夥計：「務必多留心！馮鏢頭一回來，你別讓他進店；馬上回頭到琉璃廠來找我，我在給孤寺等他。」

說完，一路往東，進入了琉璃廠，漫無目的地走了一圈，到得馬神廟，往南就是給孤寺了。

這給孤寺也是京城中有名的古剎，建於唐朝貞觀年間，原名萬善寺；順治年間重新修過，改名「皇恩給孤寺」，一向用為施粥廠，是個偏僻而絕少遊人的地方；此時暮色漸起，秋風蕭瑟，正等得不耐煩時，馮大瑞騎著馬來了。

「老何，你找我？」

「是的。」老何答說：「我替你墊了二十兩銀子，買了個消息。直隸總督衙門要抓你；你出了甚麼樓子？」

馮大瑞一楞，先沉住氣問：「是怎麼回事？請你先仔仔細細說一說。」

於是老何將一聲雷與魏疙瘩曾經來過的詳細情形，毫無遺漏地講了一遍；最後才說：「消息絕不假。我怕是大興縣已經派了人在安著樁了，所以讓你別回店。你自己的事，自己總知道吧！」

馮大瑞有些將信將疑，不過說直隸總督衙門要抓他，這個消息果然不假，則必與他昌平州之行有關。但此行極其隱祕；照常情判斷，即令已走漏消息，直隸總督衙門下手也不應該這麼快。

這樣一想，心放了一半；不過老何的盛情，著實可感，當下編了一段情節說道：「前兩年我走鏢，得罪了喜峰口的一個『駝把子』；聽說前不久犯了案，也許咬了我一口，亦未可知。老何，你真夠朋友，二十兩銀子，我得回通州——。」

「這不忙！隨便甚麼時候還我都行。倒是你得趕緊躲開才好。」

「不！一半天還不要緊！再說，這也不是躲的事；我仍舊回店。老何，你能不能再找那兩個人替我打聽一下，我另外再謝他們。」

「剛才不說過了嗎？他們也不知道是甚麼案情。」

「那麼，他們的消息是那裡來的呢？」

這話問得有理；老何點點頭說：「不過，今晚上我可沒法子找他們。你還是躲一躲；明兒他們要來找補餘款，那時候我再問他們。」

說完，老何怕店裡有事，匆匆忙忙地要走；臨行一再叮囑，切勿冒昧，怕中了埋伏。又說，他這一回去就會將馮大瑞的行李——主要的是一個包裹，收藏在櫃房裡；只要風頭一過，他隨時可以去取，萬無一失。

那知談到這一點，馮大瑞卻又勾起了心事；包裹中有本漕幫的「海底」，這樣東西不能落入外人手中。果真直隸總督衙門派了人來，撲一個空也許會搜查櫃房，豈不連累了客店。但這話又不便明說，只好當機立斷地說：「這個包裹我現在就要。老何，送佛送到西天，我跟你回去，先在那裡躲一躲，請你把那個包裹交給我。」

老何想了一下說：「好吧！事不宜遲，咱們這會就走。」

「你是怎麼來的？」

「我，」老何答說：「我是坐『站口車』來的。你騎馬先走，在棉花頭條西口的大酒缸等我。」

所謂「站口車」是胡同上零雇的散車。給孤寺已很荒僻；老何走了一大截路，才找到一輛站口車，直駛客店，幸喜平靜無事，取了馮大瑞包裹，到棉花頭條胡同西口約定之處，將包裹交了給他。大酒缸上正是上市的時候，老何的熟人很多，拉住了喝酒；剛要坐下，發現有幾個人往西而去，一瞥之下，心頭大震，其中有一個正是魏疙瘩。

「對不起，對不起！」老何拱拱手說：「店裡正忙著，改日奉陪。」說完，奪身而走，經過馮大瑞身邊，低聲說了句：「只怕已經出事了。」

果然，趕回客店，已見櫃房裡坐了好些差人；掌櫃的一見老何，如逢大赦，「好了，好了！」他說：「問我們帳房何先生，一定知道。」

老何沉住氣，踏進櫃房，作了羅圈揖，然後裝作沒事人似地說：「各位爺們，這會兒勞動大駕，是甚麼緊要案子？」

「老何！」魏疙瘩起身說道：「我替你引見，這位是保定制台衙門來的張老爺。」

老何這時才發現暗處坐著一名武官，身著行裝，紅纓帽上戴著水晶頂子，便知七品把總——品級隨身分而異，七品的把總，不能比七品的知縣；七品的知縣又不能比七品的翰林。老何心想，只派一名把總來找人，案情不會太重；不過「老爺」畢竟是「老爺」，當下恭恭敬敬地請了個安，寒暄著問：「張老爺一路辛苦。」

「你這兒有個姓馮的，幹鏢行的客人沒有？」

「喔，有的。」老何不慌不忙地說：「不過已經走了。」

「怎麼？」張把總說：「今兒中午，還有眼線看見過他。」

「不錯。」老何更為沉著，因為他發覺這張把總不難對付，如果是「老公事」絕不會提「眼線」二字，所以從從容容地答說：「這姓馮的鏢頭，是我們店裡的老客人，前天他說要上昌平州去一趟，行李暫寄在這兒，張老爺你說，我能說個不字嗎？今天上午他從昌平州回來，喝碗茶、歇歇腿提著行李就走了。有人見過他，不足為奇。」

「那麼，他是說到那兒去了？通州？」

「好像不是回通州。他好像說過，事不干己，我記不得了。」

「你倒仔細想一想。」

「是！」老何偏著頭，故意作出苦苦思索的模樣。

「保定？」

「保定！」老何眨了兩下眼，「好像有個保字。」

於是從「保」字去猜地名；老何心一橫，有意救馮大瑞，想將公差引到岔路上去，所以一直想到山西的保德州，他才欣然稱是。

「是、是！保德州。」

「你沒有說瞎話！」魏疙瘩突然插了一句嘴。

老何心裡一跳，不知他故意問這句話的用意，但只能硬著頭皮回答：「我那裡敢？」

「我想他也不敢。」魏疙瘩向張把總說：「張老爺，請吧！」

「不！」張把總辦案雖不行，例行公事卻熟得很，「這得具結。掌櫃帶帳房都得具結。」

在具結時老何才發覺，他的一條性命，已經跟馮大瑞拴在一起了。如果馮大瑞被捕，口供一定不會跟他的話相符——馮大瑞那裡會知道，老何說他到山西保德州去了？那一來，坐實了他是馮大瑞的同黨，該殺該剮，少不了他的份。

為此，老何憂心忡忡，一直到三更天，還坐在櫃房中發愁，判斷直隸總督衙門，一定也派人到通州緝捕去了；馮大瑞這一回去，正好自投羅網。看來早則明日下午，遲則後天午前，自己也不免被捕，到那時候怎麼辦？

「老何！」

遽然聽得這一聲，老何嚇得一哆嗦，定睛細看時，又驚又喜，站在燈前的，正是他一直罣念的馮大瑞。

「你怎麼來了？」老何立即發覺此非密談之處，所以不等他回答，便又說道：「進來，進來！」櫃房後面有間小屋，是老何的臥室；他持燈將馮大瑞引了進去，兩人站在床前，便無迴旋的餘地，只有並排在鋪板上坐了下來。

「你怎麼來的？」

「我想想還是這裡最平安。」馮大瑞說：「差人打你這兒出去，我已經知道了。不過既然來過，不會再來，所以今晚上我打算仍舊睡在這兒！」

「你的膽子真大——。」

「喔，」馮大瑞急忙又告訴他說：「我是悄悄兒溜進來的，一個人都沒有遇見。」

「那好！」老何比較放心了。

「怎麼樣？」馮大瑞問說：「來了些甚麼人？」

老何將經過情形，照實告訴了他；接著又以欣慰的語氣說：「你來了也好。我是深怕你回通州，非被抓走不可。如今咱們倒商量看，你應該往那裡逃？」

「你說我到保德州，我就往山西走。能逃得過最好，萬一逃不過，老何你放心，我說的話，跟你告訴他們的，一定嚴絲合縫，不會有漏洞。」

「你是夠朋友的！」老何握著馮大瑞的手說。

由於老在擔心焦急，剛才又受了驚，所以老何的手心中有汗；這讓馮大瑞越發感到他的手掌溫暖，一直暖到心頭。

「我過一會就走。老何，欠你的四十兩銀子，將來還你。」

「那是小事！」老何問道：「你預備怎麼走法？」

「我先到貫市李家住一天，隨後往山西走。」

「一路當心。」老何起身說道：「你坐一下。」

說完他往外走去，很快地又回原處，手中握著一個皮紙包，塞在馮大瑞手中，一接過來便知道是包碎銀子。

「窮家富路，多帶一點兒盤纏。」

馮大瑞頓時熱淚盈眶，略帶哽咽地說：「我要不受，是不識抬舉，不過你的境況也不怎麼好，我實在收不下；而且，我在貫市李家，可以挪動個幾十兩銀子。」

「貫市李家，就是保鏢的李家？」

「是的。」

「既然你們是同行，當然有通財之義。不過不怕一萬，只怕萬一；萬一掌櫃不在，帳房不敢作主，你不能白耽誤功夫在那兒等。依我的意思，這十兩碎銀子你帶了去；在貫市遇見李家的掌櫃，你託他來跟我結個帳。不巧沒有遇見也不要緊，你照樣走你的路。只是千萬別往山西走。」

這是很妥當的安排，馮大瑞也同意了。當下老何把他的鋪位讓給馮大瑞休息；他自己在外面結帳，附帶為他守衛。

「你好好將養一會，到五更天我會叫醒你。你千萬別出來，據說有眼線，也許就是我店裡的夥計，不能不格外小心。」

說完，逼著馮大瑞脫了鞋和衣睡下，扯床被蓋在他身上，方又端著燈回到他的帳桌上。

斗室中一片漆黑，馮大瑞有事在心；加以夜靜更深，老何滴滴答答打算盤的聲音，格外吵人，那裡能夠入夢？輾轉反側，胡思亂想，突然想到一件事，大成疑問；非立刻跟老何密談不可。

於是他摸黑起床，走到門口向外窺探了好一會，確定別無他人，方始輕輕叩了兩下板壁。

老何回頭一看，發現了馮大瑞的影子，走來輕聲說道：「這會兒剛打過四更，你還可以睡一會兒。」

「不！我有件事跟你商量。」

「甚麼事？」

「一時說不完，能不能請你進來談？」

「好！我的帳馬上就結好了。」

等老何結完帳，持燈入室；馮大瑞已經另外定了主意，從從容容說道：「老何，有件事我不明白，這裡是宛平縣該管，怎麼大興縣的人來辦差呢？」

老何心想是啊！京城以正陽門為界，東面歸大興縣，西面歸宛平縣，這家客店在正陽門以西，大興縣是管不著的。

「我想，魏疙瘩不知道從那兒聽到了一句話，跑來訛人的吧？」馮大瑞急忙又說：「老何，你是太關切我，沒有細想；上這個當也不過幾十兩銀子的事，算不了甚麼。你別介意。」

有他這幾句解釋，老何才能將心定下來，細細思量；首先發覺馮大瑞有句話的意思，曖昧不明，便即問說：「馮鏢頭，你說魏疙瘩不知道從那兒聽到了一句話，才跑來訛人；那是句甚麼話？」

「無非是有盜犯咬上我了。」

「那麼，你是相信總督衙門會派人來抓你？」

「是的。」

「照這麼說，大興縣的差人來辦案，一點不錯。為甚麼呢？」老何自問自答地說：「總督衙門交順天府；順天府必交首縣大興；大興縣不能說因為宛平縣該管，就推了出去，只要事先知會，或者事後打個招呼就行了。馮鏢頭，你聽我的話沒有錯。」

這解釋很合理。馮大瑞表面是接受了，內心卻猶存疑。因為他自己知道，如果直隸總督衙門要抓他，必然與他這一趟昌平州之行有關，但算日子，在保定的總督衙門，不能這麼快就得到消息，會派出把總來抓人，而且像這樣的案子，也不能派一名把總來辦。

話又說回來，即令此事是真；張把總既已取得甘結，自然回到保定去覆命；既不會轉往保德州，也不必再到通州。這段空隙，起碼有三天功夫；仍舊來得及踐約——護送繡春及夏雲回通州。

不過，老何的好意不能辜負；倘或明說，變成不識好歹。所以表面上唯唯稱是；時候也差不多了，收拾停當，告別老何，直奔附近的一家牲口行，將寄在那裡的馬牽了出來，騎著到曹震家去找曹雪芹。

官宦人家，一日之始，在寅卯之間；倘是每天召見的權貴，大致一過丑時，便須執役，因為坐轎上朝，已頗費時，到得宮中，即使是賞了「朝馬」的，亦只能在「外朝」下騎，入直內廷，仍有一段路要走。這樣一折騰，在好天氣，亦須個把時辰；若遇風霜雨雪，或者意外情況，路阻塞車而誤時，亦是常事，所以凡是達官貴人的府第，徹夜燈火不熄是常事。

但來自江南的做官人家，很難適應這種習慣；所以等馮大瑞一登門，錦兒大感窘迫，她跟繡春都是剛剛起身，尚未梳洗。幸好曹雪芹昨夜睡在這裡，可以代為款客。

「我來得太早了吧？」馮大瑞歉意地說：「一大早來打攪，實在很不安。」

「好說，好說！」曹雪芹看著他的臉色問：「你好像一夜沒有睡。」

不說破還好，一說破了，馮大瑞立刻就打了一個呵欠；不過這一來倒使他想到了一個好去處，「是的。跟朋友聊了一夜。這樣吧，」他說：「我先到澡堂子去找補一覺，回頭再來。」

「其實在這裡歇著也一樣。」

「不，不！澡堂好、澡堂好。」

胡同西口就有一家澡堂，招牌是「潤身園」；照例掛一副對聯：「金雞未唱湯先熱，紅日東昇客滿堂」，馮大瑞去得正是時候，解衣磅礴，大池裡泡了一會，讓定興縣來的修腳司務，修著腳就睡著了。

這一覺睡到近午才醒，跑堂的遞上來一封信，說是曹家送來的；信是曹雪芹所寫，約他中午吃飯，措詞十分懇切，馮大瑞不能不赴此約。

原以為是吃便飯，不道是在飯館裡叫的菜，主客二人而四盤六碗，過於豐盛。繡春沒有露面，錦兒卻跟馮大瑞正式見了禮；她稱馮大瑞為「姑爺」，言語中稱王達臣是「二哥」，完全是親人的口吻。

及至飯罷，糧台上派的車已經到了；但夏雲那裡卻來了消息，說季姨娘堅留，她還得住兩天，於是錦兒也留繡春；她卻一定要回通州，又央曹雪芹相送。結果還是走成了；馮大瑞仍舊騎馬，一直傍著車子護送。

這樣的場面，令人興起一種無可言喻的感覺，新奇、感動，而又隱隱然有種捉摸不到的悲愴。因此，一時滿堂肅靜，各人都情不自禁地抓住了這片刻的感覺去細細體味，忘了自己在這個場面中的身分與職司——當然馮大瑞與繡春沒有忘記了他們是不能「忘我」的。

「替我給仲四奶奶問好。」

這是繡春的暗示，應盡的禮節都盡到了；可說的話也都說到了，不行何待？

「好，好！」馮大瑞連聲答應；同時用江湖上的禮節，一面抱拳，一面半側著身子後退。

不容曹雪芹急步相送，便已出二門、邁大門，向東一折，抬眼望去，不由得楞住了。

原來他的那匹馬，本繫在曹家東首的一株槐樹，此刻卻已空空如也。但正待要向曹家門房查問時，發覺有人用肘彎撞了他一下，轉臉看時，竟是王達臣。

「跟我來！」王達臣低聲說了這一句，隨即揚臉向前走去。

這一下，馮大瑞就不必問失馬之事了；隨著王達臣曲曲折折來到一處地方，認得此地是仲四的外婦之家，他也只來過一回——仲四非極知己而又有保密的必要時，不在這裡接待朋友。

「仲四掌櫃在這兒？」馮大瑞問。

「嗯。」王達臣答應著，伸手叩門。

來應門的是仲四自己；他也跟王達臣一樣，面罩寒霜似地，神色頗為凝重。

賓主未交一言，直到堂屋中坐定；仲四方始開口問道：「大瑞，你兩次到昌平州幹甚麼去了？」

馮大瑞心中一跳，陪笑說道：「你老問這個幹麼？」

「當然有緣故在內。你不願意說，我也不必勉強；而且估量你也絕不肯說。」仲四緊接著問：「你現在怎麼個打算？」

「我不知道仲四爺你指的是甚麼？是說我捐官？」

「官你是不必再捐了。我老實告訴你吧，你趕緊走，走得越遠越好。」

「這是幹麼？」

「你不走有殺身之禍。」仲四掌櫃說：「李制台已經交代，要抓你了。」李制台是指直隸總督李衛；這跟老何跟他所說的情況，正相吻合，不由得失聲說了句：「果然有這回事？」

「是怎麼回事？」

這時馮大瑞又變得沉著了，「你老先別問我。」他說：「只請你告訴我，你老的消息是那裡來的？」

「有道上的朋友好意，特來告訴我的。」

「誰？」

「我不必說。」

「你老不肯說，我也不必問。不過，你老居然就信了人家的話，是為的甚麼？」

「仲四爺豈是隨便能受人騙的人？」王達臣插嘴說道：「自然有證據，教人不能不信。」

「既然有證據，我也不必多說了。不過，說心裡的話，我不大相信會有甚麼要抓我的證據。除非——。」說到這裡，馮大瑞陡然頓住，嚥了口唾沫，將想說的話吞入腹中。

王達臣畢竟因為異姓手足的關切，不能不追著問：「除非甚麼？」

「二哥，你別問了。」

「我怎麼能不問？我妹子的終身我能不管？」

提到這一點，馮大瑞像兜心挨了一拳，臉色痛苦異常，低下頭去，只說了句：「我早知道，我一定會對不起三姑娘。」

這時仲四記起往事，倒非常諒解馮大瑞；便幫著他說話：「達臣，他早就有不能跟人說的心事了，不願意害三姑娘，這一點不能說他錯。」

「對了！」王達臣說：「錯的是他有眼無珠，把自己弟兄當外人；反是拿不相干的人，當作過命的朋友。」

弦外有音，十分明顯；馮大瑞那「除非」二字，本是設譬，此時卻真的動了疑心了。

「仲四爺，」他又考慮了一下，覺得話到了非明說不可的地步了，「請你把李制台為甚麼要抓我，跟你的消息是怎麼來的，先告訴我；我也把連二哥都不知道的事告訴你。」

「李制台要抓你，是說你牽涉在一件謀反的案子裡；不過，李制台不願意掀起這件大案，怕難以收場，只要有嫌疑的人都躲得遠遠兒的，別再惹是生非，就算沒事。」

「這話是誰告訴你的呢？」馮大瑞說：「你老在總督衙門的朋友？」

「不是。」

「那麼是誰呢？」

「道上的朋友。」

「道上」是說江湖道上，但也可以指同行。馮大瑞見他不肯鬆口，就只好試探了，「是滄州的同行不是？」他裝作不經意地問。

但仲四跟王達臣卻都動容了；仲四仔細看了看他的臉色，「看來你已經知道了。」他這樣回答，可是他失望了！馮大瑞只是仰臉望著口中、雙眼亂眨；在回憶第一次到昌平州，在龍王廟跟黃象見面的情形；他清楚地記得，在談了強永年以後，黃象指著潭心的月亮說：「大瑞，水面上很亮不是？那是浮光掠影，水底下很深，有了這層浮光，越發看不清了。」

在承認之中仍有保留，希望馮大瑞再說下去。

憶念到此，臉上不自覺地浮起一絲獰笑，「這位滄州的同行很夠朋友。」他說：「我得去謝謝他！」

一言未畢，王達臣鹵莽地抓住他的手臂，厲聲問道：「你要去找誰？你別去找死！」

是如此嚴重的警告，馮大瑞不能不重新考慮；剛才是負氣，此刻卻冷靜了，「我想去找強永年。」他說：「必是他來告訴仲四爺的；我得問問他，他自己怎麼辦？」

一聽這話，王達臣與仲四相互看了一眼，臉上都是很困惑的神色。

「大瑞，」王達臣友愛地責備：「到此刻你還只是肚子裡做功夫，不肯說實說，咱們算是白交了一場。」

「不是我拿二哥跟仲四爺當外人，只為這種事知道了也最好裝不知道；何況本來不知道，就更不必去打聽了。不過，事到如今，不容我不說。」馮大瑞停了一下說：「我在幫，想來兩位早就知道了。」

「那還用說！」仲四脫口回答。

這話多少出乎馮大瑞的意料。王達臣知道他在幫，是早就心照不宣的；而在鏢局中，他從未露過任何口風或痕跡，誰知仲四已早有所知，足見此人深沉。因此，馮大瑞更覺得盡量說實話是明智之舉。

「仲四爺，你知道不知道，強永年也在幫？」

仲四點點頭；王達臣卻頗為驚訝，正想開口，仲四搖搖手說：「你先別打岔，聽大瑞說下去。」

「我也是上次到昌平州去才知道，那次是幫裡來了一位長輩，找我去說話；就有強永年在座。那位長輩當時說了幾句很奇怪的話，一時猜不透他的意思；現在才明白，是說強永年靠不住，要防著他一點兒。如今看來，果然不錯；是他告的密！」

「告甚麼密？」王達臣問。

「剛才仲四爺不是說過了嗎？」

王達臣大驚失色。原來前幾年因為宮中手足相殘，株連甚眾；一時風聲鶴唳，只聽說「謀反」二字，便想到那件大案上面，但雷聲大、雨點小，鋃鐺就道，安然釋回的情況也很多。他原以為強永年所說，大瑞牽涉在謀反的案子中，以及李衛不願大獄的話，是指此而言，不過話說得重些而已。此刻才知道真是在籌畫造反，這是滅門之禍，豈能不驚？

仲四卻比較沉著，「這也不見得。」他說：「強永年如果真的告了密，就不必先透消息；既來通知，就沒有出賣朋友。」

「他當我是朋友，那是另外一件事；『欺師滅祖』、『扒灰倒籠』，那可——。」馮大瑞噝了口唾沫，沒有再說下去。

「那可怎麼樣？」仲四神色凜然地問：「你預備到滄州去找強永年？」

馮大瑞不答，自是默認之意。王達臣過度關切之下，不由得以兄長的身分開了罵。

「你簡直是找死！沒腦子到了極點。你找到強永年能拿他怎麼樣？你能『開香堂』呢，還是跟他鬥一鬥？強永年有四個兒子、父子兵一起上陣，你鬥得過他嗎？」

「我也不是要鬥他，我只問問他有這回事沒有？」

「問了又怎麼樣？他告訴你有這回事，你拿他怎麼樣？」

馮大瑞啞口無言；仲四嘆口氣說：「大瑞，你血性過人，就是做事欠檢點。加入漕幫，已是一錯；入了漕幫，又去造反，更是大錯。漕幫造反要能成功，早就成功了。現在閒話少說，你的事打算怎麼樣？」

「我打算上保德州。」

「山西的保德州？」

「是的。」

「不回你老家蒲州，上保德州去幹麼？」

「這話可長了。我進京就遇見二嫂——。」

「這你別說了。」王達臣打斷他的話說：「趟子手回來告訴我們了。」

「好吧！我說我到昌平州之前，芹二爺就跟我約好了的，送二嫂跟三姑娘回通州。本來昨天一回來要轉到保定去的——。」

「慢著！」這回是仲四插嘴：「你上保定幹麼？」

「這，回頭我會交代。先說昨天下午，芹二爺約我在琉璃廠見面；還有女扮男裝的三姑娘——。」

「怎麼？」王達臣問：「我妹子女扮男裝去逛琉璃廠？」

馮大瑞說不到十句話，已被三次打斷；心裡不免著急，這樣談下去，一時那裡談得完；便不理王達臣的話，管自己說道：「我長話短說吧！」

就只說老何那一段，話也不短；不過王、仲二人倒是沒有再打岔，全神貫注地聽完，仲四立即開口發問了。

「老何說你往保德州，總督衙門的人自然往保德州追了下去；你不是自投羅網嗎？」

「我算了一下，沒有那麼快。」

「沒有那麼快，你也不能往保德州啊？」仲四緊接著問：「你到了保德州幹甚麼？在客店住著，等公差再來抓你。」

馮大瑞語塞。王達臣嘆口氣說：「老何說你到保德州，你就往山西走，為的是被逮住了，證明老何沒有說假話。世界上會有你這種傻人做出誰也想不出的傻事來！你還想造反，你想造誰的反？莫非官府比你還傻！」

這番尖刻的責備，說得馮大瑞漲紅了臉，無地自容，本已在失悔之中；不道王達臣多說了一句話，使得馮大瑞有些老羞成怒，復又一意孤行。

「像你這樣等被逮住了，由口供中去洗刷老何，倒不如乾脆自首，說一切與人無干，還省事得多。」

馮大瑞心頭火起，卻無可發洩，便只有賭氣了；本來還想跟仲四、王達臣求計，此時決定獨行其是，因而默不作聲。

「閒話少說，強永年不是胡說八道，已經有證據了。老何的話不錯，這件案子現在是交給順天府在辦；保德州隔省，順天府管不著，就是總督衙門要到山西辦案，也得先出公事。可是順天府屬二十四州縣，那一處也不保險，說不定明後天就會到通州來找你。大瑞，光棍不吃眼前虧，你今晚上就走；這裡有事我替你擋。」

本是一番極通情合理的話，但馮大瑞心中已有芥蒂，便疑心是仲四怕事，巴不得他早早避開，免得牽累了他。所以毫不考慮地說：「好！我馬上就走。」

「你打算到那裡？」

「不一定。反正離開順天府就是了。」

仲四卻還未聽出他語氣中有悻悻之意，所以糾正他說：「不光是順天府，要離開直隸。山西不行，山東也不妥。倒是河南好。」

仲四的意思是，河南巡撫田文鏡，自上年病歿以後，由湖北巡撫王士俊調任。王士俊是貴州平越人，康熙六十年進士，點了翰林；未到三年散館，忽然在雍正元年八月，奉特旨揀發河南，以知州任用。這是從未有過的創例，在王士俊來說，應該是很大的委屈，而他欣然奉旨，一到河南，便補了許州知州。這一下，大家才明白，原來王士俊跟河南巡撫田文鏡早有結納；而田文鏡是當今皇帝在藩邸時，暗中布置的三名心腹之一——這三名心腹，職位不高，但居要地，一個是在宗人府的鄂爾泰；一個是在戶部的李衛；再一個就是一直在外省轉來轉去當州縣官田文鏡。有此三名心腹作耳目，親貴的交往、軍需的支銷，以及封疆大吏對於擁立的動向，在藩邸的雍親王，無不瞭如指掌；因而得以內結隆科多，外恃年羹堯，一夕之間，奪得大位。但這三名心腹，守口如瓶，不露絲毫口風；亦不顯絲毫形跡，所以都能獲重用。但此三人之間，彼此亦有猜忌；當今皇帝便是利用他們彼此之間的猜忌，相互監督，才能免除「合而謀我」之患。

當然，這三個人之下，又各有心腹。王士俊是田文鏡的心腹，在河南當了兩年知州，調往廣東，升授道員，不久署理藩司，負有間接偵察鄂爾泰的密命。雍正九年擢任湖北巡撫；田文鏡老病侵尋，解任調養，仍無起色，病歿以後，調王士俊繼任河南，這是皇帝酬庸田文鏡的一番苦心——田文鏡在河南的種種紕漏，逐漸暴露，倘換了個與田文鏡毫無淵源而又能幹的巡撫，一定大為更張、嚴詞參劾，那一來田文鏡蓋棺而不能論定，身後亦許還會嚴譴，亦覺於心不忍，調王士俊繼任他的遺缺，就在期望王士俊能善為田文鏡補過。

但田文鏡與李衛不和，李衛又與鄂爾泰不和，已不是官場中的祕密。既然如此，李衛要辦的案子，在河南就會行不通；因此仲四認為馮大瑞避到河南，比較安全。

「對！」王達臣亦附和此議，「河南水陸兩路的同行很多，處處有照應。大瑞，你就聽仲四爺的話，到河南去吧！」

大家都這麼說，馮大瑞自然沒有話說；但他心中另有打算，只是不爭而已。

「大瑞，」仲四又說：「我替你預備好了！不過，既然到河南，我還得替你寫兩封信。」

就在這時候，聽得有人叩門；三個人都側耳靜聽，去應門的是仲四的外婦金二姐，唧唧噥噥，低聲交談，不但聽不出說些甚麼，甚至不知道來者是男是女？

「別管了！」仲四說道：「大概是街坊來借錢。」

說著，走到臨窗的方桌邊，去吹拂塵封已久的墨盒；然後找筆找紙，坐下來寫信。仲四寫字，有副特殊的功架，左手五指半屈，齊肘平置桌沿；右手握筆，置腕於左掌之上，剛寫了一個開頭的稱謂，只聽金二姐在喊：「當家的，你來！」

轉臉看時，金二姐一手掀門簾，一手扶門框，雙足在門檻之外；仲四以為街坊來借錢，數目較大，她不敢作主，當即答說：「不要緊，你說吧！」說完，又低下頭去寫信。

「是要緊事，你來嘛！」

這一下，仲四不能不離座了；王達臣與馮大瑞也都有些疑心，但還不便發問，只面面相覷地凝視靜聽——始而小聲交談，繼而彷彿起了爭執，最後是仲四發怒了。

「你一個婦道人家，懂得甚麼？嚕囌個沒完；天塌下來有我；不是你該管的事，少管。」

接著，就看見仲四掀簾而入，臉上猶有怒容。王達臣便慰勸地問道：「幹麼生那麼大的氣？何必！」

仲四不答他的話，招招手將王、馮二人喚到面前，低聲說道：「順天府派人下來了，住在倉書張老九家；張老九派人來告訴我，讓我去一趟。如今咱們分頭辦事，達臣到滄州去一趟，把強永年搬了來；大瑞今夜就走，我馬上給你寫信，到歸德府投奔三義鏢局關老掌櫃。」

「不！」馮大瑞立即接口：「順天府的人，自然是衝著我來的。我不能走。」

「唉！大瑞，」仲四皺著眉說：「你別混充英雄！強永年既然說過這話，又有張老九在，公事上打了過門，自然沒事。你一充英雄好漢，一到了案，事情反倒麻煩了。」

「這話不錯！」王達臣說，「你聽仲四爺的話沒有錯。」

「不！一人做事一人當——」

「你別再多說了。」仲四不耐煩地打斷他的話：「你別瞎攪和。」

說到這樣的話，馮大瑞不再作聲。仲四亦無暇多說，伏案寫信，信沒有封口，遞給馮大瑞看，寫得十分切實，只說馮大瑞有為難之事求助，一切都跟他面求一樣。

「你跟他老實說好了，讓他替你找個地方，靜靜住個兩三個月。等這件事了結了，你再回來。」

「是的。我要回來。」馮大瑞意味深長地說，但仲四與王達臣都沒有聽出他弦外有音。

「你錢夠不夠？」王達臣說：「我那兒有一百多兩銀子，隨後我再寄給你。」

「這你就不必費心了。」仲四插嘴說道：「大瑞有錢存在我女人那裡；路上帶著也不便，我信上已經寫了，由三義墊付，將來我跟他們劃帳。」

「這都是小事，我不相信世界上有餓死的人。不過，四爺跟二哥都是一片熱心；我可也不是半吊子。這件事，咱們還得琢磨。」

聽他語氣平靜，仲四便即問說：「怎麼個琢磨法？」

「照現在看，順天府的人一到通州，不先找仲四爺，而去報張老九，當然是因為張老九在通州吃得開，換句話說，找張老九就是想跟仲四爺講斤頭。這話是不是？」

「是啊！所以我讓你快走；有事我來慢慢把它撕擄平了，等過了這陣風頭，你再回來。」

「萬一撕擄不開呢？」馮大瑞緊接著解釋：「我不是說仲四爺跟張老九的力量不夠，是怕他獅子大開口；或者花了錢，事情還不了，那就不如我自己到案，把仲四爺的身子先洗出來，替我在外面想法子。這樣，就從容自在了。」

對這番主張，王達臣認為頗有道理；但仲四開鏢局，平時就靠鏢客們肯賣命，行事漂亮，就算丟了鏢，也還能找得回來。如今是鏢客出了麻煩，讓他挺身而出露一手的時候，所以雖覺得他的話有理，卻仍不能同意。

「這不好！你現在走了，我可以說風涼話，說你來過又走了，只怨他們來遲了一步，不然我就把你留下了。如果我先不交人，到了過不去了才把你交出去，那不就坐實了窩藏的罪名？」

「那麼，就先把我交出去。」

「那有這個道理！我能幹出這種讓江湖道上挨罵的事來，我的鏢局子還開不開？」

聽這一說，連馮大瑞自己都無法再說了。王達臣覺得既然事無可爭，不宜耽誤功夫，當下說道：「將軍休下馬，各自奔前程，大瑞，咱們走吧！」

「不！」馮大瑞這一個字，就像利刃砍落一塊頑鐵，落地鏗然有聲；「我得等仲四爺到張九家去談妥了，我才能走。」

「你放心！一定談得妥。」

「既然一定談得妥，也不爭在此一刻。不過，有句話我得說在頭裡；我也不往別處去，就在這兒躲一躲。請二哥陪了仲四爺去，倘或順天府非要人不可，不然就得拿仲四爺帶走；那時請二哥趕緊回來通知。我不能讓仲四爺栽這麼一個跟頭。」

說這話時，微有些負氣的模樣，王達臣心裡明白，他是因為金二姐的緣故——婦人家的想法，總不如男子漢來得豁達；馮大瑞有作一番「一身做事一身當」的表示，必能贏得金二姐的尊敬，倒也是一番好事。

於是，王達臣說：「仲四爺，他這幾句話，倒也不能不聽；不過金二姐一個人在家，大瑞在這裡也不便。這樣吧，我陪著大瑞，等你到張九那裡去了回來，再作道理。」

「好！就這麼說。」

這些話金二姐在隔室都聽到了。她能做仲四的外室，而居然能讓精明能幹的仲四奶奶，眼開眼閉，不找麻煩，當然亦非等閒的女流之輩；她的唯一希望，也是跟仲四唯一爭執之處，就是仲四出錢出力為朋友，她都不反對；只絕不甘於仲四為朋友去坐牢。而馮大瑞恰好就是針對她的心病下了心藥；這一下，馮大瑞的品格身分，在她心目中當然大不相同了。

不過她也很聰明，應酬功夫亦絕不在仲四奶奶之下；同時更了解她的年齡跟身分都比大婦輕得多，避嫌二字，更須留意；所以只聞其聲而不見其人地聽她在指揮。

「四喜啊，你倒是快一點兒嘛！先不拘甚麼，先裝幾個碟子，連酒送上去。酒是十五年陳的女兒紅；下酒的碟子差一點兒，倒不要緊。都是老爺過命的朋友，還能挑剔嗎？反正總不能讓王二爺、馮大爺坐冷板凳，越快越好。」

「我這不就得了嗎？」是另一個人的聲音；當然是四喜。

「那麼，趕快送上去。」金二姐又說：「我這就下廚房，糟溜魚片一下鍋就得；你可快回來上菜。」

「我知道。」四喜答得倒很老實，「你儘管慢慢兒來。我看王二爺跟馮大爺也吃不下甚麼。」

「胡說八道！」金二姐大聲叱斥：「王二爺跟馮大爺，憑甚麼吃不下。別嚕囌了，好好兒伺候。」

王達臣與馮大瑞把這些話聽得明明白白，口中雖無表示，心裡卻都在想，仲四能將一般精明的大婦與外室，擺布得醋海不波，足見本事，確實是可以信託倚靠的朋友。

王達臣有事在心，胃口很差；馮大瑞倒很豁達，說一聲：「多謝！肚子倒真的有點餓了。」隨即坐下來，大吃大喝。

因為他並無憂色愁態，使得王達臣的心情也比較開朗了，喝了口酒說：「你在漕幫，雖未明說，我也知道；不過，你有些話可以告訴芹二爺，而不肯在我面前透露一句。大瑞，你倒想，換了你是我，傷心不傷心？」

「我也沒有告訴芹二爺多少話。我是怕他年紀輕不知道輕重，所以把話說得重些，也是嚇嚇他的意思。」馮大瑞又說：「二哥，你也是聰明一世，懵懂一時；你就不想想，我看三姑娘就像一尊觀世音菩薩，會不願意請到家裡去供養？其中的道理，只怪你自己沒有去細想。」

王達臣微微一驚，沉吟了一會說：「你是怕犯下甚麼大案，會連累我妹子？」

「一點不錯。」

「那麼，你倒不怕連累在蒲州的老太爺、老太太？」

「不會的！」馮大瑞平常地答說：「在我入漕幫的時候，我跟我老爺子說：吃鏢行這行飯，是賣命的玩藝；或許會連累家裡，不可不防，所以特為進狀子告我忤逆，趕出家門，不認逆子，蒲州衙門有案的。」

「這樣說，你早就有心了。我再問你，我妹子要你去從軍，你怎麼倒願意了呢？」

「這話，二哥，你最好別問。」

「事到如今，我怎麼能不問。」王達臣可真的忍不住了，壓低了聲音說：「莫非你想到軍營裡去造反？」

馮大瑞陡然色變，「二哥，」他問：「這話是你想出來的，還是聽誰說的？」

「是我自己想出來的。」

馮大瑞的臉色緩和了，自語似地說：「我還以為是強永年說的呢！」

「這麼說，確有此事？」

「現在當然也談不到了。」馮大瑞說：「這件事剛剛開頭，沒有甚麼證據；到官當然賴掉。不過——。」

「怎麼樣？不過怎麼樣？」王達臣緊釘著問：「你說啊！」

「你不是說，強永年告訴你們，李制台不願意把事情鬧大嗎？」

「是啊。」

「既然如此，我到官不供，他也不會追問。但如強永年原原本本都照實供了，而且另外有人跌在裡面，那時候，我可不受仲四爺跟二哥的你的一番好意。」

「這是怎麼說？我不懂你的意思。」

「我，」馮大瑞說：「不是貪生怕死的人，二哥，你當然也知道。」

馮大瑞的話，雖仍不無閃爍其詞之處，但一半拼湊，一半推想，輪廓已大致可見。仔細想一想他的行徑，確是事先煞費苦心，唯恐累及他人；江湖道上的義氣，絲毫不虧。王達臣覺得有這樣一個結義弟兄，是件很值得驕傲的事；但也因為如此，不免又恨他太傻。只是不知如何責備，惟有付之長嘆。

而馮大瑞不同，他也很坦率地，並不掩飾他的感覺，「這些個日子，老像尼姑懷私孩子似地，有種說不出的抬不起頭的不得勁；尤其是在三姑娘面前。今天把話都說了出來，心裡反而覺得很痛快。」他緊接著又說：「幫規雖嚴，不是我洩的底，我對得起師爺爺。不過，二哥，不瞞你說，如果這裡沒事，我得到保定去一趟，會個人。回來還是幫仲四爺走鏢，幫他個兩三年，了掉這筆人情。」

「你到保定去會甚麼人？」

「不相干的人。」

「不相干的人，何必約在保定？保定是甚麼地方，直隸總督駐紮的地方，你當是昌平州？」

王達臣很威嚴地說：「既然你說把話都說了，就得說個明明白白，在我面前還藏頭露尾，你該不該？」

馮大瑞躊躇了一會說：「是我幫裡的一個師叔，我兩次到昌平州，就是去看他；約了在保定相會，他替我引見一位前輩，以後就聽這位前輩的了。」

「嗯！」王達臣想了一下問道：「你兩次到昌平州，強永年都在？」

「在。」

「照這麼說，強永年當然也通知你的那位師叔。他能跟仲四爺打招呼，透風氣給你，當然更會通知你那師叔，趕緊開碼頭。你去也是白去。」

馮大瑞覺得這話很有道理，但仍躊躇著說：「這麼重要的約會，不去總不好！」

「不跟你說了嗎？去也是白去。」王達臣有些冒火：「你怎麼這麼滯而不化呢！」

馮大瑞不敢再作聲，默默地在琢磨強永年何以敢犯此該釘在鐵錨上處死的幫規？果真是他告了密，黃象又何能倖逃毒手？這得想法子打聽一下才好。

正在這樣想著，王達臣開口問道：「咱們話分兩頭，往好的一面說，仲四爺把事情撕擄平了，你既沒有對不起漕幫，漕幫也不至於『開香堂』，拿你怎麼樣。以後就幫仲四爺走鏢，安安分分，老老實實幹你的行當。是不是這樣？」

「是。」

「那麼以後呢？」

「以後？」馮大瑞一楞：「以後甚麼？」

「莫非你根本沒有把娶我妹子放在心上？」

一聽他語聲不悅，馮大瑞大感不安：「不，不，我不知道二哥你是指的這件事。」他說：「不過，我恐怕不是做官的材料，三姑娘或許——。」

「你別說了！」王達臣不耐煩地打斷他的話：「你到現在都還不明白她的苦心。」

甚麼是繡春的苦心呢？馮大瑞不由得怔怔地苦苦思索。他在想，她的苦心是，賞識他的氣概性情，認為蛟龍非池中物，不願意他隨波逐流，在風沙烈日中奔走一生，到老來抱孫子、曬太陽，提當年走南闖北的好漢之勇；寧願如王寶釧苦守寒窯，只待他出人頭地。除此以外，若說還有甚麼苦心，就非他所能想像的了。

他雖一直不曾作聲，但從他只有困惑、別無表情的臉上，亦可以想像得到他心中所想。王達臣冷笑一聲說道：「你別當我妹子是那種俗氣的女人，一心想當官太太。你知道她為甚麼要你到西邊去從軍？」

「我不知道。」馮大瑞趕緊又說：「不過我想過，大概是要我多閱歷閱歷的意思。」

「走江湖還少得了閱歷？她另外有番苦心。」王達臣喝了口酒，方又說道：「老實告訴你，這是芹二爺看出來的，他疑心你在這裡許了人，給人賣命；現在才知道你師叔要你造反。」

聽得這話，馮大瑞自然格外關切；心裡也很亂，當初跟曹雪芹不該說的話，說得太多，果不其然，惹得人家生了疑心。此時不免有些自悔自恨，漲紅了臉說不出話。

「我妹子跟芹二爺最談得來，說句不怕自己覺得寒蠢的話，他們真像姐弟一樣。芹二爺把他的疑心告訴了我妹子；她才有這番苦心，要你走到遠遠兒的，而且是在營盤裡，有軍令拘著，也不能私下『開小差』出來替朋友賣命。這一來，禍事是免了，你也不算對不起朋友。這就是她的苦心。」

聽到這裡，馮大瑞豆大的淚珠，接二連三往酒杯裡掉；抹一抹眼淚，紅著一雙眼睛說：「我真沒有想到三姑娘待我這麼好！」

「她是因為我的緣故，把你也當作自己哥哥看待；那知反倒是你把我們兄妹看成外人了。」

這番牢騷，不僅指馮大瑞將身許漕幫一事瞞著王達臣；而且也還指他待義兄還不如對初交的曹雪芹親密。這在馮大瑞當然也有不得已的苦衷，但辯亦多餘，只慚愧地把頭倒了下去。

王達臣自然不忍再作任何責備；但相知十年，一直到此刻以肝膽相見，當然有好些話不能不在此時作個切實的交代。第一件，當然是繡春的婚事；但為了替繡春留身分，他必須先讓馮大瑞表示態度。

「我妹子已經受了極大的委屈了。」王達臣以退為進地說：「再多受點兒委屈，也不要緊。不過，你總得有句話吧？」

「當然，當然！」馮大瑞惶恐地說：「只要這趟能夠過得去，我馬上請仲四奶奶當大媒，照規矩下聘禮。該怎麼辦，就怎麼辦，一切都聽二哥的。」

「這話，你還得說清楚點兒。這件案子可大可小，如果本來可以過得去，你偏要去惹是非；又惹下一條禍根在那裡，怎麼能叫人放心？」

「這不會——。」

「雖說不會；只怕你自己心裡丟不下，譬如你還要上保定去打聽消息，不就是自己惹是非嗎？」

「消息不打聽確實，又怎麼能放心丟開？」

這話反駁得很有力，王達臣立即又作了一個決定，「好吧！」他說：「我替你去打聽。你要打聽的是甚麼？」

「打聽我師叔。」

「怎麼打聽法？姓甚名誰；在那裡相會；會了面該談些甚麼？你詳詳細細告訴我，我一定替你打聽得明明白白。」

「是這樣的——。」

馮大瑞將實情和盤托出。原來他第二次到昌平州時，黃象已經替他約好了，引見一個朋友，以後如何投軍到西路，那「朋友」會替他安排一切。

但如今事情發生了大變化，馮大瑞擔心的是黃象是否已經被捕；倘或如王達臣的推測，強永年既能通知仲四，轉告馮大瑞遠避；那麼一定也會透風聲給黃象，速速避走。照這樣說，馮大瑞去了也是撲個空，根本不必有此一行。

成疑問的是，馮大瑞並不信任強永年；就算強永年的行事，如王達臣的推測，黃象亦不見得就會一走了之。因為既然無事，何不多待一兩天等馮大瑞去見一面，有所交代，將這件事辦出個起落來？

說明了這一切，馮大瑞表達了他最後的心願：「總而言之，如果我那位師叔沒有出事，他就一定會等我；即使自己不出面，也會派人給我傳話。二哥，人同此心，心同此理；我惦念著他，他一定也惦念著我，彼此見一面，大家都放心，不是很好的一件事嗎？」

馮大瑞道：「再說，江湖道上就講的信義二字，應該去，可以去而不去，是失信；我知道了這件事，也許他還不知道，不通個消息給他是不義。失信不義的人，不是馮大瑞。」

王達臣又被他說服了，不過他總覺得馮大瑞不宜冒險；考慮了好一會，慨然說道：「我替你走一趟；見了面我只說你病了，沒法踐約，此外一切，我都替你代為陳說；有甚麼話要交代你，亦請他跟我說好了。你我至親，事情又是迫不得已，這也不算你違犯幫規洩漏機密。我想這個主意就這樣定了，你不必再多出花樣。」

馮大瑞也覺得他這話仁至義盡，是個很妥當的辦法；當下想了一下說：「二哥，你是『空子』，要見到我黃師叔不容易。只有這樣，我寫一封信，請你到保定府南大街嘉茂糧食行找朱掌櫃，把你我的關係略為提一提，說要見一位西雲道長。」

「這就是你的師叔？」

「是的，二哥，你要申明在先，能見最好，不能見也不要緊，有信請他轉交。」馮大瑞又說：「二哥，這時候還請你特別留意，如果能見，能轉信，自然很好。他如果說不認識西雲道長，請你趕快就走，而且馬上將信燬掉，趕緊走人，越快越好；倘或他說，這封信不知道甚麼時候才交得到，你也不必勉強，在保定稍為打聽、打聽。二哥，我的意思你明白了沒有？」

王達臣何能不明白？馮大瑞設想的情況，包含著三個層次，第一是平安無事；其次是已經出了事，下在獄中，或者躲了起來，不便與生人見會；最後一種是朱掌櫃都不能承認識得甚麼「西雲道長」，那就一定已掀起了彌天鉅案——果真到了那地步，不但仲四跟他脫不得干係，凡與馮大瑞有來往的人，說不定都要受到牽累。

轉念及此，不覺憂心忡忡：「好罷，」他只能這樣說：「你就趕快寫信吧！」

仲四用過的筆硯未收，馮大瑞坐了下來，鋪紙拈毫，久久未能下筆。他中過武秀才，默寫過《武經》，肚子裡的墨水，寫封信還難不倒他，只是事關重大，情勢又複雜，要用幾句隱語來概括，那就不是他這名武秀才所能勝任的了。

「這封信很難寫！」

其時王達臣心裡正在煩，如果不是馮大瑞少不更事，不識輕重，師出無名地想去造反，此刻又那裡會有這些提心吊膽的煩惱？因為有這樣一肚子的怨氣在，不由得就針鋒相對地說了一句：「這件事也很難辦！」

馮大瑞一時沒有能體會他的心境，愕然相問：「甚麼事很難辦？」

「還不是你的事！無事最好，有事還不知大小；倘或連曹家都連累了，教我怎麼對得起人家。芹二爺是曹老太爺煊赫了一世，唯一留下的一點親骨血；曹家的一條命根子。倘或有個三長兩短，教我——。」王達臣說不下去了，只是唉聲嘆氣地頓足。

馮大瑞見他如此神態，頓覺汗流浹背，內心無可言喻的不安；「二哥，」他說：「如果事情鬧大了，我只好對不起三姑娘，根本不承認跟曹家有任何瓜葛，我也沒有去過曹家，不認識曹家任何人；當然也沒有攀親這回事。不過，我是這麼說，別人也別露真話才好。」

「嗐！現在還談不到那些。你趕快寫信吧，我非連夜去一趟保定不可；不然覺都睡不著。」

「不！二哥，信很難寫；而且萬一把你也拖累在裡面，是件不得了的事。還是我自己喬妝改扮去一趟。」

「喬妝改扮？」

「對了！喬妝改扮。」

「扮甚麼？扮甚麼都不妥當。」

「扮旗人還不妥當嗎？」

一聽這話，王達臣不由得點頭；因為馮大瑞出山海關，少說也有十五、六次，說得一口盛京口音「旗話」；旗人的禮節，也很嫻熟，如果扮成一個旗下武官，足可以冒充得過去。

正在商量細節之際，仲四打發人來請王達臣到鏢局去議事。來人話說得很清楚，只請王達臣一個人去；馮大瑞還是留在金二姐那裡，切勿私自外出。

這就使得王、馮二人都猜不透是怎麼回事？金二姐也很關心，但亦問不出甚麼來。馮大瑞為避瓜田李下之嫌，不願一個人留下，最後是王達臣出的主意，將來人留了下來陪他。

「事情很麻煩。」仲四屏人密語：「順天府的眼線，看到大瑞回通州來了。著落在我身上要人。」仲四說：「我始終咬定，沒有見過大瑞，為甚麼我不回金二姐那裡，怕有人掇了下來，發現你跟大瑞。」

「這，」王達臣已知道該如何處理，卻故意問道：「這該怎麼辦呢？」

「讓大瑞連夜動身。把咱們最好的那匹馬給他。」

果如王達臣所料；但仲四又如何料理這場麻煩，他當然也要問個明白。

「天大的官司，地大的銀子。沒有甚麼大不了的。」仲四又說：「事不宜遲，你馬上回去，告訴大瑞，照我信上所開的地址，投奔河南。非這樣子不能了這場麻煩。」

王達臣想了一下問：「地大的銀子有多大呢？」

「已經開出盤子來了，要兩萬。」

王達臣嚇一跳；「這可不是小數目。」他說：「怎麼湊得起來？」

「這會兒不用談這個。反正漫天討價，就地回錢；我有我挺的法子。」

「甚麼法子呢？」

「嗐！」仲四不耐煩了：「在這節骨眼上，我那裡有功夫跟你談這個。你快去吧！」

說著，仲四遞給他一個褡褳袋，裡面有二、三十兩碎銀子，一大塊「鍋魁」；又到槽頭上牽出一匹「菊花青」來，「判官頭」上掛著一個水壺。王達臣一言不發，提著褡褳袋，上馬就走。

到了金二姐家，他將馮大瑞喚到一邊，把仲四交代的話，說了一遍；催他馬上就走。

「仲四爺呢？」馮大瑞問：「他怎麼辦？」

「預備花幾兩銀子，把來人打發走。他有他挺的法子。」

最後這句話甚麼意思？馮大瑞再問，王達臣只說：「不知道。」這也是實話，但馮大瑞卻疑心他已知是何法子，只不肯說而已。因此馳馬南下，腦中卻盤旋著這個疑問。

第十三章

這天中午到了河間府，一條三岔路，往西是保定，往東是滄州，馮大瑞不免躊躇，先想到保定去會黃象，轉念自責，答應了仲四一定脫身，不能自投羅網，但卻又不想一直往南經大名府到開封，因而只在三岔路將馬圈過來，圈過去，不知何去何從？

就這時聽得瀏亮深遠的一聲：「噢——」馮大瑞一聽便知是趟子手喝道；拉韁回馬，看到對面來了一列鏢車，車上插的鏢旗，色彩鮮明，大紅軟緞，繡一隻黑虎，正是滄州強永年的旗號。

馮大瑞靈機一動，何不找強永年去問個究竟？他在想，強永年既然有那一番「好意」，去了絕無妨礙；而黃象的安危，尤其是強永年何以知道直隸總督衙門要抓他，是強永年消息靈通，還是賣友求榮，豈不都可以弄明白了。

轉念到此，心胸一暢，毫不遲疑地打馬往東，直奔滄州。

「啊，馮大叔！」強永年的大兒子強士傑，從櫃房中迎出來，「你怎麼來了？」說著，遞過一把撣子來，又大聲問道：「馮鏢頭的馬交給誰了？」

「交給小季了，遛一遛再上槽。」有人回答。

「好生餵！」強士傑交代了這一句，轉臉看時，馮大瑞已將一身黃土撣得差不多了；便即延入櫃房，叫人倒臉水、沏茶，殷勤非常。

「我來看你們老爺子。」馮大瑞說：「在後面？」

後面是指強永年的住家；強士傑答說：「到保定去了。明天就回來。馮大叔有事交代我好了。」

馮大瑞大失所望，但既說明天就回來，只好等一等，當下問道：「明天甚麼時候回來？」

「那可說不定。總在下午吧！」

「喔，」馮大瑞問：「你父親到保定去幹甚麼？」

「有一筆買賣去接頭。」

「不是直隸總督衙門的買賣吧？」

強士傑不知所云，只望著馮大瑞發楞，好久才說了句：「這可不大清楚。」

馮大瑞自悔失言，同時心生警惕，如今步步荊棘，一切都得小心，像這種孟浪的話，隨便出口，只有害處，沒有好處。

「馮大叔，」強士傑倒像是毫無心機似地，「你老先喝喝茶；有一趟鏢就要動身了，我去交代一下，回來陪馮大叔喝酒。」

等強士傑一走，接著便來了強士雄；強永年有四個兒子，強士雄行三，脾氣暴躁，外號「張飛」，但卻最佩服馮大瑞，陪著閒聊了好久，很懇切地向他請教形意拳的精義——馮大瑞的拳腳，在鏢行中是有名的。

正談到熱鬧，有個小徒弟進門，在強士雄耳際輕聲說了幾句；隨即便見他起身說道：「馮大叔，我大哥請你去喝酒。我來領路。」

強家的房子很大，強士雄曲曲折折地將馮大瑞領到一座花廳；強士傑親自打著簾子在迎接。

進門一看，正中長方桌上擺了一副「王供」，而且紅燭高燒；壁上懸的是一張「一葦渡江」的達摩像。長方桌前面擺著一張俗稱太師椅的圈椅。馮大瑞不由得一楞，不知這麼一種不倫不類的布置，是為了甚麼？而且在這裡喝酒，似乎也不是一件很舒服的事。

「老三，你拿拜墊來，咱們給師爺磕頭。」

誰是強家兄弟的「師爺」？馮大瑞的念頭還未轉過來，強士傑已半扶半拉地將他納入圈椅中了。

「慢著！」馮大瑞坐下復又站起：「你們叫我『師爺』。」

「是！」強士傑答說：「你老是我爹的師叔，我們自然該叫師爺囉！」

馮大瑞這才明白，強永年已將他在漕幫中跟馮大瑞的關係，告訴他的兒子。漕幫的規矩「准充不准賴」；雖然心中懷疑，強士傑行此大禮，或許不存好意，也就只有坦然受之了。

等拜墊取來，強家老大、老三，雙雙跪倒；馮大瑞很敏捷地起身閃向一旁，表示謙虛；等他們磕完頭起身，還作了個揖，還以半禮。

「師爺，請這面來！沒有甚麼好東西請師爺，不過酒倒是真正的紹興花雕。」

進入用屏風隔開的東首，一張大方桌已擺滿了酒肴；卻只得兩個座位，馮大瑞上坐；強士傑側坐陪；強士雄卻悄悄退了出去。

「怎麼？」馮大瑞問：「老三怎麼走了？」

「有幾句話稟告師爺，不必讓他知道。」

胞弟兄都要相瞞的話，可知關係重大；而且可以意料得到，必然談的是他所想要撥開的疑雲。

「師爺，」強士傑歉意地說：「酒雖好，可惜沒有人燙；只好喝冷的了。」

這是表明並無第三人在場；也不能有第三人在場。隔牆是否有耳，雖還存疑，但從表面上看，是打算著肺腑相見，自是善意，所以馮大瑞連連點頭：「喝冷的好，喝冷的好！」

「是！」強士傑斟滿了酒，起立相敬。

「你坐下來！不然罰酒。」

「是！師爺下不為例。」說完，還是站著乾了酒；等馮大瑞也乾了，方始坐下。

馮大瑞心想，照此光景來看，強士傑尊之為師爺，不僅是由於他父親的關係，而是他本人亦在「門檻」裡頭。既然如此，黃象的下落，不妨直接問他。

但話雖如此，必得先讓他自己「報家門」，承認身在幫中，然後他以前輩的資格，問到幫中的長老，強士傑才不敢閃避不答。

主意一定，隨即開口：「貴幫頭？」

一聽這話，強士傑立即又站了起來，口中回答：「濟右。」

「貴前人，尊姓上下？」

「上林下堃。」

馮大瑞只知「濟右」幫屬於山東，駐紮濟南；卻不知道此幫當家的姓名，更不知道有無林堃其人。漕幫規矩「准充不准賴」；強士傑如果別有用心，不妨冒充自己人。這就得細盤一盤了。

江湖上有句話：「若要盤駁，性命交脫」；因而為了不傷面子，有時明知對方冒充，往往亦不便盤駁，但如今情形不同，馮大瑞覺得勢成騎虎，非盤問不可。

「請教，貴幫船由那裡派，一共多少隻？」

強士傑不防他突然盤問，一楞之下，大生警惕；當下定一定心，沉穩地答說：「泰陽所派出，一共九十九隻。」

「幾隻太平？幾隻停修？幾十隻運糧？」

「十一隻太平，八隻停修，八十隻運糧朝北。」

「糧在那裡兌？」

「長清、曲阜、寧陽、魚台四縣。」

「走那個碼頭？」

「濟寧大碼頭。」

「那裡靠船？」

「安邱縣靠船。」

「那裡卸糧？」

「宛平縣卸糧。」

這些問答，只要是此幫的水手，那怕臨時招雇的「空子」，大致亦能回答，因為都是經過的實事；八十艘漕船，在指定的四縣裝載漕米，經山東濟寧到直隸安邱停泊，等候卸糧至位於宛平縣的「京倉」。

可是再有些實跡可循、無理性可推的問句，才是真正的隱語。馮大瑞發覺強永年的這個大兒子，是個厲害角色；所以盤問之前，先就想通，必得先易後難，而且口風要逼得緊，不容他從容細想，才能讓他的狐狸尾巴掩飾不住。

於是，馮大瑞用既重且急的語氣，風狂雨驟似地問道：「請問貴幫糧船旗號，進京、出京、初一、十五，還有平常日子，打的甚麼旗？」

強士傑既然已有警覺，當然已想到他問的是旗號；本想調侃他一兩句，再作回答，從而轉念，這是一件極慎重的事，不可出以輕佻的口吻，因而神情益發嚴肅，答話亦緩慢而清晰。

「敝幫進京打東方青雲旗；出京打龍鳳旗；初一月半打中央杏黃旗；平時打珍珠應天旗。」

接著，強士傑又抱拳說了一句：「諸事請師爺慈悲。」

「請坐、請坐！」馮大瑞的態度變得比較親切了；舉杯啜飲，挾了塊燻兔肉送入口中，咀嚼將完，徐徐說道：「我此來是專為看你父親的，有件事我不大明白。」

「那一件，請師爺開示，或許我有點知道，也說不定。」

話慢慢轉入港了，但漕幫的規矩，凡事忌開門見山直說，所以馮大瑞仍舊旁敲側擊地說：「十大幫規，十禁十戒，有的時候不容易樣樣周全。」

馮大瑞說：「譬如『十禁』最後一禁：『香頭低不准爬高』，有道是『字大人不大，字小人不小』，就好像是你我現在的情形。剛才承你們兄弟的情，拿我當個長輩看，實在慚愧；『在幫原是講仁義，爬香自高無面皮』。此刻只有你我兩個人；年紀也差不多，真不必講香頭高低。」

強士傑是極精明的腳色，聽他轉彎抹角，談到最後是要他不必講「香頭高低」；換句話說，只要講「仁義」好了！這話太嚴重了。

於是強士傑正色說道：「分香頭高低，是我們晚輩應有的道理；講仁義是不分長幼都要講的。師爺見多識廣，想來是聽人談過，士傑有甚麼不仁不義之事；請師爺儘管明說，如果是晚輩錯了，晚輩情願領家法。」

他的神氣，有些劍拔弩張；馮大瑞卻好整以暇說：「你誤會了，我是泛泛而談。」接著急轉直下，輕巧地轉入正題：「你父親很講仁義，特為到通州去通知仲四掌櫃，要我避開；說直隸總督衙門要抓我。今天到滄州來，一則要謝謝他；二則想問問他，到底是為了甚麼案子要抓我？」

強士傑知道面臨了「圖窮而匕首見」的局面了！他父親臨行交代，馮大瑞什九會興問罪之師；不論受多大的委屈，都要解釋清楚，這是個很大的難題，強士傑已盤算過多少遍，覺得只有八個字可以掌握：「謙卑盡禮；隨機應變。」

前面四個字是做到了，而且馮大瑞態度已非初到時的冷峻，便是此四字已收效的證驗；但後面四個字，做起來卻很難。馮大瑞那種綿裡針的語氣，頗不易應付，只有先虛晃一槍，看看他到底知道多少再說。

於是他陪笑反問：「師爺莫非真的不知道？」

「我又不結交官府，那裡會知道案底？」

這話便不大好聽了，強士傑心生警惕，千萬不能頂撞，一碰僵了，局面很難收拾；因而臉上越發堆濃了笑意，「師爺是聲名赫赫的大鏢頭，官府巴結師爺都來不及；仲四掌櫃仗師爺的腰，買賣做得硬，當然不必結交官府。我們就不同了，」他作個無奈的表情：「不但要結交，而且有時候還要巴結官府；不然能賺幾文的買賣，就輪不到我們頭上了。」

俗語說：「千穿萬穿，馬屁不穿。」馮大瑞聽了他前面那一段話，不免陶然；這一來也就覺得他的解釋，也是人之常情，無可厚非。但「巴結」二字，卻仍未放過，只是此刻還只能留在心裡。

「那麼，你倒說說，是怎麼件案子？」

「自然是件大案。」強士傑先為他父親訴苦，「家父為這件案子，頭髮都急白了，明知道做這件事在江湖上會落個罵名；幾十年的修行，說不定一下子都會打了回去。可是不能不跳火坑，誰讓三老太爺找上了我父親呢？」

一聽這話，馮大瑞既驚且疑；尤其是「三老太爺」四字，在他心頭一震。自從翁錢二祖，「口外朝佛」，一去數載，杳無音信，後來方始傳聞，因為策動準噶爾反清，事洩被捕，因而「過方」以後，全幫便歸潘祖一手掌舵；全幫上下都尊稱之為「三老太爺」。他怎麼會找上強永年，又是甚麼事要他跳火坑？

由於怕話沒有聽清楚，馮大瑞特為問一句：「你是說三老太爺要你父親跳火坑？」

「是的。」強士傑回答得很清楚。

「跳甚麼火坑？」

「就是要攔黃小祖派師爺去做的那件事。」

「這——，」馮大瑞大聲說道：「我不信！三老太爺怎麼能這麼做？」

強士傑立即接口：「三老太爺又為甚麼不能這麼做？」

馮大瑞一聽冒火，這不但是強詞奪理；簡直是「欺師滅祖」。但由於激動的緣故，心亂如麻，雖有千百種理由，卻怕說不周全，就不夠力量。憋了半天，迸出一句話來：「三老太爺要怎麼做，翁錢二祖不是死得太冤枉了嗎？」

「就因為翁錢二祖死得冤枉，三老太爺才不准黃小祖再幹這種傻事！」

「哼！」馮大瑞冷笑：「你以為三老太爺會像你父親，不顧義氣，出賣同幫？」

這話說得太重了，強士傑臉上青一陣、紅一陣，幾次想翻臉都忍了回去；馮大瑞亦是一半懊悔，一半疚歉，但口頭上軟不下去，唯有不再作聲。

這樣沉默了好半天，兩個人的情緒都比較平靜了；仍舊是強士傑先開口說話。

「師爺，你高我兩輩，不過進山門的辰光差不多。」他問：「師爺，你是那一年『孝祖』的？」

所謂「孝祖」是開大香堂正式拜師；馮大瑞答說：「我是丁未年。」

「我是丙午。」

丁未為雍正五年，前一年丙午，馮大瑞的輩分雖高，資格反淺。強士傑又問：「師爺是那一門孝祖？」

這是問在何處開香堂拜師？可開香堂之地，共有七處，稱為「七門孝祖」。通常開香堂必在深夜擇隱密之處，最常見的是借用人家的祠堂，名為「正門孝祖」；其次是在糧船上的「艙門孝祖」。寺廟與道觀亦常為開香堂之地，僧帽形圓，道冠則方，所以稱為「圓門」與「方門」。此外設香堂於住宅為「宅門孝祖」；店鋪或衙門亦可設香堂，稱為「財門孝祖」。最令人想不到的是，監獄內亦可設香堂，名為「絕門孝祖」；如果忌諱「絕」字，便稱之為「書房門孝祖」。

馮大瑞正是「絕門孝祖」，有一次丟了鏢；原可以找得回來的，不道保家是個不懂江湖門道的現任知府，將馮大瑞下了獄，責成仲四賠償。結果是馮大瑞在獄中為一名禁子所賞識，在獄神廟開香堂，收了馮大瑞做徒弟，為他通信奔走，將鏢要了回來。等仲四得信趕來料理善後，馮大瑞倒已被釋出獄，而且還領了一筆賞銀。

這當然不能隱瞞，也不必隱瞞，馮大瑞老實答道：「我是書房門孝祖。」

「這就是了！」強士傑點點頭說：「財門孝祖是想漕幫的勢力；宅門孝祖，往往是好出風頭的大少爺；書房門孝祖共患難、講義氣、藏龍臥虎的人最多。師爺，我父親是艙門孝祖，漕幫的苦處最清楚不過。」

「喔！你們父子跟我一樣，幹的是陸路行當，怎麼會是艙門孝祖呢？」

「這話很長，今天片時三刻也說不盡。」強士傑又說：「師爺，我說三老太爺不准黃小祖幹這種傻事，你不相信。」

「是的。」馮大瑞老實答道：「我不相信。」

「這也難怪。」強士傑心平氣和地說：「我剛才為甚麼要請教師爺那一年孝祖、在甚麼地方孝祖，為的是要師爺你老明鑒。我輩分低，不過論到漕幫的事，說句放肆的話，師爺你只怕還沒有我知道得多；比我父親當然又差了一截。師爺如果肯聽我說，最好；不肯聽我說，那就請師爺在這裡暫且住一住，等我父親回來，一定分辨得明白。總而言之，『不顧義氣，出賣同幫』這八個字，無論如何不敢受，也不甘受。」

聽他話說得如此老練，馮大瑞倒深悔自己荒疏輕率，讓人看來像個草包；當下見風使舵，舉杯說道：「我說話一時欠思想，請不必放在心上；更不必跟令尊提起。」

「言重、言重！」強士傑也急忙舉杯還敬，「我也知道，師爺也是血性義氣性子直。這件事就不談了。不過三老太爺的苦心，我們做小輩的，不可不體會。」

「那麼。」馮大瑞置杯斂手：「我就聽你談談三老太爺的苦心。」

「這話就要說得遠了。康熙初年，人心不定；崑山顧老先生、山西傅老先生他們——。」

「慢點。」馮大瑞打斷他的話問：「崑山顧老先生是指顧亭林；山西傅老先生是那位？」

「傅青主老先生，單名一個山字。他們兩位，還有幾位遺老，籌畫出來一個漕幫，當時是極厲害一著。」強士傑壓低了聲音說：「果然照顧老先生的志向去做，一下子可以制清朝的死命。」

因為東南財富之區，自漢唐以來，北方便須仰給於江淮漕運。明朝末年，流寇四起，漕運中斷，以至於一條長江，幾乎成了天堂與地獄的分野。入清以後，志在恢復的遺民志士，多出在江南，即由於有財富的憑藉，如果志切同仇，足食足兵，原是可有作為的。

當時反清的義師，分為兩派，一派是浙東的義師與鄭成功的「舟師」，由錢牧齋從中聯絡策畫；一派是顧亭林在主持，認為可如東晉成一偏安之局。那知順治十六年鄭成功的舟師會同浙東義師，由崇明島入長江，舳艫千里，聲勢有如曹操八十三萬人馬下江東；其時八旗中曾建立赫赫戰功的親貴宿將，凋零殆盡；而「三藩」又各領雄兵，分據西南閩粵；而西北是顧亭林早就下了功夫的，所以只要金陵一下，邊陲響應，清朝危亡立見。那知鄭成功比馬謖還不如，徒負虛名，全無將略；以致如曹操赤壁鏖兵那樣，大敗而歸。從此就再沒有恢復明朝的機會了。

到了聖祖即位，自康熙六年親政之時起，即以治河為全力以赴的三件大政之一。到得漕運復通，由顧亭林一派所策畫的漕幫，逐漸成了氣候；倘或天下有變，切斷南漕，北方即陷入絕境，確是致命的一著狠棋。

然而這一著狠棋，始終沒有機會下。三藩之亂未平，聖祖便下詔開博學弘詞，訪求巖壑之士，以示偃武修文，重開太平之世。前明的遺老志士，想想明神宗的數十年不朝；光宗接位不足一月，熱孝中便因色荒而崩；熹宗童騃，不知國家大事為何物；思宗無知人之明而剛愎自用，誅戮大臣，視如常事，相形之下，聖祖的勤求民隱，視民如傷，真是有道之君。反清的念頭，自然消歇。

三藩之亂，能夠削平，基礎已經穩固；到得康熙三十八年下「永不加賦」之詔，更為有明兩百餘年所未有的德政。

「人心都是肉做的。師爺，」強士傑說：「你老倒想想，這時候再來談反清復明，有甚麼意思？再退一步說，就算該反，反得成功嗎？除了害老百姓吃苦以外，你老倒想，有甚麼好麼？」

這番道理，馮大瑞聞所未聞，不過雖駁不倒強士傑，卻有一層疑問：「既然如此，何以當初翁、錢二祖要到口外去謀畫呢？」

「這也是明知不可為而為之。照我聽說，翁、錢二祖與三老太爺是約好的；如果他們兩老不成功，三老太爺就得拿維持全幫生計的一副擔子，一個人挑起來。師爺，你倒算算他們漕幫連家帶眷有多少人？」

這件事是馮大瑞所從未想過，一聽說破了——想想果然關係重大；加上又是「三老太爺」的話——料他也不敢揑造潘祖的指示，所以深深點頭，表示接受：「這個道理我明白了。」

「師爺是明白了，還有幾位小祖不明白。像黃小祖，就一定要替三老太爺報仇；我父親苦苦相勸，黃小祖一句都聽不進去。」

這使得馮大瑞回想到黃象跟他說過的話，原來事出有因，不過一時不暇細想；此刻急於要明白的是事實的真相。

「黃小祖不聽，你父親怎麼樣呢？」

「只有稟告三老太爺。」強士傑說：「是我去的。」

「是杭州？」

「是的。在杭州家廟見的三老太爺。」

「三老太爺怎麼說？」

「說要黃小祖馬上回去。」強士傑又說：「據我知道，黃小祖約了『同參弟兄』，決定自己管自己做。所以我當時請示，說黃小祖萬一不肯回杭州，怎麼辦？」

「是啊！除了三老太爺沒有人管得住黃小祖。他要不肯回去，還真拿他沒辦法。」

「三老太爺也是這麼說。」

「後來呢？」

「後來，三老太爺說：『譬如救火，眼看一蔓延開來，火勢越來越大，一大片房子都要燒光，那就只有開一條「火巷」，拿在燒的房子跟不曾失火的房子隔開來。這場禍闖開來，漕幫要散了；我一個當家人不能不下一劑猛藥。我寫封親筆信；信上會詳細交代你父親，如何辦法。』」

「那麼，到底是如何辦法呢？」

「是讓我父親先勸黃小祖；勸不聽，就告訴他，只有報官了。」強士傑嘆口氣說：「如果黃小祖肯聽勸，又何至於害得大家雞犬不寧。」

馮大瑞終於恍然大悟，果然是強永年告的密；不過奉命行事而已。但潘祖行事，似乎亦太鹵莽了些。

「三老太爺莫非沒有想過，這種謀反大逆的案子，一掀開來不得了，將來怎麼樣收場？」

「這一點！三老太爺當然早就想到了的，他在信上只叫我父親去看直隸總督衙門的馬老爺。案子不會太大，但也不會太小，不然嚇不倒黃小祖。」

「黃小祖呢？在監獄裡？」

「勸他逃，他不肯，馬老爺拿他抓進去了。不過，不要緊，過一陣子就出來了。」

「真的？」

「我怎麼能騙你老？」強士傑又說：「這件事亦真叫無奈。師爺，你聽我的勸，趕緊走吧。」

「既然不要緊，我又何必走？」馮大瑞說：「我要等通州的消息，再要看看這件案子到底怎麼樣收場？」

談到這裡，只見強士雄悄然而至，向他大哥使了個眼色；強士傑隨即告罪離去。馮大瑞心中不免狐疑，但強士雄那種粗豪坦率，且又誠懇恭敬的神態，對他頗有鎮靜的作用；喝著酒隨意閒談，幾乎把時間都忘記了。

到得二更已過，強士傑去而復回；讓馮大瑞感意外的是，還有個強永年。

「強二哥！」馮大瑞站了起來：「你從保定回來了！」

「馮師叔，以後叫我名字好了。」強永年轉臉交代：「老三，你去沏壺好茶來！」

這是暗示客人該止飲了；當然是因為有重要的事談，希望馮大瑞的頭腦保持清醒。因此，他就不坐下來了；走向一旁，等待強永年發話。

「師叔，你請坐。」強永年推他坐在上首，隔著茶几側臉說道：「我算定師叔會來。」

「鑼不打不響，話不說不明；師叔的性子急，話說得愈早愈好，所以我臨走交代了大小兒，師叔一到，有甚麼說甚麼，一句都不能隱瞞；大小兒也是經手這件事的人，不過只怕還有些奧妙曲折的地方，沒有說清楚。」

馮大瑞將他的話，每一個字都聽了進去，而且咀嚼了一遍；性子急是他的一病，此時讓強永年提醒了，便不忙開口，細想了一下，方始從容。

「話是大致聽清楚了。三老太爺是當家人，既然他當家人有當家人苦楚，我們做小輩的，不能不體諒。不過，其中有甚麼奧妙曲折，我倒沒有聽出來。」

「不是師叔沒有聽出來，是大小兒不懂怎麼樣說。師叔，黃小祖的一片心，沒有話說；事情做得有點魯莽，料理起來很難。我本來挑不下這副擔子的，不過三老太爺交代下來，我沒法子推託。這叫在劫難逃。」

這「在劫難逃」四字，便有些奧妙了。馮大瑞細細體味了一會說：「看來，我也是在劫難逃囉？」

「但願師叔能逃過這一劫。」強永年緊接著說：「不過也沒有甚麼大不了的，年災月晦而已。」

這災晦當然是牢獄之災，馮大瑞立刻想到兩個人，「黃小祖怎麼樣？」他問：「在裡頭怎麼樣？」所謂「裡頭」是指直隸按察使監獄；像這種謀反大逆的案子，犯人至少也要釘鐐，不道強永年答說：「在裡頭還開了香堂。」

「還開香堂？」馮大瑞詫異非凡。

「這就是奧妙了！」強永年未作進一步解釋，只說：「住在獄神廟，很舒服；放心好了。」

「那麼，通州的仲四掌櫃。」

「他有點麻煩。」強永年皺著眉說：「話碰僵了。」

「話怎麼碰僵了呢？」馮大瑞急急問說，心裡不免嘀咕；江湖道上最怕事成僵局，所以他格外關切。

「這要怪我少說一句話。我原來的意思，仲四也是很精明的人，『天大的官司，地大的銀子』這句話自然懂；既是我們漕幫的事，不論他墊了多少錢，我們總會如數歸還。就因為我少交代了這麼一句話，他們把話碰僵了。」

這就不難明白了。果然，細問之下，強永年所談的情形，與馮大瑞所猜想得到的，大致相仿。原來順天府派下去的人，先找到倉書張老九，意思便很明顯，可以由張老九居間買放；來人開價一萬銀子，張老九認為不過仲四墊一墊的事，所以照實轉告仲四，那知仲四說出一句話來，連張老九都給得罪了。

「是怎麼一句話呢？仲四說：『我學蘇州人殺半價，只能送他五千銀子；不過，九哥，你的一個二八扣，我不敢少，另外兌一千銀子送到府上。』張老九替仲四說合過好幾回官司，那一回也沒有拿過回扣，一聽這話，火就大了；當然表示，回扣不敢要，這是欽命案子，他也不敢從中攪和，你們自己談吧。師叔，你想，這一來，順天府的人，還敢跟仲四談錢嗎？」

「糟了，糟了！」馮大瑞跌腳搓手，著急地問：「這不是要跌進去了嗎？」

「可不是？」強永年答說：「你把兄王達臣連夜下來找我；路上遇見了，一起到保定見了馬老爺。當然不能當著王達臣談這件事，私下跟馬老爺商量的結果，只有把仲四由順天府提到保定，跟黃小祖的案子一起發落了。」

「不必這麼費事！」馮大瑞答說：「順天府不就找的是我嗎？我去投案，仲四掌櫃應該放出來吧？」

「那當然！」

「好！強二哥，咱們今晚上就走。」

「師叔，你的稱呼不敢當。」強永年將大拇指一翹：「師叔，你真夠料！怪不得當初黃小祖會看中你。」

「他不也看中了你嗎？」

話一出口，馮大瑞旋即失悔，因為有反唇相稽的意味。那知強永年絲毫不以為忤，居然如此回答：「不錯！黃小祖看中我，也沒有錯。這件事我也不必丑表功，反正總有一天你老會知道。閒話少說，事歸正辦；師叔也不必到順天府去投案了，明天我陪師叔上保定，等師叔一到，保定行文順天府，仲四馬上就出來了。」

馮大瑞本已同意，忽然粗中有細，改口說道：「不！咱們還是來個走馬換將的好。」

強永年一楞，隨即明白，知道他是怕投了案而仲四卻未釋放。這也是不能沒有的顧慮；既然他很漂亮，自己不妨也露一手給他看看。

不過，他的人情練達，手腕高明，到底勝於馮大瑞，當下不慌不忙地答說：「師叔，如果我能做主，先把仲四放出來；你言出如山，我又何必不放得漂亮一點兒？不過官府跟江湖道上是兩碼事。師叔，既然你義重如山，聽我的勸，先到直隸投案，於你、於仲四，反都顯得占身分。不知道師叔你願意不願意聽我說一說其中的道理？」

聽他一口一個「師叔」，光憑這一點，馮大瑞也不便說一句負氣的話，連連點頭：「要聽、要聽！」

「這一回仲四受了挺大的委屈，由通州解到順天府是上了手銬的——。」

「怎麼！」馮大瑞不由得氣往上衝，「憑甚麼？」

「師叔，我說過，在劫難逃，只好歸之於劫數。沉不住氣，不能辦大事。」強永年略停一停，等馮大瑞自己下了一番克制的功夫，把氣平了下去，方又說道：「所以，咱們這一回得想法子把仲四的面子找回來，至少不能再讓仲四失面子。你說是不是呢？」

「是啊！不過，我不覺得我去換他出來，是件失面子的事。」

「這要分兩面來看，知道的，說仲四的朋友夠義氣；不知道的，說敬酒不吃吃罰酒。這是一，再說二。師叔一投到，少不得拿仲四提堂，當面指認，那時候，師叔，你倒想，你換了仲四怎麼辦？你一定在心裡罵：你這小子，叫你遠走高飛，你怎麼自己投了來！叫我怎麼辦，說你就是馮大瑞，讓江湖道上罵我；說你不是，我不但脫不得干係，而且這是瞞不過的事，坐實了我包庇的罪名，不是明明害我不能做人！」

「啊、啊！」馮大瑞有樣好處，最肯服善，聽到這裡，站起身來，兜頭一揖，「我還是得管你叫強二哥；若非強二哥指點，我真成了混蛋小子了！我準定到直隸去投案。咱們今晚就走。」

「慢著，我話還沒有說完。」強永年又說：「當初順天府派人下去找仲四要人的時候，仲四告訴他們說：不錯，馮某人從前是我的鏢頭，不過早就辭掉不幹了，偶爾來住一晚，朋友招待，也是常事。保鏢的人，三更半夜，說走就走，誰知道他上那兒去了？這幾句話，推得乾乾淨淨。你如今到順天府一投案，坐實了他是窩家，就算走馬能夠換將，也還得交保具結。如今你到直隸投案，按察司行文順天府釋放，不必具結、不必交保，我想法子讓他們在公事上訓上幾句，順天府的捕頭還得跟仲四說好話，派車送他回通州，那不就把面子找回來了嗎？」

一聽這話，馮大瑞更是滿心歡喜。但凡事過於圓滿，每每致人疑慮；他又覺得該有個自己人商量一下才好。不過，剛才話已說出去了，願意當夜便到保定投案，所以此時亦依舊只能以何時起程為問。

「不忙！師叔，你暫且住一兩天。要緊的是，先跟你把話說明白，事情好辦。」強永年對一直站在門口的強士傑說：「你把老二、老三找來！」

老二叫強士豪，看上去不如老大精明強幹；也不像老三那樣豪爽憨厚，長得土裡土氣、沉默寡言，一點都不起眼，但卻是他們四兄弟中最厲害的一個；所以強永年賦予他的，也是頂要緊的一樁差使。

「你明天一大早就上保定去看馬老爺，你跟他說，三天之內，我送馮大爺去投案。本來馮大爺這一回直接就去了，只為順天府不問青紅皂白，把人家鏢行的仲四掌櫃給拴走了，馮大爺才找了我來。只要那裡一放仲四，這裡人就到了。」強永年又說：「我答應送馬太太一雙金鑲玉的鐲子，東西已經有了，交給二姨娘收著，你帶了去。」

強士豪點點頭問說：「辦妥了我是在保定等，還是先回來？」

強永年想了一下說：「你先回來吧！等你來了我們再動身。」

接著又派強士雄的差使，是到通州去把王達臣請來，以便馮大瑞在投案以前，能讓他們兄弟見上一面，有何未了之事，好作個交代。馮大瑞對強永年的這一番安排，頗為滿意；自覺求仁得仁，了無遺憾，唯一的恨事，是覺得辜負了「三姑娘」為他設計免禍的一片苦心。

強士豪辦事的結果，出乎人的意料；第三天上午，他帶來了一名直隸按察使衙門的書辦；這名書辦身上帶著一道固封的公文，大字標明：「右仰順天府治中當堂開拆」。

原來直隸本來沒有按察使，由總督派巡道一員兼理刑名，直到雍正二年，方始有按察使的正式建置，品級與順天府尹一樣，都是三品，行文用咨；既是平行的公事，措詞自須顧到官場的禮節，打不得半句官腔；要打官腔，便須辦一件「院稿」——由按察使衙門主稿，以「直隸總督部堂」下札子給順天府府尹，語氣就不同了。

但辦「院稿」先要「上院」當面請總督李衛判行；直隸總督對順天府尹，一向客氣；而況依「大學士管部」之例，有尚書管順天府，一打官腔得罪兩個人，這「院稿」可以斷言辦不通。

但是，對順天府倘無這一通打一句半句的公文，仲四窩窩囊囊進去，就不能大大方方出來；那強士豪胸中確有邱壑，路上便已盤算好了，一到保定，先去看「馬老爺」的那個續絃方始半年的年輕太太，獻上那副打造精緻的金鑲翠玉的鐲子；請馬太太派人將她丈夫找了來談公事，特別關照，不必說明有外客，只說家中有要事，只請他一個人回來好了。

馬老爺自然奉命唯謹，到家才知是強士豪，聽說馮大瑞可以到保定來投案，又看在那副鐲子的分上，加以馬太太添上許多好話，更喜強士豪辦事謹密識竅，自然言聽計從。

「江湖上大家混個面子。仲四那裡給的面子愈足，將來姓馮的在這裡愈好講話。我有個拙見，請馬老爺斟酌。」

「你說，你說！你的主意，必是好的。」

「我想，這件公事，讓臬台下給順天府治中好了。順天府府尹、府丞，都算堂官；管事的是治中。五品官兒，打兩句官腔，只要在分寸上，不能不賣帳；反而抓的是姓馮的，姓馮的有著落了，官腔就打得響了。你老說，是不是呢！」

「是啊！」馬老爺說：「姓馮的在我這裡，他那裡就抓錯了！抓錯了，就能打他的官腔。」

「正是！最好加一句：『著即當堂開釋』。」

「這可以！不過——。」馬老爺有些躊躇。

「馬老爺，」強士豪立即點破他的心事，「我不走，我在這裡等家父送姓馮的來投案。」

對方原是怕一放了仲四，而馮大瑞投案之事，萬一生變，這在公事上的過失，非同小可。如今聽強士豪的話，有自願為質之意，便是發生誤會的起端，所以急忙有所解釋。

「我不是怕別的，怕把話說得太滿了，不好轉彎。」馬老爺又說了一句諺語：「滿飯好吃，滿話難說。」

不道強士豪針鋒相對地答道：「滿飯好吃，滿話也不難說。姓馮的原就由家父陪著，住在舍間。馬老爺，我看不如麻煩差官多繞一個彎，先到舍間打個轉；姓馮的見了當堂釋放仲四的公文，再無話說。投案仍舊是我送了來。滄州到保定一天半，到京城兩天，算起來是馮大瑞投案在先，釋放仲四在後，這不是萬無一失的事！」

「言之有理！準定這麼辦。」

馬老爺欣然同意，當下備妥了公事，另外抄了一份底稿交給強士豪。所派的差官姓麻，是個督標的守備；馬老爺是督標的都司，官階雖只大了一級，但因為他的妹妹是李衛的姨太太，所以權勢迥不相侔；領了公文盤纏，須見過馬老爺方敢動身。

「這強老二，別看他土裡土氣，一肚子的鬼，很難對付，你一路上小心。到了滄州，你私底下跟強永年說；由臬司下公事，讓順天府治中，當堂釋放犯人，這可是從來沒有過的事；為的就是姓馮的已經投案，占住了這個理，咱們才能強項霸道。倘或出了差錯，事情可就鬧大發了去了；反正給仲四的面子也已經給足了，遲個一兩天也不要緊；你呢，你路上要走慢一點兒。只等馮大瑞一到案，我這裡連夜派人進京；要見了我派的人，你才能到順天府去投文，這一層要請他包涵。」馬老爺緊接著又說：「你千萬記住，這話要等強老二動身以後再說。」

等強士豪陪著麻守備到滄州不久，王達臣也由通州趕到了。看到公文底稿，看到指斥順天府差役「擾及無辜，殊嫌荒率魯莽」，如今馮大瑞既經在保定投案，足證仲四無辜，著即「當堂釋放，並不得再有苛虐情事」的話，非常滿意，私下向強永年稱讚：「你家這位老二，真好厲害腳色！」

強永年當然也很得意，不過不便形之於詞色，只是表示為馮大瑞不能不入獄而致無限的憾意。獄中應有之物，包括一副簇新的鋪蓋，早已製備妥當，行程亦已商定：第二天一早，分頭出發，強士豪陪著，馮大瑞向西到保定；強士傑與王達臣陪著麻守備北上進京去投文。

「都說妥了！」強永年安排私下酬酢，「晚上我替三位餞行；中午，你們哥兒倆敘敘，我陪麻老爺出去逛逛。」

「哥兒倆」指王達臣跟馮大瑞，加上麻守備便是「三位」。鏢局人多，話說不便，王達臣便邀了馮大瑞，上館子把杯談心。

「我的意思，想跟強老二一起送你上保定，看看是怎麼個情形，才能放心。」

「不！二哥，」馮大瑞大為搖頭，「害仲四坐這幾天牢，我心裡實在過意不去。你得替我去接他出監獄，陪他洗個澡回通州，還得放一掛鞭炮。」

「這我都會，包管風光。」

「那就好。」

「可是。你在保定呢?」王達臣憂形於色,將唇邊的酒杯放了下來,「我前前後後都想過,說仲四是窩家,到底只不過那麼一句話;大不了多花幾兩銀子,遲早總能出來,你這一進去是『正身』,情形就不同了!說你是『謀反大逆』的『欽命要犯』,到頭來,仲四還是脫不得干係;那不太冤了嗎?」

「不會!」

「怎麼不會?『知人知面不知心!』如今強家父子五個人,已經有個外號了,叫做『強家五虎』。」

「五虎也罷、六虎也罷,除非他不要命了。」馮大瑞說:「強老大都跟我談了,這一回投案,是我們幫裡『三老太爺』的意思。」

王達臣將雙眼睜得好大,酒杯傾倒,直到半杯白乾流到膝頭上,方始發覺;一面抹桌上的酒,一面說道:「那會有這樣的事?」

「他說得也有道理。」馮大瑞又說:「而且,強永年也還不敢到假冒三老太爺的旗號。倘或如此,別說他五虎,再加五虎也活不成。」

「這一點,我倒相信。不過,三老太爺叫你去投案,是甚麼道理吧?」

「也不是叫我——。」

「是叫誰?」王達臣迫不及待地問。

「是黃小祖。」馮大瑞說:「他還在監獄裡開了香堂呢!」

「那,又是怎麼回事?」王達臣略略放寬了心,「真是越說越玄了。」

「我也不知道。」馮大瑞說:「總而言之,我是答應了賣命給黃小祖的,既然他投案了,我當然也能投案;如果黃小祖不要緊,我也不要緊。」

「我在想黃小祖能在監獄裡開香堂，當然也不會吃苦；我自然也沾了光。大概幾年牢獄之災是免不了的。我也想通了，這幾年過去；我出家當老道。」

「怎麼？」王達臣雙眼一瞪，勃然大怒，拍桌子問道：「包裹歸堆你還是不要我妹子。」

這一怒不要緊，滿座酒客，盡皆側目，馮大瑞大窘之下，不由得低聲埋怨：「二哥，你怎麼了？半斤燒刀子，也喝不醉你啊！」

王達臣欲待爭辯，怕吵起來讓大家看笑話，所以只是「嘿、嘿」冷笑，低著頭喝悶酒。馮大瑞知道他又誤會了，但也不能怪他，只怨自己話說得不夠明白，所以靜靜地等了一會，看他氣消了些，才又平心靜氣地解釋。

「二哥，你只為咱們弟兄義氣著想，就沒有替三姑娘打算一下。這一回，就算我的死罪好免，活罪難逃，充軍是免不了的，不過看遠近而已。也許皇恩大赦，三兩年能回來，我就忍心請三姑娘等我一等；如果十年、八年呢？三姑娘肯守，我良心上又怎麼過得去？而況——一輩子不能回來，也是有的事；到那時候，二哥，你就後悔嫌遲了。」

「如果你真的充了軍，我自然想法子弄你回來。」

「想不出法子，弄不回來呢？」馮大瑞緊接著說：「二哥，咱們這會兒不必爭；爭也爭不出一個結果。到底你不是三姑娘！等回去把仲四的罣誤官司料理清楚了，你先跟二嫂商量商量，再問一問三姑娘的意思，下回到保定來探監的時候，咱們再談。」

這話說得在情理上，王達臣怒氣全消，點點頭答道：「好！就這麼說。」

馮大瑞心急，強士豪也巴不得早早趕到保定交差，所以天一亮就帶著兩名打雜的趟子手，騎馬走了。

那時麻守備剛剛起床，宿醉未醒，早酒又備；滄州的菊酒是有名的，海產名目繁多，活宰現烹，格外鮮美；麻守備陶然引杯，扶起筷子問道：「這是甚麼魚？」

「這叫羊魚。」強永年答說：「你老看，魚身子不像羊尾巴嗎？」

「對了！說破了還真像。」麻守備夾了塊羊魚送入口中，一面咀嚼一面說：「滄州酒好、魚好、海蟹也好；我得叨擾強掌櫃兩天再走。」

一聽這話，作陪的王達臣立即色變；強永年急忙向他使個眼色，然後向麻守備陪笑說道：「你老不是要進京投文嗎？等公事辦完了，你老再回滄州來，我請你個夠。」

麻守備不作答，慢條斯理地把魚嚥下肚，又喝口酒，方始一翹大拇指說道：「強掌櫃，你那位二少掌櫃真了不起；他如果做官，敢說是通直隸省第一能員。你想，他能把我先支使到滄州來──。」

強永年迅即離座抱拳，惶恐地說：「麻老爺，你這可是誤會了。」

「請坐，請坐！我沒有怪二少掌櫃的意思，我是真的佩服他。你請坐，我有話說。」

等強永年坐了下來，他將馬都司的意思據實而告；接下來表示他自己的意見，照路程估計，他到京以後，至少要等兩天，才會等到馬都司通知，馮大瑞已經投案的消息；有此消息，才能投文。與其在京空等，何不在滄州好酒好魚，享用兩天。

聽這一說，王達臣才算放心；強永年的不安亦消釋了，心裡別有一番盤算。

於是到得麻守備吃飽喝足，強永年找了幾個能上台盤的夥計，陪他「鬥葉子」；自己卻不上場，悄悄將王達臣拉了一把，相偕到僻處密談。

「我看你不必在這裡等了。準定我陪老麻進京；咱們在西河沿三義店聚會。」強永年說：「如今頂要緊的一件事是，先給仲四奶奶送個信，讓她好放心。」

「我也是這麼打算。先回通州，接著就進京，在三義店恭候大駕。」

用這麼客氣的字眼，是表示他殷盼之切；強永年立即拍胸擔保：「錯不了！大後天中午準到。說不定後天晚上就能見面。」

「是！那我就告辭了。麻老爺那裡，要不要辭行？」

「不必！我給你說一聲就是。倒是有句要緊話，你到了通州，只悄悄兒把好消息告訴仲四奶奶就行了；尤其是張老九，別讓他知道。千萬，千萬！」

王達臣懂他的意思，這一回仲四入獄，起因就在言語中得罪了倉書張九，以致鬧成僵局。如果仲四風風光光地回去了，便顯得張九無奈其何，豈非落了下風？倘或自覺掃了面子，說不定就會從中使壞，橫生枝節。因而連連點頭，表示充分會意。

策騎狂奔，當天日落時分，便到了通州；在鏢局門口下了馬，將馬鞭子和韁繩丟給小夥計，顧不得同事的招呼，直往內宅闖去。

仲四奶奶已經得報，站在院子裡等候；一看王達臣一身塵土，滿面油汗，卻是昂首挺胸，一副得意洋洋的模樣，心就放了一半；搶先說道：「王二爺先息息，洗把臉、喝口茶，緩一緩氣，慢慢兒談。」接著，便喚丫頭：「替王二爺撣土，倒臉水來。」

「好！慢慢來。」王達臣一語雙關地：「中午都顧不得打尖，在馬鞍子乾啃了一塊饃！今兒晚上可得好好兒吃一頓。」

「有，有！我叫他們預備。」

等洗了臉、喝了茶，氣定神閒，王達臣才細說此行的經過；仲四奶奶聽到馮大瑞如此義氣，感動得淌眼淚；反倒是王達臣安慰她了。

「你也別難過。如其不然，大瑞闖的禍還要大；如今大不了充軍，有三年五載一定可以回來。」

王達臣緊接著又說：「咱們現在先商量仲四爺的事。強永年的意思是——。」他將這個消息應該瞞住張九的意思說了一遍。

仲四奶奶卻是識見高超，「冤家宜解不宜結，原是四爺自己把話說僵了，怨不得人家。話又說回來，張九爺也是要面子的人，沒有能幫上忙，心裡一定也怪難受的，巴不得有個機會，能讓他去掉這塊心病。如果咱們瞞著他，倒像是認定了四爺這場官司，是他作成似的，那不真成了冤家啦嗎？」她急忙又說：「我是女流之見。王二爺，還是請你作主。」

「四奶奶你真高！」王達臣由衷佩服，「你別客氣，我聽你的。」

仲四奶奶想了一下說：「這也是四爺的年災月晦，該命如此。再說人家，靠山吃山，靠水吃水，雖說有大帽子扣下來，不能不放人，心裡到底不大服。俗語說：財去身安樂；遭了這場官司，能這麼風風光光出來，雖是弟兄們的義氣，小錢到底也不能不花，我想預備二百兩銀子，請王二爺帶了去看張九爺，一面把情形告訴他；一面請他在順天府託個人情。這不就見得咱們一點都不記張九爺的恨，還是拿他當自己人看嗎？」

「王二爺，」仲四奶奶又問：「今兒晚上，你是住在這裡，還是去曹家？如果住在這兒，我派車把弟妹去接了來。」

原來鏢局和曹家，都有他們夫婦的住處，因而才有此一問。王達臣毫不遲疑地答說：「今天我住在曹家。」接著又說：「這會我去洗個澡；請四奶奶把銀子預備好。等洗完澡，隨便吃點東西，我就去看張九。」

仲四奶奶一一應諾。等他洗了澡回來，桌上已擺下很豐盛的晚飯；王達臣沒有喝酒，吃了幾個火燒，喝了一碗小米粥，隨即帶著四錠大元寶來看張九。

張家燈火輝煌，正在宴客。王達臣躊躇了一回，跟他家的門上說：「請你悄悄兒跟張九爺回一聲，我有要緊事，只說兩句話；張九爺如果不便分身，那就約個時間我再來。」

結果是張九在遠離宴客之處的一間客房中，接見了他。王達臣由於仲四奶奶那番話的啟示，在神態上掌握住了告慰於自己人的那份懇切，語言顯得很從容。

「有個好消息來跟張九爺說，還有件事求張九爺。我那把兄弟馮大瑞在直隸臬台那裡投了案了；總督衙門的馬老爺，拍胸脯擔保，一定能把仲四掌櫃放出，不必具結，也不必交保。不過，順天府的差人，忙了一陣子，真也辛苦了；仲四奶奶的意思，想送他們幾兩銀子喝杯酒。這件事，非拜託張九爺幫忙不可！」

「喔，」張九很注意地問：「你那把兄弟投案了？」

「是的。」王達臣答說：「直隸臬台衙門已派了一位差官，姓麻，帶公文到順天府來接頭，大概就在這一兩天到京。是滄州的強鏢頭強永年陪了來的，預定住西河沿的三義店。」

「強永年我也是熟人。這件事能這樣收場，足見江湖義氣。」張九又問：「剛才那話，是仲四奶奶的意思？」

仲四奶奶的估量，一點不錯，張九對仲四的入獄，內心中確是一份難以拋開的疚歉；難得有這樣一個讓他補過的機會，自是求之不得。不過他做事也很有分寸，若說順天府的打點，由他一力擔承，示惠忒嫌明顯，必非他人所願接受；倘或發生誤會，以為他藉故推辭，那就更是弄巧成拙了。因此，在四個大元寶中，他只取了一個。

「有五十兩銀子，也就差不多了。拜託王鏢頭回覆仲四奶奶；仲四爺在裡頭本就沒有吃甚麼苦，如今恭喜脫災，一切都歸我料理，後天我就出發，等在三義店見了強永年跟差官，我自有道理。」

「多謝張九爺費心。」王達臣又說：「五十兩銀子只怕不夠。」

「不夠我會添補；隨後再說。」張九急轉直下地說：「馮鏢頭實在夠朋友；江湖上如今像他這樣有擔當的人，真少見了。不知道他的案子怎麼樣？有沒有可以效勞之處？」

見他關懷馮大瑞的神態懇切，不是泛泛的問訊之詞，王達臣感動之餘，心中不覺一動；暗自思量，張九一天到晚跟糧船上人打交道，縱非漕幫中人，對漕幫的內幕，也一定比其他的「空子」了解得多，似乎可以跟他談談。

轉念一想，仍以謹慎為妙；當下殷殷致謝，只說若有拜託照應之處，再來奉求，隨即便起身告辭了。

未到曹家之前，王達臣便已仔細想過，決定「報喜不報憂」。曹家只知道仲四出事了，連馬夫人都深為關切，但卻沒有一個人知道，是為了甚麼事惹的禍？所以王達臣不妨只報仲四可免牢獄之災的喜；不報馮大瑞身入囹圄的憂，且博得個皆大歡喜。

果然，聽說他一到，馬夫人打發人出來，請到上房相見；問起仲四的情形，王達臣將早就編好的一套話，從從容容地說了出來。

「他是受了牽累。滄州有個姓強的同行，曾經推薦過一個人，幹不到三個月，不願再幹了；臨走時，鬧了點意氣。那知道這個人犯了盜案；在堂上記起舊恨，平白無辜地咬了仲四一口，說他是寄贓的窩家。

「人是強永年薦來的，他得想法子；這回我趕到滄州，強永年已經花了錢，把仲四洗刷出來了。」這三五天，公事一到順天府，人就可以出來。」

「賊咬一口，入骨三分，能洗刷出來，可真不容易。」馬夫人問道：「你還沒有吃飯吧？」

「吃過了。」

「飯是吃過了，酒還沒有喝；看臉上就知道。」秋月向夏雲示意，「今兒留的菜不少，你去招呼吧！」

繡春也跟著去了，似乎想打聽甚麼，卻幾次欲言又止；王達臣心知有異，故意不問，直到繡春走了，才向夏雲提起。

「她也不知道從那兒得來的消息，說仲四這回讓逮了去，是因為大瑞的緣故。順天府沒有逮著大瑞，才拿仲四頂了窩兒。她問我是怎麼回事？我說我不知道，她彷彿還不大相信。」夏雲說到這裡，口發怨言，「我是真不知道。你回來一句話也沒有，我也不能跟仲四奶奶去打聽。就像剛才的話，你不聽太太在說，『賊咬一口，入骨三分，洗刷出來可不容易』。這話是甚麼味兒，你自己去體會吧！」

王達臣不作聲，只喝著酒，但視線只繞著夏雲轉，情深無限，卻拙於表達。夏雲也不忍逼他，只坐下來為自己也斟了杯酒，一喝便是一大口，還嘆口氣。

這讓王達臣真不能不開口了，「我不是不肯告訴你，是怕你心裡著慌。」他說：「你如果能出個主意，受一場驚也還值得；又出不了主意，我又何苦害你空著急。」

「你別門縫裡張眼，把人都瞧扁了！」夏雲答說：「我大大小小的風波，也見識過，怎見得我就出不了主意？」

王達臣又沉默了。這回卻不曾看妻子，只低著頭想心事，好久，才抬起頭說道：「好吧！我就讓你出個主意。大瑞的案子很重，至少也是個充軍的罪名——。」

「甚麼？」夏雲打斷他的話問：「至少是個充軍的罪名，再重不就要腦袋了？」

「那倒不至於。不管甚麼樣是自己投案的，罪減一等，死罪也免了。而且，他們是有『幫』的，幫裡的人會照應。」

一聽這麼說，夏雲的神色越發嚴重，「犯的真是死罪？而且還是結幫的？」她異常吃力地說：「莫不是造反？」

「你別那麼說！」王達臣受不了她的咄咄詞鋒，閃避著說：「不然，就談不下去了。」

「好吧！不算造反。只說充軍好了。」夏雲問說：「你要我出甚麼主意？我連是件甚麼案子都不知道。」

「你也不必問了。咱們只談繡春。」王達臣急轉直下地說：「大瑞的意思，一充了軍，也許三兩年就能回來；也許一輩子都見不著面了。他的意思，想把婚事退掉；你看怎麼樣？」

「退掉！」夏雲毫不遲疑地回答，而且語氣簡捷殺斷，倒像對此事已經深思熟慮，再無第二個辦法似地。

王達臣大感意外，而不甘接受她的主意，遲疑著問道：「也許三兩年就回來了呢？」

「那時再把繡春許給他，也還不遲。」

這話更出意料，王達臣不由得失笑，「像你這種想法，世界上就再也沒有為難的事了！」他嘲笑般說：「凡事由著你的性子辦，反正人家都等著聽你的號令。」

「哼！」夏雲冷笑，「你禍事臨頭，還懵懵懂懂地，只顧講你們把弟兄的義氣。馮大瑞不知道是闖了甚麼滅門之禍，人家倒是顧大局，講利害，不想攀這門親，免得受連累。你竟不體會人家的苦心，非得跟他一鍋煮不可。我不知道你的江湖閱歷到那裡去了？」

一頓排揎，羞得王達臣抬不起頭來。但仔細想想愛妻的話，卻無一句可駁；只好這樣問說：「要不要問問繡春的意思？」

這一問倒不易回答。繡春的性情是她所深知的，凡事明說，只要理上能折服她，無不可以商量；倘或瞞得不穩，讓她發覺，犯了脾氣，那就一意孤行，怎麼樣也勸不回頭。說與不說，各有利弊，不能不好好考慮。

但如想到繡春以外的人，她就很容易選擇了；「暫時不必提吧！」她說：「太太就快搬進京了，知道了這件事，難免心煩。」

「這話不錯。為咱們家的事，已經讓太太很操心了。」王達臣也下了決心，「索性等大瑞的官司定了，再作道理。」

「你這算明白了！」夏雲是突然想起一件事的神態，「喔，還有，昨天芹二爺回來了，他對仲四的官司很關心，問這問那；又問大瑞，說你這趟到滄州，是不是能跟大瑞見得著面。我只回答他一句：一概不知。」

聽得這話，王達臣大為緊張，急忙問說：「他這話問誰？」

「自然是問我。」

「我知道是問你。我的意思是，他這話是在那兒說的；是當著大家的面就問呢？還是私下問你？」

「私下問我。」

「那還好。」王達臣透了口氣。

這一下，夏雲卻狐疑滿腹了，「怎麼回事？」她問：「芹二爺為甚麼那麼關心，莫非他也有份？」

「你別瞎說！他怎麼會有份？」

「那他為甚麼會問那些話？昨天聽起來不覺得甚麼，這會兒想想，彷彿大瑞的事，他也知道得很多。是不是？你跟我老實說！」

王達臣對夏雲原就因愛生懼，此刻在她炯炯雙眸逼視之下，料知推託不掉，只好說了兩句老實話。

「也不能怪我！有一回芹二爺跟大瑞不知道怎麼聊上了；據說，大瑞把他結幫的事，大致都告訴了芹二爺。」

夏雲倒抽一口冷氣，接著便是跺腳；是又氣又恨又著急，簡直不知如何是好的神氣。

「這個禍可闖大了！結幫造反，有他的份！你不想想芹二爺是老太爺唯一的一點親骨血，萬一牽連進去，太太先就活不成！這，這怎麼得了！」

聽這一說，王達臣也嚇出一身冷汗；不過外場的事，他到底比他妻子懂得多，一面安撫夏雲：「你別著急，別著急！」一面大動腦筋，「等我好好想個法子。」

「想你個鬼！」夏雲簡直要哭了，「萬一出事，大家都活不成。」

「不會！」王達臣想通了，「大瑞說話當然有分寸的，芹二爺也未必知道得那麼多。只要他絕口不提馮大瑞三個字，那怕大瑞真的在造反，也牽累不到他。就怕他自己嘴不緊，那可怨不得誰了。」

夏雲想了半天，無可奈何地說：「也只好這樣了。」

「別這麼愁眉苦臉地。他一個公子哥兒，又是王爺的嫡親表弟；會有甚麼事！」

「不管你怎麼說，這件事我得告訴我們那位秋月姐。」

王達臣表示反對，認為像這樣的事，越少人知越好，但夏雲執意不允。夫婦相持不下之際，夏雲一句話將王達臣說服了。

「總得有個人跟芹二爺去說。」她問：「是你，還是我？你我都不合適。在芹二爺面前說話管用的，第一個是繡春；第二個秋月。你不打算讓你妹妹知道這回事，那就只有託秋月了。」

於是夫婦商量好了一番說法，夏雲重又抱著孩子入內；趁繡春在逗弄孩子，陪馬夫人閒話時，悄悄將秋月拉了一把，兩人一先一後，在馬夫人跟繡春都未留意時，溜了出來。

「咱們找個地方說幾句要緊話。」

秋月懂得，這是要避開繡春說的話；想了一下說：「索性到你那裡去。」

「也好！」

等回到夏雲屋子裡，王達臣起身迴避，儘管秋月大大方方地留他，他還是走了開去，因為他怕秋月盤問，難以回答。

「馮大瑞遭了官司了。案子據說很麻煩，你也不必打聽，說實在的，我也不大清楚；如今有句要緊話，想請你告訴芹二爺，從此以後別提馮大瑞，如果有人問到他，就說不認識這個人。」

一聽這話，秋月楞住了，「他是甚麼案子？」她問：「連名字都不能提。」

「那就可想而知了，是多麼麻煩的案子。」夏雲又說：「還有句話，這件事別告訴太太，也不能讓繡春知道。」

「你是說馮大瑞遭官司這一節？」

「是的。」

「我知道了。不過，」秋月提醒她說：「繡春可是常跟芹二爺談馮大瑞的。」這表示此中有個漏洞在，一直在談起的一個人，忽然絕口不提了；不言可知，其中必定有甚麼緣故。繡春如果追問，曹雪芹該有一番合乎情理的回答。

「她只知道馮大瑞上保定去了，那面一去不回；這面仲四掌櫃又無緣無故遭了一場官司。這兩件事湊在一塊兒，別人不會覺得有甚麼好奇怪的，在繡春可就有得琢磨了。」秋月接下來說：「咱們得編個謊，這個謊還要能騙得過去。」

「那也容易。就說他回蒲州去了。」

「何以突然回蒲州了呢？」

「不作興家裡出了急事，譬如他爹，或者他娘得了急病甚麼的。」

「好端端咒人家父母，不大合適吧？」

「那怕甚麼！有病就有大夫，治好了不就結了嗎？」

「真是，」秋月笑道：「看不出你會說瞎話，一張嘴就來，想都不用想。」

「那是跟季姨娘學的。」夏雲也笑了；笑停了說：「這些都好辦，你跟芹二爺把話說清楚，他自會應付。倒是有件事，我挺心煩的；前天我去看仲四奶奶，替她煩惱，仲四奶奶說，出了這回這場官司，才覺得仲四不能沒有幫手，讓我們還是住在通州。」

「住通州就住通州，有甚麼好心煩的？」

「是我們那位姑奶奶，她不願意住通州。」

「喔，」秋月微感詫異，「她怎麼說？」

「她說，如果住通州，她就不必搬了。」

「這叫甚麼話？」秋月皺著眉說：「越聽越糊塗了。」

「是這樣，她說如果住通州，她就仍舊住在這裡，替太太看屋子，不必再搬。」

「那——，」秋月想了一下說：「不是不願住通州；是不願意跟你們同住。是嗎？」

夏雲慨然大悟：「是啊！」她大感困惑，「這又是為甚麼？我跟她哥哥又沒有得罪她。這傳出去，不讓達臣落不是嗎？」

旁觀者清的秋月，很有把握地替繡春解釋，「絕不是嫌你們兄嫂待她不好。」她說：「大概是跟你們住在一起，少不得有鏢局子的人，常常來往，她大概是不願意跟那些人打交道。」

正談到這裡，發覺窗外人影，兩人都住口等待，果然是繡春抱著夏雲的孩子來了。

「原來你在這裡！」她一進門便向秋月說：「我道呢，怎麼一轉眼沒影兒了；原來你們倆在這兒聊天。」

「正聊你呢！」秋月接口說道：「如你不肯跟夏雲一起住，她怕人家背後說你們姑嫂不和。」

「誰說？仲四奶奶嗎？不會的！誰都知道我們姑嫂原是姐妹。」

「那麼，你總有個不肯跟兄嫂一起住的緣故吧？」

「當然有！說老實話，我閒散慣了，住這兒挺舒服的，何必擠在一起。再說，近在咫尺，來往也很方便，雖不在一起住，又怕甚麼！」

「不過你可別忘了，」秋月提醒她說：「屋子要賃給糧台，人來人往，你不嫌煩？」

馬夫人一搬進京，通州的房子由西征糧台租下來，作為過往軍報差官的歇宿之地，這件事已經定局。但所租的只是前面的一部分，繡春認為她住在後面，關斷中門，另由便門進出，與糧台兩無妨礙。

「我已經跟太太說過了；太太說，有我替她看屋子，好些東西不必帶走，她沒有不樂意的；只怕我不方便。我自己覺得並沒有甚麼不便。你們就由我好了。」

「看樣子你已經拿定主意了。」夏雲苦笑道：「想不由你也不行。」

第十四章

仲四是寄押在大興縣監獄，由於張九的打點，公事上很順利；順天府治中派司獄帶了公文，知照大興縣，那司獄就借獄神廟作公堂，將仲四提了出來，問明姓名、年歲、籍貫，接著宣諭：「接到直隸按察使衙門的公事，無罪開釋，不必交保，不必具結；不過要由人來領你回去。你的家屬來了沒有？」

仲四已知其事，但不知其詳。只聽差役告訴他，有個姓王的朋友在接，料想必是王達臣，當下答道：「小的鏢局子裡，有人在等著。」

「叫甚麼名字？」

「叫，叫王達臣。」

這時有個大興縣的差役出來回話：「王達臣的領據已經預備好了，請司獄老爺過目。」說著將領據呈上公案。

司獄看了吩咐：「犯人也打個手印在上面。」

無罪開釋，而猶稱之為「犯人」，而且還要打手印，仲四心裡當然很不舒服；但亦只得忍氣吞聲，如言照辦。

「你回去吧！回去好好兒做個安分守己的良民。」

剛才送領據的那個差役，示意他說：「謝謝司獄老爺的教訓。」

「是！」仲四照樣說了一遍，很不情願地磕了個頭。

等司獄揣起領據退堂，三四個禁子都圍了上來向仲四道喜；接著讓他換了衣服，替他拿著包裹，送出獄門；只見王達臣與鏢局的夥計以外，還有個張九，當下便將臉色一沉，拿視線移了開去。

「仲四爺，」王達臣急忙搶上來說：「恭喜，恭喜！這回真虧得張九爺照應。」說著使了個眼色。

幸虧有這一聲招呼，仲四才不曾第二次得罪張九；改換臉色見了禮，出了監獄，已有一輛鏢局的車在等著了。

「我先陪仲四爺去洗個澡，回頭在聚興館吃飯。」王達臣向張九說道：「請張九爺一定賞光。」

「一定來，一定來。」

席散已是黃昏，而且原來就說定了的，明天中午回通州，鏢局子放鞭炮還要請客，為仲四做面子；所以這天晚上他跟王達臣住在京裡。

張九在京中有好幾個買賣，糧食店加米麵鋪；騾馬市有一處「燒鍋」；珠市口一家古玩鋪是大股東，都可以住；強永年則邀他住三義店，但仲四都婉言辭謝了。因為他久經世故，看出他的無罪獲釋，一定有曲折的內幕在，所以要跟王達臣單獨找一家客店住，好細細問個明白。

「是大瑞把你換出來的。」王達臣說：「他沒有聽你的話，直接上滄州找強永年去了。強家父子真厲害，說得大瑞心甘情願到直隸按察使衙門投案；他說他對不起你，得讓你風風光光出來，不具結、不交保。強永年父子也做到了。這件事能有這樣一個結果，我那老把弟在做朋友的面上，也說得過去了。」

「唉！」仲四嘆口氣，「這件事怪我自己不好。當初張老九——。」

「別提張老九了。」王達臣打斷他的話說：「張老九也不算過分。四奶奶的見識很高，她說冤家宜解不宜結，你不必再把這件事放在心上。」

「可是大瑞呢！」仲四說道：「他跟我這麼多年，我能看著他在牢裡不管嗎？」

「仲四爺，我跟他是弟兄，我比你還著急。可是這件事說起來很麻煩；你不但不能管，而且往後最好絕口不提他這個名字。」

「喔，」仲四問說：「案子有那麼糟糕嗎？」

「只怕比你我所想得到的，還要糟糕。不過，也怨不得誰，是他自己當初走錯了一步路。」

「話不是這麼說。」仲四搖搖頭，「至少我得問問強永年。」

「問也是白問。」王達臣說：「拿我來說，在大瑞面前都算是外人；只有強家父子，才是他們自己人。」

「自己人更應該照應囉！」

「他不是不照應。不過——。」

「怎麼樣？」仲四不解地問：「有甚麼礙口的話說不得？」

「是這樣的，據我知道，強永年不過是在行『家法』」。

「『家法』？」仲四越發不解，「大瑞犯了他們幫裡甚麼家法？」

「也不是犯家法，是他們幫裡的頭兒要大瑞這麼做。」

「做甚麼？」

「去投案。」

「甚麼案子投案。」

「這就不必問了。問了是自己找麻煩。」王達臣說：「我跟他是一起在關老爺面前磕過頭的，有人問我，我不能不承認，他是我拜把子的弟兄；問到仲四爺你，就不必承認了。你不承認，不會有人說你不夠義氣。」

剛談到這裡，有個客店的夥計來報，說有客來訪；還未詢問名姓，訪客已經出現在窗外，是腳步匆匆的強永年。

「我特為來跟仲四哥、王鏢頭辭行。」他開門見山地說：「本想明天順路先送仲四哥到通州，如今不能不先走一步了。」

他的語言突兀，行動似亦不免詭祕，因為有馮大瑞的關係，仲四心想此刻是個機會，正不妨問個清楚。於是好整以暇地說聲：「請坐！慢慢兒談。」

因為有「慢慢兒談」這句話，強永年只好點點頭坐了下來；眼中卻流露出恨不得馬上談完了好走的神色。

「強二哥是回滄州？」

「是的。舍間派人追了下來，有件事，非等我趕回去料理不可。」

「那麼，」王達臣插嘴問說：「麻守備呢？」

「他回保定去交差；跟我不一路。」

「提到保定，倒想請問強二哥，甚麼時候到保定？」仲四緊接著說：「我想去看看馮大瑞，得要請強二哥替我招呼一下，才能去探監。」

「那也方便。」強永年很爽快地說：「仲四哥打算那一天去，給我一個信；我派人在保定等仲四哥。」

仲四點點頭，轉臉跟王達臣說：「看起來，案情不重；不然，也不能那麼容易就能探監了。」說著，使了個眼色。

王達臣先不解他的眼色，是何用意；轉念才會過意來，當下答道：「那也只有強二爺辦得到；強二爺跟李制台手下的紅人，馬老爺很熟。」

「馬老爺！」仲四故意作出驚異重視的神態，向強永年問道：「就是辦甘大俠那件案子的馬老爺嗎？」

他所說的「甘大俠」是指甘鳳池。那時李衛還是名義由浙江巡撫而特為他升格的浙江總督，奉旨特准得以越境捕盜；派了個姓馬的武官到江寧去找到甘鳳池父子，以請他到浙江總督衙門教武藝為由，騙到了杭州。甘鳳池父子就此下落不明。這件案子辦得很祕密，但江湖上知道的人也不少；此時仲四一問，強永年不覺凜然生戒心，因為仲四也是以足智多謀見稱於同行的，這一問必有深意，不可造次回答。

「浙江的情形我不熟；甘大俠的案子我也聽說過，是不是這位馬老爺辦的，倒不大清楚。」

「這可得請強二哥打聽清楚。」仲四的神色顯得相當嚴重，「如果就是這位馬老爺，那可是個極陰險、極靠不住的人；強二哥勸大瑞去投了案，以後的事就很難說了。」

強永年一聽這話，頓覺雙肩不勝負荷；心想，照他話中的意思，馮大瑞以後的一切，都要他負全責。而且眼前便似有出賣朋友的嫌疑，這個名聲，如何擔當得起？

於是他也正色說道：「仲四哥，我強永年沒有做過對不起朋友的事；大瑞投案，不是我勸他的，不然，我當然用不著特為到通州來給你送信。」

王達臣懂仲四的用意，是要將馮大瑞入獄的責任，套在強永年頭上，好逼他盡全力去救馮大瑞。言語中似乎暗示，強永年如果不肯盡力，在江湖上會落個賣友求榮的名聲。

這一著很厲害，王達臣覺得仲四很夠義氣，自然也很感激；不過他比較了解內幕，同時也體諒強永年事非得已；而又是賦性忠厚的人，覺得不必再用話擠強永年，有話不如開誠布公談。

於是他插進去問道：「強二爺，你看大瑞會落個甚麼結果？」

不問還好，一問問得強永年把頭低了下去，皺眉不語。

不妙！王達臣剛在心裡喊得這一句；只聽仲四譏嘲的語氣，搶在他前面開了口。

「怎麼？還有甚麼交代不了的嗎？」

「仲四哥，」強永年突然將頭一抬，臉上微有慍色，也含著些委屈，他用濁重而低的聲音說：「如今大家是共患難，也不必再分『門檻內外』，王二哥知道我的情形；大瑞自己更清楚。我沒有出賣朋友，也不會貪生怕死；我是奉命行我們幫裡的法；如果我們那位三老太爺說：『強永年，你到保定去投案！』我也不會有第二句話，乖乖兒就去了。這是實話，聽不聽全在仲四哥你了！」

仲四在聽他說話，曾不斷去看王達臣的臉色，看他是首肯的表示，便覺得自己對強永年過分了些。起身說道：「強二爺，不知者不罪！」說著拱手作了個揖。

「言重、言重！」強永年一把捏住了他的拳頭，「仲四哥，我再跟你說一句，為了敷衍馬老爺他們幾個，我已經賣了兩頃地了。為的甚麼？為的就是想救我的師叔他們——馮大瑞是我師叔。」

「原來你還比大瑞晚一輩。」仲四接著又問：「那麼，我倒又要請問了，救下來了沒有呢？」

「唉！這話就長了。說出來也好，咱們慢慢兒談吧。」

據強永年說，前幾年皇帝因為反對他的人很多，誅除異己，不遺餘力；他的鷹犬很多，而以李衛為最得力。但到了雍正七年，一則反對他的人，殺的殺，充軍的充軍，已不足為患；再則，那年夏天生了一場大病，病中懺悔，作風大改，凡事都從寬一步想。而李衛自知樹敵過多，要留著精神對付朝中大老鄂爾泰、張廷玉，也不像以前那樣喜歡生事。因此，對於黃象所策畫的那件謀反的案子，不願鬧開來；所以馬老爺曾對強家父子表示過，只要來投案，大概總是個充軍的罪名。

「不過，就在大瑞投案以後，他告訴我那老二說：『事情大概就到此為止了。如果沒事，我不會再找你們父子；再找你們父子，一定還有事。』今天是我家派了專人來的，說他找我，急於見面，那自然還有事。」

仲四一直不作聲，等強永年說完，他才問道：「有事是甚麼事呢？」

「不外乎兩種，一種是案子鬧大了，還有人要到案。再有一種是要結案了。」

「結案不是很好嗎？」

「不好！這結案不是說送到那個衙門發落。」

「那麼是甚麼呢？」

「是——，」強永年突然換作了一種寬慰的語氣，「多半是我胡猜，不會那樣的。」

「那樣？」王達臣急得忍不住了，「那樣是那樣？強二爺，請你說實話。」

「說實話，就像甘鳳池父子那樣。」

此言一出，立即出現了劍拔弩張的局面，仲四瞪視著強永年；王達臣雙手握拳，牙齒咬得格格地響；而強永年雙臂微張，腳下踩著丁字步，完全是一種戒備的神態。

到底還是仲四穩重，放緩了臉色，又向王達臣投以安撫的一瞥，方始開口問說：「甘鳳池父子怎麼樣？」

這不是明知故問？強永年心想，甘鳳池父子奉旨在浙江祕密處決，料想仲四不應該不知道。然則此一問別有深意，不言可知。

這是個緊要關頭。強永年要考慮的是，要點花樣支吾過去，還是以誠相見？如果要點花樣能支吾得過去，也還罷了；看樣子是絕不可能，還是說真話為妙。

「仲四哥，甘大俠父子下落不明，究竟是怎麼回事，我想你想也想得到。我說過，我不會做對不起朋友的事，勸大瑞投案，也不是我的主意。在劫難逃，誰也做不了主。大瑞倘或有個三長兩短，我心裡當然也很難過；不過，這份難過，跟兩位的心情，不會有甚麼兩樣。」強永年略停一下又說：「我的話就到這裡為止了。」

聽他這樣侃侃而談，仲四與王達臣都明白他有句想說而未說的話，如果馮大瑞被祕密處決，他是問心無愧的。

明白了他的意思，也就是接受了他的說法，王達臣便用乞求的聲音說：「強二爺，你足智多謀，路子又多，總得想個法子，救一救大瑞才好。」

「那還用你說？」強永年很快地回答：「只要想得出辦法，我無有不盡力的。要說足智多謀，仲四哥也是有名的；如果有高招，說出來商量，看我能辦得到不？」

仲四心想，強永年果真厲害，大概已從他的臉上，看出他心裡在琢磨的念頭，所以有這樣的語氣。既然如此，不管辦得到、辦不到，不妨先談一談。

於是他細想一想問道：「你剛才說結案的意思是，就這麼不聲不響地了結了這一案，不過牽涉在這一案的人，就此下落不明了。」

「是的。」

「那意思是說，把這件案給『淹』了？」

「是的。」

「那麼，咱們就算大瑞已經『淹』了，怎麼樣？」

這話不但強永年，連王達臣亦都不解；兩人只是望著他發楞，期待他進一步解說。

「我的意思是，既然這一案的人，不是明正典刑，那麼死不死都一樣；不死，只要隱姓埋名，就像天下沒有這個人一樣，不就跟已經死了一樣嗎？」

「嗯、嗯，」強永年深深點頭，「仲四哥的話有點意思了。請你再往下說。」

「一句話，咱們來個掉包。」

「怎麼叫掉包？」強永年問：「是把大瑞換出來。」

「不是把大瑞換出來；是找個大瑞的屍首換進去。」

「對！」王達臣突然興奮了，「這可是個高招。強二爺，這可得你出大力幫忙了。」

「出大力不用說。不過——」強永年沉吟了好一會，抬眼問說：「仲四哥，你總已經想過，該怎麼樣換進去？」

「這可就要請教強二哥了，我不大懂臬台衙門的規矩；也不知道馬老爺的交情，跟強二哥深到甚麼程度？不過，有件事，我可以辦得到，要找個屍首，冒充已死的馮大瑞，在驗屍的官兒面前過關；這個，歸我。」

「那麼，餘下的事是歸我了？」強永年說：「第一、是把死的馮大瑞換進去；第二、是把活的馮大瑞換出來。是不是這樣？」

「對！」仲四轉臉對王達臣說：「如果能讓大瑞活著出來，以後隱姓埋名，再別露真相，這件事你辦得到不？辦不到趁早說，不然會害苦了強二爺跟馬老爺。」

「辦得到、辦得到。」王達臣毫不考慮地答說。

「能活著出來，甚麼都好辦。歸我的兩件事，我老實說，此刻一點兒把握都沒有；我只能說：我一定盡力去辦。第一步先要打聽。」強永年接著又說：「這會兒談的，都是最壞的打算；也許事情還不至於那麼糟。」

話也只能說到這裡了。王達臣便問：「強二爺，咱們怎麼樣再碰頭？」

「你來！」強永年毫不遲疑地，「你到滄州來。」

「那一天？」

「早來沒有用，你歇個三、四天來，事情怎麼樣，大致有眉目了。」

定了約會，強永年告辭而去。王達臣關懷馮大瑞的生死，自然還要跟仲四細談此事；他回想在滄州跟強家父子與馮大瑞盤桓的光景，記起強士傑曾一再表示「在劫難逃」，似乎早就知道馮大瑞有此下場，越發憂心忡忡；因而對仲四提出來的那個「掉包」的辦法，寄望也就越發殷切了。

「仲四爺，咱們得好好兒琢磨一下，怎麼樣能將大瑞換出來？」他問：「以前有過這樣的事沒有？」

「自然有。不然我那會憑空想出一個辦法來？」

聽說有成例可仿，王達臣大感興奮，「是怎麼回事？」他急急問說，「你得仔仔細細告訴我。」

「這案子整整二十年了！事情出在揚州。那年我十九歲，案子記得很清楚——。」

生長在揚州的仲四，談的是一件科場案。康熙五十年辛卯，江南鄉試發榜，輿論大譁，說有弊端；首先發難的是蘇州士子，做了副諧聯，傳遞江南，道是「左丘明有眼無珠；趙子龍一身是膽」。上聯譏嘲正主考副都御史左必蕃不勝衡文之任；下聯指副主考翰林院編修趙晉，「一身是膽」這四個字用在此處，可就太嚴重了。於是左必蕃、趙晉上了個奏摺，說：「臣典試江南，撤闈後聞輿論喧傳，有句容縣知縣王曰俞所薦之吳泌；山陽縣知縣方名所薦之程光奎皆不通文理之人。臣不勝駭愕！或係傳遞代作文字；或與房官打通關節，亦未可定。祈將新中舉人吳泌、程光奎，或提至京覆試，或發督撫嚴訊，以正國法，而肅科場。」奉旨派出差在江南的戶部尚書張鵬翮，會同兩江總督、江蘇巡撫「在揚州地方徹底詳察，嚴加審明；左必蕃、趙晉俱著解任，發往質審。」

這件案子審到康熙五十一年夏天，張鵬翮打算含糊了結，奏請將副主考趙晉、同考官王曰俞、方名，革職充軍。趙晉的名聲甚壞，是連皇帝都知道的，認為其中的情弊，尚未審明；同時另外接到蘇州織造李煦的密報，知道江南百姓對張鵬翮頗為不滿，因而特派欽差兩員一滿一漢兩尚書，戶部的穆和倫與工部的張廷樞到揚州，重新開審。

這一回是審明白了。趙晉確有賄賣關節的情弊；穆和倫、張廷樞所擬的罪名是斬監候——這是幫趙晉的忙，因為出奏已在五十一年十月，過了「熱審」時期，照例併入明年「勾決」，而明年是皇帝六十萬壽，必然「停勾」；斬監候的犯人，至少可以活到康熙五十三年秋天，在這兩年之中，或許可以想得出一個保住性命的辦法，亦未可知。

那知到交九卿議奏時，因為最早的上諭有「趙晉行止不端，舉國無不知者」的話，大家為了「迎合上意」，竟援順治十四年江南科場案的前例，將趙晉改為斬立決。這是康熙五十二年正月底的決定；這年雖為皇帝六十大慶；但在他三月十八生日以前，並非不可行刑，只等「釘封文書」一到，趙晉便要明正典刑了。

幸好，緊接著來了一道部文，本年皇帝六旬萬壽停刑；趙晉多活了一年。到得康熙五十三年甲午，皇帝花甲重周，六部九卿合詞上奏，說：「皇上以天地生成之心為心，每遇讞奏命案，再三審訂，曲加矜恤；五十餘年間仁恩寬宥者不可勝計，是以太和洋溢，祥瑞疊見。今歲在甲午，乃皇上聖誕本命之年，請以康熙五十三年立決重案，緩至五十四年行決；軍流以下人犯，除情由可惡外，平常罪犯，酌其輕重，量予減等。」似乎趙晉又有了生機。

那知皇帝考慮下來，認為「此事關係甚大，所犯輕罪猶可；犯十大惡，凶亂之人，情實即宜正法，應再議具奏」。朝中大臣原是怕皇帝有甚麼忌諱；既然皇帝並無所嫌，便即議定：「凡一應立決人犯，俱係情罪重大之人，不便停決。」這一下，趙晉是死定了。

那知消息傳到揚州不久，趙晉在江都縣監獄中上吊自盡，而外間頗有流言，其中牽涉到揚州府的一個大名士，就是趙晉同榜的狀元王式丹。

王式丹是揚州府屬寶應縣人，年輕時就做得極好的詩，與查初白齊名；早年為江蘇巡撫宋犖所賞識，列之為「江左十五子」之首。但名場蹭蹬，直到康熙四十二年，才得揚眉吐氣，以會元而大魁天下，年紀卻已花甲欠一。

這個五十九歲的老狀元，外號「胖鬍」，丰采可想，最糟糕的是，兩耳重聽，皇帝垂詢，往往答非所問；「天子門生」不為「老師」所喜，派在武英殿修書，十年未升一階，始終是翰林院的修撰。康熙五十二年，年將花甲，等過了萬壽，告老還鄉；顧念同年之誼少不得要去探一探監，不想這一探探出一場絕大的是非——就在王式丹帶著家人張大，入獄探望同年的那天晚上，趙晉懸梁畢命，因而發生了一個離奇的傳說。

傳說是，趙晉未死，翻牆而遁；代死的是王式丹的家人張大。又說，張大亦未死，是王式丹的轎子裡藏著一具乞兒的屍首；李代桃僵，作為已死的趙晉。這些傳說，連皇帝都知道了，因此在江蘇奏報此案時，硃筆親批：「趙晉果否身死之處，著交巡撫張伯行徹底查明具奏。」

聽到這裡王達臣插嘴問道：「那麼，這姓趙的到底死了沒有呢？」

「不知道。」仲四答說：「只知道當時這一案鬧得很大。揚州知府、江都縣、管獄的典吏，還有派去驗屍的一個高郵州知州都革了職，解到蘇州去審；王狀元只牽涉在裡頭。張撫台先說趙主考的死，『十不可信』，審了一年多，審不出結果，皇上查問，說是趙某人沒有死的話是謠言。於是拿王狀元從監獄裡放了出來，糊裡糊塗結了案。」

聽完這個故事，王達臣爽然若失；看來仲四那個「掉包」的念頭，只是一廂情願，根本辦不到的事。但仲四的想法不同。

「路是人走出來的；希奇古怪的花樣，亦都是人想出來的。當初的那樁疑案，如果不是有許多毛病，不會鬧得那麼凶；反過來看，傳說紛紛，總有毛病在裡頭。就怕毛病找到了，沒有那味藥去治。」

「喔，」王達臣覺得他這幾句話別有意味，少不得追問：「是味甚麼藥？」

「錢！」仲四圈起拇指與食指，做了個手勢，「『火到豬頭爛，錢到公事辦。』這錢不是小錢，就怕咱們拿不出來。」

「果然錢可賣命，傾家蕩產，我也認了——。」

「達臣，」仲四打斷他的話說：「你傾家蕩產，也不過千把銀子，不夠的。」

「那也還有強永年的交情。」說到這句話，王達臣忽然心中一動，凝神細想了一會，搖搖頭說：

「仲四爺，這件事就算能辦得到，也不能託強永年；一託了他，能辦到的，也辦不到了。」

「怎麼呢？」仲四愕然相問。

「你倒想，這一案裡頭，不止大瑞一個人；咱們要他賣交情，別人也會要他賣交情，他怎麼辦？再說，既然他是奉命辦事，出這麼大一個花樣，他能不問問他們的『三老太爺』嗎？」

「啊！」仲四背脊上一陣涼，「這一層，我倒沒有你看得透。」

「我看，」王達臣趁機說道：「這個法子不成！咱們還得另想別法。」

「對！得另想別法。咱們弄點酒來喝著，慢慢兒想。」

於是仲四喚店家買來一斤「二鍋頭」、一包羊頭肉。胡同裡有「半空兒多給」的叫喚聲，也買了一大包；兩人一面喝酒，一面想心事，只聽得「嗶剝、嗶剝」，不斷捏碎「半空兒」的聲音，誰也沒有開口。

終於是仲四打破了沉默，「要救一個人的命，靠三樣東西，一是財，二是勢，三是交情。」他說：「交情不能講，財又不夠大，那就只有靠勢了。」

這也是極淺顯的情理，仲四特為提出來說一遍，當然還有未說出來的話，所以王達臣不作聲，只抬眼看著他。

「如今平郡王正紅的時候；他不是芹二爺的親表兄嗎？能不能想個法子？」

原來是想借重平郡王的勢力，但曹雪芹不會管用，「芹二爺年紀太輕，」他說：「說話也沒有甚麼力量，只怕辦不了這麼大的事。」

「那也不然。說話要看在甚麼地方；在平郡王面前沒有力量，也許在太福晉，或者老王爺面前有力量，那就行了。」

「這，」王達臣老實說：「曹家的事，我不太清楚；平郡王府的情形，就更不知道了。」

「可以打聽啊！譬如跟芹二爺打聽。」

王達臣想了半天，突然說道：「也不必打聽了！乾脆都跟芹二爺說了跟他商量；反正大瑞的事，他也很知道。」

「好！你甚麼時候去看他？」仲四緊接著又說：「事不宜遲，你明天也別回通州了！」

他又替王達臣出主意，咸安宮不能亂闖，地方又大；不如寫封信，花幾個錢託店家找個專門跑腿的人送了去，約曹雪芹到客店來談。

「大瑞出事了！」

用這句話作開頭，王達臣將馮大瑞的遭遇，盡他所知，都說了給曹雪芹聽。最後才談到如何營救，以及仲四的主張，看看能不能走走平郡王府的路子？

「走當然可以走。但有一件，平郡王不在京裡，怎麼辦？」

「是啊！」王達臣楞了一會說：「倒沒有想到這一點。」

看他滿臉失望，曹雪芹實在於心不忍，而且有繡春的關係在，他覺得無辦法亦要想辦法救一救馮大瑞，因而趕緊安慰他說：「你別著急！平郡王不在京裡，總有能替他作主的人；我有主意。」

「喔！」王達臣又起勁了，「芹二爺，你是甚麼主意，能不能告訴我？」

「我現在想到兩個主意，先試一個，行不通試第二個；兩個都不行，再想第三個。」曹雪芹說：

「你如果有事，不妨先回通州。」

王達臣躊躇了好一會說：「我還是在京裡等信兒吧！」

「那也好。」曹雪芹起身說道：「晚上我請你吃烤肉，到時候再談。」

說完，曹雪芹去試他的第一個主意，先找錦兒，請她逼著曹震想辦法。當然，他不能細說根由，更不能說破馮大瑞在幫的事。

「馮大瑞遭了官司，看在繡春的份上，你們兩位得想法子救他。」

正談到這裡，曹震回來了；一進門便說要換衣服去拜客，又留曹雪芹吃晚飯，說有一陣不曾見面了，等他回來，好好兒聊聊天。

於是錦兒便問：「你甚麼時候回來？」

「那可不一定。沒有關係，雪芹今天住在這兒好了，我回來晚了也不要緊。」

「那，」錦兒看著曹雪芹說：「繡春的事，這會兒就談好了。」

一聽這話，曹震立即便問：「繡春甚麼事？」

「也不是繡春的事，只看在繡春的份上，不能不管。」錦兒答說：「馮大瑞遭了官司，你得替他想個法子。」

繡春與馮大瑞的婚約，是曹震所知道，而且引以為安慰的，所以對馮大瑞也很關心，於是一面換衣服，一面問馮大瑞遭了甚麼官司？

「案情我也不大清楚。」曹雪芹是個很天真的想法，只要平郡王肯出面，可以把馮大瑞硬要了出來，因而只說辦法：「馮大瑞這個人很有用；如果王府肯給直督衙門去封公事，說這個人對口外的地理很熟，可在軍前效力。這一來，馮大瑞就算是充軍的罪名，不一樣也可以還他的自由之身了嗎？」

「好傢伙，是充軍的罪名；到底犯了甚麼案子？」

「案子大概不輕，不然也不必驚動王府。」曹雪芹又說：「再重的罪名，如果在軍營中有用，可以將功贖罪，這在過去是有成例的。」

「話是不錯；充軍而發往軍前效力，也是順理成章的事。不過案情不明，從那裡著手？」曹震又說：「就算在直督衙門有熟人，也不知道該去問誰？」

「問一個『馬老爺』好了，他是李制軍的心腹。」

「是馬空北不是？」

「我不知道他的名字，聽說他跟李制軍還是親戚。」

「那不錯！一定是他。」曹震答說：「馬空北常進京的，等我見了他問他。」

「這可是很急的事！」錦兒插進來說：「你就先打聽一下，姓馬的來了沒有？」

「那也容易。」曹震當時便將一個跟班叫楊升的喚了來說：「你到寒葭潭慶春部，找周琴官周老板，問保定的馬老爺來了沒有？」

「是。」楊升問道：「就這麼問一聲？」

「不！你帶我的名片去；如果馬老爺來了，你就託周老闆約一約，或是今天晚上，或是明天中午，我就在他下處請馬老爺吃飯。」

曹雪芹心想原來他們是一起玩「相公」的狎友，聽語氣交情還很不薄，便即笑容滿面地對錦兒說：「馮大瑞的事好辦了。」

「也不見得。」曹震接口，「馬空北有時候會裝蒜。」

「為甚麼呢？」

「無非想撈幾個！熟人面前又不便開口明說，只好裝蒜了。」

「要錢好辦。」曹雪芹說：「人家原是預備了千把銀子的。」

「人家是誰？」

「王達臣，還有馮大瑞的東家，開鏢局的仲四。」

「好！」曹震是很滿意的表情，「這也差不多了。如果不夠，我來想法子。」

這是很有把握的語氣，使得曹雪芹的心情大為開朗；與錦兒閒聊到將天黑時，小丫頭來報，楊升回來了，有事要面陳。

將楊升喚了進來，只聽他說：「二爺讓我回來跟二奶奶說，不回來吃飯了；請芹二爺別走，他回來有話說。」

「喔，」錦兒問道：「二爺這會兒在那兒？」

「在寒葭潭張琴官那兒。」楊升答說：「跟保定來的馬老爺在一起。」

錦兒與曹雪芹對望了一眼；打發走了楊升，她才開口：「事情大概有希望了。」她說：「你放心吧。」

曹雪芹也沒有想到，事情如此順利，笑容滿面地說：「這著棋總算下對了。」

這頓飯吃得很慢，只為曹雪芹酒喝得不少；話談得更多，不知不覺就到了起更時分；直到曹震回來，他才警覺，一頓飯吃了兩個時辰。

「怎麼樣？」錦兒迎著曹震剛問了這一句；頓時心一沉，回頭看曹雪芹時，他的表情也全然不是剛才悠然舉杯，逸興遄飛的模樣了。

誰都看得出來，事情不妙！曹震那雙緊皺在一起、幾乎打了結的眉毛，說明了一切。

「做碗酸筍湯來我喝。」曹震答非所問地，「今兒的酒喝得不對勁；一直汪在胸口，難受得很。」

錦兒明白，這是要她避開，當時答應著移動腳步，暗示地向曹雪芹說了句：「你們慢慢兒談吧！」

等她一走，曹震的表情越發嚴重了，憂慮不安還加上些氣憤，「你怎麼不把馮大瑞的案子跟我說清楚？」他是責怪的語氣，「你以後別胡亂管閒事了！」

「怎麼？」曹雪芹強作鎮靜，「馬空北怎麼說？」

「怎麼說？說馮大瑞要造反！怪我不知道輕重，遇到這種情形還不趕緊躲開，反插手來管閒事，簡直是不要命了！」

「他，他這是甚麼意思？」曹雪芹又氣又急，臉漲得通紅，「肯不肯幫忙在他；管不管閒事在人家，他也犯不著說這種話。」

「人家是好意。」曹震問道：「馮大瑞犯了甚麼案子，你到底知道不知道？」

接下來，曹震便大大地埋怨曹雪芹，少不更事。從語氣中聽得出來，馬空北已將案情都告訴了曹震，他不但怪曹雪芹多管閒事；且對王達臣亦頗不滿，說他「結交匪類，幾乎害了胞妹」。這就是連馮大瑞也都罵在裡頭了。

「你就少說兩句吧！」錦兒怕曹雪芹面子上下不來，攔阻著曹震說：「你說姓馮的是『匪類』，我看他們蠻義氣的。」

「義氣！」曹震冷笑，「義氣幾個子兒一斤？這年頭講利害、講財勢；咱們家出事的時候，誰來理咱們？倘非小王爺明白事理，念在至親分上，事事照應，不也就跟李家一樣了？」

「好了，好了！禍也沒有鬧出來。而且照那姓馬的說，這件事大家都不願意鬧大；那也就沒有甚麼好害怕的。」

「總是小心的好。」

曹雪芹不願再跟曹震談下去，而且他已轉到另一個念頭，也不必再跟曹震談下去，因而接口說了句：「是！我會小心。」這一來，話有了歸宿，曹震亦就無須往下說了。

第二天上午，曹雪芹不上學；等曹震一出了門，他喚丫頭將錦兒請了來，拿昨夜轉到的念頭，跟錦兒商量。

「你說馮大瑞義氣，這話真說到了我心裡。馮大瑞是真心喜歡繡春；繡春也只有這麼一個可以重尋人生樂趣的機會。你們是好姐妹，總不忍心不管吧？」

「重尋人生樂趣」的話，打動了錦兒，「我怎麼忍心不管？」她很快地回答說：「不過看這樣子，只怕誰都管不了。」

「不然！這一案是私下悄悄兒了結，絕不會鬧大，我是早就知道了的。不然我也不能這麼不懂事，冒冒失失來找震二哥；昨天都怪我不先把話說清楚。那也不去談它了；如今我想問你件事，老王爺跟隋赫德的事怎麼樣了，你聽震二哥談過沒有？」

原來隋赫德鑽營門路，為人告了一狀；硃批交莊親王允祿查辦。將隋赫德父子、家人都傳了去詳細審問，隋赫德先是抵賴，最後說了一半實話，親筆寫了一份「親供」說：「奴才來京時，曾將官賞揚州地方所有房地，賣銀五千餘兩，原要帶回京城，養贍家口。老平郡王差人來說，要借銀五千兩使用；奴才一時糊塗，只將所剩銀三千八百兩送去是實。」

後來小平郡王差兩個護衛向奴才說：「你若再要往府裡送甚麼東西去時，小王爺斷不輕完。自此奴才再沒有差人去。奴才今年七十三歲，豈有求王爺圖做官之意？因老平郡王一時要借銀，奴才糊塗借了，並無別樣理由。」

曹雪芹所知道的，僅此而已。錦兒所知較多，且是直接聽平郡王府的人所說：「案子還拖在那裡，為來為去礙著小王爺，也不好怎麼嚴追。」錦兒又說：「而且，老王爺把銀子也還了人家了。」

「老王爺的花費極大，又養著一班清客，銀錢到手就光，居然能把三千八百兩銀子還給人家，那可是件奇事。」

「還不是湊起來的。」

「從那兒去湊？」

「這可不大清楚了。」錦兒奇怪地問：「你忽然問這些個幹甚麼？」

曹雪芹不答話，管自己又問：「沒有跟糧台上開口？」

「糧台？不行！」錦兒搖著頭說：「小王爺跟太福晉都特為關照，千萬不能開例通融，不然就沒有完了。」

「那麼，是到那裡去湊呢？仗著小王爺如今正走紅的時候，跟人硬借，人家不能不買他的帳？」

「也許吧！」錦兒答說：「聽說六阿哥年紀雖輕，本事不小，能替他老爺子弄錢；還有個趙太監花樣更多。」

「六阿哥」是指福靖，跟曹雪芹同年，只是月份小些；曹雪芹嫌這個表弟浮華輕薄，平時不大接近，卻不知曹震跟他如何。

心裡想著，口中便問了出來：「六阿哥跟震二哥常往來吧？」

「常在一起玩的。」錦兒問說：「你要找他？」

「對了！我想找他。」曹雪芹答說：「既然他花樣很多，也許有法子救馮大瑞；成功了可以送他一兩吊銀子。」

「你要小心！這件事關係很大，別弄得吃不了兜著走。」

「那怎麼辦呢？莫非見死不救？」

這話說得很重，將錦兒堵得無話可說；曹雪芹也發覺自己措詞欠考慮，急忙又委婉地解釋。

「我是說，有路子總要去走。只要盡到了人事，就是盡到了心；即使無補於事，心裡也好過些。」

「這話也是。不過，從井救人自己也陷了進去，害得被救的人，平白裡又添一重煩惱，這一點你也該想一想。」

「是的。咱們一起來想。」曹雪芹說：「錦兒姐，你倒平心靜氣想一想，這件事能不能做？」

「能不能做可很難說；不過，問一問，應該不要緊。」

「那就想法子問一問。我跟六阿哥平時不大來往，突然去問他，似乎顯得不大合適。錦兒姐，你有甚麼好法子？」

「他喜歡吃我做的炒疙瘩。不過得你二哥去約他，也不便談這回事。」錦兒又說：「你們親表兄弟，有事問他，也不算冒昧。只要不是空了手去就行了。」

曹雪芹凝神想了一會，站起身來說：「你的話不錯。」

「你上那裡去？」

「我到琉璃廠去看看，找樣精緻的小擺設。」

「你帶了錢沒有？」錦兒提醒他說：「我這兒有。」

「不要緊！有熟的古玩鋪，不必先給錢。」

於是出門上馬，直往琉璃廠而去，經過五道廟心中一動；勒住了馬細想了一會，決定找韓道士去談談。

那韓道士倒還認得他，而且神態殷勤：「那陣好風把芹二爺吹來的？」他說：「請後面坐。」

依舊是在當時跟繡春、馮大瑞在一起盤桓的那間敞廳；依舊是洞庭碧螺春與蘇州孫春陽的茶食，但物是人非，曹雪芹越發感慨，原來是想慢慢談的，此時卻忍不住開門見山地動問了。

「韓道長，你知道不知道，馮大瑞出事了？」

「知道。」韓道士淡淡地答了兩個字。

這態度很不尋常。曹雪芹意料中韓道士倘或不知，必然驚詫；如果知道，多半會關切地跟他談出事的經過，以及向他打聽馮大瑞的消息，想不到竟是這種毫不在意，彷彿不算回事的神態。

看起來他不但知道，而且知道得很多，前因後果，了然於胸，才會有這種無動於衷的表情。

曹雪芹心想，如果老老實實跟他打聽，他一定不會說實話。設身處地想一想，換了自己也不會跟一面之緣的人去談這種案子，除非了解對方也是夠資格談內幕的人。

意會到此，他想到一個說法：「聽說是『三老太爺』派人讓他去投案的？」

果然，此言一出，韓道士對他刮目相看了；很認真的拿他上下打量了一番，深深問道：「芹二爺也知道『三老太爺』？」

「我也是最近才聽說。」

「聽誰說的？」

「也是鏢行的朋友。」曹雪芹又說：「我正在想法子救馮大瑞。」

聽他這一說，韓道士臉色顯出困惑；仔細看去，是那種覺得他不知輕重、微帶藐視的模樣。

「芹二爺預備怎麼樣救他？」

由於他眼中的藐視，傷了曹雪芹的自尊心，因而便重重地說：「韓道長，你大概不知道，定邊大將軍平郡王，是我嫡親的表兄。」

「我知道。」韓道士又問：「芹二爺是打算請平郡王救他？」

「是的。打算試一試。」

韓道士吸了一口氣，身子往後仰一仰，慢吞吞地說：「我勸芹二爺別管這閒事，管了於你沒有好處。」

「怎麼說呢？」曹雪芹想到跟馮大瑞在廣和居吃螃蟹時，也聽見過同樣的話。

「我不能說。芹二爺，你得相信我是好意。」

「不錯，你是好意；馮大瑞跟你的話一樣，也說是好意。可是，你們不把話說清楚，我怎麼能受你們的這份好意？我有好些原因，非救馮大瑞不可！」

「你救他不了，徒然害了自己，何苦？」

「怎麼叫害了自己？」曹雪芹說：「我雖不是江湖中人，若說為朋友兩肋插刀，我也辦得到。」

韓道士不作聲，但看得出來，他的內心相當感動，也相當躊躇，是在考慮要不要「把話說清楚」？

終於，韓道士開口了，「芹二爺，」他問：「馮大瑞犯的甚麼案子，你知道不？」

「不說是謀反大逆的案子嗎？」

「既然你知道，事情也快過去了；而且，你芹二爺也不是不識輕重的人，我就老實告訴你吧！」

原來這件「謀反」的案子，主謀還不止於黃象；一共是四個人，一個是翁祖的弟子朱筱全，法號文英，別號金毛獅子，原籍江西南昌，遷居杭州武林門外青龍山，以打獵為業。

一個是潘祖的弟子劉玉誠，法號文俊，別號通臂猿，山東青州府人，綠林出身而行俠仗義，仰慕潘祖的聲名，登門獻贄；潘祖考查了三年，方始准他列入門牆。幫中有句話：「徒訪師三年；師訪徒三年」，就是由此而來的。

再一個也出於潘祖門下，名叫石士賢，原籍台灣，不知那年在杭州落了籍。他是潘祖的得意弟子之一，文武雙全，只是性如烈火，好抱不平；為朋友犯了殺人罪，逃到江蘇六合縣的六合山，淪入綠林；不過盜亦有道，立下一條「三不劫」的「公道約法」，一不劫忠臣孝子；二不劫殘廢孤獨；三不劫小本客商。縱然如此，亦仍不能為官府所容，派兵搜捕之下，存身不住，遠走口外。

這四個堂房的師兄弟，另有一重金蘭之誼；一次聚會，談起翁、錢兩祖「口外朝佛」的事業未成，不幸「過方」；不約而同地有步武前人之志。但亦都知道，潘祖老成持重，將全幫的生計，看得比甚麼都要緊；因而決定瞞著他，悄悄下手，由石士賢籌畫一切，第一步是分頭聯絡，召集同道；北方歸錢祖的弟子黃象負責。

聽到這裡，曹雪芹插嘴問道：「馮大瑞是不是黃門弟子？」

「不是。馮大瑞也是三房的。」

「三房」指潘祖一系而言；也就怪不得「三老太爺」的話，對馮大瑞格外能拘束。曹雪芹點點頭說：「請你再往下談。」

「現在要談到他們起事的地方了。你道在那裡？」

「我怎麼會知道？」

「那我告訴你，他們起事的地方，就在平郡王的營盤裡！」

曹雪芹大吃一驚，也有些不相信，「軍營裡也能下手嗎？」他問。

「怎麼不能？就要軍營裡下手才有用。」

「啊！」曹雪芹想到了，「怪不得！」

「怎麼？」韓道士問。

「事情太巧了！真有點兒不可思議。」曹雪芹說：「當初是看他有心事，怕他是血性男兒，答應了替人賣命，非履諾言不可，所以打算著拿他薦到平郡王那裡，是好讓他避禍的意思——。」

「喔，」韓道士急急插嘴問說：「有這樣的事！他怎麼樣呢？願意不願意去？」

「怎麼不願意？不過，他不願意領情；說是捐一個武官，自請投效，一樣也能從軍。現在才知道，他是怕出了事，連累薦主。」

「不錯，一定是這意思。」韓道士緊接著說：「我現在勸芹二爺你別管這件事，尤其不能託平郡王，也是怕你受連累的意思。」

「足感盛情！」曹雪芹深深一揖；他是由衷的感激，但仍舊不曾放棄救馮大瑞的企圖，因而接著又說：「韓道長，你看另外有甚麼法子？」

「只怕很難，人微力薄言輕，無能為力。」韓道士又說：「天塌下來有長人頂；芹二爺，你不必管了，要管也管不了。」

「怎麼叫『天塌下來有長人頂』？」曹雪芹感興趣的是這句話，很率直地問了出來。

「要救馮大瑞的不止是你，而該救的也不止馮大瑞一個。三老太爺自然會想法子，如果連他都想不出法子，那就真的沒法子了。」韓道士又說：「是福不是禍，是禍躲不過。馮大瑞自己一定很看得開，你又何必放不開手？」

「唉！」曹雪芹嘆口氣，「怎麼叫朋友呢？」

「如果是為朋友，你該替他料理身後，譬如他生前有甚麼放不下心的事，你一肩擔承下來；有甚麼遺憾，你能及早替他彌補之類，那倒是待朋友很實在的一件事。」

曹雪芹心想，這話倒也不錯；正在思索有何可以為馮大瑞盡力之處，突然發覺韓道士說這話的語氣很奇怪。

「韓道長，」他問：「聽你的口氣，似乎馮大瑞是死定了？」

韓道士彷彿覺得他問得多餘，詫異地說：「莫非你以為犯了這種案子，還能逃得出一條命來？」

「照這樣說，三老太爺要他去投案，就是要他去送死？」

「話不能這麼說。」韓道士緊接著又說：「芹二爺，你是大家公子，江湖上的事，恕我直言，完全是外行。尤其他們幫裡的規矩，你不懂。不必管吧！」

怎麼用「他們」二字？曹雪芹又感困惑，莫非韓道士不在漕幫；不在漕幫又怎能知道如許內幕？心中想問，卻不知如何措詞，只望著韓道士發楞。

「芹二爺請你聽我的勸，做一點於馮大瑞有益的事；無益之事，不必去做。」

「我不知道甚麼事於他有益。」曹雪芹想了一下說：「我決定到保定去跟他見一面。」

韓道士覺得不便硬攔，因為並無休戚相關的交情，硬攔住他勿作此行，倒彷彿其中有甚麼情弊似地，因而淡淡地說：「那是你自己的事，局外人管不著。不過，我倒有句話奉告，只怕你嫌我交淺言深。」

「那裡，那裡！」曹雪芹急忙說道：「道長古道熱腸，說的話都是為我好，我不能不識好歹。」

「芹二爺如果真是這麼想，我就該知無不言，言無不盡了。」

韓道士說：「要去看馮大瑞也未嘗不可，不過最好找個人商量一下，能去才去。總之，明哲保身。」

「是的。」曹雪芹完全理會得話中的含意，深深點著頭說：「我會謹慎行事。」說著站起身來告辭。

韓道士一直送他到門口，拉住他的袖子說：「芹二爺，我還有句話：江湖道上有件很犯忌的事——不該插手的，胡亂插手，於人於己都沒有好處。」

聽完曹雪芹所談的一切，王達臣心裡七上八下，想得很多也很亂。他不知道如何才能救馮大瑞，但對馮大瑞的用心卻是徹底了解了。

「芹二爺，你千萬別轉到保定去看大瑞的念頭。他唯恐連累到你，你去看他，不是讓他心裡不安嗎？而且，」他加重了語氣說：「本來倒是不容易連累到你，但有打算到平郡王營盤裡去鬧事這一層情節在內，那就難說了。芹二爺，這可不是開玩笑的事，你無論如何要避嫌疑。以後若有人跟你提到馮大瑞，你得裝作根本不認識這個人。」

「那怎麼行？知道我認識馮大瑞的人不少，突然之間，絕口說不認識，反倒容易招人誤會。」

王達臣想了一下說：「這話也不錯。那就只說知道有這麼一個人，是幹鏢行的；提到別的，你就說不知道好了。」

「這你放心，我知道事情輕重，自會應付。不過，保定——」

「芹二爺！」王達臣作了個切斷的手勢，搶著說道：「這件事不必談了。還得請你在繡春面前圓個謊，提到大瑞，你說他回蒲州去了。」

曹雪芹不作聲，好半晌才問了句：「就這麼一直瞞著她？」

「那是沒法子的事。」

「如果能一直瞞住，倒也罷了，就怕瞞不住。」

「瞞不住只好說實話。」

「說了實話，她會怎麼樣呢？」

「不知道。」王達臣苦惱地說：「人生在世，反正短不了麻煩；只好走一步，算一步。」

「那麼，」曹雪芹問：「你現在預備走那一步呢？」

「我跟強永年有約，到滄州去看了他再說。」王達臣問道：「芹二爺，你這兩天回不回通州？」

曹雪芹本未轉到這個念頭，經他一問，覺得回通州去一趟，看看繡春的情形；跟秋月、夏雲談談，看能在馮大瑞身上，如何盡些力，倒強似在京裡發悶。

於是他說：「我明天回去。」

「那就拜託一件事，請你把大瑞情形跟內人細細談一談；讓內人關照仲四夫婦，以後他們也千萬別再提大瑞了。」王達臣又說：「我怎麼樣也沒有想到，他們的主意會打在平郡王那裡。幸而沒有鬧成，不然，怎麼樣也脫不了干係。」

看他神色憂懼，曹雪芹便往深處去想一想，如韓道士所說，石士賢他們的計畫，必然是勾結噶爾丹策零，裡應外合，發動叛變；那是遠比尋常謀反更為嚴重的事，一旦發生，株連必廣；將馮大瑞、繡春、曹家、平郡王府的關係綰合在一起，那份嫌疑真是跳到黃河都洗不清！

轉念到此，曹雪芹驚出一身冷汗，同時也能體會到王達臣的心境了。

第十五章

中午回到通州，曹雪芹一直找不著機會，避開繡春跟秋月與夏雲談馮大瑞的事；到得將要上床時，有人敲門，來的是繡春。

「我特為磨到這時候才來。有句話在秋月與夏雲那裡問不出究竟；我想，你一定知道。」

特為磨到這時候才來，自然是有一句不願讓秋月與夏雲知道的話要問。曹雪芹頓時起了戒心，笑笑答說：「甚麼事？她們不知道，只怕我也未必知道。」

「知之為知之，不知為不知；你得跟我說實話。」繡春又說：「你如果說假話，我看得出來。」

「你先別嚇唬我。我可聲明在先，如果不知道是一回事；告訴不告訴你，又是一回事。」

話還沒說完，曹雪芹立刻失悔；這不是明擺著要說假話嗎？看到繡春詭譎的笑容，越發覺得自己笨不可言，真是讓她一句話唬倒了。

「你不告訴我也不要緊，只別說假話，這一點你能不能答應？」

曹雪芹不再輕率回答了。繡春的話中有著陷阱，他得好好想一想——可以不說，別說假話，那不就是默認嗎？

於是他說：「好！我答應你。」

「我問你，」繡春逼視著他說：「聽說仲四能夠放出來，是馮大瑞去換出來的。有這話沒有？」

曹雪芹心中一跳，但表面聲色不動，很快地答說：「那有這話？我沒有聽說過。」

「那麼，我二哥呢？」

「我不說了嗎？在京裡。」

「幹甚麼？」

「他是去接仲四的。仲四是出來了，總還有些未了的事要料理。」

「甚麼未了的事？」

見她這麼咄咄逼人地問，他大感窘迫，同時也略有些反應，決定快刀斬亂麻地答一句：「我不大清楚；事不干己，我沒有細問。」

「好！我再問一個人，馮大瑞呢？」

「回蒲州去了。」曹雪芹照王達臣關照的話回答。

「怎麼一下子回蒲州去了？」

「你這話問得怪。好比我回通州，還得有理由嗎？」

「哼！」繡春笑了，「你在說假話！」

「沒有。」

「別賴。『心不正則眸子眊焉』！瞧你那雙眼睛就知道。」

曹雪芹不知道她是詐他，還是自己真的在眼中流露了真相？只有笑笑不答。

「是不是？你自己也承認了吧？」

「承認甚麼！你那些沒根兒的話，叫我沒法子回答，只好不響了。」曹雪芹把話宕了開去，「咱們談點兒別的。」

「咱們還是談正經吧！我有事求你；你如果不替我想法子辦到，我就只好怨命了。」

繡春是垂著眼簾說的，神色肅穆而語氣幽怨，使得曹雪芹頓覺雙肩沉重，急於要有所表白。

「我不知道你託我的是甚麼事？我一定想法子，不過辦得到、辦不到，這會兒還無從說起。你別對我期望太高！」

「當然，只要你盡了力，我沒有話說。」繡春想了好一會，方又接下去說：「開門見山地說吧！芹二爺，我已經打聽清楚了，馮大瑞是關在保定監獄裡，我應該去探一探監。」

幾句話說得曹雪芹目瞪口呆，心想瞞是瞞不住了！不過，先得問一問，她是怎麼打聽到的？

「是誰告訴你的，馮大瑞關在保定？」

「沒有人告訴我，只要隨處留意，一言半語刮到耳朵裡，再多想一想，真相自然就出來了。」

「你的本事好大。」曹雪芹說：「你還打聽到了些甚麼？一起都告訴我。」

「就知道案情很重；說是替人頂罪，自己去投案的。」繡春復又垂下雙眼，「不管有夫婦的名分也罷，沒有也罷；我總要去看他一趟，才能了掉這一段緣。」

如果只是為了這段緣，曹雪芹覺得她的願望，未始不可以考慮。不過，總得把她的想法徹底弄清楚，才能下決斷。於是，他靜靜想了一會，方始開口。

「了掉這一段緣以後呢？你是作何打算？」

「那裡談得到打算？無非隨遇而安。」

「真的是隨遇而安？」

「真的。」

聽她的回答，平靜而堅定，曹雪芹頗有打開困境的快慰；看樣子繡春是回心轉意了，只要替她安排機遇，一樣也會有個正常的歸宿。

「只要你心口如一，我一定想法子如你的願。不過，你見了馮大瑞，預備說些甚麼呢？」

「我要告訴他，世界上還有關心他的人。」

「如果是這麼一句話，寫封信不也就表達了。」

「總不如當面跟他說的好。」

曹雪芹點點頭，接著又說：「就是這麼一句話？」

「還應該說甚麼？」

這一反問，倒將曹雪芹問住了，「我總覺得光是為這句話，犯不著費這麼大勁去探監。」他說：「這件事得去託人，能辦得到也要買好大一個人情。」

「我見你的情就是了。」繡春又說，「我只是盡我的心；去看他一趟，就沒有一句話，他也懂我的意思。」

「是的。你對他的那一片情義，盡在不言中了。」曹雪芹想了一下說：「這件事我一定替你去辦；不過辦得到、辦不到，實在不敢說。我老實告訴你吧，馮大瑞的案情，比你所想像的要重得多。」

「莫非還是造反不成？」

「不但造反，還是私通外國。」

繡春頓時色變。曹雪芹頗為失悔，話說得有些過甚其詞，以致繡春受驚，但也不必去沖淡，讓她靜一會就好了。

「他不是那種人！」繡春忽然說道：「也許他會造反，不會私通外國。倒請你說說，是那一個外國？」

這一來，曹雪芹如果不說明，便有造謠之嫌；當時便把他所知道的情形，都告訴了繡春。

「有這樣的事！」繡春仔細看一看曹雪芹的臉色，彷彿要辨認一下，他是不是在說瞎話。

「你不相信。問你二哥。」

「我當然相信你的話。」繡春加重了語氣說：「像這樣子，我更得跟他見個面，要當面問一問他，何以如此糊塗？甚麼地方不好去，偏偏到平郡王那裡去搗亂？」

「他也是身不由己，誰教他入了幫了呢！」曹雪芹又說：「你是拿甚麼身分去看他？」

這一問問得繡春無言可答；她還沒有想過這一點，但卻是必須先想好了的。心裡千迴百折，轉了多少念頭才能回答。

「不錯！沒有名分，怎麼能去探監？而且有了名分去探監，就跟別人不相干，連累不著甚麼人。芹二爺，你知道的，我跟大瑞的名分已經定了。我去探監是名正言順的。」

這是說，她以馮大瑞妻子的身分，請求探監；這自然名正言順，無可非議。但曹雪芹卻不能不為她作顧慮。

「我得提醒你，這案子太大，幸好『淹』了，就沒有人敢再把它鬧大。不過，萬一要鬧開來，會罪及妻孥，是可想而知的事。」

「我知道。命該如此，沒有話說。」

「你不悔？」

「我不悔！」繡春平靜地答說：「匹婦之義，我還懂。」

曹雪芹不由得肅然起敬，「繡春姐，」他說：「我真是小看你了。」

「不必給我戴高帽子。」繡春笑道：「替我辦事是正經。」

「事情我一定替你辦。不過，這件事我得先告訴你二哥。因為——，」曹雪芹想了一下說：「如果牽累到你，就可能會牽累到你二哥。」

聽得這話，繡春把頭低了下去；見她長長的睫毛，不住亂眨，顯然是考慮利害得失。曹雪芹便不催她，讓她細想。

「芹二爺，你的話不錯，牽累到我二哥，關係很大，我不能不顧。可是問我二哥沒有用，他也是講義氣的人，能說一句窩囊話嗎？這得請教懂刑名的人，看看會不會牽累到他？」

「不行！」曹雪芹搖搖頭，「這種事，怎麼能跟不相干的人去談？」

「那，那就難了！」繡春吸著氣，搓著手，顯得很焦急似地。

就這時聽得房門上「篤篤」兩響，繡春急忙併兩指按在唇上；曹雪芹點點頭表示會意，繡春方始走去開門。

果然，如他們心裡所料到的，門外是秋月，臉色肅穆，找不出一絲笑意。繡春與曹雪芹都楞住了。

「我不是有意聽壁腳。為了聽見到『探監』的話，心裡奇怪，是探誰的監，所以不知不覺停了下來──。」

「得了！」繡春很機警；剛才向曹雪芹示意勿言，此刻卻很大方地打斷秋月的話說：「你別表白了！這件事本來就要告訴你的。」

「而且，」曹雪芹補了一句：「也要跟你商量。」

「不光是跟我。」秋月扶著桌角說：「這件事關係太大，得先回明了太太；大家好好商量。」

「現在只有咱們三個人。」曹雪芹問說：「你的意思呢？贊成不贊成繡春去探監？」

「若說『匹婦之義』，當然該去。不過──，」秋月看著繡春說：「你得再想想。」

「我想過了。」繡春垂著眼說：「如果這件事不妥當，我不去也可以；不過，我心裡只有一個想法。」

「甚麼想法？」秋月與曹雪芹不約而同地問。

「我應該讓馮大瑞知道，天下講義氣的，不止於他們那幾個人。」

聽得這話，秋月與曹雪芹都感到意外，「原來你是為了義氣，才要去探監？」曹雪芹說：「如果只是為了這一點，我覺得大可不必。」

「當然不止這一點。」

「還有甚麼？」

繡春不答，曹雪芹卻只是催問。秋月忍不住插嘴，「你真傻！」她點他一句：「你倒想，跟義字連在一起的，還有甚麼？」

「啊！啊！」曹雪芹在自己額上拍了一巴掌，「原來還有情。」接著又說：「這就又當別論了。」果真不能忘情，秋月也覺得另當別論；心中一動，脫口說道：「是不是這一面之後，情緣俱了？」

「是的。」繡春回答得也很乾脆。

「你是情緣俱了；可是你替馮大瑞想過沒有？他也許本來已經死了心了，你這一去，已灰之心復又熱了起來，害得他牽腸掛肚，豈非愛之適足以害之。」

「不然！他現在心裡是想見我一面；見了我，他才能死心塌地。」

「你怎麼知道，他心裡想見你？」

「這就很難說了！反正我自己知道，我沒有猜錯他的心事。」

「這，」曹雪芹笑道：「這才真是『心有靈犀一點通』。」

「通則通矣！」秋月接口，「怎奈『身無彩鳳雙飛翼』。」

「我來想辦法。」曹雪芹不住點頭，彷彿胸有成竹了。

「你是甚麼辦法？」秋月問。

「我想到一個人，不過這得問過王二哥。其實，這個人還得王二哥去找。」

「我知道了。」秋月問說：「你是指滄州鏢局那個姓強的？」

「對了！這件事他如果使得上力，一定肯幫忙。」

「不然！他使得上力、使不上力是一回事；肯不肯幫忙又是一回事。幫忙幫出後患來，人家不肯的。」秋月又說：「我覺得找強永年倒可以，不過先要問他兩件事：第一，案子到底怎麼樣，准不准探監；探監的人會不會有禍事——」

「這一層，」繡春插嘴說：「禍事如果只在我身上，我不怕。」

「你不怕我怕！」秋月立刻把話頂了回去，「芹二爺、太太也怕。」

繡春無言可答，臉色卻有些不太自然。曹雪芹急忙將話岔開，「有了第一有第二，你往下說吧！」

「第二，」秋月看著他說：「我不太相信他們『心有靈犀一點通』；得先讓姓強的，問一問馮大瑞，願不願意見繡春。」

「對！這倒是要緊的。萬一去了，馮大瑞說不見，碰這麼個釘子，可犯不上。」

「真去了，馮大瑞也不好意思給繡春釘子碰，不過總是先問一問的好。」秋月急轉直下地又問：「以後呢？現在咱們得問探了監以後的情形了。」

「繡春不說了嗎？情緣俱了。」

「情緣雖了，名分呢？」

「是啊！這得問繡春。」曹雪芹心想，馮大瑞如果只是充軍，還有重圓的指望；倘或處決了，繡春有那個「名分」在，豈不是還要替馮大瑞守節；想到這裡，不知不覺地說了句：「這太犯不上了。」

「甚麼犯不上？」繡春緊接著說：「既然情緣俱了，那還有甚麼名分？」

這就像禪宗的棒喝，秋月與曹雪芹，心頭都是一震，自以為開悟了。兩人由目視中取得默契，秋月便咳嗽一聲，清一清嗓子，問出一句話來：「繡春，你說清楚，『那有名分』就是沒有名分了？」

繡春略想一想，唸了兩句李太白的詩：「桃花流水窅然去，別有天地非人間。」

「倒像在參禪——。」
曹雪芹剛笑著說了一句，便聽秋月喝道：「別打岔！」接著又問繡春：「沒有名分便如何？」
「夫妻本是同林鳥，大限來時各自飛。」
「你打算飛到那裡？」
這回是念了孟浩然的詩：「祇應守蕭索，還掩故園扉。」
秋月心想，這「故園」二字得弄清楚，莫非是指蒲州馮家；當即又問：「那裡是『故園』？」
「望見南峰近，年年懶更移。」
秋月與曹雪芹都不知這兩句詩的出處，但既言「年年懶更移」，似乎是舊居；不過還是得追問：「那裡是『南峰』？」
「那不是？」繡春向外一指。
這是指通州以東二十里，四面平曠，一峰獨秀的孤山；秋月舒口氣說：「那也罷了！」
繡春笑而不言，曹雪芹卻忍不住問了：「你們參禪參完了沒有？」
「你說呢？」繡春反問一句。
「似乎是有結果了。」曹雪芹說：「我是鈍根人，只想問一句話。」
「你說罷！」
「你這時心裡想的是甚麼？」
這句話將繡春問住了；正在思索，曹雪芹卻又進一步相逼。
「佛家不打誑語。」
「你怎麼知道我打誑語，又怎麼知道我沒有打誑語。」
「你這是遁詞。」曹雪芹笑道，「我猜到你心裡了。」

「你猜到甚麼？」

「我猜到你想打誑語，只是到此刻還沒有想出來，如何哄得住我。」

「我何必哄你？」繡春打個呵欠，「我可睏了，明兒再談吧！」

「這件事要有個歸宿。」秋月說道：「你睏了你先去睡；我跟芹二爺再聊一會。」

「好吧！」繡春起身告別：「明兒見。」

秋月與曹雪芹都側目靜聽；料她去遠了，秋月才說：「繡春心裡的那個結，非得解開來不可；我看，得讓她跟馮大瑞見一面。」

「我也這麼想。」

「這件事得瞞著太太，否則，她一定去不成。」

曹雪芹無以為答；在他的記憶中，秋月從無瞞著馬夫人的事，一時無法估量她這樣做，會有甚麼後果？

秋月自己也覺得這樣做，似乎不妥；苦苦思索，希望想出一個能讓不喜歡多事的馬夫人，能同意繡春去探望馮大瑞的辦法。

突然，她心中一動，隨即問道：「芹二爺，一個人犯了大罪，連累那些人？」

「那可多了。」曹雪芹一面想，一面答：「妻子、兒女、兄弟、父母，說不定都會受連累。」

「姐妹呢？」

「姐妹！」曹雪芹楞了一下，「好像沒有聽說過。」

「你倒再想想。」

曹雪芹細細想了一會，很有把握地說：「不會，姐妹不會受連累，姐妹出嫁了，上有翁姑，下有兒女，如果也受連累，這就得累及無辜了。」

「是啊！我想也不會，譬如年大將軍，倘或累及姐妹，那年貴妃當時不也就有罪了嗎？」

「對！這是很明白的例子。」曹雪芹奇怪地問說：「你怎麼忽然想到這個？」

「我在想，繡春如果算是馮大瑞的姐妹，那麼，不管馮大瑞有多大的罪名，也連累不到她。」秋月問說：「沒有姐妹不准探兄弟的監的規矩吧？」

「沒有。」

「那就行了！照這樣安排，就告訴太太也不要緊。」

「你這個主意真高。現在一無顧慮，等王達臣一回來，咱們就這麼替繡春安排。」

住在滄州強家鏢局的王達臣，食不甘味、寢不安枕；等候判定馮大瑞生死消息的滋味，實在不容易消受。

初到滄州時，宛如焦雷轟頂，強永年一見面便容顏慘淡地說：已經接到通知，馮大瑞一案的人，都難逃一死。他雖是奉命辦事，但看到這樣的結局，內心的痛苦，無言可喻。他打算去見馮大瑞一面，問問他有何未了的心願，一定盡全力去辦；所能報答朋友的，就是這一點點了。

王達臣心亂如麻，所想到的也只是要看一看馮大瑞。強永年一口應承，為他到臬司衙門去接頭。不想一回來告訴王達臣，事情可能有轉機；總督衙門本已派人來提人犯，預備祕密處決，臨時中止，人犯仍舊羈押在原處。同時「三老太爺」派人來找強永年，到直魯交界的德州相會；強永年相信此行與馮大瑞的命運有關，等他回來，是生是死，便見分曉。

到得第三天深夜，王達臣猶自輾轉反側，心事重重時，強士傑忽然來叩門，告訴他說，強永年跟著「三老太爺」趕到濟寧州去了；是去見文覺禪師。

「是個和尚不是？」王達臣茫然不解，「這個和尚是幹甚麼的？」

「這個人你都不知道？他是皇上封的『國師』，言聽計從，勢力大得很呢！」

「喔，」王達臣精神一振，「莫非是託他救馮大瑞他們那班人？」

「一點不錯。」強士傑也很興奮地，「是不是絕處逢生，雖還難說，無論如何是個極難得、極難得的機會。文覺和尚平時住在西苑，誰也見不著他；這回是奉旨去朝南嶽衡山，半路上可以攔住他。」

「喔，」王達臣問：「三老太爺跟他有交情？」

「看達摩老祖的分上，都是禪宗弟子。」

講法門的來歷，不但王達臣不懂，強士傑自己也未必說得清楚，他這樣回答，是不願洩漏祕密；文覺跟翁錢潘三祖別有淵源——當然，他所知亦僅此而已；到底是何淵源，並不知其詳。

「那麼，甚麼時候可以有確實消息？」王達臣又問：「我是說馮大瑞他們的結果。」

「那可不知道了。就算文覺肯幫忙，也還要寫奏摺到京，等皇上批了才算數；那總得個把月的功夫。」強士傑又說：「不過就算文覺肯幫忙，死罪可免，活罪難逃；充軍大概是免不了的。」

「能留住一條命，就很好了。」王達臣盤算了一會說：「我想等你們老太爺回來，聽了好消息再走。」

「王二叔如果沒事，儘管在滄州玩；倘或有事呢，也不必在這裡空耗功夫。反正事情大致就是如此了。一等有確實消息，我派專人去通知王二叔。」

看樣子，強士傑不甚歡迎他在滄州坐等。本來，「客去主人安」，王達臣也能體諒；當時接受了強士傑的建議，第二天便辭去了。

到得京裡，首先約曹雪芹會面；當然，這是很高興的一次聚會。對於文覺，曹雪芹裝了一肚子他的故事，燈下把杯細談，王達臣聽得出神了。

「他有這麼大的法力，只要肯幫忙，一定管用。不過，我心裡始終有點放不下的是，不知道三老太爺跟他的交情怎麼樣？如果光是看達摩老祖的分上，我看是不夠的。」

「交情當然夠的，不夠就不會去找他。總而言之，大瑞的命可以保住了。這一來，繡春的事，也要另作商量。」曹雪芹說：「有件事恐怕你會大出意料；大瑞的牢獄之災，繡春居然打聽清楚了。」

「怎麼！」王達臣大吃一驚，「她是從那裡打聽到的？」

「自然是在鏢局子裡。」

「那，她知道了以後怎麼辦呢？」

「既然瞞不住她，只好實說了。她還要去探監；我跟秋月都覺得讓她去一趟，死了心也好。說實話，當初總以為馮大瑞是活不成了，所以總勸她不必拿她跟大瑞的名分看得太重；如今看起來，又當別論了。」

王達臣默不作聲，臉上卻頗有懊惱之色。曹雪芹先覺得奇怪，但多想一想也就能夠體諒了，繡春跟馮大瑞之間，剪不斷、理還亂的關係，實在有些煩人。

「芹二爺，」王達臣終於開口了，「萬事不由人，只好聽天由命。我勸你也別把我妹子的事，看得太認真。」

曹雪芹本來還想把秋月所定下的計畫，告訴王達臣，見此光景，也就懶得開口了。

「大家都為她好，」王達臣又說，語氣中帶著些牢騷，「可是她有她的想法。芹二爺，我實在很懊悔。」

「懊悔甚麼？」

「懊悔當初把我妹子許給大瑞。」

「這——，」曹雪芹說：「是件想不到的事；當時大家都覺得他們是天作之合，誰知道大瑞私底下有那麼多祕密？」

「我悔的就是這一點。既然他當著大家的面，不願意結這門親，我應該想到其中一定有他不能答應的緣故；不應該拿鴨子上架，硬湊成這門親事。」

「這也不是你一個人的事，大家都在促成。」曹雪芹又說：「事情也不一定很糟，有文覺幫忙，說不定格外從輕發落，三、五年以後，大瑞就可以回來，跟繡春不就團圓了嗎？」

「但願如此。」王達臣緊接著說：「現在反正沒有甚麼可瞞的了，索性一切都跟她說明白；她願意怎麼辦，總依她就是了。」

「這麼辦也好。不過，總要等大瑞有個確實結果，才能讓她拿主意。」曹雪芹覺得有句話不能不對王達臣說：「繡春一再說，她跟大瑞的名分已經定了。你到底是她的哥哥，自己心裡要拿個主意。」

「我怎麼拿？她這麼說，生是馮家的人，死是馮家的鬼；如果大瑞有個三長兩短，她要到馮家去守節，也只好讓她去。」

「可是，所謂名分就那麼一句話。而且，大瑞自己都還不知道，只以為他已經把婚事推掉了。」

「所以囉，窩囊就在這上頭。」

「要補救也還來得及。」曹雪芹說：「王二哥，繡春是很要面子的人，你不該讓她落個『妾身不分明』。」

「芹二爺，你是怎麼說？」

「我說，繡春不能落個不明不白，很尷尬的身分。」

「那怎麼辦？」王達臣問：「這時候總沒法子請媒人出來；按規矩送庚帖、下聘禮吧！」

「雖不能如此，不過可以請個客，讓人知道。」曹雪芹終於把他一直藏在心裡的話說了出來，「像繡春這樣，真可以當得堅貞二字；不但你做哥哥的面子上很光彩，就是我們外人，也與有榮焉。」

王達臣從未想到過這一點，所以對他的看法，一時無從判斷是非。在他想來，女人能得丈夫敬愛，姻家尊敬；有兒有女，衣食無憂，便是最好的收緣結果。他之期望於繡春的，亦正是如此。若說為了「堅貞」這個名聲，甘受一輩子的淒涼，是否划算，實在大成疑問。

轉念到此，記起他族中一位老太太的故事，不由得便說了出來，「我有位姑婆，十七歲居孀。有人勸她，年紀這麼輕，又沒有兒女，犯不著守節；又有人擔心她將來守不住，與其將來鬧新聞，倒不如眼前就改嫁。她聽在耳朵裡，要爭一口氣，咬著牙苦守，守到六十多歲，得了一座貞節牌坊，縣官親自來替她——。」他不知道該怎麼說了。

「是替她來旌表？」

「對了！旌表。縣官帶了一班吹鼓手，細吹細打來替她上匾；我們族裡還大大請了一回客，好不風光。這不也就是出名了嗎？」

「是啊！幾十年苦節，有這麼一個下場，也很值得了。」

「不！那位老太太覺得不值。」王達臣接著又說：「她活到八十歲才去世；嚥氣之前，告訴她繼承的兒子說：一座貞節牌坊抵不得幾十年的苦；後世如果有年輕喪夫的，不必守節。芹二爺，你說這位老太太的話錯了沒有？」

「自然不錯。不過，我覺得繡春跟她的情形不一樣。」曹雪芹自覺詞窮，便先把話宕了開去，「這件事得好好商量。好在眼前還不急，且等大瑞的案子有了結果再說吧！」

「是的。只好這樣。」王達臣又問：「芹二爺甚麼時候回通州？」

「總得一個月以後。」曹雪芹答說：「我們快要考試了，我得靜下心來看看書。」

咸安宮官學的章程，入學五年，欽派大臣考試，取中一等派為九品筆帖式，那就像漢人中了進士一樣，是個絕好的出身；取中二等派為庫使或庫守，雖無品級，也是很好的差使。倘如取在三等，那就得看年齡了，年輕還可以留在官學肄業；否則便休學回家，依舊是白身。

「你務必要爭氣，好好兒看看書！」錦兒勸他，「總要取中了才好；如果落在三等，就白吃五年辛苦了。」

「書不會白讀的，談不到白吃辛苦。」

「話不是這麼說！取在三等，甚麼出身都沒有，將來派你到護軍營當個小兵，你受得了嗎？」

只要有人照應，還不至於去當小兵；不過曹雪芹知道她意在激勵，笑笑答說：「你放心好了！我就不看書，也不至於取不上。」他又問說：「馮大瑞的事，不知道怎麼樣了？」

「你別為這個分心！有消息自然會告訴你。」

錦兒仍是不住口地絮絮相勸，提到「老太太」，又提到「四老爺」；最後提到震二奶奶，曹雪芹卻不能不警惕；同時也記起許多往事，如煙如夢，飄渺難記，只有對他的期許之意，彷彿言猶在耳，記得非常清楚。

「她的生日不快到了嗎？」

「還有半個月。」

「半個月，」曹雪芹計算了一下說：「那時候考完該發榜了。我一定弄個『一等』來祝她的冥誕。」

「對了！要這樣才不枉她對你的一片心。」錦兒停了一會又說：「我跟你說吧，二奶奶對甚麼人都帶三分假，那怕老太太、太太，她一樣也有使手腕的時候；唯獨對你，可真是把你當同胞手足看待。」

聽這一說，曹雪芹不由得發了憤；一言不發，起身要走。

「你上那裡去？」

「我到琉璃廠去選幾枝好筆，調兩壺墨漿。作得好，還要寫得好。」

選好筆墨，曹雪芹有些拿不定主意，又想回學舍去理書，又想找朋友去聊天喝酒。正在漫無目的地走著，忽然聽得有人在喊：「秦二爺！」

聲音很熟，旋即想了起來，不是「秦」是「芹」；韓道士在招呼他。

果然，等他回過頭去，韓道士問道：「從那裡來？」

「買了一點兒筆墨。」曹雪芹心想，這不是消遣黃昏很好的一個伴侶；便即說道：「道長，我冒昧請問，動不動五葷？」

「我是『火居道士』。」

「那好！想奉邀小酌，道長看那裡酒好？」

「芹二爺想喝好酒，那算是找對人了。來，來，」韓道士一把攥著他的手臂說：「我有漕船上帶來的好花雕，還有茶油魚乾、天目山的冬筍；這些東西只有你配享用。不過，我有件事奉求。」

「不敢當。」曹雪芹笑道：「無功不受祿，能替道長辦件甚麼事，喝你的好酒才安心。」

「那就請吧！」韓道士說：「想請你寫副對子。不忙，不忙，先喝酒。」

韓道士將曹雪芹延入廟中，先沏了茶，轉身而去；卻久久不見人影，但有烹調的香味，隨風飄至，尋到廚下，只見韓道士正在忙著。

「早知如此，我該先做對子。」曹雪芹問道：「要副甚麼樣的對子？」

「回頭跟你談。我馬上就好了。」

等他回到廳上，韓道士接踵而至，擺上酒菜，相將落座；喝酒閒談，談的不是對子而是馮大瑞。

「喔，道長，我倒有個好消息告訴你，也許你已經知道了，馮大瑞那一案有了意外的轉機；是出現了一個想不到的救星。」

「是誰？」

「有個具大法力的和尚，叫文覺，道長聽說過沒有？」

一說到文覺這個名字，韓道士的表情很不好看，鄙夷之中帶著些不信任的意味。這在曹雪芹倒並不感到意外；知道文覺其人的，常表現出這樣的鄙薄；但韓道士一開出口來，卻使得曹雪芹驚愕不止。

「我不明白，三老太爺怎麼會跟這個和尚去打交道？尤其是拿這件事去託他，不是與虎謀皮嗎？」可想而知的，「與虎謀皮」這句成語中，別含深意，曹雪芹當然要追問；他的措詞很率直：「道長，三老太爺何以不能跟他打交道？又何以見得是與虎謀皮？」

韓道士看了他一眼，沒有作聲，只低著頭喝酒。曹雪芹雖看不到他的臉色，但卻能猜到心裡，其中定有一段祕密，輕易洩漏，可能會惹是非，所以他在躊躇。

於是他說：「道長，我們相交雖淺，相知不淺；『法不傳六耳』，我識得事情輕重。」

「我不是不肯告訴你，我在想一件我不明白的事。翁錢二祖的性命，一半是送在這個和尚手裡的；三老太爺不應該不知道，怎麼去跟他低頭呢？而況託他搭救的是，要報師仇的翁錢二祖的弟子，他肯幫忙嗎？」

原來「與虎謀皮」是這樣的意思！曹雪芹明白了其中的緣故，卻有一種與韓道士不同的想法，「不是有一句話：『光棍只打九九，不打加一？』也許，」他說：「三老太爺以此期望文覺，亦未可知。」

韓道士想了一下說：「這也是一種說法。不過，據我所知，除了極少數的幾個人以外，他是甚麼人的交情都不賣的；三老太爺的話，未必有用。」

「喔，」曹雪芹隨口問道：「是那些極少數的人？皇上的話，他當然聽？」

「當然。」

「還有呢？」

「有一個方中書——。」

「方中書」三字入耳，曹雪芹迫不及待地問：「方中書叫甚麼名字？」

「叫方觀承。」

「果然是他！」曹雪芹失聲說道：「我猜得不錯。」

「芹二爺，」韓道士很注意地問：「你認識方觀承？」

「是的。他是平郡王的得力幕友。」

「啊、啊！」韓道士自己在額上拍了一巴掌，「我倒沒有記起，你們有這層淵源。」

「是的，我們還很談得來。」曹雪芹一面回答，一面思量，「我在想，如果三老太爺在文覺面前說話不管用，是不是可以託方先生跟他去打個招呼？」

「當然可以。」韓道士說：「這是很好的一條路子。」

聽得這一說，曹雪芹大感興奮；美酒佳肴都已無心品嘗，急於要趕進城去。但天色已晚，不便特為到平郡王府去找方觀承；而這一夜一直在想的是，如何婉轉為馮大瑞請命？既怕方觀承不肯管閒事，又怕自己人微言輕，還不足以為人乞命。就這樣擾攘通宵，把官學考試的事，丟到九霄雲外了。

考試就在明日，一共兩天，頭一天一篇八股文、一首五言八韻的試帖詩；第二天一篇限八百字以內的策論。卯正點名，辰初給卷；曹雪芹夜半在枕上計算時間，從咸安宮到平郡王府，來回不過一個時辰，加上等候交談的時間，最多花費一個半時辰。宮門丑正啟鑰，到卯正有兩個時辰的功夫，見了方觀承趕回來，誤不了點卯，何不就去一趟？

想停當了，心就定了；夢意漸生而怕睡失聰了，耽誤辰光，索性悄悄起床漱洗，穿戴整齊，坐在椅上假寐。曚矓中聽得鼓打四更，陡然驚起；推出門去，但見涼月在天，露下無聲。撲面西風，吹散了殘餘的睡意；月光下掏出表來一看，已是丑初二刻，不敢耽擱，出西華門逕投石駙馬大街平郡王府。

到時正好寅正。平郡王府大門未開，東角門卻是終年不關的；門上名叫趙勝，一見訝然，「芹二爺這麼早！」他問：「是有甚麼急事？」

「我來看方師爺。」曹雪芹問：「還沒有上衙門吧？」

「方師爺到保定去了。」

這句話真洩氣，曹雪芹頓覺雙腿發軟；定定神問道：「是公差？那一天走的？」

「昨兒走的。聽說是替鄂中堂去辦事，得有五六天才能回來。」

撲一場空，無話可說；急急又趕回咸安宮，點名總算未誤，但一夜未睡，來回奔波，疲累加上掃興，精神極壞，幾乎坐都坐不住了。

「芹二爺，」跟他坐在一起的保住，低聲問說：「你是怎麼啦？」

「沒有甚麼。」曹雪芹懶得回答，只問：「有荳蔻沒有？」

「沒有荳蔻，有檳榔，要不要？」

「也行！給我一塊。」

保住一面從荷包裡掏了幾塊檳榔給他，一面說道：「發題了。你坐著，我替你帶張題紙回來。」

於是，曹雪芹嚼著檳榔閉目養神；那雙眼越來越澀重，簡直有些睜不開，索性肘彎撐桌，雙手扶頭，裝作頭疼的模樣。等保住取了題紙回來，他輕聲囑咐：「你別讓我睡著了！留意叫醒我。」

「怎麼回事？」保住詫異地問：「莫非一夜沒有睡？為甚麼？」

「別跟我嚕囌。」

其時題紙已經散發完竣，只聽監試官大聲吆喝：「別交頭接耳了！靜下心來做文章。」

話雖如此，仍有人在小聲接近；曹雪芹聽鄰座的同學在問：「『天街小雨潤如酥，得如字』，這詩題該怎麼命意啊？」

「雨潤如酥是春雨——。」

「春雨」二字入耳，曹雪芹心頭一震；剎那間，無數往事，奔赴心頭，隨之而來的是無邊的惆悵，攪得他腦袋昏昏沉沉地，真個支持不住了。

「芹二哥、芹二哥！」是保住的急促的聲音，曹雪芹同時發覺他在推他，「你幹麼掉眼淚？」

曹雪芹一驚，睜開眼來，視線是糢糊的；這才知真的是掉了眼淚，趕緊又閉上眼，用手背拭去淚痕，重新睜開，用雙手扶住桌沿，挺起胸來，自我振作。

定睛細看題紙，八股文的題目是「學而一章」；這是個很容易發揮的題目，但曹雪芹腦中空落落地，只有茫然之感。再看詩題的韻腳「得如字」，竟記不起「如」字是在「六魚」還是「七虞」了。

再又想到方觀承，如今不但簡在帝心，而且頗受皇四子寶親王的賞識；銜頭雖只是七品的內閣中書，卻參與軍國大計，為鄂爾泰所倚重，照常理來說，馮大瑞的案子，他一定深知始末，從中有可以調護之處。何以早不曾想到去託他，豈非坐失良機？

這種種鬱悶煩惱，一起堆在心頭，終於使他無法支持，一時頭暈目眩，冷汗淋漓；左右專心構思的同學，沒有發覺他的神情有異，卻讓監試大臣之一的來保看到了。

這來保也是正白旗包衣出身，與曹家世交。他有一樣特別的本事，善於相馬；當「老王爺」訥爾蘇管理上駟院時，實際上是來保以內務府總管的身分，掌理一切，平時常在平郡王府行走。與曹家老幼都很熟。

「雪芹，你怎麼啦？」

曹雪芹本管他叫「來爺爺」，但此時卻不便如此稱呼，「回大人的話，」他搖搖晃晃地站起回答：「胸口很不舒服，想吐。」

看他臉色蒼白，額上是豆大的汗珠；來保很快地從荷包裡掏出一塊紫金錠，往他嘴中一塞，同時說道：「我派人送你回學舍，等病好了補考吧！」

於是喚來兩名蘇拉，將曹雪芹掖了出去，送回學舍；有個叫吉善的滿教習，深通醫理，當時來替他診了脈，開了一服發汗的藥，叮囑蒙頭大睡不可吹風。

曹雪芹一夜未睡，正好找補；一覺醒來，遍體淋漓，但神情氣爽，外感的風寒，都在這一身大汗中消失了，只是一身濕透了的小褂袴裹著，非常難受，一掀重衾，起身更衣。誰知這天傍晚，天時已經突變，氣溫驟降。等他下床發覺，陰寒砭膚，汗液即時盡收，心知不妙，已自不及，當夜反覆，高燒不退，來勢頗為凶猛。

在昏瞀之中，依稀感覺被挪了地方；等到神智稍為清醒，發現錦兒，才知道自己是在甚麼地方。

「你是怎麼了？真把人嚇壞了！」錦兒摸著他的前額說：「燒是退了些。」說著，一手端茶，一手托起他的頭，將茶杯送到他的唇邊。

喝了有大半杯茶，滋潤了咽喉，曹雪芹才能開口，「我是怎麼回來的？」他問。

「學裡來通知了，派人把你接回來的。」

「哪是多早晚的事？」

「昨兒中午。」錦兒答說，「一晝夜昏迷不醒；虧得震二爺還沉得住氣，若是告訴了太太，那就不知道會急成甚麼樣子了！」

一提到馬夫人，曹雪芹孺慕之情，油然而生，恨不得即時能在膝下。他很奇怪，這是從未有過的事；想到有人說過，病中格外容易思親，這份況味此刻算是體味到了。

「好端端地，怎麼一下子得了病。」錦兒又說：「大夫問我，我怎麼說得上來？大夫說：望聞問切四個字都做到了，開方子才容易，病也好得快些。」

「先是感冒，服了藥出了一身大汗，已經好了；不想起來換衣服招了涼，當時冷得打哆嗦，汗都收了進去，知道不好，已經晚了。」

「這是風寒入骨！你也太不小心了。」錦兒又問：「感冒是怎麼起的呢？」

曹雪芹不願意說實話，「我也不知道。」他問：「大夫怎麼說？得幾天才能好？」

「大夫說病不輕，千萬要小心，別弄成個傷寒……。」錦兒突然頓住；她有些懊悔，這話不宜於對病人說，因而改了安慰的語氣：「你也別著急！學裡已准你補考，沒有甚麼放不下心的事，你只安心養你的病好了。」

曹雪芹心想，怎麼沒有放不下心的事？沉吟了一會說：「最好讓秋月來一趟。」

「我也有這個意思，我怕我一個人照應不過來。既然你也這麼說，我打發人去接她。」

這一來勢必驚動了馬夫人，由秋月陪著來探望愛子；幸而請的大夫高明，病勢已無大礙，馬夫人可以放心。曹雪芹在母愛煦育之下，病好得很快。只是母親整天陪在病榻前面，無法跟秋月談馮大瑞的事，不免煩悶。

這天是季姨娘跟鄒姨娘，打發人來接馬夫人去盤桓；秋月由於曹雪芹的示意，託詞身子不爽，讓錦兒陪著馬夫人去作客，這才讓曹雪芹有了個談心事的機會。

「你知道我這病是怎麼起的？」

一聽他弦外有音，秋月便說：「你自己告訴我吧！」

及至聽他細細說完，秋月想責備他行事荒唐，丟下有關自己前程的考試不管，卻為他人去奔走，未免熱心過度。但話到口邊，終於又忍住了。

「方師爺一定回來了。」曹雪芹說：「怎麼能見他一面才好。」

「你別胡思亂想了！自己身子要緊，靜下心來養病是正經。」秋月又說：「繡春的事太太說了，誰也管不了，只能聽天由命。我也想過，世界上原有些無可奈何的事，盡人事而後聽天命。你對馮大瑞跟繡春已經盡到了心意，大可把他們丟開了。」

「咦！」曹雪芹大為詫異，「這話不像是你說的。」

「我該怎麼說？」

「你向來急人之急——。」

「你錯了。」秋月打斷他的話說：「繡春自己都不急，旁人急甚麼？」

「怎麼？」曹雪芹越覺困惑，「她不急？她是想開了，還是怎麼著？」

「大概她已經打定主意了，馮大瑞的一條命，如果逃不出來，她替他守望門寡；是充軍呢，那怕十年、八年她都等著他。」

曹雪芹怔怔地聽完，想了又想，才吐了句話出來：「這倒也好！心安理得。」

如果不是陳列在船頭上的高腳牌中，有一面金字大書「敕封文覺國師」，沿路誰也不會相信一個和尚會如此威風！

未到濟寧州，閘上已經「戒嚴」，莫說民舟，即便官船，亦得遠遠避開，以便國師過閘。地方大員由東河總督朱藻、副總督高斌帶頭，率領兵備道、濟寧州知州，所屬金鄉、嘉祥、魚台三縣知縣，以及州同、州判、管河主簿等等，一早就在北門外接官廳上等候，前導及裝載護送兵丁的船隻，陸陸續續都已過閘；到得近午時分，遙遙望見高出群舟的一道帆影，桅杆上高懸一面垂著飄帶的三角旗，知道文覺快到了。

果然，堤塘上一撥一撥探馬來報：國師船過何處。漸行漸近，旗上的字也看得清楚了，是「奉旨南嶽拈香」六個大字。不稱「進香」而稱「拈香」，表示他此行是皇帝的代表，也是「欽差」的身分。遇到欽差過境，地方大吏照例要「請聖安」；但欽差是個和尚，不倫不類，似乎褻瀆了朝廷的體制。而且文覺架子極大，等閒不願露面，所以儘管朱藻、高斌率領屬下在碼頭跪接，船上卻是毫不理會，一直過閘泊船，才將朱藻、高斌請到船上，傳了皇帝有關河務及地方治安的口諭，隨即啟碇又走。

正在解纜抽跳板時，「三老太爺」帶著強永年趕到了；強永年高叫一聲：「投帖！」

船頭上在指揮水手操作的是一名藍翎侍衛，怒目叱斥：「大呼小叫的幹甚麼！你是甚麼人？」

「小的姓強。敝下跟國師三十年的交情，有件機密大事面報國師。麻煩侍衛老爺通報一聲，也許國師正等著敝下呢？」

最後的一句話將那侍衛唬住了，一面從強永年手裡接拜匣；一面問道：「貴上尊姓？」

「潘。」

「在那裡？」

「喏。」強永年手一指。

那侍衛抬眼望去，是個枯乾瘦小、花白鬍子的糟老頭兒；心裡不由得疑惑，莫非是打抽豐的。但看強永年服飾整齊，氣概軒昂；其僕如此，其主似乎不是等閒人物。當即問道：「貴上是甚麼身分？」

「請侍衛老爺把拜匣遞上去就知道了。」強永年含笑回答。

那侍衛沉吟了一下，默默地踏進船艙；不道文覺已從船窗中看到了這些情形，打開拜匣看名帖上寫的是「愚弟潘清」，隨即吩咐：「請潘居士上船。」

不但請上船，而且是摒人密談，「宣亭，」文覺仍如三十年前，只喚潘清的別號，「你的來意我猜得到；老實說，我無能為力。我們弟兄今天敘一敘契闊，不談公事。」

「我談的是私事。」潘清拿話宕了開去，「二十幾年不見，貴為國師，可羨之至。」

「你不也一樣？『三老太爺』這個尊稱，傳遍江湖，非同小可。」

「就是這個稱呼，逼得我不能不老著臉，來替小輩求情。國師，我的來意你已經知道了，我也不必多說：千言併一句，你只算饒我一條命。」

「言重，言重！我那裡有決人生死的神通？」

「這是國師的話呢？還是文和尚的話？」

文和尚是當年潘清對他的稱呼，貧賤之交，不當矯飾；如果貴為國師，開口官腔，便是不念舊情──交情中還有恩惠；文覺未祝髮為僧時，嫖賭吃喝，四字皆全；潘清只要有錢，大把抓給他，卻從未問過他一句，錢用到何處去了。這樣的交情，如果已經忘卻，潘清打算起身就走，但料他還不致如此。

果然，文覺笑道：「我原是文和尚，是你自己開口國師、閉口國師。閒話少說，我請你喝酒，不過只有葡萄酒。」

說著，他閤掌輕擊，隨即從後艙中出來兩個唇紅齒白，年可十四、五的小沙彌；照他的吩咐，備了素齋和葡萄酒，把杯敘舊。

這一談起來就遠了；潘清只略略敷衍了一會，找個空隙說道：「提到當年，三天三夜說不完。言歸正傳吧！這件事到底怎麼樣，我只聽你一句話。」

「這麼大一件事，那裡是一句話談得完的？」文覺沉吟了一會說道：「先把案子壓下來，如何？」

「壓到甚麼時候？」

「等我從衡山回京再說。」

「那起碼得三個月功夫，夜長夢多，你又遠在湖南，不免鞭長莫及。還是眼前就作個了斷吧！」

「沒有那麼容易。」文覺不住搖頭，「你讓我想一想。」

「國師，」潘清說道：「我還是稱你國師；一國之師，應當謀國。這件事慢慢傳開去了，越傳得久，越難壓得住；到時候，我一條命不足惜，就怕一條運河，處處風波。那一來，你就對不起皇上了。」

一聽這話，文覺那張瘦削蒼白，不大有表情的臉，泛出紅色；顯然地，他心裡已起了波瀾。

「我告辭了──。」

「慢點！宜亭。」文覺攔住他問：「照你打算，這一案怎麼結？」

「上天有好生之德。」

「你是說，把他們都放掉？」

「這——，」潘清是不第的秀才，文謅謅地答說：「固所願也，不敢請耳。」

「你說得不錯，我也不敢這麼奏請。」文覺又說：「這件事要遮得密不通風，不死也要長繫。」

潘清心想在監獄中囚禁一輩子，與死何異？直隸總督衙門原有充軍之議；看來只好退而求其次了。

「長繫仍不免出事；要知道，監獄裡亦可以開香堂，倒不如把他們送到天高皇帝遠的地方為妙。」

文覺沉吟了好一會說：「我今天不走。你明天上午來聽回音。」

潘清答應著告辭上岸，與強永年回到濟寧西門外三清觀下榻之處，談論文覺的態度；強永年無可置喙，只有靜聽的份兒。

「這個人從前只識得利；利之所在，拚了性命要去鑽。現在有了身價，識得害了；於己有害的事，不免畏首畏尾。」潘清停了一下說：「兩害相權取其輕；想個甚麼法子嚇他一嚇，讓他識得利害？」

這在強永年不是難事，立即獻上一計；潘清同意了，交代當晚就辦。

當天晚上三更時分，文覺好夢正酣，忽然為一種怪聲所驚醒。他並不如世俗相傳，高僧以打坐代替睡眠，與俗家人一樣，長衾高枕，橫身而臥；此時將頭抬離枕上，凝神細聽：「蓬蓬、蓬蓬」，兩聲一頓，五次以後，怪聲消失了。

在床前打地鋪的小沙彌，一樣也驚醒了；文覺便問：「你聽見了沒有？」

「聽見了。」小沙彌答說：「聲音是從船底下來的。」

「船底下？」

「船底下。」小沙彌很有把握地，「我的身子還震了一下。」

一個睡高鋪，褥子又厚，感覺自然不如打地鋪的來得真切。文覺不由得困惑，船底下怎麼會有聲音；也許是有一尾大魚，撞到了船底，但又何至於發生兩聲一頓的節奏？

就這時，聽得後艙及船頭都有聲息，大概侍從與水手亦都已起身，在悄悄查問其事。文覺心生警惕，很快地作了個決定，只當沒有這回事，見怪不怪，其怪自敗。

於是，他只輕輕拉開船窗，往外張望，月在中天，倒映入河，靜靜地毫無異狀，便將船窗依舊攏，向小沙彌低聲說道：「沒有事，別理它！管自己睡好了。」

睡不多久，忽聞鼓譟之聲；剛剛入夢的文覺，驚出一身冷汗，心裡浮起的第一個念頭是，果然出事了！可是，出了甚麼事呢？

「點燭！」

在小沙彌於臥艙與中艙燃點蠟燭時，文覺已從嘈雜的人聲中，得知是有一條船將要沉沒；有人落水——正在搭救。好端端地，如何半夜裡有船會沉？莫非失火了？這樣想著，急急推窗去望，但見燈籠火把，錯錯落落，卻無火光。文覺定一定神，掀被下床；已聽得中艙中有藍翎侍衛的聲音，為了表示從容，特為穿著整齊，拈了一掛御賜的奇南香的佛珠，慢慢步入中艙。

侍衛行了禮說：「國師受驚了！」

「我只記罣落水的人。」文覺問道：「都救起來了沒有？」

「正在救，還不知道。」

文覺到這時候才問到船，「好像有一條船沉了。」他問：「是怎麼回事？」

「派人去查問了，馬上就會有回音。」

「沉的是條甚麼船？」

「第一號伙食船。」

這是文覺專用的伙食船，文覺不免著急，因為廚子老侯是個兩百斤重的大胖子，不識水性，這一落了水，很容易滅頂。

「快去看看，老侯救起來了沒有？」文覺又說：「盡力救人，出力的都有賞。」

侍衛答應著離船上岸，奔過去一看，人倒都救起來了；船卻已只有桅杆露出水面，在燈籠火把照耀之下，水面上漂浮著許許多多冬菇、木耳、筍乾、粉絲之類的食料。

向落水被救的人，打聽沉船的經過，卻是言人人殊，有的說，突然之間從夢中驚醒，發覺船艙進水，除了喊「救命」之外，無路逃生；有人說，進水以前，感到船身震動；還有人說，曾聽到水下有異聲，彷彿斧頭在砍船底。

「那不是有人在鑿船嗎？」藍翎侍衛搖頭不信，「絕不會有的事，聽都沒有聽說過。」

聽完報告，文覺心裡明白，船不但是鑿沉的，而且知道是誰鑿的船；想起兩聲一頓的「蓬蓬」之聲，不由得打了個寒噤。

「等天亮了，你稍為留點神；白天來過的那個姓潘的老頭兒，還會來；一來就領他來見我。」

藍翎侍衛答應著，一直在碼頭上等候；到中午方始等著，急忙迎上去說：「你老這會兒才來，國師交代過了，請上船吧。」

潘清點點頭，用嘉許的眼色看了一下強永年；然後踏上跳板，進了中艙，第一句話是：「國師受驚了！」

「二十多年的交情，給我來這麼一手！宣亭，這也未免太難堪了吧？」

「我是特為來請罪的，約束不嚴，難辭其咎。人已經查明白了，是不是送過來，請國師處治？」

文覺心想，「光棍好做，過門難逃」，潘清明知道他不願張揚此事，卻故意這麼說，正就是所謂「打過門」，不免有啼笑皆非之感。

「好了！潘三哥，請你用『家法』處置好了。」文覺換了一副神色，誠懇而無奈，「那件案子，我不是不肯幫忙；是怕不止於徒勞無功，而且有害無益。」

「怎麼會有害無益？」

「你知道的，這些案子專歸李制軍料理；此人的專橫跋扈，你當然明白。如果知道我干預了這件事，一定會報復。」文覺又說：「不是報復我，是報復漕幫；甚至反而加重、加速來辦這一案，那不是愛之適足以害之。」

潘清一時無法分辨他的話是由衷之言，還是飾詞推託？不過，就算他是真心話，亦是過慮——直隸總督李衛那裡，有馬空群在，不必擔心。

他本想說：李制軍那裡，另有門路，可保無虞。轉念一想，這話不妥；當今得寵的一班人，內則張廷玉、鄂爾泰；外則田文鏡、李衛，還包括文覺在內，莫不鉤心鬥角，無時無刻不在找機會打擊別人。如果透露了李衛那裡的一條門路，說不定就給了文覺攻擊李衛的一樣武器。還是不說破為宜。

於是他故作遲疑，皺了一會眉方始答說：「國師顧慮得是。不過，我想一想這個險還是不能不冒，就拿昨天晚上的事來說，我事先一再關照，不可輕舉妄動，結果還是壓不住。如今空言無補，非得見真章不可。只要去做，盡人事而後聽天命；有害無益，也只好認了。」

「說到這一層，我倒要請教，你之所謂『做』，是不是指託我營救而言？」

「是的。」

「那麼，你託了我沒有，以及我營救了沒有，大家從何而知？」

「自然有法子。」

「甚麼法子？」文覺說道：「你我如今所談，真所謂『法不傳六耳』，沒有人能知道你我談的甚麼！」

「不！有很靠得住的法子；只要國師肯密奏請皇上開恩，不管皇上怎麼批，大家都感激國師的。」

文覺沉吟著，突然抬起眼來，有些不信似地說：「你們在皇上左右，安得有人？」

「不！」潘清急忙答說：「怎麼敢說在皇上左右安下人？只不過皇上左右，有一兩個人很肯幫漕幫的忙而已。」

儘管潘清否認，但事實是很明白的，潘清的耳目，已達御前。文覺認為這件事寧可信其有，不可信其無——為黃象等人乞恩，可能碰一個釘子，但如吝於此一奏，除非不經運河，不然就會跟廚子老侯一樣，深夜落水。兩害相權取其輕，只好硬著頭皮準備碰釘子了。

「好吧，宣亭，你的事我不能不辦，今晚上我就出奏。既然你在皇上左右有人，我的密摺上是怎麼說的，你當然會知道，我亦何須用別樣法子證明我不負所託。」文覺又說：「事之成否不可知，不成功你可別誤會！」

「那裡！我剛才說了，只要國師肯密奏，不管皇上怎麼批，大家都感激國師的。」

「感激不必！」文覺冷冷地說：「只求手下留情。」

看樣子文覺絕不敢口是心非，但他的密奏中到底如何建議，卻仍是一個謎。潘清深知文覺詭計極多，不看到他的原奏是不能放心的；好在沿運河的「車船店腳牙」都有聯絡，想看一看文覺的密摺，不是一件太難的事。

這件事自然交給強永年去辦。漕船在山東一共十幫半；濟寧州屬於東昌幫，當家叫馬玉盛，交友廣闊，足智多謀；強永年跟他商量，他拍胸擔保，不出兩天，就可以弄到密摺的抄本。

果然，第三天上午將抄本送來了。「怎麼弄到手的？」他問。

「那還不容易？摺差總要住店，總要睡覺；把他的摺匣偷出來，抄完了送回原處，誰知道動過手腳？」

可惜抄得不夠清楚，但無礙於原意；從抄本可以發現，文覺負有探求民隱、考察官吏的祕密任務。當然，這些不是強永年所關心的；他只注意最後一段，說一路查訪漕幫，安分忠順，實心奉公，皆為漕幫首領潘清嚴於約束之功。如黃象等人，偶萌異心，迫令自首，聽候國法治罪，無異大義滅親；但幫中只有少數人對潘清不能諒解，說他處置過嚴。

同時聽說黃象等人，亦已深悟前非，表示自知罪無可逭，想重新做人而不能，希望幫中弟兄，勿蹈他們的覆轍。

敘到此處，急轉直下，文覺這樣寫道：「以臣愚見，此輩竟可不殺。倘蒙皇上恩出格外，在潘清公義私情，兩俱得全，自必感激天恩，分外效忠；而漕幫中不諒其首領之憾，亦得渙然冰釋，且感於皇上天高地厚之仁，相互規勸，務必謹守皇上法度，亦為意中之事。」不過，「倘或逕予開釋，亦嫌於國法有虧；準情酌理，似可充軍煙瘴極邊。」

「寫得很切實。」潘清頗為滿意，「我想一定會准。」

「是！」強永年問道：「是不是要跟保定方面聯絡一下，讓他們知道有這回事，好有個準備。」

「應該。不過，文覺在密摺中所說的話，一句不能透露。你只說，我見過文覺，他答應一定幫忙就是。」

第十六章

曹雪芹病癒能出門的第一天，就去看了方觀承，率直地談到馮大瑞的案子；想要知道，方觀承有沒有可以為力之處？

「雪芹，」方觀承正色道：「這些事不是你該問的！病體初癒，宜乎好好修養；你別忘了，你還有切身的正事。」

所謂「切身的正事」自是指補考而言。他人出於關切之意，正言規勸；曹雪芹雖覺掃興，仍不能不表示接受。

「死生有命，富貴在天；你只看著你那個朋友，是不是橫死的骨相，便知過半矣！」

聽得這話，曹雪芹想起方觀承落魄之時，曾經以賣卜看相餬口；心中一動，隨即問道：「方先生，一個人的窮通富貴，是不是可以從他親族的骨相中看得出來？」

「豈止親族？即便隨從身上，亦可以印證而得。」

「喔——」曹雪芹大感興趣，「請方先生開示其中的道理。」

「我舉個例，你就明白了。」

所舉的例是宋真宗的故事。殘唐五代，篡弒相尋，禍福無常，因而星相之術，大為流行。到了宋朝，此風不改，宋太宗曾延一術士，為所有的皇子看骨相、占福澤，作為他立儲的參考。這個術士遍相諸王，說：「三大王大貴。」宋朝稱皇子為大王；三大王即皇三子，也就是後來的真宗。有人問此術士，何以見得「三大王大貴」？他說他發現「三大王」門下的廝養卒，居然亦不乏出將入相的貴人；僕猶如此，其主可知？

這個故事袪除了曹雪芹的憂慮；回到曹震家，一進上房遇見秋月，她奇怪地問道：「甚麼事這麼高興？好一陣子沒有見過你的笑容了。」

「是嗎？」曹雪芹摸著臉說：「我今天才算放心，馮大瑞絕不會死。」

「怎麼？」秋月知道他這天出門，欲辦何事，所以這樣問說：「是方師爺許了你，一定救馮大瑞？」

「不！他沒有許我，反勸我別管。不過，他說的話很有道理，也很像是暗示。」

「暗示馮大瑞不至於送命？」

「似乎有那麼一點意思。」曹雪芹將跟方觀承見面的情形，都告訴了她；接下來說他的心得，「馮大瑞不像是橫死的人，繡春又那裡有寡婦相？」

「說得倒也是。」秋月點點頭。

「你那天告訴我，說繡春已經打定了主意，生是馮家人，死是馮家鬼；這一層，太太知道不知道？」

「知道。」

「那麼太太怎麼說呢？」

「太太能說甚麼？吉凶禍福，都在未定之天，只有等著瞧。」

「不管是吉是凶，總也要有個安排吧？」曹雪芹慫恿著說：「你倒不妨先跟太太提一提。」

「不忙。」秋月答道：「後天我陪太太回通州，先跟夏雲商量好，再問問繡春的意思。自己先談妥當了，再跟太太提。」

於是等秋月陪了馬夫人回通州，曹雪芹也搬回學舍去住；接著便是補考，在等待揭曉的當兒，忽然接到方觀承的一封信，聊聊兩行：「刻有喜訊奉告，乞即顧我一談。」

曹雪芹直覺地想到，補考錄取了；方觀承是替他安排派職。在他看，只有兩處地方是他能當差的，一是派到武英殿修書處；一是派到官學。這兩處的缺分，都很清苦，沒有人願意去的；人棄我取，必可如願。

想停當了，才應約到平郡王府去見方觀承；他一見面就說：「你不是很關心馮大瑞嗎？案子有結果了。」

原來是馮大瑞的消息！既說是喜訊，當然可以不死；當即問道：「是充軍？」

「對了！是以誤信邪教的罪名，發往煙瘴地方。」

「喔！」曹雪芹舒了一口氣，「煙瘴是指那些地方？」

「雲貴兩廣，一共四省，扣足四千里計算。」方觀承又說：「馮大瑞願意到那一省，我可以替他關照直隸臬司。」

「這得問他自己。」曹雪芹問道：「我想保定去看一看他，不知道外人能不能探監？」

「這也沒有甚麼不可以，我替你寫封信，一定可以如願。你先請准了假再說。」

在京的旗人，不能隨便離開京畿；但請假不過例行公事，無不准之理。曹雪芹急於想跟馮大瑞見面，興匆匆地去找曹震，說知其事，安排了派人護送；那知請假竟未獲准，不過說來卻是好意。

「提調」姓楊，是內務府的主事，與曹家不算世交，他很懇切地對曹雪芹說：「這一次補考是來大人特為關照，已有人在背後說閒話了。如今補考結果還沒有揭曉，你又請假出京；倘或上頭要找你問一問話而找不到人，那是多不合適的一件事！而況你的理由是『訪友』也嫌太薄弱了。」

「我去看朋友是件很要緊的事。」

「甚麼事？」

曹雪芹當然不能道破實情；一時無詞以對，只好快快然地退了出來，跟錦兒去商量。

「這也不是太急的事。現在不過方師爺有這麼一個消息，等公事下來，得有一段日子。」錦兒又說：「而且，也用不著你去，你把你的意思告訴王達臣好了。」

正在談著，曹震回來了，得知馮大瑞性命可保，也覺得欣慰；「要說地方舒服，自然是雲南跟廣東。最苦的是貴州。不過，」他說：「我倒覺得馮大瑞去貴州的好。」

「這又是甚麼道理？」錦兒問道：「貴州好在那兒？」

「到貴州是條上進的路。」

曹震的看法是，馮大瑞年輕力壯，又有一副好身手，正當在軍功上求個出身。貴州苗亂未平，是立功的好機會。貴州巡撫張廣泗，知人善任；馮大瑞欲求有所表現，不愁張廣泗不賞識。張廣泗是鑲紅旗漢軍，而鑲紅旗旗主是平郡王，由方觀承以平郡王府僚屬的身分，寫封信給張廣泗，就更有照應了。

「這實在是一條路！只要他肯巴結，一個勝仗打下來，『保案』取得好看些，不但可以免罪，還能賞一道『獎札』；軍營裡補缺也容易得很。」

「那一來，」錦兒笑道：「繡春倒真的成了官太太了。」

「怎麼？」曹震微感詫異，「繡春還是要嫁他？」

「她說過了，」錦兒應聲而答：「生是馮家的人，死是馮家的鬼。」

曹震臉上掠過一抹陰影，雖然淡薄，卻很複雜，彷彿有千種悵觸，萬般無奈似地。曹雪芹知道他對繡春餘情未斷；也想到繡春何以絕不願跟曹震見面的緣故；心中不免轉念，莫又為繡春帶來煩惱！

這樣想著，打算說一兩句話，作為棒喝，讓他絕了念頭。那知他還在考慮措詞，錦兒卻已先開口了。

「你不是說過，虧欠著繡春，但望能替她做件甚麼事才好。有這話沒有？」

曹震愣了一下，方始回答：「有啊！怎麼樣？」

「那麼，我勸你替她做件事。」

「有甚麼事我能替她做的？」

「你只記著，她姓馮！」

「馮」字說得很重，曹震臉上掛不住了。但有曹雪芹在，不便發作，只苦笑著說：「你想到那兒去了？」

「但願我想得不對。好了，不提吧！」錦兒轉臉跟曹雪芹說：「到貴州去，倒不失為一條路子；不過也要他本人樂意。」

曹雪芹心中一動，自我警惕；不但要馮大瑞自己樂意發往貴州，還要他樂意為皇家效力，方始可以免禍求福。這一層，得讓王達臣跟馮大瑞說清楚。

「你寫封信吧！」錦兒說道：「大家都關心這件事，也好讓他們放心。」

曹雪芹如言照辦，當時寫了信，是寫給馬夫人的，由曹震派專人送到通州。

除馬夫人以外，看了這封信的，有秋月、夏雲，還有繡春，她跟馮大瑞的事，終於到了可以無所避忌，公然商議的時候了。

「繡春，是你自己的終身大事，你當著你嫂子自己說一句，我才能拿主意。」馬夫人又說：「我也實在想不明白，這是件好事，還是件傻事！」

事實上繡春也多少有此感覺；不過她覺得別無選擇，不管這條路走得對不對，事到如今，萬無回頭之理，那就只有死心塌地、順其自然地走下去。

「回太太的話，我沒有別的路走。」

「你想過沒有，你也許一輩子只擔個虛名兒。」

「我知道。」繡春心想，這也不過變相的遁入空門；夜雨秋燈，有個人可以想想，不強似心裡空落落地，不知道自己為甚麼活著？

「既然你已經想過，看來是心甘情願的了。不過，馮大瑞始終不曾答應。這是要兩相情願的事，這一點你想過沒有？」

繡春當然想過，但她所定的主意，卻有些怯於出口，欲言又止，吞吞吐吐。秋月忍不住鼓勵她說：「你有話儘管說；你不說，太太怎麼替你拿主意？」

「我，」繡春很吃力地說：「我想去看他一趟；我想他不至於給我釘子碰。」

馬夫人覺得她有些匪夷所思——既無父母之命，又無媒妁之言，當面鑼、對面鼓地「自媒」，話怎麼說得出口？

於是馬夫人好奇地問：「你打算怎麼跟他說？」

繡春想了想說：「我要問他：大家都知道我姓馮了，你怎麼說？」

「這倒也乾脆！」馬夫人笑道：「換了你是馮大瑞，也不忍心說一句：我不要你。好吧，咱們商量辦喜事吧！」

這喜事怎麼辦？秋月與夏雲心中的想法相同，新郎在繫；只有新娘一個人，能成嘉禮嗎？

可是馬夫人卻有盤算，她說：「這得花幾百銀子，在直隸臬各衙門打點好了；在起解以前，把馮大瑞保出來，完了花燭再上路。」

這個辦法說來容易，但法例上辦得到嗎？秋月便說：「太太經得事多，想來知道有這樣的例子。」

「我也是這麼想，例子原是人創出來的；王道不外乎人情，我想沒有甚麼不可以。」

「而況，」一直不曾說話的夏雲接口：「還有那幾百銀子的力量。」

「照這麼說，看起來一定能保得出來。」秋月很起勁地說：「那就商量辦喜事吧！」

「這是細節。如今最要緊的是——，」馬夫人沉吟了一下，對夏雲說道：「得讓達臣到保定去一趟。」

在赴保定之前，王達臣必須先到滄州。因為到保定是為了探監；這就非強家父子替他安排不可。到得滄州，只見著強士傑；「家父趕到保定去了。」他說：「馬老爺派人來送信，說是公事下來了；消息不壞。這自然是三老太爺的力量達到了。你請在滄州待一兩天，等家父一回來，情形完全清楚，那時該幹甚麼，分頭辦事，豈不比現在去瞎碰好得多。」

「不！我現在急於要見大瑞，因為有兩件事，一定要大瑞親口說了，才能著手，第一件是他願意不願意到貴州——。」

「貴州？」強士傑大為詫異，「煙瘴四省，沒有人願意到貴州的。」

「這有個緣故，到貴州可以託人替他在軍功上巴結一個出身。」

「喔！」強士傑心想，原來反清的人，要他倒過來為清朝效勞賣命，豈非緣木求魚？不過這話不便說破，只往下問道：「第二件呢？」

「第二件是，你也知道的，他原說過要娶我妹妹，我得問問他，這婚約還算數不算數？」

對這一點強士傑倒是深感興趣，「王二叔，這先得看你的意思。」他問：「你願意不願意？你願意了，還得看三姑娘的意思。」

「正就是我妹子自己的意思，願意守著他。」

「那，那——。」

王達臣知道他何以訥訥然不能出口的緣故，把他不便說的話說了出來：「也許空等一輩子，我妹妹也認命了。」

「可敬之至！」強士傑神情肅然，「只怕他於心不安，不肯受這番好意。」

「這也難說。只要他肯去貴州，要回來也容易。」王達臣緊接著說：「如今有件事要重重拜託你們爺兒倆，得跟馬老爺託個人情，把大瑞先保了出來，讓他完了花燭，住上十天半個月再起解。當然，這得花錢，我湊了一千銀子在那裡，看送到滄州，還是保定？」

強士傑不作聲，默默在心中估量，人情加上銀子，保釋之事，倒有六、七分把握；但看樣子，馮大瑞對這兩件事，一件都不會答應。

「你看怎麼樣？」王達臣催問著，「辦不成？」

「這件事倒似乎不難。」強士傑突然想明白了，只要馮大瑞願意去貴州，從軍效勞，不愁沒有出身；亦就不愁不能「賜環」，與妻子團聚，於是他問：「王二叔，這兩件事，你打算先問那一件？」

「當然先問他願不願意去貴州從軍？」

「那就壞了！王二叔，我勸你先把親事說定了，再提到貴州的話，那就一切都順了。」

「你這話，」王達臣茫然地，「我可有點兒不明白！」

「很容易明白的事。王二叔你想，既結了親，自然要想法子回來團聚；那就只有一條路，在軍功上極力巴結，好歹先免了罪再說。這不就順了嗎？」

順是如此，逆又如何？王達臣用心思索了一會，想起曹雪芹的話——為了透澈了解曹雪芹信中所說的種種，他特為迂道進京去看了曹雪芹。談到安排馮大瑞去貴州，曹雪芹很認真地囑咐，一定要向馮大瑞切切實實問清楚，是否心甘情願為皇家效力？如果還有異心在，那就不但會替他自己帶來殺身之禍，而且將連累好些人，那就不必多事了。

他記得當時是這樣回答曹雪芹的：「如果他還有異心，至多表示不願到貴州而已。嘴上說願意，心裡另是一套，那不是馮大瑞。」回憶到此，終於明白了；倘或先說去貴州從軍的話，而他不受此好意，那就是不希望有赦歸之一日；既然如此，當然也不肯耽誤繡春的終身，婚事還是不成。

誰知這麼兩句話，也還有順逆先後的說法，而且出入如此之大。王達臣既佩服，又欣慰，不由得拍著強士傑的背說：「老弟台，你算是教了我了。我一定順著說。」

「對了！」強士傑還怕他有未想透之處，特為提示：「王二叔，你先提婚約；他如果說不知道那年才能回來，不能做這對不起三姑娘的事，你就趁勢提發配貴州，從軍功上求出身的話，不就堵住了他的嘴？」

「是，是。我懂你的意思！等他答應下來，我還釘他一句：可不能口是心非。」

「那就更靠得住了。」強士傑感動地說：「馮師爺交到王二叔你這種朋友，真是他的造化！造化弄人，算計得再好，無奈事有違誤；強永年所帶回來的消息，多少是出人意外的。

「發下來的是一道密旨，死罪可免，不錯；發往煙瘴地方，也不錯。可是，另外還有好些規定；馬空群不肯多說，只透露了一句話，這一回的處置，要瞞得點水不漏。」

這就是說，發配起解是祕密的，那一天起程、發往何處、解差是誰，沒有人知道。照此看來，要想將馮大瑞保出來完婚，恐怕辦不到。

話雖如此，王達臣還是訴了他的意願。強永年苦笑著說：「別說一千兩，一萬兩銀子也無用。王二哥，你為朋友也至矣盡矣了。攀親的事，徒然耽誤令妹終身，我看割愛了吧！」

「爹，」強士傑插嘴說道：「王二叔有曹家來的路子，替馮師爺另有一番打算；情形比較不同，也許從夾縫中可以找出辦法來。」

等王達臣從頭到尾，細說了打算；強永年答說：「把我們馮師叔發到貴州，這一點託馬空群，或許可以辦得到。不過，誰知道他心裡是怎麼個想法呢？」

「是啊！」王達臣說：「此所以我要跟他見一面，聽他親口說一句，事情才能踏實。」

「這辦不到的；探監，上面一定不准。」

「上面不准，從下面想辦法。」王達臣情急智生，「強二哥，不說黃少祖在監獄裡開香堂嗎？那一來，牢頭禁子是你們的同門，這難道不能想辦法？」

強永年當然也想到過這條路子，但以第一，淵源甚淺，怕碰釘子；第二，這一案還有兩家也在找強永年設法，能探監會見親人，麻煩甚多，如果勉強幫了王達臣的忙，讓他如願以償，對另兩家便不好交代。因此，聽王達臣這一說破，頗感為難，幸好還有個人可以推託。

「黃少祖在裡面『開香堂』不錯；不過，究竟是那些人『絕門孝祖』，我既不曾『趕香堂』親眼目睹，也沒有聽那位前輩或者同道引見過，可說一無所知。你這件事，現成放著一尊菩薩在那裡，為甚麼不去燒一炷香？」

「我不知道是那尊菩薩？」王達臣很起勁地說：「請你告訴我；我馬上去求。」

「曹家的震二爺啊！他跟馬老爺是好朋友；而且他現管著平郡王的糧堂，處處有聯絡。交情加上勢力，馬老爺非賣他的帳不可。」

強永年又說：「馮大瑞如果發配貴州，不也要靠他想法子嗎？我看，你乾脆把他搬了來，那裡該關照，那裡要託人，一下子把話都說清楚了，豈不乾脆？」

這話倒是將王達臣說動了；躊躇的是，由於繡春的關係，他一向不理曹震，如今仰面求人，未免難堪。但轉念想到有曹雪芹在，不覺欣然。

「多謝你指點！我馬上進京去一趟。不過就算能把他搬了來，在保定仍舊要仰仗大力照應。」

「那還用說！」強永年也很想結識曹震，所以拍胸擔保，「你只要把曹家震二爺搬了來，跑腿是我的事。」

「去一趟保定無所謂，馬空北的交情也夠，只要辦得到，無有不肯幫忙的。不過，咱們想要人家辦的是甚麼？辦得到的是甚麼？辦不到的又是甚麼？仔仔細細商量定了，一次辦妥當；不然，只怕沒有時間補救了。」

王達臣與曹雪芹，都覺得曹震的話不差。一項一項數下來，辦不到的是保釋馮大瑞出獄完婚；有把握辦得到的是發往貴州；應該也可以辦得到的是王達臣探監。

「王二哥探監，不如繡春探監。若說他們夫婦遠離，連個話別的機會都不給，這也未免太說不過去了。」曹雪芹說：「王道不外乎人情，繡春要探監，萬無不准之理。」

「嗯、嗯！」曹震深深點頭；將曹雪芹找到一邊，低聲說道：「我先到保定去找馬空北；你讓王達臣去接繡春。你跟繡春說：她儘管來，如果不願意跟我見面，我躲開她。」

「我知道，我陪她到保定來。」

「不是不准你請假嗎？」

「不管這段兒了，沒有甚麼大不了的。」

「既然如此，王達臣陪我去保定。我在糧台上派人，跟你去接繡春。」

於是約定了在保定見面的地點，分道出發。曹雪芹到得通州，說知究竟；照規矩，繡春不便有何表示，要請馬夫人作主。

「你自己的意思怎麼樣呢？」

馬夫人剛問得這一句，曹雪芹抗聲說道：「娘，你別問了！繡春自然得跟大瑞見一面，不然，萬里迢迢，朝思暮想，往後的日子可怎麼過啊？」

「見這麼一面，往後的日子就容易過了嗎？繡春，沒有行聘，沒有成禮，也沒有請客，就這麼成了馮大瑞的媳婦，你不嫌委屈？」

「我不嫌。」繡春用低得幾乎只有自己才聽得見的聲音說。

她這答話的神態，卻讓曹雪芹替她感到委屈，正想找句話安慰她時，只聽馬夫人用清清朗朗的聲音說：「只要你不覺得委屈，以後的日子就容易打發了。好吧，你收拾收拾早點動身吧！芹官就算送親。」

乾宅迎娶，照例兄弟送親；馬夫人說這話，竟是將繡春當骨肉看待了。一時感激涕零，繡春噙著眼淚，跪了下去，磕著頭說：「我去一趟，回來還是伺候太太。」

頭一天到固安；第二天到霸縣；第三天起個大早，經雄縣、新安，未申之間，到了保定。照預先的約定，逕投東門最大的利通客棧；正向櫃房問訊時，王達臣帶來的夥計，認得繡春，趕上來招呼：「三姑娘，鏢頭盼了你兩天了。」

領著去見了王達臣，先安頓住房；問起曹震，說住在糧台委員的公館；及至一提到馮大瑞的事，王達臣的臉色立刻就很難看了。

「已經走了，大前天動身的。」

這是繡春與曹雪芹怎麼樣也想不到的，兩人都楞住了。繡春緊閉著嘴，眼角有晶瑩的淚光，但臉色卻是堅毅的。

「何以如此匆促？」曹雪芹定定神問道：「你見著大瑞沒有？」

「沒有，我跟震二爺下午到，他上午已經走了。問馬老爺，他說在直隸境界，關防嚴密；一出直隸到了河南，就鬆得多了。我打算等你們來了，趕到開封去想法子；無論如何得跟他見一面。」

「我二哥怎麼說？」

「他跟馬老爺細談過了。這一案的人，都解到雲南，交給尹總督發落。大瑞如果想到貴州，先要走尹總督的路子。」

王達臣停了一下又說：「他現在也不知道該怎麼辦？路子是有，就不知道大瑞的意思怎麼樣。如果等我從開封回去，再找人寫信到雲南去託尹總督，那時候生米已經煮成熟飯，一切都太晚了。」

曹雪芹突然發現，王達臣眼神微帶閃爍，一面說話，一面不斷去看繡春；彷彿有些話忌著她有所保留似地。因此，口中不言，心裡卻在盤算，如何趕緊避開繡春，跟王達臣私下深談。

「你也別煩！」王達臣安慰繡春，「我陪芹二爺去看震二爺；該怎麼辦，等商量完了來告訴你。」

曹雪芹沉吟了好一會，用很有決斷的語氣說：「大瑞心口如一，說了話一定靠得住。我看這件事只有這麼辦，你趕到開封，想法子見著大瑞，無論如何要他答應，安分守己，絕不做犯法的事。這裡，我來跟我二哥說，馬上就得替大瑞想法子，託人情的信，要趕在大瑞前面到雲南才管用。」

「好！準定這麼辦。」王達臣問：「回頭見了震二爺，是咱們一起跟他說，還是你私下跟他談？」

「你看呢？」

「我看你私下跟他談，比較合適。我到底是外人，也許震二爺有些話，不肯當著我說。果然他有為難之處，我們也不便強求。」

這是王達臣已發現曹震似有難言之隱，所以有此表示。他的看法沒有錯，曹震對王達臣說的話，是有保留的；馬空北勸曹震不必多管閒事，說他不是安分的人，沒有人能管得住他。因此，曹震不能同意曹雪芹的辦法；因為他對馮大瑞素昧平生，毫無信心，就算王達臣能跟他見著面，得他親口承諾，「安分守己，不做犯法的事」，也不能算數。

「誰知道他是真話，還是假話？王達臣人很忠厚，他們又是換過帖的，自然容易信他的話，我可不能不小心。」曹震又說：「我跟馬空北細談了，才知道這一案非同小可。密旨上特別交代，『務須嚴密！若有妻兒，一併遣戍』。這意思已很明白，要把這一案遮得一點痕跡不露。姓馮的如果不小心，別說鬧事，只談一談這一案，風聲一露，上頭就會追查，那時候就不止我一個不得了。總而言之一句話，這件事我愛莫能助。」

曹雪芹大為失望；當然也很氣憤，心裡在想，如果是這麼怕事，根本就不該來！因而不免口發怨言：「這一來，等於斷送了馮大瑞一生！」

「那可是沒法子的事。」曹震雙手一攤，做個沒奈何的表情。

「繡春面上怎麼交代？」

曹震不作聲，心裡卻不免重新考慮，到底能不能想出一個可幫馮大瑞的忙，而又不致受連累的辦法出來？

曹雪芹當然不會猜到他的心事，看他久久不語，憤憤地說道：「好吧！我把你的話告訴繡春，教她死了心吧！」

雖是一時憤激的言，結果發現，除卻跟繡春說實話以外，別無更好的處置辦法。曹雪芹是這樣想，王達臣更是這樣主張。

「這件事，看起來是錯到底了，也窩囊透了！」心力交瘁的王達臣說：「天下根本就沒有一個薛平貴；就有，也一輩子不能回來了，王寶釧還苦守寒窯個甚麼勁兒。咱們得把實話告訴她，讓她自己拿主意。」

王達臣的意向是很明白的，在他看來，繡春與馮大瑞那段鏡花水月的姻緣，到此算是結束了；希望她另覓歸宿。這是奢望，曹雪芹在想，繡春這一回是真的要為情逃禪，遁入空門了。

轉念到此，不覺黯然，嘆口氣說：「唉！忙到頭來一場空。」

「芹二爺，你也不必替他們難過。照我說，這樣反倒好；不然，繡春一年一年空等，那種滋味也很不好受。在大瑞，老覺得對不起繡春，心裡拴著這麼一個疙瘩，日子就更難過了。」

這雖是自我譬解的話，但也不能說他沒有道理。曹雪芹只希望繡春也會接受這份安慰。

這一夜，繡春當然失眠了。心裡一直在唸著曹雪芹的那句話：「忙到頭來一場空。」而每一次又必有一個相應而起的疑問：真的是一場空？

她不能同意曹雪芹的想法，只為不甘於承認失敗；而且細想一想，並不覺得已經失敗。從她出主意希望馮大瑞投效平郡王那時起，心心念念所想的，便是如何讓馮大瑞免於殺身之禍？如今只是充軍，殺身之禍已免，就不算失敗。

但此刻卻是一個得失關頭，如果不能即時說服曹震，為馮大瑞安排一條自新之路，那就真的是「忙到頭來一場空」了。

轉念到此，意躁心煩，衾枕之間像長了荊棘，再也無法安臥；於是披衣起床，悄悄推開窗戶，望著耿耿星河，讓一顆無處安頓的心慢慢定了下來。

她在想，現在是必須面對考驗，作一個抉擇的時候了。她很冷靜地去體會自己的感覺，能不能把馮大瑞的等於死別的生離，排遣得開？能不能將馮大瑞的影子，從心頭抹去？能不能對救馮大瑞的最後機會，沒有能切實把握而感到遺憾？捫心自問，實在不能。現在她才明白，當年「看破紅塵」時，確有「四大皆空」、無所留戀之感，只為對曹震傷透了心的緣故；而對馮大瑞是完全不同的。

不願見的人，偏在眼前；想見的人，長在天涯，難道真是命中注定，無可更改？在惘惘不甘之中，她心頭突然靈光一現，照澈了「蔽境」，頓時歡喜無量，自覺人定勝天，心安理得了。

一早起來，王達臣與曹雪芹都是滿腹心事，連話都懶得說。她知道，他們心裡都縈繞著一個念頭：繡春不知道能不能看得開；但願她能自己克制才好！

在她從從容容梳洗過後，以微笑迎人，而從他們眼中發現驚異莫名的神色時，她知道她猜得不錯，因而越發擺出好整以暇的態度。

「先吃早飯。」她說：「吃飽了好辦事。」

「辦事？」曹雪芹惴惴然地問道：「你是打算怎麼辦？我看，事情已無可挽回，這裡還有甚麼事要辦？」

「多得很。你得把震二爺留下來，非請他跟馬老爺去商量不可。」繡春說道：「昨兒我想了一夜，只有一個辦法，能讓震二爺相信，馮大瑞絕不會出亂子——。」

「那好啊！」曹雪芹迫不及待地問：「你快說！是甚麼法子？只要這個法子管用，震二哥一定會替馮大瑞好好安排。」

「這個法子一定管用。有我成天看住他，還怕甚麼？」

「甚麼？」王達臣問說：「你說的是甚麼話！教人莫名其妙。」

「是的！其中妙處，不容易讓人想到。」繡春得意地說：「我也是頓悟而得。」她又揚著臉問：「芹二爺，你總應該懂吧，我怎麼能成天看住馮大瑞？」

這一提，不但曹雪芹，連王達臣也懂了。但卻都有匪夷所思、不敢信為真實的感覺；尤其是王達臣。

「你瘋了！你是說，你陪了馮大瑞一起充軍到雲南？」

「是的。」繡春平靜地答說：「嫁雞隨雞，嫁狗隨狗；我不知道為甚麼不可以？」

「王二哥，」曹雪芹說：「繡春的主意只怕是唯一的主意。咱們平心靜氣來商量，有甚麼行不通的地方沒有？」

「從直隸到雲南省城，八千兩百里地，這一路的辛苦，你受得了嗎？」王達臣又說：「你見過充軍的犯婦沒有？一路上給解差當丫頭老媽子，倒洗腳水、倒溺盆子，甚麼都幹。你受得了嗎？」

「這就要請震二爺轉託馬老爺了，派個老成的解差，再花上幾兩銀子，我想他不至於太為難我。」

「逢州過縣，巡檢老爺那裡投文過堂呢？」王達臣又說：「我告訴你吧，只要平頭整臉的犯婦，少不得就有嚕囌。我見得多了！」

「那不是沒有王法了嗎？」

「你不信，你就試試。」

「是的，我要試。」繡春毫不遲疑地答說：「事在人為。只要處處留心，能隨機應變，那裡都不必怕。」

曹雪芹看她意志如此堅決，料定非王達臣所能勸阻得了的；這樣針鋒相對地爭下去，徒然傷了兄妹的感情，更加不好，因而插進去說道：「我看，這件事不妨先跟震二哥談一談；官場的情形他比較熟，或許有妥當的辦法。」

繡春覺得他說這話，在態度上是支持的，因而默不作聲，王達臣則是不好意思反對，勉強也同意了。

於是仍舊由曹雪芹跟曹震去談；用的不是徵詢的語氣，而是據實道明了繡春的希望，求助於曹震。

「如果去得成，我倒相信她能管得住姓馮的。不過，她真的有這份豁出去的勇氣嗎？」

「看樣子是經過深思熟慮的。」

「你讓她當面跟我來說！」

「這──，」曹雪芹遲疑著說：「恐怕她──。」他實在不知道該怎麼說了。

「如果她連來見我的勇氣都沒有，怎麼能相信她有自願充軍到雲南的勇氣？」曹震又說：「上萬里路，你以為是好玩兒的事嗎？」

原來是試繡春的勇氣；曹雪芹心想，曹震的要求不算過分，這話可以去說。不過，面是見了，仍舊不肯援手，又待如何？

「我一定讓她來見你，或者請你去看她。」曹雪芹說：「可是，見了面就非得幫她的忙不可。」

「能幫忙，我當然幫忙。這何用你說？不過，她的主意也不一定對；咱們為她好，得幫她打算。也許不肯幫她的忙，就是幫她的忙。你得懂這一層道理。」

「我懂。你的意思跟王達臣差不多。咱們分頭辦事，請你先打聽打聽，有甚麼能安安穩穩把她送到雲南的妥當辦法；我拿你的話傳給她。」

傳話過去，繡春不免躊躇；最後提出兩個條件，一個是把曹震請來，大家一起談，也就是不願單獨見面；再一個是「語不及私」。

「只能談馮大瑞的事，不能談我的事。」

「你這話不講理。談馮大瑞怎麼能不談你？你設身處地想一想，你自己辦得到這一點嗎？」

繡春想想不錯，便即改口：「我沒有說對，應該是不能談他的事。」

「還是沒有說對。」曹雪芹笑道：「應該是不能談他跟你的事。」

多少年來第一次相見，場面自然很尷尬，繡春先是故意繃緊了臉，轉念又想，此求於人，不該有這種拒人於千里之外的臉色，因而把頭低了下去。曹震原想盡力裝得灑脫，但一見了面，忍不住細細打量，印證回憶，皮膚不如以前滋嫩，體態反倒婀娜了。回想當年纖腰在抱的舊情，眼圈都有些紅了。

「我不是不願意幫馮大瑞的忙，」曹震緩緩地開口了，「這個人我沒有見過；只聽人說，他的氣性浮動不定，做事顧前不顧後，我有點不敢插手管這件事。你總知道，如果再出亂子，關係很大。」

「我知道。」繡春答說：「不過，說他做事顧前不顧後，這話未必盡然。芹二爺在這裡，倒說一句著。」

「馮大瑞不是那種人。」曹雪芹毫不遲疑地說：「而且，他很聽繡春的話。」

「這一點我相信；可是得繡春跟他在一起這件事只怕很難，我已經打聽過了，直隸按察使衙門，管這件案子的王知事說，馮大瑞原來的口供上，說他別無親人，如今忽然出來一個結髮妻子；上面如果追究，何以先前不仔細查明白。這話很難交代。」

繡春不知道王知事是否說過這話，但聽起來似乎有些道理；正在躊躇無計之時，曹雪芹提出來一個辦法。

「這樣行不行呢？」他說：「作為王知事自己查到的，那就不但沒有處分，而且辦事認真。說不定還能邀獎。」

「這當然可以。不過那一來一併發遣，要吃苦頭。」曹震又說：「我原來的意思，是想按『親族自請隨行』的例，一路上不受拘管，自由得多，也舒服得多。」

「這——，」曹雪芹說：「要看繡春自己的意思了！」

「吃苦也只好聽天由命。」

談到這裡，有了結論；須看曹震是否願意為她去進行？而他沉吟未答；心裡實在有一番惋惜繡春的情意，不忍她如尋常犯婦般，一路拋頭露面，受盡凌辱。但這話苦於說不出口；說出口來，繡春一定會誤會他別有用心，一個釘子碰過來，彼此下不得台。

沉默不能太久，曹震只好這樣答說：「讓我再打聽打聽，有沒有更好的辦法？」

「如果沒有呢？」繡春問道：「震二爺是不是照芹二爺所說的辦法，替我去關說？」

「迫不得已只好走這條路。」曹震轉臉對曹雪芹說：「你跟王達臣，最好仔仔細細替繡春策畫一下，這件事一步走錯，要回頭就難了。」

「是！」曹雪芹忽然心中一動，向繡春使個眼色說：「我跟震二爺還有話說。」

於是繡春悄然退去；回身時無意間跟曹震的視線相觸，看到他眼中無限悵惘之中，有著一種難以形容的祈求之意，不覺心中一動。但立即不顧一切地硬起心腸，加快了腳步。

「我也覺得繡春犯不著去吃這一趟苦；她是烈性子，萬一受辱，會出亂子。二哥，你就替馮大瑞寫兩封信，把他的出路安排好了，繡春不就可以免於跋涉了嗎？」

「讓我好好想一想。」曹震皺著眉說：「這得從長計議。」

「時不我待！馮大瑞可是越走越遠了。」

等曹震一走，曹雪芹將他們兄弟所談的話，都告訴了繡春。事情有成為僵局的模樣，曹雪芹心裡很煩。繡春反倒好意安慰，不提此事。正在閒談時，曹震派了車來，說是接曹雪芹去喝酒；還有一個朋友要替他引見。

這個朋友就是馬空北，五短身材，一雙眼睛，晶光亂射，一望而知是精明強幹的腳色。座中當然要談到馮大瑞，馬空北對他似乎懷有偏見，曹雪芹不以為然，卻以初交，又是曹震的朋友，不便辯駁，只默默聽著，表示冷淡而已。

但談到漕幫的內幕，曹雪芹不能不注意。據馬空北說，黃象這一班人，始終懷著「異心」；當初聽「三老太爺」潘清的話來投案，只以底蘊已洩，行蹤在官府掌握之中，不能不暫且就範。及至報案的人到齊，彼此查詢核對；認為潘清出賣了幫中子弟，他們甚至疑心翁、錢二祖出事，潘清亦脫不得關係。

「你們看著好了！事情還沒有了，不知道會出甚麼花樣？說不定會窩裡反。」馬空北又說：「我現在只盼望這一班煞星，早早出了直隸境界，才能放心。」

「怎麼？」曹震問說：「在路上就會鬧事？」

「那可說不定。如果外面沒有同黨接應，可以沒事；不然就很難說了。尤其是——。」馬空北把話頓住，舉杯喝酒。

放下酒杯，仍未見他開口，曹震便即催問：「老馬，你的話沒有完。」

「我是有點替滄州強家父子擔心。」

「怎麼？」曹雪芹不由得問：「他們會跟強家父子過不去？」

「那姓馮的就說過，如果有機會，饒不了強家父子。」

就因為這句話，害得曹雪芹心神不定，連酒都喝不下了。馬空北卻意興甚豪，喝得酩酊大醉，方始由他的跟班扶了回去。

「你聽見老馬的話了吧！」曹震說道：「足見不是我瞎說。」

這是指馮大瑞的事，曹雪芹說：「我很想寫封信勸勸他，別再惹禍了。」

「這倒是正辦。你寫得隱晦一點兒，我交驛站替你送去。」

「好，我今晚上就寫。」

「接你來，我有件事跟你商量。」曹震抑鬱地說：「我不明白，繡春何以會對那姓馮的這麼好？」

「這也是緣分。」

「我看是孽緣。將來不說，眼前明擺著是個欽命要犯；繡春好好兒地，說要陪他一起去充軍，你想太太會准她做這種荒唐事嗎？」

「那倒說不定。」

「如果太太准她這麼做，可就是害了她了。」曹震又說：「若說馮大瑞一到雲南就可沒事，猶有可說；萬一出了事，繡春已是有案的人了，孤零零一個人在雲南，你想想，你心裡能不難受嗎？」

這倒是真話！曹雪芹不由得答一句：「果然到了那地步，叫人不寒而慄。」

「是不是！」曹震的神色，開始變得有些興奮了，「繡春的事，咱們得重新琢磨。」

何以謂之「重新琢磨」？曹雪芹覺得這句話中，頗有含蓄，需要好好想一想。

「這幾年來，我總覺得對不起繡春；總想讓她能舒舒服服過下半輩的日子。我這點心意，真可以說是唯天可表。」

「這我知道。」曹雪芹笑道：「你始終忘不了繡春，是誰都知道的。」

「不，不！你們都誤會了，就因為你們有這種誤會，我才不敢把我的想法說出來；一說，你們一定當我是私心。」

這話就深可玩味了。曹雪芹收斂笑容，徐徐說道：「只要你是真的為繡春設想，是不是私心，大家都能分辨的。」

「這打算由來也不止一日了。咱們曹家最倒楣的日子過去了——」

曹震話題一變，大談家運的興衰。盛極而衰至於「最倒楣的日子」自然是抄家；但就在這段日子中，已伏下否極泰來的新機，那就是福彭的襲爵。

「如果現在仍舊是老王爺頂著爵位，那就倒楣到家了。為甚麼呢？」曹震自問自答地說：「皇上原來因為老王爺跟恂郡王不和，用他接恂郡王的大將軍印；打算著他感恩圖報，會挑恂郡王的短處。那知他毫無表示，皇上十分不喜。再說老王爺的『大爺脾氣』也實在太過分了一點兒，講究邊幅的皇上，怎麼能看得上眼。若是他仍舊頂著爵位，必是處處碰釘子；咱們曹家，甭想能受他一點照應。不是說他不肯照應，而是他照應不了；連帶受累，倒是有份的。」

接下來便談到「小王爺」了。曹震透露了一個祕密，今年才被封為寶親王的四阿哥弘曆，雖說簡在帝心，但同歲的五阿哥和親王弘晝，並非毫無繼承大位的希望。畢竟寶親王生母是宮女，出身不高，成為競爭帝位的最大弱點；如果沒有過人的長處，就會爭不過和親王。

「寶親王跟小王爺的情分，你是知道的。這一次受命為定邊大將軍，其實是替寶親王出征——」

「這——」曹雪芹大為詫異，忍不住插了一句嘴，「這怎麼扯得上？打仗這玩意，真刀真槍，各人是各人的功勞；小王爺立了功，也不能記在寶親王頭上。」

「怎麼記不上？第一，小王爺當大將軍，是寶親王舉薦；第二，如今苗疆軍務，西路、北路的軍務，雖有鄂中堂在策畫，可是代皇上看奏摺、看軍報的是寶親王。小王爺如果立了功，就是寶親王指授方略有功。」曹震放低了聲音說：「小王爺當然懂得其中的奧妙，軍報中頌贊方異高明之處，大多是寶親王的主意。這樣暗地裡一捧，寶親王跟和親王在皇上心裡的分量，自然一個重、一個輕了。」

「啊！」曹雪芹領悟到了，「這也等於就是小王爺的擁立之功。」

「對了！擁立是取富貴的終南捷徑，暗的比明的更妙。你看著好了，等小王爺班師還朝之日，一定當議政王。」

平郡王議政，便如以前的怡親王胤祥、當今的莊親王胤祿，那才真是一人之下，萬人之上。曹家否極泰來，自不待言；所謂「新機」，說來倒也有些道理。

曹雪芹正在這樣想著，曹震突然問道：「雪芹，你將來想幹甚麼？」

這一下將曹雪芹問住了，一時無所選擇，只這樣答說：「反正我不是做官的材料。」

「那你就做大少爺好了！」曹震緊接著說：「內務府坐享其成的閒差使多得很，只要有路子，隨便你挑。一人得道，雞犬升天；要好大家好，若是有一個人受苦，享著福的人心裡也不會好過。」

這倒是藹然仁者之言；曹雪芹對他這位堂兄，發生了難得有的敬意，不由得深深點頭，表示傾服。

「對繡春，我就是這麼在想，要讓她舒舒服服過幾天好日子。無奈——」曹震搖搖頭，苦笑著不說了。

曹雪芹恍然大悟，脫口說道：「原來你是想把繡春接回去？」

「不錯。」曹震答說：「我是這麼打算過，而且不止一次。我是不會再續絃了，接了她回來，沒有甚麼嫡庶之分。錦兒為人，你是知道的，她一定會讓繡春——」

「這件事，」曹雪芹搶著問說：「你跟錦兒姐談過沒有？」

「隱約談過。」

「何謂隱約談過？」

「有一次我試探著問，假如把繡春接回來，你會怎麼樣？她笑笑不答，後來回我一句：『你別癡心妄想了。』隨後又說：『你真有本事把繡春接回來，我算服了你。』你聽聽這意思！」

曹雪芹默然；他也跟錦兒的想法一樣，認為曹震有點癡心妄想，以繡春的脾氣，絕不會如他的願。既然明知無望，就不必多事了。

隨著他的沉默，曹震臉上沮喪的神色逐漸加重了，「是不是，我一直不肯說的緣故，就在這裡！」他的聲音中帶著些憤慨，「心裡一有了成見，就甚麼都聽不進去了。」

曹雪芹不承認自己有成見，「二哥，你這話說得不公平。」他說：「不錯，你是為繡春打算，可是你想過繡春現在心裡想要的是甚麼沒有？一個人累得不可開交，只想有一榻清靜之地，讓他好好休息；而你備了一桌盛饌，殷勤相邀，試問，你這份好意，如何接受？我們替你去邀客的人，又如何開口？」

曹震楞了一下問道：「你是說，繡春現在只關心馮大瑞？」

「是啊！現在只有跟她談馮大瑞的事，她才聽得進去。」曹雪芹心中一動，未暇多想，便說了出來，「你能急人所急，或許我們才有進言的機會。」

「這——，」曹震為難地說：「關係實在太大。出了事，你也會受害，你知道吧！」

曹雪芹當然知道，不過他不作聲；心裡在想，不見得沒有兼籌並顧之道。

這時的沉默，便是逼著曹震去找出這條道兒來。他搔首踟躕，來回踱了一陣方步，突然停住腳說：「我提出一個辦法，你一定又以為我藉此要花樣。」

「這就是你的成見了。」曹雪芹笑著說。

「好吧，我說給你聽。我不出面，託人來辦這件事；不過我們的嫌疑要避得乾乾淨淨；沾上一點關係就逃不了。」曹震問道：「你懂我的意思不懂？」

「我不懂！」曹雪芹率直答說。

「那我就明明白白地說，繡春從咱們曹家出去的，誰都知道；萬一將來馮大瑞出了事，從這條線上去追根，咱們逃得了嗎？」曹震又說：「甚麼叫『株連』；甚麼叫『瓜蔓抄』，別人不懂，你總懂吧？」

曹雪芹聽他說得嚴重，不由得就接受了他的想法，「你是說，你要是替馮大瑞找了路子，繡春就不能嫁他。這樣你才能避免株連？」他問。

「一點都不錯。不獨是我受株連，你也一樣！咱們曹家都一樣。」

「這一說，繡春一定要考慮了。」曹雪芹想了一下問道：「二哥，你看是先把話說明白，讓她自己挑一條道兒走呢？還是你先替她辦了，隨後再把利害說給她聽？」

「你看呢？」

「我看，是先替她辦了的好。」曹雪芹又說：「你先替她辦了。第二步，等回去了，大家商量著辦。」

「你預備跟誰商量？」

「錦兒姐——」

「這個，我會跟她說。」

「當然，你自己說最合適。」曹雪芹加重了語氣，表示是個一定得辦到的條件，「不過，一定要錦兒姐親口跟我們說了，我們才能進行。」

「你放心好了，她一定熱心。」曹震又說：「大概秋月跟夏雲也沒有不同意的，一家人仍舊高高興興地在一起，有多好！」

這句話將好熱鬧的曹雪芹也說動心了；想了一下說：「這件事我一定上緊去辦。不過，二哥，對馮大瑞的事，你有把握沒有？」

「總有七、八分把握。」

「有七、八分就夠了。事不宜遲，你趕緊去辦吧。」

「急可是急不得。還得花一兩吊銀子，得回京裡籌措。」曹震答說：「總得十天的功夫，反正一定會在馮大瑞人到雲南以前辦妥。」

在路上，曹雪芹就打算好了，將曹震的話分作兩部分，關於馮大瑞的一部分可以告訴繡春；而有關她的一部分不能透露隻字，但不妨做個不落痕跡的伏筆。

「好了，你我都算對得起馮大瑞了。震二哥答應花一兩千銀子，另外託人幫馮大瑞的忙。他說他不能出面，怕萬一將來出了事，株連在內。我想，咱們奔波了這一陣，有此結果，也算差強人意了。」

既說「你我」，又用「咱們」，曹雪芹是故意將自己跟繡春扯在一起，表示對於馮大瑞的事，彼此都是出於友情的關切；他看繡春之於馮大瑞，並沒有甚麼特殊親密的關係。

繡春那裡會想到這一點，只覺得曹震的態度轉變，有些可疑；琢磨了好一會，有句話終於忍不住要說。

「芹二爺，我可不是小人之心；不過不問清楚，心裡放不下。震二爺大而化之的脾氣，你當然也知道；說過忘掉的時候也有，他不會是弄個空心湯圓你吃吧？」

「不會，絕不會！」

「你怎麼知道？」

曹雪芹當然不便說，他是有所圖謀，要辦妥了馮大瑞的事，他的圖謀才有指望；只好這樣答說：「他願意幫馮大瑞的忙，原是有誠意的；不然他糧台上也很忙，老遠跑到保定來幹甚麼？」

繡春對於這個答覆倒是相當滿意，「這還罷了！」她說，「不然我可就太冤了！」

「這話怎麼說？」

「你想，我多少年不願意理他；這回低聲下氣跟他說好話，如果一無結果，不是太划不來？」

「你也太偏激了。不是我說，震二哥就算過去不好，如今在學好；有對你不起的地方，如今在補過。事隔這麼多年，到底又不是甚麼不共戴天之仇，你不該再拿從前的態度對他。」

繡春不作聲，隔了一會方說了句：「你不明白。」

曹雪芹知道，不能再往下說了；繡春這種態度便是深不以為然的表示。他們一直談得來，即由於彼此都很小心地避免意見不合，形成僵局。於是他換了個話題說：「我得好好寫封信給馮大瑞，切切實實勸一勸他，再不能惹是生非了。」

對於這一點，繡春自然關心，「你的信怎麼寄？」她問。

「震二哥答應替我交驛差沿路探報。」

說完，曹雪芹取出筆硯來寫信。繡春一直希望他能問一聲：「你有甚麼話要我轉告馮大瑞？」而他始終不說，甚至寫完信也沒有讓她看一看。這就讓繡春不但失望，而且大為疑惑，曹雪芹的態度似乎改變過了。

到得第二天的早餐桌上，繡春到底忍不住了，「你寫給馮大瑞的信說些甚麼？」她問。

「就是昨天跟你說的那些話。」

「你提到我沒有？」

這一問提醒了曹雪芹，自己的處置有疏忽之處，已惹得繡春不快了；想了一下，覺得倒不如趁此作個暗示。

「我沒有提到你，因為這封信寫得很隱晦。震二哥的話也不錯，為防萬一株連，嫌疑要避得乾乾淨淨，將來倘或出事，要讓人看起來，咱們跟馮大瑞沒有甚麼關係，那就不管是甚麼『瓜蔓抄』，也扯不上咱們。」

「真的有那麼厲害嗎？」繡春怔怔地說：「我一直以為你們把那件案子說得那麼凶，是故意唬人的。」

有這樣的神情，曹雪芹覺得自己的策略有了效驗，便即正色答道：「我幾時騙過你？」他又放低了聲音說：「你倒想想，當今皇上這十一年之中，抄了多少家；殺了多少說甚麼也不至於有殺身之禍的人？」

這一下可真是嚇著了繡春；臉上紅一陣、白一陣地好一會，突然跺一跺腳說：「這該死的馮大瑞！真該充軍！受夠了罪，他就知道該安分守己了。」

曹雪芹大感意外，但這一感覺很快地消失了；只為曹震悲哀，只怕他的願望，到頭來仍舊落得一場空。

第十七章

曹震一連到通州來了兩趟，每一趟都是來談馬夫人移家進京的事；但每一趟也都談到馮大瑞的事——先是說託好了人；後來又說，託的人很得力，是雲貴總督尹繼善的本家；他寫的信一定管用。

兩趟來，都見到了繡春；其實是繡春聽了秋月與夏雲的勸，不再像以前那樣，聽說曹震要來，老早便躲得遠遠地。不過，面雖見了，卻沒有話；甚至馮大瑞的事都不問，只是默默地聽曹震在談。

第三趟來，沒有談馮大瑞，談錦兒懷孕快足月了，當面向馬夫人要求，要請秋月去照料錦兒「坐月子」。

「秋月怎麼行？除非夏雲，可是她自己也有孩子。」馬夫人說：「等我琢磨琢磨。」

「我去好了！」

居然是繡春自告奮勇，那一個都覺得是件不可思議的事。當然，最感到意外的是曹震，笑嘻嘻地向繡春抱起了拳，但她不等他作揖說話，先就避了開去。

「挑個好日子，我來接繡春。」

「這還得挑日子啊！」馬夫人笑著說了這一句，旋即改口：「也好！挑定了日子，先送個信來。」

說停當了，曹震高高興興地告辭而去。秋月卻有些不放心，私下問繡春說：「人家可是指望著，你不會臨時變卦吧？」

「不會。」

「不會就好。」秋月忍不住說心裡的話：「我實沒有想到，你會這麼轉變。」

「轉變甚麼？」繡春很快地說：「一點沒有變。」

「從前你避著震二爺，現在不但不避，還願意跟錦兒一起住，不是大大地變了？」

「跟錦兒一起住，是去照料她坐月子。」繡春略停一下說：「我欠了震二爺一個情，一直不知道怎麼還他；如今有這麼一個機會，我當然不願意放棄。」

秋月倒抽一口冷氣！原來以為她回心轉意了，不道竟是更決絕的表示。因此，她悄悄地通知曹雪芹，轉告曹震跟錦兒，對繡春不可操之過急；尤其是曹震，要有意無意間下水磨功夫。

到功夫夠了，再由馬夫人出面，也還得好好下一番說詞，才可望有圓滿的結果。

約莫半個月，曹震才派了男女僕各一，坐車來接繡春。男僕跨轅；女僕是能說善道的楊媽，繡春原是不喜嚕囌多話的人，但以此去須有多日盤桓，曹震跟錦兒的情形，知道得愈多愈方便，所以不厭其煩，一路談到京城。

這是繡春第二次回來；頭一回住過七天，房屋位置途徑已很熟，下了車不必等人招呼，便直奔上房，進了院子高喊一聲：「打攪的人來了！」

於是堂屋門簾掀起，先出來一個丫頭；後面是鼓著大肚子的錦兒，走得很急，繡春趕緊攔阻。

「你站著別動！下台階摔了可不得了。」

說著，加緊數步，上了台階；錦兒握著手的端詳，「比上回來，秀氣了一點兒。」她說：「不過倒更白了。」

「秀氣」是避免用憔悴的說法。繡春自己感覺不到，從也未想過；但「秀氣」是必然的，這一陣為了馮大瑞，若說還能長得豐腴，那就成了件不可解之事。

「你一定餓了。先洗把臉，馬上開飯。」

於是在錦兒屋子裡洗了臉，不施脂粉，瀟瀟灑灑的一面吃飯，一面談近況。繡春以為錦兒會問馮大瑞的事，或者告訴她，曹震如何為馮大瑞託人情，那知竟隻字不提；她當然也不便開口，只是心裡一直放不下這個念頭。

在堂屋中吃完飯，又回錦兒臥室喝茶；繡春問道：「我的箱子呢？太太有東西捎給你；有塊玉還是老太太留下來的，戴上了能保平安，不怕摔跟頭甚麼的，動了胎氣。趁早交代給你。」

「喔，」錦兒站起身來：「箱子一定送到你屋子裡去了。」說著，向門外走去。

「怎麼？」繡春有意外之感，「不是住在你後房？」

「那怎麼能委屈你？」

替繡春預備的屋子，就在對面，隔著堂屋，東西相望；掀開同樣的門簾，繡春踏進去一看，不由得楞住了。

原來這裡的木器陳設，與錦兒屋中一式無二。木器較新，但同樣是花梨木，靠裡一張大床，床前妝台，對壁是八尺長的條桌；繡春的兩口皮箱，便用凳子墊著，擱在條桌旁邊。

這時丫頭已將她們原來喝的茶移了過來，繡春坐在靠窗的方桌旁邊，再一次細細打量，發現妝台上所置的一具鏡箱，與錦兒所用的不同；走近細看，陰沉木嵌金絲，形製樸拙而古雅，彷彿在那裡見過。

「這鏡箱好面熟！」

「當然啦，」錦兒答說：「二奶奶的東西，你還能不熟！」

這一說，將繡春塵封了多少年的記憶，一下子都抖了出來；不辨酸甜悲喜，只覺得心裡亂得厲害，有些頭重腳輕，趕緊得扶住桌角，才能站穩。

「怎麼啦！」錦兒看出端倪，有些失悔；原是好意，不想勾起了她的舊時恨事，但卻不便說穿，只這樣問說：「你如果不喜歡，我替你另置。」

繡春搖搖頭，不作聲；等坐下來，心神略定，方始問道：「這麼布置，是你的意思，還是震二爺的意思。」

「是我的意思，可也是二爺的意思。」

「其實，你何必費這麼大的事，完全不是我的打算。」

曹家傳下來的規矩，不論嫡庶，懷孕一到了四個月，便不同房。錦兒的身孕已有七個月，繡春住在她後房，並無不便；或者就在前房另搭一張床，照料便更方便了。

「其實，那麼一張大床，咱們就睡在一起，也擠不著你；又熱鬧、又方便，你又何苦鬧這些虛文？」

「你的話不錯，我也是這麼想。」

「那麼，」繡春問說：「你為甚麼又這麼自己找麻煩呢？」

「我是怕人編派我不是，說我慢待了你；尤其是季姨娘。」

「理她幹甚麼！」

「別人也會這麼批評。」錦兒緊接著說：「反正事也費了，就讓它擺個樣兒好了；你要是不嫌不舒服，咱們跟從前一樣，兩個人睡一個被筒也行。」

「那不好！會擠了你的肚子。」繡春對錦兒的解釋，感到滿意，心裡舒坦得多；覺得就一個人睡在這裡，也無所謂。

正談著只聽中門外人聲雜沓，繡春抬頭從窗外望去，只見走在前面的是聽差與門上，抬著一隻兩尺長、尺許寬的木箱，微傴著腰，顯得木箱雖小，相當沉重；隨後是曹震，後面跟著捧了衣包的小廝。

「箱子就擱在堂屋裡好了。」曹震吩咐了這一句，又問丫頭：「姨奶奶呢？」

「在這裡。」錦兒應聲迎了出去。

繡春仍舊坐在原處，看聽差、門上和小廝都退了出去；又聽到堂屋裡曹震在向錦兒交代，木箱中是本月份的飯食銀子，總計四百兩。接著便問繡春接來了沒有？

聽得這一句，繡春便先站了起來等；果然門簾掀處，錦兒在前，曹震在後，雙雙走了進來。

「甚麼時候來的？」曹震笑容滿面，大聲問說。

「有一會兒了。」繡春垂著手，言笑不苟；聲音也是平靜而清晰，完全是對主人回話的樣子。

「坐啊！站著幹麼？」說著，曹震自己先坐了下來，伸手端起錦兒的茶碗就喝。

「你晚上有應酬沒有？」錦兒一面扶一扶繡春的手臂，示意她坐下；一面問曹震。

「有兩個飯局。有一個可以不去；另外一個到一到就行了。怎麼樣？」

「我問一問。」錦兒答說：「你還是赴你的飯局好了。」

曹震點點頭，彷彿有所領會；接著便問起馬夫人和秋月，也問到夏雲，但卻沒有問王達臣，也沒有提馮大瑞。

繡春是問一句，答一句。看看沒有話了，曹震起身要走，卻又站住了問錦兒：「繡春帶人來了沒有？」

「沒有。」

「那得買一個。明兒多找幾個來挑一挑；只要人好，多給幾兩銀子不要緊。」

這是替繡春買丫頭；等曹震一走，錦兒便問：「你想挑一個甚麼樣兒的？今年京東乾旱，收成不好，女孩子賣出來的很多，很可以挑一挑。」

「算了吧！我又住不了多少日子，何必多此一舉。再說，我看你這兒人也盡夠用了，不必再添一個吃閒飯的。」

「總得有個專供你使喚的人才好，出門也方便些。」

「出門？」繡春搖搖頭：「我那兒也不去。」

「好吧！咱們回頭再說。」

繡春這時心裡又有些嘀咕了。晚上坐到二更天，等關了中門，打發楊媽和丫頭都睡了以後，她才有一番想好了的話要問。

「你知道我為甚麼願意來照料你坐月子？」

「那還用說，自然是咱們的情分。」

「情分之外，還有個緣故；我是還震二爺的人情。」

「他有甚麼人情到你身上？」錦兒是好奇的神情，「這個人情居然還成了債！」

「還不是馮大瑞的事。」

「喔，你說這個！」略頓一頓，錦兒又說：「那應該你哥哥見情才對。」

這明明是不以為她跟馮大瑞有甚麼特殊的關係。繡春笑笑就不說下去了。

「你累了吧！早點睡。明天邀芹二爺來玩。」錦兒擎起燭台說：「我送你去。」

「不說好了的，睡一床嗎？」

「明天再睡過來。」錦兒笑道：「替你忙了一陣子，你好意思一點情都不領？」

聽這樣說，繡春無話可答；心想，這晚上倒也需要清靜，好把所見所聞，從頭到尾，細細琢磨一番。於是點點頭說：「既然如此，我不能不識抬舉。你也別送我了；看得見。」

她屋子裡原點著燈，錦兒只掀起門簾，照見堂屋中的通路，幾步便走到了。靠窗方桌上有一具藤製的茶籠，籠著一壺熱茶，另外還有個果盒；梳妝台上有一盆臉水，摸一摸尚帶微溫，便坐了下來，一面卸妝，一面想心事。

她想，兩個房間布置得一模一樣，明明是故意的安排，她不比錦兒差甚麼；錦兒也不比她差甚麼。說大，是「兩頭大」；說小是一樣「做小」——現在，這裡的下人都管她叫「姑娘」；住下去便有一天會變成「繡姨娘」。

「哼！」她在心裡冷笑，「打的好如意算盤！」

從這裡開始，她就不知道自己在做些甚麼了！只是陷溺在沉思中，一會兒苦惱地皺眉，一會兒得意地微笑。也不知過了多少時候，突然一個意念，無端闖入心頭，讓她驚出一身汗。

於是，急急忙忙起身，先將房門的銅閂閂上；又擎著燭台檢點了堆雜物的後房，看清楚門戶嚴謹，方始放心——她是怕曹震半夜裡掩了進來，倘若大聲一喊，驚動下人，那就會鬧成笑話；如果默爾以息，生米煮成熟飯，這樣子「失節」，她是無論如何不能甘心的。

曹雪芹午前就來了，為繡春帶來兩部消閒的書，都是琉璃廠書坊新刻的，一部叫《觚賸》；一部叫《螢窗異草》。繡春自己也帶了些筆硯書籍，還有一幅水墨觀音，一具宣德爐；曹雪芹幫她布置好了，錦兒頗為羨慕，說一樣的屋子，繡春這一間有書卷氣，比她的那間來得文雅。

這一下倒勾起了曹雪芹的興致，「我替你題一個齋名怎麼樣？」他向繡春說：「最近我在練字，自己覺得有點功夫，寫個橫額送你。」

「多謝。又不是我的地方，掛上個齋名，不就成了鵲巢鳩占了嗎？」

「這有甚麼關係？你們還分彼此嗎？」

「正是這話。」錦兒接口說道：「你要來占，儘管占。」

聽他們這些話，繡春心中越發雪亮，但深藏不露，只向曹雪芹笑道：「你最好事，我不掃你的興，不過也不必急。」

「這也不費事，先想好了它。」

於是曹雪芹擬了幾個齋名，他說一個，她駁一個；風花雪月的字面不要，出於聖經賢傳的又嫌頭巾氣，竟是大費周章。

「你們去咬文嚼字吧！」錦兒起身向曹雪芹說道：「你上回不是說，想吃蟹黃包子？今天可以到嘴了。」

等錦兒一走，繡春便攔阻曹雪芹，「別費那些沒用的心思了！我有話問你。」她說：「這間屋子，你看出甚麼來沒有？」

「看出甚麼？」曹雪芹茫然四顧。

「莫非錦兒屋子裡，你沒有去過？」

「啊！你是說，兩間屋子的布置一模一樣。」

「對了！這有甚麼意思沒有？」

「無非表示姐妹的情分；視人如己。」

「還有呢？」

「還有甚麼？」

繡春眼一抬緊盯著曹雪芹，幾乎一眼不眨地，使得他大感威脅。

「你別這個樣子行不行？比千目所視還厲害。」他強笑著說：「你心裡有話，儘管說。」

「你管錦兒叫姐姐，怪不得你偏向她。」

「我不懂你這話甚麼意思？」曹雪芹搔著頭說：「我雖沒有叫你姐姐，可是我心裡是拿你當姐姐看待的。」

「承情之至。」繡春緊接著說：「既然這樣，我問你句話，你可要老實回答。」

「你要問甚麼話？」

這就表示，他不是甚麼話都能老實回答的；繡春越覺自己的推斷不誤，便開門見山地說：「錦兒打算讓我長住在這兒？」

「大概有那麼一點兒意思吧。」

「別油腔滑調！說正格的。」

「這也是人情之常，姐妹情深，希望你能安頓下來，這沒有甚麼不對。」

「那麼，我算是甚麼身分呢？」

「這！」曹雪芹答說：「是你們倆的事，別人無從置喙。」

「只怕不止兩個吧？」

曹雪芹笑笑不答，然後又說了句：「從長計議，有的是日子。」

「哼！」繡春冷笑，「你也是幫凶，幫著人算計我。真是跟你白好了。」

「你這話可是冤枉了我。」曹雪芹既不安、又委屈，「我也替你仔細打算過。凡事不能強求；馮大瑞的事弄擰了，他既不知道你有這一片矢志靡他的深情，而你心目中自以為已經姓馮了，這不是無的放矢嗎？倘或他在雲南另外娶了親，試問你的處境有多尷尬；而且那一來不但害了你自己，也害了馮大瑞一輩子良心不安。計之左者，無過於此。你是最明理的人，你倒想呢？」

「不錯！我承認你說得對。可是不嫁姓馮的，不見得非嫁姓曹的不可。」繡春突然警覺，怕再說下去自己打的主意會洩漏，便換了副語氣說：「你說得不錯，有的是日子，不急。今天咱們說的話，你也別告訴錦兒。」

「好。」

「這可是你答應了我的。」繡春問道：「你如果跟錦兒說了，怎麼樣？」

「你以後別理我好了。」

「這可是你自己說的。我本來也打算這麼辦。」

繡春還伸出彎起的小指；曹雪芹也用小指勾了一下，卻又捏住她的手說：「我只是勸你，聽不聽在你。對馮大瑞，你已經仁至義盡，可以丟開了；如果你跟二哥重修舊好，咱們不還是熱熱鬧鬧在一起，那有多好！」

「是的。馮大瑞我決心丟開了；如果他出了事，牽連太廣，我不能替大家惹禍。至於重修舊好，那得看緣分，反正我不修舊怨就是。」

不修舊怨就能重修舊好；曹雪芹認為她的心思活動了，事有可為，不由得浮起了笑容。

「我可再提醒你，我跟你說的話，你不能跟任何人去談。」繡春停了一下又說：「我是把你看得比我二哥還親；我心裡還有些話要跟你談，而且也還有事要託你辦，就看你嘴緊不緊。」

「好啦！我知道了。我嘴緊不緊，你自然會知道。」

曹雪芹倒真的能守密不露，不過私下卻勸錦兒，事緩則圓，切勿操之過急。這一來，繡春反倒能隨緣度日，暗地裡另作打算。

曹震的意向，輾轉傳言，最後是由夏雲跟她丈夫商量；王達臣答得很乾脆：「妹妹的事，誰也作不了她的主，得問她自己。」

「誰都是這麼說。可是，秋月探她的口氣，你道她怎麼說？」

「她怎麼說？」

「她說，她得問問你。」

「她真的這麼說？」王達臣頗有受寵若驚之感，「那倒得替她好好籌畫一下。」

「你先問問她的意思。」夏雲又說：「而且你自己該先拿個主意，贊成不贊成這件事？」

「要問到我——，」王達臣頗為躊躇，他不喜曹震的為人，但卻不便公然表示不贊成，只好這樣問：「你的意思呢？」

「繡春總得有個歸宿，不過要一勞永逸；震二爺果然能收心了，這自然是件好事。若有絲毫勉強，將來反目不和，不如此刻謹慎。」

「這話不錯。」王達臣說：「後天我得進京，吏部王老爺那裡有一筆買賣要去接頭，順便先問一問她再作道理。」

到了京裡，王達臣不願直接上曹震家，先找到曹雪芹說明來意，請他轉約繡春；兄妹倆在他投宿的客店中見面。曹雪芹把繡春帶到，隨即便避了開去。當然，王達臣要跟繡春談些甚麼，曹雪芹早就透露給她了。

胸有成竹的繡春，不等王達臣開口，先就問道：「二哥，你在仲四爺那裡的事，算定局了沒有？」

「定局了。我是他的總鏢頭。」

「那總得自己有個家吧？」

「是啊！仲四爺老早就替我找好房子了；你嫂子捨不得搬出曹家，想等太太進了京再說。」

「依我說，不如在京裡安家；我可以跟你們一起住。」繡春又說：「我的主意，嫂子一定贊成。房子也不必賃，乾脆自己買；我的首飾，大概值一千兩銀子，另外我有五百兩銀子交給何大叔在放利息，要抽回來也方便。你再跟仲四爺預支一筆款子，兩下一湊，不就成了嗎？」

「我得想一想。」王達臣答說：「以前倒提過，讓我把家安在京裡，為的是好兜攬糧台上保餉銀的買賣。不過，要置房也得置在前門處，做買賣才方便。」

地點在其次，主要的是要自己置產；繡春便即說道：「既然以前提過，仲四爺一定肯幫你的忙。

二哥，咱們今天把這件說定了它。我老住在人家那裡，不是一回事。」

「提到這一點，讓我先告訴你一件事——。」

「我已經知道了。」繡春截斷他的話說：「不管怎麼樣，我總也得有個娘家。這也關乎你的面子。」

「照這麼說，你是願意囉？」

「現在還談不到。二哥，你別為我的事煩心；我也絕不會替你找麻煩。我現在只有一個心願，我得有個自己的家，也就是你的家。你奔波了十來年，也熬到了鏢行裡面頂兒尖兒的職位了，如果還不能替嫂子跟我置個舒舒服服的家，自己都對不起自己了。」

王達臣的性情，禁不起她這番連激帶捧的話；他倒是有五、六千銀子的積蓄，不過生性慷慨好交遊，錢都借出去了，此時略略盤算了一下，馬上可以收得回來的帳，大概有兩千銀子，置一所小小的住宅，還不是難事。

於是他慨然說道：「好吧，我跟仲四爺挪兩千銀子，你跟你嫂子瞧著辦好了。」

繡春喜出望外，沒有想到如此輕易達成願望，當下滿面含笑地說：「我只要清清靜靜的兩間屋子，別的都不在乎。一切都請嫂子作主。」

王達臣點點頭，又問：「曹家那件事呢？」

「我也得跟嫂子商量。」

「既然如此，你何不跟我回去一趟？」

「過幾天，我請芹二爺陪我回去。」繡春答說：「這不是很急的事。」

「你不急，人家可急著呢！」

「像這種事，那有一說就成的道理？咱們也得為自己留點兒身分。」

「這話倒也是。」王達臣認可了她的態度，「不過太太在等回話，我得有個交代。」

「你就說，過幾天我回去了，當面談就是。」

於是王達臣第二天就回了通州，將繡春的意思，以及他答應繡春的事，都告訴了妻子。夏雲對於在京中置產，卻是求之不得；因為這一來仍舊可以常去看馬夫人，與秋月作伴，還有錦兒與季姨娘那裡可以走動，日子會過得很熱鬧。

繡春是第四天回來的。先去見了馬夫人，就聚在那裡談錦兒的近況；當然，誰也不會貿然提到她跟曹震的事。等吃了晚飯，分作兩處聚會，曹雪芹與秋月陪著馬夫人閒聊；繡春在夏雲屋子裡悄悄談心。

不等夏雲開口，繡春先就沒頭沒腦地說了一句：「我不知道你們替錦兒想過沒有？」

夏雲楞了一下，旋即明白；錦兒原有扶正之議，只要她一索得男，立刻就能「飛上枝頭作鳳凰」，但如有繡春分庭抗禮，便阻礙了錦兒的飛翔之路。這一層關係，大家自然能想得到，也談論過。

「怎麼沒有想過？太太說得好，為了繡春，只好讓錦兒委屈了。將來看她們自己的福分；生個好兒子，不怕替親娘掙不到一副一品夫人的誥封。」

繡春失望了，「太太也真是！」她說：「一隻手如意，一隻手算盤。」

「閒話少說，你的意思怎麼樣呢？」

「辦不到的事。」繡春逕自搖頭。

「辦得到也好，辦不到也好，凡事要講理性。我對這件事，倒也沒有甚麼成見；不過，我們的情分跟別人到底不同，總希望你的打算是最好的。只要有理由，確是辦不到；我絕不勸你勉強。你倒說說，何以辦不到？」

「當然是為錦兒。老實說，不管多賢惠的人，遇到這種事，沒有一個說是心甘情願的；那種有心病的日子，我可是一天也過不下去。」

「還有呢？」

「這還不夠嗎？」

夏雲知道她還有話不肯說：腦中轉了幾下，想出一個能把她的話擠出來的辦法。

「我不是咒錦兒，純是假定的話。假定錦兒得了急病，一口氣上不來；那時震二爺請你回去，你怎麼樣？」

這一著很凶，正說中了她的要害；繡春怕著她還有甚麼花招，便閃避著說：「這是不會有的事！」

「你別管有沒有，只說假定好了。」

「沒影兒的空話，說它幹甚麼？」

夏雲認為已經把她的話擠出來了，便不再逼，「說來說去你是恨震二爺的心，至今未消。」她說：「也不是我一個人，大家都覺得你的事不能怪震二爺；當初為了你，震二爺差一點要把震二奶奶休回娘家。這你又不是不知道！」

繡春語塞，只好用快刀斬亂麻的手法：「咱們先不談這個。談談你關心的事。」她說：「我已經看了三處房子，只等你來挑。」

果然，夏雲為這個話題所吸引了：「挑在那裡？」她急急問說：「總要離太太近才好。」

「我明白。三處地方都在西城。」

接著，繡春便細談那三處房子的地點、格局、大小、新舊、出路，還有房價。

「劈柴胡同這一處像是很不錯。房價也過得去；二千多銀子還湊得出來。」

「房價你別擔心，二哥有兩千，我至少也有兩千。」繡春緊接著又說：「依我看，劈柴胡同那一處最差，你挑中它，想來是因為便宜；便宜可沒有好貨。」

「我倒覺得怪不錯的。耳聞不如目睹，等把你的事談妥了，咱們把秋月邀著，一起進京去看一看。」

「提起秋月，我倒有個主意，咱們想個甚麼法子，能讓太太認了秋月作乾閨女；慢慢兒再替她物色個女婿。你看好不好？」

「好倒是好，不過，」夏雲笑道：「你自己呢？」

「我不行了！」繡春的語氣很坦率，「敗柳殘花，又經過那麼一段滄桑，還能指望甚麼？這就是我要替秋月打算的道理。」

「你是怎麼替她打算呢？」

「秋月甚麼都比人強，就兩件事上吃了虧，一是年紀；二是身分。年紀還不算大礙，大不了給人填房，一樣也是明媒正娶；俗語說的『一個挑，兩個寶』，做填房也有做填房的好處。就是身分這一點；如果太太認了她，就不同了。以她的人才，放個風聲出去，託人來做媒的，一定少不了。」

「這個打算，倒也不錯。咱們姐妹從小在一起，總希望一個強似一個；可是人家替你打算，你怎麼不聽呢？」

「你們又何嘗替我打算？」繡春覺得自己的話說得過分了些，但遲疑了一會，終於還是說了下去：「你們替我打算得對不對，且不說；先就妨著錦兒，治一經、損一經，大可不必。」

「那麼，」夏雲耐著心說：「你倒替你自己打算打算呢？」

「我的命苦，我認命。除非——。」

「除非怎麼樣？」夏雲知道她有話不肯說，便催問著：「你儘管說！你跟我，還有顧忌不成。」

「不說了，不說了。」繡春亂以他語，「咱們聊些別的。」

正談到這裡，只聽窗外有人聲，細辨是曹雪芹與秋月；夏雲推門出去一看，果不其然。

「王二哥今天住在鏢局？」曹雪芹問。

「是啊！」夏雲問說：「太太睡了？」

「原是睡了，才來找你們的。」秋月問道：「你們姑嫂倆的體己話，都說清楚了吧？」

「這件事，現在是不能談的。」繡春搶著說道：「你們也該想想我眼前的處境，我現在住在他們那裡，一談這件事，我答應了呢，少不得有人當作新聞，四處宣揚，我怎麼受得了？如果謝絕了，心裡總不免存著芥蒂，就算人家寬宏大量，我自己也會嘀咕，怎麼好意思還住下去？左右為難，不談最妙；你們想呢？」

為她設身處地想一想，確是成不成都是能使人受窘的一件事。曹雪芹和夏雲都知道她是一種遁詞，而秋月卻還不死心，她說：「暫且不談可以，不過，你到底是何打算？跟我們先說說也不要緊。」

「不！等我回到我自己家，才能告訴你們。」

「這不就是你的家嗎？」

「這不算。等我二哥置了房才算。」

於是談起預備在京置產的事。曹雪芹與秋月對此亦都有興趣；尤其是將來夏雲、繡春都能住在近處，日夕往還，這一點在好熱鬧的曹雪芹，更為興奮。

「我跟繡春說了，想約你一塊兒去看看。你有興致沒有？」夏雲對秋月說：「如果有興致，咱們早點動身。」

「怎麼沒有興致？太太原來就要讓我去看看錦兒，正好——。」秋月突然頓住——本有句俗語要說，話到口邊，覺得這句俗話太粗俗，所以硬噎了回去。

「正好甚麼？」繡春卻是口沒遮攔，替她說了出來：「正好『燒香看和尚，一事兩勾當』，是不是？」

聽得這話，曹雪芹像當胸挨了一拳，隱隱心痛；夏雲發現他神色有異，急忙問道：「芹二爺怎麼回事？臉色不好，是那裡不舒服？」

「沒有甚麼！」曹雪芹顧而言他地，「你們那一天進京？」

「那一天都可以。」夏雲答說：「明兒先回了太太再說。」

「她的事呢？」秋月指著繡春問：「怎麼跟太太回？」

「就用她自己的話；再好不過。」

夏雲口中的「她」，當然是指繡春。於是秋月在第二天一早，伺候馬夫人梳洗時，便將眼前繡春的處境，不宜談這件事的緣故，從從容容地說了出來；馬夫人亦以為然。不過她也跟秋月一樣，希望知道繡春最後的打算。

這樣就又要談繡春與她二哥合作置產的事。馬夫人聽完，慢條斯理地說了句：「繡春比你們誰都有算計，她的事，實在不用旁人替她操心了。」

這句話意味很深，秋月不由得好奇心起；「太太看，」她問：「繡春想置產是甚麼算計？」

「我不知道。只怕繡春自己也不知道。不過這樣做法，可進可退；她自己是把腳步站穩了。旁人不必再替她擔心；也許，咱們替她作的打算，她自己都早已想到了。」

「是！」秋月趁機又問：「夏雲約我進京去看房子；太太看，行不行？」

「沒有甚麼不行。你早去早回就是！看看錦兒，勸她自己保重。」

「我知道。」秋月緊接著說：「她問起繡春的事，該怎麼說？」

馬夫人想了好一會說：「繡春的話倒是很實在，錦兒也許是面子拘著，不能不大方。你不妨先多探一探她的口氣，果真如繡春所說的那樣，就根本不必再談了。」

「倘或倒是真心想邀繡春在一起呢？」

「那就得看她自己了。只要功夫深，鐵杵磨成針；反正繡春沒有回絕，就有希望。」

秋月將馬夫人的話，仔細體味了一會；自覺大有心得，最好採取聽其自然的態度。

這一念的轉變，她覺得肩上的負荷，減輕得太多了。

一見繡春陪著夏雲、秋月，連翩而至，錦兒只當好事已諧，滿懷喜悅，卻又像失落了甚麼；不過一時無從去細辨自己的心境，只是打點精神，接待這些不速之客。

「你別忙著張羅了！看你捧著個大肚子，我都嫌累贅得慌。」繡春攔著她說，「我來替你做主人。」

「你本來就是半個主人嘛！」錦兒坐了下來，「你這麼說，我就樂得偷懶了。」

顯然的，說「半個主人」，弦外有音；繡春微笑不語，看了秋月一眼，逕自監廚去了。

於是錦兒精神抖擻地，跟秋月與夏雲談了起來，先是談她初度懷孕的感覺；一種將為人母的喜悅與驕傲，給了秋月不小的感觸，但她卻插不進話去，只有夏雲才夠資格給錦兒提忠告。

看看冷落得秋月太久，錦兒便問：「太太搬進京的日子定了沒有？」

「總在下個月。」秋月答說，「大概一進京就能吃你的紅蛋。」

「我倒是盼著太太能早早來喝喜酒。」

「早得很呢！」秋月當頭便攔了回去。

錦兒臉上頓時便有掩抑不住的失望；看看夏雲，又看看秋月，希望她們說下去。

這當然要由夏雲來說：「事緩則圓。」她慢條斯理地，「我們得先在京裡安一個家，等繡春搬了回去，才能談這件事。」

「那又是為甚麼呢？」錦兒急急問說。

「繡春的性情，你還不清楚？她得為自己占一個地步。住在你家來談這件事，倒像是無路可走，投奔到你家似地。」

「這！我從來沒有想到過。你們也未免太多心了。」

「倒也不是甚麼多心。」秋月插進來說：「如今談這件事，繡春的處境確是有點兒尷尬。反正她要找房子，你要坐月子，也沒有功夫。等過了這兩個月，從從容容談也很好。」

「怎麼？還要買房子？」錦兒問夏雲：「是王二哥買？」

「他們兄妹合夥。喔，還有件事要託你；其實是繡春的事，她有些首飾想脫手，好湊房價。你一定有路子。」

「路子有。」錦兒問道：「有多少東西？」

「這要估了價才知道。」夏雲又說：「也不是完全脫手，只要湊夠了兩千銀子就行了。」

「兩千銀子小事；我有點私房，借給你好了。不必談利息，也不必談限期，王二哥甚麼時候方便，甚麼時候還我好了。」

夏雲笑了，向秋月說道：「你聽聽，好闊氣！」

錦兒臉一紅，急忙分辯：「我可不是在你們面前故意擺闊；從小的姐妹，耍這一套，不叫人牙床發酸？我是這麼想：第一、置產最好一個人置，別拖泥帶水地，將來要處置也不便；第二、首飾賣不起價；將來要置同樣的東西，多花一倍的錢還不止。」

夏雲點點頭，與秋月相視一笑；那眼色中的言語，錦兒看得出來：原來她是為自己打算，怕震二爺將來替繡春買首飾，會多花錢。

意會到此，頗感不安，急忙又解釋地說：「我可是一點兒別的意思都沒有。完全是就事論事。」

「我知道。我是怕借時容易還時難。再說，繡春怕也不會同意。」

「錢是借給王二哥——。」

「我知道。」夏雲打斷她的話說，「我也很感激。不過，在京裡買房子安家，是繡春的主意，所以一定得問問她。」

「那也好。你問了她再說。」錦兒又問：「打算買在那裡？」

「自然是在西城，離你、離太太這裡都近才方便。」

「那好！我託人替你們找。」

夏雲未及答言，只見窗外人影，是曹震回來了。

「震二爺！」秋月與夏雲不約而同地站起來招呼。

「請坐，請坐！」曹震很客氣地，然後向秋月問馬夫人；向夏雲問王達臣，比平時格外親切而周到。

儘管如此，秋月與夏雲卻不免拘束；曹家規矩很重，那怕夏雲是已嫁了出去的，在曹震面前，仍執下人之禮，就坐也只是挨著椅子邊沿。見此光景，錦兒便說：「你請到你書房裡去吧！回頭芹二爺要來，讓他陪你在外面喝酒好了。」

「喔，提起來我倒有件要緊事告訴你們。四老爺要出差，到盛京宮裡去理一批書；差使不好，不過在四老爺倒合適，又是頭一回派差使，所以四老爺很高興。」曹震看著秋月說：「四老爺的意思，想把雪芹帶去歷練、歷練。不知道太太放心不放心？」

這個消息來得太突兀了，但無疑地是個喜訊。曹頫回旗以來，一直是「廢員」的身分，如今居然派了差使，便是復官的先聲。夏雲因為季姨娘的關係，比秋月更覺關切，不由得就想到了棠官。

「跟了四老爺去，太太不會不放心。」秋月問道：「不知道要去多少日子？」

「這可不一定，要看書有多少。大概少則三個月，多則半年，也不過一晃眼的功夫。」

「你也別說一晃眼。」錦兒接口，「帶芹二爺去，太太放心不放心是一回事；捨得不捨得又是一回事。」

「其實，」夏雲覺得是開口的時候了，「四老爺何不就帶了棠官去？」

「棠官原是要帶的。」

「那還好些；哥兒倆有個伴——」

錦兒話還沒有完；秋月想起一件事，迫不及待地問：「是馬上要動身嗎？」

「這，我倒沒有問。」

「要是能過了年動身，春暖花開的時候就好了。往後去，關外冰天雪地，不知道太太放心不放心？」

「這話，」曹震很小心地說：「如果太太不願意，得另外找個冠冕堂皇的理由；若是老實跟四老爺說，必定又惹他發一頓議論。」

「是！」秋月點點頭。

「要講歷練、歷練倒是不錯的。」夏雲說道：「往後天氣冷了，當然要想到；不過，派個妥當人照應，也沒有甚麼不能放心的。」

「若說妥當，不如何謹；可是年紀到底大了。」

「何大叔跟了去，實在很合適。他從前不就替四爺管書畫；這會兒幫著去理書，一定得力。」

對「四老爺」來說，何謹是很合適；秋月心裡在想，但未必能照料曹雪芹的生活起居。她忽然心中一動，看來怕要自告奮勇了。

房子買好了，但繡春卻添了一樁心事。

「我本來想等那批首飾脫手了再成交，那知道夏雲對房子中意得不得了；這一來錦兒正好抓住機會，說她先墊一千五百銀子，首飾擺著慢慢找主兒，總要得了善價再賣。夏雲當著錦兒的面問我。芹二爺，你倒想，我能說：不必你墊，你把首飾還給我，我自己託人去變價好了。就這樣讓錦兒墊一千三百銀子。」

「不是一千五嗎？」曹雪芹不解地問。

「房價總共三千五百銀子；一次付清，房主讓掉二百兩。我二哥在仲四爺那裡挪了兩千，還差一千三。」繡春又說：「議價是夏雲跟房主打的交道；早知道能分兩次付，也就不必讓錦兒墊了。」

「其實，也無所謂；等她把你的首飾變了價，歸還她的墊款，不就不欠她的情了嗎？」

「嗐！你真是書獃子。」繡春皺著眉說：「第二天她拿首飾來還給我，你就可想而知了。」

曹雪芹心想，這是真的有意想羈絆繡春。便即問說：「你收了沒有呢？」

「我怎麼能收？」

「看樣子，她也不會替你找主兒變賣首飾。當時你倒不如收了下來，我到琉璃廠替你託人去辦。」

「啊！我倒忘了你還有琉璃廠的路子。」繡春失悔的神情，堆滿了一臉；懊悔了好一會，她忽然說道：「也沒用，當時你又不在京裡。」

那時曹雪芹與秋月正回通州，商量關外之行；離京不過幾天功夫，又有甚麼等不得的？他知道她是找個自我寬解的理由，便笑笑不答。

「你的事怎麼樣了？」繡春問說：「太太許了？」

「不許也得許。四老爺的事，又是冠冕堂皇的好事。」

「你自己呢？」

「我無所謂，男兒志在四方。」曹雪芹的聲音忽然低了下來：「就捨不得你們；撇得我孤孤單單，淒淒涼涼，一步一步，不知怎麼捱得到關外。」

這一說，連繡春也興起無限離愁，嘆口氣說：「唉！真是『不如意事常八九』。」

「但望你能如意！」曹雪芹很快地接口：「不然，我在外頭的日子，就更不好過了。」

「我怎麼如意得了？」繡春又嘆口氣：「本來不管怎麼樣，悶了還可以找你聊聊；現在連個能說幾句心裡的話都沒有了。唉！」

「你也不能這麼想。有秋月、夏雲，還有錦兒在一起，還不夠熱鬧？不比我——。」

「不同的！」繡春打斷他的話說：「秋月是越來越古板了；夏雲是兒子第一、丈夫第二，婆婆媽媽的，越來越不對勁；至於錦兒，我如今是見了她就怕。」

「為甚麼呢？」

「她說一句話，我就得琢磨一下，是不是另外有甚麼意思在內。從搬來以後，我已經上了她好幾次當了！」

「你這話不公平！錦兒純是一片好意——」

「你不懂！」繡春不客氣地搶白：「常言道『事非經苦不知難』；其實是事非經過，不知甘苦；事情不曾臨到頭上，想法不大一樣。譬如現在，她只覺得博個賢惠的名聲，是件好事，等到賢惠的名聲到手，她才知道『濕手捏了乾麵』，想甩甩不乾淨，麻煩透了。我可不願在她手裡當乾麵。」

「這個譬喻很透澈。不過，這恐怕不是你不願意的真正原因。」

「那麼，」繡春信口問道：「你說，真正的原因是甚麼？」

「是不甘心。」曹雪芹停了一下說：「我沒事的時候，常想到你的事。你也不是記震二哥的恨，也不是怕不能跟錦兒相處，只是心裡不服氣，早說過絕不跟震二哥見面，偏偏一步一步，不知不覺地走到你當初最不願走的路上；你現在是不肯認命，要跟命爭。如此而已！」

他把話說完，才發覺繡春淚流滿面，不由得大驚失色，「怎麼啦！」他急急問說：「我那裡說錯了？」

繡春搖搖頭，只說一聲：「手絹兒！」

曹雪芹便從衣袖中掏出一團溫熱的白紡綢手絹，遞了給她。繡春先擦眼淚、後擤鼻子，涕泗橫流地沾滿了他的那塊手絹。

「這不能用了。回去了，我找一塊賠你。」

她是陪著他來看她的新居，一半也是故意躲開錦兒可以暢所欲言；所以感情激動時，絲毫不想抑制，流過一陣眼淚，心裡舒暢得多，臉色反倒變得開朗，這就讓曹雪芹更感困惑了。

「你說到我心裡去了。」她握著他的手說：「我就是不甘心認命；倒要看看，究竟自己能不能作自己的主。你看呢？」

「很難說。」曹雪芹雙手一攤：「我真不知道。」

「你意思是我爭不過命，非認命不可？」

曹雪芹先不作答，然後問了句：「你不認又如何？」

「不認就是不認，何必問下一步？」繡春換了個話題，「上次你說要替我題個齋名，這會兒我有我自己的房子，你大可一逞才情。」

「好！等我慢慢兒想。」曹雪芹說：「這會兒心裡亂糟糟地，只想找一處清靜地方，一個人靜下來好好兒想一想。」

「那就回去吧！我想法子讓你清靜。」

「不！我回學裡去；倦得很，想睡一覺。」

「在我床上睡好了。」繡春提醒他說：「你許了錦兒去吃晚飯的；她可是特為你開了一條火腿。」

曹雪芹不忍拒絕，仍跟繡春同行到家；與錦兒說不上三五句話，呵欠連連，到了繡春那裡，和衣而臥，很快地便入了夢鄉。

「怎麼回事？」錦兒有些詫異，「倦得這個樣子？」

「他說他這幾天，夜夜睡不好；捨不得太太，捨不得秋月，捨不得這個，捨不得那個，心事多著呢！」

「唉！咱們也捨不得他，可是有甚麼辦法呢？」錦兒接著又說：「別的都很好辦，沒有個體己的人照應，實在不大放心；其實秋月陪著去是正辦，太太亦非一定她不可。」

「我也是這麼說。回頭倒再勸勸他。」

醒來時，窗外的暮色已很濃了。曹雪芹睡得很沉，一時不辨身在何處；只覺得衾枕間有股似陌生而又熟識，好久好久以前曾經聞過的香氣。是在那裡聞過的呢？他這樣自問著，苦苦思索，終於想起來了，是跟春雨在一起的時候。

這才想到，自己是在繡春床上。拿繡春來跟春雨相比，不由得綺念大起，想按捺，按捺不下；自覺苦惱卻又不願起身。

就在這矛盾的心情中，聽得房門響聲，影綽綽地看得出是繡春。

「該醒了吧？」

曹雪芹剛要答應，突然心中一動，便不作聲，只把身子動了一下。

「芹二爺，該起來了。」

曹雪芹仍舊不響，閉著眼聽她的腳步聲越來越近，卻聽得見自己的心跳。最後，腳步停了下來，如他所預期的，來推他來了。

「芹二爺，芹二爺！醒醒。」

曹雪芹「嗯，嗯」地，模模糊糊地應著，慢慢翻過身子來；順勢抓住她的手，然後腦袋一側，動也不動地彷彿又睡著了。

繡春倒是真的以為他是睡夢中翻身，無意間有此動作；但掙脫時發覺他握得極緊，才知道他是有意如此。

這自然使得她心亂了，有些驚駭，有些好笑，也有些不忍再掙扎，於是索性在床沿上坐了下來，打算著定定神再說。

這對曹雪芹便成了一種鼓勵，不過他也不敢輕舉妄動，握著她的溫暖的手，稍稍捏了兩下。

繡春當然感覺到了，乘他鬆弛時，把手抽了出來，隨即在他手背上打了一巴掌。

「你心裡在想甚麼？」

語氣很威嚴，還帶著些恐嚇的意味，就像做母親的發覺小兒子做了不規矩的事，發出質問那樣；但繡春不免慚愧，懷疑她自己夠不夠資格用這樣的聲音，問這樣的話。

曹雪芹的回答，不算意外，「沒有啊？」他囁嚅著說：「沒有想甚麼，我剛剛醒過來。」

本來不打算再往下說了，但因為他的最後那句話，她覺得不妨乘機問一問：「那麼你一定在做夢！夢見甚麼了？」

這對曹雪芹是個啟示，就像俗語所說的「借酒蓋臉」；藉夢卻可抒心，但風流要出之以蘊藉，便先宕開一筆，爭取構思的功夫。

「對了！正在做夢，是個美夢，讓你一巴掌打碎了。」

「胡扯！」繡春笑道：「說起來還是我不好？」

「我不敢說你不好。不過你總也有過做夢做到最甜的時候，忽然一驚而醒，那種心裡發空、發慌，不知人生有何樂趣的經驗吧？」

「說得這麼可憐！」繡春有些真的相信他做了一個夢了，「你的夢怎麼甜法？」

「我不能告訴你。」

「為甚麼？」繡春越發要追問：「莫非有甚麼顧忌？」

「有一點——」

剛說得半句，只見繡春倏地起立；她的耳朵尖，聽見有人來了，一面往外走，一面提高了聲音說：「快開飯了，起來吧！」

飯桌上談起曹雪芹出關的事。錦兒照她跟繡春商量好的辦法，勸他不必怕馬夫人沒有秋月不便——秋月曾經自告奮勇，馬夫人當然贊成，但卻添了句：「不過這一來，我就不知道該怎麼辦了？」曹雪芹深知老母不能沒有秋月，因而便一直表示，他自己能照料自己，只帶一個小廝就行了。

這時他仍舊是這樣的話，「我一個人在學裡，使喚公中的蘇拉，也沒有甚麼不方便。」他說：「你們別再把我看成嬌生慣養，甚麼都不能動的人！」

「這是在學裡，甚麼都有人管，而且管得好好兒的。再不然，還可以回家來，或者少甚麼東西，派蘇拉來說一聲，馬上就給送了去。」錦兒重重地說：「到出了門，你試試看！」

「就是在學裡，你也照顧不了自己。」繡春接口：「你倒想想，光是荷包，你一年要掉多少個？」

「那，那是我送了人了。」

「好！那可是你自己說的。」繡春是抓住了把柄的神氣，「你說，你把我給你的荷包送給誰了？」她又扳著手指數：「一個、兩個、三個、四個，四個如今只剩了一個了！」

「誰說的？兩個。」

「那麼還有兩個呢？」

「掉了就掉了，何必說假話？」錦兒威脅著說：「你要把我們給你的東西隨便送人，你就甭想再跟我們要甚麼東西！」

曹雪芹不作聲，繡春卻得理不讓人，釘著問說：「到底是送了人了呢，還是掉了？你說啊！」

曹雪芹無奈，答一句：「你想呢！」

繡春噗哧一笑，「不是送人，也不是掉了，」她說：「是荷包自己長了翅膀飛了。」

彼此一笑，這一段就算揭過去了。曹雪芹正色說道：「事難兩全。秋月如果不在太太跟前，我實在不放心；就有秋月，我也不能在外頭過舒服日子。」

「這話，」繡春不服氣地說：「放著我幹甚麼的？」

「是啊！」錦兒也說：「太太一搬了來，住得那麼近，有事當然我們伺候，你很可以放心。」

話是一樣漂亮，也一樣的出自衷心，但曹雪芹了解，說同樣的話，卻有不一樣的想法。在繡春，早有了堅定不移的打算，絕不會跟錦兒分庭抗禮，那便跟秋月是同類的身分；秋月走了，有她補缺，跟馬夫人朝夕作伴，所以說：「放著我幹甚麼的？」

但在馬夫人卻不能作此打算或期待；如果透露這樣一點點意思，便等於反對繡春與曹震的復合，所以心目中只認為唯一能日夕不離的，只有一個秋月。但這些意思，卻無法當著錦兒說，便只有低著頭喝悶酒；猛喝了一杯，自己伸手去提壺。

手剛伸到壺把上，一隻溫暖的手壓了下來；曹雪芹微微一驚，但卻不忙著應付這意外之驚，心裡在問；是誰的手？軟柔溫腴，個把時辰以前剛握過，當然是繡春的手。

及至抬眼看時，才知道錯了。「你看你，」錦兒說道：「光拿這一點說好了，沒有個體己的人在旁邊，誰能攔得住你這麼不顧命似地給自己灌酒？」說著，把手鬆開。

曹雪芹不好意思把酒壺提過來，也鬆開了手。於是第三隻手伸了過來，「我來監酒。」繡春說道：「只准你再喝三杯。」她替他斟著酒又說：「你總知道監酒之威，令出如山；只有三杯酒，你慢慢兒喝吧！」

「對了！少喝酒，多吃菜。」錦兒夾了一塊肥瘦相間的火腿給他。

「好了！別談我的事了。」曹雪芹說：「這不是甚麼大不了的事，而且也還有些日子，大可從長計議。」

錦兒點點頭，向繡春使了個眼色；很明顯地，意思是此事不必再跟曹雪芹談，直接向馬夫人面前下手。

繡春卻無表示，舉一舉杯，送到唇邊抿了一口，然後夾了一塊醉蟹到面前，拿銀鑲象牙筷，細緻地剔著蟹黃吃。

雖說細緻，也仍是乾淨俐落；看著她那雙靈巧而又豐腴的手，曹雪芹想起偷握的滋味，不由得便定著眼看。繡春自然想不到他此時有此綺思，夾出一塊紫膏，擺在他面前的碟子裡。

「嘴饞是不是？」她說：「愛吃蟹，可又懶得剝；現成到口的東西，味道先就打了個折扣。」

「雖說打了折扣，還是好。」曹雪芹一面咀嚼，一面說：「一年，也只有秋天，才有好東西吃。」

「照你這麼說，蘇東坡的詩，不妨改一個字。」繡春將「一年好景君須記，最是橙黃橘綠時」的「景」，改了個「吃」字，朗聲唸了出來。

曹雪芹笑了，「點金成鐵，」他說：「你得把蘇東坡氣死。」

「蘇東坡本來就是個饞鬼。」繡春唸了些蘇東坡詠飲饌的詩句，忽然問道：「『一騎紅塵妃子笑，無人知是荔枝來』，從廣東到長安得多少天，那荔枝還能吃嗎？」

「楊貴妃吃的荔枝，是從四川去的。」曹雪芹答說。

「四川到長安，路也不近啊！而且走棧道也快不了。」

「不是走棧道。那時有一條捷徑，名為『子午道』，走這條路要近得多。咱們不談這些，談談別的吧！」

談到這些，錦兒插不進嘴去；曹雪芹怕冷落了她，所以這樣說法。繡春懂他的用意，便向錦兒說道：「你那天說，等這回陽澄湖的蟹到了，得先給太太送去，不知道那天到？」

「大概就是這幾天。」錦兒向她使了個眼色，「我看，到時候你走一趟吧！」

「是啊！我就是這麼想，所以才問你那天到。」

第十八章

由江蘇來的陽澄湖大蟹，在京師是無上珍品，曹震只分到十六隻。十六隻蟹分裝十六隻海碗大的竹箬簄簍，簍子裡塞滿了新穀，蟹就埋在穀子裡。據說運到京師，簍中的新穀大多成了稻殼，要這樣蟹才不至於餓瘦。

分了一半讓繡春帶到通州；秋月將南京帶來的，那套專門為了吃蟹用的銀器找了出來，馬夫人不由得又想起了愛子。

「你是從那兒找出來的？」她問：「那天芹官問我，我說不知道擱那兒去了。早知道能找到，應該讓他帶了去。趁還沒有走，讓他多吃兩回蟹。」

「太太這麼惦著芹二爺，我看，」繡春說道：「真不能沒有一個能讓太太放心的人，跟了去照應。」

「這，」馬夫人緩慢地說：「我實在不知道該怎麼辦。秋月倒是願意陪了去，他又一定不肯；而且說實話，我也真少不了秋月。」

「我倒有個辦法，一定妥當。」

「喔，」馬夫人蟹也不吃了，望著她說：「甚麼妥當的辦法，快說給我聽聽。」

「我跟了去。」繡春從從容容地說：「把芹二爺交給我，太太不能不放心吧？」

這真是語驚四座了！大家都是口手俱停，一齊望著繡春，倒像是她突然變了樣子，要仔細看看，到底變了多少？

「怎麼啦！」繡春卻沉得住氣，拿起小銀錘，砸碎了一隻蟹螯，「叭嗟」一下，又響又脆，讓馬夫人微微一驚。

「我得抽袋煙，好好想一想。」馬夫人拿手指在專為滌手的濃茶中過一過，隨手抓一把菊花瓣在手掌中搓著。

秋月聽說馬夫人要抽煙，便起身替她去取了旱煙袋來；這時只聽得夏雲開口，「你是怎麼想來的？」她說：「你跟錦姨娘談過沒有？」

「我只回太太就行了。這話不必跟她說；她就心裡願意，也要裝賢惠。」

「慢著，」思路極亂的馬夫人，抓到一個頭緒了；連秋月已經點燃了紙煤，都顧不得抽那袋煙，急急問道：「你說，錦兒願意放你？」

「她不放也不行。」繡春很快地回答：「腿長在我身上，她怎麼留得住我？」

「原來你至今跟震二爺還存著意見。」

「不！太太，我是為錦姨娘。太太跟四老爺不都許了她的，只要生了兒子，就把她扶正。咱們這種人家，那是多難得的事。我早就下定決心了，絕不能擋她的路。說老實話吧，就是沒有芹二爺這趟出遠門，我也不會跟他們一起過日子。」

「這早就看出來的事。」秋月脫口說道：「人各有志，不能相強。太太，我看繡春的主意，很可以行得。」

「這是一舉三得的事。」繡春因為有秋月支持，才說正面的理由，「第一，太太有秋月在，芹二爺可以放心了；第二，芹二爺有我跟著去，太太也可以放心了；第三，錦姨娘沒有我擋著她扶正的路，她也可以放心了。」

「前面兩個放心都不錯。」秋月抗聲說道：「你形容錦姨娘的話，可是有欠厚道。」

「說老實話，聽來總是刺耳的。」

「你們別抬槓了。」夏雲插進來說：「凡事講理，既然是一舉三得的事，就請太太作個決斷吧！」

「我是怕震二爺會怪我——。」

「這有甚麼好怪的？」繡春大聲說道：「本來就不成的事。」

「我總覺得，彷彿有意跟震二爺作梗似地。」

「這樣吧，」秋月接口說道：「等我進一趟京，跟錦姨娘好好兒說一說；我想把話說明白了，她也不能不替芹二爺設想。我只作為太太問她的意思，讓她自己說一句：既然有這種種難處，也只好擱下不提了。這麼辦，彼此的面子都不傷。」

事情就這樣說定了。馬夫人先是因為這個變化來得太突兀，一時心理上不能接受，及至心定下來仔細想一想，確是最適當的安排。

好幾天來一椿想起來便犯愁的心事，竟想不到地解消了；那份快慰，幾乎是從曹老太太去世以後，從未再有過的事，因而竟興奮得失眠了。及至通前徹後一遍遍想下來，又有件事不能釋懷；這一下，越發輾轉不能安枕，索性披衣起床。口渴想喝茶，喚小丫頭喚不醒，卻將睡在後房的秋月驚動了。

「太太要甚麼？」

「怎麼把你吵醒了？」馬夫人歉意地說：「我一直沒有睡著，想起來喝口茶。」

「我來。」

等秋月倒了茶來，馬夫人問道：「你睏不睏？」

秋月知道是有話要談，便即答說：「我睡過一覺，怕太太睏了。」

「今兒個也不知怎麼回事？心裡一直惦著芹官的事，怎麼也睡不著。」馬夫人放低了聲音說：「別的都好，就有一件事，似乎不大合適；趁這會兒沒有人，正好跟你商量。你坐過來。」

於是秋月將一張小板凳端到馬夫人身邊坐下，仰臉望著，等候發話。

「繡春今年多大？」

「她比我小一歲，今年整三十。」

「她跟芹官怎麼樣？」馬夫人問道：「有沒有好過？」

秋月知道，這所謂「好過」，是可曾有過肌膚之親？這一點她知之有素；「沒有。」她說：「絕沒有。」

「那麼這趟到了奉天呢？」

「那，」秋月是早已想過了；贊成繡春跟了去照應，自然也就當她拿春雨看待了，因而便笑笑說道：「太太又何必為這個操心！」

「我是怕旁人說閒話。不管怎麼樣，到底跟過震二爺，還生過孩子，一定有人說長道短，話說得很難聽。」

「這也只好隨他們去說。繡春跟震二爺早斷瓜葛，連面都不見的；繡春等於還出過家，現在算是還俗，跳入紅塵再世做人，過去的事，早就不算了。」

「震二爺呢？」馬夫人說：「這不是心裡更不好過了。」

這一點，當然要顧慮，但繡春的事，如此安排，也算是個結局，秋月覺得不能再想得太多，以致拖泥帶水，又留下好些麻煩。

「這一回的事，完全是自然而然，誰都想不到的。若說繡春為了跟芹二爺好，不願跟震二爺，那在道理上，得避避嫌疑。既然兩下毫不相干，也就問心無愧了。世界上原沒有樣樣都能讓人如意的事。」

然後又談起曹雪芹的親事，這始終是馬夫人最大的一樁心事，如今加上繡春，欲求佳偶是更難了。大家子弟未成親以前，房幃先已有人，雖是常事，但像繡春這樣的年紀，又素有剛強能幹之名，願意結親的人家，可能心存顧忌，怕女兒嫁過來會受欺侮。

「沒有名分也無所謂。」秋月答說：「這些都可以憑媒人說得清楚的。」

「莫非將來繡春不會爭名分？」

「不會的，絕不會。」秋月斬釘截鐵地說：「繡春為人我知道。這一回自願跟了去照應芹二爺，一則是為了太太；再則是芹二爺一向對她另眼看待，不無感激圖報之意；三則又恰好要躲開震二爺。如果存著甚麼私心，打算將來爭甚麼名分，那就不是大家又忌憚、又敬重的繡春了。」

「你的話自然有道理，可是將來有了孩子呢？『去母留子』的事，不是咱們這種人家幹得出來的。」

「唷！」秋月詫異，「太太難不成連她涼藥吃多了，再不能生育了，都不知道？」

馬夫人被提醒了，也放心了。但覺得為求穩當起來，認為最好能取得繡春的承諾，將來不會做甚麼令人為難的事。當然，這個任務必是落在秋月頭上。

秋月認為無此必要，話也很難說，但終於還是硬著頭皮答應了下來。

考慮了一整天，秋月還是躊躇未決。其實，她就不跟繡春談這件事，馬夫人也不會催問，因為繡春這天一早，就已開始為曹雪芹預備行裝，應該帶甚麼，應該添甚麼，從衣服到日用器具，開出單子來給馬夫人看，竟想不出有甚麼遺漏需要增添之處。這時才真正承認，由繡春去照應曹雪芹，實在是再適合不過；前一天晚上跟秋月所談的顧慮，根本不算一回事了。

可是秋月卻不知道馬夫人的心意已經改變；主母交代的事，當然要完全辦到。而且怕馬夫人急著等回話，決定當夜跟繡春同榻，枕上私語；至於如何措詞，只有臨時相機行事了。

到得一上了床，並頭睡下，黑頭裡看不見繡春的臉，不自覺地減少了顧忌，浮起一個實話直說的念頭，忖度下來，認為是最好的辦法。

「昨兒後半夜，太太跟我談了整整兩個時辰——。」

「慢著，」繡春心急，打斷她的話問：「後半夜是怎麼回事？」

「太太失眠，叫丫頭倒茶把我給弄醒了，是這麼湊在一處的。」

「談些甚麼？談我？」

「當然是談你；談你又少不得談到芹二爺。話很多，我想都告訴你。」秋月特意又加一句：「我不知道你對我怎麼樣；我對你向來無話不談，好話也好，聽了叫人不痛快的話，我可是沒有瞞過你一句。」

一聽這語氣，繡春便知有不中聽的話，當即答說：「你知道的，我別無長處，不過自己覺得氣量並不算小，也懂得忠言逆耳這句話，不會不痛快。」

有她這番近似鼓勵的回答，秋月更無顧慮，隨即便將馬夫人的疑問，與她的解釋，原原本本都說了給繡春聽。

聽到秋月為她在馬夫人面前解釋，她願意伴同曹雪芹出關的緣故，以及絕不會「爭名分」的話，繡春不由自主地激動了，滿眶熱淚，感激知遇。但秋月的看法中，有一點卻讓繡春深感遺憾，也覺得屈辱——把她比作春雨第二。

她想說：你就不相信世界上有「發乎情，止乎禮」的人？轉念又覺得空辯無益，因為「不欺暗室」是件無法證明的事，如果覺得人言可畏，又何苦如此熱心？既然如此熱心，就不必再考慮如何避嫌疑，根本是個避不了的嫌疑！

於是她說：「真不枉咱們姐妹好了一場，你把我心裡想說的話都說出來了。可惜美中不足，這也只有將來看了。」

秋月不解，因而問說：「怎麼叫美中不足？」

「是說你已把我的心事看到了九成，只有一成還看不透。」

「這一成是甚麼？」

「以後你就知道了。」

聽她的語氣，再問亦不會有確切的回答，而且既已看到九成，即令還有未看到之處，亦無關宏旨，可以不問。

不過，秋月倒是擔心一件事，她在馬夫人面前斷言繡春不會再生育，萬一她倒是懷了孕怎麼辦？因此，她率直地道出她的心事，「繡春，」她說：「我倒問你：你究竟會不會再有喜？」

一聽這話，繡春大起反感，想這樣回答：「我有喜，不就是曹家有後了嗎？那才真是喜事。」不過這個念頭，馬上又改變了。畢竟秋月是一片好心，不能這樣不客氣地給他釘子碰。

於是，略想一想，用句戲輸作答：「喜從何來？」

這是句雙關語；一方面表示她已不能生育；另一方面也是暗示，倘與曹雪芹無肌膚之親，又何能懷孕。而秋月所了解的，只是前者，心就寬了。

「原是！你當年吃了那麼多涼藥，應該不會再有喜。」

這又惹得繡春反感，一時起了個惡作劇的念頭，作為報復：「你是黃花閨女，怎麼知道吃多了涼藥，不能生育？」

秋月明知道她是戲謔，而在黑頭裡，仍不免臉上發燒；「我是聽那些老嬤嬤說的。」她故意用質問的語氣：「難道我就不該懂這些事？」

「是的。你懂得很不少！等我再教教你。」說畢，繡春便揸開五指直探秋月胸前。

這一下，把她嚇壞了，一面護胸，一面喝道：「你幹甚麼？」

「我把你當成一個爺們！」

說著便抱住秋月，渾身上下亂摸亂捏，親著嘴還「嗯嗯」地哼著。秋月倒是守禮謹嚴的處子，何曾經過這樣的陣仗？又窘又急，雙手忙著遮這遮那，口中不斷地輕喝：「別鬧，別鬧！」

繡春是放縱的心情，一發難收，緊緊摟著秋月，把臉埋在她肩項之間，只是喘息；秋月也有透不過氣的感覺，但不知如何，竟別有一般滋味在心頭。等繡春鬆開了手，她撫摸著她的濃密散亂的頭髮笑道：「你真野得嚇人，怪不得震二爺捨不得你。」

「你怎麼知道他喜歡野的女人？」

本是無心的一句話，沒有想到有語病，秋月不免受窘，急忙答一句：「想當然耳！」

繡春笑道：「你倒真會想！我不知道你這些念頭是那裡來的？」

「書本上來的。」秋月索性裝得不在乎地說：「李清照的一句『被翻紅浪』就夠了。」

「我只當你是看了《西廂記》。」繡春在她耳際輕笑道：「真可惜你少個『銀樣鑞槍頭』。」

「不要臉！」秋月輕輕在她的豐臀上打了一巴掌，趁勢換了個話題，「明天我跟太太怎麼回？」

「甚麼事怎麼回？」

「咦！剛才跟你說了半天，你一句都沒聽進去？」

「喔！你是說芹二爺出關那件事？」

接下來繡春便沉默了。久等不見她開口，秋月少不得催問：「怎麼樣？」

「你跟太太說：要不要繡春立一張筆據？」

這話說得重了些，秋月微感不安，「其實我早替你表白過了。」她說：「這會兒也不過隨便問一句。好了，咱們不談這些了。睡吧。」

「你睏了？」

「睏倒不睏——。」

「那就索性把這件事說個清楚。」繡春問道：「你打算甚麼時候進京？」

進京是去看錦兒談繡春的事；秋月一時拿不定主意，便反問一聲：「你看呢？」

「我看，不如我自己跟她談。」

「你預備怎麼說？」

「我跟她老實說，我勸我二哥在京裡置產，我的意思就很明白了。正好又有芹二爺這件事，不是很好的一個機會？」

「甚麼機會？」秋月茫然不解；「而且還是很好的一個機會。」

「如果沒有芹二爺這件事，我說我不顧意跟她在一起，她一定得苦苦勸我，不然，好像在震二爺面前不好交代。那一來豈不是讓她為難？你想，有了芹二爺這件事，不是個很好的機會？」

「你的心思真深。」秋月想了一下說：「不管我跟她談，還是你自己跟她談，總要婉轉才好，別生了意見。」

「不會！」繡春靈機一動，「絕不會生意見。」

「震二爺！」

曹震抬頭一看，大出意外，站在書房門口的竟是繡春。她一直在避他，是他所深知的，不想居然自己找上門來，倒讓他有些手足無措了。

「請坐，請坐！」他急忙站起來招呼，「有事嗎？」

「是的。我想跟震二爺好好談一談。」

「喔，好！先請坐。」

繡春從從容容地坐了下來，挑的位置對窗戶也對著門，為的是發現有人進來，便可及時住口。

「我聽說震二爺打算把我接了來住？」

這樣單刀直入地發問，使得曹震幾乎無法招架，囁嚅著答說：「是有這麼個意思，好讓我補一補虧欠你的地方。」

「言重了，你不欠我甚麼。這也不去說它。我想請問震二爺的是，把我接了來，打算怎麼待我？」

曹震張皇失措的一刻已過去了，定定神答說：「當然你在錦兒前面。」

「錦姨娘快足月了，看樣子是個男孩。那時怎麼辦？」

「我不大明白你的意思。錦兒的兒女，不也就是你的兒女嗎？」

「不敢當。」繡春徐徐說道：「我是說，到時候你拿錦姨娘怎麼辦？太太跟四老爺不都許了錦姨娘，也是震二爺你自己許下的心願，只要錦姨娘生了兒子，便拿她扶正。那時候震二爺拿我怎麼辦？我還能在她前面嗎？」

「自然不能讓她越過你去。」曹震答說：「扶正這件事，只有緩一緩了。」

「緩到甚麼時候？」

這一問問得曹震張口結舌，好半天說不出話來。

「震二爺，不是我說你，你那個做甚麼事都是顧前不顧後，治一經、損一經的脾氣，到底甚麼時候才改得掉？像這回你的打算，不把錦姨娘的心傷透了！跟你吃了多少苦，受了多少氣，好不容易快熬出頭了，你又把我攔在她前面，這不是有心作賤她嗎？」

「我那有這個意思？」曹震著急地分辯，「而且，你的事，我也先問了她的，她如果稍有不願意的話，我也不能這麼辦。」

「哼！」繡春失笑了，「錦姨娘能說不願意嗎？我們姐妹的情分，她自己的賢惠的名聲，你打死她，她也不肯說個『不』字啊！」

曹震無話可說，像鬥敗了的公雞似地，頹然坐在圈椅中，右腿架在左腿上搖個不住，好半天才說了句：「看起來，這件事倒是我打算錯了。不過，我都是為你。」

「我也是為你。」繡春毫不含糊地說：「原是件絕不能如你願的事！就算如了你的願，你未必能讓我對你好；可是錦姨娘是絕不會再對你好了。所以我特為來進一個忠告，懸崖勒馬，及今未晚。」

那句「未必能讓我對你好」，可是大大地傷了曹震的心，一陣痛苦的表情之後，出現了絕望的豁達，雙手往外一攤，說一聲：「我是一片誠心，行不通也就只好讓它埋沒了。」

「怎麼說埋沒！」繡春接口說道：「震二爺的這片誠心，我不是已經知道了嗎？」

這多少算是一種安慰，曹震心裡好過了些，「好在這件事也沒有正正式式談過。」他說：「你就當沒有這回事好了，照樣住下去，等錦兒坐過了月子，你再搬回去。」

繡春點點頭，彷彿表示同意。她故意不說照應曹雪芹的事，為的是扯在一起，怕生誤會。

「繡春，」曹震眼中復又流露出無限愛慕，「我可是心目中只有你一個人。」

「你趁早別說這話，讓錦姨娘知道了，多不合適！」

「她不會知道的。」

繡春不作聲，是懶得回答。曹震卻誤會了，以為她所顧忌的只是錦兒，只要能將錦兒瞞住，甚麼都好商量。

於是他又說：「繡春，我真想好好跟你談一談，你看甚麼時候？」

「甚麼時候都可以。」

「好！」曹震很高興地說：「我一定來找你。」

繡春聰明一世，懵懂一時，竟不曾聽出他的絃外之音；信口答道：「反正我就在後面，你隨時來找我好了。」說完，站起身來，扭著豐臀，揚長而去。

繡春突然從睡夢中驚醒，嚇出一身淋漓的冷汗，剛開口喝出一個「你」字，便有一隻手掩到她嘴上，把下面「是誰」封住了。

「是我！」

就不聽聲音，繡春已辨出是曹震，因為他的左手小指在年輕發誓戒賭時，曾自己砍去一截，已為她所發覺了。

使勁拉開了他的手，她神色凜然地問：「你是怎麼進來的？」

「爬窗進來的。」曹震央求著說：「繡春，你別攆我！你想想看，我多少年相思之苦。」

繡春嘆口無聲的說，原就防著他這一著，偏偏就會有此疏忽！她細想了一下，記得窗戶都關嚴了，因而亦不免困惑，再問一句：「你真的是爬窗戶進來的？」

「我騙你幹甚麼？」

「那麼中門呢？」

「我預先告訴丫頭，別上閂。」曹震又說：「你許了我隨時來找你；我想只有這時候最好，咱們聊個通宵。」

繡春這才發覺白天話說得不夠清楚，以致他有這樣的誤會，真是俗語所說的「引鬼進門」。當下答說：「好！你起來，點上燈，我陪你聊一夜。」

「何必！」曹震央求著，一隻手圈過來攬住她的腰，「繡春，你算是可憐我。」

「不行！」繡春輕聲喝道：「你放手。」

等曹震一放手，她身子往後一縮，但曹震的動作很快，跟著往前一擠，靠得更緊了。

「你要怎麼樣？」繡春帶著申斥的語氣，「你這種鬼鬼祟祟的下流相，我說甚麼也不情願。」

「繡春，我是無可奈何，你看，你來這一個多月，看我甚麼時候對你不莊重過，可是一片至誠換來的是十分冷淡；你連一個讓我訴一訴苦的機會都不給我，我也只好讓你罵我下流了。」

繡春才真是無可奈何，峻拒不納，當然也辦得到，可是非鬧開來不可。那一下，不但傳出去是個笑話，還怕驚動了將足月的錦兒，弄成個小產，這可是個擔不起的干係。

就在她沉吟著不知所措時，曹震的手又伸了過來，這回不是以前粗魯，是溫柔的輕撫。她退無可退，又有些怕癢，忍不住「咯咯」一笑，曹震的一條腿壓了上來，她覺得不容易抗拒了。

「好！我依你就是。」繡春將心一橫，「不過你得依我兩件事。」

「行！你說吧。」

「第一件，我明天就得搬出去。」

「搬到那兒？」

「你別忘了，我自己有家。」

「不錯！」曹震問道：「不過還是個空殼子，甚麼都沒有，你怎麼搬了去住？」

這一點繡春當然也知道，她是只要曹震不再阻攔，便可著手布置，隨時可遷；當下答說：「當然不一定在明天，反正我已經告訴過你了，到時候你別使花招，就使花招也留不住我。」

曹震苦笑了一下，又問：「第二件呢？」

「我的首飾你能替我處分就處分，不然我另外託人去賣；賣了錢，還你的墊款，你不能不收。」

「何必——。」

「你別多說了！」繡春打斷他的話，「不是討價還價的事。」

「好吧！我替你找路子。找別人，三文不值兩文地，還不是便宜了經手的。」

馬夫人、秋月、夏雲，甚至還有錦兒，都覺得奇怪，不知道繡春是用怎樣的一番話，居然能輕易地說服曹震放棄了他的希望。但是，最感到意外的，還是曹震和曹雪芹，沒有想到繡春會相從出關；當然意外之外的感覺，絕不相同，一個悵惘、一個欣喜。

再有一件事是，連繡春自己都意料不到的；關外之行要展延了，因為曹頫氣喘的舊疾復發，關外嚴寒，於病體不宜，不敢也不願辭差，向內務府大臣來保關說，奉准延期到明年春天成行。

這時曹震已實踐了他的諾言，將繡春的首飾賣了個很好的價錢；歸還錦兒在她房價上的墊款以外，還多了好幾百銀子，油漆粉刷、置辦家具，費用綽綽有餘。她還請曹雪芹陪著，在琉璃廠買了些心愛的小擺設；曹雪芹又跟馬夫人要了幾幅字畫相送，將那座小四合院中歸她所住的西首兩間屋子，一個多月的經營，布置得十分雅致，迫不及待地想搬進去住了。

「今天初三，上半月只有臘八那天是黃道吉日，宜於進屋。錯過了這一天，要到十九才是好日子，那時快送灶了，諸多不便，我就初八搬吧！」

錦兒頗感意外，便即勸說：「何不過了年搬？」

「太太跟夏雲，都是過了年就搬，何苦擠在一起。不如我先安頓好了，到時候可以從從容容幫他們的忙。」

「可是，」錦兒撫著她的膨亨大腹說：「我的日子也快了。」

「到你發動了，我自然來陪你；好在離得近，一招呼就來，也沒有甚麼不便。」

「用的人呢？」錦兒問說：「你總不能一個人住在那裡。」

「我二哥答應撥一個人來看門；我想買個十二、三歲女孩子，先湊付著，等過了年再說。」

繡春緊接著又說：「你別攔我了！我總算自己有了個窩；過了年大概等太太搬定了，四老爺就得動身了，也住不了多少日子。」

聽她這麼說，錦兒不便再勸；於是將曹雪芹找了來商量，該怎麼為繡春賀一賀。

遇見這種事，曹雪芹的興致最好，「應該接夏雲來熱鬧、熱鬧。」他說：「太太若是有興致，那就連秋月一塊兒接了來。」

「鄒姨娘呢？」錦兒說：「太太若是來了，不妨接鄒姨娘來作陪。」

「既然接鄒姨娘，索性也接季姨娘。」繡春很大方地說：「就不知道她賞不賞光？」

「她一定會來的，說不定也會湊分子——。」

「你們也不必湊甚麼分子，我如今富裕得很，讓我充一回闊。」繡春向曹雪芹說：「你替我當提調。」

「行！先開請客的單子，人不必多，太少了也沒有意思。我的意思，除了四老爺之外，一共湊兩桌；再叫一班雜耍。」曹雪芹又說：「我送一堂『子弟書』；酒飯不擾，主人家只預備幾個果碟子好了。」

等一切議停當了，正待動手之際，那知就在這天深夜，錦兒要臨盆了；這一下驚動了全家上下，虧得有繡春主持，派車將早就約定的穩婆接了來，裡外燈火通明地守候著。自然是曹震最緊張，在堂屋裡聽到產房中錦兒的呻吟，急得坐立不安，不斷搓手；因此，繡春在照料錦兒以外，還得不時抽空出來打個轉，跟曹震閒聊幾句，好寬寬他的心。

到得黎明時分，終於聽得洪亮的啼聲。矇矓中的曹震一驚而醒，衝到房門口，想找個縫隙窺看，不道門簾從裡向外一掀，與出來報喜的繡春，撞了個滿懷。

「恭喜二爺，是個胖小子。」繡春突然想起，「快，二爺，看看時辰。」

曹震一聽生了兒子，喜心翻倒，聽而不聞，只問：「你說甚麼？」

「時辰。」

「甚麼時辰？」曹震仍復茫然。

繡春不必跟他多說，自己奔了去看擺在條桌上的自鳴鐘；然後轉回來跟曹震說：「記住！是卯時。」

「喔，你說孩子是卯時生的。」

「對了！卯時。」繡春又說：「二爺，你洗個手，去給祖先上香磕頭吧！」

「是的，是的。」曹震笑著回答，匆匆轉身，卻又突然站住腳，回身說道：「繡春，這個孩子算是你的。」

繡春大出意外，一時也無暇深思話中的意思，只直覺地認為這話不宜讓錦兒聽見，便連連揮手說道：「那有這話，你快請吧！」緊接著又囑咐：「天亮了就把芹二爺請來，我有事告訴他。」

等把曹雪芹接來，曹震因為糧台上有要緊公事，已經出門了；他隔窗向錦兒道了喜，繡春將他邀到她屋子裡去說話。

「這下天下大定了。不過，我進屋的日子，可得往後挪了。」

「挪到甚麼時候呢？」

「只有十九是好日子。不過——。」

話未說完，曹雪芹已詫異地問：「年內還搬呀？」

繡春不作聲，停了一會自語似地說：「我可不在這裡過年。」

「那怎麼行。年下事多，女主人又在月子裡，震二哥都得靠你了。」

「不！我回通州，讓秋月來替他們料理過年。」

「這又是為了甚麼？」

「你不明白。」繡春又說：「請你寫封信回去，把我的意思告訴秋月。」

曹雪芹想了一回說：「寫信容易，不過總得說個緣故，才不至於讓人納悶。或者，稍緩兩天，我想秋月一定會來看產婦，那時你們當面商量，豈不甚好？」

「也好！那你先就報個喜信回去吧！」

報喜的地方，當然不止通州一處；曹雪芹索性替曹震分勞，用他的名義寫了好幾封向至親長輩報喜的信。剛剛寫完，曹震回來了；看了信連聲道謝，隨即發了出去。

「咱們到廳上喝酒去。」曹震說道：「我有件事跟你商量。」

「就在這兒喝，不是一樣？」繡春接口，「今兒格外冷，菜端出去都涼了，不好吃。」

曹震要跟曹雪芹商量錦兒扶正的事，怕繡春聽了感觸，所以想避開她；曹雪芹當然不會知道他的心事，附和繡春的提議；曹震無奈，只有在飯桌上小聲交談了。「這件事原有成議的，只挑日子行禮就是。沒有甚麼好商量的。」

「不！要商量的細節很多；我怕有個人相形之下，覺得難堪。而且，這稱呼上，也很為難；讓這個人管你錦兒姐叫『二奶奶』，我替她委屈。」

曹雪芹心想：我也何嘗不替繡春委屈？可是，他說：「這是沒法子的事！」

「總得想個法子出來！」曹震忽然說道：「我倒有個法子，這件事等那個人跟你出關以後再辦。你看如何？」

「那，」曹雪芹笑道：「我就趕不上這場熱鬧了。」他接著又問：「小姪子滿月，總得請客吧？」

「當然。」

「這就有疑問了。錦兒姐那時候如果還是原來的身分，似乎不大合適。既然決定這麼辦了，不如就趁湯餅宴那天行禮，才是順理成章的事。」曹雪芹又說：「至於那個人，我想她的度量是夠的，似乎不必有多大的顧慮。」

「不見得。」曹震搖搖頭說：「這件事我得好好琢磨。如果太太提起，你不必太熱心。」

「震二哥，」曹雪芹真的忍不住了，「看樣子，你還是不能忘情繡春？」

「事情已經過去了。」曹震突然有豁達的神色，「跟了你去我很放心；我知道你待她很好。」說著舉一舉杯，彷彿表示感謝似地。

第二天中午，秋月就由何謹陪著到京，帶來了馬夫人給新生嬰兒的一把玉鎖，還帶來了錦兒最關心的消息——馬夫人跟曹雪芹的看法一樣，應該在湯餅筵前，為錦兒扶正。但嬰兒彌月，尚未「破五」，諸多不便；不妨照南方做「雙滿月」的風俗，在二月初行禮宴客。

「太太等一過了元宵就要搬進京了，總得十天半個月才能安頓下來，正好喝你的喜酒。」秋月又說：「四老爺也還沒有動身，可以替你主持這件大事，算日子正合適。」

「那時候，」繡春向秋月說：「咱們的稱呼都得改了。」

「不，不，」錦兒急忙接口，「改甚麼？還是一樣！」

「怎麼能一樣？」秋月笑道：「莫非還叫你錦姨娘？當然沒有這個道理。」

錦兒想想不錯，但自覺「二奶奶」的尊稱，受之有愧，便即說道：「咱們還是姐妹，索性拜個把子，名正言順地姐妹相稱。」

「這也不過是私底下，當著人自然還是得用官稱。」

「那都是以後的事，咱們現在先敘咱們姐妹的情分。」

「如果真的拜把子，你就吃虧了。」繡春笑道：「你是老么。」

「老么就老么，秋月是大姐，你是二姐，我是三妹。」錦兒即時改了稱呼，向繡春伸手說道：「二姐，勞駕把那碗茶遞給我。」

看她一本正經的神氣，繡春不免有滑稽的感覺，笑著向秋月問道：「怎麼樣？」

「反正是私底下的稱呼，而且本來是姐妹，也沒有甚麼！」

「那好！」繡春將一碗藥茶遞給錦兒，說一聲：「三妹，你要的茶。」

就這樣便叫開了；及至繡春談到想回通州過年，錦兒便說：「那有這個道理！本來只能說請你幫忙，現在可要硬留你了，誰讓你是姐姐！」

秋月亦認為她絕不能回通州，就是繡春自己想想，捨錦兒而去，是件情理上說不過去的事。但她從曹震的神色中看出來，他似乎還沒有死心，倘或再一次中宵糾纏，很難擺脫，想回通州過年，實在是為了逃避。再想一想，要逃避也不一定要回通州，現成有地方在。

「既然如此，我就先把家搬定了它。一過了元宵，太太搬進京；接下來辦喜酒，我就沒有功夫辦我自己的事了。」

接著，繡春將原定臘八遷入新居，還打算好好請一回客；不意錦兒生產，計畫落定的經過，向秋月說了一遍，為的是要表明，想搬家並非臨時起意，免得錦兒猜疑她有意疏遠。

「大姐，你看，她心心念念忘不了一個家！」錦兒的語氣中，似乎帶著不滿，「咱們盡費心機，她始終不肯做曹家的人，那可真是沒法子了。」

繡春笑笑不作聲。秋月對她的話卻微有反感，覺得錦兒也很厲害，幾句話就堵塞了繡春與曹震復合的任何途徑，也就保住了她自己的地位。因此，她故意這樣說：「也不見得就不能做曹家的人。」

此言一出，繡春與錦兒都大惑不解，不約而同地用殷切的眼光望著她，要求她解釋。

「太太說過了，等芹二爺回來，太太或許會認繡春作乾閨女。」

「那可真是一件好事！」錦兒如釋重負地說。

繡春卻不作聲，只在心中琢磨，馬夫人說這話的用意？認就認了，何必要等關外回來？此中定有深意！

看她斂眉凝思的神情，秋月知道這句馬夫人偶爾動念，未見得能夠實現的空話，已引起她的猜疑，不免深悔失言。為了不願她多想這件事，因而故意轉移話題。

「你預備那天搬？看看我能不能幫忙？」

「除了臘八，只有十九那個日子可以用。不過，揀日不如撞日，那天諸事齊備，那天就搬。」

「怎麼叫諸事齊備？」

「第一是人，除我二哥派個夥計來看門以外，我想買個女孩子，再雇個老媽子。第二是動用家具——。」

「二姐！這你不用費心。」錦兒搶著說道：「對面那間屋子裡的東西，你當然不會再要。我另外替你備辦新的，用我自己的私房錢，與二爺毫不相干。」

繡春料知推辭不得，因為不能自己動手去備辦，必得錦兒派她家的聽差去採買，不肯收錢，爭也無用。索性坦然接受，不過特別聲明：「如果是你自己的私房錢，我就先謝謝了。」

只隔了五天功夫，繡春便已進屋；一切都顯得很匆促，因為曹雪芹很熱心，要幫繡春陳設布置，到琉璃廠辛苦搜覓了一些很別致的擺設和字畫，要不落俗套，可又不能太貴，很花功夫。繡春巴不得早早安頓好了，好讓他回通州去過年。

白天在曹震那裡，有許多年下的瑣務要繡春代為料理；她跟曹雪芹是從黃昏開始，一連忙了兩天，大致就緒，繡春便催促他說：「你明天就回去吧！太太早就在盼望了。」

「明天還不行！你們兩處的春聯還沒有呢。一共十來副，連做帶寫，起碼得一整天的功夫。」

「那就後天走。」繡春想了一下說：「今天新來的周媽會做揚州菜，明天晚上你在這裡吃飯，算我替你餞行。」

「說甚麼餞行？照南方的風俗，算吃年夜飯好了。」

「隨便你怎麼說，反正就咱們兩個，喝喝酒，聊聊天，歲暮一樂。」

這一說勾起了曹雪芹的興致，「這會兒就可以來一杯。」他問：「有現成的酒沒有？」

「有震二爺給我的葡萄酒。」

「我知道，那是好酒，西什庫的吳神甫送的。紅的比白的更好。」

「有紅有白。你愛紅的，我拿紅的你喝。」繡春又說：「不過沒有甚麼下酒的好東西。」

「清談佐酒最好。」

話雖如此，也不致一無佐酒之物；胡同裡不斷有「蘿蔔賽梨」、「半空兒多給」的吆喝聲。繡春讓王達臣派來看門的夥計老趙，叫住小販，買了好些甜而多汁的蘿蔔、越吃越香的花生，就著倒在水晶杯中紫紅色的葡萄酒，在曹雪芹覺得是難得的一份享受。

「錦兒扶正以後，你是仍舊叫她姐姐呢？還是管她叫二嫂子？」

「我倒還沒有想過這件事。」曹雪芹沉吟了一會說：「依情分，不妨仍舊叫姐姐；但為了抬高她的身分，應該叫她二嫂子。」

「那麼，」繡春問說：「為了抬高我的身分，你願意叫我甚麼？」

這一下將曹雪芹問住了，他不明白她這一問的意思；而且真的也想不出怎麼樣的稱呼才能抬高她的身分。

見他不住發楞，繡春便說：「叫我姐姐，不就抬高了我的身分？」

「這，」曹雪芹說：「這容易！」他又說：「我倒不覺得這麼隨便叫一聲，就能抬高你的身分。」

「不是隨便叫一聲，是真的當你的姐姐。」繡春閒閒地說：「莫非你不知道，太太說過了，要認我做乾閨女呢！」

「真的！」曹雪芹驚喜交集地，「那可是太好了。」

「你先別高興！要等你關外回來，才談得到這話，也許行，也許不行，全在你我。」

「這話，」曹雪芹放下酒杯說：「這有甚麼講究在內，我可不懂。」

「你真的不懂？」

見她是很認真的神情，他也很認真地回答：「確是不懂。」

「你倒想，姐姐跟弟弟，還能幹甚麼？如果，你像那天睡在我床上那樣不老實，我呢，」繡春將頭低了下去，「我又一時把握不住，那樣，太太還能認我作乾閨女嗎？」

提到那天的事，曹雪芹不由得臉一紅強笑著說：「男女居室，發乎情，止乎禮，也不算甚麼壞事吧？」

「人家可不是這麼想。連秋月那種古板人，都認為男女居室，」繡春吃力地說：「難保清白。所以，我倒有點兒懊悔，自告奮勇。」

「甚麼事自告奮勇？」曹雪芹問：「是指你陪我出關那件事。」

「可不是！連太太都在擔心。」

「擔心甚麼？」

「你是故意裝糊塗不是？」繡春有些懊惱了。

曹雪芹想一想才明白，「你別生氣。」他笑著說：「我是讓這一連串想不到的事，把我的腦筋弄糊塗了。」

「你糊塗，我不糊塗。本來倒——。」繡春突然住口。

「本來怎麼樣？」曹雪芹問。

「我不說，你去想。儘管放大膽去想。」

曹雪芹對這話大感興趣，喝著酒放縱想像；從她前後的語氣中，琢磨出她的心事，卻還不好意思說出口。

「怎麼？猜不透。」

「猜是猜到了，我不敢說。」

「不要緊！」繡春斜瞟了他一眼，「儘管說。」

於是曹雪芹伸手過去握著她的手，看她不以為忤，方始說道：「你本來倒沒有想到男女居室這件事，誰知連秋月都覺得那是理所當然的事，就算你沒有那回事，也不能證明你是清白的。既然如此，你跟我不好白不好，索性就好在一處吧！你說，我猜得對不對？」

繡春一直低著頭在聽，聽完看了他一眼，依舊把頭低了下去，將「半空兒」捏得「叭噠、叭噠」地響；拿花生仁搓去了衣，一粒一粒地放在曹雪芹面前。

目此光景，曹雪芹卻自我激動起陣陣心潮，大起大落，波瀾壯闊，一會兒血脈僨張；一會兒空虛惆悵，幾回想伸展雙臂，緊緊抱住繡春，而終於並無行動。

「我倒問你，」繡春到底也開口了，「你是願意我真的做你的姐姐呢，還是不願？」

曹雪芹不能決定，也不願決定自己的態度，很圓滑地反問一句：「你願意我怎麼樣？」

「怎麼樣都可以！」

就這一句話，立刻又在他心裡掀起萬丈波濤，很快地站起身來，可是她不等他站起，便作了個阻擋的姿勢。

「不過，不是今天。」

前後兩句話是一句，曹雪芹楞了一下，心潮迅速退落，坐了下來問道：「那麼是那一天呢？」

「總有那麼一天吧！」繡春看了一下酒瓶，彷彿吃驚似地，「唷，喝了半瓶多了。這酒後勁大，不能再喝了。你回去吧！讓老趙送你。」

經過這一番折騰，曹雪芹比較平靜了，「不！」他說：「我自己的酒量，我自己知道。咱們再聊聊。」

繡春沉吟了一下答說：「好！再聊一會。不過得規規矩矩地。」

「本來就沒有不規矩。就算不規矩，也是——。」他笑笑沒有再說下去。

「你是說：就算不規矩，也是我勾引的不是？」

「我可不敢這麼說。」

「可見得你是這麼在想。」

曹雪芹不作聲，喝著酒只是望著嘯春笑。

「你怎麼不說話？」

「你已經看到我心裡了，我還說甚麼？」

「你想歸你想，我可不承認。」繡春笑道：「你不是說發乎情、止乎禮？」

「你說這話你自己知道，跟我的話，一樣是違心之論。」

「誰不作違心之論？」繡春很快地接口，神色上顯得有些憤世嫉俗的意味，「自己都會騙自己，何況他人。」

「你也騙過你自己？」曹雪芹訝異而好奇地，「大家都覺得你是最有主張的人。」

繡春對他的疑問，顯然也很在意，「不錯，我有我自己的主張，可是到頭來總是一場空！這就是我最不甘心的一件事。譬如，我在菩薩面前發過誓，再不願跟震二爺見面說一句話。結果呢，不但見面，而且說話；不但說話，而且——。」她突然頓住，自悔出口太輕率了。

曹雪芹並不追問；他所感興趣的是，繡春如何騙了自己，因而不理她的欲言又止的緣故，只是追問：「你倒說說，那件事上，你自己騙了自己？」

「很多。」繡春略停一停又說：「只談對你好了。那天你的行為，真的嚇著了我；不過我不願意往那方面去想，只是在心裡對自己說：他是無心的；到底只是個孩子，年紀差著一大截呢！現在才知道是自己騙了自己。」

即令她自己聲明在先，是自欺的想法，而「到底只是個孩子」這句話，仍使曹雪芹覺得有傷自尊；因而似抗議、似抱怨地說：「原來你以前跟我說的話，都是哄我的！沒有一句出自真心，都是哄孩子的話。」

繡春看他是這樣認真的神色，頗感不安；一時亦不知如何解釋，唯有加以撫慰，「你別惱我。」她說：「我不是認錯了嗎？」

第十九章

曹雪芹每年都回通州伴母親度歲，到上燈前後回京，方始為至親一一拜年。這年一反常例，剛過「破五」便到京了，為的是有繡春魂牽夢縈。

可是，在曹震家看到繡春，卻讓他一驚。半個多月未見，她的樣子變過了，又黃又瘦，與產後下床，白皙豐腴的錦兒站在一起，更覺得她憔悴得令人心痛。

尤其使曹雪芹驚疑莫釋的是，在她眉宇之間，堆積著一層濃厚的陰鬱。悄悄問她，她只搖頭不答。兩次如此，到第三次他終於忍不住問她：「你今晚住在這裡，還是回你自己的家？」

「你問這個幹甚麼？」

「你如果回家，我晚上要去看你。」

繡春沉吟了一會說：「乾脆你送我回家好了。」

他沒有想到，獲得這樣的回答；不無意外之喜的感覺。但有一點卻費躊躇：「要不要告訴錦兒姐？」

「為甚麼不告訴她？」

「要告訴了她，我就得回來住。」

「這跟告訴了她，有甚麼關係？」繡春隨即又問：「你原來是怎麼個打算？」

「我原來是想撒個謊，說到我同學家去玩，如果太晚，就不回來了。然後晚上去看你，你留我住便罷；不留我，我還可以回來。」

「原來你心裡打著這麼個鬼主意。」她笑了，而笑容是苦澀的。

「怎麼樣？你說一句。」

「隨便你！」

這就表示願意留他住；曹雪芹不由得心跳加快，詭祕地笑道：「今天晚上，我可要不『老實』了。」

繡春佯作未聞，管自己揚著臉走了。曹雪芹便照原來的計畫，向錦兒撒謊。

「你最好還是回來。反正二爺天天有客來，晚上推牌九、擲骰子，常常鬧到天亮，你多晚回來都有人應門。」

「好！我知道了。能回來一定回來。」

到得吃過晚飯，曹雪芹要離去時，繡春突然說道：「你順便送一送我。我好幾晚沒有睡好，今天想回去了。」

「也好！」錦兒是非常體恤的神情，「你實在也太累了，晚上又不清靜，回去好好睡一大覺。」

就這樣，曹雪芹公然將繡春送到家，將車子也打發走了，他的說詞是：「同學家離此不遠，回頭走著去就行，不必等了。」當然，也有一份犒賞，是塊兩把重的碎銀子。

等坐定下來，下人退了出去，曹雪芹迫不及待地問：「你是怎麼回事？一定有不大如意之事，不然絕不會這樣子的憔悴。憂能傷人，你是甚麼事不如意，先告訴我，看我能不能為你分憂？」

那種殷切的神情，以及出於關懷而近乎嘮叨的語氣，打動了繡春，不自覺地淚流滿面了。

見此光景，曹雪芹的心驀地裡往下一沉。這時他反倒不急著追問究竟了，心裡在想，繡春若非受了極大的委屈，而且吃的是啞巴虧，不會如此。然則吃的是怎麼樣的一種虧呢？

他實在無法想像，等候又等候，看她只是垂淚，可以確定他的想法不錯，才這樣問說：「你到底有甚麼難言之隱？這裡沒有別人，你儘管跟我說。」

不問還好，一問正觸及繡春的隱痛，即使沒有別人，她也無法出口，而且還不能放聲一慟，只有趕緊奔向床，將臉埋在一床絲棉被中，飲泣不已。

這一下，曹雪芹才感到事態嚴重，「甚麼事？」他說：「你連在我面前都不肯說，我怎麼能放心？看起來，今晚上我非守著你不可了。」

他倒不是危言聳聽，確是看出來繡春有痛不欲生的模樣——她早在心中嘀咕了：到得臘月二十幾，算日子有兩個月天癸不至；至於一早起來，心中作嘔，渾身發軟，胃口不開，只有一樣醋溜白菜能讓她吃半碗飯；按一按小腹，硬硬地一塊肉，一宵孽緣，偏偏又懷孕了。

這是繡春做夢都沒有想到過的事！夜夜思量，不知何以自處；讓人知道了鬧笑話還在其次；逃不過的一件事是，錦兒頂了震二奶奶的缺，而她補上錦兒的位置，這是無論如何不能甘心的一件事。

她曾想過找何謹開一劑墮胎藥，但此念甫起，隨即自我打消，因為何謹肯不肯開方子，事所難言；但必然洩露此事，是可想而知的。因此，她常常盤旋在方寸中的一個念頭，就是用自己的手了結後半生，但既想到孩子無辜，又想到死在與兄嫂合置的新居中，「髒」了房子，未免對不起夏雲。就這樣，不過十天的功夫，已經憔悴得不成人形了。

「繡春，」曹雪芹走過來，伏在床前，悄悄說道：「我真是拿你當姐姐看；你也應該體諒、體諒我這做兄弟的，真所謂心如刀絞。你何不把心裡的話說了出來，彼此都可以輕鬆一點兒。」

「你叫我說甚麼？」繡春哽咽著說：「求生不得，求死不能；我心裡的苦楚，誰都體會不到的。」

「是，」曹雪芹問說：「錦兒姐對你不起？」

「不是。她沒有甚麼！」

「那麼是震二哥？」

聽這一說，繡春不覺哭出聲來，趕緊用被角塞住嘴，但已讓剛上工的周媽發覺了。

聽得門外響動，曹雪芹已知道是怎麼回事，索性大大方方地走了出去說：「你替你們姑娘打盆臉水來！」

繡春當然也聽見了，心裡也有些著急，這個尷尬的場面，很難作適當的解釋；只有先收拾涕淚，再來想遮掩的辦法。

轉念又想，往後要遮掩的事，只有愈來愈多；遮不勝遮，掩不勝掩，如何才是個了局？只有咬一咬牙，一了百了，是自己唯一可走的一條路。

因為下了這個躊躇已久的決心，頓時便有超脫之感，任它棘荊滿眼，視如不見，世間的一切榮辱得失的分量，在她心目中都減得很輕了。也就因為這一念之轉，平添了幾許敢於說破真相的勇氣。

話雖如此，畢竟還不能擺脫情感的支配，說到傷心之處，眼淚仍是流個不住。

「唉！」很少嘆氣的曹雪芹，不能不嘆氣了，「現在我才知道，年前你所說的，『最不甘心的一件事』是甚麼？繡春，你認命吧！」

「怎麼認？」繡春色變，滿臉哀戚上，抹了一層怒色，「你也覺得我懷了曹震的孩子就一定應該是曹震的姬妾？」

曹雪芹沒有想到，無心的一句話惹起她這樣強烈的反感，囁嚅著說：「我不是這個意思？」

「那麼你是甚麼意思呢？」

「我是說，你不妨看開一點兒；不管逆來能不能順受，只要肯認命，才能平心靜氣地，找一個最妥當的辦法出來。」

聽他這樣解釋，繡春覺得錯怪了他，於是說話的聲調也不重了，「我跟你商量，就是盼著能找出一個妥當的辦法，讓我還能活下去。」她說：「我老實告訴你，到現在為止，我還是覺得只有最後一條路最好。」

縱然已看透她的心事，聽她這兩句話，仍難不在心頭震動；曹雪芹知道要勸得她拋棄原來的想法很難，但仍舊不能不努力以赴。

「繡春，請你為我活下去！」

他的話一樣也使繡春心頭震動了，默默地看著他；他發覺她眼中已有生氣，即時浮起莫大的寬慰的感覺。

「我知道你心裡的苦楚，不過這個世界上，至少還有我一個人知道你的心事。我不敢說是你的知己，只能這麼說：等你快要走到絕路盡頭的時候，務必站定了想一想，總還有一個人可以商量；你認為這個人做得到的事，這個人就一定做得到。」

對這番話，繡春不能不認真考慮；他那句「請你為我活下去」，幾乎像熾熱的烙鐵一樣，每一個字都銘刻在她的心版上，使她不能不拋棄原來的念頭，盡曹雪芹所能做得到的事，去想一個能夠活下去的辦法。

「莫非我不活，你也不能活了？」繡春問說。

「我有娘在，總不能也尋死，而且也死得沒有名目。不過，世界上沒有你，不論如何十全十美，在我總是留下了一個缺憾。」

繡春原是一種試探，聽他這樣回答，在平實之中顯露了誠意，自然覺得安慰，同時也下定了決心。

「如果你真的要我活下去，有個辦法可以試一試。這個辦法有點兒異想天開，恐怕你辦不到。」

「你別管！說出來商量。」

「你把手給我！」

曹雪芹伸出右手去，繡春握住了，牽引著按在她的小腹上。這個動作太突兀，也太使人緊張了。正當曹雪芹要發問時，繡春又開口了。

「這個孩子是你的！」

曹雪芹一驚，不自覺地一哆嗦，像被燙了一下似地縮回了手；但幾乎在手剛離開她小腹時，便已驚覺此舉不妥，立即把手又放回去，繡春已拒而不納。

「是不是，我知道你辦不到。」

「沒有這話！」曹雪芹很快地否認，加重了語氣說：「說實話，我還真的希望你肚子裡的孩子是我的。」話一吐出，隨即發覺大有語病，趕緊又作解釋：「我的意思是，我真的希望你能替我生一個孩子。」

在繡春的感覺，真如俗語所說的，「越描越黑」。本來這就是一件不大能使人相信，而且牽絲扳藤，麻煩甚多的事；加上曹雪芹有此反應，她的心自然一下子就冷了。

見此光景，曹雪芹大為著急，「你得相信我！」他說：「這件事不但我辦得到，而且我還非常樂意。本來是曹家的骨血，就好比把姪子過繼給我一樣，再妥當不過。你說好了，該怎麼辦，我就怎麼辦。」

聽他這一說，繡春復又感到他有誠意，但原來也只是有這麼一個念頭，若問該怎麼辦，連她自己亦復茫然。

「我想，」曹雪芹說：「這件事該跟秋月商量。」

「你以為秋月一定會贊成這個辦法？」

「我想她會贊成。」

「不見得。」繡春搖搖頭，「這完全是我自私的打算。對曹家，對你都沒有好處，尤其是對你。秋月待我固然不錯，可是拿你跟我在她心裡的那一架天平上去秤一秤，高下就不是只差一點點了。」

「這話我不能不承認。不過，我不覺得我有了一個孩子，就對我有甚麼害處。」曹雪芹說：「莫非我就不該有孩子。到底我也十九歲了啊！」

看他那稚氣的神態與語氣，繡春頗有啼笑皆非之感。她覺得不必跟他再爭了，反正這麼做，很不妥當，她決定放棄。

「如果沒有更好的辦法，就決定這麼辦吧！」

「不！」繡春很快地回答：「等我再想想。」

兩個人都落入沉思之中。不過一個是往壞處去想；一個是往好處去想——曹雪芹胸腔中填滿了濟危扶傾、行俠仗義的豪放氣概，覺得能為繡春解除困境，是件很值得自我欣賞的事。活到十九歲，他從未感覺到自己對他人有甚麼用處，也從未覺得自己對他人有甚麼重要，而此刻卻都感覺到了。

「我想到有個法子，不知道辦得到不？」繡春望著曹雪芹，忽又搖搖頭說：「跟你商量沒有用。」

「甚麼法子，跟我商量沒有用？」曹雪芹說：「其實，我覺得你剛才說的那個辦法，就很妥當。」

「不！」繡春的態度很堅決，「我不能害你，可也不能害我自己。」

「這是怎麼說？」曹雪芹愕然之中，又有些興奮，「你想到了甚麼兩全其美的好法子？」

「法子並不好！」繡春容顏慘淡地說：「也許我天生就是那種命！如你所說的，我不能不認命。」

曹雪芹突然警覺，失聲說道：「你千萬不能尋短見。我剛才說過，你得為我活下去；這話，你也答應了我的。」

繡春知道他誤會了，只好將就著他的話說：「我倒是願意為你活下去，現在就是想活下去的路。我在想，除非孩子不活，我就沒有法子活下去。」

「這，」曹雪芹皺著眉說：「我沒有聽懂。」

「我是說，」繡春很吃力地說：「我想把它拿掉。」

「把它拿掉？」曹雪芹想了一下才明白，原來繡春是打算第二次墮胎，怪不得她說她是那種命。

「自己的骨血，你捨得嗎？而且，那是危險的一件事。」曹雪芹說：「你別提這個了；一提到，我的心都懸起來了。」

從第一次墮胎後，繡春在這方面學得了許多智識，只要用藥得當，像這種三個月不到幾乎尚未成形的胎兒，要打下來是沒有甚麼危險可言的。不過，這一點不必跟他去爭；要向他解釋的是，他所說的「自己的骨血」這一句話。

「不錯，我自己的骨肉，總有點捨不得。可是，怎麼叫壯士斷腕呢？事到臨頭，非得咬一咬牙不可的時候，腕尚可斷，何況兩個多月的一個孽胎。」

這「孽胎」二字，足以形容她的感覺了。曹雪芹心中一動，隨即問說：「如果也是我的骨血，你捨得把他打掉嗎？」

「那當然捨不得。」

她說這話的神氣非常自然，就像恩愛夫妻私下閒談那樣，曹雪芹非常高興，同時也真的產生了視繡春為愛妻的那種感覺。起身將她一把抱住，灼熱的嘴唇很快地壓在她的紅唇上。繡春先是一驚，但隨後便閉上了眼，讓他吻著，直到有些透不過氣來的時候，方向後一仰，輕輕說一聲：「夠了！」

「你答應我了吧？」

繡春茫然，「我許了你甚麼？」她說：「咱們到現在還沒有談出一個結果來。」

「已經有了。」曹雪芹說：「你懷的是我的孩子。」

他不容她再說甚麼，便起身來，打算離去；臉上顯得滿足而有信心，真的相信難題已經解消，他跟繡春及繡春的孩子的事，已經定局了。

已經思量過不知道多少遍，也不知道模擬了多少遍，但真的到了向秋月訴說時，仍不免窘迫慌張，想好的話，一句也說不出來。

「到底是甚麼為難的事？」秋月催問著，「從沒有見過你這樣子。」

「我怕說出來會嚇你一跳。」

秋月大為緊張，急急問說：「你是不是闖了甚麼禍？」

有了第一句，第二句就容易說了，「也許真的是闖了禍。」他說：「所以我還不敢告訴太太，要先跟你商量。」

看神氣不似甚麼大禍，秋月略略放心，但有些不耐煩：「那你就快說嘛！」

「我，我有了一個孩子。」

秋月一楞，隨即便是驚喜交集的神態，「真的？」她抓住他的手臂問：「是男孩還是女孩？在那裡？快告訴我。」

「你沉著一點兒。」曹雪芹說：「孩子還懷在人家肚子裡呢！」

「誰？」

「你別這個樣兒！害得我都不敢說了。」

「好！」

秋月鬆開了手，找張椅子坐下，裝得很不在乎似地，卻越顯得緊張。

曹雪芹可以料想得到他說了名字以後，她會有怎樣的表情，不免有些怯意。

「繡春。」

竟會是繡春！太不可思議了。秋月頗有疑真疑幻之感，怔怔地望著曹雪芹，不知道該怎麼說才好。

撒謊最怕對方沉默；沉默再加上逼視，更令人感到不知所措的窘迫。曹雪芹沒話找話地問道：「你不相信？」

不說這句還好，一說反倒真的使得秋月不甚相信了，「慢點！」她說：「到底是怎麼回事，你從頭說給我聽。」

「那，那就不知道該從那兒說起了。」

「先說繡春。」秋月問道：「她怎麼跟你說來的？」

「說甚麼？」

「說她有喜了。是她自己告訴你的？」

「當然。」曹雪芹答說：「不然我怎麼知道？」

「她說她懷的孩子是你的？」

「對了。」

「你準知道她的孩子是你的？」

「嗯。」曹雪芹點點頭。

「算日子對不對？」

「對！」

「是，」秋月板起臉問：「是在那裡有的？」

「自然是在震二哥家。」

「錦兒知道不知道？」

「她怎麼會知道？」

「那！」秋月大為奇怪，「那怎麼會呢？她家那麼多人，莫非都是瞎子？」

「這也是機會湊巧，有一天，我在繡春床上午睡，她來替我蓋被子，我一時糊塗，拉住她不放，就此好上了。」

「錦兒呢？」秋月緊釘著問：「她不就住在對面屋子裡嗎？豈有不知不聞之理？」

這一層是說不過去的，曹雪芹索性撒個大謊：「那天錦兒燒香還願去了，留著繡春看家，所以說機會湊巧。」

「這麼說，是你乘虛找上門去的。」

「那也不是故意的。這天我喝了酒，前一天晚上又沒有睡好，又睏又倦，繡春就說：不如在這裡睡個午覺。這一睡就——。」曹雪芹笑了一下，沒有再說下去。

「哼！」秋月微微冷笑，「這一說，倒是郎有情，姐有意！」

曹雪芹仍然不答；停了一會，見秋月沒有表示，方始又問：「這件事該怎麼辦呢？」

「等我好好想一想。這件事你先別張揚，傳出去不是甚麼好聽的話。」秋月又問：「繡春還跟你說些甚麼？」

「她問我怎麼辦？我說，我是跟你商量。」

「那麼她自己的意思呢？」秋月問道：「她沒有說，要你收房或者甚麼的？」

「沒有。」

「你自己的意思呢？你說該怎麼辦？」

曹雪芹沉吟了一會，很清楚地答說：「我喜歡繡春。」

「我倒希望她值得你喜歡。」

曹雪芹一聽這話不妙！語氣中秋月對繡春似乎不滿——他的看法不錯，秋月對繡春的感想確是改變了。在她看，往後一路出關，朝夕相處，無可閃避，因而有了肌膚之親，是可以諒解的；像眼前這樣，很像是她在勾引曹雪芹，就不免顯得自輕自賤了。

在曹雪芹回京的第三天，去看錦兒時，才知道繡春到通州去了。據說是秋月派人捎了信來，馬夫人因為移家在即，需要繡春幫著料理；這一去總得元宵才能回來。

曹雪芹微覺意外，但亦不無興奮之感。多少天以來，繡春的事一直是大家不大不小的一個煩惱，如今是到了終究有著落的時候了。雖然他也不知道如何處置繡春，但他相信秋月一定有個妥當的安排。當然，他也想到過繡春的孩子；不知道將來那個「兒子」還是「女兒」，在牙牙學語，喊出一聲「爸」時，自己是怎麼樣的一種感受？猜想必是很有趣的經驗。

就這樣每天胡思亂想著，過了元宵，不見繡春回來，且亦沒有那天回來的消息，曹雪芹有些放不下心了。

「我想回通州去看看。」他對錦兒說：「二十五搬家，看看有該要我幫忙的事沒有？」

「你能幫得上甚麼忙？我勸你別回去，第一，秋月已經夠忙的了，還要匀出功夫來照應你，忙上加忙；第二，搬家亂糟糟地，住著也不舒服。」

「我的書得去理一理。」

「你不是說你的書早理好了嗎？」

曹雪芹回想了一下，自己果然說過這話；撒謊被捏住，不免有些不好意思，笑笑說道：「這一陣也不知怎麼的，老是忘事。」

「我看你也有點兒神魂顛倒，倒像有甚麼心事似地。」錦兒又加了一句：「真的，你有甚麼心事，跟我說。」

「我是惦著出關的事。」

「既然如此，你何不去看看四老爺，打聽一下。」

曹雪芹原是一句託詞，口中答應著，卻並未去看曹頫；這一夜有些心神不定，決定還是得回通州去看一看。

於是第二天直接到糧台上去看曹震，要了一輛車直放通州，到家已是薄暮時分，進門便遇見秋月，訝異地問道：「你怎麼回來了？」

「我回來看看，也許搬家有用得著我的地方。」

「這裡用不著你。」秋月很快地說：「明天老何進京，找震二爺雇人打掃屋子，你在家裡監工是正經。」

「行，本來我只回來看一看就可以了。」

話中露了馬腳，回通州的目的，只是為了繡春，於是秋月提出警告：「你最好裝糊塗，甚麼事別多問。」

說完，掉頭就走，竟不容曹雪芹有多問的機會；不過他也並不在意，心裡在想：到家了，甚麼事問不出來，何必急？

那知這趟回家，與平時大不相同。首先是一片亂糟糟令人不舒服的景象，到處是綑紮好的箱籠，橫七豎八地堆在一起；再是凡見了人，表情總是有異，有的是楞一下方始招呼；有的是持著戒備的神色；還有的是遠遠避了開去，彷彿怕抓住他或她，便有麻煩似地。

及至見了馬夫人，喊一聲「娘」時，那不答話而抬起頭來深深注視的一眼，是曹雪芹自識人事以來，從未經過的。平時回來，只要一聽見他的聲音，馬夫人不是目迎，便是不等他開口，先有話說；從未有這一天目光森森，面寒似鐵的神態。

曹雪芹暗自驚心，心知必是為了繡春的緣故；照此看來，自然有一番嚴厲的責備，倒要好好想幾句，何以一時情不自禁，與繡春發生「苟且」的辯解之詞。

「你回來幹甚麼？你屋子裡的床都拆掉了，連個睡的地方都沒有。」

「我就住娘這裡。」曹雪芹指著一張楊妃榻陪笑說道：「這不是現成？」

馬夫人不作聲，只向小丫頭說：「你出去，等我叫你再進來。」

顯然的，是有不宜讓第三者聽見的話要說。但馬夫人卻只皺著眉沉思；在曹雪芹的感覺中，有如「萬木無聲待雨來」，越沉默，越不安。

「我真不明白，你對繡春打的是甚麼主意？」

「兒子一時糊塗。」曹雪芹囁嚅著說：「不過生米已成熟飯——。」

「甚麼『生米已成熟飯』？」馬夫人大聲打斷他的話說：「你到今天還是一廂情願，自作多情！」

聽得「一廂情願，自作多情」八字，曹雪芹才真的大吃一驚；只望著母親發愣，心裡七上八下地亂極了。

「虧你還是讀過書的，莫非連『愛惜羽毛』這句話都不懂。」馬夫人恨恨地說：「我真不明白，你怎麼會幹那種荒唐事。幸而繡春自己說了出來，不然會鬧多大的笑話！」

曹雪芹真是做夢都沒有想到，會是繡春自己說破真相！不由得便問：「她怎麼說？」

「你跟她說的話，你自己不知道？」

曹雪芹實在不知道，因為他跟繡春所說，而不能公開的話太多了，無從猜測她是透露了那幾句？於是定神想了一下，含含糊糊地說道：「我是因為繡春的處境可憐，想幫她一個忙，沒有別的意思。」

「你到現在還執迷不悟，那種忙也是能幫的嗎？害己害人，對誰都沒有好處。」

曹雪芹心想，不必再辯了！且受一頓責備，等母親消了氣，回頭再問秋月。

到底是慈母，看他低著頭委委屈屈不敢回嘴的模樣，又何忍再加責備？此時所關心的是他的冷暖飢飽；但臉繃得太久了，一時抹不下來，只是用呵斥的語氣說：「還不找秋月給你弄吃的去！」

由京城到通州是半日的行程，曹雪芹每次回來，不是午飯就是晚飯時分；如果不速而回，而又過了開飯的時刻，總是秋月為他備飯。此刻聽馬夫人這一說，正中下懷，當下答應一聲，退了出來；但要找的不是秋月，而是繡春。

前前後後走了一遍，那有繡春的蹤影？曹雪芹心中，疑雲大起，喚住一個小丫頭問道：「繡春姑娘在那裡？」

「繡春姑娘？」那小丫頭詫異地，彷彿沒有聽清楚。

「是啊！繡春姑娘。怎麼一直沒有見她的人？」

「繡春姑娘不是早就回京了嗎？」

「怎麼？」曹雪芹大聲地問：「是那天的事？」

「好幾天了。」

「那一天？」

那小丫頭見此神色，不免緊張；結結巴巴地說不上來，好半天才問清楚，繡春在通州只住了兩天，便由夏雲伴著離去，據說是回京去了。

於是，曹雪芹細想一會：急急找到秋月，彷彿理直氣壯地說：「太太要我來找你弄吃的。」

「我已經叫人替你在烙餅了。」秋月答說：「不知道你要回來，可沒有合你胃口的菜。」

「不要緊，不吃都無所謂。」他放低了聲音說：「我有好些話要問你，你看在那兒吃，才方便？」

秋月想了一下說：「就在你屋子裡好了。你先去等著。」

於是曹雪芹回到他自己屋裡，果如馬夫人所說的，床已經拆去，書桌、書架亦已抬走。四壁空空，地上推著書箱和畫箱，但還剩下一張方桌和一張條桌，上面滿堆著零星雜物。曹雪芹親自動手，清理出一張方桌。覺得屋子裡空氣不甚新鮮，恰好置香爐的木匣就在眼前，便取出那具「蟹殼青」的宣德爐，用「富貴不斷頭」花樣的空心模格，填沏了一格「雞骨香」末；正待找小丫頭取火來燃點時，秋月帶著人將他的飯開了來了。

曹雪芹看擺出來的四個碟子是溜黃菜、小炒肉絲、風雞、辣白菜，另外一盤烙餅、一罐小米粥，卻沒有酒。

「你要談事，就不必喝酒了吧？」

「就喝了酒，也不至於說醉話。不過，為了繡春的事，那裡還有喝酒的興致？」

他的話未完，秋月連連咳嗽，示意阻止。曹雪芹懂她的意思，當著端食盒的僕婦，莫談繡春，就不再往下說了。

於是一面坐下來，一面吩咐取塊紅炭來燃香。到得屋子裡只剩他跟秋月兩人時，他才指著凳子說：「你也坐下來，好說話。」

秋月點點頭，將凳子挪個方向，面對著房門，為的是防著馬夫人會過來，好及時住口出迎。

「繡春呢？」他故意這樣問：「怎麼一直沒有見她的人？」

「你不覺得還有個人也不見了？」

「夏雲呢？搬回鏢局去了不是？」他仍是明知故問。

「不是！」秋月沉吟了一下說：「事很多，話很長，我真不知道打那兒說起？」

「你就從繡春回通州說起。」曹雪芹問：「不是說，太太讓她回來，幫忙搬家？」

「太太沒有說這話。是她自己要回來，跟我有事商量，故意這麼跟錦兒說的。」

「她找你商量甚麼事？」

秋月不即回答，雙眉緊鎖，臉上的表情很複雜、悲傷、悔艾、怨懟，相兼並有。沉默了好一會，忽然發怒，「都是你！」她說：「在我面前不說實話，以至於惹起太太極大的誤會，把事情搞得糟不可言！」

這一陣排揎，宛如陣陣霹靂，震得曹雪芹面紅心跳，眼中亂爆金星；好半天才問出一句話來：

「你是說繡春懷孕的那件事，我沒有說實話？」

「除了這件事，還有甚麼了不得的事，能讓太太那麼傷心？」

「傷心？」

「可不是傷心！」

「這，」曹雪芹著急而又似乎委屈地說：「我可不知道太太為甚麼傷心？我也絕不敢做讓太太傷心的事！這話可真不知道從何說起了。」

「你自己不知道而已。」秋月停了一下說：「總而言之一句話，都是因為你不說實話才闖禍——。」

一聽「闖禍」二字，曹雪芹記起往事，一顆心驀地裡一落千丈，顫聲問道：「你先說，繡春怎麼了？」

秋月楞了一下，方始了解他問這句話用意與原因，便即答說：「繡春沒有死。不過就不死，只怕也不會有好日子過。」

聽得繡春未死，曹雪芹總算放心了；將吃了一半的餅，往空碟子中一擺，推開碟子說：「我不想吃了。你把繡春的事，從頭講給我聽。」

「你這樣就不對了。你越是這樣，事情越糟。如果你還打算著能夠化解補救，你就得讓太太看出來，你沒有繡春，也還是過得好好兒的。」秋月又說：「你不想吃餅，喝完粥。」

這在曹雪芹真不能不勉為其難了，好的是粥很稀，就當喝水那樣，也還不難下嚥。

「打你那天跟我說了，我就不大相信。不過我也有個想法，如果真是繡春懷了你的孩子，生的又是男孩，至少老太太泉下有知，會笑歪了嘴。所以，我一直在琢磨，怎麼樣先把事情弄清楚，有把握了，再跟太太去提。那知道，我還沒有去找繡春，繡春先找我來了。我一看嚇一大跳——。」

「為甚麼？」傾聽著的曹雪芹，不由得睜大了眼插嘴問說。

「她人都落形了。我問她，你是怎麼回事？她沒有開口，先就抹眼淚。那晚上，我跟她談了個通宵，她把一去就防震二爺，到底讓震二爺得了手的經過，都告訴我了。」

聽得這番話，曹雪芹自是深感意外，同時也有一種幻滅的感覺——原來以為繡春唯一託以腹心的是他，此刻方知不然。

「說完了，她又託我一件事。你知道是甚麼？」

「我，」曹雪芹意亂如麻，搖搖頭說：「我沒有法兒猜，你說吧。」

「她託我找個地方，讓她一個人悄悄兒躲起來；再託個靠得住人，能讓她把三個月的身孕打下來。你說，」秋月問道：「我能擔得起這麼大的干係嗎？」

「這個，」曹雪芹答非所問地：「她提到跟我先商量過這一層沒有？」

「怎麼沒有？她源源本本都說了。她說她很懊惱出那個主意，只為她自己，沒有替你著想——。」

「怎麼叫沒有替我著想？」曹雪芹又插嘴了。

「自然是傳出去不好聽。她說：真有這回事，也還罷了；可又不是！說甚麼也不能讓你揹這個黑鍋，不然，對不起活著的太太、去世的老太太。」

這話一無可駁，曹雪芹只嘆口氣說：「她這個想法，應該先告訴我。」

「她說她跟你說了，無奈你是一片任俠的心腸，執意不回；話又是她先提起來的，你讓她怎麼說呢？所以只有跟我來商量了。」

「那麼，」曹雪芹問：「你給了她甚麼主意呢？」

「我能給她甚麼主意？」秋月一臉無奈的表情：「我只能跟太太去回。」

「太太怎麼說呢？」

秋月搖搖頭，又嘆口氣，低聲說道：「如果你早告訴我實話就好了。」

「怎麼呢？」曹雪芹有些煩躁，「你總怪我不早跟你說，其實，我就不說，你不也從繡春嘴裡，知道真相了嗎？」

「話不是這麼說。如果你早告訴我真相，我跟太太的話，就是兩樣說法，那亦就不至於惹得太太起誤會。」秋月又嘆口氣：「這件事我的錯有三分，七分是你的錯。」

秋月自道的三分錯是，不該凡事直陳，鉅細不遺。回憶當時，馬夫人嚴峻的神色，是她很少見的。

「你不敢把這件事告訴我的！」

馬夫人一開口就讓秋月楞住了。深感意外之餘，還有些委屈：「這麼一件大事，」她說：「我敢不跟太太回嗎？」

「你倒是回明了，我可又怎麼辦？」馬夫人面凝寒霜，「你說你擔不起干係，莫非我又擔得起了？別說震二爺是我的姪子，就算我是他的親娘，也不能說作主把他的孩子打掉，那，我成了甚麼人了？你跟繡春說，命該如此，她死心塌地跟著震二爺吧！」

一聽這話，秋月急得渾身冒汗。繡春特為來向她求教，唯一的願望就是跟曹震隔斷關係，誰知結果適得其反！這對繡春如何交代？

「再說，她也不知道打的甚麼糊塗主意！」馬夫人又說：「怪不得她願意跟著芹官出關。」

「這，太太可是有點兒誤會了。」秋月急忙為繡春分辯，「她跟芹二爺可是乾乾淨淨的。」

「只要有那種心思，就不能讓人放心。我看，」馬夫人冷笑，「芹官是讓她迷住了，不然，不會有那種異想天開的荒唐主意。」

這是指曹雪芹願為繡春掩護而言，想法誠然有些荒唐，但用心卻是可欽服的。「芹二爺等於從井救人。」她說：「這可是難人之所難，這麼厚道，很少見的。」

「可惜他沒有三兄四弟，從井救人，淹死也就淹死了。」

這話說得太重了，秋月大為惶恐，「我太糊塗，」她幾乎要下跪請罪，「不該有這種想法。」

「不怪你。」馬夫人神色緩和了些，「可惜了繡春！平時好逞強，甚麼不在乎；上了人家的當，可又不肯認命。你想想，咱們這種人家，能由得她愛怎麼辦，就怎麼辦嗎？她本來是震二爺的人，我沒法兒替她作主。就能替她作主，也絕不能如她的意，我得按正理辦。」

所謂「按正理辦」，便是將繡春送回給曹震；那一來說不定就會逼得繡春走上絕路。轉念到此，秋月五中如焚；定一定神，雙膝著地，口中說道：「如今我只求太太一件事，只當我沒有跟太太說過，根本不知道有這麼一回事。」

「你起來——。」

「不！」秋月很堅決地，「要太太許了我，我才能起來。」

「好吧！我裝不知道好了。你起來。」

「是。」

「不過，我得問你，這件事你打算怎麼辦？」

「我想只有找她嫂子去商量。」

馬夫人沉吟了好一會，點點頭說：「也只有這個辦法。你們自己去商量，可就是絕不能把芹官扯在裡頭。」

「那當然。這不用太太交代的。」

提到跟夏雲商量的結果，秋月就不肯往下說了。因為這樣就可能將曹雪芹牽扯在內——秋月很了解，只要說明了繡春的去處，曹雪芹一定會去看她；以後會發生甚麼事，就很難說了。

曹雪芹與繡春的性情一樣，都是自己都管不住自己的人。

「你怎麼不說下去？」曹雪芹問說。

「實在也沒有甚麼好商量的。」秋月閃避著說：「太太說的是正理，繡春又有她自己的主意。反正不違背太太的話，照繡春的主意就是了。」

「那不是很好嗎？」曹雪芹有些困惑，「不過，到底是怎麼個辦法，我可不明白。」

秋月先不作聲，她得好好想一想才能作答。首先，當時繡春傷心欲絕的情形，不能告訴曹雪芹——她最傷心的是，馬夫人所說的，「上了人家的當，又不肯認命！」莫非上了人家的當，就非得認命不可？這話連夏雲也有些不能心服；若說上了當就得認命，世上那裡還有好人過的日子？

「誰讓我是奴才呢！奴才就得聽人擺布！」繡春激動得一張臉通紅，「命是我自己的，不認命，捨命還不成嗎？」

「這話你錯了！」夏雲心雖不服，卻比較冷靜，「你不該跟太太賭氣。」

「太太亦不是讓你非認命不可。」秋月說道：「她只是管不了這件事。想想也是，你說這件事讓太太怎麼管？她現在撒手不管，實在也就是偏向著你。若說震二爺欺侮了你，請她說幾句公道話，甚至把震二爺找了來罵一頓，都不是辦不到的事。可是事情一掀了開來，她能說，繡春懷的孩子萬不能留嗎？世上那有這個道理？就這樣，太太也還擔著干係。將來萬一讓震二爺知道了，說一句：也不知道那兒得罪太太了，就不肯勸一勸繡春，讓他多一個子女。你想，太太不是為你落了褒貶？」

這番話說得相當透澈，繡春的情緒平服了些，沉吟了好一會說：「反正要我把這個孽種生下來，我現在是絕不能甘心。你們兩位說吧，我該怎麼辦？」

秋月與夏雲面面相覷，都無善策；到得無法再保持沉默時，秋月看著夏雲說：「你是她嫂子，你說一句吧！」她緊接著又說：「不是我推託，照規矩應該你先說話。若有用得著我的地方，儘管說，我一定盡力去辦。」

「咱們一步一步談。」夏雲問繡春：「你一定要把胎打下來？」

「是的。」繡春毫不含糊地回答。

「那麼咱們就商量找人吧？」夏雲又說：「還得私下找，這就更難了。」

「只有一個人可託。」秋月接口說道：「就不知道繡春願意不願意讓這個人知道？」

「誰？」

「仲四奶奶。」

果然，這是個很合適的人，夏雲心想，仲四奶奶的眼皮子寬，人又能幹，託她一定妥當，於是轉臉問道：「你看怎麼樣？」

繡春實在不願讓外人與聞其事，然而眼前有身不由己之勢，只有報之以苦笑，「如今那裡有我作主的份兒。」她說：「你們怎麼說，怎麼好。」

「不然！」秋月很懇切地說：「你的事就是我們的事，你也別當是你自己的事，有話儘管說，大家慢慢兒琢磨。」

「說得是。」夏雲也說：「你原來總也打算過吧？」

「我原來的打算是，想請何大叔給我抓一劑藥，大概就行了。」

「這也是個辦法。」秋月贊成此議，「何大叔的醫道是靠得住的。」

夏雲是很爽利的性格，當即派人將何謹邀了來。繡春望影迴避，在隔室門簾的後面窺探。

聽秋月很含蓄地說明經過，只見何謹手捋著花白鬍鬚，只是沉吟不語，繡春便知事不諧了。

「太太怎麼說？」

「太太，」秋月想了一下，陪笑答說：「何大叔，你就當太太不知道這回事好了。」

何謹閱歷甚廣，而且在曹家四十多年，上上下下，每個人的性情都摸得很清楚，心知馬夫人已默許此事，但沒有一句明白話，將來出了事可擔不起這個責任，決定謝絕。

「兩位姑娘，這是造孽的事，我可不能幹。」何謹又說：「我勸兩位姑娘也別管這個閒事。」

最後那句話，聽得繡春心頭火發，一掀門簾，開口便嚷：「何大叔，明人不說暗話，你明明是不肯擔待，說甚麼造孽不造孽。你自己不管，我不怪你，怎麼還勸她們兩位別管？你老說這話，不也是狗拿耗子，多管閒事嗎？」

何謹是將繡春從小看大的，也受慣了她的排揎，不但不以為忤，反而笑嘻嘻地說：「姑奶奶，你別動肝火，會傷胎氣。既然你自己出面了，我不能不管。來，我先替你號號脈。」

「多謝，不必了！」繡春答說：「何大叔。我也不敢害你造孽，只求你一樣，你只當沒有聽她們兩位談過我的事。行不行？」

「這你放心好了！事不干己，我何必跟旁人去說？」說著何謹便站起身來，揚長而去。

「你看你這個脾氣！」夏雲埋怨的說：「無緣無故把個老好人得罪了。」

「我倒不懂。」秋月問說：「你為甚麼不讓他替你號一號脈？」

「如果我讓他號了脈，他一定說是不能打，不然會出事。那時候你是聽他的還是不聽。徒亂人意，不如免了吧！」

秋月與夏雲面面相覷，兩人的感想是相同的，但說出口來的是秋月。

「你的心思比誰都快，可怎麼又會上了震二爺的當呢？」

「如今可沒有法子了，只能找仲四奶奶。」說著，夏雲用徵詢的眼光看著繡春。

繡春木然，但不是聽而不聞的表情。見此光景，夏雲向秋月使個眼色，避開繡春有話要問。

「繡春的事，她二哥還不知道。你看我要不要告訴他？」

秋月心想，繡春當然不會願意王達臣知道這件事，便即答說：「這要看你自己了！你覺得一個人可以作主，就作主好了。」

夏雲躊躇了一會說：「不告訴他吧！也免得他煩惱。」

「不過，仲四奶奶一定會問到。」

「那就老實告訴她，看她的意思再說。」

果然，仲四奶奶聽夏雲說知其事，首先便問王達臣的意思如何？

「他不知道。」夏雲答說：「反正他也作不了他妹妹的主，所以我沒有告訴他。這反倒省事。」

「對了！達臣不知道反倒省事。不然，得讓他告訴我們當家的，咱們倆就不便談了。」仲四奶奶又說：「這種事我沒有經過，不過咱們的交情不同，三姑娘也跟我親妹子一樣，我不能不管這件事。」

仲四奶奶想的辦法很周全，她認為這件事不能通州辦，決定將繡春帶到她娘家——鄰近滄州的鹽山先住下來，再設法找精於此道的穩婆來處理。不過她提出一個條件，要夏雲在鹽山照料繡春，因為仲四靠她主持中饋，無法久住娘家。

這在夏雲是個難題，因為在她丈夫面前，不知如何交代？仲四奶奶倒是有條調虎離山之計，請馬夫人出面，央王達臣出一趟遠門，譬如專程送封信甚麼的；這樣，就可以趁空檔辦繡春的事。不過她不願出太多的主意，免得給人一個愛管閒事的印象。

「你別急，慢慢想，反正耽誤幾天也不要緊。」

夏雲點點頭。回得家來，跟秋月一說，秋月改變了她原來的說法，認為應該告訴王達臣，但又表示，不妨先問一問繡春。

繡春的想法跟仲四奶奶一樣，也主張調虎離山，不過她希望鏢局中能讓王達臣出一趟差，也就是保一趟鏢。夏雲將這話轉告了仲四奶奶。機會很巧，第二天就有一個機會，有家官眷要請人護送到江蘇徐州，來去得一個月的功夫。仲四將這趟差使派了王達臣。

於是等王達臣的鏢車南下，仲四奶奶帶著繡春、夏雲姑嫂，也就動身了；那是三天以前的事。

回憶告一段落，秋月的主意也打定了，說一半、瞞一半；只說去幹甚麼，不說去了何處，更不說是仲四奶奶的安排。

「這可透著有點兒邪！」曹雪芹一臉的不信，「夏雲把她帶到甚麼地方，你會不知道？」

「你別管我知道不知道。」秋月答說：「反正我不能再多說了！不然太太面上，不好交代。」

曹雪芹知道秋月的性情，這就是說到頭的話了，多問無用。心裡自是怏怏不快，亦不以秋月與夏雲的態度為然，他覺得她們沒有能好好勸一勸繡春，在姐妹的情分上，不免有虧。

「我倒想問，繡春的累贅就算順順利利拿掉，震二爺那裡也沒有那麼嚕囌了，可是，繡春還不是前途茫茫嗎？」

「這是兩回事，她就沒有這個累贅，不也是前途茫茫？」

「不然。你們沒有仔細替她去想；如果仔細想了，你們就會勸她，安安靜靜把孩子生下來，才是上策。」

「喔，」秋月一半不服，一半關切，很注意地問：「照此說來，你是替她仔細想過了，倒要請教。」

「那，我先問你，你看繡春將來的收緣結果如何？」

秋月想了想，遲疑地答說：「看樣子，就這樣一個人過一輩子了。」

「既然如此，有個能養老送終的親人多好？」曹雪芹又說：「這是最後的打算。照我的想法，她跟馮大瑞還有重圓的希望。如果有那一天，當然不能把孩子帶去，應該交回給震二爺；如果她不願意這麼辦，把孩子給我好了。」

「啊！」秋月既不安、又慶幸，「不是你說，差點大錯特錯。」她又深深看了他一眼，欣慰地說：「你真是長進了。老太太如果知道你有這樣的見解，會笑得合不攏嘴。我馬上跟太太去回，太太一定也會讚你的主意高。」

「倒想不到，他居然想得這麼周全。」馬夫人也很高興，「這一來，可進可退，我也不必裝不知道了。等繡春生了，看震二爺怎麼說？如果他只要孩子，自然跟他說實話；倘或還是打繡春的主意，繡春又怎麼說都不肯，那就乾脆跟他來個不認帳。」

「震二爺如果一定要問，孩子是誰的，可怎麼回答？」

「那，那就答他一句，你管不著！」

秋月笑了，「太太肯這麼替繡春擔待，事情就好辦了。」她又很謹慎地說：「我還有個主意，不知道行不行？」

「還有甚麼主意？」

「得有個人去開導繡春。」秋月說道：「她的脾氣，太太是知道的；那張嘴又厲害，只要她覺得不中聽，就沒有人能說得過她。」

「我在想，芹二爺既然有這麼透澈的見解，一定能把握得住。繡春最佩服芹二爺，肯聽他的勸，不如請芹二爺到鹽山去一趟。」

「等我想想！」馬夫人考慮了一會說：「這麼辦原是情理上很通的事，繡春也不是喜歡鬧彆扭的人。你不妨先捎個信給夏雲，果然繡春不肯聽，讓芹官再去亦不晚。」

「是！那就這麼辦。」

於是秋月喜孜孜地將這個決定告訴了曹雪芹，而且請他代筆，用她的名義寫好一封給夏雲的信，請仲四派人送到鹽山。曹雪芹仍回京城，照常每天到錦兒那裡喝酒聊天，卻是聲色不動。

第二十章

「有你一封信，是太太叫人送來的。」

從錦兒手裡接過家信，曹雪芹隨手往衣袋中一塞。他已經知道信中談些甚麼，不必當場拆開，免得錦兒要信看時，難以應付。

「你怎麼不拆開來看？」

「我知道，是一張採買的單子。」曹雪芹乘機辭去，「我到西四牌樓看看去。」

在路上拆信一看，才知道夏雲已有回覆，繡春提出好些疑問，無從答覆，還是非曹雪芹去一趟不可。信中特為關照，「以速行為宜」。

要快只有一個辦法，曹雪芹心想，到糧台上去要一輛車。定了主意，隨即去找曹震。他很謹慎，只說要到滄州去喝一個同窗好友娶親的喜酒。曹震立刻就派了車，第二天一早動身。

到得滄州，開賞打發了車伕；曹雪芹隨即另外雇車，轉往東南，直奔鹽山。秋月的信上說得很明白，仲四奶奶娘家，在鹽山城內縣學前開一家鹽店，字號叫做「利豐源」；到那裡一打聽，自然就可以找到仲四奶奶。

行止非常順利，到得「利豐源」一問，掌櫃的是仲四奶奶的姪子，聽說是姑太太的客人，又見曹雪芹是官宦家子弟的打扮，十分客氣，延入內宅接待，派夥計飛快地將仲四奶奶請了來。

「知道芹二爺會來，可沒有想到這麼快。」仲四奶奶皺著眉，指著潮濕且帶腥臭的滿地鹽滷說：「這也不是芹二爺能待的地方，不如就走吧！」

於是，兩乘小轎到了繡春隱棲之地，賃借的是仲四奶奶親戚家的餘屋，一座可以獨立門戶的四合院。繡春的氣色已好得多，看來心情不似以前那樣灰惡了。

問了馬夫人的安好，繡春又問：「你是怎麼來的？」

「請震二哥派了一輛車，送到滄州——。」

「怎麼？」不等他話完，繡春急急問說：「他知道我在這裡？」

「他怎麼會知道？」曹雪芹答說：「我只請他派車送到滄州，就是為了瞞住他。」

「錦兒呢？」

「她也不知道。」

聽這一說，繡春才算放心，舒口氣說：「你住一晚，明天就回去吧！」

「不能這麼快就回去。」曹雪芹搖搖頭，「我說到滄州是為喝同學的喜酒；既然是同學，大老遠的去了，總得盤桓幾天，才像真的有這麼回事。」

「就多住兩天怕甚麼？」夏雲插嘴說道：「事情也不是一晚上就能談得完的。」

因為不是一時能談得完的，所以彼此反倒從容了。留仲四奶奶吃了飯，等她原轎離去。夏雲要為曹雪芹安排宿處，剩下繡春陪曹雪芹喝茶，方始談到正題。

「你的意思我還不大明白。」繡春說道：「仲四奶奶倒把人找到了，如今到底還用得著、用不著呢？」

「當然用不著了。」

「還有這裡，原說只借住兩個月；如果住長了，還得再跟人家商量。」

「這都是小事。先要看你自己的意思。」曹雪芹突然想起，「喔，夏雲的意思怎麼樣？」

「她跟你們一樣。」

「可見得人同此心，心同此理。你還有甚麼可猶豫的呢？」曹雪芹又說：「我替秋月寫的信上，已說得很清楚了，你還有甚麼不明白的地方。」

「我不明白的是，這個主意是你想出來的，還是秋月跟太太商量定了，作為你的主意。」

「是我想出來的。」曹雪芹得意地：「不過太太跟秋月都說，我自己也覺得我的想法，面面俱到，是你唯一可以走的路。」

「你以為我只能走這麼一條路嗎？」

「對！」曹雪芹問：「你覺得走這條路有甚麼難處？你儘管說，總可以想法子克服。」

「我顧慮的還是震二爺。如果他把四老爺請出來，拿大帽子壓我，太太能不能替我作主？」

這是曹雪芹所未想到的，考慮了一會答說：「這一著倒不可不防。我想應該先發制人。」

「甚麼叫先發制人？」

「那還不容易明白？」曹雪芹說：「不等震二爺搬請四老爺出來，先就跟四老爺說明白。」

「誰去說？」

「自然是太太。」

「太太肯嗎？」

「一定肯。」曹雪芹極有把握地說：「否則不會准我來勸你。」

繡春不語，但從她臉上看到心裡，已知她的意思活動了。曹雪芹心想打鐵趁熱，還得要上緊下一番說詞。

「繡春，我倒想問問你，你對你的將來，打算過沒有？」

「有甚麼打算？」繡春一臉的蕭索，「還不是過一天算一天。」

「你不指望有跟馮大瑞劫後重逢的一天？」

這句話就像一支火把，投向槁木，頓時在她心中熊熊地升起火燄；蒼白的臉上，現出血色，眼中也閃現了光亮。但畢業是槁木，容易燃燒，燒得也快；只是火燄雖息，餘溫猶在。

「那是件可遇而不可求的事。」

「對了！作此想法最好。」曹雪芹很快地又說：「假如跟馮大瑞終無相見之日，你的日子還是要過下去，是不是？」

「我不是說過了，過一天算一天。」

「也要能過得去才行。做一天和尚撞一天鐘，撞鐘就是和尚在過日子。人生在世，吃飯睡覺以外，總得有件自己覺得沒有白活的事在做，那日子才過得下去。你認為我這話如何？」

「說得不錯啊！」繡春深深看了他一眼，「你真是三日不見，刮目相看了。」

聽得這一說，曹雪芹已知必能說服繡春；微笑著又問：「那麼，你是不是想過，將來要幹些甚麼，排遣漫長的歲月？」

「喏！」繡春拿手一指：「你看！」

曹雪芹轉臉望去，一函經卷一爐香；便即笑道：「你又動了出家的念頭了。」

「那也無可奈何！你不是說，要我為你活下去？」

平平淡淡的語氣，震撼了曹雪芹的臟腑，他激動地說：「我不但要你活下去，而且要你樂於活下去。我替你抱的希望是：第一，能跟馮大瑞團圓；其次，如果不能，有個能真正讓你全心全意、寄託感情的人。這個人，在你肚子裡；不管是男是女，是你在這個世界上唯一的親人。」

繡春顯然也為他這番話震動了，眼中不但有光，而且漸漸潤溼，抽出腋下手絹擦一擦眼睛，起身在暖壺中倒了一杯茶喝。等心情略略平服，才又坐了下來；臉上的蕭索，一掃而空，代之而起的是對一件事的關切。

談到這裡，夏雲出現了，坐下來舒口氣說：「床鋪好了，孩子也哄得睡熟了。我可得好好兒息一息，有熱茶給我一碗。」

繡春剛待起身替她倒茶，曹雪芹的手腳已比她快；夏雲急忙起身，從他手中接過茶碗，連連道謝。

「真不敢當！怎麼勞動你起來？」

「你替我忙了半天；我不該替你倒碗茶，表表微意？」

「措詞越來越客氣了。」夏雲看繡春臉色平和，便即問說：「怎麼樣？把芹二爺的話聽進去了？」

「聽歸聽，還得看怎麼辦？芹二爺說太太一定肯替我出頭，先跟四老爺把話說明白。我不知道是怎麼個說法？」

「是老實說，震二哥要孩子可以；要孩子的媽可不行。人各有志，不能相強。」

「這樣說妥當嗎？」繡春又說：「而且太太跟四老爺一向很客氣，也不見得肯用這樣硬的語氣。」

「我說得硬，太太自然有一番斟酌；反正『語軟意硬』，不離這四個字就是了。」

「你看，」繡春問夏雲：「怎麼樣？」

夏雲不作聲，慢慢地一碗熱茶喝完，放下杯子從從容容地說道：「不在乎怎麼說，要看甚麼時候說？說要說在錦姨扶正以後。那時候太太只問一句：已扶正了一個，莫非再扶正第二個？」

「啊！」曹雪芹不等她說完，便擊桌稱賞，「問得好，問得好！四老爺總不能說，就委屈繡春好了。他無論如何不能說這麼無理的話。」

繡春也覺這是個必能控制曹震的好辦法，頓時臉上綻開了久已不見的笑容。

「這不可不置酒！」曹雪芹欣然說道：「久已未作長夜之飲了。」

這頓酒雖未喝到天亮，也到四更時分才罷。一覺醒來，晴日滿窗；想到夜來光景，心情開朗，精神抖擻地起了床，開出門去，首先就看到對面廊上是仲四奶奶的影子，正往外走去，後面相送的是夏雲。

於是曹雪芹將身子一閃，等夏雲送客出門，方始轉到繡春那裡。一見了面，不由一驚，只見她的臉色，抑鬱異常，與夜來淺笑低飲的歡娛神情，渾如兩人。

「怎麼回事？」

「震二爺知道了，我在這裡。」

「你說甚麼？震二哥知道你在這裡？」曹雪芹大惑不解，「怎麼會呢？」

「是仲四奶奶來說的。」繡春又說：「仲四爺派專人來給仲四奶奶送信，震二爺把他找了去問了。」

「那，仲四怎麼說呢？」

「仲四能不承認嗎？」

想想也是，這是不能不承認的事；因為是瞞不住、賴不掉的事。否則，等找到繡春以後，質問仲四，不承認這回事的用意何居？安上他一個「略誘良家婦女」的罪名，仲四會落個破家的結果。

曹雪芹靜下心來細想，曹震知道繡春在鹽山是一回事；知道不知道她為何到鹽山，又是一回事。這得弄明白了，才能推測將會發生甚麼事。

「當然知道。」當他將疑問說出口時，送客回來的夏雲接口答說：「震二爺都知道了。」

「那，他是怎麼知道的呢？」曹雪芹有些氣憤，「是誰在他面前搬的嘴？」

算來算去，斷定消息是從何謹口中走漏的。何謹不是愛搬弄是非的人，猜想是無意中有所洩漏，言者無意，聽者有心，去告訴了曹震。繡春認為那個人很可能就是何誠，他在曹震面前獻殷勤的情形，她見過不止一回了。

「這個混帳東西！」曹雪芹罵道：「我得好好兒問他！」

「你也不必生氣。」夏雲勸慰著說：「反正紙裡包不住火，震二爺遲早會知道的。咱們還是按原來的步驟辦。喔，」她又向繡春說：「仲四奶奶告訴我，房東已經答應了，你住多少日子都不要緊。」

「誰知道能住多少日子？」繡春嘆口氣。

「這話，」夏雲愕然，「我不懂。難道有人不准你住？」

「你看著好了！」繡春答說：「震二爺說不定就會趕了來。」

「不會的。」夏雲滿有把握地，「絕不會。」

曹雪芹的想法，比較傾向於繡春，「可也說不定。」他說：「繡春，咱們先琢磨琢磨，震二爺如果來了，如何應付？」

「那得看他的來意是甚麼？」夏雲接口。

「當然是勸繡春別打胎。」

「好！」夏雲說道：「就聽他的。還有甚麼？」

「還有，」曹雪芹搖搖頭，「就很難說了。」

「想也想得到的，是想繡春回去。告訴他隨後再說；回到京裡請太太出面跟他理論，不就結了嗎？」

聽她說得如此簡單容易，主要的是樂觀的語氣，感染了繡春與曹雪芹，不自覺地將這件事看淡了。

繡春所憂慮的事，終於發生了。

先是仲四奶奶派人通知，說仲四已陪著曹震到了鹽山，馬上就要來看繡春，請她「預備預備」。

怎麼個預備？繡春與曹雪芹都愣住了，只有夏雲還比較沉著。

「我好恨！」繡春睜圓了一雙杏眼，牙齒咬得格格地響，「怎麼躲他，還是冤魂纏腿似地找了來。好吧，反正就是一條命。」

「你別這麼想，也許只是來看看你。」曹雪芹心裡也覺得不妙，但不能不找話安慰她，「好歹先把他敷衍走了。等我一回去，請太太替出面，不就甚麼都妥當了嗎？」

「這話說得是。」夏雲看著曹雪芹說：「倒是你，似乎不大好交代。原說到滄州喝喜酒去的，怎麼一下子到了這裡？」

曹雪芹也想到了這一點，「只好這麼說，喝完喜酒，想起繡春，順便來看看她。不過，」他遲疑地問：「我是不是避開比較好？」

「怕甚麼——。」

不容繡春的話說完，夏雲便即搖手，「不！」她說：「避一避的好。」

「好！我隨意去逛一逛，逛倦了回來，大概也就差不多了。」

「那就開飯吧！吃了飯你好走。」

於是夏雲帶著丫頭，將午飯開了出來。吃到一半，丫頭來報：「有客人來了，是仲四爺陪著來的。」

不言可知是曹震！事起倉卒，都有些著慌。曹雪芹想躲到對面臥室，一出堂屋，便發現唯一進出的那道門外，已有人影；再往前走，正好迎面相遇，只好趕緊折了回來，只見夏雲往繡春的臥室一指，他不暇思索地掀起門簾，往裡一鑽。

這時「客人」已經進門了，使得繡春和夏雲深感意外的是，走在前面的竟是楊媽，手中捧著一個衣包，後面才是曹震，殿後的是仲四，一進門就站住了。

繡春繃著臉不作聲。夏雲卻含笑地迎上去說道：「震二爺，真沒有想到你會來。錦姨這一陣子好？」

「她也很懷念你們；本來想親自來的，只為有孩子不方便。」曹震的視線越過夏雲肩頭，落在繡春臉上，微笑說道：「倒像長胖了一點兒。」

繡春冷冷答道：「過的日子清清淨淨，不心煩，自然就會胖了。」

「你不心煩，人家仲四奶奶心掛兩頭，可就煩了。」

夏雲怕他們言語碰僵了，一面連連向繡春使眼色，一面張羅著問：「震二爺用了飯沒有？」

「我吃過了。」曹震望著飯桌說：「你們正在吃飯？還有誰啊？」

顯然的，是看到了三副碗筷，方始有此一問；幸而夏雲有急智，「是房東家的女兒。」她說，「聽說來客是爺兒們，放下筷子就溜了。」

「喔！」曹震點點頭，舉目環視了一轉，然後咳嗽一聲，鄭重其事地說：「繡春，我今天是專程來接你回去的。所以把楊媽也帶來了。」

站在門外的楊媽，便進來行禮，臉上堆滿了笑容，喊一聲：「繡姨！」

「甚麼！」繡春大喝一聲，漲紅了臉問：「你叫誰？」

見此光景，楊媽嚇得愣住了；曹震的臉色也很難看，不過還是緩和了下來。

「你先出去。」他向楊媽說：「把衣包放下來。」

楊媽答應一聲：「是！」放下衣包往回走，出堂屋時，還回頭看了一下，彷彿繡春會攆出去揍人似地。

「裡面是錦兒的一件皮襖，特為讓我帶來的。繡春，光憑你們姐妹的這份情意，你也不該一意孤行。」

「正就是因為姐妹的情意，我才躲開的。」繡春語氣比較平和了，「錦兒總算熬出頭了。很好的一個收緣結果，我可不願意把她攪壞了。」

這是含蓄的說法，指錦兒扶正而言。夏雲覺得正好幫腔，「震二爺，」她說：「你把繡春接了去可怎麼辦？總不能委屈她吧？」

「當然不會，我拿她跟錦兒一樣看待。」曹震答說：「錦兒扶正的事，現在當然不能辦了。」

「治一經、損一經怎麼行！耽誤了錦姨的前程，不恨死了繡春？震二爺，你說怎麼能在一起過日子？」

「不會，錦兒自己願意的——。」

「她願意，我可不願意。」繡春搶白，「而且我也不相信，她心裡真的願意。」

「你要不信，你跟我一起回去了，當面問她。」

「我不必問她，我也不回去。二爺，求求你，饒了我吧！」

聽得這話，曹震臉上一陣紅、一陣白，加上他那青毿毿的髫樁子，面目顯得有些猙獰。夏雲急忙說道：「震二爺，事緩則圓，你先請回去；有話到了京裡再說，不也一樣嗎？」

「不一樣！我怎麼能放心讓她一個人在外頭？」

這話惹得夏雲不悅，強笑著說：「震二爺眼裡，倒像我不算個人似地。」

「我不是說你。」

何以謂之「我不是說你？」語意曖昧，似乎另有所指似地。夏雲開始發覺事態有些嚴重了，必得善為應付；剛想用眼色向繡春示意時，她已經發作了。

「一個人也好，兩個人也好，你管不著，就不用操這份心了吧！」

曹震將眼一瞪，大聲問道：「我怎麼管不著？」

繡春也不願示弱，以同樣高亢的語氣反問：「憑甚麼？」

曹震用手指著繡春的腹部說：「就憑你懷著的孩子，我就非要你回去不可。」

如果說，只是為了喜歡繡春而糾纏不休，便再大的委屈，也還能忍受；唯獨因子及母，設奸計暗算，卻又以此為脅迫的藉口，是繡春絕不能甘心的一件事。如今眼看到了圖窮而匕首見的局面，繡春將心一橫，採取了不顧一切的決裂手段。

「哼！」她獰厲地冷笑，「你以為我懷著誰的孩子？」

「你自己知道！」

「對了！我自己知道。我告訴你吧，我肚子裡的孩子是芹二爺的；曹雪芹二爺的。你聽清楚了沒有？」

此言一出，首先嚇壞了夏雲，正待替曹雪芹辯白，只見曹震視線落在飯桌上，接著目露凶光，大聲問道：「人呢！躲在那兒？」

話剛完，曹雪芹已閃身而出；抬頭一看，發現曹震的神色，不由得大吃一驚，楞在那裡，連呼吸都感到吃力，自然招呼亦就忘掉了。

這「萬木無聲待雨來」的片刻，曹震眼中噴得出火來；繡春在經過一陣報復的快意之後，正生悔意，只聽曹震打破了沉默；他將臉一揚，急促地問：「說！繡春的孩子，是不是你的？」

「不是他的。」夏雲搶著說。

「你別多嘴。」曹震逼近一步，向曹雪芹戟指喝道：「你說。」

曹雪芹覺得在這樣的情況下，說一聲「不是」，無疑的就是威武能屈的懦夫，在繡春、在任何人眼中都一文不值了。

因此，他硬起頭皮回答：「是的！」

「好啊！你的書讀到那裡去了？」曹震吼道：「你沒有陳平的本事，倒有陳平那麼混帳！」

說完，搶步上前，使勁一掌，摑在曹雪芹臉上。曹家的規矩嚴，做弟弟的挨打不敢還手，罵不敢還口，曹雪芹只是捂著臉不作聲。

繡春卻已怒不可遏了，「你打我好了！」她一聲比一聲高，「你今天要打死我，才算你本事！」說著一頭撞了過去。

這一下，曹震的怒氣，更如火上加油，提起腳來便踹，幸而夏雲一把將她拉開。曹震猶自怒火不息，但轉眼看到門外已有好些看熱鬧的人，自覺不好意思，跺一跺腳，往外便走。

繡春到這時候才踉踉蹌蹌奔回臥室，撲向床上，放聲大哭。夏雲與曹雪芹亦都跟了進去，百般勸慰，繡春仍是哭得力竭聲嘶，最後抽抽噎噎地連氣都接不上了，但也哭倦了，不知不覺地入於夢鄉。

到得一覺醒來，繡春只覺得雙眼脹得難受，想睜睜不開；伸手一摸，方知腫得極大，心中不免著急；倒不是怕不能見人，而是本來打算趕回通州的，怕一時不能上路。

怎麼辦？就在這自問之際，聽得堂屋中有人在說話，是夏雲的聲音。

「他說的陳平是誰啊？」

「是漢朝的開國功臣，生平有七十二奇計。」曹雪芹說：「相傳陳平曾經盜嫂。他視繡春為禁臠，所以說我跟陳平一樣混帳。」

「是這麼個典故啊！」

夏雲沒有再說下去；曹雪芹也不作聲，繡春不知是怎麼回事，越發屏息靜聽。

「這中間有鬼！」夏雲終於又開口了，「震二爺肚子裡一團茅草，跟我一樣，那知道甚麼陳平、陳安的；必是有人在他面前，說你跟繡春如何如何，他才會留意陳平盜嫂這個典故。這趟趕了來，多半也是衝著你來的。唉！繡春偏偏口不擇言，你又楞充好漢，頂了這個黑鍋，怎麼得了？太太怕不氣出病來！」

「你不必擔心，秋月知道我，在太太面前一定辯得清楚。」

「可是辯清楚了，對繡春就沒有用處了。」夏雲說道：「等錦兒扶正以後，太太可以出面主持公道，不能委屈繡春。現在可不行！咱們家的規矩，你是知道的，ㄚ頭有了身孕，一定得收房。」

「繡春早就不是這種身分了。」

「誰說的！我問過繡春，她的那種賣身契，震二奶奶始終不肯拿出來，說是『不知擱那兒去了』；又說『要那玩意幹甚麼？莫非還憑那張紙把你轉賣不成？』到底是真的丟了，還是在震二爺手裡？如果在震二爺手裡，不就奇貨可居了嗎？」

聽得這番話，繡春既悔且恨，應該早作了斷；心裡轉著念頭，耳中卻聽曹雪芹唉聲嘆氣地在說：「唉！怎麼早不告訴我？如果在震二奶奶生前就告訴我，我一定替她要回來；就算真的掉了，我也可以讓震二奶奶寫張放她出去的筆據給她。這件事是繡春自誤了！」

「誰知道有今天的事？早知有今天的事，繡春還不必自告奮勇，去照應錦兒坐月子呢！」

「是啊！」曹雪芹是一種悵惘無奈的聲音：「這麼機伶的一個人，竟會自投羅網。」

這「自投羅網」四字，又刺痛了繡春的心，這回無法分心去聽堂屋中的聲音了。腦中雜亂無章地閃著各種景象；耳際也響起曹震的各種獰厲的聲音，記起他所說的，「我怎麼能放心讓她一個人在外頭」，以及他向夏雲所說的「我不是說你」，恍然大悟，曹震真的是衝著曹雪芹來的！

省悟到此，她有不寒而慄之感，居然會有人造作這種謠言，而這個人又多半是曹家上下公認為好人的何謹，人心真太可怕了。

「啊！」夏雲的聲音很高，打斷了繡春的思路，接著聽得她在招呼：「仲四奶奶，你這麼晚還請過來。」

「那怕夜半也得來敲門。我聽我們當家的回去一說，簡直把我嚇壞了。」略停一下，仲四奶奶又說：「芹二爺，到底是怎麼回事？」

「你問王二嫂好了。」

原來心裡著急不安，怕曹雪芹受了不白之冤，會惹得仲四奶奶到處宣揚的繡春，聽得語氣從容，連在外人面前對夏雲用客氣的稱呼都還記得，她比較安心了，只屏息傾聽夏雲的答語。

「我們三姑娘情急無奈，把芹二爺扯出來頂缸。芹二爺是男子漢大丈夫的氣概，一則要護著繡春；再則也不願讓人覺得他能做不能當，所以一口氣應承了下來。誰知道震二爺原來就信了讒言。喔，」夏雲緊接著問：「仲四奶奶，我想問你，你提到了芹二爺沒有？」

「沒有！沒有！」仲四奶奶一迭連聲地說。

「仲四爺呢？」

「他根本就不知道芹二爺到鹽山來了，一直到了這裡才發現。他跟我說，他還納悶呢！怎麼芹二爺也來了？」

「這就是了。一定有人造芹二爺的謠。」

「是啊！我也奇怪，如果三姑娘真是懷著芹二爺的孩子，又怎麼捨得打掉？」接著，仲四奶奶用抱歉的語氣說：「芹二爺，你別介意，我不過要把事情弄清楚。我們當家的，也是實逼處此，一點轍都沒有；害得你們兄弟失和，除了心裡難過以外，找不出話好說。這也跟『啞巴夢見娘』一樣。」

「我知道。」曹雪芹平靜地答說：「我們家的家務，替你們公母倆惹來麻煩，我也是怪過意不去的。」

仲四奶奶原意，是來解釋可能會發生的誤會；話是說清楚了，但每一個人心裡都有著一種無法驅遣的窩囊的感覺。尤其是繡春，心想明明是仲四不善應付，才惹來這場麻煩，如今反倒還要跟人說「過意不去」，這委屈有多大。

因為有這樣的念頭，愈覺得對不起曹雪芹；而且風波未了，曹震回京，一定還有動作，不是到「四老爺」那裡告狀，就是到處去說曹雪芹的不是。流言一傳開來要撇清就很難了。

轉念及此，心裡如滾油熬煎一般；顧不得雙眼紅腫，既畏見光，又畏見人，下得床來，故意弄出聲響。果然，夏雲有了反應。

「大概是醒了我看看去。」

「三姑娘也真可憐！」仲四奶奶嘆著氣說：「只怕一雙眼睛已經哭腫了。」

聽得這話，繡春心裡又是一番酸楚；轉念想道，既然人家都已經料到了，索性就大方些，於是提高了聲音說：「是仲四奶奶不是？請裡面坐。」緊接著又向掀簾入內的夏雲說：「可不能點燈，我怕光。」

「是不是？真的把眼哭腫了。」仲四奶奶一面進門一面說：「三姑娘，你別難過！你跟我一樣，都是要強的人；災難來了，咬緊牙關，挺一挺胸，自然就過去了。」

「仲四奶奶請坐！」繡春覺得在昏暗的暮色中，彼此看不見臉色，心裡的話較易出口；這個機會不容錯過，所以接著又說：「我天生苦命，自己早已算定了。不過，我不能連累我們芹二爺。說實話，你們剛才所談的，我完全聽見了。千錯萬錯，我不該扯上芹二爺，如今得趕緊替他洗刷。震二爺呢？」

「他已經走了。」仲四奶奶答說。

「那，那怎麼辦？」繡春想了一下，很有決斷地說：「如今只有一個法子。二嫂，請你明兒一早陪著芹二爺趕進京去，把這兒出的事，跟錦兒細細說一說。我錯了，可是對她沒有錯。」

「不必這麼急。」曹雪芹也進來了，「謀定後動。」

「謀定後動不錯，不過要快。」繡春說道：「仲四奶奶還得麻煩你一回，得連夜替他們找車。」

「車不用找，現成。我們當家的明天回去，讓他先送到京裡好了。」
「那好！二嫂你就預備吧！」
「這不用忙。」夏雲答說：「有件事得先商量停當，你在這裡怎麼辦？」
「我？」繡春忽然下了決心，「我等眼消了腫就走。」
「到那兒？」
「自然是回通洲。」
「回了通州呢？」
「照舊過我的日子。」
「你這是真話？」
「自然是真話。」繡春明白她的意思，是怕她尋了短見，因而又說一句：「我不能害人家，又給仲四奶奶添麻煩。」
「這我就放心了。」夏雲輕快地說：「趕進京去。把話跟錦兒說明白，確是很要緊、很妥當的辦法。這裡，」她又向仲四奶奶暗示地說：「我可把我們三姑娘，託付給仲四奶奶了。」
「交給我，交給我！」仲四奶奶一迭連聲地答說；隨即起身告辭，除了約定第二日上午來接夏雲外，又安慰繡春，也給曹雪芹道惱，情意殷摯，大家心裡的那份窩囊之感，都沖淡了些。
於是匆匆吃了飯，忙著收拾行李。曹雪芹自己無法動手，繡春又是雙眼腫得睜不開，就只有偏勞夏雲帶著丫頭張羅，加上孩子鬧著要娘，繡春怎麼哄都哭不停，以至於將個又忙又累的夏雲，惹得六神不安。繡春自亦不免六神不安，不斷地自問：活著就是這麼受熬煎嗎？
到得更鼓已動，忽然有人來叩門。曹雪芹去開的門，意想不到的竟是仲四。

「正好遇見芹二爺，好極！我不進去了，有幾句話就在這兒跟芹二爺說罷。」

原來仲四臨時有筆買賣要接頭，須三天以後方始回京。他聽他妻子說，曹雪芹與夏雲要趕在曹震前面到京，去解釋誤會；那就只有一個辦法，請曹雪芹寫一封信，由他派快馬遞送，保險可以趕在曹震前面到京。

「至於三天以後，自然仍舊是我送芹二爺跟二嫂回去，一切由我預備，不必操心。」仲四又說：「如果王三姑娘也打算一起走，我就多預備兩輛車。」

「是，是！」曹雪芹說：「仲四爺，我有個不情之請，信還不知道怎麼寫法，也就不能讓仲四爺帶回去。能不能明兒早上，勞駕派人來取。」

「行！」

「繡春是不是一起走，也是明天給仲四爺回話。」

「好！就這麼說了。芹二爺請回吧！」說罷，拱一拱手，提著燈籠，帶著從人去了。

其時夏雲已逕在暗處，聽得清清楚楚；等仲四一走，現身出來，舒口氣說：「這樣也好！咱們上繡春屋子裡說去。」

等說知究竟以後，繡春久久不語，心裡在想，仲四明明是在下「逐客令」。走當然要一起走，只是自己有件大事卻不知如何安排？

夏雲這時也領悟了仲四的言外之意，看繡春沉默，想到她也許有心裡的話，不願當著曹雪芹透露，便即說道：「芹二爺，你請回你屋子裡寫信去吧！」

「嗯！」曹雪芹點點頭，起身而去。

「你的意思怎麼樣？」夏雲低聲問繡春：「如果你還是想住下去，我跟仲四奶奶再去商量。」

「不必！人家怕擔干係，咱們又何必惹人厭？我是在想，回通州還是回京？」

「自然是回京。咱們自己房子在那裡。」夏雲又說：「反正太太要搬進京了。讓你二哥住鏢局，我也進京來陪你。」

「你呢？」

「這樣也好。」繡春說道：「你真是累了，帶著孩子睡去吧！」

「我跟芹二爺聊聊，也就睡了。」

說到曹雪芹，倒提醒了夏雲，「我看看去！他的信，寫得怎樣了？」說完，掉頭就走。

到得曹雪芹那裡，只見他擱著筆，在燈下發楞，望到信紙上，除卻「錦姨如見」以外，別無一字。

「事很多，也很難措詞。」

「有甚麼難？錦兒肚子裡墨水有限，你寫得太文了，她也看不懂。乾淨俐落地把話說清楚了就行了。」

「好！本來是由你出面，你自己說吧，我據實照寫。」

說著，便提筆在手，蘸飽了墨看夏雲，她卻在發楞；原以為輕而易舉之事，到得臨頭，才知道首先，繡春懷孕，以及她陪繡春避到鹽山來待產這件事，錦兒一無所知；要將其中的原委曲折說明白，就頗費周章。

「看人挑擔不吃力」。

沉吟了好一會，方始開口：「我把要說的幾段話告訴你，輸兒你自己去編。」她屈著手指說：「第一、繡春上了震二爺的當，有喜了。這件事如果讓震二爺知道了，錦兒扶正的事，只怕就要吹了，所以我特為陪她躲到這兒來。」

「好！」曹雪芹點點頭，「這麼說，很得體。第二？」

「第二、震二爺不知道怎麼知道了，巴巴地趕到鹽山，要接繡春回去，繡春不願意，震二爺又逼得凶，繡春情急無奈，口不擇言，把在滄州喝完喜酒，順便來看我們的芹二爺扯了出來，說孩子是他的。第三、芹二爺楞充好漢，居然也承認了，震二爺醋勁大發，揍了芹二爺；芹二爺沒敢還手。第四、芹二爺跟繡春，清清白白，乾乾淨淨；只怕震二爺醋勁還在，回京以後，在各處胡說八道，害得芹二爺不能做人，那一來事情就鬧大了，芹二爺吃不了還兜著走呢！」

「第二、第三都很好，第四段前面也可以，後半段我就不便寫了。」曹雪芹解釋原因：「是我代筆，寫這段話，像是我威脅震二爺，顯著我心虛似地。」

夏雲想了一會答說：「你的話不錯；不過最後那幾句話也很要緊，不能少。震二爺是吃硬不吃軟的狗熊脾氣，不說兩句狠話，唬不住他。這樣吧，你照我的意思，給我起個稿子，我自己抄一遍。喔，索性再加一段，你說繡春把眼都哭腫了，只等腫消了，馬上要回通州，打算請太太、四老爺出來跟震二爺評理。」

曹雪芹笑了，「原來只當你脾氣爽朗明快，想不到你潑辣起來，也夠瞧的。」他說：「我就照你的意思起稿子。」

曹雪芹寫不到一行，忽然想起春雨。以前就常常這樣替春雨代筆，寫信給她父母，一晃七八年，回想起來，有如夢幻。

「怎麼回事？」夏雲催促著，「你倒是快一點兒，完事了，我好去睡。」

「我是想起——。」

等他講完了，夏雲嘆口氣，「你也是沒福氣！」她說：「配得上你的，是沒良心；有良心的又配不上你。」

弦外之音，曹雪芹自能深喻；惦念著繡春此時是不是又在背燈垂淚，因而定一定神，趕緊起完稿子，等夏雲坐下來握起筆，他就悄悄溜了。

第二十一章

繡春屋子裡沒有點燈，只聽她在問：「信寫好了。」

「夏雲在寫。」

「這可是新聞！從沒有聽說她寫過信。有兩回給我二哥的信，都是叫我寫。」

「她不能不自己動手。因為有的話我不便寫。」

接著，曹雪芹將不便著墨的緣故，說了一遍；繡春也笑了。

「你的眼睛怎麼樣了？」曹雪芹問。

「跟瞎子一樣，甚麼都看不見。而且怕光，比瞎子還不如。」

「疼不疼？」

「疼倒不疼。」

「那就不要緊。三、五天腫消了就好了。」

談話因為夏雲的出現而中斷；她唸完了信，看繡春沒有意見，便即說道：「我可得趕緊上床，倦得快睜不開眼了。」夏雲又說：「芹二爺，你呢？」

「我再坐一會。」

「對了，你多坐一會，陪陪繡春，我可不行了。」說完，匆匆而去。

「我真羨慕夏雲，能吃能睡。」繡春嘆口氣：「夏夜漫漫。」

這是說，她既不能吃，又不能睡。曹雪芹大為不忍，脫口說道：「我在這裡陪你。聊聊閒天，聊得倦了，自然就睡著了。」

「那，」繡春問道：「你要不要上炕來？舒服一點兒。」

彼此到了這地步，原已甚麼都不須顧忌，但曹雪芹卻怕自己把握不住，不肯過於接近。

「我坐在這裡很舒服。」

這倒也是實話，他坐的是一張鋪著狼皮褥子的竹靠椅，相當舒服。因此，繡春不再多說，只摸索著將炕上閒置的一床俄羅斯毛毯給了他。

聊些甚麼呢？曹雪芹心裡在想，越是不相干的話題越好；正在思索時，只聽繡春問道：「你帶了些甚麼書在路上消遣？」

「一部《聊齋》；一部《疑雨集》。」

「《疑雨集》？」繡春說道：「沒有聽說過這個書名，是部甚麼書。」

「是王次回的詩集。」

「王次回這個人名也是第一次聽說。」繡春又問：「是疑雲疑雨的疑雨嗎？」

「對了！此人就有《疑雲》、《疑雨》兩部詩集。」曹雪芹說：「李義山詩：『一自高唐賦成後，楚天雲雨盡堪疑。』大概取義於此。」

「這麼說，詩是香奩體？」

「可不是，替他作序的人說：『無語不香、有愁必媚。』」

「這麼說，盡是些無題詩？」

「『無題』可不少。」

「倒唸一首我聽聽。」

曹雪芹暗中尋思，算是找到了一個很好的話題。於是思索了一會說道：「我唸兩首『無題』你聽：是七律：『玉壺傳點出花叢，青鳥銜箋尚不通。砌就銀灣烏不渡，築成瑤島鶴難逢。』」

他唸得很清楚，也很慢，為的是繡春如有意見，隨時可以插進來說，果然，只唸了半首，就讓她打斷了。

「甚麼叫『銀灣』？」

「銀灣就是銀河。」曹雪芹答說：「我查過，有典的。」

「有典也不通！明明是鵲橋，怎麼說是銀河。下一句也是胡說，陸放翁的詩：『放鶴去尋三島路』，沒有說築島。瑤島如果可築，做神仙也就不難了。」

「你的話是不錯，不過太苛刻了一點。且等我唸了再評，『春濃逗夢三千里，路暗迷人十二峰。蠟照漸微香炷冷，珮聲纔達畫堂東。』」

「這是第一首？」

「第一首。」曹雪芹問：「如何？」

「『西望長安』。」

「西望長安不見家」家字諧音為佳；曹雪芹轉念方懂，隨即問說：「你倒說，怎麼不好？」

「用了好些典，費了好大氣力，不過說了幽會幾乎失期這麼一件事！甚麼『銀灣』、『瑤島』、『三千里』、『十二峰』都是沒話找話的遊詞。還有一層，看『玉壺傳點』，自然是大戶人家；『青鳥銜箋』的『青鳥』，想來指專壞閨閣名節的三姑六婆。」停了一下，突然聽繡春問道：「芹二爺，你當我是信口開河，所以不愛答理是不是？」

正好相反，曹雪芹是驚異於繡春的見解，居然不輸老手；這就必得一個字不放過地細聽。因為如此，他不願在應該有反應的地方，以常例答應；免得擾亂了對方，也擾亂了自己。

同時他也想到，大概繡春自己也會奇怪，居然說得出這麼一番頭頭是道的「詩論」；莫非根本站不住，而他又不好意思駁她，所以保持沉默。倘或繡春是持著這樣的想法，就不宜急於表白，否則，反會使她誤會他是蓄意在敷衍她。

於是他平靜地答說：「我是竦息屏營在聽你的高論。你說你的，別管我，你談結句吧！」

最後這句話，使得繡春相信曹雪芹不但並未漠視她的見解，而且聽得非常仔細，知道她所說的「遊詞」，是指中間兩聯；起頭兩句亦已有解釋，此刻所等待的，自是結尾兩句。

這是一大鼓勵，因為她正是對結尾兩句不曾輕易放過，自覺有與眾不同的心情，而又覺得如果曹雪芹根本心不在焉，等於對牛彈琴，豈不無聊？因而才有那一問。此刻方知他真是知音，自然興奮得唯恐言有不盡了。

「前有『玉壺』，後有『畫堂』，自然是有氣派的人家；豈有大家小姐，深夜偷情，還弄出響聲來的？《會真記》裡面，可有環珮丁東的描寫？如果這句『珮聲纔達畫堂東』不是胡說，李後主寫小周后『手提金縷鞋』，倒是胡說了。」

「批駁得好。不過——。」曹雪芹突然頓住——這首詩寫的應該是勾欄人家；繡春雖生長金陵，卻從未到過秦淮舊院，大概也沒有讀過《板橋雜記》；只以為大戶人家才有「玉壺」、「畫堂」。不過，這樣說明白了，令人掃興，所以他改口說道：「我唸第二首給你聽。」

第二首是：「繞枕離懷話未窮，河梁只在此樓中。迎愁月剩三分白，隔淚燈搖一點紅。有霧不曾遮別路，隨風想得過花叢。王昌望裡千回首，滿院簾櫳颺曉風。」他仍舊唸得很慢，而繡春卻一直到他唸完才開口。

「第二首有點意味了，不比第一首言之無物。這是聰明人做的詩，學不足，才有餘；『河梁只在此樓中』，就是『門外即天涯』，意不新句新。『迎剩』那一聯，套的『梅須遜雪三分白』的句法。

「不過『隔淚燈搖一點紅』這一句，真好。後半首寫幽會既終，曉風晨霧中悄然離去的光景，也還工穩。只是有一點，我始終認為不懂，『隨風想得過花叢』，是從『因風想玉珂』這句唐詩化出來的；暗地裡仍舊有環珮聲在，既然早夜來去都不怕人知道，何必又繞『別路』？」這一說，使得曹雪芹一時無話可答，心想，她的說法，不能說沒有道理；倒是自己以為寫的應該是勾欄人家，卻頗有疑問，勾欄人家只有狎客，那有「王昌只在牆東住」的王昌？

正在想著，只聽有極低的吟哦聲。曹雪芹屏息側耳才聽出來，繡春在唸那句「隔淚燈搖一點紅」。

「通首詩你只賞識這一句？」

「嗯！」繡春答說：「親切有味。」

「這麼說，你也有過這種境界？」

「那是多少年以前的事了！挨了罵，對著燈哭；淚眼模糊，望出去小小一團火燄在搖晃，覺得挺好玩，不知不覺連哭都忘記了。」

聽她說得有趣，曹雪芹笑道：「那時候，心裡的委屈也沒有了？」

「可不是！」繡春嘆口氣，「人，為甚麼要長大呢？」

聽她這一說，也勾起了他兒時的回憶；突然想到春雨，不自覺地問出口來：「春雨現在不知道怎麼樣了？」

「你怎麼忽然想到她？」

「今天想到兩回了。」曹雪芹答說：「是讓你嫂子引起來的。」

「她又怎麼引你來啦？」

話也說了。

「不是引我，是為了給她代筆寫信。」

曹雪芹沒有再說下去。繡春卻很想聽個究竟，便即說道：「閒聊解悶，你怕甚麼？」

於是，曹雪芹將由替夏雲代筆，憶及當年常替春雨代筆的聯想，講了給她聽；口一滑，把夏雲的話也說了。

「那麼，誰是有良心的呢？」

這有些明知故問的意味，曹雪芹也就只好閃避了；「你想呢？」他這樣回答。

「不用想了！」繡春又是喟嘆的語氣，「到如今還談甚麼？你再唸兩首王次回的詩給我聽。」

曹雪芹唸了三首，繡春一句也沒有聽進去；原是為了要想自己的心事，怕跟曹雪芹說話，思緒不能集中，因而故意讓他唸詩。曹雪芹也終於發覺了，便即問說：「你倦了，睡吧！我也要睡了。」

「我不倦，我也睡不著。不過，你睡去吧！」

她說得很慢，聲音中一片無奈之情。曹雪芹於心不忍，剛站起又坐下，口中說道：「我再陪你一會兒。」

「乾脆你就睡在這兒好了。」繡春說道：「咱們倆，考驗考驗自己的定力。」

凡是遇到帶些挑戰意味的事，曹雪芹總想試一試；但他對自己的定力，實在沒有把握，想了一下問道：「倘或禁不起考驗呢？」

「兩個人之中，只要有一個禁得起就不要緊。」

「如果兩個人都禁不起，又將如何？」

「也不過對不起夏雲而已。」

這話就費解了，「跟夏雲何干？」他訝異地問：「我想不通。」

「夏雲信上不是說，她敢保，我跟你乾乾淨淨、清清白白。如今不乾不淨，未免愧對夏雲。」

「原來是這麼個說法！」曹雪芹笑道：「她的想法總比別人多繞一個彎兒。」

「我就是彎兒繞得太多了，才落到今天。」繡春問道：「你定了主意沒有？」

「定了！」曹雪芹彷彿自己壯自己的膽似地，「我有定力，一定把握得住。」說著，解衣上床，一掀開帳門，便是中人欲醉的薌澤，心旌搖搖，自己都不相信自己的定力了。

「慢一點！」繡春忽然說道：「勞你駕，還是得把燈點起來。」

「你不是怕光嗎？」

「隔著帳子不要緊，而且我可以臉朝裡。」繡春又說：「紙煤就在香爐旁邊。」

於是曹雪芹摸索著找到紙煤，在博山爐中燃著吹旺，將油燈點了起來。

「火燄弄大一點兒，好讓我看得見你。」

這話有些費解，及至睡下才明白；繡春在他點燈的當兒，已疊好兩個被筒，卻共一個枕頭，她讓曹雪芹睡裡面，臉朝外；她自己睡外面而臉朝裡，既避了光，又看得見對方。

「你也瘦了一點兒。」她摸著他的臉說。

他握住她的手覆在唇上，閉上眼享受她手掌中的溫暖，心裡倒又七上八下了。

「咱們好好聊聊。」繡春抽回了手問說：「你看我將來怎麼樣？」

這是極正經的話，事實上也是曹雪芹想問想說的話，便把眼睜開來，定定神說道：「第一，你平平安安把孩子生下來，讓太太跟震二哥說，不管是男是女，都過繼給我。第二，你跟你兄嫂一起安安靜靜過日子，守到馮大瑞回來，同偕花燭。」

「你說得多美啊！」繡春笑了一下說：「這話你昨天跟我說，我還可以琢磨琢磨；如今根本就不用談了。」

「為甚麼一天之隔，有這麼大的變化？就算有震二哥來鬧了一場，可是跟這個打算沒有關係。」

「怎麼沒有關係？」繡春停了一下說：「馮大瑞未見得能回來；就回來了，我也不能嫁他。嫁他是害了他。」

「這話我不懂。」

「莫非你挨了揍還沒有發現他的醋勁兒？如果我嫁了馮大瑞，他一定會遷怒，一定會擺布馮大瑞，豈非嫁了他是害他。」

「這也不見得——。」

「這不是可以存著僥倖之心的事！再說，馮大瑞也是心高氣傲的人。我如今的情形，倒像對他失了節，他要不要就很難說了。」

「不！他一定要你。」

「就算他要我，我能不能嫁他呢？倘或心裡拴著一個疙瘩，時時刻刻在想：他不會嫌我吧？你想，那種日子怎麼過？」

曹雪芹不作聲，好久，嘆口氣說：「你就是想甚麼事都比人家多繞一個彎！心比人家多一個竅，聰明反被聰明誤。」

「這也是沒法子的事。」繡春又說：「夏雲說你的話，我也用得上。不過該這麼說：沒良心的，配不上我；有良心的，我配不上。」

「其實我——。」

「我的話不是指你。」繡春搶著說：「上一句指誰，你自然明白；下一句是指馮大瑞。我跟你，也就是今晚上這一夕同床共枕之緣。」

這話說得曹雪芹心裡很不是滋味，倒像說他自作多情似地，於是帶著些報復意味地說：「既然只有一夕之緣，錯過了豈不可惜？」說著，從被底下伸過手去。

一伸伸到繡春被筒裡，她沒有掙拒的表示，但有些怕癢，身子一縮一扭，由側睡變成仰臥；他的一隻手恰好擱在她微隆的腹部上。

血脈僨張的曹雪芹，便上下其手，凹凹凸凸的地方都摸到了。摸到肚兜上，在聳然雙峰之間，發現她冷靜得出奇，不由得詫異。

「你的心怎麼一點都不跳？不，我是說跳得不厲害。」

「我的心裡有事在想。」

「想甚麼？」

「想死。」

就這用輕輕淡淡語氣說出來的兩個字，倒像在曹雪芹臉上重重地摑了兩掌，他急忙將手抽了回來，囁嚅著說：「繡春，我不對，我不該欺侮你。」

繡春沒有回答，伸出手來將他眼皮抹了下來，哄孩子似地說：「睡吧！不早了。」接著，在他嘴上親了一下。

這一親消除了曹雪芹的不安，但卻攪得他心亂如麻，好久才能定下心來。就這時發覺頰上涼涼地，伸手一摸，枕上濕了一大片，繡春無聲的眼淚，流得已浸染到他這面來了。

驚駭與憐痛交併，變得有些恨她了，「你要把眼睛哭瞎了，才算完！」他說。

強自克制著哭聲的繡春，那裡還能忍得住，「你不知道我心裡的苦！」苦字竟不能出聲，一張口喉頭便塞住了。

曹雪芹也是心酸酸地，眼眶發熱；「你別害得我也眼腫。」他強笑道：「那讓人瞧見了，才真是笑話呢！」

一張眼，但見紅日滿窗。繡春已經在他身邊消失。掀開帳門一望，恰好有人進門，從身影中看出來是夏雲，於是故意咳嗽一聲。

取了繡春的一件皮坎肩在手的夏雲，轉回頭來問道：「芹二爺不再睡一會？」

「不睡了！」

等他跨下床來，夏雲已雙手提著他的皮袍，伺候他穿上身，又替他扣鈕扣，悄悄問道：「繡春昨晚上又哭了？」

「哭得我都快忍不住要淌眼淚了。」曹雪芹問：「她的眼睛怎麼樣？」

「腫得桃兒那麼大。拿熱手巾敷了半天，才好一點兒。」夏雲輕聲又問：「你們倆睡一床，應該高高興興的。你說了甚麼話，讓她傷心得那樣子？」說完，還抬起頭來瞟了他一眼。

曹雪芹察言觀色，知道夏雲已疑心他跟繡春有了肌膚之親；想起繡春昨晚所說「對不起夏雲」的話，覺得必須辯白。但這種彷彿不欺暗室的事，從來就不能用言詞自辯，否則就會越描越黑。因而他且不作聲，暗暗在打主意。

等她替他扣好衣鈕，他的主意也想好了，走到窗前方桌上，一摸瓷茶壺冰涼，隨即粗魯地捧起茶壺，嘴對嘴「咕嘟咕嘟」地猛灌一氣。

「你怎麼這樣子喝冷茶！」夏雲笑道：「那像個公子哥兒？比轎班都不如。」

「不是這樣，你寫給錦兒姐的信，不就變成撒謊了！」

「我知道，我知道。」夏雲搶著說道：「你用不著學蒙古人的法子來表清白。」

夏雲也知道這是蒙古人明心跡的辦法——大漠遊牧，生人投宿，無不接納；但蒙古包中，主客同宿，既無內外之別，就談不到男女之防，所以主人在第二天清晨，便遞一杯冷水給客人，如果客人問心無愧，接過來一飲而盡，否則就會遲疑，據說宵來好合，空肚子喝下這杯冷水去，必會致疾。或者與主家眷屬有了曖昧，故作坦然，主人亦就不問；因為這杯冷水讓他得了病，便是很嚴厲的懲罰。

「說實在的，」曹雪芹又說：「人非草木，我也不是聖人，能夠不欺暗室，實在是──，」他嘆口氣，「我真不知道怎麼說了！」

「怎麼，你們到底談了些甚麼？」

「談得很多。主要的是她將來的歸宿。有件事，我一定得告訴你，」曹雪芹憂形於色地放低了聲音，「她也許想不開，會走絕路。」

夏雲大吃一驚，「你是怎麼看出來的？」她問。

「不是我看出來的。她人朝裡睡，臉上看不見，是她自己說的。」

「她怎麼說？」

「她說『想死』。」

「『想死』？」夏雲想了一下說：「也許是句玩話。」

「不！說這話的時候，聲音冷得像冰一樣。」

「那麼，是怎麼說起來的呢？」

這讓曹雪芹為難了，他無法明說是在怎樣的一種情況下，繡春才說了這兩個字，只好這樣答說：

「你自己問她去。」

夏雲自然要問。未問之前，先將曹雪芹大喝冷茶的事，告訴了繡春，然後故意沖淡了語氣說：

「你是不是跟他開玩笑，說是『想死』，把他可嚇壞了。」

「也不是故意開玩笑。我不那麼說，他今兒起來，就不敢這麼猛灌冷茶。」

「這是怎麼說？」

「你想，手伸到我被窩裡來，摸索個不停，我不澆他一盆冷水，能讓他把心平靜下來嗎？」

「原來如此！」夏雲笑了，「主意倒是不錯，不過太殺風景了。」

「我也這麼想。不過，這是沒法子的事。」

「如果當初你跟震二爺——。」夏雲急忙縮住，心裡無限悔意，說得口滑，觸犯忌諱，異常不安，只好老實道歉，「我不是故意提你傷心的事。」

「我知道。」繡春的聲音很正常，「你以為能用兩個字，就能把震二爺唬住？沒有用，你就當時拿刀抹脖子，他把你奪走了，還是放不過你。」

「這就是震二爺與芹二爺不同的地方。到底是念了書的。」夏雲又問：「這會兒眼睛怎麼樣？」

「好些了。」

「你可不能再哭了！」夏雲提出警告，「我可見過哭瞎了的人。」

「那裡就會哭瞎！」繡春答說：「而且我也絕不會再哭。我的眼淚也挺值錢的。」

正說著，曹雪芹跨了進來；夏雲便即笑道：「這一說，芹二爺昨晚上可是發了財了。」

曹雪芹不明就裡，詫異地問說：「此話從何而來？」

「繡春說，她的眼淚挺值錢的，昨兒晚上為你淌了那麼多眼淚；不是發了財嗎？」

「這個財不發也罷了。」

夏雲點點頭，「難怪繡春要為你淌眼淚。」她下了句斷語：「值得。」

曹雪芹一笑不答，只問坐在陰影裡的繡春：「你的眼不要緊吧？」

「不要緊！」繡春緊接著說：「芹二爺，你先回去吧！我真怕太太會記罣。」

原來商量好一起回去的，如今突然有此提議，不但曹雪芹，連夏雲都覺得意外。兩人一時都不知如何回答。

「等我眼睛好，總還有十天八天。你回去了，派個得力的人來接我們。」

誰是得力的呢？曹家的底下人，數何誠最能幹，但繡春避到鹽山，極可能是何誠洩漏的消息，怕她見了他討厭，不宜來接。此外，就想不起來還有誰可派。

夏雲跟他也是差不多的心思，不過她說了出來：「得力莫如老何？」

「就是老何好了。」繡春居然同意了。

「既然如此，芹二爺，你就先請回去吧！」夏雲也說：「繡春的話不錯，太太會記罣。」

「好吧！吃了飯我去看仲四，問他那一天走，我跟他結伴。」

到得飯後，正要出門時，仲四奶奶不速而至；這一下不必曹雪芹費事，只問仲四奶奶好了。

「我跟我們當家的後天走。」仲四奶奶問明究竟以後又說：「其實不來人也不要緊，讓我姪子派人送也一樣。」

「不！」繡春立即接口，「多謝仲四奶奶跟姪少爺，打擾已經很多了，還是讓我們家老何來吧！」

由何誠又談到究竟是誰將繡春的行蹤，洩漏給曹震這個疑問。曹雪芹持保留的態度；夏雲認為何誠為人很老實，不至於多嘴。她倒是有些疑心季姨娘，但季姨娘又從何得知，無法推測，因而也就沒有將她的懷疑說出來。

只有繡春斷定是何誠，「說句狂妄的話，知人之明，誰都不及我。不過，我亦不怪老何！」她說：「世家大族，沒有不為人知的家醜；世家大族，亦沒有不喜歡道主人家短長的下人。他們也不是有意跟某人過不去，只是聚在一起，不聊這些聊甚麼？」

「不然！」夏雲拿她們自己來作證，「咱們聚在一起，就很少張家長、李家短的嚼舌頭。譬如季姨娘的糊塗，三天三夜都談不完，我就很少談她。你也是，秋月也是，只有——。」夏雲忽然將話噤住了。

繡春知道她指的是誰。曹雪芹卻未想到，便即問說：「只有誰？冬雪？」

「冬雪甚麼也不懂，甚麼也不管。」繡春把話題又拉回來，「咱們不談是非，還是我剛才說的那句話，是因為咱們有別的話好談，他們不聊這些聊甚麼？」

「這倒是實話。」曹雪芹又問夏雲，「你剛才指的是誰？是春雨？」

夏雲亂以他語：「別提了！咱們談別的。」

這等於默認曹雪芹猜得不錯；他覺得夏雲對春雨有些成見，他不能不替她辯白。

「我不覺得春雨是喜歡談他人是非的人，」曹雪芹問：「她談過誰的短長。」

「談你就很不少。」夏雲忍不住說：「她這樣對你，你至今還護著她；是非不明，就好心也不值錢！」

這話說得曹雪芹慚愧不已，也有些不大服氣，「好心，我談不上。不過，」他疑惑地問：「我真的是非不明嗎？」

「那就要問你自己了。」

「何必呢？」繡春勸解，「剛才咱們還在說，不喜談人的是非；怎麼這會兒索性論起是非來了？」

「是非可以不談，不可不論。」夏雲問道：「芹二爺，你對昨兒震二爺來那一鬧，是怎麼個想法？」

「何必談這件讓人不痛快的事？」

夏雲是聰明人，何嘗不知道這是個令人不怡的話題；但她覺得繡春這回受辱太甚，即使流乾了眼淚，也流不淨她心中的委屈，想借此讓她再作個發洩，這樣，當然就希望曹雪芹能對曹震有所譴責。但曹雪芹卻不這麼想，兄弟之間發生這種裂痕，根本就是件極窩囊的事，最好把它忘掉，還論甚麼是非？

「別談這些了！」曹雪芹突然站起，仰著臉長長地舒了口氣，彷彿鬱悶難宣似地，「找點有趣的消遣吧！」

「找消遣已經不容易了！」夏雲答說：「還得有趣的消遣，那兒去找？」

「銀妞不是會吹笛子嗎？」繡春接口說道：「不如把她找來玩。」

「銀妞是誰？」曹雪芹問。

「房東家的大女兒。有芹二爺在這裡，不知道肯不肯來？」夏雲便將丫頭喚了來說：「你到房東家，把他們大姑娘請了來，順便帶上她的笛子。」

丫頭答應著去了，很快地有了笑語聲；門簾一掀，曹雪芹尚未看清人影，已只見長辮梢一甩，門簾外有人在說：「有客人在這裡！」

「銀妞、銀妞，你別走！」夏雲急忙喊道：「不是客人，自己人。」

「我回頭再來。」

曹雪芹很知趣，站起身來說：「我到我自己屋子裡去吧！簫管本就宜於遠聽。」說著，掀簾而出。銀妞一見便低下頭去，這自然就不必招呼了。曹雪芹逕回對面屋子，剛坐定下來，笛聲已起，嗚嗚咽咽地，聽不出是何曲子？但聽得出銀妞在這上面頗有些功夫，音韻圓轉，如行雲流水，不由得讓他凝神側耳了。

吹完一支吹第二支；這回曹雪芹聽懂了，是〈梅花三弄〉；因為聽得懂，也就更有趣味。但曲終再無下文；大概是吹笛子傷氣，銀妞不肯再吹了。曹雪芹不免有怏怏之感。

這陣感覺過去，愈覺寂寞；原來還可以跟夏雲、繡春聊聊天，此時有銀妞在，不便過去。斗室獨處，十分無聊，只有隨便找了本書看，可是神思不屬，只盼望著銀妞快點走吧！

好不容易盼到了，曹雪芹趕緊又到對面。繡春已回自己臥室，而且帳門深垂，已經睡下。曹雪芹正要退出去，聽得繡春在問：「誰？」

「是我。」

「聽見銀妞的笛子了？怎麼樣？」

「還不壞。」曹雪芹問：「何以吹了兩段就不吹了呢？」

「知道你在聽，不肯再吹了。」繡春又說：「你不如也去歇一覺。晚上我有事跟你談。」

聽語氣是要避開夏雲密談。曹雪芹便不多問。晚上到夏雲歸寢以後，繡春果然悄悄來了。一進門便用手遮在眉上，可知雙眼仍舊畏光。

「今晚月色很好，你索性把燈滅了吧！」

曹雪芹聽她的話，一口吹滅了油燈；這間屋子是重新裱糊過的，四白落地，窗子也糊的是雪白的綿紙，因而如銀的月色透進來，顯得別樣清幽；曹雪芹高興地說：「你的主意真不錯！」

「如此良宵，不可無酒。」曹雪芹惋惜地說：「可惜夜深了！」

「我有酒。仲四奶奶不知道那兒得了兩瓶外國的紅葡萄酒，說能活血補血，特為拿來送我。喝了一瓶，還有一瓶，我去拿。」

「我陪你去。」

「不！把夏雲吵醒了不好。」

片刻之間，繡春已取了酒來，還帶了一包當地的名產，名為「金鉤米」的小蝦乾來佐酒。她將酒瓶與紙包交了給曹雪芹，隨手拉過一張椅子來坐下；月色斜照，齊鼻而止，一張臉黑白分明；那雙眼雖隱在暗中，但彷彿有點漆雙睛閃閃發光。加上她穿的是青緞狐皮坎肩，齊肩出鋒；雪白的毛皮，使得曹雪芹忽然生出幻想。

「此情此景，你知道我想到甚麼？」曹雪芹笑著喝了一大口酒說：「你怎麼樣也猜不到的。」

「既然如此，我也不必胡猜了。你自己說吧。」

「我想到《聊齋志異》上的故事。」

空齋寂寂，月明如畫，突然間有美人翩然而降，原來是狐狸所化。繡春想想情景倒也有些像，不由得也笑了。

「莫非你看我有點妖氣——。」

「不能用『妖』字。要說『大仙』。」曹雪芹打斷她的話說；由於語氣急促，顯得他相當緊張，以至於繡春都有些怯意了。

「你別嚇人。」繡春定定心說：「我倒真盼望我是大仙。」

「你是說具大仙的神通？」

「對了，但願我具大仙的神通，能夠灑灑脫脫地遊戲人間。」繡春又說：「那時候，曹通聲可就要留點兒神了。」

曹雪芹不願談曹震，笑笑不笑，然後問道：「你不是說有事跟我談？」

「是的。」繡春停了一下問：「你要說老實話，我肚子裡的孩子，你到底要不要？」

「怎麼不要？當然要！」

「好！那麼，你替孩子起個名字。」

曹雪芹頗感意外，也頗感興趣；不過，「是男是女都還不知道。」他說。

「你不會各樣取一個？」

「說得是。比我晚一輩取名該用絞絲旁。」曹雪芹問：「你願意男孩怎麼樣；女孩怎麼樣？你說了，我好照你的意思來挑字眼。」

於是繡春一面想，一面說：「你不是跟我提過蘇東坡的詩：『但願生兒愚且魯，無災無難到公卿。』其實也不必公聊，當個不受氣的小官兒，平平安安過一輩子最好。」

「那——那就叫曹綏，綏就是平安妥貼。《詩經》上有一句『福履綏之』，號就叫履伯好了。」

「履白？」

「不是，伯仲叔季的伯。」

「這個號不好。」

「為甚麼？」

「有伯就有仲，你以為我會生第二個？這個號，會生出好些誤會。單名綬很好，號不能用。」

「那就慢慢再想。」曹雪芹又問：「女孩呢？」

「女孩一定要長得美！不美找不到好婆家。不過，自己覺得長得比別人出色，以至於目空一切，那最壞事。你起女孩子的名字，要把這一層意思，暗含在裡頭。」

「這可是個難題。」

「不忙！你自己說的，慢慢兒想。來，」繡春伸手說道：「我陪你喝一點兒。」

於是曹雪芹將自己的酒遞了給她，另外找了個茶杯，斟上一杯，一面啜飲，一面思索。

繡春酒量不錯，但容易上臉；很快地，蒼白的臉上已泛出霞色。曹雪芹觸機想起兩句元朝人的詩，欣然說道：「有了！叫曹絢好了。」

曹雪芹說他是想到元朝朱德潤的一首詩，題作〈飛霞樓〉，其中有一聯是：「沖融畫錦橫窗碧，絢爛晴光入座紅」，這就是「絢」字的出典。

「又有句成語，也是蘇東坡的話：『絢爛之極，造於平淡。』凡是美滿婚姻，都是平淡的。女孩子要平淡才是好歸宿，你說是不是？」

「你說得好，要平淡才是好歸宿。」繡春忽然身子往後仰，將一張臉都隱在黑暗中，只聽她喊：「芹二爺！」

「怎麼樣？」

「咱們是不是說定了？生男叫曹綬，生女叫曹絢，不論是男是女，都算是你的親骨血？」

「是的。說定了。」

「好！這我就放心了。」繡春站起來說：「芹二爺，咱們比一比身材。」

曹雪芹困惑了，不由得就問：「幹麼？」

「你先別問，我自有道理。」

於是曹雪芹也站了起來，而繡春卻往後一退，整個身子都在暗處。等他走近了，她拉住他的手，將他推得把身子轉了過去，在他身後又比肩，又量腰，都用雙手觸摸。曹雪芹既好奇，又難受，忍不住發笑。

「不用眼睛，只憑感覺，只有一個法子才能比得準。」

「甚麼法子？」

「面對面，鼻子碰鼻子，高矮就比出來了。」

「那也沒有甚麼不可以。」

原是開玩笑的話，不過她不以為是玩笑；曹雪芹自然樂得親近，轉過身來等鼻尖碰著鼻尖，隨即摟緊了她親吻。心裡雖癢癢地有綺念起伏，但還不難自制。

好久，兩人同時鬆開手；「比是比過了，高矮差不多。」曹雪芹問：「你到底是為了甚麼？」

「我要看看你的袍子我能不能穿？」繡春從容不迫地說：「我跟夏雲一起走，就算有人護送，一路上打尖住店，也很不方便。我看你另外還帶著一件皮袍，想借來穿了，扮成男裝上路，比較方便。你看如何？」

這似乎有些匪夷所思，但曹雪芹一向對任何新奇的事物，都有興趣，所以欣然相許，「行，行！」他說：「我把我那件狐腿皮袍留給你。」

他那件摹本緞的狐腿皮袍，是帶來預備出客穿的，繡春不要，「要你身上穿的這件才好。」

她說：「穿得太華麗，路上惹人注目也不妥。」

「說得有理。我這會兒就把衣服給你。」

說著，他自己去開了箱子，取出另一件皮袍。繡春伺候他換好，捧著那件剛換下來的舊皮袍，實在禁不住那份溫暖，便即說道：「我也穿上試試。」

「好！這回輪到我伺候你了。」

曹雪芹從她手裡接過皮袍，雙手提著；繡春便將皮坎肩與棉襖都脫了下來，雙手背著套進衣袖。他是讓人伺候慣了，所以伺候別人也不外行，等她雙手入袖，在後背領下往上提了一把；繡春滿身輕暖，不由得將肩膀聳了兩下，說一聲：「好舒服。」

扣好衣鈕，她走到亮處，低頭去看。曹雪芹也在一旁端詳，很滿意地說：「很合適。而且你的肚子也看不出來了。」

「這也就是我想改男裝的原因之一。」她將椅子轉過來，朝裡背光坐了下來又說：「今兒我才知道，甚麼叫輕裘？」她又笑道：「肥馬輕裘，與芹二爺共之而無憾！」

「可惜你不會騎馬。」曹雪芹突然想起，「你光有一件皮袍也不行啊！從小褂到靴子都還沒有。小褂、夾襖、棉套袴，我都可以留給你，靴子怎麼辦？」

「明兒上街買一雙好了。」

「好！明天我替你去辦。你試試我的靴子大小。」

「不用試！我替你做過鞋；做好了，我也試過，比你的小一號就差不多了。」繡春又說：「這就是大腳的好處了，能穿靴子。我大嫂待我不好，只有我小時候為裹腳哭得不可開交，我大嫂於心不忍，跟我娘說了，沒有再裹。這會兒，倒是怪想她的。」

接著，繡春便談她的身世。曹雪芹原是知道的，只以她這麼痛痛快快地閒聊一陣，可以宣洩她內心的鬱悶，所以一面喝酒，一面裝得很有興趣地傾聽著。

不知不覺地聽得雞聲喔喔；已相當疲倦卻誰都不願結束這個局面的繡春和曹雪芹，不約而同地矍然發聲：「啊！」心裡的話也是一樣的：談得這麼久！

「我得走了。」

雖覺意興未盡，但曹雪芹卻未強留繡春，只說：「我送你過去。」他緊接著又說：「只要腳步輕，不會吵醒夏雲。」

聽得這話，繡春便不作聲，抱起她的衣服，跟著曹雪芹出房門，經堂屋入走廊；初春的曉風，撲面如刀，不由得就扳著曹雪芹的肩，低頭躲在他的身後。

於是曹雪芹讓她走在靠壁的那一面，自己走在外面，替她擋風；好的是殘月猶明，相偎相倚地走著，不至於摔跤。到得對面堂屋，曹雪芹卻有些戀戀不捨，於是擁著她又是一陣長長的蜜吻。

回到通州，非常意外地，發現錦兒也在。曹雪芹看到她跟秋月，當著馬夫人的面，相顧持警戒之色，也就格外謹慎了。及至聽母親和顏悅色地問起，繡春肯不肯聽他的勸？恍然大悟，曹震闖到鹽山的那段事故，他母親根本不知道。

「聽了。」曹雪芹答說：「等著派人去接她們回來呢？」

「喔，派誰呢？」馬夫人問秋月。

「派何誠好了。」曹雪芹搶著回答：「我跟仲四在路上談好了，他也派一個人陪著去。」

一言而決，當時便由秋月交代何誠，讓他到鏢局去和仲四接頭。

到得晚上，馬夫人歸寢以後，秋月與住在夏雲屋子裡的錦兒，悄悄來看曹雪芹。

一進門，錦兒便蹲身向他請安。曹雪芹一面避開，一面問道：「錦兒姐，這是幹甚麼？」

「芹二爺，你太受委屈了！震二爺是渾人，你別生他的氣；他也悔得不得了，一再跟我說，對不起你，該怎麼罰他，他都受。只求芹二爺別跟太太提他的這件荒唐事。」

曹雪芹聽她說著，自然而然地想起夏雲的主意，她的那幾句「狠話」，把「震二爺」唬住了。同時也想到，既然曹震甘願受罰，豈非是替繡春擺脫麻煩的一個好機會？

轉念到此，就不肯爽爽快快地答應了，只說：「錦兒姐，你請坐下來，咱們慢慢兒談。」

「對！」秋月也說：「慢慢兒談。」

就這一折騰的功夫，曹雪芹已經把話想好了；「錦兒姐，你知道的，咱們家的規矩，震二哥揍了我，我能拿他怎麼樣？認倒楣就算了。再說，我怕太太氣惱，也得瞞著這件事。可是，你們得替繡春想想，吃了啞巴虧不說，還讓震二爺這麼蹧蹋，她嚥得下這口氣嗎？如今別的都在其次，得先安撫繡春。」

「是不是？」秋月看著錦兒說：「芹二爺也是這麼說。」

錦兒不斷點頭，「芹二爺，你大概知道，我們三個拜了把子；繡春的事，我也不平。現在當然要平她的氣；不過，我要請芹二爺別以為我是站在震二爺這面，替他說話。家和萬事興，咱們商量著辦。」

秋月笑了，「你說不是替震二爺作說客，這番話可完全是說客的高招。不過，」她正色說道：「話到底是正經話。芹二爺，情形只有你最清楚，你看，要怎麼樣才能平繡春的氣？」

「除非震二哥保證，再不跟她見面，更不會打她的主意。」

「這，非逼著他答應不可。還有一件，」錦兒問道：「孩子呢？」

曹雪芹不作聲。他沒有想到事情會急轉直下地如此順利，所以根本還沒有考慮到這一層。看繡春的意思，連孩子都不打算給曹震；但如曹震認了錯，又得保證能如繡春所願，那麼，如說連孩子都不願給曹震，就太說不過去了。事實上怕也是根本辦不到的事。

「孩子的事好辦。」

秋月見曹雪芹不語，才提出她的主意：「小的時候當然是繡春自己帶，總要到七、八歲懂了人事，才能跟孩子說明白，看情形安排他們爺兒見面。芹二爺看，是不是該這麼辦？」

「此刻也只能這麼假定。」曹雪芹把話說得很活絡，「好在這不是件很急的事，是男是女還不知道呢！」

「說得是！」錦兒想了一下，看著秋月說：「既然這樣，不如我明天就趕回去吧！」

秋月知道她不放心嬰兒，便即答道：「對！你回去了跟震二爺說清楚，到底怎麼個意思，趕緊捎個信來，好讓芹二爺寫了信交老何帶去。」

於是錦兒起身道晚安。曹雪芹還想留秋月細談繡春，但當著錦兒，不便啟齒。不過人也累了，且留著等錦兒去了，從容細談也好。

不道第二天在睡夢中為人推醒，睜眼看時，秋月站在他面前，第一句話是：「只怕出事了！」

曹雪芹一躍而起，殘餘的睡意完全消失，怔怔地看著秋月，心潮奔騰，卻說不出話來。

「你先別著急！仲四派人來通知的時候，太太正要上清真寺；我等太太上了轎，才來叫醒你。咱們好好商量，看應該怎麼辦。」

心緒亂到極處的曹雪芹，總算抓到了一句話可問：「通知甚麼？」

「說繡春失蹤了？」

「失蹤？」曹雪芹急急又問：「是失蹤？」

「對了，只說人走得沒有影兒了，沒有說自盡。」秋月明白他的意思，所以這樣回答。

果然，曹雪芹心思略定，掀被下床，秋月一面伺候他穿衣服，一面告訴他，消息是由仲四奶奶娘家姪子派急足來通知的，仲四已經先趕下去了。

「鏢局子的人說，咱們先不派人也不要緊；仲四去了，不管消息好壞，都會馬上再派人來通知。如果人找到了，當然沒事；否則再派人去也不晚。」

「不！」曹雪芹斷然決然地說：「我得盡快趕了去。」

「太太面前怎麼說？」

「有甚麼，說甚麼。」曹雪芹又問：「錦兒呢？去了沒有？」

「一大早就去了。」

「那好！這回在鹽山的情形，昨晚上我本想跟你談的，就因為礙著她的緣故。」

於是，在午餐桌上，他將跟繡春同床共枕而不及於亂，以及為繡春未生的子女命名的種種切切，與他當時的心情，毫無隱晦地告訴了秋月。

秋月異常注意，有不明瞭的細節，立刻發問。這樣聽完問清楚，她舒口氣說：「不要緊，一定能找得到！」

曹雪芹心中一喜，張大了眼問：「何以見得？」

「她既然這麼看重她的孩子，當然要把孩子生下來，才談得到另作打算。她跟你要皮袍的時候，已經有了出走的打算。我猜想她一定走得很遠，不知道是想找一個甚麼地方躲起來，只等足月臨盆。」

「這話也是！不過，她單身一個人，也不會有多少錢；雖說女扮男裝，行藏也難免被人識破，要遇到壞人，或者盤纏花完了，流落在外頭，怎麼得了？」

「這會兒還沒有走遠，趕緊找，還來得及。」

「對！」曹雪芹一撐桌子，站了起來，「我明天一大早就走。」

於是秋月為他整理行裝，又派何誠到鏢局接頭，代雇可靠車輛。忙到傍晚，馬夫人從清真寺回來了。

「繡春失蹤了，不知是怎麼回事？秋月跟我商量，應該趕緊去看一看。」曹雪芹接受秋月的勸告，改變了「有甚麼，說甚麼」的主張；這樣很簡單地向他母親說。

馬夫人自然訝異而憂慮，同意曹雪芹第二日就趕往鹽山，但卻問說：「你到了那裡怎麼辦呢？」

「跟仲四商量著，多派人四處去找。」

「那得花錢，得替你預備。可不知道多少才夠？」

「我看，帶四個大元寶就夠了。再多，路上累贅。」

四個大元寶是二百兩銀子，現成就有；交代了銀兩，馬夫人問說：「那一天回來？」

「那可說不定，總得找著了才算。」

「找不著呢？」馬夫人詫異，「莫非你就不回來了。」

「找不著人，也得把事情弄清楚。」

馬夫人這才發覺，事有蹊蹺；「你說甚麼事情弄清楚？」她緊接著又問：「我也奇怪，她怎麼會無緣無故失蹤？走到那兒去了呢？如果找不著，又是出了甚麼事？莫非尋了短見，可又是為了甚麼？」

這一連串的疑問，將曹雪芹問得瞠目結舌，馬夫人越發疑雲大起，「我看你不用去了。」她說：「讓何誠去好了。反正有仲四在那裡，你去了也辦不了甚麼事！」

曹雪芹這一急非同小可，但卻又不便堅持要去，因為這一來就非將真相和盤托出不可。牽涉到曹震，便關聯著繡春，原是不說破曹震鹽山之行，交換他對繡春的讓步；一說破了，曹震自然不高興，也沒有再踐諾的義務，那樣豈非大糟特糟。

沒奈何只好表面答應，暗底下向秋月問計，她亦一籌莫展，只勸曹雪芹忍耐。

「度日如年，要忍耐得下去才行。」

「那就不如回京。」秋月建議，「你把這件事跟錦兒談一談，看她是何主意？」

「跟她要甚麼主意？」

「事情有許多變化，變好變壞不知道；變壞了，震二爺有責任，應該讓錦兒跟震二爺要句話，有個交代。」

「我，」曹雪芹搖搖頭苦笑道：「我腦子糊塗了，聽不明白你的意思。」

「乾脆說吧，太太的話不錯，這得花錢！找著了不肯回來，得替繡春預備好幾個月的澆裹；找不著，得多派人四處去找，更得花錢；或者找是找到了，找到的不是人，那就不止於光花錢了！」

「你越說，我越糊塗。」曹雪芹又是苦笑，「怎麼叫『找是找到了，找到的不是人』，這叫甚麼話？」

「好了，就算我沒有說過這一句。總而言之，這件事是震二爺闖的禍，要花錢、要派人去找，都該是他們的事。」

「好，我懂了。」

不懂的還是秋月已收回，而他深印腦際的那句話；反覆尋思，到想通了，不由得驚出一身冷汗。

「你說，找到的不是人，是屍首？」他問秋月。

曹雪芹算是充分領悟了，但沒有用；到了馬夫人那裡行不通，因為她對愛子，甚至一直信任的秋月，都已發生懸疑，確信他們有許多話沒有告訴她，因此她不能允許曹雪芹單獨行動，怕一放出去就無法控制了。

「要搬家了，你不能去；再說你去了也沒有用，你能幫得上甚麼忙？沒的倒替仲四奶奶家添麻煩，還得接待你這個遠客。」馬夫人又說：「繡春不是沒有主張的人，她有她的道理；只要你們問心無愧，盡可以看得開。」

用到「你們」二字，秋月就不能不開口了。當然，她不必爭辯或者表白，只是勸曹雪芹說：「芹二爺，你聽太太的話，靜以觀變吧！是福不是禍，是禍躲不過。繡春的一切都是自作自受，旁人也只能盡人事而已。」

慈命難違，而且細細想去，真個去了鹽山，亦無補於事，只好強自克制；而且幫著幹了好些遷居的瑣務，藉以排遣愁懷。而就在這音信沉沉的日子中，秋月由於馬夫人的盤問，已將曹雪芹這一次在鹽山的遭遇，和盤托出了。

馬夫人既感動、又憐惜，翻覆思量著，不由得掉下淚來。

「太太，你怎麼啦？」秋月吃驚地問。

「繡春不在了！」

「太太，太太，」秋月越發驚惶，「你是從那裡看出來的？」

「我也是瞎猜的。」馬夫人拭一拭眼淚說：「但願我猜錯。且等何誠回來，看怎麼說吧？」

回來的不止何誠，還有夏雲；時已入暮，燈光照出她一臉疲憊之色，卻不甚有戚容，這就足以說明一切了。

「一點消息都沒有。仲四爺派人四處打聽，誰也沒有見過這麼一個女扮男裝的人——。」

「她是怎麼失蹤的呢？」曹雪芹打斷她的話問。

「在芹二爺你走的第二天，她穿上你留給她的皮袍跟你買給她的靴子，說要上街走走，看看有人能看出來不能。我就說，上街溜達又何必穿靴子？她說不錯，換了你替她買的便鞋。」

這是一大早的話，到吃午飯還不見她回來，我就急了，趕緊把仲四奶奶的姪子請了來。他也很著急，找到傍晚找不著，連夜派人通知仲四。」夏雲又說：「按道理說，繡春扮了男裝，仍舊有些扭扭捏捏，而且眼泡也還沒有消腫，見過的人應該記得她；偏就是沒有一個人見過！」

「會不會遇著壞人了呢？」秋月問說。

「據仲四說不會。那裡有些甚麼壞人，他大概都知道；又託滄州強家去打聽過，也說不會。」

「那麼，」曹雪芹很吃力地說：「會不會尋了短見？」

「我跟仲四也想到了這一層，託人到鹽山縣衙門去問，可有甚麼無名屍首？也沒有！」夏雲又說：「這件事實在奇怪！仲四很熱心，已撒帖子請他的同行，還有漕船上的朋友都幫著找；總要找到為止。」

曹雪芹想問：找不到呢？轉念又想：你問人，人家可又問誰？所以話到口邊，又嚥了回去。

「只有耐心等！」一直不曾開口的馬夫人發話了，「死生有命，急也無用。夏雲，你路上累了；吃了飯，早早歇著去吧！」

「是！」夏雲向秋月說：「芹二爺有部書忘在繡春屋子裡，我給帶回來了。還有留給繡春的一件小夾襖，她沒有穿，我這會都交給你吧。」

「不忙！」

秋月說不忙，夏雲卻已經去開箱子了，將曹雪芹的那件小夾襖取出來，無意中一抖，衣袋中掉出來一樣東西。

「咦，那是甚麼？」夏雲拾起來一看，驚喜交集地說：「是繡春給芹二爺的信。」

聽得這一聲，曹雪芹搶步上前，接過來一看，信封上寫的是「留上芹二爺」，下面綴著「繡春」二字。抽出信箋來看，上面是很工整的幾行字：

繡春啟上芹二爺：我走了！不必費神找我，找也是白找。我本來已想認命了，那知震二爺不容我如此，祇得找一條一定能符合我自己意思的路去走。若問我去到那裡，我自己都還沒有準主意，也許到雲南都說不定。芹二爺，你可別忘了曹綏或者曹絢，也許有一天他們會上門認父。臨款神馳，虔祝平安。

具名以外，另外還有一連串要致意的人名，首先是「給太太叩頭辭行」，以下是「四老爺與兩位姨奶奶、棠官」；當然有她兄嫂與秋月，還有「錦姨娘」，卻無「震二爺」。

「這，」湊在一起看信的夏雲，指著「曹綬、曹絢」的名字問：「這是誰？」

「我回頭告訴你。」曹雪芹精神大振，拿著信走到馬夫人面前，唸了一遍說：「照這樣子看，是秋月的判斷不錯，繡春不知躲到那兒待產去了。退一步說，她就是要尋短見，也是生產以後的事。有四、五個月的功夫，憑仲四跟王二哥在江湖上的交遊，一定可以把她找回來。」

「嗯，」馬夫人平靜地答說：「慢慢兒找吧！」

找了一年七個月也沒有找到，繡春的下落始終是個謎。而這時，圓明園中一個震驚天下的謎發生了。

高陽作品集·紅樓夢斷系列（新校版）

曹雪芹別傳

2022年5月三版 定價：平裝新臺幣580元
精裝新臺幣700元

著者 高陽
叢書編輯 董柏廷
校對 吳美滿
封面設計 兒日

出版者 聯經出版事業股份有限公司
地址 新北市汐止區大同路一段369號1樓
叢書編輯電話 (02)86925588轉5388
台北聯經書房 台北市新生南路三段94號
電話 (02)23620308
台中分公司 台中市北區崇德路一段198號
暨門市電話 (04)22312023
台中電子信箱 e-mail：linking2@ms42.hinet.net
郵政劃撥帳戶第0100559-3號
郵撥電話 (02)23620308
印刷者 世和印製企業有限公司
總經銷 聯合發行股份有限公司
發行所 新北市新店區寶橋路235巷6弄6號2樓
電話 (02)29178022

副總編輯 陳逸華
總編輯 涂豐恩
總經理 陳芝宇
社長 羅國俊
發行人 林載爵

行政院新聞局出版事業登記證局版臺業字第0130號

本書如有缺頁，破損，倒裝請寄回台北聯經書房更換。
聯經網址：www.linkingbooks.com.tw
電子信箱：linking@udngroup.com

ISBN 978-957-08-6237-9 (平裝)
ISBN 978-957-08-6238-6 (精裝)

國家圖書館出版品預行編目資料

曹雪芹別傳/高陽著．三版．新北市．聯經．2022年5月．628面．
14.8×21公分〔高陽作品集・紅樓夢斷系列（新校版）〕
ISBN 978-957-08-6237-9（平裝）
ISBN 978-957-08-6238-6（精裝）

857.7 110002715